Arabella Meran
Im Takt ihrer Träume

Das Buch

Eine Frau als Dirigent? Undenkbar an der Wiener Oper 1925. Doch die junge Johanna brennt für die Musik. Für ihren Lebenstraum zwängt sie sich in die Verkleidung eines Mannes. Als »Johann« dirigiert sie die Wiener Philharmoniker und feiert mit den glamourösen Stars der Opernwelt große Erfolge.

Gleichzeitig findet sie in ihrer Mitbewohnerin Dana eine gute Freundin, mit der sie ausgeht und so manchen Nachmittag im Kaffeehaus genießt. Dabei muss sie stets befürchten, in ihrem Doppelleben entlarvt zu werden. Erst recht, als sie sich vom Charme des temperamentvollen Dirigenten Eduardo bezaubern lässt und eine leidenschaftliche Liebesnacht mit ihm verbringt. Als sie kurz darauf merkt, dass sie schwanger ist, steht sie vor der schwersten Entscheidung ihres Lebens.

Die Autorin

Arabella Meran ist in Köln geboren und im Rheinland zwischen Heuballen und Kuhfladen aufgewachsen. Schon in Jugendtagen war sie literaturbegeistert und hat selbst Geschichten und Theaterstücke geschrieben, die sie mit ihren fünf Schwestern auf der Wohnzimmerbühne inszeniert hat. Sie war zehn Jahre lang als Anwältin tätig. 2016 hat sie ihre Robe an den Nagel gehängt und einen Masterabschluss im Fach »Biografisches und Kreatives Schreiben« erworben. Inzwischen lebt sie in Berlin, wo sie ihrer Berufung als Autorin und Schreiblehrerin folgt. Auf ihren vielen Reisen in die beeindruckenden Landschaften Skandinaviens und in europäische Kulturstädte schöpft sie Inspiration für ihre Romane.

Arabella Meran
Im Takt ihrer Träume

Roman

Deutsche Erstveröffentlichung bei
Tinte & Feder, Amazon Media EU S.à r.l.
38, avenue John F. Kennedy, L-1855 Luxembourg
Oktober 2023
Copyright © der deutschsprachigen Ausgabe 2023
By Arabella Meran
All rights reserved.

Umschlaggestaltung: bürosüd⁰ München, www.buerosued.de
Umschlagmotiv: © Yellowj © ziviani © mRGB © Smirnof © bookzv
© Sk_Advance studio © puhhha / Shutterstock; © Sophia Molek / ArcAngel
1. Lektorat: Ute Köhler
2. Lektorat & Korrektorat: Media-Agentur Gaby Hoffmann,
www.profi-lektorat.com
Gedruckt durch:
Amazon Distribution GmbH, Amazonstraße 1, 04347 Leipzig /
Canon Deutschland Business Services GmbH, Ferdinand-Jühlke-Straße 7,
99095 Erfurt /
CPI books GmbH, Birkstraße 10, 25917 Leck

ISBN 978-2-49671-312-1
e-ISBN 978-2-49671-313-8

www.tinte-feder.de

*Für meine Schwester Dorit,
die meine Opernliebe teilt.*

Kapitel 1:
Wien, Wien, nur du allein sollst stets die Stadt meiner Träume sein

Berlin, 31. Oktober 1925

Wiener Operntheater sucht Assistenten für Kapellmeister – Vorspielen am 2. und 3. November 1925, lautete die Anzeige im Rundbrief an die Absolventen der Musikhochschule. Johanna sprang auf und die Buchstaben hüpften vor ihren Augen, während das Papier in ihren Händen zitterte. Immer wieder las sie den Aufruf. Auf diese Chance hatte sie schon so lange gewartet!

»Was ist los, Johanna? Schlechte Nachrichten?«, riss sie die Stimme ihrer Mitbewohnerin Ilse aus ihren Gedanken. Johanna ließ sich wieder auf den Stuhl am Frühstückstisch sinken.

»Im Gegenteil. Gute Nachrichten«, verkündete sie und strahlte Ilse an. »Heute noch fahre ich nach Wien zum Vorspielen. Ich bewerbe mich auf die Stelle des Assistenten vom Kapellmeister am Wiener Operntheater.«

»Nach Wien willst du?« Ilse riss erschrocken ihre großen braunen Augen auf, als hätte Johanna ihr eröffnet, sie wolle an den Südpol reisen.

»Ja, Wien ist das Zentrum der klassischen Musik in Europa. Jeder Musiker träumt davon, irgendwann in dieser Stadt aufzutreten. Mit den Wiener Philharmonikern zu spielen oder sie gar zu dirigieren – das ist der Heilige Gral!«

»Und du glaubst ernsthaft, diese Leute würden dir erlauben, dieses geheiligte Orchester zu dirigieren?« Ilses Stimme schraubte sich ungläubig in die Höhe.

»Wie jeder Dirigent müsste ich mich halt hocharbeiten. Man fängt als Assistent vom Kapellmeister an und wird von ihm ausgebildet. Wenn man sich bewährt, steigt man zum zweiten Kapellmeister auf, dann zum ersten und irgendwann wird man vielleicht zum Chefdirigenten eines Orchesters ernannt. Und wenn man sich über die Jahre einen guten Ruf erworben hat und von der Musikwelt ›Maestro‹ genannt wird, kann man sich seine Orchester aussuchen und gastiert auf der ganzen Welt«, hielt Johanna im Brustton dagegen und fühlte sich von dieser Zukunftsvision geradezu emporgehoben. »Allerdings wird mir der Einstieg in solch eine Karriere nur gelingen, wenn ich endlich eine Assistentenstelle ergattern kann«, stellte sie nüchtern fest und war wieder auf dem Boden der Tatsachen gelandet.

»Aber mit diesen Assistentenstellen hast du doch schon in Berlin kein Glück gehabt«, wendete Ilse ein. Damit hatte sie leider recht.

»Ich habe nicht Musik studiert, um als Notensekretärin zu versauern«, platzte es aus Johanna heraus.

»Sekretärin zu sein ist doch ein anständiger Beruf, von dem man als alleinstehende Frau gut leben kann – bis man einen Ehemann findet.« Ilse zupfte betreten an ihren lackierten Fingernägeln herum.

»Natürlich«, sagte Johanna eilig und tätschelte ihrer Mitbewohnerin begütigend den Handrücken. Sie hatte Ilse nicht vor den Kopf stoßen wollen. Diese war nämlich Sekretärin in einer Kanzlei und sehr zufrieden mit ihrer Stelle. Allerdings war sie auch nur zwei Jahre auf die Sekretärinnenschule gegangen. Johanna hingegen hatte es allen Widerständen zum Trotz als einzige Frau in ihrem Jahrgang geschafft, ihr Musikstudium an der Universität der Künste Berlin nach fünf Jahren abzuschließen – sogar mit Auszeichnung. Ihre Eintrittskarte ins Studium war ihr großes Talent als Pianistin gewesen. Auf dem Klavier und der Orgel hatte sie bereits als Schülerin einige Wettbewerbe gewonnen. Im Studium waren noch der Gesang und das Chordirigieren als Schwerpunkte dazugekommen. Das Dirigieren hatte sie mit unvermuteter Leidenschaft gepackt.

»Aber die Musik ist nun einmal meine Passion und meine Berufung!«, erklärte Johanna und spürte, wie ihr schneller Herzschlag das Blut in ihrem ganzen Körper pulsieren ließ. Ihre Finger kribbelten und sehnten sich danach, den Dirigentenstab zu führen.

»Dafür musst du doch nicht nach Wien«, beharrte Ilse und nahm einen Schluck von ihrem Kaffee. »Du hast schließlich schon dein eigenes Orchester hier in Berlin.«

Johanna hatte vor vier Jahren mit anderen Musikstudenten ein kleines Orchester gegründet: das »Andiamo«. Das war Italienisch und bedeutete »Auf geht's«. Unter ihrer Leitung hatten sie einige Konzerte im kleinen Rahmen gespielt, in der Kirche, bei privaten Feiern und Soireen – nichts, was einem Musiker große Anerkennung verschaffte.

»Das ›Andiamo‹ war gut während meines Studiums, damit ich Konzerterfahrung sammeln konnte. Aber keiner von uns kann davon leben. Die Gage für ein Konzert unter allen verteilt genügt gerade mal für ein Abendessen pro Kopf. Deshalb springen in der letzten Zeit auch ständig Musiker ab, weil sie eine

Festanstellung in einem Berufsorchester gefunden haben. Mein Studentenorchester löst sich allmählich auf.«

Johanna wischte mit der Hand ein paar Brotkrümel vom Tisch. Auch in ihrem Leben war es Zeit zum Reinemachen. Die kärglichen Krümel ihrer Karriere mussten weichen, damit sie festlich auftischen konnte. Vor zwei Jahren hatte sie ihr Studium abgeschlossen und war bisher in ihrer Musikerlaufbahn keinen Schritt weitergekommen. Jetzt war sie 28 Jahre alt und bereit, ein echtes Risiko einzugehen, um ihrem Traumberuf endlich näher zu kommen.

»Aber du verdienst doch gutes Geld mit deinen Klavierstunden«, gab Ilse zu bedenken, die offenbar nicht müde wurde, Johanna von ihrem Vorhaben abzubringen.

»Das ist aber kein Hauptberuf, sondern nur ein Zubrot«, erwiderte Johanna ein wenig barsch. Untalentierten Kindern reicher Leute das Klimpern beizubringen hatte sie schon als Gymnasiastin gekonnt. Heutzutage konnte und wollte sie so viel mehr!

»Du brauchst mich gar nicht anzumaulen«, beschwerte sich Ilse. »Ich will dich nur vor einem Reinfall bewahren. So eine Reise nach Wien kostet bestimmt einen Haufen Geld und am Ende kriegst du die Stelle sowieso nicht.«

»Ich muss es versuchen, koste es, was es wolle«, entschied Johanna beherzt und stand auf. Sie wollte sofort ihren Koffer packen und alles Nötige organisieren. Sie musste sich bei der Orchesterverwaltung eine Woche Urlaub nehmen und eine Fahrkarte für den nächsten Zug nach Wien besorgen. Zum Glück hatte sie in den letzten Jahren ihren Sparstrumpf stetig befüllt. So wanderten die Preisgelder, die sie hin und wieder bei einem Pianistenwettbewerb gewann, immer in ihre eiserne Reserve. Sie hatte genügend Geld, um sich die Reise nach Wien, Hotelübernachtungen und was sonst noch nötig war zu leisten.

»Ich wünsche dir viel Glück«, sagte Ilse zum Abschied noch am selben Abend, und in ihren großen Augen schimmerte es verdächtig. Johanna umarmte ihre Freundin fest – so, als wäre es ein Abschied für immer. Wenn die Wiener Musikwelt sie willkommen hieße, würde Johanna ohne Bedauern alles in Berlin hinter sich lassen, auch wenn sie Ilse vermissen würde. Sie konnte es kaum erwarten, ein neues Stück in der Partitur ihres Lebens anzustimmen.

Es kam Johanna wie ein Traum vor, als sie am nächsten Morgen Wien erreichte. Im Gepäck befanden sich ihre gesamten Ersparnisse und alle ihre Partituren. Der Nachtzug aus Berlin hatte sie ratternd durch die Dunkelheit und über Ländergrenzen getragen. Nun zuckelte die Straßenbahn an elektrischen Oberleitungen hängend wie ein braves Pferdchen durch die Wiener Prachtstraßen. Johanna saß an einem Fensterplatz, die Knie waren gegen ihren dicken Lederkoffer gepresst und sie reckte ihren langen Hals zum Fenster, um den ersten Blick auf die Stadt ihrer Träume zu erhaschen. Die Sonne konnte sich noch nicht entschließen aufzugehen und den Dunst der Nacht zu vertreiben. Kaiserliche Fassaden unter einem Grauschleier der Vergangenheit zogen vor ihren Augen vorbei. Ein kalter Luftzug wehte über ihre Wangen, als sich die Türen der Straßenbahn klappernd öffneten. Eine Marktfrau mit einem Korb voller duftender Äpfel und drei junge Frauen in weißer Krankenschwesterntracht stiegen ein; einige der Herren im Abteil zogen ihre Hüte und sagten in weichem Singsang »Grüß Gott« und »Habe die Ehre«. Das klang balsamisch in Johannas Ohren im Vergleich zum rauen Berliner Ton.

Bald bog die Straßenbahn um eine Kurve und sie war auf dem Opernring. Ihr Herz hämmerte, als sie sich an den Passagieren vorbeischob und ausstieg. Die Müdigkeit in

Johannas Gliedern wurde von einer Welle der Aufregung weggespült, als sie endlich den Musikpalast vor sich sah.

Das Wiener Opernthearer thronte als dicke Diva auf ihrem ersten Platz an der Ringstraße – dabei trug sie die Hausnummer 2, aber das würde ihr niemand vorhalten. Es handelte sich um jenen Boulevard, den Kaiser Franz Joseph I. ab 1860 auf den Spuren der alten Stadtmauer erbauen und von den Prachtbauten hatte säumen lassen, die der Donaumonarchie ein repräsentatives neues Gesicht verliehen. Johanna ließ ihren Blick über das Opernhaus streifen, das die Wiener bei seiner Eröffnung im Jahr 1869 als »versunkene Kiste« geschmäht hatten. Die steinerne Diva saß tatsächlich tief im Fundament, schien sich nur behäbig aus den Steinplatten der umgebenden Plätze zu erheben – dafür aber umso mächtiger, breiter und unverrückbarer, als ein grazier Bau es vermocht hätte. Trotz ihrer vielen Fenster hatte die Oper etwas von einer abgeriegelten Festung. Johanna stellte sich vor, wie sich unter den erhabenen Arkaden vor und nach einer Vorstellung die Automobile in einer Prozession aneinanderreihten und festlich gekleidete Besucher zum prachtvollen Foyer mit Stiegenaufgang entließen und aufnahmen. Aber jetzt zur Morgenstunde lag der Eingang noch im Dornröschenschlaf.

Johanna bückte sich, um ihren schweren Koffer hochzuheben, dabei löste sich eine blonde Haarsträhne aus ihrem locker zusammengesteckten Haarknoten und fächerte sich über ihre Stirn aus. Sie pustete sich den Haarschleier von den Augen und richtete sich zu ganzer Größe auf. »Leuchtturm Johanna« hatten ihre Schulkameraden sie halb neckend, halb neidisch ihre ganze Jugend hindurch gerufen. Als Kind der Nordsee waren ihr die Leuchttürme allgegenwärtig – und auf Wangerooge gab es sogar zwei davon, den alten und den neuen. Im Alter von dreizehn Jahren hatte ihr Körper beschlossen, ungebremst in die Höhe zu schießen. Jedes Jahr war sie über zehn Zentimeter gewachsen, wie Vaters Bleistiftstriche im Türrahmen belegten. Zum Glück hatte sie mit siebzehn ihren Höchststand von 1,78 Metern erreicht.

»Bald guckt unser Meitje noch aus dem Schornstein in die Wolken«, hatte Vater immer gesagt.

»Albert, unser Meitje braucht schon wieder neue Schuhe«, hatte ihre Mutter händeringend zu jeder Jahreszeit gerufen und ständig neue Verlängerungen aus Stoffresten an die Ärmel der Pullover und Hosenbeine von Johanna genäht.

»Deine Hosenbeine sehen aus wie eine Ziehharmonika«, hatte Greta aus ihrer Klasse gemeint und sich über den weißen Spitzenkragen ihres Blumenkleidchens gestrichen. Johanna hatte sich aus solchen Äußerlichkeiten nichts gemacht.

Sie war, soweit sie sich erinnern konnte, nie ein normales Mädchen gewesen. Im Alter von drei Jahren hatte sie das Meeresrauschen in den Muscheln entdeckt. Mit der einen Hand hatte sie sich die große Muschel an ihr Ohr gepresst, war barfuß auf dem Sand im rhythmisch auf und ab fließenden Meeresstrom getänzelt und hatte mit ihrem anderen Ärmchen in den windigen Himmel gefuchtelt, um die Schreie der Möwen zu einem Konzert zu vereinen.

Mit einiger Schlagseite schleppte sie ihren Koffer vom Portal um die rechte Ecke und nun erstreckte sich die Längsseite des Opernhauses zwischen Ring und Philharmonikerstraße. Die Morgensonne lugte zwischen den Wolken hindurch. Sie zauberte ein mildes Licht auf das Gesicht der steinernen Diva, die keine Altersfalten offenbarte.

Gegenüber der Oper nahm das Hotel Bristol mit wehenden Fahnen einen ganzen Häuserblock ein. Zu seiner gläsernen Drehtür verlief ein roter Teppich, der deutlich machte, dass hier die Reichen und Berühmten logierten – zu diesem erlauchten

Kreis gehörte Johanna nicht. Sie steuerte die Mahlerstraße an, die sich bescheiden an die Seite des Luxushotels schmiegte. Das dortige Hotel garni war schnell gefunden und sie stellte ihren Koffer in einem schlichten Zimmer mit Blick in einen grauen Innenhof ab. Geschwind machte sich Johanna frisch und fischte dann ihr wichtigstes Gut aus dem Koffer: Die Partitur der Haydn-Sinfonie No. 49, »La passione«, mit der sie sich morgen für die Stelle des Assistenten vorstellen wollte. Heute war noch Zeit, das Stück weiter einzustudieren. Aber Musik brauchte Luft zum Atmen, deshalb zog es sie zum nahen Stadtpark.

Voller Entdeckungsdrang und mit einem Stadtplan ausgerüstet trat sie auf die Straße und folgte dem Kärntnerring, den sie heute früh schon mit der Straßenbahn befahren hatte. Als sie an einer Hofzuckerbäckerei vorbeikam und ihr der betörende Duft von Gebäck in die Nase stieg, versorgte sie sich mit fruchtigen Powidltascherln, die sie hungrig direkt aus der Tüte aß, auch wenn ihr dabei die Zwetschgenmarmelade auf das Kinn tropfte. Beim Café Schwarzenberg machte die Ringstraße eine Linksbiegung und ging in den Schubertring über. Sie kam zuerst am prachtvollen Gebäude des Musikvereins vorbei – dessen Goldener Saal mit der hölzernen Kassettendecke den Ruf einer himmlischen Akustik hatte –, dann reckte sich zur rechten Hand das Konzerthaus in die Höhe. Sie war wirklich im Herzen der Musikstadt angekommen. Hier wollte sie bleiben!

Als Johanna durch das schmiedeeiserne Tor in den Stadtpark trat, war sie anstelle von Bäumen zunächst von Marmorsäulen umringt. Diese antike Terrasse thronte über einem kanalisierten Flusslauf, der schnurgerade in die Ferne lief. Ein Spazierweg linker Hand führte sie endlich unter hohe Bäume und entlang einer Reihe von Parkbänken auf eine gepflegte Wiese zu – aber was schimmerte dort so gülden hinter dem Geäst hervor? Auf einem Marmorsockel und umrahmt von einem Himmelsbogen mit einem Relief aus Musen und Engeln stand ein goldener Johann Strauss in Überlebensgröße mit seiner Geige am Kinn und dem Bogen angelegt im Walzerschwung. In Johannas Kopf spielte die Geige im Dreivierteltakt die Melodie von »An der schönen blauen Donau«. Sie hob unwillkürlich ihre Arme, schloss die Augen und leitete mit ihren Händen die Töne zu einem Strom aus Harmonie. Der Ruf einer Ente tönte dissonant dazwischen und sie machte ihre Augen wieder auf, um den Musikanten zu orten, der so aus der Reihe flatterte. Das Gelände flachte ein wenig zu einem Teich ab, auf dem die lautstarken Enten und einige Schwäne mit ihren stolz gebogenen Hälsen schwammen. Sie wanderte weiter durch den Park auf der Suche nach einer stillen Bank. Aber ein Komponistendenkmal nach dem anderen sprang ihr ins Auge und buhlte um ihre Aufmerksamkeit: Franz Schubert, Franz Lehár, Robert Stolz und Anton Bruckner. Sie hätte vor jedem von ihnen niederknien mögen.

Schließlich fand sie eine Bank zu den Füßen von Schubert und breitete die Partitur auf ihren Knien aus. Seite für Seite tauchte sie in die Noten der Sinfonie ein, setzte die einzelnen Instrumente in ihrem Kopf zu einem Orchesterklang zusammen, ihre Hände immer in Bewegung wie eine Bildhauerin, die ganz zart ein Wolkengebilde zu einer Skulptur formte. Bald entstand unter ihren Händen sogar ein ganzer Palast aus schwebender Musik. Der Komponist war der Architekt und sie als Dirigent die Baumeisterin. Der Kontrabass legte das Klangfundament, das Fagott bildete die Stützpfeiler, das Cello stellte mit seinem tief warmen Klang die Verbindungstreppe her, die Hörner schufen ein robustes Dach, die süßen Geigen sowie die Viola sorgten für eine schmückende Innenausstattung und die Oboen verzierten das Klanggebäude mit Stuck. »La passione« erhob sich in die Lüfte. Sie konzentrierte sich auf die verschiedenen Tempi und die Stimmungen in der Musik. Das langsame *Adagio* schwebte weich und sehnsuchtsvoll wie ein Kopfkissen aus Watte daher; im schnelleren *Allegro di Molto* fegte ein Sturm durch den Wolkenpalast und wirbelte alles auf.

Als von irgendwo eine Kirchenglocke drei Mal schlug, tauchte Johanna aus ihrem Musikrausch wieder auf. Ihre Hände und Füße waren eiskalt von der Novemberluft, aber im Innern war sie erhitzt von der Musik und der Vorfreude. Sie konnte es kaum erwarten, die Sinfonie aus ihrer Imagination dem Klangkörper der Wiener Philharmoniker zu entlocken, jenem Orchester von Weltrang, das jeder Dirigent sich zu führen wünschte. Morgen schon wäre sie an der Reihe.

»Boris Godunow«, rief ein Halbwüchsiger Johanna gellend ins Ohr, als sie den Stadtpark verließ. »Heute Abend im Operntheater am Ring. Mit Emil Schipper in der Titelpartie des wahnsinnigen russischen Zaren. Am Pult Kapellmeister Robert Heger. Letzte Restkarten hier, letzte Restkarten hier!«

Der Rufer stand vor dem Bahnhofshäuschen der Stadtbahn, aus dem gerade ein Schwall von Passanten strömte. Er trug eine rote Uniformjacke mit Schulterstück inklusive goldener Fransen und glänzenden Knöpfen wie ein Lakai aus dem untergegangenen Habsburger Königs- und Kaiserreich. Er hielt eine Handvoll Opernbilletts aufgefächert in der rechten Hand in die Höhe und wedelte damit wie ein Pfau. Tatsächlich drängten sich zwei Damen in Pelzmänteln zu dem Kartenverkäufer und sicherten sich die begehrten Opernplätze. Johanna fühlte eine anregende Wärme durch ihre Adern rauschen. Würde irgendwann ein solcher Junge über die Wiener Straßen und Plätze rufen: »Am Pult des Wiener Operntheaters heute Johanna Osterkamp!«, fragte sie sich.

Das war ihr Traum, für den sie kämpfen wollte. Sie wusste nur zu gut, dass sie als Frau damit Neuland betreten würde und auf dem Weg dorthin die Mauern der Tradition niederreißen musste. Auch wenn die Frauen in Europa seit 1918 wählen durften, war ihr Wahlrecht in Beruf und Lebensführung nach wie vor massiv eingeschränkt. Dafür sorgten Männer, die ihre Dominanz gegenüber dem »schwachen Geschlecht« verbissen verteidigten und diesem keinen Platz in akademischen Berufen oder gar der Politik einräumen wollten. Johanna war dankbar, dass sie wenigstens hatte studieren dürfen. In Preußen war es Frauen erst seit 1908 erlaubt, ein Studium zu absolvieren – damit war dieses Land das Schlusslicht in Europa gewesen, zusammen mit der K.-u.-k.-Doppelmonarchie Österreich-Ungarn. In Wien musste Johanna also mit einer konservativen Haltung gegenüber Frauen rechnen. Frankreich war ein Vorreiter gewesen, hier durften Frauen schon seit 1863 studieren. Kein Wunder also, dass die geniale Wissenschaftlerin Marie Curie in den 1890ern an der Sorbonne in Paris studiert hatte. Frauen wie sie machten Johanna Mut. Wenn Marie Curie es schaffte, auf ihrem Gebiet eine Vorreiterin zu sein und sogar zwei Mal den Nobelpreis zu gewinnen, dann zeigte es, dass Frauen den Männern in ihren geistigen Fähigkeiten nicht unterlegen waren, wie es immer noch von Wissenschaftlern propagiert wurde. So hatte der französische Mediziner und Psychologe Gustave le Bon in einer Schrift aus dem Jahr 1879 vorgetragen, die Gehirne der meisten Frauen seien näher an dem Gehirn eines Gorillas als an dem Gehirn eines weit entwickelten Mannes, und damit stünde ihre geistige Minderwertigkeit fest. So abstrus und beleidigend diese Behauptung in Johannas Ohren klang, so selbstverständlich wurde diese Ansicht über lange Zeit bis heute in weiten Kreisen akzeptiert. Um jungen Mädchen und Frauen den Zugang zu Bildung zu versperren, hatte im letzten Jahrhundert der britische Arzt James Crichton-Browne sogar die Krankheit »Anorexia Scholastica« erfunden. Nach dessen Theorie führe eine zu starke mentale Stimulation bei Mädchen und jungen Frauen zu einer geistigen Überlastung, sodass ihr Nervensystem unterversorgt sei. Die Folgen hiervon seien Appetitlosigkeit und Erschöpfung bis hin zu Hysterie und Wahnsinn. Dieser Unsinn wurde leider auch im 20. Jahrhundert immer noch von einigen Ärzten ins Feld geführt, um Frauen von Bildung auszuschließen. Zum Glück ließen sich viele Frauen nicht davon abhalten, ihre geistigen Möglichkeiten und Talente auszubilden und in Berufen zum Einsatz zu bringen, die bisher einzig und allein Männern vorbehalten gewesen waren. Johanna freute sich jedes Mal, wenn sie in der Zeitung von einer solchen Frau las. Dann schnitt sie den Artikel aus und bewahrte ihn in einer Sammelmappe auf. So war die Ärztin Else von der Leyen um 1900 eine der ersten Studentinnen in Heidelberg gewesen. 1902 war sie als erstes weibliches Mitglied in den Berliner Verein der freigewählten Kassenärzte aufgenommen worden. Auch eine Professorin existierte in Berlin: Der Medizinerin und Tuberkuloseforscherin Lydia Rabinowitsch-Kempner war 1912 von Kaiser Wilhelm II. als erster Frau in Preußen der Professorentitel verliehen worden. In der Musikwelt jedoch gaben weiterhin ausschließlich die Männer den Takt an. Jedenfalls hatte Johanna noch nie von einer Dirigentin gehört, die von einem professionellen Orchester engagiert worden war. Im Archiv der Berliner Philharmoniker hatte sie allerdings auf der Suche nach Noten vor einigen Wochen eine aufregende Entdeckung gemacht. Plötzlich hatte sie einen vergilbten Programmzettel der Berliner Singakademie für den 5. November 1887 in ihren Händen gehalten, auf dem ein Konzert von Mary Wurm mit den Berliner Philharmonikern angekündigt worden war. Als Johanna diesen Programmzettel dem Archivleiter unter die Nase gehalten und neugierige Fragen zu Mary Wurm gestellt hatte, hatte dieser gelangweilt abgewunken. Manche Möchtegern-Musikerinnen mit genügend Geld in der Tasche bezahlten ein Orchester, damit es mit ihnen spiele, hatte er schnaubend gemeint. Die Berliner Philharmoniker würden sich niemals selbst einen weiblichen Dirigenten auswählen, hatte ihr der alte Mann versichert.

Aber Johanna ließ sich von solchen Aussagen nicht entmutigen. Im Gegenteil. Wenn jemand ihr sagte, dass sie etwas nicht schaffen würde, strengte sie sich umso mehr an. Schließlich war es ihr schon gelungen, ein Stipendium an der Akademie der Künste in Berlin zu bekommen und dann durch ihre Leistungen die Anerkennung ihrer Professoren zu erringen, auch wenn sie zu Beginn ihres Studiums stets schärfer kritisiert worden war als ihre männlichen Kommilitonen. Sie hatte es allen bewiesen, dass sie als Musikerin mit den Männern mithalten, sie sogar überflügeln konnte. Wenn sie also nur die Chance bekäme, sich beim Vorspielen im Wiener Opernthe ater präsentieren zu können, dann würde sie das Auswahlkomitee überzeugen! Sofern sie besser dirigierte als die Konkurrenten, müsste die Assistentenstelle gerechterweise ihr zugesprochen werden, auch wenn sie eine Frau war. Es musste schließlich für alles ein erstes Mal geben!

Beschwingt von ihren hoffnungsvollen Gedanken hatte Johanna den Rückweg über die Ringstraße wie im Fluge zurückgelegt und fand sich nun vor dem imposanten Stephansdom wieder. In ihrem Reiseführer stand, dass Mozarts ehemaliges Wohnhaus ganz in seiner Nähe lag. Doch ihr Magen knurrte so laut, dass sie nachgab und zuerst ins Kaffeehaus Diglas in der Wollzeile gleich beim Dom für ein spätes Mittagessen einkehrte. Seufzend ließ sie sich in einen weichen Polsterstuhl in einer Sitznische am Fenster sinken, eingerahmt von dunklen Nussholzpaneelen. Die Heizung wärmte behaglich ihre Waden. Ein Kellner in weißem Oberhemd und tannengrüner Weste trat an ihren Tisch und versorgte sie mit einer Tageszeitung nebst Briefpapier und Schreibutensilien.

»Was wird angenehm sein?«, erkundigte er sich in diesem speziellen Singsang, der die Vokale genüsslich dehnte. Sie bestellte das Tagesgericht. Der Zahlmarkör gab die Bestellung an seinen Kollegen weiter, der direkt hinter ihm stand. Dieser Zuträger eilte dann in die Küche und kehrte kurz darauf mit einem dampfenden Teller zurück. Johanna verspeiste einen großen Germknödel mit Pflaumenmusfüllung, der in einem See aus Vanillesoße schwamm. Wenn ganz Wien doch so süß und sättigend wäre.

Die Karte mit den Kaffeespezialitäten gab ihr allerdings Rätsel auf. Es standen kleine, große und verlängerte *Braune* und *Schwarze*, *Einspänner*, *Fiaker*, *Kapuziner* und *Franziskaner* zur Wahl. Außerdem war die Rede von Sorten rund um Berufsgruppen wie *Konsul* und *Pharisäer*, dann wurde es geografisch mit *Türkischer*, *Kosakenkaffee* und *Schwarzwälder*, schließlich persönlich mit *Maria Theresia*, *Mozart*, *Obermayer*, *Franz-Landtmann-Kaffee* und *Überstürzter Neumann*.

Als der Zahlmarkör wieder an ihren Tisch kam, fragte sie, was sich hinter dem *Überstürzten Neumann* verberge.

»Schlagobers, also Schlagsahne, wird in einer leeren Kaffeeschale serviert, dazu wird ein doppelter Mokka gereicht, der vom Gast über das Schlagobers gestürzt wird«, erklärte er. Sie nickte und tippte dann fragend auf den *Mozart Mokka*.

»Ein großer Schwarzer mit Schlagobershaube, dazu wird ein Fläschchen Schokoladenlikör serviert.«

Johanna ließ sich vom Zahlmarkör das gesamte Mokka-Sortiment erklären, was er mit stoischer Arroganz tat. Hinter jedem Namen verbarg sich Mokka als Grundsubstanz, dann kam meistens noch ein Schuss Alkohol dazu – Rum, Likör, Cognac, Wodka oder Whisky – und für jede erdenkliche Art, in der Schlagobers dazu serviert werden konnte, gab es einen eigenen Namen – von einem Löffel balanciert oder als Haube oder als Bodensatz. Ein weiteres Unterscheidungsmerkmal für die Sorten war auch das Gefäß, in dem das Getränk serviert wurde: im Einspännerglas – das man wie ein Kutscher in nur einer Hand halten konnte – oder im Kupferkännchen.

»Was darf der gschamste Diener der Dame bringen?«, fragte der Ober schließlich mit einer doppelten Portion Ironie mit Schlagobers.

»Den *Mozart Mokka*, bitte«, sagte Johanna und lächelte ihrem Diener verschmitzt zu, der sich mit einem enervierten Seufzer abwendete. Kurz darauf setzte der Zuträger ihr die bestellte Mokka-Variation vor. Johanna träufelte einen Schuss vom Likör in den schwarzen Kaffee und nippte neugierig daran. Sie bekam einen Sahneschnauzbart auf der Oberlippe und ihre Kehle wurde angenehm warm vom Alkohol. Schließlich winkte Johanna dem Zahlmarkör und beglich die Rechnung.

Inzwischen war es dunkel geworden und Johanna ging leicht schwankend vom Likör zurück zum Hotel – ihre Partitur unter dem Mantel an ihre Brust gepresst wie einen Schutzschild.

In ihrem Hotelzimmer war es eiskalt und sie drehte die Gasheizung auf. Ihre wenigen Kleidungsstücke verstaute sie im Schrank und stapelte ihre kostbaren Partituren darin zu einem Turm. Monteverdi und Mozart bildeten das Fundament und ihr geliebter Gustav Mahler die Spitze. Die restlichen Habseligkeiten reihte sie ordentlich auf dem Frisiertischchen auf – einige Toilettenartikel. Jedoch anstelle von Wimperntusche und Kajalstiften gab es bei ihr nur Bleistifte und Buntstifte für die Notizen in den Noten.

Aber ein Gegenstand brauchte einen besonderen Platz. So wie manche Menschen ein Kreuz oder einen siebenarmigen Leuchter aufstellten, baute sie einen kleinen, aufklappbaren Notenständer aus dunklem Metall auf, den ihr ein Straßenkünstler am Berliner Gendarmenmarkt verkauft hatte. Darauf breitete sie eine Miniatur-Partitur aus – es war ein Notizheftchen mit Notenlinien, das sie als sechsjähriges Mädchen zwei Wochen lang in ihrem Krankenbett geführt hatte, als sie das Scharlachfieber geschüttelt hatte. Dort hatte sie die Melodien aus ihren wirren Träumen eingefangen und niedergeschrieben. Ihre erste Komposition: das »Lied der Gezeiten«. Dieses Lied hatte sie in der vierten Klasse sogar einmal mit ihren Schulkameraden aufgeführt – mit Glockenspiel, Blockflöten, Xylofon und Trommel. Sie hatte dirigiert. Das Publikum hatte aus den Möwen am Strand und dem stinkenden alten Beppo bestanden, der zum Schluss gejault hatte – was entweder Bravo oder Buh bedeuten mochte. Ihr »Lied der Gezeiten« war die Geburt ihres Traumes gewesen, Musik zum Erklingen zu bringen. Behutsam strich sie mit ihrem Zeigefinger über die gewellten Seiten des Papiers und die ausgeblichenen Noten, die trotzig den letzten 22 Jahren standgehalten hatten.

Zuletzt holte sie die längliche schwarze Lederschatulle hervor. Auf dem Deckel befand sich mit Silberfäden eingenäht das Wappen einer Adelsfamilie, die sich wohl irgendwo in den Ritzen der Geschichte verloren hatte. Das Innere der Schatulle war mit rotem Samt ausgeschlagen und duftete nach Edelholz und Orangenschalen. Sie enthielt den größten Schatz, den es für Johanna gab, kostbarer als Schmuck und Geschmeide: ihren Dirigentenstab.

Für sie war es kein bloßer Taktstock – es war ein Zauberstab, der aus dem Klangkörper jene Musik herausholte, die in den unbeschreiblichen Sphären zwischen den Noten und ihrer Vision schwebte. Sie nahm den Stab in die Hand, ließ ihre Fingerkuppen über das glatt polierte Weißbuchenholz streichen, von der hellen Spitze bis zum Schaft, der in einem birnenförmigen Filzkopf endete, der sich in ihre hohle Hand schmiegte wie eine Nuss in ihre Schale. Der Dirigentenstab war eine Verlängerung ihrer Hand, so natürlich zu ihr gehörend wie jeder ihrer Finger.

Sie hob ihre Arme, schloss die Augen und ließ die ersten Takte der Haydn-Sinfonie No. 49 erklingen; der Stab tanzte geschmeidig durch die Luft und gab dem Schrank, dem Spiegel und der Deckenlampe ihre Einsätze. Nach dem *Adagio* legte sie den Stab mit einem zufriedenen Lächeln wieder auf sein samtiges Lager und fiel bald selbst in einen Schlaf, in den sie das Echo der Musik begleitete.

Kapitel 2:
Dekolleté statt Frack? Unmöglich!

Wien, 2. November 1925

Als der Wecker Johanna am nächsten Morgen um acht Uhr aus dem Schlaf riss, streckte sie ihre steifen Beine aus und rieb sich ihre linke Schulter. Die Heizung war aus und die Kälte der Nacht durch alle Ritzen in ihr Zimmer gekrochen, sodass sie sich unter der dünnen Decke im Schlaf eingerollt hatte. Rasch schlüpfte sie mit eiskalten Füßen in ihre Pantoffeln, griff sich Handtuch und Waschbeutel und tappte über den Flur ins Damenbadezimmer, um sich unter der Dusche aufzuwärmen. Das Wasser aus dem Boiler war nicht so heiß, wie sie es gerne gehabt hätte, aber immerhin kam wieder etwas Farbe in ihre bleichen Finger und Zehen.

Zurück in ihrem Zimmer legte sie mit Bedacht ihre Kleidung für das Dirigieren an. Eine schwarze Leinenhose und ein hüftlanges schwarzes Oberhemd aus Baumwolle – so wie es die Herren Dirigenten üblicherweise bei der Probe trugen. Der einzige Unterschied zu ihren Kollegen in der Berufskleidung bestand im Büstenhalter, den sie darunter trug. Dieser war aus fester schwarzer Baumwolle und sorgte dafür, dass ihre Brüste gut in Position gehalten wurden und beim Gestikulieren kein hüpfendes Eigenleben entwickeln konnten. Zuletzt flocht sie ihre langen blonden Haare in einen strengen Zopf, damit diese weder sie selbst noch die Musiker ablenken würden.

Um halb zehn schlüpfte sie in ihren grünen Mantel, wickelte sich den gelben Schal um den Hals und hängte sich die Ledertasche mit der Partitur und ihrem Dirigentenstab über die Schulter. So ging sie mit federnden Schritten zum Operntheater. Die Luft war kalt und klar, einige Sonnenstrahlen ließen sich wärmend auf ihrer Nasenspitze nieder. Der Tag konnte nur schön werden.

Als sie unter den Arkaden auf den Bühneneingang zuschritt, pochte ihr Herz heftig gegen ihre Rippen, als sie die Warteschlange von jungen Herren sah: eine kleine Heerschar von aufstrebenden Dirigenten, alle in schwarzen Hosen und dunklen Mänteln mit gescheitelten und gestriegelten Haaren – die Uniform seriöser Zurückhaltung. Das Recht auf Extravaganz auf dem Dirigentenpult musste man sich erst erarbeiten. Es waren ihre Schicksalsbrüder, aber vielmehr noch Konkurrenten um den einen Platz, der zu vergeben war. Sie stellte sich ans Ende der Schlange. Ihr Vordermann saugte an einer Zigarette, als hinge sein Leben davon ab. Er drehte sich flüchtig nach ihr um. Dann wenige Sekunden später ein zweites Mal, nun mit großen Augen hinter runden Brillengläsern.

»Sie stehen wohl in der falschen Schlange, meine Dame«, sagte der nervöse Raucher.

»Das glaube ich nicht«, widersprach Johanna. Nun drehte sich ein weiterer Anwärter mit Oberlippenbart um, er hielt die

Partitur von Haydns Sinfonie aufgeschlagen in beiden Händen wie ein Prediger die Bibel.

»Der Bühneneingang für die Arbeiterinnen ist auf der Rückseite«, erklärte der Haydnjünger. »Hier ist nur Einlass für das künstlerische Personal.«

Johanna nickte, rührte sich aber nicht vom Fleck. In diesem Augenblick öffnete sich die eisenbeschlagene Pforte ins gelobte Land und die jungen Dirigenten drängelten hinein. Ihre beiden Vordermänner schienen die *verirrte* Frau hinter sich vergessen zu haben und schoben sich im Gänsemarsch vorwärts.

Als Johanna in den Vorraum kam, sah sie, dass ein Portier darüber wachte, wer ins Heiligste vorgelassen wurde. Er thronte hinter einer hohen Empfangstheke in einer Loge. Hinter ihm gab es ein Schlüsselbord und unzählige Schubladen sowie Schlitze mit Papieren, eine Holzwand hing voller Listen. Johanna beobachtete, wie jeder Anwärter dem Portier seinen Namen nannte, den dieser auf seiner Liste suchte, sich eine Unterschrift des Besuchers geben ließ und ihm dann einen Eintrittsausweis überreichte, den man sich an einem Band um den Hals hängte. Johannas Name würde nicht auf der Liste stehen. Endlich war sie an der Reihe.

»Guten Tag«, sagte Johanna mit fester Stimme. »Ich möchte mich gerne auf die Liste für das Vorspielen setzen lassen. Empfehlungsschreiben habe ich dabei.«

Der Portier hatte einen gepflegten grauen Bart und blickte sie forschend aus grauen Augen durch die Gläser einer kleinen Brille mit Goldrand an. Sie zog eine Briefmappe aus ihrer Schultertasche, bereit, dem Portier ihre Papiere zu zeigen. Dieser hielt beide Handflächen nach oben in einem deutlichen Halt.

»Wir suchen hier einen Assistenten für den Herrn Kapellmeister Heger«, sagte der Portier. »Auf welche Stelle wollen Sie sich denn bewerben, gnä' Frau?«

»Ich bin Dirigentin«, sagte Johanna. »Ich möchte mich für die Assistentenstelle vorstellen.«

Der Portier strich sich bedächtig über seinen Bart.

»Tut mir leid, aber eine Frau – fast noch ein Mentscherl – als Dirigent, das geht nicht. So was hat's hier noch nie gegeben.«

»Es gibt für alles ein erstes Mal«, entgegnete Johanna und hob ihr Kinn. Zum Glück bemerkte der Portier nicht, dass ihre Knie zu zittern anfingen.

»Lassen Sie mich doch dem Herrn Kapellmeister vorspielen, dann wird er schon sehen, was ich kann.«

Der Portier wiegte seinen Kopf. Johanna fischte einen zweiseitigen Brief aus ihrer Dokumentenmappe und schob ihn dem Torwächter zum Lesen hin.

»Ich bin seit gut zwei Jahren die zweite Assistentin von Maestro Furtwängler beim Berliner Philharmonischen Orchester«, erklärte sie hastig und tippte mit ihrem Zeigefinger zuerst auf den Briefkopf des weltberühmten Orchesters. Anschließend legte sie die zweite Seite des Briefs obenauf und deutete auf die schwungvolle Unterschrift des renommierten Dirigenten. Der Portier nahm die Papiere in die Hand und begann mit gerunzelter Stirn zu lesen. Das hatte Johanna befürchtet. Das Schreiben war ihr Arbeitszeugnis. Tatsächlich hatte sie für Wilhelm Furtwängler gearbeitet, aber sie war eigentlich als Sekretärin angestellt gewesen und hatte dafür gesorgt, dass jedem Orchestermusiker sowie dem Dirigenten immer die richtigen Noten vorlagen. Diese Arbeit im Hintergrund hatte es ihr erlaubt, bei unzähligen Proben des Meisters dabei zu sein – sie hatte jede seiner Bewegungen und Anweisungen studiert und den Klang des Orchesters aus allen möglichen akustischen Standorten des Saales erkundet, stets mit der Dirigentenpartitur vor sich und einem Bleistift hinter dem Ohr. Allerdings war das eigentlich nicht ihre Aufgabe gewesen, sondern die des Assistenten des Dirigenten, als verlängertes Ohr des Maestros die Ausgewogenheit des Klanges im Raum zu erlauschen. Der bestellte Assistent von Maestro Furtwängler war ein junger Mann mit fahler Haut und Halbglatze, der sich während der Probe penibel Notizen machte, dem Meister aber ständig nur beteuerte, dass der Klang »optimal« oder »vollendet« sei. Es war jedoch vorgekommen – zuerst selten, dann immer häufiger –, dass Furtwängler sich nach einer Bestätigung durch seinen ergebenen Assistenten plötzlich nach Johanna im leeren Zuschauersaal umgeschaut, sie fixiert und die Hand an sein Ohr gehalten hatte. Daraufhin hatte sie ihm ihre Eindrücke geschildert, zum Beispiel »die Klarinetten gehen unter« oder »die Posaunen dominieren«, jedes Mal mit einer genauen Benennung des Takts oder der musikalischen Sequenz. Furtwängler hatte genickt, ohne eine Miene zu verziehen. Als Johanna vor einem Monat um ein Zwischenzeugnis gebeten hatte, hatte sie in ihren Entwurf neben »Sekretärin in der Notenverwaltung« auch »zweite Assistentin des Dirigenten« geschrieben – dieser Zusatz war leider gestrichen worden. Die Beschreibung ihrer Tätigkeiten im Zeugnis klang nach reiner Büroarbeit und ließ nichts von ihren musikalischen Fähigkeiten erahnen.

»Hier steht, dass Sie eine Sekretärin sind. Vom Dirigieren lese ich hier nichts«, stellte nun auch der Portier trocken fest.

»Das Zeugnis ist unvollständig«, sagte Johanna. »Maestro Furtwängler wird auf Nachfrage sicher bestätigen, dass ich ihn bei den Proben musikalisch unterstützt habe.«

Johanna war sich keinesfalls gewiss, ob sich der Stardirigent zu solch einer Aussage herablassen würde. Aber sie musste als Bittstellerin alle ihre Trümpfe ausspielen, auch wenn diese sich vielleicht als Nullen herausstellen würden. Sie wusste, dass Furtwängler regelmäßig in Wien tätig war, er hatte die Stelle des Konzertdirektors der Gesellschaft der Musikfreunde in Wien inne und dirigierte hier auch seit einigen Jahren das Wiener Sinfonieorchester. Wenn er bei Direktor Schalk ein gutes Wort für Johanna einlegen würde, wäre ihr die Stelle am Operntheater sicher. Aber leider trat Maestro Furtwängler nicht als ihr Fürsprecher auf. Johanna beeilte sich, etwas nachzulegen, und zog nun eine überzeugendere Urkunde aus ihrer Mappe.

»Ich habe ein Musikstudium an der Universität der Künste Berlin mit Auszeichnung abgeschlossen, meine Schwerpunkte waren Piano, Gesang und Chordirigieren.«

Der Portier warf einen prüfenden Blick auf ihre Examensurkunde und grummelte etwas in seinen Bart. Danach griff er zum Telefonapparat.

»Ich werde mal bei Kapellmeister Heger nachfragen, ob er Sie vorspielen lässt, Fräulein«, sagte er.

Johanna jubilierte innerlich.

»Ja, hier Willi Wandler von der Pforte, entschuldigen Sie die Störung, aber hier steht eine junge Dame mit einem Musikexamen von der Universität der Künste Berlin, die schon für Maestro Furtwängler tätig war. Sie möchte sich auf die Assistentenstelle bewerben.«

Es trat eine nervenaufreibende Pause ein, während der Portier in die Telefonmuschel lauschte. Johanna spitzte ihre Ohren, aber sie konnte nichts hören.

»Ja, sehr wohl. Eine Dame«, wiederholte Herr Wandler in die Sprechmuschel. Er lauschte, nickte zwei Mal und brummte »Aha«, dann legte er zur Diskretion seine Hand auf die Muschel und sprach wieder mit Johanna.

»Herr Heger lässt ausrichten, dass die Stelle nicht für Frauen ausgeschrieben ist«, berichtete er und hob seine Schultern.

Johanna meinte eine Spur von Mitleid in seinem Blick zu erkennen. »Warum?«, fragte sie scharf und spürte, wie sich eine Hitzewelle in ihrem Körper ausbreitete. »Ich möchte den Herrn Kapellmeister bitte selbst sprechen.« Sie streckte ihre Hand nach dem Telefonhörer aus. Der Portier reichte ihn ihr.

»Guten Tag«, sagte Johanna. »Warum lassen Sie mich nicht einfach vorspielen, Herr Kapellmeister Heger, dann können Sie sich davon überzeugen, dass ich als Frau sehr wohl und sehr gut dirigieren kann! Ich bin ausgebildete Pianistin und Organistin, habe damit schon einige Preise gewonnen und auch mehr als ein musikalisches Ensemble als Dirigentin geführt.«

Nach einer kurzen Stille hörte sie ein hustendes Geräusch, das wohl ein Lachen sein sollte.

»Wer immer Sie sind, Fräuleinchen, ich habe keine Zeit für dumme Witze«, klang eine sonore Männerstimme an ihr Ohr. »Sie wollen mir wohl einen Berliner Bären aufbinden. Dirigieren ist etwas, was nur Männer können.«

»Woher wollen Sie das wissen? Haben Sie schon einmal eine Frau dirigieren sehen?«, warf sie angriffslustig dazwischen. Erneut vernahm sie das hustende Lachen.

»Etwa im Abendkleid? Wie soll sich da bloß ein Musiker auf die Noten konzentrieren, wenn eine Frau auf dem Pult ihre Reize präsentiert?«

»Sie haben offenbar noch nie eine Dirigentin im Einsatz gesehen! Ich jedenfalls dirigiere im Frack wie jeder Mann auch. Außerdem geht es bei gutem Musizieren doch um die Ohren und nicht um die Augen.«

»Ganz genau! Die Wiener Philharmoniker sind ein Orchester von Weltrang. Nur die Besten der Besten versammeln sich hier zur höchsten Kunstform. Für eine Frau ist an diesem Ort kein Platz – weder im Orchester, noch am Pult. Ich kenne mich aus, ich habe schon einige Musikerinnen beim Vorspielen gehört. Das war jedes Mal ein Katzenjammer. Frauen musizieren in einer anderen Liga als Männer, nämlich eine darunter. Das ist einfach so. Wie bei den Olympischen Spielen. Da treten Frauen und Männer schließlich auch nicht gegeneinander an. Weil Männer den Frauen einfach in jeder Hinsicht überlegen sind.«

Johanna konnte förmlich spüren, wie die Überheblichkeit des Kapellmeisters durch die Telefonleitung drang und wie Gift in ihr Ohr tröpfelte. Ihre Knöchel waren ganz weiß, so fest hielt sie den Telefonhörer umklammert. Sie holte Luft für eine vehemente Erwiderung.

»Musizieren ist kein Sport. Es kommt nicht auf körperliche Kraft an, sondern auf Musikalität, ein gutes Ohr, einen wachen Kopf und auf die Fähigkeit, seine Musiker – und Musikerinnen – zu inspirieren«, entgegnete Johanna mit Leidenschaft.

»Nur ein Mann hat den totalen Überblick, die natürliche Begabung und das Charisma zu führen. Frauen besitzen diese Qualitäten nicht. Sie reden zu viel und sind überempfindlich. Sie selbst sind in diesem Gespräch der beste Beweis«, widersprach Heger süffisant, und Johanna konnte sich sein selbstzufriedenes Grinsen bestens vorstellen.

»Man muss als Dirigent gut kommunizieren und Gefühle gehören zur Musik auch dazu«, konterte sie. »Der Dirigent ist schließlich keine bloße Taktgebermaschine.«

»Hören Sie, wertes Fräulein«, sagte der Kapellmeister mit triefender Ironie. »Gleich geht das Vorspielen los und wir haben hier sieben hervorragend qualifizierte und ambitionierte Dirigenten zur Auswahl. Auf Ihre – zweifellos unterhaltsame – Darbietung werde ich aus Zeitgründen jedoch verzichten. Ihr Musikstudium in allen Ehren – das reicht vielleicht für ein bisserl Salonmusik zum Damenkaffeekranz und Kirchenmusik in der Provinz aus. Viel Glück anderswo. Pfiat Gott.«

Es klickte im Hörer. Johanna nahm den Hörer von ihrem glühenden Ohr und starrte auf die Muschel wie auf den Kopf einer Kobra. Der Portier nahm ihr den Hörer sanft, aber entschieden aus der Hand.

»Ist Herr Heger der Einzige, der hier etwas zu entscheiden hat?«, fragte sie gepresst.

»Der Herr Direktor Schalk ist heute nicht im Haus. Er wird morgen beim zweiten Teil des Vorspielens anwesend sein. Heute werden nicht alle Dirigentenanwärter an die Reihe kommen«, antwortete der Portier.

Johanna nickte und spürte einen kalten Luftzug im Nacken, als jemand zur Tür hereinkam.

»Grüß Gott, Herr Schipper. Wunderbare Vorstellung gestern, besonders die Sterbeszene –, ich hatte Gänsehaut«, sagte der Portier, und der pausbäckige Sänger lächelte geschmeichelt und tippte an seinen Hut. Mit Bassstimme grüßte er zurück und bedankte sich. Johanna steckte die nutzlosen Papiere wieder in ihre Schultertasche und machte sich auf den Weg zur Tür.

»Warten S', Fräulein«, rief der Portier ihr hinterher. Sie drehte sich um.

»Nehmen S' die Sache nicht so schwer. Ich sag's Ihnen ganz frank, es bringt nichts, wenn Sie morgen wiederkommen. Der Herr Direktor hat noch nie eine Frau als Musiker eingestellt. Sie sind schon a bisserl naiv, wenn Sie glauben, Sie könnten die Traditionen hier auf den Kopf stellen. Ich sitze seit dreißig Jahren auf diesem Platz. Es gibt Dinge, die ändern sich nicht. Auch wenn die Damen manchmal Hosen tragen und in manchen Kreisen a Hetz haben …«

»Eine Hetz? Was bedeutet das bitte schön?«, unterbrach sie die Rede des Portiers. Seine wienerischen Ausdrücke waren ihr fremd.

»Das bedeutet: Spaß haben, sich amüsieren«, erklärte er ihr geduldig. »In Berlin geht es ja noch wilder zu, wie man hört, und die Frauen nehmen sich einige Freiheiten heraus. Aber in der Welt der Klassik haben die Herren die Chef-Hosen an. Wenn ich Ihnen einen Zund geben darf, also einen Rat, Fräulein: Fahren Sie wieder zurück nach Berlin. Vielleicht haben Sie bei Maestro Furtwängler mehr Glück.«

Johanna senkte den Blick. Der Mann meinte es freundlich. Aber sie wollte sich nicht sagen lassen, dass sie aufgeben sollte. Das hatte sie zu oft gehört – von ihren Eltern, von ihren Lehrern.

»So schnell gebe ich nicht auf. Sie werden sich noch wundern«, murmelte sie und ging hinaus.

In ihrem Innern kochte der Zorn. Sie stürmte los, ohne nach rechts und links zu schauen, ließ ihre langen Beine ausgreifen, stemmte ihre Stirn gegen den Wind, als wäre er eine Mauer, die sie einreißen wollte. Als sie irgendwann wieder aufblickte, fand sie sich vor der güldenen Statue von Johann Strauss wieder. Ihre Füße hatten unwillkürlich den Weg vom Vortag eingeschlagen und sie in den Stadtpark getragen.

»Solche Probleme hattest du nicht, Johann«, rief sie in das Gesicht des Geigers, der selig lächelte. »Wenn ich nicht dieses ›a‹ am Ende meines Namens hätte, würden diese verknöcherten Kerle mich einlassen in die Welt der Musiker – in diese männliche Überklasse.«

Sie spie die Worte nur so aus. Johann Strauss gab ihr keine Antwort. Sie marschierte weiter. Von Statue zu Statue – jedem Komponisten klagte sie ihr Leid. Aber was verstanden die schon davon? Sie waren schließlich allesamt männlich – die Kronen der Schöpfung. Ha! In diesem Moment durfte einer der Dirigenten seinen Stab schwingen, vielleicht der blasse Brillenträger, der in der Schlange vor ihr gestanden hatte, oder der Schnurrbarttyp. Sie verfügten über den wichtigsten Stab in diesem Wettbewerb: den Penis. Die Welt war so ungerecht. Könnte Johanna doch ihr »a« verlieren und sich einen Schnurrbart wachsen lassen!

Was bildete sich dieser Kapellmeister Heger ein, ihren Traum zu zerstören? Wenn er sie bloß dirigieren hören würde, dann könnte sie ihm beweisen, wie gut sie war. Aber um seine Ohren zu überzeugen, müsste sie seine Augen täuschen. Sie würde morgen wiederkommen und ihm einen schönen Streich spielen!

Auf dem Weg zurück zum Hotel malte sie sich aus, wie sie sich als Mann verkleidete, und lachte in sich hinein.

»O cambio felice« – »O glücklicher Tausch«, sang sie übermütig aus »Cosí fan tutte«. Mozart hätte an solch einem Schabernack bestimmt seine Freude gehabt und wäre ihr Verbündeter gewesen. Einige Passanten warfen ihr erstaunte Blicke zu. Sollten sie sie ruhig für übergeschnappt halten.

Als sie kurz darauf in ihrem Zimmer stand und in den Spiegel blickte, wurde sie ernst. Lange schaute sie in das Gesicht, das ihr fragend entgegenblickte. Sie traf einen Entschluss. Bedächtig holte sie eine Schere aus dem Kulturbeutel und umfasste mit der linken Hand ihren Zopf. Mit der rechten Hand führte sie die Schere. Mühsam, aber beharrlich bahnten sich die Schneiden ihren Weg durch das dicke blonde Haar. Dann hielt Johanna ihren Zopf in der Hand wie eine Trophäe. Sie blickte wieder in den Spiegel. Kurze Haarsträhnen hingen ihr wirr über die Ohren und kitzelten sie im Nacken. Ihre grünen Augen leuchteten.

Kapitel 3:
Kostümwechsel

Johanna musste schnell handeln, wenn sie ihre Verwandlung bis zum nächsten Tag vollenden wollte. Sie brauchte einen richtigen Herrenhaarschnitt und die dazu passende Kleidung, unter der sie ihre verräterischen weiblichen Kurven verbergen konnte. Sollte sie vielleicht andere männliche Merkmale hinzufügen? Als Erstes musste sie ihre Brust platt bekommen. Zum Glück waren ihre Brüste nicht sehr groß – ein Umstand, den sie als Jugendliche bedauert hatte. Als die Oberweiten ihrer Mitschülerinnen verführerisch anschwollen, hatten sich auf ihrer Brust nur kleine Hügelchen gebildet, die man fast übersehen konnte. Passend zu ihrem verhassten Spitznamen »Leuchtturm« zogen ihre leuchtend grünen Augen alle Aufmerksamkeit auf sich, die katzenhaft schräg standen und ihr markantes Gesicht mit den hohen Wangenknochen, der geraden Nase und den temperamentvoll geschwungenen Lippen dominierten. Niemand hatte sie je »hübsch« oder gar »schön« genannt.

»Du siehst so gesund und kräftig aus«, war das größte Lob, zu dem sich ihre Mutter je hatte hinreißen lassen. Als »burschikos« war sie auch öfters bezeichnet worden. Zu ihrem langen Körper gehörten ein Paar lange Füße und lange Hände. Nachdenklich betrachtete sie ihre Hände ganz genau: Konnten sie als Männerhände durchgehen? Unbehaart waren sie – was bei blonden Männern vorkam –, die einzelnen Finger gerade und kräftig. Ihre Nägel waren seit jeher kurz geschnitten und unlackiert. Mit ihren Händen würde sie durchkommen.

Was fehlte ihr noch? Bartwuchs. Vielleicht könnte sie sich ein wenig braunen Puder auf Oberlippe, Kinn und Kieferknochen tupfen, um einen Bartschatten anzudeuten. »Puder« notierte sie sich auf der Einkaufsliste in ihrem Kopf. Oder einen Schnurrbart ankleben? Schade, dass sie sich nicht in die Maskenabteilung der Oper einschleichen könnte, dort würde sie sicher fündig werden. Nein, es müsste jungenhaft bartfrei gehen. Die Herren Dirigenten würden beim Vorspiel ihrem Gesicht hoffentlich nicht so nah kommen, dass sie ihre weiche, weibliche Haut erkennen konnten.

Als verräterischstes Merkmal waren aber zuerst ihre Brüste dran. Sie streifte ihr schwarzes Dirigentenhemd ab und befreite sich aus dem Büstenhalter. Womit könnte sie ein Korsett improvisieren? Sie schnappte sich das Bettlaken und schnitt es kurz entschlossen in drei lange Stoffbahnen. Sie wickelte diese wie einen Verband um ihren Oberkörper, zurrte sie fest, um ihre weiche Brust zu plätten, und befestigte die Stoffenden mit Sicherheitsnadeln. Sie schlüpfte wieder in das Oberhemd und betrachtete das Ergebnis kritisch. Ganz so winzig waren ihre Brüste anscheinend doch nicht, dass sie völlig verschwanden. Ihre Brust sah nun wie bei einem Gockel aus: Stolz geschwollen, wie man im Volksmund sagte, und das war eindeutig männlich. Mit einem Jackett darüber oder gar im Frack würde diese Rundung der Brust sicher noch unauffälliger sein.

Was sie obenherum flach gepresst hatte, sollte sie untenherum vielleicht ausbauen. Was konnte sie bloß in ihre Unterhose stopfen, das wie die Wölbungen von Hoden und Penis aussähe?

Aber eigentlich hatte sie keine Ahnung, wie genau ein Mann dort unten ausgestattet war. Als sie in jenen zwei Nächten mit Giuseppe geschlafen hatte, hatten ihre Augen es nicht gewagt, diese intimen Körperregionen zu erforschen. Sie kniff die Augen zusammen und versuchte, sich männliche Skulpturen und Aktbilder aus dem Museum in Erinnerung zu rufen – aber die Bilder blieben unscharf. Johanna schnaubte ungeduldig. Ach was, die Hose war im Schritt weit geschnitten, sodass Details der Anatomie nicht auszumachen waren. Also würde sie dort unten nichts aufpolstern. Wichtiger war es, dass sie ein männliches Auftreten an den Tag legte. Im Flur schritt sie energisch auf und ab, setzte die Füße breiter und versuchte, den raumgreifenden Gang eines Mannes zu imitieren.

Nun stand der nächste Schritt ihrer Verwandlung an. Sie zog sich ihren Mantel über Hemd und Hose und marschierte in ihren flachen Schnürstiefeln, die sie nicht als Frau verrieten, die belebte Geschäftszeile am Graben entlang. Mit ihrem Leuchtturmblick entdeckte sie bald einen Herrenfriseur. Hier musste sie ihren ersten Test als brandneu geformter Adam – besser gesagt: Johann – bestehen. Nach kurzer Wartezeit wurde »er« in einer der Stühle vor den Spiegeln gebeten.

»Waschen und Schneiden, mein Herr?«, fragte der Friseur, ein kleiner Mann mit dichtem grauem Haar. Er war so diskret, nicht danach zu fragen, wer seinem Kunden zuletzt diese Zottelfrisur geschnitten hatte.

»Ja, bitte. Mit Seitenscheitel rechts und im Nacken bitte ausrasieren«, sagte Johann(a) mit Brustton. Ihre Stimme besaß von Natur einen vollen, eher tiefen Klang.

Beim Haarewaschen legte sie ihren Kopf nach hinten überstreckt in das kleine Waschbecken. Ihr Hals fühlte sich exponiert an, sie mochte diese Haltung nicht.

»Gehen Sie auf einen Kostümball, meine Dame?«, erkundigte sich der Friseur beim Einschäumen. Johanna hob erschrocken ihren Kopf und das Haarshampoo lief ihr brennend in die Augen.

»Wie kommen Sie darauf, dass ich eine Frau bin?«, fragte sie ein wenig kleinlaut.

»Sie haben keinen Adamsapfel«, antwortete der Friseur und tippte mit seinem Zeigefinger auf den Gurgelknopf seines eigenen Halses.

Noch keine halbe Stunde als Mann unterwegs und schon ertappt. Aber besser heute als morgen. An den Adamsapfel hatte sie überhaupt nicht gedacht. Da hatte sie so viel Mühe darauf verwandt, sich die Brust flach zu binden, und dabei die wahre Schwachstelle des Transvestiten glatt vergessen.

Der Friseur machte sich flink ans Werk, seine Schere tanzte durch ihre feuchten Haare, ein Rasierer fuhr ihren Nacken hoch und kurz darauf schüttelte der Haarkünstler das Schutzcape aus. Stolz präsentierte er ihr den Schnitt in einem Spiegel von allen Seiten. Johanna staunte. Mit dem gewachsten Seitenscheitel, dem Bubikopf und dem ausrasierten Nacken sah sie wirklich wie ein junger Mann aus, fast schon militärisch. Sie könnte als träumerischer Offizier durchgehen. Aber über ihren vollen Lippen fehlte eindeutig ein Schnurrbart für die perfekte Verwandlung.

»Gibt es hier in der Nähe einen Kostümverleih?«, fragte sie den Friseur, den sie in seiner Vermutung eines Kostümfestes bestätigt hatte. Vielleicht gab es dort auch falsche Bärte, hoffte Johanna.

»Freili«, sagte der Friseur. »In der Passage bei der Hofburg.«

Sie ließ sich den genauen Ort auf ihrem Stadtplan zeigen und verließ optimistisch den Salon.

Als sie wenig später unter dem Klingeln vieler Glöckchen den Kostümverleih betrat, machte sich sofort ein Gefühl der Verunsicherung in ihr breit. An den Bügeln hingen bunte Gewänder von Harlekinen und orientalischen Prinzessinnen sowie eine große Auswahl an Uniformen und Ballkleidern aus der Kaiserzeit. Machte sie sich zur Witzfigur mit ihrer Kostümierung? Beim Gedanken daran, während des Dirigierens als Frau bloßgestellt und als lächerliche Hochstaplerin aus dem Haus gejagt zu werden, wurden ihre Wangen ganz heiß.

»Was darf es sein, mein Herr?«, sprach die Bedienung sie an.

Johanna fragte nach falschen Bärten und erstand tatsächlich einen Schnurrbart zum Ankleben. Einen Herrenanzug in der aktuellen Mode führten sie jedoch nicht.

Sie wandte sich wieder dem Kohlmarkt und dem Graben zu, wo sich viele Modeboutiquen befanden. Beim Herrenausstatter Kniže empfing sie der Duft von ehrwürdigem Holz, und der dicke grüne Teppich dämpfte die Stimmen. Hier würde sie tiefer in die Tasche greifen müssen, um sich standesgemäß einzukleiden – und das alles nur für einen einzigen Auftritt. Aber sie war entschlossen, ihren Plan umzusetzen, koste es, was es wolle. Sie suchte sich einen gut gearbeiteten, aber unauffälligen Anzug aus dunkelblauem Zwirn aus, dazu ein weißes Oberhemd und eine Baumwollweste. Zum Dirigieren würde sie das Sakko ausziehen und in Hemd und Weste vor das Orchester treten – ganz so, wie es Maestro Furtwängler stets in den Proben gehalten hatte. Dann erstand sie einen schwarzen Filzmantel, der genauso aussah wie die Mäntel ihrer Dirigentenkollegen. Es war sinnlos, halbe Sachen zu machen, also kaufte sie noch ein paar elegante ungarische Herrenschuhe bei Nagy aus schwarzem Leder dazu, die zum seriösen Stil eines Dirigenten passten – bei ihrer Schuhgröße 41 hatte sie eine gute Auswahl. Ihr Ensemble rundete sie mit einem Hut von Habig ab und fand in einem Krawattenladen noch das wichtigste Accessoire: ein Halstuch, schwarz-blau kariert. Ihr fehlender Adamsapfel war damit bestens kaschiert.

Johanna hatte fast ihr gesamtes Budget für diesen Monat ausgegeben, ging aber männlich breitbeinig und in Hochstimmung zurück zum Hotel. Die Verkäufer in den Geschäften hatten sie durchweg mit »Mein Herr« angeredet.

Sie war bereit, morgen den Herren von der Wiener Oper als Dirigent entgegenzutreten und sie vor dem Pult zu überzeugen. Aber es gab noch die formelle Seite – sie würde ihre Examensurkunde und die anderen Papiere vorlegen müssen, die über ihren bisherigen musikalischen Werdegang Auskunft gaben. Auf diesen Unterlagen stand klar und deutlich »Johanna Osterkamp«. Sie musste das »a« ihres Vornamens auf den Dokumenten irgendwie verschwinden lassen. Mit ihrem Nachnamen war sie in sicherem Fahrwasser, denn zum Glück hatte sie sich dem Kapellmeister in ihrem leidigen Telefonat von heute Morgen nicht namentlich vorgestellt. Jetzt erschien es ihr sogar wie eine Fügung, dass Heger sie am Telefon abgefertigt und sie das Gespräch mit ihm nicht von Angesicht zu Angesicht geführt hatte. In diesem Fall wäre es viel schwieriger geworden, ihn in ihrer männlichen Maskerade zu täuschen.

Johanna holte die Dokumente aus ihrer Mappe und setzte sich an das Tischchen am Fenster. Das wichtigste Dokument war ihre Examensurkunde. Das Schreiben von Furtwängler, in dem sie nur als Sekretärin bezeichnet war, ließ sie besser unter den Tisch fallen. Damit war sie schon beim Portier gescheitert. Außerdem sollte sie sich hüten, ihre Furtwängler-Verbindung anzupreisen – denn der kannte sie schließlich nur als Frau. Dann gab es noch die Bescheinigung über ihre studentische Tätigkeit als Notenwender beim international anerkannten Klavierbegleiter Helmut Hendricks. Auch von ihm hatte sie sich viel abgeschaut – jedes Konzert war eine Lehrstunde gewesen. Er war ihr Mentor gewesen, hatte sich ihr Spiel angehört und sie korrigiert. Aber davon war auf dem Papier nichts zu lesen. Also in die Schublade damit. Ihre einzige praktische Erfahrung als Assistentin eines Dirigenten hatte sie als Gymnasiastin gemacht: Hans Wilke war der musikalische Direktor des neu gegründeten Symphonieorchesters von Wilhelmshaven – eine Stadt, die auf der Landkarte der Klassik keine Rolle spielte. Wilke war steinalt und halb taub. Johanna hatte ihm bei jeder Probe seine Ohren ersetzt und ihm ausführliche Notizen in die Partitur gemacht – an welchen Stellen welche Instrumente mehr hervorgehoben oder gedimmt werden sollten, Zeichen zum Tempo und zum Ausdruck. Wilke hatte ihre Anmerkungen stets mit großer Aufmerksamkeit gelesen und sie sogar in seinem Dirigat umgesetzt. Das Einzige, was er jedoch zu Johanna gesagt hatte, war: »Du hast so eine schöne Handschrift!«

Nein, auch Wilke war keine Referenz, mit der sie sich brüsten konnte.

Johanna seufzte niedergeschlagen. Sie war wie eine Schwimmerin, die immer auf Land trainieren musste. Sie beherrschte alle Bewegungen, wusste, was zu tun war. Aber solange sie nicht ins Wasser gelassen wurde, würde niemand sie als Schwimmerin anerkennen. Sie brauchte ein Orchester wie ein Fisch das Wasser. Es war lebensnotwendig für sie.

Also blieb für morgen nur ihr Examenszeugnis übrig, um ihre Kompetenz auch auf dem Papier zu untermauern. Die Urkunde bestand aus einer Seite aus dickem Papier, oben war das Emblem der Universität der Künste Berlin farbig aufgedruckt. In verzierten Großbuchstaben prangte darauf der Schriftzug »Magister Artium«, darunter stand ihr Name mit Schreibmaschine getippt. Die übrigen Textpassagen zu ihrem Studiengang, den Fächern und der Note waren mit schwarzer

Druckertinte aufgebracht und die Unterschriften des Dekans und des Prüfungsausschusses standen in blauer Tinte unten auf dem Papier. Das zarte »a« ihres Vornamens schien von der Schreibmaschine nur oberflächlich auf dem Papier zu haften. Johanna holte einen Radiergummi aus ihrem Schreibetui und führte diesen vorsichtig über diese Stelle. Leider tat der Radiergummi nicht die gewünschte Wirkung. Plötzlich hatte sie eine Idee. Sie nahm den Bleistiftanspitzer zur Hand und holte die winzige Klinge heraus. Nun bearbeitete sie das unliebsame »a« wie ein Chirurg mit dem Skalpell und kratzte die feine Farbschicht vom Papier. Es funktionierte. Als der verräterische Buchstabe verschwunden war, hielt sie die Urkunde ins Licht, begutachtete das Resultat und lächelte zufrieden. Falls es mit der Karriere als Dirigentin nicht klappen sollte, könnte sie sich als Urkundenfälscherin verdingen.

»Du bist Johann!«, sprach sie halblaut in den Spiegel. Der Name rollte nur widerwillig über ihre Zunge. »Johann, Johann, Johann«, wiederholte sie. Der Name klang fremd in ihren Ohren. Das war nicht wirklich sie.

»Jo«, sagte sie versuchsweise mit amerikanischer Aussprache (»Dscho«), so, wie sie von ihrer Schulfreundin Amy mit dem amerikanischen Vater als Kind immer gerufen worden war, als es für die Kinder keinen Unterschied gemacht hatte, ob sie ein Mädchen oder ein Junge war. Ja, sie war eindeutig eine »Jo«.

Vor dem Einschlafen malte Jo sich ihren Sturm auf die Opernfestung in allen Details aus. Anstelle eines Schwertes schwang sie ihren Dirigentenstab. Die wilden Tiere des Männerordens würde sie mit der Magie der Musik besänftigen – wie Tamino und Papageno in der »Zauberflöte«.

Die einzige Instanz, die sie fürchtete, war der Hüter der Pforte. Dieser Wächter der Schwelle war mit Musik wohl nicht einzulullen. Der Portier würde sich an die große, blonde Frau vom Vortag erinnern. Er würde den schlanken Jüngling mit dem Oberlippenbart und dem Zeugnis aus Berlin als Hochstapler erkennen. Aber jeder Wächter musste irgendwann mal seinen Posten verlassen. Sei es zur Mittagspause oder nur, um kurz die Toilette aufzusuchen. Diesen Moment würde Jo abpassen und dann wie ein Blitz durch den Türspalt in diese Zitadelle der Kunst vordringen.

Kapitel 4:
Der Vater der Kompanie

Wien, 3. November 1925

Willi Wandler nahm wie jeden Morgen um neun Uhr seinen Platz in der Portierloge ein. Er schenkte sich gezuckerten Zitronentee aus der Thermoskanne in seine Lieblingstasse ein und packte die Tüte mit dem belegten Gstaubten – ein helles Mischbrot – für die Mittagsjause in die Schublade. Dann breitete er das Neue Wiener Journal vor sich aus und legte auch das rote Heftchen der Fackel in Reichweite – man konnte darauf bauen, dass Karl Kraus, dieses spitzzüngige Lästermaul, auch in dieser Ausgabe wieder Öl ins Feuer um das Zerwürfnis zwischen dem amtierenden Operndirektor Schalk und seinem geschassten Kodirektor Richard Strauss gießen würde. Wie diese Gwandlaus es bloß schaffte, immer über alle geheimen Macheloikes, die Machenschaften, in der Stadt informiert zu sein, war Willi ein Rätsel.

Aber die Morgenstunde war nicht zum Zeitunglesen gemacht, denn bald schon würden die Herren und Damen des Hauses zur Arbeit erscheinen und er würde ihnen ansehen und an ihrem Gruß hören, wie es ihnen ging. Er saß schon seit 31 Jahren auf diesem Platz und hatte so einige Direktoren kommen und gehen sehen, die Tenöre mit Seidenschal gegen den kühlen Luftzug, die Primadonnen im Pelzmantel und mit Rosen im Arm. Jeder, der zur Künstlerriege gehörte, machte seinen Auf- und Abgang vor ihm. Weniger glamourös, aber nicht weniger wichtig waren die Orchestermusiker und Chorsänger. Auch unter ihnen gab es einige Mimosen. Der erste Geiger, der stets weiße Handschuhe anhatte, um seine virtuosen Finger zu schützen. Der Klarinettist, der immer sein hölzernes Mundstück zwischen den Lippen trug, so wie ein amerikanischer Ganove den Zahnstocher. In der Pause eilten sie an ihm vorbei, um sich am Würstl-Stand auf der Ecke Kärntner- und Philharmonikerstraße zu stärken. Willi wusste, wer zerstritten war und wer mit wem ein Gspusi hatte – die Chorsängerinnen techtelten und mechtelten gerne mit den Herren Philharmonikern.

Freilich kannte er auch die Leute von der Hinterseite des Hauses, die durch die unscheinbare Pforte an der Operngasse hereinkamen: die Bühnenarbeiter, Beleuchter, Requisiteure, Schneiderinnen, Maskenbildnerinnen, Platzanweiser und Logenschließer, Kellner, Garderobenfrauen, Putzfrauen – alle, die mit den Händen arbeiteten und all die vielen Rädchen bedienten, die diese gewaltige Maschine am Laufen hielten. Früher war diese Parade der Arbeiter auch an ihm vorbeigezogen. Denn bis 1918 war die Trennung der Bühneneingänge nicht nach Beruf gegangen, sondern nach Geschlecht. Alle Herren waren durch seine Pforte an der Kärntnerstraße gegangen, alle Damen durch die Pforte an der Operngasse. Was die beiden Primadonnen Jeritza und Lehmann nicht davon abgehalten hatte, auch dort hinten zwei unterschiedliche Eingänge zu benutzen, damit sie selbst und ihre leidenschaftlichen Anhänger sich nicht ins Gehege gekommen waren. Aber 1918 war es aus mit der Monarchie gewesen. Es hatte ein neues Lüftchen durch das Land geweht und ebenso durch das Opernhaus. In der neuen Republik sollte alles besser werden. Die Frauen durften wählen und plötzlich saßen seitdem auch einige Damen in der Personalvertretung. Besonders die Choristinnen hatten ihre kräftigen Stimmen eingesetzt und unbedingt denselben Bühneneingang wie ihre männlichen Kollegen benutzen wollen.

»Warum sollen wir uns durch den Hintereingang hineinschleichen? Wir sind keine Sänger zweiter Klasse!«

Also hatte die Direktion nachgegeben und die Geschlechtertrennung an den Bühneneingängen war aufgehoben worden.

»Grüß Gott, Herr Direktor«, sagte er und neigte seinen Kopf. »Heute ein Entscheidungstag?«

»Grüß Gott, Herr Wandler«, erwiderte Direktor Schalk, der mit seiner hohen Gestalt, dem Spitzbart und Zwicker vornehm wie eh und je aussah, sodass man ihm gar nicht zutraute, was für rabenschwarze Witze er manchmal loslassen konnte. »Ja, heute kommen die drei übrigen Dirigenten von der Liste an die Reihe. Mal hören, ob uns einer davon überzeugen kann.«

Kaum war der Direktor im Gang verschwunden, da blies der Novemberwind bereits den Nächsten durch die Pforte.

»Grüß Gott, Herr Weinberger«, begrüßte Willi den Repetitor, der auch für den Probenplan verantwortlich war. Weinberger machte seinem Namen alle Ehre und war mit Bacchus ein festes Bündnis eingegangen. An diesem Morgen winkte er Willi nur müde zu. Weinberger hatte mal wieder verquollene Augen von einem langen Abend im Heurigen, vermutete Willi.

Bald darauf stolzierte Kapellmeister Heger herein.

»Grüß Gott, Herr Wandler«, kam er Willi zuvor. »Sorgen Sie dafür, dass ich heute nicht wieder von unverschämten Weibsbildern, die sich als Dirigenten ausgeben, am Telefon belästigt werde.«

»Sehr wohl, Herr Kapellmeister«, versprach Willi. Der Heger trug seine Nase ziemlich hoch und Willi wagte es nicht, mit ihm zu plaudern und zu scherzen wie mit den meisten anderen Mitarbeitern des Hauses. Nun hielt der Kapellmeister ihm seine behandschuhte Hand entgegen, ganz wie ein König einen Lakaien befehligte.

»Die Liste bitte«, sagte Heger auf seine näselnde Art. Willi reichte ihm das Klemmbrett mit der Liste der Dirigentenbewerber.

»Haben Sie gestern denn schon einen vielversprechenden Kandidaten entdeckt?«, wollte Willi wissen.

»Diese jungen Nesthocker von der Musikhochschule flattern alle ganz eifrig mit ihren Flügelchen, aber fliegen können sie noch nicht. Man sollte meinen, diesen Herren würde wenigstens beigebracht werden, einen Takt vernünftig anzugeben und ein Tempo einzuhalten. Aber wenn es an diesen Grundlagen schon hapert, was interessiert es mich dann, ob jemand im Takt elf den Geigen sagt, sie sollen frisch und energisch spielen. Ein Schmarrn ist das!«

Der Kapellmeister schob das Klemmbrett mit fast schon angewiderter Miene zurück und machte sich auf den Weg in den Probenraum.

Willi schüttelte bedauernd seinen Kopf. Mit den jungen Dirigenten würde er nicht tauschen wollen. Für Heger war das Tempo heilig: Er war ein menschliches Metronom oder »Taktomat«, wie Willis Neffe Marcel den Dirigenten nannte. Nach dem Taktstock von Kapellmeister Heger konnte man seine Uhr stellen. Willi wusste das genau, schließlich hörte er jede einzelne Vorstellung aus dem kleinen Kasten in der Wand seiner Loge mit. Dieses hausinterne Radio nahm den Klang aus dem Auditorium mit einigen Saalmikrofonen auf und übertrug ihn in alle Garderoben der Mitwirkenden, damit sie jederzeit wussten, an welcher Stelle die Oper oder das Konzert gerade spielte.

Willi konnte sich noch gut an einen denkwürdigen Abend vor zwei Jahren erinnern, als für die »Carmen«-Vorstellung für den erkrankten Kapellmeister Heger als Gast Hugo Reichenberger eingesprungen war, der am Pult offenbar einen Geschwindigkeitsrekord hatte aufstellen wollen. Orchester und Sänger waren so geeicht auf die präzise Taktuhr von Heger, dass sie ihre Würstl-Zeiten darauf einstellten und wussten, wann ihre Pause lang genug war, um sich am beliebten Stand vor dem Opernhaus zu stärken. So war es an diesem rasanten Abend unter dem Gastdirigenten geschehen, dass im vierten Akt der Stierkampf und die Hochzeit von Carmen beinahe ohne Escamillo stattgefunden hätten, wenn Willi nicht hinaus zum Würstl-Stand gerannt wäre, um Emil Schipper für seinen Einsatz hereinzurufen. Diese Beinahe-Panne blieb ein Geheimnis zwischen dem Portier und Schipper. Ja, wenn Willi Wache hielt, dann ging nichts schief.

Kapitel 5:
Mit viel Hertz und Taktgefühl beim Vorspielen

Jo stand an eine Säule der Arkaden gelehnt und beobachtete den Bühneneingang. Auf dem Weg zum Opernhaus hatte sie sich sehr männlich und kampfbereit gefühlt, war mit ausgreifenden Schritten und erhobenem – wenn auch streichelzartem – Kinn gegangen. Mit ihrer stolzen Hahnenbrust, dem bübischen Kurzhaarschnitt unter dem Hut und dem angeklebten Bärtchen über der Oberlippe war sie das Abbild eines Jünglings. Jetzt, wo der Moment der Entscheidung gekommen war und die erste Hürde sich vor ihr auftürmte, klammerte sie sich an ihre Notentasche und hoffte, Joseph Haydn würde seine schützende Hand über sie halten.

Es war kurz vor zehn Uhr, sie hatte bisher nur einen sehr dünnen Mann in feinem Zwirn und mit Kinnbart eintreten sehen, danach noch zwei weitere Herren mittleren Alters, vor denen sie hinter ihrer Säule in Deckung gegangen war. Nun erschien ein junger Mann in dunklem Mantel und mit einer Notenmappe unter dem Arm am anderen Ende der Arkaden.

Mit jedem Schritt, den er näher kam, wurde sie sich sicherer, dass er ein Dirigentenanwärter war. Als er gerade die Pforte des Bühneneingangs aufzog, schoss Jo hervor und heftete sich wie ein Schatten an die Fersen ihres Kollegen. Er war fast einen Kopf kleiner als sie, sodass sie beim Betreten des Vorraums sofort merkte, dass derselbe Portier vom Vortrag auf dem Wachposten saß. Allerdings war er gerade damit beschäftigt, ein Paket vom Postboten entgegenzunehmen. Eine Welle des Optimismus durchströmte sie. Jetzt musste sie mit Schwung ihren Durchbruch machen, wie ein General mit fliegenden Fahnen einmarschieren und dabei eine selbstverständliche Berechtigung ausstrahlen, sodass der Torwächter nicht auf den Gedanken käme, sie aufzuhalten.

»Ich komme zum Vorspielen für Herrn Kapellmeister Heger«, sagte ihr Schutzschild mit heller Stimme. Der Portier warf ihm einen flüchtigen Blick zu und schob die ominöse Besucherliste auf dem Empfangstresen herüber. Ihre Vorhut unterzeichnete im Feld bei seinem Namen.

»Ich auch«, sagte Jo mit Bruststimme und griff sich den Stift wie ein Feldherr. In ihrem Kopf hörte sie eine Trompete zum Angriff blasen. Schwungvoll machte sie in der letzten Zeile bei dem Namen eines anderen ein unleserliches Handzeichen und glitt im nächsten Augenblick durch die Schwingtür in den Flur ins Innere der Festung. Ihr Herz hämmerte und ihre Ohren fühlten sich heiß an. Sie wäre fast auf ihren Vordermann aufgelaufen, der sich nun zu ihr umdrehte.

»Hallo, ich bin Dominic Blažek und komme aus Prag. Sie waren aber gestern nicht hier«, sagte der junge Mann mit gedehnten Vokalen und schleifendem »ch« und hielt ihr seine kleine Hand hin. Er hatte ein eckiges Gesicht, freundliche blassblaue Augen hinter Brillengläsern und rote Lippen, die fast wie geschminkt aussahen. Der dunkle Bartschatten auf seiner hellen Haut wies ihn aber eindeutig als Mann aus.

Diesem zarten Burschen würde Jo nicht mehr von der Seite weichen – neben ihm musste sie vermutlich doppelt so männlich aussehen, zumindest war sie größer und kräftiger gebaut. Jo ergriff lächelnd seine Hand.

»Ich heiße Johann Osterkamp und komme aus Berlin. Ich war gestern verhindert. Waren Sie denn beim Vorspielen der anderen dabei?«

»Ja, das war sehr lehrreich. Kapellmeister Heger ist ziemlich streng. Er hat oft unterbrochen und das Tempo korrigiert. Über den zweiten Satz ist niemand hinausgekommen.«

Jo heftete sich an Dominics Seite und ließ ihn vorangehen. Sie durchmaßen einen schlichten Flur mit hellem Steinboden, ihre Absätze schlugen beinahe einen Dreivierteltakt, auf jeden langen Schritt von ihr trafen zwei Trippelschritte von Dominic. Er führte sie über eine schmucklose Steintreppe zwei Etagen höher und wieder einen funktionalen Gang entlang. Diese Gegensätze im Innern eines Opernhauses waren Johanna aus der Preußischen Oper Unter den Linden in Berlin bekannt – im Zuschauerbereich betörte das Haus mit Samt, Plüsch, Stuck und Gold, aber hinter der Bühne und im Proben- und Verwaltungstrakt sparte man sich den Pomp.

»Heute soll sogar der Operndirektor Franz Schalk anwesend sein«, sagte Dominic und sah sie bedeutungsvoll von der Seite an.

»Ich denke, das kann nur von Vorteil sein«, fand Jo. »Eine zweite Meinung ist immer gut, besonders, wenn der Kapellmeister solch ein Pedant zu sein scheint.«

Seit ihrem Telefonat gestern war er ihr zutiefst unsympathisch.

»Ich finde es jammerschade, dass Richard Strauss nicht mehr Direktor an diesem Haus ist«, bedauerte Dominic. »Ich habe ihn bei den Strauss-Festspielen in Dresden einige Male am Pult erlebt – er ist grandios. Ich hätte ihn hier so gerne kennengelernt.«

»Es gab wohl ein Zerwürfnis zwischen Strauss und Schalk, wenn man glauben kann, was in den Zeitungen stand«, wusste Jo.

Dominic nickte. Er schob eine Flügeltür auf und sie gelangten in einen großen Probenraum mit drei Doppelfenstern und einer niedrigen Holzbühne mit verschiedenen Ebenen für das Orchester. Die Stühle und Notenpulte standen schon in Position, aber sie waren unbesetzt. Jo und Dominic waren die Ersten im Raum. Das war ihre Gelegenheit für weitere Täuschungsmanöver.

»Gibt es hier auch eine Anwesenheitsliste oder Dokumentenmappe der Bewerber?«, fragte sie ihren ahnungslosen Komplizen.

»Die Mappe mit allen Unterlagen lag gestern auf dem Tisch der Juroren«, antwortete er und zeigte auf einen Tisch entlang der Fensterfront, der auf gleicher Höhe mit dem Pult stand, sodass die Begutachter den Dirigenten von der Seite aus beobachten konnten.

»Ich muss noch meine künstlerische Vita dazulegen«, sagte Jo mit Unschuldsmiene und ging schnurstracks zur besagten Mappe. Tatsächlich lag dort obenauf eine Namensliste, wohl die von der Pforte, und in jedem Fach befanden sich Bewerbungsdokumente der Dirigenten. Jo atmete tief durch, warf einen schnellen Blick durch den Raum – sie waren immer noch allein, Dominic saß auf einem der Zuschauersitze und hatte sich in seine Partitur vertieft –, dann holte sie ihre Stifte heraus. In die unterste Zeile links schrieb sie ihren Namen in schwarzen Blockbuchstaben – zum Glück erinnerte sie sich rechtzeitig vor dem »a«, dass sie ein Johann war. Rasch schob sie Johanns handgeschriebene Vita und ihr frisch gefälschtes Examenszeugnis in eine freie Einstecklasche hinter den letzten

Kandidaten. Sie atmete auf. Die Worte von Lady Macbeth in Szene XV von Verdis »Macbetto« kamen ihr in den Sinn: »L'opra anch'essa andr… in oblio …« – »Die Tat wird vergehen und in Vergessenheit versinken.«

Aber Johanna hatte keinen Mord auf dem Gewissen. Ihr Betrug war eine ausgleichende Gerechtigkeit. Sie schämte sich nicht und würde ihre Tat nicht rückgängig machen.

Ordentlich hängte sie ihren Mantel und Hut an den Garderobenhaken zu dem ihres Kollegen und setzte sich neben ihn. Auch sie holte ihre Haydn-Partitur aus der Umhängetasche und blätterte durch das Notenbuch, aber nur, um den Anschein von Normalität zu erwecken. Sie war blind für die Noten und horchte auf ihren Herzschlag, das Bimmeln der Straßenbahn unter den Fenstern und das Trappeln der Füße, als sich der Saal schlagartig mit Musikern und nervösen Dirigenten füllte.

Um elf Uhr sollte das Vorspielen beginnen. Genau in dem Moment, als der große Zeiger der Uhr auf die volle Stunde sprang, öffnete sich die Tür und vier Herren trafen ein – das Raunen und Rascheln im Raum verstummte augenblicklich. Alle Blicke richteten sich auf die Eingetretenen. Jo erkannte an der Spitze des Auswahlkomitees sofort den sehr filigran-eleganten Herrn von heute Morgen wieder, der einer der Ersten an der Pforte gewesen war.

»Das ist Direktor Schalk«, raunte ihr Dominic zu.

Der Mann hinter ihm wirkte vergleichsweise massiv in seinem grauen Anzug mit breiten Schultern und stampfendem Gang. Sein Gesicht war lang gezogen und erinnerte Jo an eine Gurke. Eine saure Gurke, wenn man seine schmalen Lippen mit den heruntergezogenen Mundwinkeln mit einbezog. Er hatte grauschwarzes Haar, das seinen Oberkopf nur spärlich bedeckte, aber über den Ohren noch dicht war. In der rechten Hand trug er einen Taktstock wie ein Zepter. Das musste Kapellmeister

Robert Heger sein. Hinter ihm ging ein Mann, dessen haselnussbraun gewellte Mähne sofort ihre Aufmerksamkeit auf sich zog. Er hielt seinen Kopf mit der Eleganz eines Schwans und wäre als Sänger sicher die Idealbesetzung für den stolzen Gralsritter Lohengrin gewesen. Die weich geformten Wangen waren glatt rasiert. Seine azurblauen Augen streiften kurz über die Schar der aufgereihten Dirigenten und er nickte aufmunternd in ihre Richtung. Erst in diesem Moment fiel ihr auf, dass der Schwanenritter mit dem linken Bein hinkte, als hätte er ein steifes Knie. Vielleicht eine Kriegsverletzung? Nein, als ein Mann Anfang 40 war er für den Wehrdienst wahrscheinlich schon zu alt gewesen. Ob er auch ein Dirigent war? Die Herren nahmen am Tisch auf der Fensterseite Platz und nun fiel ihr auch der Vierte im Bunde auf. Es war ein beleibter Herr mit verquollenen Augen. Seine Lippen waren stets einen Spaltbreit geöffnet wie bei einem Fisch.

Der Operndirektor trat neben das Dirigentenpult, gab routiniert dem ersten Geiger die Hand und wendete sich den acht sitzenden Bewerbern zu.

»Grüß Gott, meine Herren«, sagte Schalk und ließ seinen Blick interessiert über alle ihm zugewandten Gesichter wandern. »Ich freue mich, dass ich heute dem Auswahlverfahren beiwohnen kann, und bin gespannt auf Ihre musikalischen Kostproben. Gestern haben meine geschätzten Herren Kollegen schon vier vielversprechende Kandidaten aus Ihren Reihen gehört, heute werden wir drei weitere hören.«

Jo nahm aus ihrem Augenwinkel wahr, wie am Jurorentisch Heger und der dickere Herr ihre Köpfe zusammensteckten und in der Mappe blätterten. O nein, jetzt fiel ihnen sicherlich auf, dass ein neuer Name auf der Liste stand.

Schalk hatte seine Ansprache beendet und setzte sich in die Mitte zwischen Heger und den Braungelockten. Heger raunte

Schalk etwas ins Ohr und pochte mit seinem Taktstock auf die Liste.

»Wer von Ihnen ist Herr Osterkamp?«, fragte Heger mit seiner näselnden Stimme.

»Das bin ich«, sagte Jo und erhob sich zu ihrer vollen Größe.

»Sie waren gestern noch nicht hier«, stellte der Kapellmeister fest und musterte den Neuling.

»Nein, gestern war ich leider verhindert«, erwiderte sie mit fester Stimme und spürte, wie ihr rechtes Augenlid vor Nervosität zuckte. Die Juroren saßen so weit weg, dass sie es hoffentlich nicht bemerkten.

»Wie schön, dass Sie heute Zeit für uns gefunden haben.« Hegers Mundwinkel senkten sich ironisch nach unten. Wieder tuschelten die Herren kurz.

»Dann kommen Sie zum Schluss an die Reihe«, entschied der Direktor.

Jo nickte erleichtert und setzte sich mit zitternden Knien wieder hin.

»Also dürfen wir als Ersten für heute Herrn Caslavsky ans Pult bitten«, verkündete Heger. »Geben Sie uns bitte Haydns dritten Satz, das Menuett.«

Der Aufgerufene sprang auf, seine Partitur fiel ihm dabei vom Schoß und er sammelte die Noten mit rotem Kopf ein. Das Orchester ließ eine Kakofonie hören, als jeder Musiker sein Instrument warm machte.

Jo nutzte die Unruhe, um Dominic flüsternd zu fragen, wer die übrigen Herren Juroren waren.

»Der Herr mit den braunen Locken ist Eduardo Breuer. Er ist fest engagierter Dirigent am Haus. Der korpulente Herr heißt Weinberger. Er ist Repetitor und Probenkoordinator.«

Das grellbunte Stimmengewirr verstummte. Die erste Oboe gab dem Orchester das A an und alle Instrumente stimmten sich darauf ein. Es war ein hellgelbes A, das Jo aus den Klangkörpern hörte. Sie konnte jeden Ton unterscheiden – ganz natürlich und ohne jede Anstrengung.

»Das Mädchen hat das absolute Gehör!«, hatte einst Frau Buttfanger im Musikunterricht ausgerufen. Damals hatte Johanna mit dem Wort »absolut« nichts anzufangen gewusst, denn für sie war das Erkennen der Töne genauso selbstverständlich wie das Sehen von Farben. Sie selbst wäre nie auf die Idee gekommen, dass ihr feines Gehör etwas Besonderes war – sie hatte gedacht, alle Menschen hörten so. Erst während ihres Musikstudiums hatte sie die Bewunderung ihrer Lehrer und Kommilitonen zu spüren bekommen. Wenn die anderen die Töne nur in Schwarz-Weiß auf dem Papier identifizieren konnten, hörte Johanna sie in voller Farbenpracht und wusste genau, ob ein Ton beispielsweise ein A oder H war, sogar die Halbtöne As und His konnte sie unterscheiden. Der Kammerton, den sie nun von den Wiener Philharmonikern empfing, vibrierte in der Luft wie die Flügelschläge eines Kolibris, schnell und hoch. Das Orchester war eindeutig höher gestimmt als die meisten anderen Klangkörper, die Johanna kannte. Da geriet bestimmt so mancher Tenor mit seinem hohen C in Bedrängnis, schmunzelte sie. Aber schließlich war dieses Opernhaus der Olymp, den jeder Musiker erklimmen wollte. Daher durfte man sich nicht wundern, dass die Luft hier oben dünn wurde.

Der erste Kandidat stand nun bereit vor dem Pult. Das Orchester verstummte und wartete auf seinen Einsatz. Der Jungdirigent im schwarzen Oberhemd hob seinen rechten Arm und Jo konnte seinen Dirigentenstab zittern sehen. Beim Auftakt schoss der Stab in die Höhe, die ganze Gestalt des Dirigenten wuchs an, dann ließ er auf die Eins den Stab niedersausen wie ein Schwert und ging selbst leicht in die Knie. Von hinten sahen seine Körperbewegungen wie Schwerstarbeit aus. Jo schloss ihre Augen und lauschte nur dem Klang des Orchesters. Die

Streicher dominierten die Tanzmusik, aber es fehlte ihnen an Spritzigkeit. Schon nach wenigen Takten wurde der Kandidat vom Kapellmeister unterbrochen, der aufgesprungen war und zum Pult eilte.

»Dort steht ein *Decrescendo* in der Partitur«, sagte der Maestro und tippte gebieterisch mit seinem Taktstock auf die Stelle in den Noten. »Sie sollen also leiser, aber nicht langsamer werden«, erklärte er, als hätte er einen absoluten Anfänger vor sich. Beim zweiten Anlauf kam der Kandidat, dessen Stirn schon vor Schweiß glänzte, nur fünfzehn Takte weiter.

»Das ist keine Synkope, die betont ist, weil es keine Dissonanz gibt. Achten Sie auf die chromatischen Wendungen«, belehrte Heger den jungen Mann am Pult. Der Kapellmeister blieb während der gesamten Probe neben dem Pult stehen, seinen Taktstock erhoben und bereit, jederzeit aus dem Handgelenk dem Orchester das Zeichen zum Abbruch zu geben.

»Hier, die ersten drei Töne sind auftaktig zu spielen. Und dort mehr *Legato* bei den Streichern – die Töne sollen ganz fließend ineinander übergehen, ich will kein Absetzen der Töne hören!« So ging es die ganze Zeit. Heger unterbrach auch den zweiten Kandidaten – einen jungen Engländer mit fülliger Figur und schütterem Haar – alle paar Takte und erteilte seine eigenen Interpretationsanweisungen. Die Oboe mit ihrem solistischen Einsatz kam fast nie zum Zug und Jo beobachtete, wie der Oboist gähnte und an seinen Fingernägeln zupfte.

Nach dem jeweils halbstündigen Vorspiel befragten der Direktor und Kapellmeister die Kandidaten nach ihren bisherigen Erfahrungen und blätterten gewichtig in den Urkunden und Arbeitszeugnissen. Beide Jungdirigenten waren schon mindestens zwei Jahre als Assistenten tätig und hatten auch Konzerte mit einigermaßen renommierten Orchestern geleitet. Mit solchen Referenzen konnte Jo nicht aufwarten.

»Nun machen wir Mittagspause. Um dreizehn Uhr geht es pünktlich weiter«, meldete sich der Probenkoordinator Weinberger zum ersten Mal zu Wort. »Sie können gerne in die Kantine gehen.«

Alle standen auf und wuselten durcheinander. Die Orchestermusiker waren besonders flink und eilten zum Futterfassen. Jo blieb an der Seite von Dominic.

In der Kantine setzten sie sich an den Tisch zu den Kandidaten, die eben auf dem Pult geschwitzt hatten. Der Engländer bestellte ein Bier und schüttete es in einem Zug hinunter. Sie sprachen sich gegenseitig Mut zu und echauffierten sich über den Kapellmeister.

»Wie soll ich zeigen, was ich kann, wenn der Maestro mich alle paar Takte unterbricht?«, klagte der Engländer sein Leid.

Jo aß schweigend ihr Gulasch mit einer Semmel und trank eine Limonade, die man in Wien »Kracherl« nannte. Beim Essen versuchte sie, ihren Mund so wenig wie möglich zu bewegen, damit der Kleber ihres Oberlippenbarts nicht zu sehr strapaziert wurde. Zu den Gesprächen nickte sie freundlich und musste sich ermahnen, nicht ständig an ihrem Halstuch zu nesteln, das ihren fehlenden Adamsapfel kaschieren sollte.

Bevor es weiterging, musste sie noch zur Toilette. Auf der Suche nach dem Örtchen schritt sie alleine durch die langen Gänge des Hauses, hier eine Treppe hoch und dort wieder hinunter. Sie genoss die Stille und suchte in ihrem Kopf nach den wahren Klängen von Haydn, die durch die vielen Misstöne in der Probe störend überlagert worden waren. Schließlich fand sie das WC. Beim Händewaschen musterte sie sich kritisch im Spiegel. Ihr Seitenscheitel saß ordentlich und ihre hohe Gestalt im Dreiteiler war fast schon dandyhaft. Jetzt musste sie sich aber beeilen, zurück in den Probenraum zu kommen.

Als sie aus der Tür des Badezimmers stürmte, stieß sie mit einem Mann zusammen. Erschrocken blickte sie in ein tiefblaues Augenpaar.

»So aufgeregt?«, fragte Eduardo Breuer mit sanfter Stimme und ein Lächeln zog über sein Gesicht wie ein Sonnenstrahl.

»Die Damen werden es Ihnen verzeihen.« Er zwinkerte Jo zu. Sie starrte ihn verwirrt an. Er wies auf das Schild an der Tür, aus der sie gerade gekommen war. Dort war in einem Messing-Relief die Figur einer Frau im Kleid abgebildet. O nein, Jo war auf die Damentoilette gegangen!

»Oh, ein Versehen«, stammelte Jo mit ihrer tiefsten Stimme.

Eduardo Breuer klopfte ihr kameradschaftlich auf die Schulter. »Dann zeigen Sie gleich mal, was Sie können, junger Mann.« Er ging voran in Richtung Probenraum.

Nach der Mittagspause kam Dominic Blažek an die Reihe – mit dem vierten Satz der Haydn-Sinfonie, dem Finale: *Presto*. Anders, als es seine zierliche Erscheinung vermuten ließ, zeigte er sich auf dem Dirigentenpodest ziemlich energisch und gab den Musikern selbstbewusst Anweisungen. Er schaffte es sogar, fast dreißig Takte durchzuspielen, und unterbrach die Musiker von sich aus, um eine Korrektur vorzunehmen. Währenddessen stand Kapellmeister Heger wie zuvor neben dem Pult mit seinem Taktstock im Anschlag, aber ungewohnt bewegungslos. Die jungen Dirigenten auf den Zuschauersitzen warfen sich erstaunte Blicke zu. Vielleicht hatte der Direktor in der Pause ein Wörtchen mit Heger gesprochen und ihn aufgefordert, die Bewerber nicht permanent zu unterbrechen. Oder war Blažek so viel überzeugender als seine Vorgänger? Jo linste während der Probe nach rechts zum Tisch der Juroren – der Direktor war vertieft in die Partitur, die vor ihm lag, und schien sich, was die Darbietung des Bewerbers betraf, mehr auf seine Ohren als auf seine Augen zu verlassen. Sein Beisitzer Weinberger blinzelte müde ins

Orchester, sein Mund war leicht geöffnet und sein Kopf nickte manchmal nach vorne, als würde er gleich einschlafen. Eduardo Breuer hingegen schien ganz von der Musik emporgehoben zu sein, über sein Gesicht zogen unterschiedlichste Emotionen wie Wolkenschatten im Wind. Seine linke Hand hob sich manchmal leicht vom Tisch und formte die Klänge mit. Dominic kam mit dem Orchester bis zum Ende der Exposition, Takt 50. Der Direktor stellte ihm ein paar Fragen zu seiner letzten beruflichen Station bei den Prager Symphonikern – und dann wurde Johann Osterkamp aufgerufen.

Jo schritt aufrecht zum Pult, legte die Partitur ab und ließ ihren Blick über die Musiker schweifen. Die Philharmoniker waren in kleiner Besetzung angetreten, wie die Haydn-Sinfonie No. 49 es verlangte. Die Spieler saßen in einem Halbrund um das Dirigentenpult herum. Die kleinen Violinen und Oboen bildeten den engsten Kreis vorne, mit jeder Reihe wurden die Instrumente größer, den Außenrand formten die golden blitzenden Trichter der Hörner und die mächtig bauchigen Kontrabässe. Die Musiker saßen artig aufgereiht vor ihr wie für ein Klassenfoto. Aber würden sie sich auch von ihr unterrichten lassen?

Jo hob den Dirigentenstab und eröffnete die Durchführung, Takt 51, mit dem Streichermotiv. In dem Moment, als der erste Ton aus dem Orchester anschwoll, fiel alle Anspannung von ihr ab. Sie war ein gestrandeter Fisch, der mit seinen Flossen vergeblich den Sand durchwühlt hatte und dessen Schuppen von der sengenden Sonne getrocknet worden waren, aber endlich war die Flut gekommen, hatte ihn in ihre weichen Arme genommen und nun schwamm er im Einklang mit den wogenden Wellen, seine Flossenschläge verliehen den Strömen Energie und diese Energie breitete sich aus und kam zurückgeströmt – der Fisch und das Wasser waren eins in diesem gemeinsamen Tanz. Die rechte Hand gab den Rhythmus an und die linke formte die

Klänge wie ein zärtlicher Liebhaber. Es entstand diese geheimnisvolle Verbindung zwischen den schwebenden Tönen und den formenden Händen, die in den Strom eintauchten und hier die Oboe und dort die Hörner für ein Aufblitzen an die Oberfläche holten, die Streicher hoben die Klangwelle in einem *Crescendo* an, dann – mit der Macht des Blickes von Dirigent zu Spieler – senkte sich der Klang ins *Decrescendo*, dann ein Kopfheben, ein Drehen des Ellbogens zu den Hörnern, die ein hellblaues C in den Himmel stießen, das auf halber Strecke in sich zusammenfiel wie eine Seifenblase im Wind … Jo ließ ihre Arme sinken. Die Töne brachen ab.

»In Takt 79 mehr *Legato*«, sagte Jo zu den Hörnern. »Und die Violinen in Takt 70 bis 80 mehr phrasieren.« Sie summte den Musikern die Passage vor. Von den Streichern fing sie aufmerksame Blicke ein, die zwei Oboisten hatten gelangweilte Gesichtsausdrücke.

»Noch mal bitte, meine Herren, Takt 70.«

Im zweiten Anlauf klang es besser. Die Einzelklänge strömten wie ein Gewitterguss auf sie ein und ihre Ohren sortierten jeden Tropfen, so manche Seitenspritzer nahmen sie wahr, aber man konnte nicht jedem nachjagen, blitzschnell galt es zu entscheiden, welche Töne durch das Sieb gelassen wurden und welche herausgeschürft werden mussten, um sie später zu schleifen, damit aus den Kieseln Diamanten wurden. Jo wollte das Orchester gerade in die Wiederholung führen, als ein fremder Taktstock auf das Pult niedersauste und die Klangwelle in sich zusammenstürzen ließ.

Heger war der Spielverderber. Der Taktstock des Kapellmeisters lag wie eine Barriere über den Notenblättern – jetzt sah sie dieses lästige Ding aus der Nähe: Der Stab war aus Ebenholz gefertigt, das schimmernde Schwarz wurde aufgebrochen von einer weiß lackierten Winde, die sich wie eine Schlingpflanze um den Stab schlang. An Spitze und Schaft war der Stock mit einem kunstvollen Elfenbeinaufsatz geschmückt. Schwarz und Weiß waren die Farben des Schachspiels und der Könige – dieser Taktstock ließ keinen Zweifel daran, dass sein Träger ein Herrscher war.

»In Takt 95 haben Sie das Tempo erhöht, das steht so nicht in der Partitur. Für mehr Dynamik lassen Sie die Hörner ein *Staccato* spielen, nicht *Legato*«, korrigierte der Kapellmeister. Jo nickte widerwillig. Das entsprach nicht ihrer eigenen musikalischen Vision und sie würde sich nichts vorschreiben lassen. Jo ließ das Orchester die Stelle wiederholen und die Musiker setzten die Heger'schen Anweisungen um, obwohl der Dirigent auf dem Pult etwas anderes anzeigte. Wie es wohl für die Musiker war, mit Jo und Heger am Pult einen solchen Januskopf vor sich zu haben? Das Füßescharren des Kontrabassisten sprach von Unmut.

»Danke, Herr Osterkamp, das genügt uns vorerst«, meldete sich schließlich der Direktor von der Seite.

Jetzt kam die Befragung, vor der Johanna sich gefürchtet hatte. Aber der Rausch der Musik hatte ihre Adern mit Euphorie geflutet.

»Wir haben hier nur Ihr Examenszeugnis und Ihre Vita vorliegen«, stellte Weinberger fest.

Jo nickte.

»Weitere schriftliche Referenzen haben Sie nicht vorzuweisen, Herr Osterkamp?«, schaltete sich Heger nun näselnd ein, der in der Jurorenriege seinen Platz wieder eingenommen hatte.

»Leider sind mir einige wichtige Dokumente kürzlich bei meinem Umzug verloren gegangen«, gab Jo ihre zurechtgelegte Ausrede zum Besten. »Ich habe bei den entsprechenden Stellen bereits um Duplikate gebeten, aber bisher noch keine erhalten.«

»Dann führen Sie uns bitte mit eigenen Worten durch die wichtigsten Stationen Ihrer Musikerlaufbahn«, forderte

Direktor Schalk sie mit leiser, aber bestimmter Stimme auf und rückte seinen Zwickel zurecht.

»Sehr gerne. Ich habe seit meinem sechsten Lebensjahr Klavierunterricht genommen und seit meinem zwölften Lebensjahr jeden Sonntag in der Kirche Orgel gespielt«, sagte Jo und versuchte, den Ton tief aus ihrem Bauch herauszuholen. Diese Stimme klang ihr seltsam fremd in den Ohren, wie eine geheimnisvolle Stimme aus einer Muschel. »In meiner Zeit auf dem Gymnasium in Wilhelmshaven war ich Assistent von Maestro Hans Wilke beim Symphonieorchester.«

Der Kapellmeister zog sein Gesicht noch mehr in die Länge – es war ihm deutlich anzusehen, was er von dieser Referenz hielt.

»Von diesem Kollegen habe ich noch nie gehört«, konstatierte der Direktor trocken.

»Ich schon«, kam Eduardo Breuer Jo zur Hilfe. »Weit im Norden kennt man diesen Namen. Ist er nicht ein Edvard-Grieg-Spezialist?«

Ein breites Lächeln blitzte über sein Gesicht und Jo war sich nicht sicher, ob er sich über sie lustig machte oder sie unterstützen wollte. In diesem Moment fiel ihr zum ersten Mal auf, dass er mit einem Akzent sprach, den sie nicht zuordnen konnte. Er rollte das R auf eine charmante Weise. Aber aus dem Norden kam er bestimmt nicht.

»Tatsächlich habe ich den Peer Gynt in Wilhelmshaven schon dirigiert«, schoss es ihr über die Lippen. Das war allerdings mit dem Schülerorchester und nicht mit den Symphonikern gewesen – aber wer würde das wohl nachprüfen?

Sie legte schnell nach und zählte die Orgelwettbewerbe auf, die sie als Gymnasiastin und später als Studentin gewonnen hatte, zuletzt waren es internationale Wettbewerbe, deren Namen dem Direktor ein anerkennendes Nicken abrangen.

»Oh, dann sind Sie wohl in der Barockmusik zu Hause. Wenn Sie als Pianist offenbar so erfolgreich sind, warum zieht es Sie dann zum Dirigieren?«, wollte Schalk wissen.

»Ich habe als Musiker in einigen Ensembles mitgewirkt, dabei aber immer den Wunsch verspürt, eine gestaltende Rolle einzunehmen. So habe ich zum Beginn meines Musikstudiums an der Universität der Künste in Berlin im Studentenchor mitgesungen. So…« Jo biss sich gerade noch rechtzeitig auf die Zunge, als sie »Sopran« sagen wollte.

»Gesang war eines meiner Nebenfächer. Dirigieren natürlich auch«, sprach sie hastig weiter. »Der Chorleiter fiel häufig krankheitsbedingt aus, deswegen habe ich die Probe übernommen. Ich habe gemerkt, dass ich eine Begabung und eine Berufung zum Dirigieren habe. Also habe ich in Berlin mein eigenes Orchester mit anderen Musikstudenten gegründet. ›Andiamo‹ – ›Auf geht's‹ heißt unser Orchester. Unter meiner Leitung haben wir in den letzten vier Jahren regelmäßig Kirchen- und Kammerkonzerte gegeben. Unser Repertoire reicht von Barock bis in die heutige Zeit.«

Jo hatte eine Sammlung von Konzertprogrammen ihres Orchesters dabei – glücklicherweise war sie als Dirigentin dort immer mit »J. Osterkamp« genannt. Sollte sie diese Zettel nun hervorkramen und den Juroren unter die Nase halten? Nein. Ihre Qualitäten hatte sie gerade auf dem Dirigentenpult bewiesen. Nun war kein Zeitpunkt für Bescheidenheit, also spielte sie eine ihrer Trumpfkarten aus.

»Mir ist aufgefallen, dass die hiesigen Philharmoniker auf einen ziemlichen hohen Kammerton eingestimmt sind. Auf 443 Hertz, wenn ich das richtig gehört habe. Spielen Sie jedes Stück in dieser Lage, oder stimmen Sie bei Bach und anderen Barockstücken auch tiefer?«

Erstaunte Blicke schlugen ihr entgegen, selbst der schläfrige Weinberger riss seine verquollenen Augen auf.

»Das haben Sie aber gut herausgehört«, bemerkte der Direktor. »Ja, bei manchem Repertoire stimmen wir tiefer.«

Die Juroren steckten die Köpfe zusammen und tuschelten.

»Danke, Sie können wieder Platz nehmen«, sagte der Direktor. »Wir werden uns nun zur Beratung zurückziehen und Ihnen allen in etwa einer halben Stunde unsere Entscheidung mitteilen.«

Damit erhob sich das Auswahlkomitee und auch die Orchestermusiker scharrten mit den Füßen – sie hatten es offenbar sehr eilig, in die Pause zu kommen. Die Juroren durchquerten in ihrem hierarchischen Gänsemarsch den Saal, und als Eduardo Breuer an dritter Stelle hinkend an ihr vorüberging, trafen sich ihre Blicke für einen Moment und Jo fühlte sich schwindelig, als wäre sie eben aus einem Karussell gestiegen.

Reiß dich zusammen, Jo, ermahnte sie sich.

Kapitel 6:
Eine Dachkammer am Franziskanerplatz – ein Künstlerleben wie bei Puccini

Wien, 4. November 1925

Johanna schlug die Augen auf und zwickte sich in den Arm, um zu prüfen, ob das alles kein Traum war. Ja, sie lag wirklich in einem Hotelbett in Wien – und ein Vertrag des Opernhauses befand sich auf ihrem Nachttisch. Als die Juroren gestern verkündet hatten, dass Johann Osterkamp und Dominic Blažek ausgewählt worden waren, sich in einer einmonatigen Probezeit als Assistenten zu bewähren, war ihre Freude groß gewesen. Warum hatte sie sich nicht auf der Stelle ihren falschen Bart von der Oberlippe gerissen und den Herren offenbart, dass sie musikalisch das richtige Urteil getroffen hatten und dass die Musik kein Geschlecht kannte? Dann hätten die Herren ihre

Entscheidung sofort revidiert, »Betrug« gerufen und sie davongejagt wie einen bettelnden Straßenköter. Oder etwa nicht?

Sie musste ihre Maskerade noch eine Weile aufrechterhalten. Wenigstens während der Probezeit. Wenn sie dann einen Einjahresvertrag in der Tasche hatte, war ihre Position gefestigter und sie konnte sich eine gute Strategie überlegen, wie sie aus ihrer Verkleidung wieder herauskäme.

Heute Vormittag hatte sie frei und wollte die Zeit nutzen, sich eine Unterkunft für die nächsten Wochen, bestenfalls Monate, zu suchen. Der Concierge ihres Hotels hatte ihr die Pension Anna am nahen Franziskanerplatz empfohlen, das sei ein anständiges Haus für junge Damen mit kleinerem Budget. Johanna schlenderte beschwingt die Kärntnerstraße entlang, eine breite, schnurgerade Geschäftsstraße mit regem Verkehr, die vom Opernhaus zum Stephansdom führte. Die Ladenlokale zeigten bunte Auslagen von Mode über Porzellan, Tabak und Mobiliar und immer wieder Süßwaren, die mit dem Namen Mozarts warben. Viele Geschäftsschilder trugen noch den Titel »k. u. k.«, der in der Donaumonarchie Prestige verraten hatte, weil man den kaiserlichen und königlichen Hof belieferte. Sie bog bei einer Hofzuckerbäckerei nach rechts in die Weihburggasse ein, nicht ohne einen sehnsüchtigen Blick auf die goldgelben Hefekränze und prachtvollen mehrstöckigen Torten in weißem Zuckermantel mit Marzipanblüten zu werfen und den Duft von Hefe und Mandeln einzusaugen.

Die Weihburggasse war eng und von dreistöckigen schmalen Wohnhäusern gesäumt, das Tageslicht kam kaum bis zum Trottoir hinunter. Hausfrauen schüttelten Bettdecken aus dem Fenster, irgendwo klang ein Radio durch ein geöffnetes Fenster, zwei Hunde kläfften zweistimmig im Konzert – eindeutig in F-Dur. An den Straßenlaternen roch es nach Urin.

Endlich trat sie auf den Franziskanerplatz hinaus, ein kahler Platz mit Kopfsteinpflaster und einem Brunnen in der Mitte. Die tief stehende Morgensonne hatte den Platz noch nicht erobert. Ihre Augen suchten die Fassaden ab, konnten aber weder Hausnummern noch Namensschilder entdecken. Ein Mütterchen in Schürze fegte tief gebeugt vor ihrer Haustür.

»Grüß Gott«, sprach Johanna die Alte an. »Ich suche die Pension Anna.«

»Im Orellischen Haus«, krächzte die Alte und deutete mit einem krummen Finger auf das stattliche Haus an der Einmündung der Weihburggasse. Sie bedankte sich bei der Frau und steuerte auf die grüne Flügeltür des Hauses zu, das sie mit seinen vier Stockwerken und sechs grün gerahmten Doppelfenstern auf jeder Etage an einen Weihnachtskalender mit 24 Türchen erinnerte.

Johanna drückte die schwere Messingklinke hinunter und trat in einen dunklen Flur mit Steinboden, der nach Rauch und Gallseife roch. Links lag die Wohnung der Hauswirtin, die an ihrem Schiebefenster mit einer Zeitschrift saß und gemächlich herausschlurfte, als sie den Neuankömmling registrierte. Johanna fragte nach einem Zimmer.

»Wir vermieten nur wochenweise«, sagte die Hauswirtin, die die Fremde misstrauisch von oben bis unten beäugte. Ihr Blick blieb an Johannas robusten, knöchelhohen Männerstiefeln aus schwarzem Leder mit roten Schnürsenkeln hängen – bei einer Schuhgröße von 41 passten ihr die wenigsten Damenschühchen, und selbst im modisch extravaganten Berlin wurde Johanna meistens nur in den Regalen für Herren fündig, vor allem, weil sie hohe Absätze verabscheute und lieber derbes Schuhwerk trug, so wie sie es seit ihrer Kindheit gewohnt war. Im Watt war man ohne kniehohe Stiefel verloren.

»Wo kommen Sie her, Fräulein …?«, fragte die Hauswirtin.
»Osterkamp. Ich komme aus Berlin.«

»Ah. Die Preußen sind Papageien«, meinte sie und rieb ihren von Druckerschwärze eingefärbten Zeigefinger an ihrer fleischigen Nase. Johanna wusste nicht, was sie von dieser Aussage halten sollte. Sprach die Frau von den Preußen im Allgemeinen oder von ihr im Besonderen? Die Hauswirtin ließ ihren misstrauischen Blick wieder an Johannas Figur hoch und runter gleiten. Was war denn bloß auszusetzen an ihrer farbenfrohen Kleidung? Johannas grau-rot karierter Rock endete kurz über dem Stiefelbund und ließ schwarze Strümpfe sehen. Mit ihrem tannengrünen Wollmantel, dem senfgelben Schal und der roten Baskenmütze trug sie die Farben des Herbstlaubs.

»Und was machen Sie in Wien?«, wollte die Hauswirtin wissen.

»Ich trete eine Stelle am Opertheater an«, antwortete Johanna.

»Ah, Sie arbeiten in der Kostümabteilung«, folgerte die Frau, und ihre trägen Augenlider hoben sich in einer Welle der Erkenntnis. Johanna nickte. Sie sah keinen Grund, das Weltbild dieser Frau ins Wanken zu bringen. Wahrscheinlich dachte sie, die Papageienfrau aus Berlin könnte allenfalls eine Nadel schwingen, aber einen Taktstock? Niemals!

»Die Pension ist fast vollständig besetzt. Alles anständige Frauen, die in Lohn und Brot stehen.«

Wie aufs Stichwort hörte man Schritte die Stiege hinabtrappeln und eine junge Frau mit Pausbacken, langen Zöpfen und einem schlichten grauen Mantel, der sie wie eine Klosterschülerin aussehen ließ, kam in den Flur.

»Guten Morgen, Frau Dabjanszki«, grüßte sie die Hauswirtin gut gelaunt und nickte Johanna zu.

»Denken Sie daran, Fräulein Babadova, keine Essensreste in den Papierkorb und keine Musik nach zehn Uhr abends«, ermahnte die Hauswirtin die Mieterin.

»Jawohl«, antwortete die junge Frau ungerührt und schlüpfte durch die Tür nach draußen.

»Dieser Bulgarin muss man alles drei Mal sagen, bis was ankommt«, schimpfte die Hauswirtin mit gedehnten Vokalen und scharfen S-Lauten, was verriet, dass Wiener Deutsch auch nicht ihre Muttersprache war.

»Haben Sie denn noch ein Zimmer frei für mich?«, lenkte Johanna auf ihr Anliegen zurück.

Frau Dabjanszki fixierte sie wieder mit ihrem abschätzenden Blick. »Wie lange wollen Sie denn bleiben?«

»Zunächst für einen Monat.«

»Bezahlt wird wöchentlich im Voraus«, sagte die Hauswirtin streng und nannte den Preis in Schilling. Die österreichischen Papierkronen waren wegen der rapiden Inflation der letzten Jahre im März ersetzt worden mit zehntausend Papierkronen zu einem Schilling. Johanna rechnete im Kopf in deutsche Reichsmark um. Die Miete war ganz schön happig. Aber in Berlin teilte sich Johanna die Miete mit Ilse, was günstiger war als ein Einzelzimmer.

»Darf ich das Zimmer besichtigen?«, fragte sie.

Die Hauswirtin nickte unwirsch und schlurfte in ihre Wohnung, um den Schlüssel zu holen. In ihren Filzpantoffeln stieg sie die enge Holzstiege Windung für Windung nach oben und schnaufte dabei wie eine Dampflok. Auf der dritten Etage machte sie halt und stützte sich auf das Geländer.

»Einen Aufzug haben wir nicht«, schnauzte die Hauswirtin, wohl eher ihre eigenen Mühen bedauernd als im Gedanken an den Komfort der Pensionsgäste.

»Körperliche Bewegung ist doch ganz gesund«, sagte Johanna begütigend.

Frau Dabjanszki warf ihr einen giftigen Blick zu.

»Wenn man jung ist …«, murrte sie. Es ging höher und immer höher. Im Flur der vierten Etage steuerte die Hauswirtin auf eine weiß angestrichene Holztür zu, die aussah, als gehörte sie zu einem Wandschrank.

»Putzen müssen Sie das Zimmer selbst«, schnaufte die Frau.

Sie öffnete die kleine Schranktür, zweifelsohne, um Johanna die Besenkammer zu zeigen. Sie knipste ein spärliches Licht einer nackten Glühbirne an und Jo sah nun, dass hier eine schiefe hölzerne Wendeltreppe hinaufging.

»Die Dachkammern sind oben. Das Schlafzimmer ist das letzte im Gang. Die anderen Kammern sind Lagerräume.« Frau Dabjanszki hielt Johanna den Schlüssel an einem Holzklotz unter die Nase. Offensichtlich wollte sie sich den letzten Aufstieg ersparen.

Johanna griff beherzt zu, kletterte die Wendeltreppe hinauf und fühlte sich zurückversetzt zur Stiege hinauf zur Orgel in St. Nikolai. Diese hier ächzte unter jedem ihrer Schritte und schien dem Zusammenbruch nahe zu sein.

Oben angekommen streckte sich ein schmaler Gang vor ihr aus, der sich an die Dachschräge schmiegte. Die drei Liegendfenster spendeten ein fades Licht, das die Staubspuren auf den groben Dielen nicht verbergen konnte. Ein kalter Wind pfiff durch die Ritzen der Dachziegel. Mit eingezogenem Kopf ging sie zur letzten Tür auf dem Gang und sperrte auf. Ein Kämmerlein nicht viel größer als ein Zugabteil zeigte sich ihr. Links unter der Dachschräge standen ein schmales Bett mit einer zerschlissenen Wolldecke und eine Kommode, neben dem Bett ein Holztisch und ein Stuhl vor einem winzigen Fenster. Zudem ein rußschwarzer Standofen mit Abzugsrohr nach draußen. Feuerholz: Fehlanzeige.

Rechts ein Bauernschrank mit verzogenen Türen, die nicht richtig schlossen. Darin hingen sieben Drahtbügel und einige Mottenkugeln kullerten herum. Daneben ein Frisiertisch mit Spiegel, über den sich ein Riss zog. Auf dem Tisch befand sich eine halb heruntergebrannte Kerze in einem Teller mit Haltegriff.

Unwillkürlich musste Johanna lächeln. Sie war unversehens im Dachkämmerlein von Mimi aus der Oper »La Bohème« gelandet – wenn sie an der Kammer nebenan klopfen würde, stände ihr der Dichter Rodolfo gegenüber, er würde ihr Feuer für die erloschene Kerze geben und ihr eiskaltes Händchen zärtlich in seinen Händen wärmen. »Che gelida manina«, summte sie, und in ihrem Kopf schwoll das Orchester zu Puccinis leidenschaftlichen Liebesklängen an. Ja, als echte Bohème musste man Lebenskünstlerin sein und sich nicht an solch profanen Dingen wie fehlender Ofenwärme oder schäbigem Mobiliar stören.

Beim Hinausgehen sah sie neben der Tür ein weiteres Kleinod dieser Dachkammer: Dort hing ein gerahmtes Bildnis in Öl, das Kaiser Franz Joseph mit imposantem grauem Backenbart und in blauer Gardeuniform zeigte – vermutlich vom Trödelmarkt oder es hing hier schon seit der Kaiserzeit.

Als sie wieder eine Etage tiefer vor der Hauswirtin stand und sich die Spinnweben aus dem Gesicht strich, fragte sie nach dem Badezimmer.

»Dort ist das Gemeinschaftsbad. Klosett ist nebenan.«

Johanna inspizierte diese Räume, die sehr abgenutzt, aber funktional und einigermaßen sauber zu sein schienen.

»Ein Bettlaken und zwei Handtücher pro Woche sind inbegriffen«, erklärte die Hauswirtin. »Im Keller haben wir eine Waschküche mit Warmwasser und Zuber. Leinen zum Aufhängen sind auch da. Bügeleisen und -brett ebenfalls. Im Parterre gibt es eine Gemeinschaftsküche. Dort finden Sie einen Gasherd, eine Speisekammer und alles, was man so braucht. Für Ihre Vorräte haben Sie ein eigenes Regal im Schrank. Schreiben Sie Ihren Namen auf die Lebensmittel, damit sich die hungrigen Mäuse nicht des Nachts drüber hermachen«, leierte die Hauswirtin lustlos herunter. Mit den Mäusen meinte sie wohl hungrige Mitbewohner. Johanna lächelte höflich über diesen Witz, aber die Frau sah an ihr vorbei.

»Nehmen Sie nun das Zimmer oder haben Sie meine Zeit verschwendet?«, wollte Frau Dabjanszki wissen.

»Ich nehme es«, entschied Johanna trotzig.

Wieder im Erdgeschoss ließ die Hauswirtin ihre neue Mieterin wie eine unartige Schülerin vor der Tür warten, bis sie mit einem mehrseitigen Vertrag und der Hausordnung herauskam, sich beides unterschreiben ließ und schließlich mit einem zufriedenen Grunzen ihre dicke Hand zum Empfang des Geldes ausstreckte.

Eine Stunde später schleppte Johanna ihren Koffer unter Schweißausbrüchen und Flüchen die fünf Stockwerke nach oben in ihre »La Bohème«-Kammer. Anschließend erkundete sie die Gemeinschaftsräume der Pension. In der Küche am hinteren Ende des Hausflures stand mittig ein großer Holztisch, auf dem noch Brotkrümel vom Frühstück lagen. Das Aroma von Kaffee und angebrannter Milch hing in der Luft.

In der ersten Nacht fror sie erbärmlich in ihrer Dachkammer, obwohl im Ofen das Feuerholz glomm, das sie sich aus einer Kiste im Flur geholt hatte, und sie ihren Wollschlafanzug trug. Irgendwo läuteten Kirchenglocken. Sie klangen dumpf und behäbig, nicht so hell und aufgeregt wie die Glocken von St. Nikolai am alten Leuchtturm auf Wangerooge. Noch aufregender als die Glocken war allerdings die Kirchenorgel gewesen, die Johanna als Vierjährige für sich entdeckt hatte. Wenn Mutter freitagabends beim Gemeindetreffen gewesen war, hatte sie sich in das verlassene Kirchenschiff geschlichen, war die knarrenden Holzstufen der Wendeltreppe zur Empore hinaufgestiegen und auf den Hocker des Organisten geklettert. Herr Lundt war ein Greis mit Buckel und krummen Fingern, der im Gottesdienst immer so langsam spielte, dass Johanna beim Singen unweigerlich gähnen musste. Sobald ihre langen schmalen Finger die weißen und schwarzen Tasten der Orgel anschlugen, bereitete der Klang der Pfeifen ihr ein wohliges Kribbeln im Nacken und sie konnte die Töne auf der Zunge schmecken. Das tiefe C schmeckte wie Lakritze und das hohe H wie Brombeeren. Wenn der Küster sie spielen hörte, kam er hinkend angerannt und schüttelte zornig seinen Zeigefinger gegen sie.

»Die Orgel ist kein Spielzeug, sondern ein Instrument Gottes!«, rief er aus der Tiefe.

Wenn die Musik von Gott kam, dann hatte Johanna einen direkten Draht zu ihm. Aber das verstanden die Großen nicht.

Ihre Fingerchen brannten so sehr darauf, auf der Orgel zu spielen, dass Johanna im Gottesdienst ständig an ihren Nägeln kaute, um das Brennen zu bekämpfen.

»Hör mit dem Nägelkauen auf«, zischte ihre Mutter dann. »Denk dran, wie es dem Daumenlutscher im ›Struwwelpeter‹ ergangen ist.«

Zu dieser Ermahnung ließ ihre Mutter zwei Finger wie eine Schere zusammenfahren und Johanna versteckte ihre Hände flink unter ihren Beinen.

»Herr Doktor«, sagte die Mutter besorgt bei der jährlichen Visite des Hausarztes. »Unsere Johanna ist süchtig nach Musik, sie singt ständig und klappert auf meinen Kochtöpfen herum.«

»Dann geben Sie dem Kind ein Instrument«, meinte der Doktor. Aber dafür hatten ihre Eltern kein Geld. Also bastelte sich Johanna selbst ein Klavier aus Papier – es bestand aus einem langen Streifen mit weißen und schwarzen Tasten, die sie daheim und während der endlosen Predigt in der Kirche eifrig bespielte. In ihrem Kopf entstand das schönste Konzert und ihre Fingernägel waren wieder gesund.

Als Johanna in die Schule kam, war der Musikunterricht ihr liebstes Fach, auch wenn Frau Buttfanger die Instrumente – ein Triangel, ein Xylofon und drei Blockflöten – viel zu selten aus der Vitrine holte. Johanna war meistens nicht schnell genug, um eines der begehrten Instrumente zu ergattern, und musste sich damit begnügen, den Rhythmus mitzuklatschen, was sie inbrünstig tat. Dabei verwandelte sich ihr Körper in ein Instrument und sie selbst war die Musik.

»Nicht so laut, Johanna«, ermahnte sie die Musiklehrerin. Überwiegend sangen sie deutsche Volkslieder wie »Das Wandern ist des Müllers Lust« und »Regen, Regen drus', wi sitt hier warm in Hus'!«, wobei Frau Buttfanger immer entsetzlich schräg sang. Johanna hatte die Klänge mit all ihren Sinnen aufgenommen, sie hatte die Töne sogar auf ihrer Zunge schmecken können – und diese scheußlich schrägen hatten sauer geschmeckt wie Zitronen, sodass sie jedes Mal Zahnschmerzen davon bekommen hatte.

Trotzdem musste sie nun lächeln, als sie daran dachte, während sie auf steifen Füßen zum vereisten Fensterchen tappte und einen Blick hinauswarf. Die aufgehende Sonne tauchte die Ziegeldächer von Wien in ein rötliches Licht und Hunderte von Schornsteinen bliesen schmale Rauchsäulen in den grauen Himmel – sie waren der Atem der Stadt. Johanna hauchte in ihre kalten Hände. Sie würde sich so bald wie möglich eine Daunendecke besorgen. Aber solch weichliche Dinge waren nicht die erste Sorge des strebsamen Dirigenten Johann.

Sie machte sich an ihre morgendliche Verwandlung. Ihr Haar scheitelte und wachste sie in männlicher Manier und schlüpfte in die Anzughose. Nun wickelte sie schnaufend die Stoffstreifen um die Brust, immer wieder entglitt ihr ein Ende, sie zurrte und zerrte, dann musste sie die

Streifen feststecken – und stach sich dabei kräftig mit der Sicherheitsnadel in den Finger und ließ los.

»Autsch«, schrie sie und stampfte frustriert mit dem Fuß auf die Dielen, in deren Ritze die Sicherheitsnadel verschwunden war. Sie brauchte dringend ein richtiges Korsett, diese dilettantische Wickelei konnte sie unmöglich über Wochen und Monate durchhalten. Aber heute musste sie um zehn Uhr im Opernhaus sein. Mit fahrigen Fingern suchte sie in ihrem Kulturbeutel nach einer weiteren Sicherheitsnadel, fand aber keine. Da fiel ihr die Nähschublade ein, die sie gestern in der Küche entdeckt hatte. Dort würde sie hoffentlich finden, was sie brauchte. Also zog sie sich hastig ihren Morgenmantel über und eilte die vielen Stufen hinab ins Parterre.

Die Gemeinschaftsküche lag verlassen da, die Frühstückszeit war schon vorbei. Sie zog die Nähschublade auf und tastete sich durch allerlei Garn, Wollknäuel und Stricknadeln. Heureka – da waren Sicherheitsnadeln. In diesem Augenblick streifte etwas Warmes ihre linke Wade und sie zuckte zusammen.

»Miau«, machte eine schwarz-weiß gefleckte Katze, die ihren Schwanz in die Höhe streckte und Johanna aus ihren gelben Augen misstrauisch musterte.

»Miau«, machte Johanna ein Freundschaftsangebot, aber die Katze buckelte. Sie zuckte die Schultern und drehte sich mit Schwung zur Tür. Dort stand die Hauswirtin mit einem Gesicht, als hätte sie eben in eine Zitrone gebissen.

»Grüß Gott, Frau Dabjanszki«, grüßte Johanna zuvorkommend und schloss die Hand um ihre Fundstücke. Hätte sie um Erlaubnis bitten müssen, bevor sie die Nähschublade geplündert hatte?

»Haben Sie Feuerholz aus der Kiste vor dem Bad im vierten Stock genommen?«, fragte die Hauswirtin unwirsch.

»Ja, ein kleines Bündel«, gab Johanna zu. »Steht der Korb nicht dort, damit man sich daraus etwas für seinen Ofen holen kann?«

»Dieses Holz ist nur für das Bad bestimmt. Wenn Sie Brennholz oder Briketts für Ihren Zimmerofen brauchen, müssen Sie es bei mir kaufen.«

»Tut mir leid, das wusste ich nicht. Ich kaufe nachher einige Bündel bei Ihnen und lege wieder eines zurück in den Korb«, beeilte sich Johanna zu versichern.

»Ein Schilling kostet das Bündel.«

»Das ist aber teuer«, entfuhr es ihr.

»Gratis ist nur der Tod und der kostet das Leben«, entgegnete Frau Dabjanszki. Sie ließ ihren Kontrollblick durch die Küche schweifen, als suchte sie nach weiteren Verstößen gegen die Hausordnung. Der strenge Blick der Hauswirtin kehrte zu Johanna zurück und blieb an ihren Hosenbeinen hängen.

»Wollen Sie etwa so auf die Straße gehen?«, fragte sie scharf.

»Hm. Ich bin noch nicht fertig angezogen«, sagte Johanna ausweichend.

»Das ist ein anständiges Haus«, keifte die Hauswirtin. »Ich erwarte, dass meine Mieterinnen sich dementsprechend kleiden.«

Johanna runzelte die Stirn. Warum sollte eine Hose für eine Frau unanständig sein? Sie lebten schließlich nicht mehr im 19. Jahrhundert. Aber sie verbiss sich Widerworte.

Frau Dabjanszki grunzte, ihre Katze miaute und Johanna war aus dem Verhör entlassen.

Kapitel 7:
Schlagobers und Vissi d'arte – ein Leben für die Kunst

Wien, 23. November 1925

Johanna hätte nie gedacht, dass sie einmal ein Doppelleben führen würde. Aber in den letzten drei Wochen hatte sie sich an diesen Rollenwechsel im Takt der Tageszeiten gewöhnt. Für ihre Mitbewohnerinnen war sie morgens und abends eine Frau und dazwischen für die Kollegen am Opernthreater ein Mann.

Als sie wie jeden Morgen im geblümten Morgenrock gegen halb neun in die Gemeinschaftsküche kam, duftete es schon herrlich nach Kaffee. Dana Babadova stand in Kleid und Schürze am Herd und schlug Eier in die Pfanne.

»Guten Morgen, Johanna«, rief Dana und strahlte sie über beide Pausbacken an. »Möchtest du etwas von meinem Rührei abhaben?«

»Nein, danke. Heute nicht«, antwortete Johanna lächelnd, schenkte sich Kaffee ein und nahm einen Mohnstriezel aus dem Korb mit Semmeln, die ihnen jeden Morgen auf Bestellung geliefert wurden. Auch Martha Egger saß schon am Frühstückstisch und belegte ihre Kaisersemmel gerade mit Käse, wobei sie das Essen nur mit den Fingerspitzen anfasste und ihre kleine Hand wie ein Kätzchen spreizte.

»Heute wieder ein neuer Nagellack?«, fragte Johanna sie. Martha nickte und ihre kinnlangen, honigblonden Locken wippten keck.

»Ich probiere Perlmutt aus«, sagte sie und hielt ihre Hand unter die Deckenlampe, sodass ihre Fingernägel das Licht einfingen und silbrig schimmerten.

»Es ist wirklich eine Schande, dass mir die Abteilungsleiterin vorschreibt, in welcher Farbe ich meine Nägel lackieren darf. Bloß kein Rot! Alles muss blass und dezent sein. ›Sie sind Verkäuferin und kein Revuemädchen‹, hat sie letztens zu mir gesagt, als ich meine Nägel in Rosenrot lackiert hatte«, empörte sich Martha. Die zierliche junge Frau arbeitete im Warenhaus Rothberger in der Abteilung für Damenkonfektionsware. Johanna kannte diesen Kleiderpalast mit der imposanten schwarzen Marmorfassade und den überbordend dekorierten Schaufenstern am Stephansplatz gleich gegenüber vom Dom bisher nur von außen.

»Guten Morgen allerseits«, erklang es von der Tür, und Tessa Unger spazierte in einem glamourösen Seidenkimono und flauschigen Pantoffeln herein, ihr Gesicht war perfekt geschminkt und jedes Haar ihrer Frisur sorgsam arrangiert. Ihre braunen Augen waren dramatisch mit dunklem Kajalstift umrandet und ihre Wimpern so stark getuscht, dass die Lider ihre Augen umschatteten und sie schläfrig aussehen ließen. Jeder Augenaufschlag wirkte jedoch umso dramatischer. Ihr rabenschwarzes Haar war ebenfalls auf Kinnlänge in einer scharfen

Linie zu einem Pagenkopf geschnitten und ein glatter Pony fiel über ihre Stirn bis zu den gezupften Augenbrauen, die einen imposanten Rundbogen formten. Ihr kirschrot geschminkter Mund bildete einen Kontrast zu ihrem milchweißen Teint. Johanna fühlte sich bei ihrem Anblick stets an Kleopatra erinnert. Ob sie vielleicht auch in Milch badete wie die ägyptische Königin? Eigentlich hieß sie Therese, wollte aber lieber Tessa genannt werden.

»Meine Eltern wollten wohl, dass ich Betschwester werde, als sie mich getauft haben«, hatte sie geseufzt und ihre schweren Wimpern gen Himmel erhoben. Sie war eine Kollegin von Martha und bediente in der Kosmetikabteilung des Kaufhauses Rothberger.

»Komm doch mal bei mir vorbei, dann zupfe ich dir die Augenbrauen«, sagte Tessa nun zu Johanna, während sie sich eine Semmel mit Marmelade bestrich. »Jede Frau ist es sich schuldig, das Beste aus dem herauszuholen, was die Natur ihr geschenkt hat«, verkündete sie und studierte Johannas Gesicht mit dem Kennerblick einer Kosmetikerin. »Du hast gute Anlagen, aber du machst nichts aus dir«, stellte sie abschließend fest. »Wenn du dich in meine Hände begibst und ich die passende Schminke und Frisur für dich aussuche, dann drehen sich die Herren reihenweise nach dir um.«

»Nein, danke, nicht nötig«, lehnte Johanna ab und hielt ihre Hand schützend über ihre Augenbrauen. Das würde ihr gerade noch fehlen: Sie hatte ihre Brauen in den letzten drei Wochen extra in ihrer natürlichen Form wachsen lassen, so wie es die Männer taten. Die Kollegen an der Oper würden ihrer mühsamen Maskerade noch auf die Schliche kommen, wenn sich Dirigent Osterkamp plötzlich mit gezupften Damenbrauen präsentieren würde.

»Jetzt lass sie doch«, sagte Dana, die nun mit ihrem Rührei neben ihr saß. »Johanna ist eben ein Naturmädel.«

»Deine Zöpfe sind auch nicht gerade die Krone der Frisurenschöpfung«, meinte Tessa zu Dana, die gutmütig nickte.

»Ich finde, du hast dein Haar sehr hübsch geflochten«, sprang Johanna ihr zur Hilfe.

»Meine Herrschaft will, dass ich ordentlich aussehe. Als ich einmal mein Haar offen getragen habe, hat der kleine Friedl direkt Knoten hineingemacht und mir ein Bonbon ins Haar geklebt«, erzählte Dana und schmunzelte.

»Hast du das Mädchen heute rechtzeitig ins Lyzeum gebracht?«, fragte Johanna. Dana war als Kindermädchen bei einer reichen Kaufmannsfamilie angestellt, die ein prächtiges Stadthaus am Graben bewohnte. Morgens musste Dana dort um halb acht zum Dienst erscheinen und die älteste Tochter zu Schule bringen. Danach hatte sie Frühstückspause und kehrte um zehn ins Haus der Familie zurück, um den vierjährigen Jungen zu übernehmen und bis zum Abend zu betreuen.

»Ach, Constanze ist mit ihren zehn Jahren schon eine junge Dame, die hübsch ausschauen möchte. Heute früh wollte sie unbedingt, dass ich ihr Haar zu einer Brezel flechte. Und schwups waren wir wieder spät dran und mussten über den Kohlmarkt laufen. Aber wir haben es gerade noch zum ersten Läuten zur Schwarzwaldschule geschafft.«

»Bin ich froh, dass ich mich nicht den ganzen Tag mit nervigen Kindern herumschlagen muss.« Tessa gähnte und biss herzhaft in ihr Marmeladenbrot.

»Aber unsere Kundinnen können auch ganz schön anstrengend sein«, erinnerte sie Martha und betrachtete ihre Perlmutt-Fingernägel. »Gestern habe ich eine dicke Dame bedient und ihr in fünf Kleider geholfen, aber sie fand die Schnitte unvorteilhaft. ›Ich sehe aus wie eine Tonne‹, hat sie gejammert. Das stimmte leider. Röhrenschnitt und tiefe Taille kann eine Frau nur tragen, wenn sie darunter selbst gut geformt ist. Nach einer

Stunde ist die Kundin davongerollt und hat nichts bei mir gekauft.«

»Bestimmt hat Fräulein Hofstätter aus der Miederabteilung eine dicke Provision eingeheimst«, mutmaßte Tessa. Sie spitzte ihre roten Lippen und flötete: »Meine Dame, Sie sehen aus wie eine Venus, die gerade ihrer Muschel entstiegen ist.«

Sie imitierte offenbar ihre konkurrierende Kollegin aus der Miederabteilung. Tessa und Martha schauten sich verschwörerisch an und grinsten.

»Frau Götzel ist gertenschlank und braucht kein Mieder«, berichtete Dana über ihre Arbeitgeberin. »Sie kauft ihre Pariser Modelle ausschließlich im Maison Spitzer ein, weil sich früher dort der Hochadel einkleiden ließ.«

»Heute lassen sich die Schauspielerinnen vom Burgtheater dort ihre Bühnenkleider schneidern«, warf Martha ein. »Aber deine Frau Götzel will ja auf der gesellschaftlichen Bühne mitspielen. Diese neureichen Kaufmannsfrauen wollen doch alle Komtesse sein.«

Dana nickte mit einem nachsichtigen Lächeln.

»Wir gehen am Samstag wieder ins Sans Souci zu Tee, Tanz und Jazz«, sagte Tessa unternehmungslustig. »Wollt ihr beide nicht mal mitkommen?«, fragte sie an Dana und Johanna gerichtet.

»Ich bin keine gute Tänzerin«, murmelte Johanna ausweichend.

»Aber du musst ja nicht aufs Tanzparkett. Obwohl dort immer sehr fesche junge Herren sind, die uns Damen fleißig auffordern. Du kannst auch einfach nur hereinschneien, gerne auch im Straßenkleid nach dem Shopping, nimmst einen Tee und guckst nach Bekannten und was die anderen so anhaben.«

»In Wien geht jede Frau zum *Five o'clock tea*, die sich gesellschaftlich tummeln will. Gibt es so was in Berlin nicht?«

Johanna wiegte ihren Kopf. Nicht nur die Sitten, auch die Sprache der modernen Leute war in Wien anders. In Berlin ging man schlicht »einkaufen«, hier offenbar zum mondänen »Shopping«. Der englische Ausdruck klang weltgewandt in ihren Ohren.

»Die Berliner amüsieren sich in Clärchens Ballhaus. Ich war da einmal zum Tanztee.« Johanna fühlte sich beklommen bei der Erinnerung, denn sie selbst hatte sich dort keineswegs amüsiert. Der Saal mit den vielen Spiegeln und dem dunklen Tanzparkett war schön gewesen. Aber als der erste Herr sie zum Tanz aufgefordert hatte, war er sichtbar erschrocken gewesen, als sie aufstand und plötzlich einen halben Kopf größer war als er. Den Foxtrott hatten sie schweigend und mit Anstand hinter sich gebracht, danach jedoch hatte kein anderer Herr sie mehr aufgefordert. Die Wiener Männer waren überwiegend sogar noch kleiner als die Berliner, aber vielleicht hatten sie größeren Mut? Eigentlich hatte Johanna Lust, mal wieder Charleston zu tanzen – am liebsten ohne Partner.

»Hm, solche Tanzcafés sind einfach nicht meine Welt«, sagte sie unsicher.

»Ach, du kommst noch auf den Geschmack«, beharrte Tessa mit ungebremstem Eifer. »Nur mit deinen Schuhen müssen wir was machen, bevor du auf die Tanzfläche kannst. Letztens auf der Treppe habe ich gesehen, was für biestige Treter du an den Füßen hattest.«

»Ich habe halt so große Füße. In Schuhgröße 41 finde ich meistens nur Herrenschuhe«, murmelte Johanna und fuhr sich mit der Hand durch ihr kurzes Haar. Sie wollte kein Modepüppchen, sondern eine Dirigentin sein. Hauptsache, sie hatte einen guten Stand vor dem Pult und die Schuhe drückten sie nicht, wenn sie bei den Proben so lange auf den Beinen war.

»Bei uns im Rothberger haben wir eine große Auswahl«, klinkte sich Martha ein. »Ich werde mal bei den Kolleginnen in der Schuhabteilung vorbeischauen und nach einem passenden Paar für dich suchen.«

Johanna nickte vage. Bald darauf verabschiedeten sich Martha und Tessa, um sich für ihren Sternenhimmel aus Mode und Schönheit noch heller zum Funkeln zu bringen.

»Ich war gestern auf dem Markt und habe einen Kürbis gekauft. Wollen wir heute Abend zusammen eine Suppe kochen?«, schlug Dana vor.

»Ja, gerne. Heute Abend habe ich frei. Ich bringe dann Kaiserbirnen zum Nachtisch mit.«

Johanna stieg mit einem Lächeln auf den Lippen hinauf in ihre Dachkammer. Mit Dana fühlte sie sich wohl, weil sie sich vor ihr nicht als Weiblichkeitswunder beweisen musste.

Für ihre Verwandlung in den Dirigenten legte Johanna mit geübten Griffen ihr Korsett an. Zum Glück musste sie sich die Brust nicht mehr umständlich mit Tüchern umwickeln. Sie hatte sich ein orthopädisches Stützkorsett für den Rücken besorgt, das für Männer bestimmt war und somit vorne flach. Es erfüllte seinen Zweck ganz ausgezeichnet, auch wenn sie sich beim Dirigieren erst an ihren steifen Oberkörper gewöhnen musste. Die durchlässigen, tänzerischen Fließbewegungen, die eigentlich zu ihrer Körpersprache beim Dirigieren gehörten, waren im Korsett nicht mehr möglich. Also musste Johann anders dirigieren als Johanna – vielleicht war ein Weniger an Bewegung auch ein Mehr an männlicher Autorität. Sie hatte öfters beobachtet, dass ihre Vorbilder auf dem Pult mit zunehmender Erfahrung in ihren Gesten sparsamer und kleiner wurden. Wenn sie wahre Meister waren, genügte ein kleiner Fingerzeig, und das Orchester spurte, wo ein junger Dirigent sich fast den Arm ausrenken musste, um den gleichen Effekt zu erzielen.

Trotzdem war das Dirigieren für Jo mit Ganzkörpereinsatz verbunden und sie geriet jedes Mal ins Schwitzen. Damit sie nicht ständig befürchten musste, ihren Schnurrbart zu verlieren, hatte sie aus der Maske ein hautverträgliches Klebe-Gel für die Perücken stibitzt, das sie jeden Morgen auf Kinn und Wangen auftrug und sich feinen Sand darauf rieb – so sah es aus, als hätte sie Bartstoppeln.

Wenig später prüfte sie mit einem kritischen Blick in den Spiegel, ob ihre Verwandlung von Johanna in Jo gelungen war. Aber in ihrem Herrenaufzug mit Oberlippenbart kam sie nicht an der Hauswirtin vorbei, die das Kommen und Gehen ihrer Mieterinnen wie ein Luchs überwachte und in den Morgenstunden immer den Flur putzte. Deshalb trug Jo über ihrer Herrenhose einen Rock, die Hosenbeine hatte sie bis über die Knie hochgekrempelt, der Mantel verbarg ihr Herrenjackett. Der Damenhut zeichnete sie eindeutig als solche aus. In ihrer großen Schultertasche verbarg sie die Utensilien für die Vollendung ihrer Verwandlung in einen Mann: ihren Schnurrbart zum Ankleben und einen Herrenhut.

Jo war bereits an der Haustür der Pension, als sie das Schlurfen der Pantoffeln auf dem Steinboden und die allzu bekannte Raucherstimme der Hauswirtin hinter sich hörte.

»Fräulein Osterkamp, wo bleibt Ihre Vorauszahlung für die nächste Woche?«

»Die bekommen Sie heute Abend, Frau Dabjanszki«, sagte Johanna über die Schulter. Die Hauswirtin stand plötzlich dicht neben ihr und legte ihre fleischige Hand auf die Türklinke. Sie roch intensiv nach Bratenfett und kaltem Zigarettenrauch.

»Haben Sie meine Katze mit Essensresten gefüttert? Sie hatte die ganze Nacht Koliken und hat mir ihr Fressen auf den Bettvorleger gewürgt.«

»Nein, ich habe Ihre Katze nicht gefüttert.«

»Was haben Sie denn für einen seltsamen Ausschlag auf den Wangen? Ganz viele kleine Pickelchen.«

»Oh, vielleicht eine Allergie. Nicht der Rede wert«, antwortete Johanna und zog energisch an der Tür, die vom fülligen Körper der Hauswirtin blockiert wurde, die nun doch zurückweichen musste. Verdammt, diese Frau war wirklich eine Plage. Zum Glück waren ihre Tage im Orellischen Haus gezählt. Sobald sie die Probezeit bestanden hatte, würde sie sich eine andere Bleibe suchen – als Herr Dirigent. Das würde ihr Doppelleben wahrscheinlich vereinfachen.

Auf dem Weg zum Opernhaus schlüpfte Jo wie jeden Morgen in eine schmale tunnelartige Gasse, die die Weihburggasse mit der Kärntnerstraße verband und durch einen engen Innenhof führte. Hier standen die Wohnhäuser dermaßen dicht und hoch, dass niemals ein Sonnenstrahl auf den brüchigen Asphalt traf, aus dessen Ritzen feuchtes Moos wucherte. In einer Ecke des Hofs lagen rostige Fahrräder und andere Metallteile herum. Rechter Hand gab es eine Steintreppe, die in einen Keller führte und von einem Wellblech überdacht war. Das war Jos Umkleidekabine. Sie tastete sich geschickt die Stufen mit den wackeligen Platten hinunter und begann in dem Eck vor der Kellertür sofort, ihren Mantel aufzuknöpfen und sich aus ihrem Rock zu schälen. Hier stank es nach Urin. Dreck und Spinnweben in den Ecken zeigten, dass dieses Örtchen nicht nur verlottert, sondern auch verlassen war. Hier war sie vor neugierigen Blicken sicher. Gerade ging sie in die Hocke, um ihre Hosenbeine vom Knie hinunterzurollen, als sie eine krächzende Stimme über sich vernahm.

»He, was machen Sie denn da? Das ist kein Häusl!«

Jo fuhr hoch vor Schreck. Der Damenhut fiel ihr vom Kopf und landete im Dreck. Hastig griff sie sich den Hut und presste ihn zusammen mit dem Rock gegen ihre Brust. Über sich sah sie ein runzeliges Gesicht mit Kopftuch über das Geländer lugen.

»Gar nichts«, stotterte Jo und eilte mit unsicheren Schritten die sechs Stufen hoch. Nun stand sie vor einer winzigen Frau in einem Putzkittel mit Eimer und Besen in der Hand. Die Alte starrte sie aus zusammengekniffenen Augen an, ihr Blick wanderte über die gepflegte Kleidung des Eindringlings.

»Was machen S' denn jeden Morgen da unten? Hier gibt's nix zu holen«, blaffte die Frau, und ihr ganzes Gesicht zog sich vor Argwohn zusammen.

»Verzeihung, kommt nicht wieder vor«, versicherte Jo mit belegter Stimme und ergriff die Flucht nach vorne durch den Tunnelgang hinaus zur Kärntnerstraße. Dort wäre sie auf dem Bürgersteig beinahe in eine Dame mit Pelzmantel und Federhut hineingerannt, die ihr pikierte Blicke zuwarf. Jo schlüpfte in den nächsten Hauseingang und holte einige Male tief Luft. Sie wühlte in ihrer Umhängetasche nach dem Herrenhut und setzte ihn auf. Nun fühlte sie sich wieder halbwegs zivilisiert. Rock und Damenhut ließ sie in der Tasche verschwinden. Sie holte den Schnurrbart und den Klebestift aus der Manteltasche und stellte sich mit dem Rücken zur Straße dicht vor die Namensschilder. Auf Augenhöhe prangte: »Betteln und Hausieren verboten« – solche Schilder fand man an fast jedem Hauseingang. Ihre Finger zitterten, als sie sich ihren Schnurrbart anklebte. Ihre Wangen glühten. Sie schämte sich, dass diese Frau dachte, sie hätte wie ein Hund in die Kellerecke gepinkelt. So wie sie dort den Rock heruntergezogen und sich hingehockt hatte, musste es wirklich den Anschein erweckt haben. Sie hatte nichts Unappetitliches oder Unrechtes getan, trotzdem fühlte sie sich ertappt und bloßgestellt wie ein Sittenstrolch.

Sie versuchte, das Ereignis abzuschütteln, und trat in ihrem Herrenaufzug aus dem Schatten des Hauseingangs. Sie mischte sich in den Fußgängerstrom der Kauflustigen und Flaneure. Es konnte ihr doch egal sein, was diese Alte dachte. Jo würde zukünftig einen weiten Bogen um diese Gasse und den verlotterten Innenhof machen und der Aufpasserin nie wieder begegnen.

Viel schwerwiegender war jedoch, dass sie nun keinen Ort mehr zum Umkleiden hatte. Die Abende waren kein Problem. Da huschte sie immer in Anzug und Mantel am Fenster der Hauswirtin vorbei; der Damenhut genügte als weibliches Erkennungszeichen, was unterhalb der Gürtellinie war, blieb außerhalb des Sichtfeldes. Frau Dabjanszki hörte abends stets Radio und legte Patiencen. Dabei wachte sie meist bis Mitternacht darüber, ob alle ihre Schäfchen wieder heimkehrten. Jo musste sich bis morgen überlegen, wo sie sich zukünftig in der Frühe umkleiden konnte.

Sie schritt zielstrebig die Kärntnerstraße entlang. Ihre Haltung und Gang verwandelten sich. Der ehemals weibliche Schwung ihrer Hüften hatte sich versteift, genauso wie ihr Oberkörper im Korsett. Als das Opernhaus in ihr Blickfeld kam, begannen ihre Fingerspitzen zu kribbeln wie jeden Tag. Diese Erhabenheit des Kunsttempels erfüllte sie mit Stolz – sie war stolz darauf, zu den Auserwählten zu gehören, die durch die Pforte eingelassen wurden. Sie war ein Glied dieses mächtigen Körpers, der überirdische Musik hervorzauberte.

Selbstbewusst nahm sie den Bühneneingang.

»Grüß Gott, Herr Wandler«, sagte Jo.

»Grüß Gott, Herr Osterkamp«, erwiderte der Portier. So ging es schon seit drei Wochen. Manchmal fragte er, wie die Probe war, oder machte eine Bemerkung zum Wetter. Der Mann war und blieb eine Sphinx. Sie konnte in seinem Gesicht nicht erkennen, ob er etwas von der Verwandlung jener abgewiesenen Bittstellerin aus Berlin vom zweiten November in den lässigen Dirigenten Johann ahnte. Falls er sich den Namen Osterkamp auf dem Furtwängler-Schreiben gemerkt hatte, war es wahrscheinlich, dass er eins und eins zusammengezählt hatte.

Aber er ließ sich nichts anmerken. Entweder war er ihr heimlicher Verbündeter, oder er war doch nicht so aufmerksam, wie er sich gab.

Im Flur strebte Jo als Erstes zum Schwarzen Brett, um den Probenplan für heute und morgen zu überfliegen, den Weinberger hier täglich aufhängte. Jo war immer dann im Einsatz, wenn Kapellmeister Heger sie brauchte, also fast den ganzen Tag über. Am Abend hatte sie meistens dienstfrei, nutzte diese Freizeit aber allzu gerne, um in die Vorstellungen zu gehen und den jeweiligen Dirigenten sowie das Orchester zu studieren – außerdem war sie gespannt, alle Gesangsstars von Wien kennenzulernen.

Heute sollte sie die erste Probenphase für die »Tosca« leiten, dann käme Robert Heger dazu und würde übernehmen. Sie hatte sich in den letzten drei Wochen an Heger gewöhnt, auch wenn sie ihre Abneigung nicht abstreifen konnte, die sie am ersten Tag bei ihrem Telefonat gegen ihn gefasst hatte. Sein Verhalten war beinahe genauso vorhersehbar wie seine Art zu dirigieren – wie ein Uhrwerk. Vor dem Orchester war er nüchtern und fordernd. Wenn er Fehler hörte, ließ er die Stelle pedantisch wiederholen, bis er zufrieden war. Ob er lächeln konnte, wusste sie nicht. Seinem Assistenten erteilte er knappe Anweisungen.

»Herr Osterkamp, holen Sie die Partituren aus der Notenbibliothek.«

Diese administrativen Aufgaben kannte sie aus ihrer Zeit bei Maestro Furtwängler. Es machte ihr nichts aus, den Laufburschen zu spielen. Was hier geradezu paradiesisch war, war ihre viele Orchesterzeit. Im Studium waren die Zeiten mit dem Orchester eine Rarität und heiß umkämpft gewesen. Trockenübungen im Dirigieren machten sie alle, aber endlich mit dem Musikstrom zu schwimmen, davon träumten die

Studenten – was sich selten genug erfüllte. Mit ihrem eigenen Studentenorchester hatte Johanna einige Praxiserfahrung gesammelt, aber sie hatten sich unregelmäßig getroffen, lediglich wenn ein Konzert angestanden hatte, und die Besetzungen hatten ständig gewechselt. Johanna hatte bei diesen studentischen Musikern einiges an gutem Zureden und Motivationsarbeit leisten müssen.

Die Wiener Philharmoniker hingegen waren Vollprofis. Was das bedeutete, hatte ihr Heger gleich am dritten Tag klargemacht.

»Warum sagen Sie ständig ›Danke‹ und ›Sehr schön‹ zu den Musikern?«, wollte er nach einer Probe wissen.

»Ich möchte sie auch mal loben, nicht dauernd nur korrigieren«, antwortete Jo.

Der Kapellmeister runzelte die Stirn und seine Mundwinkel zogen sich säuerlich nach unten. Er war offensichtlich nicht überzeugt.

»Dann macht das gemeinsame Musizieren auch mehr Freude«, ergänzte sie.

»Wir sind hier nicht im Freizeitorchester. Die Musiker werden fürstlich bezahlt und sind nicht zu ihrem Vergnügen hier. Diese Herren sind die besten Musiker, die es in ganz Europa gibt. Sie brauchen nicht gebauchpinselt zu werden. Wir alle haben das Ziel, ein perfektes Ergebnis zu erzielen. Ihre Aufgabe als Dirigent ist es, die Fehler auszumerzen. Sie sind nicht bestellt zur Animation.«

So war das also. Freude beim Musizieren war unprofessionell und Lob verboten. Jo musste unwillkürlich an den Ausspruch ihres Vaters denken, mit dem er stets ihre sehr guten Schulnoten kommentiert hatte: »Wo mehr man de Katt straakt, wo hoger böhrt se de Steert« – »Je mehr man die Katze streichelt, umso höher hält sie den Schwanz.« Seine Worte hatten in ihrem Kinderköpfchen rumort. Meinte er: Je mehr man einem

Menschen schmeichelte, desto eingebildeter wurde er? Sie war aber kein eingebildetes Kind gewesen. Irgendwann hatte sie es aufgegeben, auf ein Lob ihres Vaters zu hoffen.

An diesem Vormittag probte Jo den ersten Akt der »Tosca«. Beim »Te Deum« – jenem machtvollen Credo des Bösewichts Scarpia, der sich lüstern nach der Sängerin Tosca sehnte – ließ sie das Orchester und den Chor so richtig aufdrehen und sich vom Sog der Musik mitreißen. Sogar die feinen Härchen auf ihren Armen stellten sich auf.

»So können Sie das heute Abend spielen, meine Herren«, sagte Jo in bemüht sachlichem Ton und verkniff sich, wie ein Anfänger »Danke!« und »Wunderbar!« auszurufen. Nach einer Stunde schickte sie die Musiker in die Pause. Seltsam, dass Heger noch nicht erschienen war. Unvorstellbar, dass sein Arbeitsuhrwerk aus dem Takt geraten sein sollte.

In der Kantine fand sie Dominic auf seinem Stammplatz unter dem Plakat mit dem Beethoven-Porträt. Er schaute Jo erstaunt entgegen und konsultierte mit großer Geste seine Armbanduhr.

»Elf Uhr dreiundvierzig! Sonst lässt Heger den Stab doch erst um Punkt zwölf fallen. Was ist bloß los heute?«

»Er ist noch nicht aufgetaucht. Keine Ahnung, wo er steckt.« Jo setzte sich Dominic mit ihrem Kracherl gegenüber. »Ich war heute ganz folgsam und habe das Orchester nicht mit unprofessionellem Lob animiert – ganz nach Kapellmeister Hegers Devise: ›Nicht geschimpft ist genug gelobt.‹«

Dominic klopfte anerkennend mit seinen Fingerknöcheln auf den Tisch. »Du kannst es bestimmt kaum erwarten, dass wir übermorgen unsere Dirigenten wechseln«, meinte er und zwinkerte ihr zu.

In ihrer Probezeit waren sie im Wechsel Kapellmeister Heger und Kapellmeister Breuer zugeordnet, wobei Jo zu ihrem

Verdruss bisher fast ausschließlich von Heger mit Beschlag belegt worden war.

»Tausche elsässisches Uhrwerk mit Gebrauchsspuren gegen brasilianische Wundertüte, Rücknahme ausgeschlossen«, witzelte Jo, als gäbe sie eine Zeitungsannonce auf. Dominic lachte.

»Breuer hat vorhin in der Probe wieder alles umgestülpt, was wir gestern einstudiert hatten«, berichtete Dominic und nahm einen Schluck von seinem *Kapuziner* – ein doppelter Mokka mit Schlagobers. »›Man muss sich vom Fluss tragen lassen – wer sich gegen den Amazonas stemmt, geht unter‹, sagt Breuer immer.«

Zurzeit probte der Brasilianer mit Dominics Assistenz das Ballett »Schlagobers« von Richard Strauss.

Jo konnte es kaum erwarten, endlich zu Eduardo Breuer zu wechseln – auch wenn seine Anwesenheit sie irgendwie nervös machte. Sein temperamentvolles Dirigat war auf jeden Fall spannender und lehrreicher als die Taktschlägerei von Heger.

In diesem Moment kam Breuer in die Kantine spaziert – hinkend, aber das tat seiner Erscheinung keinen Abbruch. An seiner Seite schritt eine dunkelhaarige Frau in einem eng anliegenden Kleid, das ihre weiblichen Kurven betonte. Jo schnappte nach Luft und ihre Augen folgten ihm wie eine Magnetnadel dem Nordpol. Breuer entdeckte sie in der Tischnische und winkte ihnen zu. Er holte sich einen Mokka von der Theke und kam mit seiner Begleiterin zu ihnen.

»Dürfen wir uns zu Ihnen setzen?«, fragte er, und Jo fühlte sich in seinen meerblauen Augen versinken. Sie nickten und Breuer nahm neben seinem Schützling Platz, seine Dame setzte sich neben Jo.

»Darf ich vorstellen: meine Ehefrau Amanda Breuer.«

Jo wusste von Dominic, dass Breuer mit einer Sopranistin verheiratet war, die an der Oper Graz im Ensemble war. Ob es einer Ehe guttat, wenn Mann und Frau in unterschiedlichen

Städten lebten? Scheinbar war Amanda gerade in Wien, um ihren Mann zu besuchen. Sie verströmte einen intensiven Duft nach Veilchen und goldene Armreife klirrten um ihre Handgelenke. Sie hatte einen dunklen Teint und sah südländisch aus, wahrscheinlich war sie eine echte Brasilianerin. Breuer saß Jo gegenüber und sie vermied es, ihn direkt anzusehen. Mit seinen grazilen Händen hob er das Porzellankännchen an, ließ Milch in seinen Mokka rinnen und verwandelte ihn in einen *Kleinen Braunen*. Dasselbe tat er für seine Frau. Der Ehering an seiner Hand funkelte im Lampenlicht – nach südamerikanischer Sitte trug er diesen links.

»Das ›Te Deum‹ habe ich bis in den Flur gehört. Sie haben den echten Puccini-Klang aus dem Orchester herausgeholt«, sagte Breuer zu ihr.

Jo verschluckte sich fast an ihrer Limonade. Von Heger hatte sie noch kein Lob vernommen, nur Kritik. »Ihr Kollege Heger kreidet mir meine Tempiwechsel an«, gestand sie.

»Ach, Puccini muss man aus dem Bauch heraus dirigieren, nicht mit dem Kopf. Dafür gibt es andere Komponisten. Mahlers Musik ist so vergeistigt«, sagte Breuer.

»Ja, Puccini ist Herzschmerz pur. Da darf es gerne eine Portion Pathos mehr sein«, stimmte Amanda ihrem Ehemann zu. Ihre Stimme erinnerte Jo an den Geschmack von Mandeln: Sie hatte eine herbe Note. Ihr Akzent verband sie mit Breuer – beide rollten das R. Die Sopranistin sprach langsam und kostete jedes Wort aus. Sie war offenbar eine Frau, die es gewohnt war, dass Männer an ihren Lippen hingen. Früher war sie bestimmt mal eine Schönheit gewesen. Heute waren ihre großen braunen Augen von einem feinen Netz von Falten umringt und um ihren Mund waren Furchen eingegraben, die ihr einen Ausdruck von Gram verliehen.

»Sie können sich freuen«, sagte Breuer an Jo und Dominic gerichtet. »Puccini steht in nächster Zeit sehr oft auf dem

Spielplan. Das Wiener Publikum ist geradezu verrückt danach. In den Kriegsjahren waren hier die lebenden Italiener als ›feindliche Ausländer‹ tabu – selbst der tote Verdi stand nicht mit ›Giuseppe‹, sondern mit ›Josef‹ auf den Plakaten, und es wurde alles in deutscher Übersetzung gesungen. 1914–18 haben sie hier fast nur die toten Franzosen wie Gounod, Bizet und Massenet gespielt und natürlich die deutschen Klassiker. Aber mit der Doppeldirektion Strauss-Schalk sind die italienischen Komponisten wieder groß ins Rennen eingestiegen. Puccini selbst war 1921 hier bei der Premiere von ›Das Mädchen aus dem goldenen Westen‹ – er war ganz verzückt von unserer Mizzi, Maria Jeritza. In der Spielzeit 1923/24 war er auch einige Monate in Wien und hat seine ›Manon Lescaut‹ auf unserer Bühne miterlebt.«

»Wie war er so?«, wollte Dominic von Breuer wissen.

»Er liebte die Frauen, schnelle Automobile und Zigaretten. Er hat mir mal erzählt, dass er in seiner Jugend in der Toskana oft zu wenig Geld hatte, um sich seine geliebten Zigaretten zu kaufen. Aber er war Organist in der Kathedrale San Martino von Lucca und kam auf die Idee, Pfeifen aus der Domorgel zu stibitzen und sie beim Metallwarenhändler zu Geld zu machen. Wenn er dann wieder an der Orgel saß, spielte er dermaßen raffiniert, dass die fehlenden Töne nicht auffielen. Puccini hat das Leben in vollen Zügen genossen. Ich glaube, er hat nichts bereut – auch nicht, dass ihn sein Kettenrauchen ins Grab gebracht hat.«

»Die Arie ›E lucevan le stelle‹ – ›Und es leuchteten die Sterne‹ drückt das wunderbar aus: Selbst mit dem Tod vor Augen erstrahlen die Lebensfreude und die Liebeslust umso heller«, sagte Jo versonnen.

Breuer lächelte strahlend mit ebenmäßigen weißen Zähnen. »Haben Sie unseren Pikki schon gehört?«, fragte er.

Jo schaute ihn ratlos an.

»Alfred Piccaver, seines Zeichens Tenor – ein toller Puccini-Sänger. Wenn er nicht gerade absagt. Er will sich seinem Publikum nur in bester Form präsentieren. Wenn er beim Einsingen daheim bloß die kleinste Unreinheit auf den Stimmbändern spürt, lässt er seine Frau Ria sofort anrufen und absagen. So mancher Wiener spöttelt: Piccaver hat seine Indisposition für das ganze Jahr bereits getroffen. Aber wenn er auftritt, dann lohnt es sich. Heute steht er auf dem Besetzungszettel. Noch …« Breuer schmunzelte und nahm einen Schluck von seinem Braunen.

Da kam der Disponent Hugo Ringwald vom Personalbüro in die Kantine geeilt und schaute sich um.

»Wie aufs Stichwort. Er sucht bestimmt den Kalenberg, damit er mal wieder für Pikki einspringt.« Breuer deutete auf die ausgelassene Herrenrunde zwei Tische weiter.

Der Disponent steuerte aber umso überraschender auf ihren Tisch zu.

»Wer von Ihnen ist der Assistent von Kapellmeister Heger?«, fragte der hagere junge Mann mit Hornbrille und Halbglatze.

»Das bin ich«, sagte Jo erstaunt.

»Herr Heger ist erkrankt. Können Sie heute Abend die ›Tosca‹ übernehmen?«

»Oh!«, entwich es Jo. Sie sollte vor Publikum dirigieren? Eine Oper, die sie noch nie dirigiert und mit dem Orchester nur den ersten Akt geprobt hatte? Eduardo Breuer schaute sie mit seinen azurblau schimmernden Augen an und nickte ihr zu.

»Ja, natürlich«, versicherte Jo, und sie spürte, wie das Blut durch ihren Hals pulsierte. Es war Vorfreude. Sie hatte keine Angst vor der Verantwortung. Sie kannte die Partitur und Puccinis Musik floss in ihren Adern.

Plötzlich fiel ihr etwas ein. »Einen Moment, bitte.«

Der Disponent hatte sich schon zum Gehen abgewendet und drehte sich nun wieder zu ihr um.

»Es ist nur eine Kleiderfrage: Muss ich im Frack erscheinen?«

»Allerdings. Die heutige Vorstellung ist eine Gala mit Gästen der sozialistischen Bildungszentrale.«

»Ich habe meinen Frack leider nicht bei mir, hier in Wien, meine ich«, sagte Jo hastig. »Ich könnte versuchen, am Nachmittag schnell einen zu besorgen …«

»Das bekommen wir hin«, mischte sich Breuer ein. »Kann die Kostümabteilung nicht aushelfen?«

»Bestimmt«, sagte der Disponent. »Gehen Sie gleich in den vierten Stock zur Leiterin der Kostümabteilung, Frau Jankovic.«

Jo nickte erleichtert.

»Das wird ein spannender Abend«, rief Dominic begeistert. »Ich komme auf jeden Fall und schaue dir zu.«

»Ich auch«, versprach Breuer und schenkte ihr wieder sein leuchtendes Lächeln.

Seine Frau schnappte hörbar nach Luft, als wollte sie protestieren. Das war Jo egal. Sie strahlte zurück – und hielt sich im nächsten Moment die Hand vor den Mund, weil ihr Schnurrbart anfing, sich zu lösen.

Als Jo, nachdem sie in einer Toilettenkabine den Schnurrbart nachgeklebt hatte, in den Raum der Kostümbildner trat, war sie unversehens von riesigen Leckereien aus Stoff umgeben – dort schwebte eine kugelrunde Praline im schimmernden Kakaomantel und mit bunten Tüllstreuseln verziert, daneben öffnete sich eine gigantische Blüte in zartem Rosé, ein Stück weiter hing ein grinsender Lebkuchenmann von einem Bügel. Sie war scheinbar in der Auslage eines Kaffeehauses gelandet. Plötzlich raschelte es in der Praline, und dicke Waden, ein weißer Kittel und schließlich ein Kopf mit brauner Dauerwelle kamen aus dem Bauch des Kostüms zum Vorschein. Es war eine Schneiderin, die ein Stecknadelkissen in einer Binde am linken

Unterarm trug und mit der rechten Hand fachkundig Nadeln in den Saum des Pralinenkostüms steckte.

»Guten Tag. Ich suche Frau Jankovic«, sagte Jo.

Die Schneiderin warf ihr einen raschen Blick über ihre tief auf der Nase sitzende Brille zu. Sie rief den Namen der Gesuchten gellend quer durch den Raum und wendete sich wieder ihrer Arbeit zu.

Zwischen zwei Stofftörtchen tauchte eine untersetzte Frau im Kittel und in weißen Pantoffeln auf. Sie sah aus wie eine tüchtige Krankenschwester, aber anstelle eines Stethoskops trug sie ein Maßband um den Hals und ihre Nadeln waren für Stoffe und nicht für die Haut ihrer Patienten bestimmt.

»Ja, bitte?«, fragte sie mit lang gezogenen Vokalen.

Jo erkannte den tschechischen Akzent von Dominic wieder. Sie erklärte ihr Anliegen.

»Wir haben verschiedene Fracks im Fundus. Da müsste einer dabei sein, der Ihnen passt, mein Herr«, sagte die Kostümbildnerin, musterte die Statur von Jo mit Kennerblick und schien Maß zu nehmen.

»Sie haben eine ähnliche Figur wie früher Leo Slezak. Wir haben vor einigen Jahren einen Frack für ihn geschneidert für die Rolle des italienischen Tenors in ›Der Rosenkavalier‹ – aber er hat das gute Stück nie angehabt, weil er lieber seine eigene Kleidung auf der Bühne trägt. Warten Sie, ich lasse den Frack aus dem Fundus kommen.«

Jo nickte und Frau Jankovic schickte eine junge Gehilfin los.

»Was sind das alles für köstliche Kostüme? Da bekomme ich geradezu Appetit«, sagte Jo.

Die Schneiderin lächelte stolz. »Die Kostüme sind für das Ballett ›Schlagobers‹ von unserem Meister Strauss. Wir hatten letzten Mai Premiere mit dem Stück und es war ein riesiger Publikumserfolg. Nach all den Kriegsjahren mit leeren Theken freuen sich die Leute umso mehr, so ein prächtiges Backwerk zu sehen.«

»Da haben Sie und Ihre Schneiderinnen bestimmt monatelang dran gearbeitet«, sagte Jo und strich staunend mit dem Zeigefinger über Hunderte von kleinen Tüllröschen auf einem Tortenkleid.

»Ja, damit waren wir ganz schön beschäftigt. Fünf Milliarden Kronen hat die Ausstattung des Balletts gekostet«, bestätigte die Kostümbildnerin und rieb Daumen und Zeigefinger aneinander. »Morgen ist die Wiederaufnahme des Balletts. Wir machen letzte Ausbesserungen und passen einige Kostüme für neue Tänzer an. Dieses Kostüm ist für Prinz Kaffee, das für Prinz Kakao, dieses für Mademoiselle Chartreuse, das hier für Teeblüte und dieses für Don Zuckero«, sagte sie und führte Jo durch die Reihen der frei hängenden Stoffkreationen. In einer Ecke des Raums erblickte sie noch einige Schmalznudeln, Gugelhupfe und Baumkuchen. Ein zierlicher und muskulöser Jüngling kam tänzerisch hereinstolziert und eine der Schneiderinnen holte das Kostüm für Prinz Kakao von der Stange und führte den Tänzer zur Anprobe ins Nebenzimmer.

Über dem Werktisch der Schneiderinnen hingen bunte Zeichnungen sowie Stoffmuster und dazwischen Zeitungsausschnitte mit Bildern der Kostüme im Bühneneinsatz. Jo entdeckte eine Seite aus einem Magazin, das die Tortenkostüme satirisch gezeichnet zeigte und mitten darunter Richard Strauss mit Kochmütze und einem jämmerlichen Gesichtsausdruck.

»Ach, das ist ein Schmähartikel aus der Fackel – aber weil die Kostüme mit so viel Detail gezeichnet sind, haben wir ihn trotzdem aufgehängt. Zu schade, dass Strauss sich mit dem Schalk überworfen und das Haus letztes Jahr verlassen hat.« Frau Jankovic schüttelte betrübt ihren Kopf. Dann lehnte sie sich vor und tuschelte vertraulich: »Aber der Schalk ist einer, der kann sich gut lieb Kind bei den Behörden machen. Seinen Vertrag haben sie verlängert, als Strauss in Dresden war. Dorthin hat er unsere besten Sänger immer mitgenommen – wie Lotte Lehmann, die hat für ihre Strauss-Einsätze jedes Mal bezahlten Urlaub vom Meister bekommen –, das hat dem Schalk gar nicht gefallen. Und wenn Direktor Strauss dann nach monatelanger Abwesenheit zurück nach Wien kam, hat er das Ruder sofort wieder an sich gerissen. Strauss wollte der alleinige Operndirektor werden, aber da haben die Behörden nicht mitgespielt. Also hat er seinen Rücktritt eingereicht.«

Jo hatte mit gespitzten Ohren gelauscht und genickt. Als die Kostümbildnerin sich einer ihrer Schneiderinnen zuwandte, um ein Kostüm zu inspizieren, las Jo neugierig den Text unter den Bildern des Zeitungsausschnitts.

> Wenn Richard, dann Wagner.
> Wenn Strauss, dann Johann.
> Wenn Intermezzo, dann das aus Cavalleria.
> Wenn Schlagobers, dann von Demel.

Jo musste schmunzeln, schließlich hatte sie erst gestern ein Stück Sachertorte beim k. u. k. Hofzuckerbäcker Demel genossen – mit Schlagobers, aber ohne Balletteinlage.

Kurz darauf kam das Mädchen mit dem Frack zurück und Frau Jankovic führte Jo in ein kleines Anprobezimmer nebenan. Ein wandfüllender Spiegel im Holzrahmen mit beweglichen Seitenteilen wie ein Triptychon über einem Altar beherrschte den leeren Raum, davor stand ein kleines Trittbrett aus Holz, in der Ecke befand sich eine Umkleidekabine aus Vorhängen.

»Probieren Sie den Frack an, dann schauen wir, ob wir etwas ändern müssen«, sagte die Kostümbildnerin. Jo zog sich hinter den Vorhang zurück und kleidete sich um. Hoffentlich würde die Schneiderin ihren Schritt nicht zu genau unter die Lupe nehmen und nicht ihre Brust betasten. Die schwarze Frackhose war von der Beinlänge in Ordnung, aber am Hosenbund zu weit. Sie hatte eine schmale, weibliche Taille, auch wenn ihre Beckenknochen für eine Frau recht ausgeprägt waren, so wie auch ihre breiten Schultern. Wie üblich waren ihr die Ärmel ein wenig zu kurz. Sie trat hinaus.

»Das passt alles gut«, sagte sie in der Hoffnung, die Schneiderin werde auf eine genaue Kontrolle verzichten. Aber die Fachfrau ließ sie auf das Holzpodest vor den Spiegel steigen und inspizierte den Sitz des Fracks von unten nach oben.

»Hosenbeine in Ordnung«, murmelte sie und zupfte am Saum, fuhr dann mit der Hand am Außenbein nach oben und fühlte, ob genug Spielraum zwischen Oberschenkel und Stoff war, dann hakte sie ihre Finger an den Hüftknochen in den Gürtel und prüfte den Sitz des Hosenbundes auf der Rückseite.

»Hier können wir es noch enger machen.« Sie steckte die Stelle mit ihren Nadeln ab. Als sie den Sitz des Jacketts an Brust und Schultern prüfte, hielt Jo den Atem an.

»Das passt schon«, behauptete sie, um die Untersuchung abzukürzen.

»Können Sie auch die Arme bewegen?«, wollte die Schneiderin wissen, und Jo vollführte ihre typischen Bewegungen beim Dirigieren. Unter den Armen kniff das Jackett ein wenig und die Schulterpolster schoben sich zum Hals hin hoch, sodass es aussah, als würde sie die Schultern fröstelnd hochziehen.

»Die Schulterpolster kann ich verkleinern und am Rücken etwas Stoff auslassen, damit Sie mehr Bewegungsfreiheit haben. Die Ärmel sind auch zu kurz. Da nähe ich eine Manschette drauf, dann sieht das ordentlich aus. Einverstanden?«

»Ja, vielen Dank.« Jo stieg schnell vom Podest hinunter und eilte in die Umkleidekabine.

»Wie sieht es mit Schuhen aus?«, fragte die Kostümbildnerin.

»Ich habe Lackschuhe zu Hause«, rief Jo hinter dem Vorhang hervor.

»Gut. Dann machen wir den Frack bis heute Abend fertig. Spätestens um sieben Uhr hängt er in Ihrer Garderobe.«

Der Nachmittag verging wie in einem Wimpernschlag und schon stand Jo in ihrer Dirigenten-Garderobe im geliehenen Frack vor dem Spiegel und überprüfte ihre Erscheinung. Sie zog den Seitenscheitel nach und zupfte das weiße Seidentüchlein zurecht, das über ihrem Kragen und der weißen Fliege ihren Hals verdeckte. Sie atmete drei Mal tief durch.

»Noch fünf Minuten bis zum Vorhang. Herr Osterkamp bitte in den Graben«, schallte der Einruf der Abendspielleitung über alle Lautsprecher. Jo war bereit.

Drei Minuten später stand sie mit Partitur und Dirigentenstab in ruhigen Händen hinter der Tür, die in den Orchestergraben führte – eine schwere Eisentür, die jedem Feuer standhielt. In diesem Gang unter der Seitenbühne herrschte die Stille einer Katakombe. Sie hörte nicht, wie der Abendspielleiter vor den Vorhang trat und dem Publikum den Dirigentenwechsel mitteilte, was vielleicht mit murrender Enttäuschung aufgenommen wurde. Dann leuchtete ein grünes Licht über der Tür auf; ein Assistent zog die schwere Tür auf und Jo trat hinaus in den Graben. Die Luft war erfüllt von Klängen – sie war so voll davon, dass Jo das Gefühl hatte, unter Wasser zu gehen. Die Instrumente schwiegen, aber sie konnte den Atem von Tausenden von Menschen im Auditorium hören, die beim Löschen des Saallichts vor angespannter Erwartung schneller atmeten, hier und da ein Rascheln, ein Husten, ein Murmeln. Diese Atmosphäre von Spannung und Vorfreude war so dick, man hätte sie in Scheiben schneiden können. Die Musiker erhoben sich als Reverenz für ihren Dirigenten, ein Scharren von Stühlen auf dem Boden, das Rascheln von Kleidung, ihre eigenen Schritte forsch auf dem schwingenden Holzboden, sieben Schritte hindurchgeschlängelt zwischen den Stühlen der Bläser und der Streicher. Links vom Pult stand der erste Geiger, sie schüttelte ihm die Hand, dann hinauf auf das Podest. Sie spürte die Wärme des einzelnen Scheinwerfers, der auf ihren Scheitel gerichtet war. Ein höfliches Klatschen ertönte, gedämpft vom dicken roten Samtvorhang. Jo drehte sich dem Saalpublikum zu, ihr Kopf lugte gerade so über die Bande, die sie von der ersten Reihe trennte. Aber sie blickte nicht in die neugierigen Gesichter der Zuschauer, sondern in die Obskurität des dritten Ranges, in manchen Opernhäusern »Olymp« genannt, wo die Götter der Kunst ihren Sitz hatten. Sie neigte ihren Kopf in einer knappen Verbeugung. Die Philharmoniker nahmen wieder Platz und sie schlug die Partitur auf. Die kleine grüne Lampe an der Innenseite ihres beleuchteten Stehpults zeigte ihr an, dass auf der Bühne alles bereit war.

Sie wartete nicht, bis jedes Geräusch verstummt war, wie es Maestro Furtwängler immer tat, dazu fehlte ihr noch die Autorität. Wie von magischen Strippen nach oben gezogen, hoben sich ihre Arme mit leicht gebeugten Ellbogen bis auf Brusthöhe, der weiße Stab schwebte im Scheinwerferlicht, sie wechselte einen kurzen Blick mit dem ersten Geiger – er war bereit zum Anstrich. Sie holte tief Luft und ihr Brustkorb, ihr ganzer Körper wuchs in die Höhe, das Orchester atmete mit ihr in diesem Auftakt, der Dirigentenstab stieg empor, dann ließ sie im Ausatmen los und der Strom der Musik entfesselte sich wie eine Schleuse, die geöffnet wurde. Der erste Akkord der »Tosca« brachte das ganze Orchester in *Forte* zum Erklingen, die Blechbläser versetzten die Luft in eine ekstatische Vibration. Das war Puccini pur – er stieg gleich mit einem Höhepunkt ein.

Der Vorhang öffnete sich und zeigte den Innenraum der Kirche Sant' Andrea in Rom, links ein überlebensgroßes

Porträt einer wunderschönen blonden Frau als halb fertiges Wandfresko, davor das Gerüst des Malers. Jo hatte keine Gelegenheit gehabt, mit den Sängern eine Verständigungsprobe abzuhalten – sie musste das musikalische Eisen im Feuer der Aufführung schmieden. Ihre Blicke flogen blitzschnell zwischen Partitur, ihren Musikern und dem Bühnengeschehen hin und her. Der Buffo-Tenor in der Rolle des nörgelnden Mesners ließ nicht lange auf sich warten. Dann erschien Mario Cavaradossi auf der Szene und beglückte das Publikum mit dem Tenor-Sahnestück »Dammi i colori! … Recondita armonia« – »Gib mir die Farben! … Welche zarte Harmonie dieser Bilder!«, in dem der Maler die Schönheit seiner dunklen Tosca im Vergleich zum blonden Frauenporträt besingt. Jo war gespannt auf Alfred »Pikki« Piccaver. Der Engländer verfügte über eine samtweiche Mittellage mit glänzender Farbe, bei der sicher so manche Zuhörerin das Gefühl hatte, er streichelte sie mit seiner Stimme. Seine Höhen saßen sicher. Er hielt bei dieser schwelgerischen Arie seine Augen geschlossen. Jo atmete mit ihm und legte das Orchester wie einen Luftstrom unter seine Stimmflügel. Ein wenig seltsam klangen seine Vokale – er hatte eine Vorliebe für den Diphthong, er sang nicht »la« sondern »law«, was sicherlich an seiner englischen Muttersprache lag.

Dann ertönte das »Mario, Mario, Mario« der Tosca von der Seitenbühne – oft entschied sich an diesen drei gesungenen Rufen, ob das Publikum die Sopranistin liebte oder hasste. Bei den Wienern löste die Stimme von Maria Jeritza Begeisterungsstürme aus und sie erhielt für diese drei Töne aus dem Off schon einen Zwischenapplaus. In einem rot-weißen Gewand und mit langem schwarzem Haar schwebte sie wie eine Göttin auf die Bühne und in die Arme ihres Mario. Das kokette und eifersüchtige Liebesspiel zwischen Sopran und Tenor geriet ziemlich statisch, weil Piccaver sich nicht vom Fleck rührte, als wäre er am Boden fest geleimt, dafür umkreiste ihn Tosca umso leidenschaftlicher – die Mizzi strahlte genug Erotik für beide aus.

Dem Bösewicht Scarpia gab Jo in seinem »Te Deum« finstere Farben – diese Passage hatte sie heute früh bereits mit dem Orchester geprobt. Jo fühlte sich ganz in ihrem Element, das Orchester folgte ihr und sie schwammen auf demselben Strom. Jo war es, als würde die Musik in diesem Moment die Welt verflüssigen, alles strömte zusammen in einen gemeinsamen Klang, in dem sich ihre eigene Vision mit den Gaben der Musiker verband. Sogar die Zuschauer mit ihrem aufmerksamen Lauschen flossen als warmer Energiestrom mit ein. Sie selbst schwebte in der Musik und verschmolz mit ihr. In dieser Verbindung aus Klang, Atem und Herzschlag fand sie den Ursprung des Lebens.

Doch im zweiten Akt riss ein Malheur auf der Bühne sie aus diesem weltumspannenden Klang: Als der Polizeichef Scarpia Tosca verhörte und lüstern und erpresserisch bedrängte, verpasste der Bariton der Sopranistin im Gerangel einen heftigen Nasenstüber mit dem Ellbogen. Maria Jeritza stürzte zu Boden und Jo sah, wie sie sich mit der Hand die Nase abtastete. Gerade in diesem Moment leitete Jo zur berühmten Arie der Tosca über – sie konnte das Spiel nicht verzögern, um der Sängerin mehr Zeit zu geben, sich wieder aufzurappeln. Auf dem Boden liegend hob Jeritza zu singen an: »Vissi d'arte, vissi d'amore, non feci mai male ad anima viva!« – »Ich lebte für die Kunst, für die Liebe, tat nie einem Menschen etwas zuleide.«

Ihre Stimme strömte in sphärische Höhen und im Saal herrschte atemlose Andacht. Gegen Ende der Arie erhob die Sängerin sich auf die Knie und faltete ihre Hände zum Gebet. Dabei rannen einige Tränen ihre Wangen hinab und Jo fragte sich, ob sie dem Nasenstüber oder dem Seelenschmerz der Arie geschuldet waren. Nach ihrem letzten Ton brandete tosender

Applaus auf, der minutenlang anhielt und von der Diva huldvoll entgegengenommen wurde.

Im dritten Akt ließ das wehmütige Quartett der Cellos die Liebessterne im Nachthimmel über der Engelsburg aufleuchten und Piccaver konnte mit seiner Arie »E lucevan le stelle« einen warmen Applaus einfahren. Danach fiel der Vorhang gleichzeitig mit dem Todessprung der Tosca von der Engelsburg.

Unter stürmischem Applaus verließ Jo das Dirigentenpult. Sie war nass geschwitzt und tupfte sich in den Katakomben das Gesicht mit einem Taschentuch trocken, ihr Bärtchen blieb darin hängen. Zum Glück war niemand in der Nähe, sie klebte es schnell wieder an. Nach dem Einzelapplaus für die Solisten holte die Primadonna den Dirigenten auf die Bühne und Jo verbeugte sich zusammen mit dem Orchester. Der Applaus schwoll an und sie hörte sogar vereinzelte Bravorufe.

Völlig berauscht ging sie schließlich zurück in ihre Garderobe. Auf dem Gang der Künstler herrschte ein reges Treiben von Enthusiasten. Die Jeritza hielt offenbar Hof in ihrer Garderobe und wurde von Gratulanten mit Blumensträußen überhäuft. Sogar Direktor Schalk war an diesem Abend im Saal gewesen und trat plötzlich in Jos Garderobe.

»Bravo, Herr Osterkamp«, lobte er. »Ich denke, wir können Sie öfters in den Graben schicken.«

Er nickte ihr zu und ging hinaus, bevor Jo die Sprache wiedergefunden hatte. Rasch zog sie sich um. Als sie in den Flur trat, schüttelte Dominic ihr enthusiastisch die Hand.

»Grandios dirigiert, Johann!«, rief er. »Lass uns darauf anstoßen.«

Das taten sie auch. Das Einzige, was die Glückswelle dieses Abends trübte: Eduardo Breuer war nicht gekommen, wie er es versprochen hatte.

Kapitel 8:
Eine kleine Schale Gold im Café Landtmann

Wien, 24. November 1925

Willi Wandler saß im Café Landtmann auf seinem Stammplatz neben dem Piano, dem ein Pedal fehlte, tief eingesunken in den Polstersitz und mit bestem Blick auf alle Tische. Hier nahmen die feinen Herrschaften von Wien ihren Mokka ein. Auch die Künstler vom Burgtheater gleich nebenan verbrachten an diesem Ort ihre Probenpausen. In der Behaglichkeit der holzverkleideten Wände und der funkelnden Kristallleuchter wärmten sich die Hunger leidenden Schriftsteller; hier trafen sie sich mit ihren Gesinnungsgenossen und diskutierten über Politik und Philosophie, Habsburger und Habenichtse, Ballerinas und Bardamen, Schalk und Strauss.

Hinten in der Ecke saß Franz Werfel, der Schriftsteller aus Prag, und kritzelte in kreativen Schüben in sein zerfleddertes Notizheft, dann saß er wieder eine Weile regungslos da und starrte auf seinen *Einspänner*, dessen Schlagobershaube langsam und unaufhaltsam im Mokka versank.

»Herr Werfel, ein Anruf für Sie von der gnädigen Frau Alma Mahler in Kabine eins«, rief der Zahlmarkör höchst diskret durch den Raum, und jeder Gast wusste, dass Werfel seiner Lebensgefährtin Alma Rapport erstatten musste, ob er sein tägliches Zeilenpensum schon erfüllt hatte.

Willi schmunzelte und blätterte die Seite in der Bühne, seiner Zeitschrift, um.

Da kam endlich Marcel hereingeweht und ließ sich samt Schultasche auf das Sitzpolster neben seinen Onkel fallen.

»Hast dir wohl im Burggarten die Haxen abgelaufen und den Hals verrenkt beim Spionieren nach deiner geliebten Elisabeth Schumann, wie sie ihre Pinscher Gassi führt«, begrüßte Willi seinen verspäteten Neffen und zwinkerte ihm zu.

»Meine Autogrammsammlung kann nie groß genug sein«, konterte Marcel und lachte schelmisch. Der Zuträger brachte ihnen Kardinalsschnitten und Marcel eine *Kleine Schale Gold* – wie an jedem Dienstagnachmittag. Willi nahm einen Schluck von seiner *Maria Theresia* und ließ sich vom Orangenlikör die Zunge kitzeln.

»Warst du gestern in der ›Tosca‹?«, fragte Willi gespannt.

»Freili! Ich habe gerade noch die letzte Stehplatzkarte im Parkett erhascht.«

Marcel strahlte zufrieden. Willi war stolz, dass er es gewesen war, der die Liebe seines Neffen für die Oper geweckt hatte. Schon als kleiner Bub war er wie ein Mäuschen durch die Gänge des Opernhauses gehuscht, hatte sein Ohr an alle Türen gehalten und sich in die Proben eingeschlichen. Bald schon hatten alle Sänger den kleinen Marcel gekannt, ihm seinen dunklen Lockenkopf getätschelt und ihm ein Lächeln geschenkt – das Lächeln seiner Idole war für Marcel wertvoller gewesen als jede andere Belohnung, Autogramme eingeschlossen. Jetzt war Marcel in der Oberstufe und seine Eltern ermahnten ihn, er solle für seine Matura lernen, anstatt sich fast jeden Abend im Opernhaus herumzutreiben.

»Ich werde Opernspezialist«, hatte er schon als Achtjähriger im Brustton der Überzeugung geäußert – und Willi fand, dass er diese Karriere sehr zielstrebig verfolgte. Er wollte Dramaturgie und Journalismus studieren, sein Vater pochte aber auf ein Jus-Studium in der Tradition seiner adeligen Vorfahren.

»Wie findest du den neuen Dirigenten?«, wollte Willi wissen.

»Ah, den Einspringer für Taktomat Heger. Der Herr Osterkamp sieht noch ziemlich jung aus. Aber er hat das Orchester so richtig schön aufdrehen lassen – mir hat der Boden unter den Füßen gezittert beim ›Te Deum‹. Auf dem Heimweg sind zwei Philharmoniker hinter mir hergegangen – dabei hat sich der Hornist heftig über Osterkamp aufgeregt: ›Was bildet sich dieser Provinzknabe ein? Ständig hat er mich gedämpft. In der Partitur steht eindeutig *mezzoforte*. Das ist doch mein Instrument!‹«

»Ah, so sind sie halt, die Herren Philharmoniker.« Willi schmunzelte. »Jeder ist ein Virtuose und möchte auch so behandelt werden.«

»Ich fand das Dirigat von Osterkamp brillant«, schwärmte Marcel. »Der *Provinzknabe* darf von mir aus öfters in den Graben.«

Da konnte Willi ihm nur zustimmen.

Kapitel 9:
Fliegender Teppich aus dem Dorotheum

Wien, 6. Dezember 1925

Das mürbe Holz ächzte, als Johanna an diesem Morgen das Fenster öffnete und die frostige Luft in ihre Dachkammer einließ. Sie hauchte und hatte sofort eine Kondenswolke vor dem Mund. Aber aus Berlin war sie kalte Wintertage in schlecht geheizten Zimmern gewöhnt. Ob Ilse wohl inzwischen eine neue Mitbewohnerin gefunden hatte? Sie hatte ihrer Freundin vor einigen Tagen geschrieben, dass sie in Wien nun eine feste Anstellung als Assistent des Kapellmeisters bekommen hatte und nicht nach Berlin zurückkehren werde. Ihre ungeliebte Sekretärinnenstelle beim Berliner Philharmonischen Orchester hatte sie auch gekündigt. Sie jubilierte immer noch, wenn sie an ihren beruflichen Aufstieg dachte. Der einzige Wermutstropfen war, dass sie Dominic Blažek damit ausgestochen hatte. Der freundliche Kollege war ihr in der kurzen Zeit ein bisschen ans Herz gewachsen. Aber Eduardo Breuer hatte versprochen, Dominic am Opernhaus Graz zu empfehlen und ihm dort einen Vorspieltermin zu verschaffen, und sie hoffte, dass er engagiert werden würde. Johanna hatte Ilse gebeten, ihren Schrank in Berlin auszuräumen und die Sachen zu verkaufen oder zu verschenken. Alles von Wert, insbesondere ihre Partituren, hatte sie ohnehin nach Wien mitgenommen. Es wäre Geldverschwendung, wenn Ilse ihr die abgetragenen Sommerkleider nachsenden würde. Da würde Johanna sich im Frühling lieber neue Sachen kaufen, vor allem brauchte sie nun Männerkleidung. Gestern war die briefliche Antwort von Ilse eingetroffen, die ihr herzlich gratulierte.

> Deine Sommerkleider sind leider so groß und passen keiner meiner Bekannten. Ich habe sie an die Wohlfahrt gespendet. Ich hoffe, du lebst dich gut in der Kaiserstadt ein. Verstehst du das Wienerisch? Hast du schon Sachertorte gekostet?

Johanna würde Ilse heute Abend antworten und hätte ihr am liebsten ein Stück Sachertorte mitgeschickt, aber die würde wahrscheinlich platt gedrückt ankommen. Sie würde fürs Erste eine schöne Ansichtskarte aussuchen und ihrer Berliner Freundin dann zu Weihnachten ein Päckchen mit Wiener Keksgebäck senden.

Bibbernd schlüpfte sie in Morgenmantel und Pantoffeln und ging hinunter ins Bad. Als sie wieder herauskam, hörte sie ein »Pst, Johanna« und sah Dana, die aus ihrer Zimmertür am Ende des Flures hervorlugte und sie herbeiwinkte. Dana war auch noch im Morgenrock. An diesem Sonntag hatten sie beide ausgeschlafen und die Turmuhr hatte mittlerweile neun geschlagen.

»Der Nikolaus hat etwas für dich gebracht«, sagte Dana und lächelte sie verschmitzt aus ihrem runden Gesicht mit den Rehaugen an.

Johanna hatte zuletzt als Kind eine Nikolausüberraschung erhalten und guckte überrascht. Dana führte sie in ihr Zimmer, das behaglich warm war. Sie hielt ihr feierlich einen prall gefüllten Jutesack entgegen.

Johanna steckte ihre Hand hinein und fühlte etwas Weiches, griff danach und zog eine lange Kissenrolle in einem Bezug aus bunten Stoffen in einem fröhlichen Flickenarrangement hervor.

»Das ist gegen die Zugluft unter deiner Türritze. Damit du nicht immer so frieren musst«, sagte Dana strahlend.

Johanna schaute verblüfft auf den weichen Kissenwurm in ihren Händen.

»Ich habe es selbst genäht. Martha hat mir Stoffreste aus dem Rothberger mitgebracht und die Füllung ist aus Sägespänen und Watte«, erklärte Dana stolz.

Jetzt bemerkte Johanna, dass der Stoffwurm sogar an einem Ende ein Gesicht hatte: Zwei weiße Kreise waren die Augäpfel und darauf saßen dunkle Knöpfe als Iris – der Wurm schielte ein wenig und sah dadurch sehr arglos aus. Sie hatte plötzlich einen Kloß im Hals.

»Das ist aber lieb von dir«, sagte sie mit enger Kehle und umarmte Dana fest.

»So ein niedlicher bunter Wurm«, murmelte sie und tätschelte ihrem neuen Zimmergefährten den Kopf. Ihr Blick fiel auf die Nähmaschine, die auf einem Tisch am Fenster stand. »Hier zauberst du also deine Kleider.« Johanna hatte schon einige hübsche Kleider an Dana gesehen, die diese selbst genäht hatte. Sie war gelernte Näherin.

Dana strich beinahe zärtlich über ihre Nähmaschine. »Ja, meine Singer leistet mir seit Jahren treue Dienste.«

»Der Wandteppich über deinem Bett ist auch sehr schön«, meinte Johanna und betrachtete den Stoff mit den vielen bunten Quadraten, die verschiedene Symbole aus der Natur zeigten, sie entdeckte Ähren, Tiere und Bergspitzen.

»Das ist ein Quilt. Meine Oma hat ihn für mich gemacht, als ich vor zwei Jahren aus der Sofiaebene nach Wien gezogen bin. Der Stoff erzählt meine Familiengeschichte und beschützt mich hier.«

Johanna nickte und ließ ihren Blick durch das Zimmer streifen. Auf dem Bett türmten sich Kissen in bunten Bezügen, die Dana bestimmt ebenfalls selbst genäht hatte. Neben dem Frisiertisch mit Spiegel hing eine Postergalerie von Filmhelden in Schwarz-Weiß, die Dana Gesellschaft leisteten: Mantel-und-Degen-Helden strahlten galant um die Wette, aber auch Stummfilmschönheiten wie die glamouröse Greta Garbo und die mädchenhafte Mary Pickford fügten sich in den Reigen.

»Du hast es dir in deinem Zimmer wirklich gemütlich gemacht«, lobte Johanna sie.

»Du kannst abends gerne mal zu mir kommen und dann hören wir zusammen Musik.« Enthusiastisch zeigte Dana ihr den Schallplattenspieler auf der Kommode und daneben ihre beachtliche Sammlung.

Johanna sah die Platten im Schuber durch – Dana hatte offensichtlich eine Schwäche für Volksmusik und schmalzige Liebeslieder. »Ah, du magst Richard Tauber. Er singt regelmäßig in der Wiener Oper. Hast du ihn dort schon einmal gehört?«, wollte sie wissen.

Dana schüttelte ihre langen braunen Haare, die ihr wie ein Schleier über Schultern und Rücken fielen. »Ich liebe seine schmeichelnde Stimme. Aber in der Oper war ich noch nie. Das ist nur was für sehr reiche oder sehr gebildete Leute. Singt Tauber in der Oper denn seine Lieder?«, fragte Dana ungläubig.

»Er ist ein echter Operntenor, auch wenn er häufig Operette singt. Und die Oper ist für alle Menschen da – diese Musik ist ganz wunderbar und voller Gefühl. Dafür musst du nichts studiert haben!«, rief Johanna. »Außerdem gibt es die Stehplatzkarten bereits für einen Schilling, das kann sich jeder leisten. Aber ich besorge dir gerne gute Platzkarten. Es wird dir gefallen: Das Orchester, die Sänger, die Szenerie auf der Bühne – alles zusammen ist ein magisches Erlebnis! Wenn du es einmal erlebt hat, lässt es dich nie wieder los. Es ist wie ein Rausch, der süchtig macht«, sprudelte es aus Johanna heraus, bis sie ganz atemlos war.

Dana schmunzelte. »Wenn es dir so viel bedeutet, dann lasse ich mich mal von dir entführen. Am liebsten komme ich, wenn Richard Tauber das nächste Mal auftritt.«

Johanna nickte und strahlte. »Jetzt werde ich meinen bunten Wurm gleich auf seinen Platz vor meiner Tür legen«, beschloss sie. »Willst du auch mal mit zu mir nach oben kommen? Ich habe da nämlich ein kleines Problem. Vielleicht weißt du Rat.«

Dana folgte Johanna die steile Holzstiege ins Dachgeschoss hinauf.

»Oh, hier zieht es wirklich arg«, stellte Dana fest und schlang fröstelnd die Arme um ihren Oberkörper, als sie den schmalen Flur entlanggingen, wo der Winterwind zwischen den Ziegeln herein pfiff. In Johannas Kammer platzierte sie den lustig schielenden Wurm vor der Türritze und merkte sofort, dass der kalte Zug um ihre Knöchel nachließ.

Dana schaute sich in dem schmucklosen Raum mit den rußigen Deckenbalken und den abgenutzten Möbeln um und ihr Blick blieb auf dem Bild des Kaisers Franz Joseph hängen.

»Habe die Ehre, Eure Majestät«, sagte sie kichernd und machte einen übertriebenen Hofknicks vor dem Porträt.

»Ja, der alte Kaiser hing hier schon. Aber ich habe meine eigenen Idole aufgehängt.« Johanna führte sie zum Kopfende ihres Bettes, von wo aus man eine kleine Galerie von Postkarten am Deckenbalken sehen konnte.

»Meine Lieblingskomponisten: Mozart, Beethoven, Verdi, Puccini, Mahler«, stellte sie Dana ihre Zimmergenossen vor. Sie hatte die Postkarten mit den historischen Abbildern im Arcadia-Musikladen im Opernhaus aufgestöbert.

»Diese Herren schauen nicht ganz so abenteuerlustig drein wie mein Douglas Fairbanks, dafür sind sie bestimmt musikalischer«, meinte Dana wohlwollend.

»Aber da, schau dir dieses Malheur an.« Johanna deutete auf ein fingerbreites Loch in einer Diele mitten im Zimmer.

»Hier war ein dunkler Fleck auf dem Holz, ich habe versucht, ihn mit Schmirgelpapier wegzubekommen, und plötzlich bin ich in dieses Astloch eingebrochen.«

Dana hockte sich hin und betastete das Loch.

»Jetzt kannst du Golf spielen«, sagte sie lachend. Johanna musste auch lachen.

»Wenn das Frau Dabjanszki sieht, dann bestellt sie bestimmt einen Schreiner und schickt mir eine fette Rechnung«, befürchtete Johanna. Sie stand zwar nun in Lohn und Brot, aber unnötige Ausgaben wollte sie trotzdem vermeiden. Ja, sie hatte es geschafft: Johann Osterkamp war nach der Probezeit fest für ein Jahr engagiert worden, für 900 Schilling pro Monat und Abendgage von 100 Schilling, wenn er als Dirigent im Einsatz war. Osterkamp durfte einige Male pro Monat Repertoire-Vorstellungen dirigieren, nichts Riskantes, außerdem das Ballett im Redoutensaal. Sie jubilierte innerlich über diesen Lohn für ihren außerordentlichen Einsatz. Nun würde ihre Dirigentenlaufbahn so richtig Fahrt aufnehmen.

»Ich würde da einfach einen schönen Teppich drüberlegen«, schlug Dana vor und holte Johanna auf den Boden der

Tatsachen zurück. »Ich weiß, wo wir heute zusammen hingehen können. Ins Dorotheum. Kennst du das?«

Johanna schüttelte den Kopf.

»Das ist ein Pfandleihhaus. Aber ganz nobel, in einem schönen Palais nicht weit vom Kohlmarkt. Sie haben dort Möbel und Bilder und andere Sachen zur Innenausstattung. Ich habe dort schon tolle Schnäppchen gefunden: zum Beispiel meine schöne Nachttischlampe mit der Schäferin aus Porzellan.«

Nach einem guten Frühstück machten Johanna und Dana sich zu einem vergnüglichen Spaziergang durch die verschlafenen Gassen auf. Die Luft war noch frostig, aber die Sonne wärmte ihre Nasenspitzen.

»Ich war zum ersten Mal mit Frau Götzel im Dorotheum«, plauderte Dana. Als Kindermädchen bei Familie Götzel schien sie einiges zu erleben. Der Familienvater war ein Kaufmann und handelte erfolgreich mit Stoffen und seine Frau kümmerte sich um den Haushalt und das Personal, das ihr die beiden Kinder vom Hals hielt.

»Frau Götzel legt großen Wert darauf, nur erlesene Möbel und Dekoration in ihrem Haus zu haben«, erzählte Dana. »Ihr Salon sieht aus wie zur Kaiserzeit. Dort hält sie ihren Damenclub mit anderen Kaufmannsgattinnen ab. Vom alten Adel wird sie als Neureiche nicht eingeladen, dafür geht es in ihrem Salon mindestens genauso stilvoll und luxuriös zu wie bei einer echten Komtesse. Ich muss dauernd aufpassen, dass der kleine Friedrich keine Flecken auf die Polstermöbel macht oder die handbemalten chinesischen Porzellanvasen umwirft. Er spielt so gerne Verstecken. Vor einigen Wochen hat er sich unter einem Beistelltisch versteckt und dabei versehentlich an der Tischdecke gezerrt. Dabei ist eine Schale heruntergefallen und in tausend Scherben zerbrochen. Ich dachte schon, jetzt sei ich meine Stelle los, so böse hat Frau Götzel geguckt. Auf jeden

Fall sind wir am nächsten Tag ins Dorotheum, um eine neue Schale zu besorgen. In diesem Pfandleihhaus landen nämlich nur Gegenstände aus den Häusern von reichen oder adeligen Leuten. Die wertvollsten Sammlerstücke verkaufen sie dann in Auktionen.«

Gegen elf Uhr standen Johanna und Dana vor dem imposanten Palais in der Dorotheergasse. In großen Bronzelettern und auf zwei roten Fahnen zu beiden Seiten des Eingangs prangte der Name des Pfandleihhauses. Sie traten durch die hölzerne Flügeltür mit gewölbtem Glasdach ein. Johanna fühlte sich in der Säulenhalle mit Marmorboden und Gewölbedecke an ein Museum erinnert. Dana führte sie durch die großen Säle, in denen die Ausstellungsstücke tatsächlich wie in einem Museum in Vitrinen und an Stellwänden dargeboten wurden. Unter jedem Gegenstand hing eine Nummer; dazu gab es einen Katalog, in dem man die Preise nachlesen konnte. Auf manchen Nummern klebte ein roter Punkt, was bedeutete, dass das Objekt schon verkauft war.

Sie flanierten durch die Räume, schauten sich unzählige Bilder mit heroischen oder bäuerlichen Landschaften und Jagdszenen mit röhrenden Hirschen an. Dann gab es ganze Zimmer, die wie in einem lebensgroßen Puppenhaus mit Stücken aus verschiedenen Epochen eingerichtet waren, fertig zum Einzug. Das bemalte Porzellan gefiel Dana besonders gut. Münzen, Gold und Silberbesteck mit Familienwappen und Schmuck stammten von alten Adelsfamilien, die nun in Armut gefallen zu sein schienen.

»Dieser Kerzenständer kostet fast zweitausend Schilling«, flüsterte Dana und riss ihre Augen auf. »Dabei ist er nicht einmal aus Silber.«

Schließlich fanden sie eine Ecke mit Teppichen in verschiedenen Größen. Johanna zog einen hübschen kleinen Rundteppich mit einem Muster aus Grün und Silber hervor.

Im Katalog suchte sie den Preis heraus: Das Stück sollte über zweihundert Schilling kosten!

»Das muss ein berühmter Teppich sein«, raunte Dana.

»Vielleicht hat sich Kaiserin Elisabeth daran die Schuhe abgetreten«, mutmaßte Johanna, und sie kicherten.

Ein Angestellter in einer Uniform trat mit strenger Miene zu ihnen.

»Verzeihung, aber haben Sie auch Teppiche in einer Preisspanne von zehn bis zwanzig Schilling?«, wollte Johanna wissen. Der Uniformierte nickte säuerlich und zog eine mächtige Schublade aus einem der Tische. In diesem Versteck offenbarte sich ein ganzer Stapel von Wollteppichen mit unterschiedlichen Mustern und in gutem Zustand. Johanna entschied sich für einen Perserteppich in warmen Orangetönen mit mintgrünen Ranken von der Größe eines Bettvorlegers. Sie war dermaßen beschwingt durch diesen Kauf, dass sie in einer Auslage mit Nippes noch einen leuchtend bunten Schmetterling aus Glas erspähte und erwarb, den sie in ihr Fenster hängen würde. Zur Feier ihrer schönen Funde lud sie Dana zu Mokka und Torte ins Café im Dorotheum ein.

Auf dem Heimweg wurde es bereits dämmrig und sie schlenderten den Kohlmarkt entlang. Hier spannten sich über die ganze Länge der noblen Einkaufsstraße weihnachtliche Girlanden aus Tannenzweigen mit Tausenden von kleinen Lichtern wie festliche Torbögen. Johanna trug den eingerollten Teppich unter einem Arm und Dana hatte sich am anderen Arm bei ihr eingehakt. Es fühlte sich gut an.

Aber dann fiel ihr Blick auf einen Bekleidungsladen, in den sie sich vorgestern eingeschlichen hatte, um dort die Umkleidekabine zu benutzen. Sie seufzte. Dieses Umziehen war wirklich eine Plage. In den letzten zwei Wochen war jeder Morgen geprägt gewesen von Anspannung und Angst, ertappt zu werden. Jeden Tag musste sie sich einen neuen Ort für ihre

Verwandlung suchen und es kostete sie eine halbe Stunde extra. Aber mehr noch als die Zeit zermürbte diese Prozedur ihre Nerven. Meist ging sie in Modegeschäfte, um dort unbemerkt in eine Umkleidekabine zu huschen. Aber oftmals musste sie ein Versteckspiel mit den Verkäuferinnen treiben, die sich diensteifrig auf die neue Kundin stürzten und ihr bei der Auswahl eines Kleidungsstücks behilflich sein wollten. Also ließ sie sich ein Teil geben und tat so, als wollte sie es anprobieren. In der Kabine streifte sie dann ihren Rock ab und zog sich die Hosenbeine herunter. Anschließend lugte sie durch den Spalt des Vorhangs und wartete auf einen Moment, in dem die Verkäuferin anderweitig beschäftigt war, um sodann aus dem Laden zu eilen. In irgendeinem Hauseingang wechselte sie hastig ihren Hut und klebte den Schnurrbart an. Drei Mal war sie auch in einem Kaffeehaus auf die Damentoilette zum Umkleiden gegangen. Aber jedes Mal, wenn sie den Tatort verließ, hatte sie das Gefühl, die missbilligenden Blicke der Verkäufer oder Kellner würden sich in ihren Rücken brennen. Am nächsten Tag traute sie sich nicht, denselben Laden nochmals aufzusuchen.

Wenn sie durch die Gassen der Umgebung streifte, suchten ihre Augen ständig die Geschäftszeilen ab nach einer neuen Umkleidemöglichkeit. So konnte das nicht weitergehen. Sie hatte eine Idee, welcher Ort dauerhaft infrage käme. Aber dazu brauchte sie Danas Hilfe.

Als sie zurück in der Pension waren, lud sie Dana ein, nach dem Abendessen die neuen Schätze in ihrer Dachkammer in Augenschein zu nehmen.

»Der Teppich macht das Zimmer gleich viel gemütlicher«, befand Dana. »Und der Schmetterling bringt auch mehr Farbe herein.«

»Ich möchte dir jetzt ein Geheimnis verraten«, setzte Johanna schließlich an. »Im Operntheater denken sie, ich wäre ein Mann. Deshalb muss ich mich dort immer im Herrenaufzug zeigen. Sonst verliere ich meine Stelle.«

Sie ging zum Schrank und holte das Korsett und einen ihrer Herrenanzüge heraus und hielt sie Dana hin, deren Augen sich erstaunt weiteten.

»Du machst vielleicht Sachen! Aber wie kamen die Leute von der Oper denn zuerst darauf, dass du ein Mann wärst?«, wollte sie wissen. Johanna erzählte ihr vom Vorspielen und wie sie als Frau abgewiesen worden war.

»Zuerst wollte ich diese Verkleidung nur für einen Tag machen, aber dann habe ich diese riesige Chance bekommen und wollte sie mir nicht verderben, indem ich meine Maskerade fallen lasse.«

»Und du bist in Wirklichkeit eine Dirigentin?«, staunte Dana und schüttelte ungläubig ihren Kopf.

»Das ist mein Traumberuf! Endlich darf ich ein Orchester dirigieren – und dann auch noch die Wiener Philharmoniker. Das will ich nicht wieder verlieren. Ich muss diese Rolle so lange durchhalten, bis ich mich richtig bewährt habe und der Direktor gemerkt hat, dass er nicht auf mich verzichten kann.«

Dann erzählte sie Dana von ihren morgendlichen Schwierigkeiten beim Umkleiden.

»Meinst du, ich könnte bei deinen Arbeitgebern im Hausflur für einige Minuten unterschlüpfen?«

Dana sperrte erst den Mund auf und schien schockiert.

»Ich will dir natürlich keinen Ärger machen«, setzte Johanna schnell nach.

»Hm. Eigentlich ist das eine gute Idee«, meinte Dana nachdenklich. »Im Hausflur ist morgens niemand. Die Wohnräume der Familie liegen in der Beletage und im zweiten Stock. Das Geschäft im Erdgeschoss hat einen eigenen Eingang. Im Flur gibt es eine große Besenkammer. Die könntest du zum

Umkleiden benutzen. Da gibt es sogar ein Waschbecken und einen Spiegel.«

»Ja, das klingt ideal«, rief Johanna erleichtert. »Es dauert auch wirklich nur zwei Minuten und dann bin ich wieder draußen.«

»Na gut, wir können es morgen mal ausprobieren. Wir gehen zusammen hinein und ich zeige dir die Kammer. Um Viertel vor zehn bin ich sowieso immer dort. Dann hast du noch genügend Zeit, vom Graben zur Oper zu gehen.«

Sie fiel Dana um den Hals und hätte ihr am liebsten einen Kuss auf die runde Wange gedrückt. Sie fühlte sich auf einmal ganz schwerelos und hätte sich nicht gewundert, wenn ihr neuer Perserteppich sie auf magische Weise in die Lüfte gehoben und fliegend zu tausendundeinem Stern getragen hätte.

Kapitel 10:
Winterstürme wichen dem Wonnemond

Wien, 5. Mai 1926

Jo saß in der zehnten Reihe im Parkett mit der Partitur der »Walküre« auf dem Schoß und einem gespitzten Bleistift zwischen den Fingern. Wagner zu dirigieren galt hier am Hause als Königsdisziplin. Deshalb hatten der Direktor und der Disponent ihr bisher noch keine Wagner-Vorstellung zugeteilt. So war es an diesem Vormittag Eduardo Breuer, der im Orchestergraben seinen Dirigentenstab schwang, und sie assistierte ihm. Hierzu konzentrierte Jo sich auf die Klänge, die durch den Saal strömten. Breuer probte gerade den »Ritt der Walküren«, das berühmte Vorspiel des dritten Aufzugs. Er ließ die Hörner, Trompeten und Posaunen ihre fanfarenartige Melodie explosiv aus dem Orchesterklang herausbrechen. Das Tempo war genauso lebhaft wie Eduardo Breuer selbst, der auf dem Pult in seiner temperamentvollen Art mit dem ganzen Körper mitging und große Gesten machte. Heute war er den ersten Tag zurück nach seiner fast dreimonatigen Abwesenheit aus Wien – Gastspielengagements hatten ihn nach Berlin, Dresden und Mailand geführt. In dieser Zeit hatte Jo die Zeitungen nach Kritiken zu seinen Auftritten durchforstet und diese Artikel säuberlich ausgeschnitten und in ein Heft geklebt. Ein schönes Foto von Breuer in dynamischer Haltung beim Dirigieren war auch dabei. Allein ihr professionelles Interesse hatte sie dazu angetrieben, versicherte sie sich selbst.

»Wo ist denn Ihr Bärtchen geblieben, Osterkamp?«, war das Erste, was Breuer heute Morgen zu Jo gesagt hatte.

Sie hatte sich verlegen über ihre nackte Oberlippe gestrichen und gemurmelt: »Ach, ich versuche mal eine neue Mode.«

Breuer lachte mit seinen strahlenden Zähnen und sie konnte den Blick nicht von seinem Gesicht nehmen. Jo hatte sich vor Kurzem entschieden, diesen furchtbar lästigen Oberlippenbart abzulegen – der Kleber sorgte schon seit Wochen für Hautausschlag und das unzuverlässige haarige Teil kostete sie einige Nerven, wenn es verrutschte oder gar abfiel und sie sich schnell ein Taschentuch vor die Nase halten und sich mit »Nasenbluten« auf die Toilette retten musste. Auch den angeklebten Bartstoppel-Sand an den Wangen ließ sie nun weg, der zu ihrem Leidwesen im Tagesverlauf eine peinliche Tendenz zum Herunterrieseln hatte. Außerdem ging so das Umkleiden bei Danas Arbeitsstelle noch rascher. Als sie bartlos erschien, machte niemand eine Bemerkung. Die Musiker und anderen Kollegen hatten sich an den Anblick eines jungen Dirigenten gewöhnt, sie sahen den Mann in ihr, den sie erwarteten. Breuer war nun der Erste, der Jos äußere Veränderung kommentierte.

Nach der Probe kam er ins Parkett und setzte sich neben sie.

»Sind die Walküren auch wirklich durch den Saal geritten?«, fragte er und stupste sie mit der Schulter an.

Sie steckten ihre Köpfe über der Partitur zusammen und Jo zeigte ihm ihre Notizen. Einmal kam er ihr so nahe, dass sein gewelltes Haar über ihre Schläfe strich und ein kleines Zittern auslöste, das ihr den Nacken hinab bis in die Zehen lief. Er duftete nach Zitrone und auch ein wenig herb nach Tannennadeln.

Auf der Bühne wurde ordentlich Krach gemacht, als die Arbeiter die Kulissen für die Walküre aufbauten. Der Regisseur Alfred Roller, der die Wiederaufnahme seiner Inszenierung argwöhnisch verfolgte, schritt in den Kulissen umher – natürlich hatte er vorher Mantel und Hut abgelegt, denn Straßenkleidung auf der Bühne brachte bekanntlich Unglück – und schüttelte energisch seinen Kopf, als er die aufgemalte Eiche betrachtete, die im Zentrum des Bühnenbildes stand. Er winkte den Kulissenmeister herbei und beschwerte sich augenscheinlich.

»Gehen wir in der Kantine was trinken«, schlug Breuer vor und schloss die Partitur.

Sie nahmen in einer der Nischen nebeneinander Platz, sie trank ein Kirsch-Kracherl und er einen *Verlängerten Braunen*.

Direktor Schalk kam herein für seine Zwölf-Uhr-*Melange* und setzte sich zu ihnen an den Tisch. Er ließ sich von Breuer von der Mailänder Scala erzählen und vor allem von Arturo Toscanini, dem dortigen Chefdirigenten.

»Toscanini schwört auf die *Castità* der Werkauslegung – also auf die Keuschheit und Reinheit«, verriet Breuer. »Sein höchstes Ziel ist es, die Partitur exakt so umzusetzen, wie sie auf dem Papier steht. Von Interpretation und Gestaltungsfreiheit eines Dirigenten hält er nichts. Mich wundert es nicht, dass Furtwängler ihn kürzlich öffentlich einen ›elenden Taktschläger‹ genannt hat. Aber langweilig wird es dem Scala-Orchester mit ihrem Maestro bestimmt nicht – ich habe selbst einen seiner berüchtigten Wutanfälle mitbekommen. Er hat zwar nicht seinen Taktstock zerbrochen, dafür aber sein Notenpult umgetreten und gebrüllt wie ein alter Löwe.«

Mitten ins Gespräch platzte Roller, in den Händen einen Stofffetzen, der wohl mal Teil der Walküre-Eiche gewesen war.

»Herr Direktor, dieser Baum sieht so ausgeblichen und schäbig aus, solch eine Kulisse können wir dem Publikum nicht zumuten«, beschwerte er sich lautstark.

»Der Baum ist noch sehr schön, wenn Maria Jeritza davorsteht«, wehrte Schalk ab.

Roller zog grummelnd ab und Jo schmunzelte. Wahre Schönheit überstrahlte eben alles. Inzwischen hatte sie die Jeritza in einigen Aufführungen erlebt und ihre magnetische Bühnenpräsenz und verführerische Stimme schätzen gelernt.

»Ja, unsere Jeritza gehört fast zum Inventar des Hauses«, sagte Schalk und strich sich zufrieden über seinen Spitzbart. Er leerte seine Kaffeetasse und ließ Jo und Breuer wieder alleine.

»Der Direktor kann froh sein, dass sein Haus am Ring mit Publikumslieblingen wie Maria Jeritza, Lotte Lehmann und Alfred Piccaver aufwarten kann«, meinte Breuer. »Dabei ist es gar nicht sein Verdienst. Sein viel geschmähter Vorgänger Hans Gregor hat es geschafft, diese Kassenmagneten von der Volksoper abzuwerben. Das Hausdebüt am Opernthater von Mizzi ist legendär: Als ›Aphrodite‹ von Oberleithner ist sie fast nackt aufgetreten – das war für Wochen danach *das* Stadtgespräch. Sie werden sehen, auch heute nach der Vorstellung wird der Bühneneingang von Enthusiasten umlagert sein – in erster Reihe die jungen Herren von den Stehplätzen –, auch wenn die Jeritza als Walküre den ganzen Abend über in pelzige Gewänder gehüllt ist.«

Jo fragte sich, ob Breuer wohl auch für die Reize der Primadonna empfänglich war.

»Da sind Sie ja, Herr Osterkamp«, drang plötzlich die näselnde Stimme von Heger an Jos Ohr. »Ich habe Sie schon überall gesucht.«

Er stand mit in die Seiten gestemmten Fäusten an die Tischkante gelehnt und beugte sich über sie wie ein drohendes Unwetter.

»Oh, Verzeihung, dass ich Herrn Osterkamp so mit Beschlag belege, Kollege Heger, aber soweit ich weiß, ist er auch mein Assistent«, sagte Breuer mit ausgesuchter Höflichkeit.

»Sie hatten Ihre Morgenprobe«, gab Heger zurück. »Der Nachmittag gehört mir.«

Wobei ziemlich klar war, dass er seine Besitzansprüche nicht auf die Tageszeit, sondern auf die Laufburschendienste von Jo anmeldete.

»Kommen Sie mit«, sagte Heger barsch zu Jo, die auf ihrem Sitz ruckelte, um aufzustehen.

Breuer aber, der neben ihr saß und den Weg von der Sitzbank freigeben musste, rührte sich nicht vom Fleck und nahm mit provozierender Langsamkeit einen Schluck von seinem Mokka.

»Ich erwarte Sie in zehn Minuten in meinem Büro.« Heger sah Jo und Breuer scharf an, bevor er hinausmarschierte. Es klang beinahe so, als hätte er Breuer zum Duell herausgefordert. Aber der Antrittsbefehl galt höchstwahrscheinlich Jo.

»Pfff«, machte Breuer und schüttelte seinen Kopf. Gemächlich erhob er sich vom Sitz und machte den Weg frei für Jo.

Als sie vor ihm stand, tippte er sanft mit zwei Fingern auf ihre Schulter und raunte: »Nicht so herumkommandieren lassen, mein Lieber.«

Er lächelte Jo auf eine vertrauliche Art an, die sie schwindelig machte. Sie nickte knapp und eilte hinaus.

Als Jo in Hegers Büro im dritten Stock eintrat, saß er an seinem Schreibtisch und war in eine Partitur vertieft. Sie musste vor ihm stehend warten, bis er die Güte hatte, aufzublicken.

Sie schaute sich in seinem Büro um. Wie bei allen Dirigenten war sein Arbeitszimmer mit einem Piano ausgestattet. Es gab ein vollgestopftes Bücherregal und an der Wand neben seinem Schreibtisch hing ein Ölgemälde, das Richard Wagner darstellte. Drumherum waren historische Dirigentenstäbe arrangiert, deren Spitzen alle auf Wagner zeigten. Jo musste schmunzeln. Wer immer das so aufgehängt hatte, meinte die Anordnung sicherlich als Hommage. Aber sie fand, es sah eher wie ein heidnisches Voodoo-Ritual aus.

»Für mein Symphoniekonzert morgen muss der Bühnenaufbau angepasst werden«, sagte Heger unvermittelt, und Jo richtete ihren Blick widerwillig auf ihn.

»Hier auf dem Plan ist alles eingezeichnet. Gehen Sie zum Vorarbeiter und sorgen Sie dafür, dass es richtig gemacht wird.«

Er schob ihr ein Blatt Papier herüber und widmete sich wieder ganz seinem Notenstudium. Wortlos griff Jo nach dem Papier, ging hinaus und bremste sich, die Tür nicht laut zuzuschlagen.

Sie lief die Treppen hinab ins erste Untergeschoss und fand den Zickzackweg durch die engen und schmucklosen Gänge bis zum Bühnenuntergrund. Dort wimmelte es von Arbeitern in Latzhosen, dicken Baumwollhemden und festen Schuhen, die mit dem Aufbau für die Abendvorstellung beschäftigt waren. Ein Konzert von Hämmern und Klopfen hallte hier, untermalt von Gemurmel und rauen Rufen: »Halt – noch ein Stück – so – langsam – hier herüber – jetzt die Seitenwand – alles klar.« Der Geruch von Spanplatten und frischer Farbe lag in der Luft. Sie war auf der Burgseite herausgekommen, musste aber zur Stadtseite, wo die Kammer des Vorarbeiters lag. Der gesamte Bühnenbereich war vertikal zwiegespalten in Burgseite, linker Hand, wenn man vom Auditorium auf die Bühne schaute, und Stadtseite, die rechts lag. Jeder Bühnenarbeiter war einer dieser Seiten zugeteilt – auf

Lebenszeit, manchmal auch über mehrere Generationen. Die Burgseitler und die Stadtseitler lebten in Frieden miteinander, aber sie blieben unter sich. In der Kantine saßen sie an unterschiedlichen Tischen.

Gerade wurde vom Schnürboden aus schwindelnder Höhe eine Leinwand mit einer heldischen Landschaft heruntergelassen, die Arbeiter zogen die Seile mit reiner Muskelkraft. Jo überquerte den Bühnenunterboden wie ein Soldat, der vorsichtig durch ein Minenfeld navigierte, emsig darauf bedacht, einem schwenkenden Bühnenteil auszuweichen. Sie entdeckte den Vorarbeiter Paafy, mit dem sie schon häufiger gesprochen hatte. Er hatte seine Hemdsärmel immer hochgekrempelt und zeigte einen Urwald von schwarzen Haaren auf seinen Unterarmen, so kräftig wie Schaufelräder.

»Jó nap« – »Guten Tag«, grüßte er Jo auf Ungarisch und grinste sie mit seinen Zahnlücken an.

Sie zeigte ihm den Plan und erklärte ihm die Wünsche von Heger für das morgige Konzert.

»Also dort bitte ein fünf Meter breites Podest für die Pauken, das Becken dahinter um zwei Stufen erhöht und die Kontrabässe sollen auf der Burgseite stehen. Bekommen Sie das hin?«

Paafy kaute stoisch auf seinem Tabak, spuckte aus und sagte: »És. Machen ich gern für dir.«

»Vielen Dank. Baba«, sagte Jo und nickte ihm lächelnd zu.

Jo verbrachte den Nachmittag im Kaffeehaus Diglas in der Wollzeile, das inzwischen zu ihrer zweiten Wohnstube geworden war. Die Kellner kannten sie und sprachen sie mit »Herr Dirigent« an. In behaglicher Wärme las sie sich durch die verschiedenen Zeitungen und Magazine und ließ sich ein Stück Sachertorte schmecken, deren wunderbar komplementäre Aromen von herbem Kakao und fruchtiger Marillenmarmelade ihr auf der Zunge zergingen. Dazu trank sie einen *Franziskaner* – das war ihr Lieblingsmokka geworden und außerdem passte der Name geradezu schicksalhaft zu ihrer Wohnstatt am Franziskanerplatz. An die Enge ihrer Dachkammer, die Kälte und den Mangel an Komfort hatte sie sich gewöhnt. Sie war ohnehin fast nur zum Schlafen dort. Was sie wirklich störte, waren die ständigen Zurechtweisungen und die Argusaugen der Hauswirtin, die noch größer waren als deren Hühneraugen. Aber sie hatte es sich bei Dana abgeschaut, die patzigen Worte der Dabjanszki an sich abperlen zu lassen. Dana war auch der Hauptgrund, warum Jo immer noch in der Pension Anna wohnte. Dank ihrer warmherzigen Art war die Pension doch zu einer Art Nest für sie geworden.

Aus Neugier hatte Jo im Januar zwei Samstage lang die Zu-Vermieten-Annoncen des Neuen Wiener Journals durchgeforstet und einige Zimmer besichtigt, aber in der direkten Nähe des Opernhauses gab es nicht viel Auswahl und die schöneren Zimmer waren ihr zu teuer. Mit ihrem Gehalt kam sie zwar gut über die Runden, aber sie wollte sich jeden Monat etwas zur Seite legen für magere Zeiten und auch für notwendige Anschaffungen wie Partituren oder Kleidung.

Am Abend war Jo wieder von Menschen und Musik umgeben. Um achtzehn Uhr wurde es dunkel im Auditorium der Oper und ein einzelner Scheinwerfer ließ das Haupt von Eduardo Breuer auf seinem Weg durch den Orchestergraben hell leuchten. Er bestieg das Podest wie ein Kapitän die Brücke. Jo hatte ihren Hörposten in der Proszeniumsloge im ersten Rang eingenommen und schwebte über dem Orchestergraben mit bester Sicht auf den Dirigenten und den vorderen Bühnenrand. Wagners Walküren eroberten das Opernhaus. Breuer dirigierte – ganz anders als Heger – impulsiv, mit vielen Dynamikwechseln. Er ließ sich treiben vom Fluss der Musik und der Stimmung des Augenblicks. Er wiederholte niemals seine Interpretation aus der Probe, jeder Spieldurchlauf war einzigartig.

Maria Jeritza betörte als Sieglinde – tatsächlich achtete wohl niemand auf die schäbige Baumkulisse. Bariton Emil Schipper sang einen kraftvollen Wotan. Allerdings waren die tiefen Töne nicht seine Stärke. Jo musste schmunzeln, als sie bemerkte, wie er jedes Mal, wenn seine Stimme einen tiefen Ton nicht ganz erreichte, zum Ausgleich energisch mit seinem Zeigefinger auf den Boden deutete, als könnte er den Ton so in die Tiefe drücken. Seine Ehefrau Maria Olczewska gab die Fricka. Im zweiten Aufzug waren Wotan und Fricka gerade im schönsten Streit vertieft, als Jo ein Wispern und Kichern aus den Kulissen auf der Stadtseite vernahm. In dem schmalen Gang zur Seitenbühne standen Maria Jeritza und die Altistin Hermine Kittel, die eine der Walküren sang, und warteten auf ihren Auftritt. Die Störgeräusche versiegten nicht und Fricka warf giftige Blicke in die Richtung der flüsternden Kolleginnen. Während Wotan grollte und zürnte, zischte seine Gattin mehrmals auf Bayerisch: »Seids doch ruhig! – Seids still! – So halts doch das Maul! Seids ruhig da hinten«, jedoch ohne Wirkung. Bei ihrem nächsten Einsatz kam aus dem Mund der Fricka jedoch kein Gesang, sondern eine dicke Ladung Spucke, die sie wütend in Richtung der Störenfriedinnen ausstieß – und die mit einem beinahe hörbaren Platsch im Gesicht von Hermine Kittel landete. Diese machte erschrocken einen Schritt zurück und wischte sich dann mit dem Ärmel den Speichel von der Wange. Maria Jeritza neben der Getroffenen schien zu grinsen, aber genau konnte Jo das im Halbdunkel nicht erkennen. Aus dem Zuschauerraum hörte sie vereinzelt ein Kichern und sah einige Leute im Parkett ihre Köpfe zusammenstecken. Das würde ein Nachspiel haben!

Das Nachspiel zur »Walküre« fand in der Bar des Hotels Bristol gegenüber dem Opernhaus an der Ringstraße statt. Die Hotelbar Hoffmanns war der informelle Treffpunkt der Künstler nach der Vorstellung, wenn man nicht groß essen gehen, aber noch gesellig mit Kollegen den Abend ausklingen lassen wollte. Hier wurde der Klatsch gepflegt, wo man an den winzigen runden Tischen seine Köpfe zusammensteckte, die Worte gedämpft vom dicken Schafwollteppich und den mit rotem Samt bespannten Wänden im Mantel des Dämmerlichts. Die einzige Lichtquelle stammte von den Kerzen auf den Tischen und von den erleuchteten Spiegelvitrinen rundum und hinter der Bar, in der Hunderte Glasflaschen in den verschiedensten Farben und Formen aufgereiht standen und deren alkoholische Elixiere die Musengeister entließen, ganz so wie in »Hoffmanns Erzählungen«.

Gluck, gluck, gluck! Ich bin der Wein. Gluck, gluck, gluck! Ich bin das Bier, sangen die Flaschengeister vielstimmig von den Wänden. Kleinzack höchstpersönlich hockte mit seinem Buckel und der Nase schwarz von Schnupftabak in irgendeiner schummrigen Ecke an einem Tisch und machte *Cric Crac*. In dieser Gesellschaft erzählte man sich flüsternd von Liebeskummer und von Eifersucht; im nächsten Moment wurde ekstatisch gelacht, denn im Nachhall der Kunst spürte man die Vergänglichkeit. Jede Nacht und jedes Lachen könnte das Letzte sein.

Nach der Vorstellung hatte Jo vor der Garderobentür auf Breuer gewartet. Sie hörte schrille Stimmen von der anderen Seite des Treppenhauses – vermutlich rissen sich die Spuckerin und ihr Opfer gegenseitig die Perücken vom Kopf. Aber die Garderoben waren strikt geteilt in Herrenseite und Damenseite, sodass Jo zu weit weg war, um die Konfrontation der Sängerinnen wirklich mitzubekommen. Als Breuer in frischer Kleidung und aufgebürsteten Haaren aus seiner Garderobe auftauchte, legte er schwungvoll seinen Arm um ihre Schultern und nahm ihr die Partitur weg, die sie halb aufgeschlagen bereithielt, um ihm sofort musikalischen Bericht zu erstatten.

»Das heben wir uns für morgen auf. Jetzt gehen wir feiern«, sagte er und zog sie mit sich.

Er schien in Hochstimmung zu sein. Sie kannte diese Euphorie selbst nur zu gut – nach dem Dirigieren pumpte der Körper Energie durch alle Blutbahnen und man fühlte sich wie die aufgezogene Feder einer Spieluhr, die sich in schnellen Drehungen und lauten Tönen entladen wollte. Nach dieser Wirbelphase kamen dann urplötzlich die totale Müdigkeit und eine körperliche Erschlaffung. Aber in diesem Moment war Breuer noch total aufgedreht und seine Augen blitzten.

Als sie ins Hoffmanns kamen, war der Tresen schon voll besetzt mit Musikern, ebenso wie die meisten der Tische. Breuer steuerte auf einen freien Zweiertisch in der Mitte zu und sie setzten sich einander gegenüber. Zwischen ihnen flackerte das Teelicht in einem grünen Glas. Breuer bestellte für jeden ein Krügerl Bier. Ihre Knie berührten sich unter dem Tisch und über dem Tisch hätte sich Jo nur ein bisschen vorlehnen müssen, dann wären ihre Nasen zusammengestoßen. Oder ihre Münder. Aber auch rückseitig rieb man sich beinahe an dem Rücken seines Hintermannes, sodass von Zweisamkeit keine Rede sein konnte. Die Gespräche wurden ebenfalls über die Tische hinweg in der Runde geführt.

»Habts ihr gesehen, wie die Olczewska gespuckt hat? Hat sie die Mizzi getroffen? Konnte leider nicht sehen, wo die Spucke gelandet ist«, sagte der Souffleur in den Raum hinein.

»Da hat die Jeritza wohl eine Sprühdusche abbekommen. Das geschieht der Diva recht, wenn sie bei ihrer Kollegin dazwischenblökt«, meinte ein Cellist. Es wurde gelacht.

»Die Spucke hat Hermine Kittel abbekommen«, erzählte Jo leise.

»Was, die Kittel? Typisch! Es trifft immer die kleinen Leute, wenn die Großen was angezettelt haben«, stellte einer der Streicher fest.

»Lisbeth, hast du was mitbekommen?«, fragte jemand die Chorsängerin, die mit einem Posaunisten verheiratet war und eine der wenigen Frauen in dieser Bar-Runde war.

»Ich habe beobachtet, wie die Olczewska nach ihrem Abgang auf die Kittel losgegangen ist, als ob sie ihr eine Backpfeife geben wollte. Die Jeritza war auf der Bühne am Singen, da kam sie nicht ran«, erzählte die Chorsängerin.

»Eigentlich müssten sich die zwei Quatschtanten bei der Olczewska entschuldigen für die Störung«, rief jemand.

»Die Jeritza entschuldigt sich bei niemandem. Da schießt eher der Fuchs den Jäger«, wusste der Oboist Pomberger.

»Dem Schipper wird seine Frau heute Nacht noch einheizen, damit er sich in ihrem Namen beim Direktor beschwert«, mutmaßte der Pauker.

»Das gibt sicher eine Rewaunsch.«

Die Fehde würde in eine weitere Runde gehen, da waren sich alle einig. Dann wurden Anekdoten erzählt zu Streitigkeiten zwischen Sängern hier und auf anderen Bühnen. Sie saßen kaum zwanzig Minuten beisammen, da entschuldigte sich Breuer bei Jo, er wolle mal zum Rauchen nach draußen. Er ging – und blieb weg. Sie saß alleine an dem Tisch mit zwei halb vollen Bierkrügen.

»Zu Händels Zeiten gab es noch handfeste Schlägereien auf der Bühne«, erzählte der Souffleur. »Als die Oper ›Astianatte‹ von Bononcini im Londoner King's Theatre aufgeführt wurde, traten die beiden großen Gesangsrivalinnen dieser Zeit gemeinsam auf: Faustina Bordoni und Francesca Cuzzoni. Jede hatte ihre Anhänger im Publikum, jede Partei pfiff die Rivalin ihrer Favoritin aus. Aber dann fingen plötzlich die Sängerinnen selbst auf der Bühne an, sich gegenseitig an den Haaren zu reißen und zu prügeln. Jede versuchte, die andere von der Bühne zu drängen. Und was machte Händel? Er war der Dirigent an diesem Abend und setzte sich prompt ans Cembalo und improvisierte eine begleitende *Battaglia*, eine Schlachtenmusik.«

»Breuer, wo war denn Ihre Schlachtenmusik heute Abend?«, grölte jemand quer durch den Raum und erntete Gelächter.

»Wir hätten den Walkürenritt wiederholen sollen«, tönte ein anderer.

»Wo ist unser Maestro eigentlich?«, fragte ein Dritter. Der Stuhl von Breuer war nach wie vor leer und Jo saß wie ein wachsames Hündchen davor. Hatte der Mistkerl sie hier einfach sitzen gelassen?

»Hat der Breuer schon einen Abgang gemacht?«, wunderte sich der Oboist, der Rücken an Rücken mit Jo saß.

»Wollen Sie sich zu uns an den Tisch setzen, Herr Osterkamp?«, bot der Musiker mitleidig an.

Sie schüttelte den Kopf. Ein paar Minuten würde sie noch warten, ob Breuer wiederkäme. Schließlich gebot ihr der Stolz aufzustehen. Sie schlängelte sich zwischen den Tischen und Stühlen aus dem schummrigen Spiegelkabinett hinaus. Im Foyer des Hotels musste sie zunächst blinzeln unter dem Kristallleuchter, der sein elektrisches Licht auf die Schaubühne für die illustren Hotelgäste warf. Ein roter Teppich führte von der herrschaftlichen Treppe auf den Haupteingang zu, wo eine goldene Drehtür für ein königliches Entree sorgte. Durch das Glas sah sie draußen eine wohlbekannte Haarpracht im Wind wehen. Sie ließ sich durch die Drehtür an die frische Luft tragen wie ein Würfel im Roulette. Breuer stand mit dem Rücken zum Eingang auf dem roten Teppich augenscheinlich in ein Gespräch versunken mit keiner Geringeren als Maria Jeritza. Die Sopranistin trug ein fließendes Seidenkleid, durch das sich ihre prallen Brüste deutlich abzeichneten, offensichtlich hatte sie auf ein Korsett verzichtet. Der kühle Abendhauch tat den

Rest, um alle Details ihrer weiblichen Anatomie sichtbar zu machen. Um ihre runden Schultern hing lose ein Cape in derselben mattweißen Farbe wie ihr Gewand. Ihr blondes Haar lag in weichen Locken um ihren Kopf bis auf Kinnhöhe. Sie sah aus wie eine Mondgöttin. Breuer schaute sie wie gebannt an, als hätte sie eben den Tanz der sieben Schleier für ihn getanzt. Gerade lachte sie glockenhell und legte dabei ihren Kopf in den Nacken und ihre Hand vertraulich auf den Arm des Dirigenten. Jo stellte sich brüsk neben das Turtelpärchen.

»Guten Abend, Frau Baronin«, grüßte Jo. Es konnte nicht schaden, die Dame daran zu erinnern, dass sie gebunden war. Sie wusste, dass Maria Jeritza in zweiter Ehe mit einem Freiherrn von Podhragy verheiratet war, der auch ihre Karriere managte. Das Paar wohnte in der Stallburggasse über dem Tanzcafé Sans Souci, sie selbst galt aber nicht als ausgelassenes Tanzmädchen, sondern als Lady, die ihren auch in Wien in Mode gekommenen *Five o'clock tea* stilvoll genoss. Die Primadonna warf Jo einen erstaunten Blick zu.

»Nicht, dass Sie sich an der Nachtluft verkühlen«, sagte Jo wie ein Kavalier und ließ ihren Blick für einen ausgiebigen Moment über die berühmten Aphrodite-Brüste der Sängerin gleiten – was sicherlich alles andere als wohlerzogen wirkte. »Es wäre eine Schande, wenn Sie sich einen Schnupfen zuzögen und wir auf Ihre herrliche Stimme in der nächsten Vorstellung verzichten müssten.« Jo funkelte die Sängerin nun beinahe kampfeslustig an.

Die Jeritza plinkerte mit den langen Wimpern ihrer blauen Puppenaugen, zog sich ihr Cape dichter um die Schultern und verhüllte so ihre prominenten Brüste notdürftig.

Jo sah aus dem Augenwinkel, wie Breuer schmunzelte.

»Das ist sehr aufmerksam von Ihnen, Herr Oberkampf«, säuselte die Primadonna.

Dass diese Jos Namen nicht richtig kannte, ärgerte sie.

»Nun, dann werde ich Gute Nacht sagen.« Sie reichte Breuer graziös ihre Hand, der sich für einen galanten Handkuss vorbeugte, dann drehte sie sich auf ihren hohen Hacken um, ohne *Oberkampf* eines weiteren Blickes zu würdigen, und stolzierte zu einer geparkten Limousine. Ihr Privatchauffeur sprang heraus und hielt ihr die Tür auf. Sie rauschte in die Nacht davon.

»Ich gehe auch nach Hause«, entschied Jo grimmig. »Ich habe lange genug alleine an diesem Tisch gesessen. Ihr Bier müssen Sie nun ohne mich austrinken – und meines meinetwegen auch.«

Jo wollte sich abwenden, da spürte sie eine warme Hand an ihrem Oberarm, die sie festhielt.

»Sie sind ganz schön empfindlich, mein lieber *Oberkampf*«, sagte Breuer und grinste. »Lassen Sie uns wieder reingehen und ich bestelle uns Cocktails.«

»Nein, danke. Man muss einen klaren Kopf behalten.«

»Nicht immer ...«

»Was ich Ihnen noch sagen wollte«, hob Jo in strengem Ton an. »Der Übergang im ersten Aufzug von der Streicherpassage zu den Hörnern in der Arie ›Winterstürme wichen dem Wonnemond‹ war von der Dynamik völlig misslungen.«

Sie erklärte ihm ganz präzise, was er alles falsch gemacht hatte, sang ihm die Instrumentenstimmen vor und formte mit ihrer linken Hand Ausdruck sowie Artikulation der Töne in die Luft. Breuer schaute sie währenddessen intensiv an, aber er schien ihr trotzdem nicht richtig zuzuhören. Sein Gesichtsausdruck mäanderte zwischen Aufmerksamkeit und Amüsement, seine meerblauen Augen wanderten über ihr Gesicht, hingen besonders an ihren Lippen – was sie noch schneller sprechen ließ.

»Haben Sie verstanden?«, fragte sie zornig.

»Sie fallen wohl nie aus der Rolle, was, Osterkamp? Immer der Dirigent. Nehmen Sie Ihren Taktstock auch mit ins Bett? Oder darf da sonst noch wer bei Ihnen liegen?«

Er blickte sie herausfordernd an und Lachfalten fächerten sich um seine Augen herum auf. Seine vollen Lippen teilten sich und zeigten seine schönen Zähne. Ihr Kopf war plötzlich wie leer gefegt und ihr fiel keine Erwiderung ein.

»Jetzt ist Feierabend. Lassen Sie die Zügel einmal locker.«

Und in einer zielgenauen Bewegung, bevor sie begriff, was er tat, und einschreiten konnte, zog er an einem Ende ihres Halstuchs. Die Schleife löste sich. Er zog ihr das Tuch vom Hals, das eine heiße Schleifspur auf ihrer Haut zurückließ.

Sie schnappte nach Luft, reckte ihr Kinn reflexartig vor, um zu protestieren, und fasste nach dem Tuch, um es ihm aus der Hand zu reißen.

Breuer nahm mit seiner anderen Hand ihr Kinn zwischen Daumen und Zeigefinger. Sie erstarrte unter dieser Berührung wie ein hypnotisiertes Beutetier. Der leichte Druck seines Daumens löste sich von ihrem Kinn und sein Finger glitt ihren entblößten Hals hinab, über ihre Gurgel – sie wagte nicht zu schlucken, nicht zu atmen – bis zu ihrem Schlüsselbein. Seine warme Berührung jagte einen Schauder durch ihren ganzen Körper. Sie warf einen blitzschnellen Blick in sein Gesicht. Er hatte seine Augen fast geschlossen und schien sich ganz auf das Spüren zu konzentrieren.

Ein Luftstrom und ein Stimmengewirr weckten sie aus ihrer Erstarrung.

Breuer trat einen Schritt zurück und ließ das Halstuch los, das nun schlaff in ihrer Hand hing. Ihre magische Verbindung war unterbrochen.

Einige Gestalten kamen aus der Drehtür und zogen an ihr vorbei wie Schatten.

»Wir haun uns in die Hapfn«, verabschiedete sich einer der Musiker.

»Gute Nacht«, hörte sie Breuer sagen. Ob zu den Musikern oder zu ihr, wusste sie nicht. Er wandte sich ab und ging durch die goldene Drehtür zurück in die Hotellobby.

Jo wandelte wie im Traum nach Hause. Gedankenfetzen jagten durch ihren Kopf. Ihre Ohren waren taub gegen die Geräusche der Straße. Das Einzige, was sie hörte, war das Rauschen des Blutes im Rhythmus ihres Herzschlages – *staccatissimo* – und noch schneller, *prestissimo*.

Kapitel 11:
Schuhe für Aschenputtel im Kaufhaus Rothberger

Wien, 6. Mai 1926

»Guten Morgen, Fräulein Siebenschläfer«, tönte Tessa ihr vom Frühstückstisch entgegen, als Johanna um kurz nach neun hereinkam und müde blinzelte. Sie hatte die ganze Nacht kein Auge zugetan und war erst in der Morgendämmerung in einen unruhigen Schlaf mit wirren Träumen gefallen. Wieder und wieder hatte sie dieser Berührung nachgespürt, als Breuer ihr das Halstuch abgestreift und ihren entblößten Hals liebkost hatte. Sie lag im Bett und betastete ihren Hals, versuchte zu erspüren, was Breuer gefühlt haben musste. Zarte und weiche Haut ohne eine Spur von Barthaar. Kein Adamsapfel. Er wusste nun, dass sie eine Frau war! Aber was würde er mit diesem Wissen anfangen? Würde er sie auffliegen lassen? Es gäbe sicherlich auch Leute, die ihre Lage für erpresserische Forderungen ausnutzen würden. Aber solch ein Mensch war Breuer nicht. Was empfand er eigentlich für sie? Schätzte er Jo nur als Kollegen? Oder interessierte er sich womöglich für sie als Frau? Er war zwar verheiratet, aber das sagte nichts über seine Treue aus. Wenn er ein erotisches Abenteuer außerhalb seiner Ehe suchte, gab es bestimmt einige, die sich nur zu gerne in seine Arme sinken ließen. Jo war in Breuers Augen bestimmt keine anziehende Frau – besonders an jenem Abend im direkten Vergleich mit der verführerischen Jeritza. Andererseits war seine Berührung an ihrem Hals keine kollegiale Berührung gewesen, sondern die eines Liebhabers. Ihr wurde ganz heiß bei diesem Gedanken. Aber in diese Richtung dürfte sie ihn auf keinen Fall vorlassen.

»Willst du dich am Geburtstagsgeschenk für Dana beteiligen?«, riss Tessas Stimme sie aus ihren Gedanken.

»Wir wollen ihr ein paar schöne Ausgehschuhe schenken«, sagte Martha und pustete auf ihre frisch lackierten Fingernägel. »Ich habe schon ein Paar zurücklegen lassen. Ich habe auch ein edles Modell für dich im Blick. Ich habe extra eines in deiner Größe kommen lassen. Du solltest mal im Rothberger vorbeikommen und die Schuhe anprobieren.«

»Ja, ich beteilige mich gerne am Geschenk für Dana«, sagte Johanna. »Und eigentlich könnte ich mir auch ein neues Paar Schuhe gönnen. Heute Nachmittag habe ich frei und komme zu euch ins Kaufhaus.«

»Dann suchen wir gleich einige Kleider für dich aus«, rief Martha und griff begeistert nach Jos Hand, als wollte sie sofort mit ihr aufbrechen. »Seit November sehe ich dich in diesen drei tristen Winterkleidern. Wir haben Frühling! Du brauchst unbedingt eine frische Garderobe«, bekräftigte sie.

»Und einen Lippenstift für einen Frühlingskuss«, ergänzte Tessa, spitzte ihre kirschroten Lippen und sah dabei so verführerisch aus wie die Königin vom Nil.

»Na gut, ich überlasse mich euren erfahrenen Händen«, ergab sich Johanna schmunzelnd. Martha strahlte und Tessa schlug ihre schweren Wimpern dramatisch auf.

»Du wirst sehen, wir machen aus jedem Entlein einen Schwan«, frohlockte Tessa, und Johanna spürte ein aufregendes Prickeln auf der Haut, weil sie wieder an Breuer denken musste.

Johanna hielt einen Moment inne und ihr Blick schweifte über die eindrucksvolle Fassade des Rothberger. Die Nachmittagssonne ließ den schwarzen Marmor wie einen Spiegel glänzen, der geheimnisvolle Schönheit verbarg. In weißen Lettern prangte »Jacob Rothberger« über der Schaufensterfront, die sich über zwei Geschosse erstreckte. Zwölf bodentiefe Fenster reihten sich aneinander. Ein schmales Mittelgebäude wurde von den beiden breiten Flügelgebäuden eingefasst. Die Schaufensterzeile im Erdgeschoss war von gelben Markisen überspannt. »Wäsche – Kurzwaren – Konfektionsware – Schuhe« war dort zu lesen. Die Schaufenster zeigten eine bunte Flut an Stoffen und lebensgroße Puppen präsentierten modische Kleider. Große Schilder priesen die Angebote der Woche an.

Johanna wurde in einem Strom von kauflustigen Damen durch die Eingangstür geschwemmt und musste sich in dem Gewimmel erst einmal zurechtfinden. Wie auf einem Schachbrett waren Verkaufstische aufgebaut, dazwischen verliefen schmale Gänge für die Kunden. Das Ladenareal zur Linken war der Damenmode gewidmet. Johanna sah aufgespannte Sonnenschirme aus weißer Spitze und bunte Fächer. Gleich daneben lagen Damenhandschuhe in allen Längen und Größen aus. Einige Tische weiter wühlten Damen begierig in einem Haufen von Taschentüchern aus Baumwolle und Spitze, die im Sonderangebot waren. Auf der rechten Seite der Hauptachse befand sich die Herrenabteilung, wo es unter anderem Krawatten und Strümpfe gab. Wo sie auch hinblickte, sprudelten ihr Farben entgegen. Aber mehr noch als ihre Augen wurden ihre Ohren überflutet. Sie fühlte sich wie in einem Bienenstock. Ein beständiges Summen und Brummen von Stimmen erfüllte den

Raum. Dazu kam ein unrhythmisches Stiefeln und Scharren von Füßen. Sie musste den Impuls niederkämpfen, sich diesem Klangwirrwarr mit ihrem Dirigentenstab entgegenzustemmen, um aus schmerzhafter Dissonanz musikalische Harmonie zu zaubern.

Johanna folgte dem Hauptgang, der sie zur Rolltreppe brachte. Trappelnde Füße und raschelnde Röcke strebten dieser langen Rampe entgegen. Aber sobald die Kundinnen auf dem elektrischen Laufband standen, mussten sie innehalten. Die eben noch eilenden Füße verharrten, während das summende und vibrierende Band sie eine Etage höher trug. Johanna fühlte sich in dieser andachtsvollen Reihe der Damen wie in einer feierlichen Prozession. Nur galt ihre Verehrung in diesem Warentempel nicht einer Gottheit, sondern dem Überfluss und der Schönheit.

Im ersten Stock schaute sie sich nach Martha um und entdeckte ihre Mitbewohnerin schließlich, wie diese mit einigen Kleidern über dem Arm eine Kundin in der Umkleidekabine bediente. Marthas Gesicht strahlte auf, als sie Johanna bemerkte.

»Ich bin gleich bei dir«, formte ihr breiter Mund. Dezent winkte sie eine Kollegin herbei, damit diese die Bedienung der Dame in der Umkleide übernahm. Dann eilte sie zu einem Ständer hinter dem Verkaufstresen und nahm einige Kleider von der Stange. Martha selbst trug ein schlichtes graues Kittelkleid mit hochgeschlossenem Rundhals, weißem Spitzenkragen und tiefer Taille. Es war die schmucklose Uniform aller Verkäuferinnen. Mit ihrer zierlichen Gestalt, dem schwungvollen Gang und den wippenden Locken schaffte sie es, selbst in diesem schlichten Kleid liebreizend auszusehen. Johanna fühlte sich im Vergleich mit ihr wie ein langes Schilfrohr. Sie betrachtete und berührte einige der Kleider – die waren so kurz, dass sie nicht mal über ihre Knie fallen würden. Sie seufzte mutlos und wollte am liebsten wieder gehen.

»Ich habe einige schöne Kleider für dich beiseite gehängt«, zwitscherte Martha ihr ins Ohr. Sie führte sie in eine Umkleidekabine mit einem roten Samtvorhang und reichte ihr drei Kleider in modernem Röhrenschnitt mit tiefer Taille. Johanna probierte sie an und ihre Stimmung hob sich.

»Du hast genau die richtige Figur für diese Kleider«, frohlockte Martha, und echte Bewunderung klang in ihrer Stimme. »Mit deiner schlanken Taille und den langen Beinen könntest du als Model arbeiten. Und du hast ein sehr edles Gesicht.«

Johanna war beinahe verlegen über so viel Lob und freute sich darüber, auch wenn sie es nicht ganz glauben konnte. Die Kleider, die Martha für sie ausgesucht hatte, passten ihr tatsächlich wie angegossen.

»Das ist die neueste Mode: Der Saum reicht nur bis knapp über das Knie. Die Fransen fallen bis zur Mitte vom Schienbein. Es ist ein Tanzkleid – wenn du dich bewegst, wippen die Fransen im Takt mit. Damit hast du Swing.«

Johanna machte spontan einige Charlestonbewegungen und die Fransen schwangen mit.

»Ich nehme alle drei Kleider«, verkündete sie und fühlte sich geradezu übermütig, erfasst von einem neuen Gefühl von Entdeckungslust. Sie erkannte die elegante Frau im Spiegel kaum wieder. War das wirklich sie?

»Dazu brauchst du noch die richtigen Strümpfe«, sagte Martha voller Elan. Sie begleitete Johanna in die Strumpfabteilung.

»Hier, diese Stümpfe aus Kunstseide sind besonders gut. Sie passen sich dem Bein perfekt an, sind elastisch und bekommen nicht so schnell Laufmaschen.«

Nachdem Johanna mit Stümpfen versorgt war, suchte Martha auch noch Handschuhe, eine Clutch und einen grünen Topfhut aus, der ihr bis auf die Augenbrauen reichte.

»Grün steht dir«, meinte Martha. »Das passt zu deinen Augen.«

Als Nächstes ging es in die Schuhabteilung im dritten Stock. Dort wechselte Martha einige Worte mit einer adretten Kollegin, die sofort einen Schuhkarton aus einem Fach unter der Theke hervorholte und Johanna präsentierte. Es waren Riemchenschuhe mit silbrig glänzendem Satin und einem Trichterabsatz von drei Zentimetern. Johanna zog sie an und sie saßen wie angegossen.

»Wie für dich gemacht«, rief Martha. »Die Riemchen lassen den Schuh auch nicht so groß aussehen. Außerdem ist der Oberschuh aus Satingewebe sehr robust, nicht so empfindlich wie Samt oder Wildleder.«

Johanna schritt in ihren silbrigen Schuhen auf und ab. Sie fühlte sich, als könnte sie gleich auf einen Ball gehen. So ähnlich war sie sich immer als Kind vorgekommen, wenn sie heimlich ihre kleinen Füße in die weißen Brautschuhe ihrer Mutter gesteckt hatte und mit laut klackenden Hacken umherstolziert war. Aber als sie zu einer jungen Frau herangewachsen war, waren ihr diese Brautschuhe zu klein geworden.

»Ich wusste doch, dass wir unser Aschenputtel noch in eine Prinzessin verwandeln«, hörte sie plötzlich Tessas rauchige Stimme, die sich mit einem zufriedenen Lächeln zu ihnen gesellte. »Mit diesen Schuhen lockst du deinen Traumprinzen an.«

»Aber ich suche doch gar keinen Prinzen«, wehrte Johanna ab.

»Das macht nichts. Hauptsache, dein Prinz findet dich.« Martha zwinkerte ihr zu.

»Wollen wir noch einen Abstecher zur Nachtwäsche machen?«, schlug Martha vor. »Dort haben wir gerade Mitternachtspyjamas in Crêpe de Chine und Spitzen im Angebot.«

»Das mögen die Männer«, warf Tessa ein und zwinkerte Jo verschwörerisch zu.

Johanna schüttelte entschieden den Kopf, ließ sich aber von Tessa in deren Kosmetikabteilung im Erdgeschoss entführen. Hier wurde Johanna fast schwindelig von den vielen verspiegelten Glasvitrinen voller Parfümflakons. Die erstickende Süße des Duftgemisches in der Luft ließ sie nach Atem ringen. In diesem Moment sehnte sie sich nach dem frischen Duft von salzigem Meerwasser. Oder nach dem Hauch von Zitrone und Tannennadeln.

»Ich werde deine Augen mit der richtigen Schattierung hervorheben und deine hohen Wangenknochen mit Puder und Rouge unterstreichen«, rief Tessa voller Eifer und zückte Pinselchen und eine ausladende Palette mit Lidschatten in allen Farben.

Aber Johanna weigerte sich kategorisch gegen solch eine Bemalung. Auch mit Gesichtscremes und Parfüms biss Tessa bei ihr auf Granit.

»Nur einen Lippenstift«, gab Johanna nach, und Tessa suchte für sie ein zartes Rosa aus.

»Der Ton heißt Pfirsichblüte und passt perfekt zu deinem hellen Teint und deinem blonden Haar. Damit bekommst du einen echten Kussmund«, versicherte Tessa.

Als Johanna im Abendrot zurück zur Pension schritt, in jeder Hand eine prall gefüllte Tasche mit den Gütern weiblicher Eitelkeit, kribbelte ihre Haut vor Aufregung. Sie hatte sich von Martha und Tessa wie eine Modepuppe ausstaffieren lassen. Aber die Verwandlung war nur äußerlich, darunter blieb sie doch sie selbst – das Mädchen, das am liebsten barfuß über den Sand lief und sich die Dünen hinunterkugeln ließ. Ihr Körper war nicht dafür bestimmt, mit Blicken bewundert zu werden. Ihr Körper war dem Klang gewidmet. Wenn sie mit anderen

Menschen musizierte, fühlte sie sich über die Musik mit ihnen und der ganzen Welt verbunden – dann war ihre Haut keine Grenze mehr, sondern eine feine Membran, durch die sie klingende Wärme aussendete und empfing. Jetzt spürte sie die Sonne auf ihren Lippen. *Ein Kussmund*, hatte Tessa gesagt. Aber wen sollte Johanna küssen? Es gab nur einen Mund, der sie neugierig machte, dessen Geschmack sie entdecken wollte wie eine exotische Frucht, die sie noch nie gekostet hatte. Aber es war eine verbotene Frucht.

Kapitel 12:
Dirigentenstab und Kochlöffel

Wien, 12. Mai 1926

»Oh, Ihr Dirigentenstab ist wohl hinüber«, sagte Vorarbeiter Paafy, als er zu Jo auf die Hauptbühne hochgestampft kam. Er hielt ihr die zerborstenen Teile auf seiner flachen Bärenpranke hin. Sie war selbst schuld an dem Unglück. Ihr Dirigentenstab hatte zwischen den losen Notenseiten gelegen. Als sie sich die Noten nach der Probe unter den Arm hatte klemmen wollen, war der Stab herausgerutscht, über den abschüssigen Bühnenboden gekullert und durch einen Spalt der Hebebühne in die Tiefe gestürzt.

»Da unten ist ein Hubwagen darübergerollt«, lieferte Paafy ihr seinen Unfallbericht. Er kratzte sich beinahe verlegen über seinen haarigen Unterarm und hob entschuldigend die muskelbepackten Schultern.

»Ein Beinbruch wäre schlimmer«, erwiderte Jo tapfer und nahm das zerbrochene Holzstück entgegen. Der Dirigentenstab war ihr Instrument, ihr Ausdrucksmedium, ihr sechster Finger – und sein Verlust schmerzte sie. Mit gesenktem Kopf stieg sie die schmale Personaltreppe auf der Burgseite hoch. Sollte sie Heger fragen, ob er ihr für heute Abend einen Ersatz-Taktstock leihen könnte? Aber ausgerechnet Heger um einen Gefallen bitten zu müssen, war ihr zuwider. Auf dem Gang mit den Dirigentenbüros – sie selbst teilte sich eines mit zwei Repetitoren – kam ihr plötzlich Eduardo Breuer entgegen. Sie hatte ihn seit jener Nacht der »Walküre« nicht mehr gesprochen, nur zwei Mal flüchtig in der Kantine gesehen. Er hatte sie bereits bemerkt, sodass sie ihm nicht ausweichen konnte. Ihre ganze Nervosität brandete wieder auf.

»Was ziehen Sie denn für ein Gesicht, Herr Kollege? Ist wer gestorben?«, erkundigte sich Breuer und sah ihr neugierig ins Gesicht. Gott sei Dank. Er tat so, als wäre nichts geschehen. »Herr Kollege« war eine sehr beruhigende Ansprache.

»Das hier«, antwortete Jo und hielt ihm ihren zerbrochenen Dirigentenstab unter die Nase.

»O je«, rief er. »Wie ist das Malheur denn passiert?«

Sie schilderte es ihm und er nickte teilnahmsvoll.

»Dann müssen wir sofort einen Ersatz besorgen. Ich kenne ein gutes Geschäft in der Nähe vom Kohlmarkt. Und Ihren treuen gefallenen Kameraden können Sie ehrenvoll zur Ruhe betten«, sagte er mit seinem charmanten brasilianischen Akzent mit dem rollenden R.

Jo nickte erfreut und sie brachen direkt auf.

Sie spazierten Seite an Seite die Kärntner Straße entlang, die gesäumt war von prächtigen drei- bis vierstöckigen Häusern im Historismus und Jugendstil, verziert mit Stuckatur und Erkern. Ihre perfekten Fassaden sahen aus wie einem Gemälde entsprungen. Jo konnte sich nicht vorstellen, dass Menschen dahinter schliefen, lachten, sich stritten, aßen und starben. Sichtbar belebt ging es jedoch im Erdgeschoss in den Ladenlokalen zu. Die Geschäfte boten edle Waren an, viele waren früher Hoflieferanten gewesen und trugen die Bezeichnung »k. u. k.« nach wie vor stolz in ihrem Namen.

Breuer legte trotz seines leichten Hinkens ein flottes Tempo vor. Bald weitete sich die Straße beim Stephansdom. Der Steffl mit seinem gotischen Südturm – der Nordturm war ein Stumpf geblieben – und den farbigen Dachziegeln, die ein Zickzackmuster in Gelb, Grün und Blau und das Stadtwappen Wiens abbildeten, war ein wunderbarer Orientierungspunkt für Jo bei ihren Streifzügen durch den 1. Bezirk rund um das Opernhaus. Neben dem Kirchenportal standen die Fiaker aufgereiht und die Kutscher hielten Schwätzchen, während sie auf Kundschaft warteten. Der Geruch von warmen Pferdeäpfeln stieg ihr in die Nase. Gerade, als sie nach links in den Graben einbogen, läuteten die Glocken zur zweiten Mittagsstunde.

»Wussten Sie, dass der Nordturm vom Steffl ein Fundament aus Wein hat?«, fragte Breuer.

Jo schüttelte den Kopf und sah ihn interessiert von der Seite an.

»Es ist überliefert, dass der Wein im Jahr 1450 wegen verfrühter Traubenreife derart sauer geraten war, dass ihn niemand trinken wollte. Man nannte das ungenießbare Gesöff ›Reifbeißer‹ und die Winzer schütteten den Rebensaft auf die Straße. Das gefiel dem Herrscher gar nicht und er befahl, den Wein stattdessen zur Dombaustelle zu bringen. Mit dem Rebensaft hat man dann den Kalk abgelöscht und den Mörtel zum Bau des Fundaments vom Nordturm angerührt.«

Jo lächelte. Nun gab er den Stadtführer für sie. Bisher hatten sie sich niemals über andere Dinge als Musik unterhalten.

»Wie lange leben Sie schon in Wien?«, wollte sie wissen.

»Seit fast sieben Jahren, aber zum ersten Mal war ich hier als Student. Ich war in Salzburg auf dem Mozarteum zum Studium. In den Semesterferien sind meine Kommilitonen und ich nach Wien gepilgert, um an der Hofoper, im Konzerthaus und im Musikverein so viele Konzerte wie möglich zu hören.« Breuer lächelte versonnen.

»Aber ursprünglich stammen Sie aus Brasilien?«

»Ja. Ich weiß, ich sehe mit meinen blauen Augen nicht aus wie ein gebürtiger Brasilianer. Meine Vorfahren waren Österreicher. Brasilien stand im letzten Jahrhundert eine Zeit lang unter der österreichischen Krone. Fürst Metternich hatte im Jahr 1817 die Erzherzogin Leopoldine, von den Wienern Poldl genannt, mit dem portugiesischen Kronprinzen Dom Pedro verheiratet. Sie war ziemlich gebildet, ganz im Gegensatz zu ihrem Gatten Dom Pedro, und hat viele Gelehrte und Künstler aus Österreich und Deutschland nach Brasilien geholt. Mein Urgroßvater war einer dieser Leute. Er war Naturforscher und hat auch Zeichnungen in seinen botanischen Büchern gemacht.«

»Hat Leopoldine die klassische Musik nach Brasilien gebracht?«, hakte Jo nach.

»Ich denke, ja. Aber in meiner Familie bin ich der Erste mit der Musikleidenschaft. Es gibt einige Opernhäuser in Brasilien: Das Theatro Municipal von Río de Janeiro ist eines der besten. Sogar in Manaus, mitten im Kautschuk-Urwald des Amazonas, befindet sich ein Opernhaus, in dem die legendäre Sarah Bernhardt aufgetreten ist. Wer jedoch eine richtig gute Musikausbildung erhalten will und gute Berufsmöglichkeiten sucht, der muss sich nach Europa in die Wiege der Klassik aufmachen. Deshalb bin ich mit achtzehn Jahren nach Österreich gekommen – und geblieben.«

Inzwischen hatten sie die Pracht des Grabens durchschritten und bogen nach links in den Kohlmarkt ein, eine schmale Gasse, die auf den Michaelerplatz zulief. Hier waren die exklusivsten Geschäfte von ganz Wien angesiedelt – die meisten ehemalige k. u. k. Hoflieferanten. Die Schaufenster waren mit edler

Kleidung, Schmuck, Antiquitäten und Delikatessen ausstaffiert. Beim Hofzuckerbäcker Demel war Jo inzwischen einige Male gewesen und hatte die kandierten Veilchenblütenblätter gekostet, die sich der Legende nach Kaiserin Elisabeth regelmäßig ins Schloss Schönbrunn hatte liefern lassen.

Bald steuerte Breuer auf den Eingang eines kleinen Antiquitätenladens zu. Dort sollte es Musikerzubehör geben?

Breuer registrierte ihren skeptischen Blick und lachte. »Vertrauen Sie mir etwa nicht?«, fragte er mit hochgezogenen Augenbrauen.

Sie spürte, wie ihre Ohrmuscheln heiß wurden. »Doch«, murmelte sie und ging durch die schmale Holztür ins Ladeninnere, Breuer ließ ihr den Vortritt, wie er es wohl bei einer Dame getan hätte.

Im Geschäft fühlte sich Jo in frühere Jahrhunderte zurückversetzt. Auf engstem Raum standen hier hölzerne Kommoden mit geschwungenen Füßen und kunstvollen Intarsien, Plüschsessel und Ottomanen, Servierwagen und Spieltische mit geschnitzten Schachfiguren. Jedes Fleckchen Wand war bedeckt, es drängten sich Kuckucksuhren an Salonspiegel, dazwischen Gemälde mit brunftigen Hirschen, Jagdszenen und Porträts. Über dem Türrahmen ins Hinterzimmer hing eine blau-weiße Fahne mit der eingenähten Aufschrift: »Deutschmeister ist und bleibt man!« Ein zierlicher Herr mit grauen Haaren und einem imposanten Backenbart trat durch einen Vorhang in den Ladenraum. Er trug eine in die Jahre gekommene dunkelblaue Uniformjacke mit goldenen Knöpfen zu einer schwarzen Stoffhose. Jo vermutete, dass er selbst einmal zum k. u. k. Infanterie-Regiment Hoch- und Deutschmeister Nr. 4 gehört hatte.

»Grüß Gott, Maestro Breuer«, sagte der Ladeninhaber.

»Grüß Gott, Herr Oberleutnant Friedl«, erwiderte Breuer, und die beiden gaben sich die Hand.

»Das ist mein Kollege, Herr Osterkamp.«

»Habe d' Ehre«, grüßte der altgediente Deutschmeister, schlug die Fersen seiner Stiefel zusammen und deutete eine Verbeugung an. Auch Jo neigte ihren Kopf.

»Ich habe den geschätzten Herrn Dirigenten vor zwei Wochen in der ›Hochzeit des Figaro‹ erlebt. Das war wirklich ein Ohrenschmaus«, schwärmte der Mann.

»Vielen Dank«, sagte Jo, die sich über das seltene Lob freute.

»Herr Friedl ist ein großer Opernkenner und hat seinen Stammplatz im Stehparkett«, erklärte Breuer.

»Ja, als alter Infanteriesoldat habe ich gute Füße und noch bessere Ohren«, sagte der Alte und zupfte sich an seinen imposanten Ohren, aus denen weiße Haarbüschel wuchsen. »Außerdem habe ich dreizehn Jahre lang die Trommel in unserer Regimentskapelle gespielt«, bekannte er und trommelte sich wie zum Beweis auf die Brust.

»Herr Friedl hat wegen seiner Liebe zur Musik eine einmalige Sammlung von historischen Instrumenten im Hinterzimmer versteckt«, verriet Breuer, und der Deutschmeister schmunzelte. »Wir würden uns gerne nach einem Dirigentenstab umschauen«, ergänzte Breuer.

»Ah, da habe ich einige besondere Stücke in meiner Schatzschublade«, rief der Deutschmeister und strahlte über das ganze Gesicht.

Der Ladenbesitzer führte sie in ein fensterloses Kabinett, das vom Boden bis zur Decke mit Schränken und Vitrinen vollgestellt war. Hinter Glas lag unter festlicher Innenbeleuchtung eine beeindruckende Sammlung historischer Saiteninstrumente. Jo entdeckte eine Barock-Gitarre, eine Viola da Gamba sowie Lauten und Zithern. Während sie noch staunend diese Instrumente betrachtete, zog der Deutschmeister drei flache, breite Schubladen auf und präsentierte seine Auslage.

»Hier haben wir einen Taktstock aus Birkenholz mit einem Griff aus Kork in Kegelform«, sagte er. »Eher schlicht, dafür sehr stabil. Dann haben wir noch Exemplare aus Elfenbein, die sind dünner und schwerer.«

Jo probierte die verschiedenen Stäbe aus, fühlte ihre Lage und Gewicht in ihrem Handteller, ließ sie durch die Luft sausen, spürte den Windwiderstand und hörte auf den leisen Pfiff beim Zerschneiden der Luft. Ein Stab war ihr zu schwerfällig, der nächste zu starr. Im vorderen Ladenraum ertönte eine Bimmel, als neue Kundschaft eintrat.

»Entschuldigen Sie mich«, bat Herr Friedl. »Schauen Sie sich in Ruhe um, ich bin draußen, wenn Sie mich brauchen.«

Jo ging in die Knie, um den Inhalt einer weiteren Schublade zu inspizieren. Hier lagen etwa zwanzig Taktstöcke wie ein Haufen Mikadostäbe kreuz und quer übereinander. Das war wohl die Wühlkiste, wo man unter einem Haufen Schund mit viel Glück und Gespür ein gutes Stück finden konnte.

»Die Wahl des Stabes fällt Ihnen offenbar schwerer, als beim Debütantenball den richtigen Tanzpartner zu finden.« Breuer schmunzelte.

»Zu meinem Taktstock habe ich auch eine innigere Beziehung als zu jedem Tanzpartner«, gab Jo ein wenig schnippisch zurück. Sie fischte einen unscheinbaren, fast durchsichtigen Stab von mittlerer Länge mit einem birnenförmigen Korkgriff heraus. Das war er! Leicht wie eine Feder, der Stab schwang mit, war biegsam und doch unzerreißbar wie die Sumpfbinsen auf Wangerooge.

»Was das wohl für ein Material ist?«, wunderte sie sich und strich forschend mit ihrem Zeigefinger über die polierte Außenhaut des Stabes.

»Das könnte Fischbein sein«, tippte Breuer und betastete nun auch den Stab. Ihre Finger berührten sich und Jo zog die Hand schnell zurück, als hätte sie sich verbrannt.

»Ich dachte, die fasrigen Walbarten werden nur für Korsetts verwendet«, sagte Jo mit flattriger Stimme.

»Na, mit Korsetts kennen Sie sich wohl aus.« Breuer warf ihr einen forschenden Blick zu.

Jo biss sich wütend auf die Lippe. Also doch! Wenn das keine eindeutige Anspielung darauf war, dass er ihr Geheimnis kannte. Sie wollte tief Atem holen, aber ihr verdammtes Korsett schnürte ihr den Brustkorb ein. Ruckartig erhob sie sich und im nächsten Moment erfasste sie ein Schwindelgefühl, als das Blut aus ihren Beinen wieder frei in ihren Kopf strömte. Sie stützte sich schwankend auf Breuers Arm ab, wobei eine Haartolle aus dem Seitenscheitel ausbrach und ihr in die Augen fiel. Sie spürte plötzlich eine warme Berührung auf ihrer Stirn, als Breuer ihr sanft mit dem Daumen die Haare wegstrich und wieder auf die richtige Seite des Scheitels legte. Langsam fuhren seine Finger die Konturen ihrer sensiblen Ohrmuschel nach und ein Schauder schoss ihren Hals hinauf und hinab. Es war lange her, dass sie jemand so zärtlich berührt hatte.

»Den Stab nehme ich«, presste Jo hervor und flüchtete sich in den Verkaufsraum. Nachdem sie den Taktstock bezahlt hatte, trat sie nach draußen in die Frühlingssonne und musste blinzeln.

Breuer war dicht hinter ihr. Sie schlugen einvernehmlich den Rückweg Richtung Graben ein, so wie sie gekommen waren.

»Fühlen Sie sich in Wien inzwischen heimisch?«, plauderte Breuer in unverbindlichem Ton.

»Schon. Allerdings bewege ich mich fast nur im 1. Bezirk rund um das Opernhaus«, sagte Jo. »Hier finde ich alles, was ich brauche – Markt, Kaffeehaus, Kunst.«

»Immer alleine? Brauchen Sie niemanden, um glücklich zu sein?«

Hoppla, nun wurde er unvermittelt wieder persönlich. Solch eine existenzielle Frage wollte sie nicht im Vorübergehen beantworten. »Wissen Sie, wie mein Spitzname als Kind lautete?«, parierte sie.

Er schüttelte den Kopf.

»Leuchtturm«, sagte sie und hob ihr Kinn. »Die stehen alleine und trotzen dem Wind und den Wellen. Außerdem bin ich nie alleine. Die Musik ist immer bei mir. In meinem Kopf, in meinem Blut.«

»Ist die Musik Ihre einzige Leidenschaft?«

»Nicht meine einzige, aber die größte«, sagte Jo leise, aber entschieden.

»Menschen können da wohl nicht mithalten?«, wollte er mit einem ironischen Unterton wissen.

»Ich weiß nicht. Die Musik ist auf jeden Fall verlässlicher als Menschen.«

»Da haben Sie recht«, stimmte er ihr zu. »Menschen kann man verlieren. Die Musik aber bleibt.«

Sie warf ihm einen Seitenblick zu. Sein Gesichtsausdruck hatte sich verändert. Es war, als hätte sich eine dunkle Wolke über das Blau seiner Augen gelegt. Sie hatte diese schnellen Stimmungswechsel bei ihm bereits einige Male während der Probe miterlebt. In einem Moment war er hoch auffliegend und euphorisch, im nächsten Moment tief melancholisch. Dann fragte sie sich, welche schwarze Traurigkeit wohl in seinem Innern verborgen war.

Sie kamen an der Pestsäule in der Mitte des Grabens vorbei. Vom sternförmigen Sockel aus weißem Marmor wuchs ein haushoher Turm aus menschlichen Körpern in die Höhe. Diese Körper waren ineinander verschlungen und wanden sich wie in höllischen Qualen als Gefangene ihrer Leiber. Auf der Spitze des Menschenturms thronten güldene Engelsfiguren und schienen Erlösung zu versprechen. Aber Jo wollte sich nicht auf ein ungewisses Paradies vertrösten lassen, sie wollte hier und jetzt das Beste aus ihrem Leben machen.

Auch Breuer schaute an der Pestsäule empor und seine Brust hob und senkte sich wie in einem stummen Seufzer. Glaubte er wohl an ein Leben nach dem Tod? Wen hatte er verloren?

Sie gingen schweigend weiter, bogen beim Steffl erneut in die Kärntner Straße ein und strebten mit schneller werdenden Schritten dem Opernhaus zu wie dürstende Tiere der Tränke.

»Waren Sie schon im Prater?«, fragte Breuer unvermittelt.

Auf seinem Gesicht schien wieder die Sonne und die Umwölkung war lediglich eine Erinnerung. Sie schüttelte den Kopf.

»Im Frühling blühen alle Bäume im Prater, das muss man gesehen haben. Im Fiaker die kilometerlange Kastanienallee entlangzuckeln – das ist herrlich. Ich lade Sie ein und zeige Ihnen alles. Auf das Riesenrad gehen wir auch«, sprudelte er hervor und blickte sie mit blitzenden Augen an wie ein Schuljunge. Sie musste lächeln.

»Einverstanden.«

Am Abend stand Jo in der Gemeinschaftsküche in ihrer Pension und schnitt Möhren und Rettich für eine Gemüsesuppe klein, Dana zerteilte Blumenkohl und Lauch.

»Autsch«, rief Jo und steckte sich ihren linken Daumen in den Mund.

»Hast du dich geschnitten?«, fragte Dana besorgt.

»Habe mir zum Glück nur ein Stückchen Nagel abgesäbelt. Ich bin wohl mit den Gedanken woanders.«

»Wer sich in die Finger schneidet, denkt bestimmt an einen Mann.« Martha lachte und zwinkerte ihr über das Abendbrot hinweg zu.

Jo schnappte nach Luft und das Gemüsemesser fror mitten in der Luft ein. Martha konnte wohl Gedanken lesen. Die kreisten nämlich unablässig um ihre Verabredung mit Eduardo Breuer: Samstagnachmittag am Riesenrad.

»Holst du noch Petersilie und Ingwer aus der Speisekammer?«, forderte Dana sie auf.

Jo erwachte aus ihrer Träumerei, holte die Sachen aus der Kammer und schnitt alles beherzt in kleine Stücke.

»Miau«, machte es plötzlich zu ihren Füßen, und die Katze der Hauswirtin strich um ihre Waden. Sie schaute sie aus ihren gelben Augen bettelnd an und maunzte wieder. Jo gab nach und legte dem Tier eine Scheibe Salami hin.

»Das riecht die Dabjanszki und schimpft wieder mit uns«, warnte Dana, aber Jo zuckte nur mit den Achseln.

Bald köchelte die Suppe auf dem Gasherd und es duftete lecker.

Als Dana den ersten Löffel kostete, kniff sie die Augen zusammen. »Uhhh, ist das aber scharf! Die Suppe schmeckt total nach Ingwer.«

Jo probierte auch. Tatsächlich. Ihr Rachen brannte von diesem intensiven Geschmack.

Auch Martha kostete, spuckte sofort in die Spüle aus und kräuselte ihre Nase.

»Wie viel Ingwer hast du denn hineingemacht?«, wollte Dana wissen.

»Die ganze Knolle«, gab Jo zu.

Dana brach in Gelächter aus. »Du hast wohl keine Ahnung vom Kochen! Das würde für einen ganzen Kompaniesuppentopf reichen.«

Die Suppe war nicht mehr zu retten und Jo lud Dana ins Diglas zu einem Nachtmahl ein. Zum Glück konnte sie mit dem Dirigentenstab besser umgehen als mit dem Kochlöffel.

Kapitel 13:
Damen, Drinks und Degenhelden
Wien, 14. Mai 1926

»Zum Geburtstag viel Glück«, stimmte Johanna den dreistimmigen Chor mit Martha und Tessa an, und das Geburtstagskind Dana strahlte über beide Wangen. Nach dem letzten Ton klatschte sie in die Hände und pustete die drei Kerzen auf ihrem Kuchen aus. Sie war heute 23 Jahre alt geworden und Martha hatte einen Marmorkuchen für ihre kleine Feier gebacken. Tessa überreichte Dana ihr Geschenk. Sie jubelte, als sie die Pumps in burgunderrotem Samt auspackte und sofort anprobierte.

»Danke, ihr seid wirklich lieb. Solche Schuhe habe ich mir schon immer gewünscht!«

Martha und Tessa tauschten zufriedene Blicke.

»Jetzt werfen wir uns alle in Schale«, verkündete Tessa, nachdem sie alle vom Kuchen gegessen hatten. »Deine neuen Pumps kannst du gleich heute Abend ausführen. Wir laden dich ins Lichtspielhaus ein.«

Johanna zog sich in ihrer Dachkammer eines ihrer neuen Kleider an. Es war aus smaragdgrüner Seide und hatte ein Überkleid aus silbriger Spitze mit einem Muster aus Ringen. Ihre silbern schimmernden Riemenschuhe und ihr grüner Topfhut passten perfekt dazu. Sie bürstete das Haarwachs aus ihrem Scheitel, bis ihr Haar locker und in leichten Wellen bis zu ihren Ohren fiel. Zum Schluss trug sie den Pfirsichblüten-Lippenstift auf. Sie trat vor den Spiegel und begutachtete ihr Erscheinungsbild. Sie war ein Leuchtturm im Kleid. So feminin wie Martha und die beiden anderen würde sie niemals aussehen. Sie seufzte und lächelte ihrem Spiegelbild milde zu. Kurz darauf klopfte sie bei Dana an.

»Oh, du siehst toll aus!«, rief diese begeistert bei Johannas Anblick.

So ermutigt drehte sie sich einmal im Kreis, sodass die Fransen am Saum um ihre Waden wippten.

»Ich kann dich auch ein wenig schminken«, bot Dana an.

»Ach, lass nur. Dann bin ich immer noch hässlich, nur in Farbe.«

»Du bist überhaupt nicht hässlich!«, rief Dana empört. »Wer hat dir das bloß eingeredet?«

Johanna zuckte mit den Achseln. Sie musste an ihre Mutter denken, die sie als Kind stets mit »mein kluges Kind« vorgestellt hatte. Die Mädchen anderer Mütter hatte sie »hübsch« genannt. Johanna hatte dann jedes Mal einen Stich in der Brust verspürt. Sie ahnte die Enttäuschung ihrer Mutter, dass Johanna nicht das Püppchen war, das sie sich wohl gewünscht hatte. Im Kolonialwarenladen ihrer Eltern gab es Haarbänder aus weißem Samt und die Mutter wollte Johanna damit »Engelshaar« machen. Aber Johanna wollte keine geflochtenen Zöpfe. Sie schrie, wenn die Mutter versuchte, ihre wilde Mähne mit dem Kamm zu bändigen. Und wenn Johanna wie ein Wildfang die hübschen Kleidchen und Strümpfe mal wieder im Schlick schmutzig gemacht hatte, hatte die Mutter zum Vater gestöhnt: »Wir haben keine Prinzessin, sondern einen Piraten!«

»Deine Augen sind so schön, du solltest sie mehr betonen«, bekräftigte Dana. »Mit ein bisschen Wimperntusche und einem Lidstrich kommen sie mehr hervor.«

Johanna gab nach und setzte sich auf den Plüschhocker vor Danas Frisiertisch. Diese machte sich mit zarten und kundigen Strichen ans Werk. Zum Abschluss tupfte sie Johanna noch einen Hauch Rouge unter die Wangenknochen.

»So, jetzt stellst du sogar Greta Garbo in den Schatten«, sagte sie.

Johanna freute sich über das Kompliment, auch wenn es natürlich maßlos übertrieben war. Dana selbst sah bildhübsch aus in einem Kleid in Weinrot, dazu passend ihre neuen Pumps. Ihr braunes Haar hatte sie geflochten und kunstvoll hochgesteckt, in der Mitte ihres Arrangements steckte eine weiße Rose. Martha hatte Johanna zugeflüstert, dass die Rose bestimmt von einem heimlichen Verehrer stammen müsse.

»Schau mal, was ich von der Familie Götzel zum Geburtstag bekommen habe«, sagte Dana und führte sie zur Kommode, wo vier blank polierte Silbermünzen aufgereiht lagen, die Reliefs vom Steffl, von der Hofburg, vom Schloss Schönbrunn und vom Riesenrad zeigten.

»Der kleine Friedl hat mir die Münzen heimlich in die Handschuhe gesteckt und gekichert, als sie mir vor Überraschung herausgekullert sind.«

Johanna schmunzelte.

»Die Münzen kommen später in meinen Brautschuhkarton«, erklärte Dana und zog einen weißen Karton aus dem Regal, der sich unter dem Gewicht seiner Füllung bog. Dana hob mit einem verschmitzten Lächeln den Deckel: Im Karton klimperten Hunderte von Münzen wie bei einem Piratenschatz – nur dass hier keine dicken Goldmünzen lagen, sondern dünne Einer-Groschen aus Kupfer.

»Bis ich heirate, ist mein Schatz groß genug, dass ich mir davon meine Brautschuhe kaufen kann.«

Johanna dachte an ihren Sparstrumpf aus Wangerooger Wolle, in dem einige Groschen und Geldscheine steckten. Sie sparte für weitere Partituren – wofür sonst.

»Auf, auf, ihr Mädels, der maskierte Degenheld wartet auf uns«, trillerte Tessa durch den Flur.

Sie wollten den zweiten »Zorro«-Film mit Douglas Fairbanks sehen.

Als sie zu viert wenig später das Foyer des Burg Kinos am Opernring betraten, umfing sie fröhliches Stimmengewirr und der Geruch von Limonade und gebrannten Mandeln. Ihr Eintreten erregte Aufsehen. Johanna sah, wie sich unzählige Köpfe junger Herren nach ihnen umdrehten und neugierige Augen das weibliche Quartett auf ihrem Weg von der Kasse in den Saal verfolgten. Tessa war zweifelsohne der Blickfang in der Gruppe mit ihrem schwarz-weißen Kleid, das ihren Schneewittchen-Look aus schwarzem Pagenkopf, schweren Wimpern, schneeweißem Teint und kirschrotem Mund noch unterstrich. Um die Schultern trug sie eine Boa aus schwarzen Federn. Sie war die Glamouröse und leicht Verruchte, ein echter Großstadt-Vamp. Martha in ihrem aprikosenfarbenen Kleid, so zart und feminin geformt, war das süße Baiser unter ihnen. Dana war das Landmädchen, an ihr war alles rund und gesund, sie glich einem reifen Apfel, der zum Anbeißen einlud. Johanna war eindeutig die Große. Wahrscheinlich stuften die jungen Herren sie bestenfalls als »Die Unnahbare« ein.

Sie versorgten sich an der Erfrischungstheke mit Kracherl und Erdnüssen und wandelten über eine geschwungene Treppe zur Galerie. Neben der Saaltür prangte das Filmplakat: »Douglas

Fairbanks« stand in großen gelben Lettern auf rotem Grund, »Don Q, Sohn des Zorro«. Über dem Schriftzug sah man seinen Torso in einem Jäckchen wie ein Matador, darüber sein markantes Gesicht mit Oberlippenbart. In der Hand schwang er geradezu tänzerisch eine Peitsche.

Dana hielt inne, um im Anblick des Degenhelden auf dem Plakat zu schwelgen.

Im Saal ließen sie sich in die weichen roten Polstersessel sinken, die schon ziemlich durchgesessen waren. Drei Vorstellungen pro Tag, sieben Tage die Woche hinterließen ihre Spuren. Der Saal war an diesem Freitagabend beinahe ausverkauft.

Johanna sah fast nur junge Leute, die wie sie eine anstrengende Arbeitswoche vergessen und in die Traumwelten Hollywoods eintauchen wollten.

Der Vorhang öffnete sich und auf der riesigen Leinwand wurden überlebensgroße Helden in Schwarz-Weiß lebendig, die sich in eleganten Kostümen durch wackelige Kulissen kämpften und küssten. Dazu spielte aus einem flachen Graben das Filmorchester auf. Es existierten offenbar nur drei Musikstücke: ein bombastisches für Kampfszenen – mit kräftigen Posaunen, rasselndem Tambourin und ohrenbetäubendem Becken –, ein getragenes für Romantik – natürlich mit süßen Geigen – und ein temporeich hüpfendes für Komik. Diese Stücke wurden wie ein Flickwerk eingespielt, je nachdem, was gerade auf der Leinwand zu sehen war. Es gab abrupte Tempiwechsel und dissonante Übergänge.

Johanna musste sich verbieten, auf den hageren Dirigenten zu blicken, der den Taktstock wie einen Rührlöffel schwang. Aber dieser musikalische Katzenjammer ging nicht nur auf sein Konto. Aus ihrer Berliner Zeit wusste Johanna, wie solche Lichtspielhaus-Orchester zusammengesetzt waren – sie hatte einige Musikstudenten gekannt, die sich in solchen Orchestern ein Zubrot verdienten. Es lief dort ab wie am Fließband: Es gab ein Ensemble von hundert Musikern, meistens Studenten und Rentner, die nach Schichten eingeteilt waren. Bei jeder Vorführung saß eine andere beliebige Zusammenstellung vor dem Dirigenten. Proben gab es keine. Mit Vorliebe wurden Universalmusiker engagiert, die mehrere Instrumente spielten und je nach Bedarf als Springer dort eingesetzt wurden, wo gerade Mangel herrschte. Manchmal wechselte ein Musiker mitten im Spiel von den Streichern zu den Bläsern und zu den Schlagzeugern. Auch hier in Wien schien es ähnlich abzulaufen.

Sie erspähte junge Gesichter und greisenhafte Glatzen unter den Musikern. Ihr fiel ein Musikant auf, der mit Mund und Händen Trompete spielte und gleichzeitig mit den Füßen das Pedal für die große Trommel bediente – quasi ein Zentaur. In diesem Orchester galt hörbar die Devise: »Hauptsache: durchkommen, egal wie!« Johanna hätte sich am liebsten Watte in die Ohren gestopft.

Aber immerhin war das Geschehen auf der Leinwand unterhaltsam. Fairbanks als der Sohn von Zorro war ein Tausendsassa: charmanter Weiberheld und Degen- und Peitschenkünstler. Er kämpfte für Ehre und Gerechtigkeit und rettete die schöne Marguerite De La Motte aus ihrer Not. Die Schauspieler agierten mit äußerst theatralischer Gestik und Mimik, um das Fehlen ihrer Stimmen auszugleichen. Wie anders war Dramatik doch in der Oper, wo selbst ein gehauchter Ton eines Sängers alles an Gefühl transportierte, um das Publikum mitzureißen.

Dana aber seufzte neben Johanna. »Ach, ich würde auch gerne von solch einem schneidigen Helden gerettet werden«, flüsterte sie ihr ins Ohr.

Johanna konnte sich in dem hübschen und hilflosen Weibchen auf der Leinwand nicht wiedererkennen. Sie wollte lieber der Degenheld sein, der sein Schicksal selbst in die Hand nahm.

Der Kuss des Liebespaares im Finale wurde von einem Tusch begleitet, das Publikum applaudierte und die Lichter im Saal gingen wieder an.

»Lasst uns in der Bar noch Cocktails trinken«, schlug Tessa vor, und sie folgten dem Strom der plaudernden Besucher von der Galerie nach unten. Während sie die Treppe hinabschritten, warf Tessa unter ihren schweren Wimpern kokette Blicke in Richtung zweier junger Herren in feschen Anzügen, die vor ihnen gingen und sich wiederholt nach ihrem Damengrüppchen umschauten. Als sie sich kurz darauf in der Bar im Mezzanin des Lichtspielhauses nach einem freien Tisch umsahen, trat einer der Herren schwungvoll vor sie.

»Meine Damen, dürfen wir Sie zu einem Getränk einladen?«

Tessa nahm die Einladung huldvoll an und sie fanden einen runden Tisch, an dem sie zu sechst Platz nahmen. Es wurden Cocktails geordert und die Herren stellten sich vor. Der Redeführer hatte ein ebenmäßiges Gesicht mit braunem Haar und biederem Seitenscheitel. Das Einzige, was Johanna an seinem Äußeren bemerkenswert fand, war sein Goldzahn im Oberkiefer, der beim Sprechen dauernd aufblitzte. Er hieß Theodor und war Verwaltungsangestellter im Rathaus.

»Ich bin beim Arbeitsamt und sorge dafür, dass unsere wackeren Männer eine gute Arbeit finden, mit der sie ihre Familien ernähren können«, sagte Theodor selbstzufrieden. Der Zweite im Bunde war ein hübscher blonder Bursche mit blauen Augen und einem offenherzigen Gesichtsausdruck. Sein Name war Erich.

»Woher kennen Sie beide sich?«, wollte Tessa wissen und nippte an ihrem Tropicana mit Kokosmilch und Ananaslikör.

Theodor ergriff das Wort: »Wir haben zusammen die Schulbank gedrückt. Aber beruflich gehen wir getrennte Wege. Ich bin mehr der Mann für das Papier und Erich ist der Mann für das Holz.«

»Ich bin Schreiner am Wiener Opernthearter«, erklärte Erich und warf Martha einen schüchternen Blick zu, den sie mit einem Lächeln belohnte.

Johanna zuckte innerlich zusammen. Die Schreinerei war im Opernhaus am Ring untergebracht, obwohl es auch eine Außenstelle in der Kulissenwerkstatt am Stadtrand gab. Aber es war höchst unwahrscheinlich, dass sie sich im Opernhaus über den Weg liefen und Erich sie als Dirigent wiedererkennen würde, beruhigte sich Johanna.

»Johanna arbeitet auch am Opernhaus«, teilte Tessa prompt mit und nickte ihr kupplerisch zu.

»Ach ja, als was denn?«, fragte Erich höflich.

»Ich bin Assistentin des Kapellmeisters. Ich kümmere mich unter anderem darum, dass immer die richtigen Noten für das Orchester da sind«, sagte Johanna.

»Ah, also eine Art Sekretärin«, warf Theodor ein.

Johanna runzelte die Stirn und ignorierte diese Herabsetzung. »Mögen Sie denn auch die Musik oder bekommen Sie davon in Ihrer Schreinerei nichts mit?«, wollte sie von Erich wissen.

»Ich schaue mir die Neuinszenierungen immer in der Generalprobe an. Wenn ich wochenlang an den Kulissenteilen und Möbeln gearbeitet habe, dann will ich sie auch einmal auf der Bühne im Einsatz sehen. Das ist wie eine Belohnung«, sagte Erich. Johanna nickte ihm verstehend zu und ihre Blicke verflochten sich für einen Augenblick miteinander. Seine Augen waren wie ein milder Nachmittagshimmel – kein Vergleich zu den ozeanischen Tiefen im Blick eines gewissen anderen Mannes.

»Ich fand die Musik zum Film vorhin leider ganz schlimm«, nahm Johanna den Faden wieder auf. »Ich hätte den Film lieber in Stille genossen, als durch dieses Schrumm-Schrumm meine Ohren so misshandeln zu lassen.«

»Na ja, das Filmorchester kann mit den Philharmonikern natürlich nicht mithalten«, stimmte Erich zu.

»Genau«, meinte Johanna. »Da ist ein Unterschied wie zwischen Würstl-Stand und Gourmetrestaurant.«

»Letztens waren wir im Odeon in Ottakring, da hatten sie kein Orchester, sondern einen Tappeur am Klavier. Das klang ganz gut, nicht wahr?«, mischte sich Theodor ein, und Erich nickte. »Die Lichtspielhäuser sind in den letzten Jahren wie Pilze aus dem Boden geschossen«, fuhr Theodor fort. »Ich merke das auf dem Arbeitsamt: Filmvorführer werden häufig gesucht und auch andere Berufe in der Filmbranche. Für die Sascha-Filmfabrik im Großatelier in Sievering werden ständig Arbeiter und Akteure gebraucht.«

»Ich habe eine Zeit lang dort als Maskenbildnerin gearbeitet«, erzählte Tessa. »Aber ich war ständig für Gruselfilme eingeteilt und musste Tote und Untote schminken.« Sie verzog ihren kirschroten Mund zu einem charmanten Schmollen. »Nun, in der Kosmetikabteilung im Kaufhaus darf ich meine Kundinnen für den Alltag schön machen – das macht mehr Freude.«

Theodor schaute Tessa an, als wollte er sie mit seinem Blick aufsaugen. Was es wohl für ein Gefühl war, bei einem Mann solch offensichtliche Bewunderung und Begehren auszulösen, fragte sich Johanna. Tessa jedenfalls schien sich darin zu rekeln wie ein Kätzchen in der Sonne.

»Wenn Sie mal eine neue Stelle suchen, verehrte Tessa, würde ich Sie sofort als Leinwandschönheit an das Sieveringer Filmatelier vermitteln«, schmeichelte Theodor.

»Mich freut es jedenfalls für die vielen arbeitssuchenden Musiker, dass sie in den Lichtspielhäusern eine Stelle finden«, warf Johanna ein. »Vermitteln Sie eigentlich auch weibliche Musiker?«

»So was gibt es?«, rief Theodor erstaunt. »Ich sage immer: ›Schuster, bleib bei deinen Leisten.‹ Für hübsche junge Damen haben wir natürlich passende Berufe wie Verkäuferin und Sekretärin. Aber ich muss oft hören, wie tüchtige Männer nach dem Kriegsdienst Schwierigkeiten haben, wieder in ihren alten Beruf zurückzukehren, weil auf einmal diese Mannweiber sich als Ärztinnen, Rechtsanwältinnen und weiß Gott was noch versuchen wollen und diese Stellen den fähigen Männern wegnehmen.«

»Sie wollen also ernsthaft behaupten, eine Frau könne diese Berufe nicht ebenso gut ausüben wie ein Mann?«, warf Johanna hitzig ein.

Martha legte ihr beschwichtigend die Hand auf den Arm.

»Das ist keine Behauptung, sondern wissenschaftlich erwiesen. Die Gehirne von Frauen sind kleiner als die von Männern. Frauen eignen sich nicht für Kopfarbeit und können keine kalkulierten Entscheidungen treffen. Sie sind viel zu sehr von ihren weiblichen Instinkten gesteuert. Das ist auch gut so: Nestbau und Kinderpflege, das sind ihre Stärken.«

»Wenn es nach Ihnen ginge, hätten wir Frauen auch wohl nie das Wahlrecht erhalten«, schleuderte Johanna dem anmaßenden Wichtigtuer entgegen.

»Ich war schon einige Male wählen«, warf Tessa kühl ein und steckte sich eine Zigarette an, die sie in ihren graziösen Fingern an einem langen Halter hielt.

»Das finde ich gut. Meine Mutter und Schwester sind auch wählen gegangen«, meldete sich plötzlich Erich zu Wort.

»Wundert mich nicht, dass du dafür bist, mein Freund«, sagte Theodor jovial. »Die Damen stimmen schließlich für den Kandidaten, den sie am schönsten finden. Erich spielt nämlich im Tarock-Club und ist dort zum Vorsitzenden gewählt worden – natürlich von den Damen.«

Johannas Mund schnappte auf und zu wie bei einem Fisch auf dem Trockenen. Sie war so empört über diese haarsträubende Rede, dass sie nicht wusste, wogegen sie zuerst Einspruch erheben sollte.

»Als ob die Herren der Schöpfung nicht genauso simpel nach dem Aussehen urteilen, wenn sie eine Dame einschätzen«, sagte Johanna und schnaubte heiße Luft durch ihre Nase. »Vielleicht stimmen Sie ja Karl Kraus zu, der kürzlich so zitiert wurde: ›Eine Frau muss so gescheit aussehen, dass ihre Dummheit eine angenehme Überraschung bedeutet.‹«

Theodor war vermutlich zu dumm und zu selbstverliebt, um ihre Ironie zu verstehen. Aber das war ihr egal. Sie hatte mittlerweile genügend Männer von seiner Sorte kennengelernt, die sich vor gebildeten und selbstbewussten Frauen wie ihr fürchteten. Typen wie er wollten eine Frau, um sich mit ihr zu schmücken, ein Heimchen am Herd. Sie registrierte, wie Theodor sie anstierte, sich zurücklehnte und seine schmalen Lippen nach unten zog. Gut so. Jetzt hatte er ihr den Stempel »Die Anstrengende« auf die Stirn gedrückt. Sie würde ihre Energie nicht weiter auf ihn verschwenden. Sie nahm einen großen Schluck von ihrer White Lady, und die samtig-süße Mischung aus Crème de Menthe, Cointreau und Zitronensaft löschte ihren Zorn ein wenig.

Die Unterhaltung wurde ohne Johannas Beteiligung fortgesetzt. Die Runde wechselte in seichte Gewässer und sprach über Vergnügungen und gutes Essen in Wien.

Johannas Gedanken schweiften ab. Wie anders war es doch, sich mit Eduardo Breuer zu unterhalten. Er hörte ihr stets mit großem Interesse zu und schien von ihrem hohen Niveau nicht abgeschreckt zu sein. Oder lag das nur daran, dass er in ihr den Kollegen auf Augenhöhe sah? Würde er von einer Frau mehr Unterwürfigkeit erwarten?

Plötzlich kam Bewegung am Tisch auf, ihre Freundinnen erhoben sich, um sich zum Nasepudern auf die Damentoiletten zurückzuziehen. Johanna ging mit ihnen. Als sie vor den Spiegeln standen, fragte Martha: »Wollen wir mit den beiden noch tanzen gehen?«

»Da müssen die zwei Herren eben Doppelschichten schieben«, meinte Tessa und zog ihren Lippenstift nach.

»Ich verzichte gerne«, erklärte Johanna. »Ihr könnt das unter euch ausmachen, wer welchen Mann bekommt.«

»Es ist ja wohl eindeutig, wen von uns die beiden sich ausgeguckt haben«, sagte Dana und guckte Tessa und Martha vielsagend an. »Ich gehe mit Johanna nach Hause.«

»Aber du bist doch das Geburtstagskind«, hauchte Martha bedauernd und tätschelte Dana die Schulter.

»Das macht mir wirklich nichts aus«, versicherte Dana.

»Welchen nimmst du?«, wisperte Martha an Tessa gewandt.

»Ich würde Theodor nehmen. Du kannst gerne den Schreiner haben. Der schaut dich die ganze Zeit wie verzaubert an. Wundere dich aber nicht, wenn er Schwielen an den Händen hat«, witzelte Tessa.

»Dein Bürohengst hat dafür bestimmt Schwielen am Hintern«, kam es Johanna über die Lippen. Sie musste ihrem Groll gegen ihn einfach Luft machen.

Martha schmunzelte.

»Bin mir nicht sicher, ob ich das heute Nacht noch überprüfen will«, sagte Tessa und gluckste tief aus der Kehle.

»Warum solltest du dich auch auf ihn einlassen? Du hast einen besseren Mann verdient!«, echauffierte sich Johanna. »Stört es dich nicht, was dieser Theodor für rückständige Ansichten vertritt? Wenn es nach ihm ginge, dürftest du noch nicht einmal wählen gehen.«

»Ach, ich lasse mir von keinem Mann etwas verbieten«, antwortete Tessa und winkte lässig ab. »Keine Sorge, ich will mich schließlich nicht mit Theodor verloben. Ich will nur seine Zungenfertigkeit überprüfen. Hoffentlich kann er mit seinem Mund noch einiges mehr anstellen, als Reden zu halten.«

Tessa lächelte frivol und Johanna gab es auf, sie von ihrem erotischen Abenteuer abzubringen.

Als sie wieder am Tisch waren, rief Theodor den Kellner und bezahlte die Rechnung. Dabei gab er für alle sichtbar ein dickes Trinkgeld. Der Angeber wollte offensichtlich demonstrieren, dass er nicht nur Gold in den Zähnen, sondern auch in seinem Geldbeutel hatte. Seinen Handwerkerfreund stellte er damit mal wieder in den Schatten.

Sie verabschiedeten sich auf dem Trottoir und die Tanzlustigen verschwanden in der milden Frühlingsnacht. Dana und Johanna hakten sich unter und stöckelten einvernehmlich in Richtung Pension, vorbei am festlich erleuchteten Opernhaus und unter den Laternen der Kärntnerstraße. Die Kirchenglocken hatten eben elf geschlagen und die Gehwege waren belebt von Nachtschwärmern, die als Paare oder in kleinen Gruppen von einer Vergnügung zur nächsten flatterten.

Johanna balancierte in ihren silbernen Schuhen mit den ungewohnt hohen Hacken auf ihren Fußballen, die sich mittlerweile ganz heiß anfühlten. Sie hätte die Schuhe am liebsten abgestreift und wäre barfuß gelaufen.

»Das war mein schönster Geburtstag, seit ich in Wien bin«, seufzte Dana. »Mit guten Freundinnen auszugehen ist doch am schönsten. Mir macht es nichts aus, dass dabei kein Traumtänzer für mich abgefallen ist.«

»Für deinen Tanz brauchst du nur Musik, aber nicht unbedingt einen Mann«, bekräftigte Johanna und drückte Danas Hand.

»Musik und Marmorkuchen.« Dana kicherte.

Kapitel 14:
Im Prater blüh'n wieder die Bäume

Wien, 15. Mai 1926

Endlich war der Samstagnachmittag gekommen. Auf ihrem Bett lagen Hemden und Hosen wild verstreut. Jo hatte sich schon drei Mal umgezogen. Wenn sie doch nur ihr Kleid vom Vorabend anziehen könnte. Zu gerne würde sie erleben, wie sich die himmlisch blauen Augen von Eduardo Breuer weiteten, wenn er sie in ihrer weiblichen Gestalt sähe. Aber das war natürlich ausgeschlossen. Sie war nicht zu einem Rendezvous verabredet, sondern zu einem kollegialen Treffen, ermahnte sie sich. Schließlich entschied sie sich für eine beige-lila karierte Oxfordhose aus leichter Baumwolle. In ihr Korsett hatte sie sich bereits eingeschnürt. Darüber zog sie ein hellgrünes Herrenhemd an. Natürlich band sie sich das obligatorische Seidenhalsband um – sie hatte inzwischen eine ganze Sammlung. Heute wählte sie ein dunkelgrünes mit weißen Punkten aus. Jo liebte die Farben. Einfarbig herumzulaufen war genauso aufregend, wie ein Musikstück nur auf einem einzigen Instrument zu spielen. »Preußen-Papagei« hätte die Hauswirtin sie in ihrem farbenfrohen Ensemble wohl wieder genannt. Aber Jo huschte an diesem Nachmittag ungesehen am Fenster der Aufpasserin vorbei, die selbst ausgegangen war.

Jo ratterte mit der Bim zum Praterstern. Die Bahn war wie immer gerammelt voll. Die Wiener transportierten leidenschaftlich gerne ihren Hausstand per Straßenbahn durch die Stadt. Im Gang hielt ein Mann einen unbespannten Bilderrahmen vor sich, sodass sein beeindruckender Bauch dessen Motiv war, gleich daneben drängten sich Frauen in Schürzen mit riesigen Körben, gefüllt mit Bügelwäsche. Eine Dame mit Federhut balancierte einen grazilen Lampenschirm auf ihrem Schoß. Weiter vorne trug ein Junge einen Vogelkäfig mit Papagei auf der Schulter.

»Bitte vorgehen!«, rief der Schaffner an jeder Station, weil die Passagiere schon aus Prinzip an den falschen Türen ein- und ausstiegen und im Türbereich Wurzeln schlugen.

»Biiiitte vorgeeeeehen«, krächzte der Papagei, und einige Leute lachten.

Ein Herr nieste so laut, dass beinahe die Scheiben klirrten – natürlich ins Genick seines Vordermannes, der sich umdrehte und sich erbost über den Sprühregen beschwerte.

»Wann Ihna was net recht is, nehmen S' Ihna an Auto!«, gab der Nieser trocken zurück.

Nun umkreiste Jo seit einer halben Stunde das Riesenrad mit seinen roten Kabinen, die fast so groß waren wie ein Zugwaggon. Sie blickte zum dritten Mal auf ihre Armbanduhr. Schon siebzehn Minuten nach drei und von Breuer keine Spur. Um nicht wie ein verlorenes Gepäckstück auf der Stelle zu stehen, drehte Jo eine weitere Runde über den angrenzenden Rummelplatz mit seinen hölzernen Buden. An diesem Samstagnachmittag wimmelte es hier von Müttern mit ihren Kindern in Latzhosen und Rüschenkleidchen, die kreischend von einer Attraktion zur nächsten stürmten. In den Schießbuden machte es »Peng«. Zwei Stände weiter konnte man mit Reifen auf bunte Kegel zielen. Es gab ein Stofftier oder ein kleines Spielzeug zu gewinnen. Für Gaumengenüsse sorgten andere Buden. Es roch nach Waffeln, kandierten Früchten, gerösteten Mandeln, Äpfeln im Schokoladenmantel und Würstchen. Das Kettenkarussell drehte sich gerade hoch in die Luft empor und die Insassen jauchzten. An jeder Ecke stand ein Musikant mit Akkordeon oder Spielorgel.

»Hereinspaziert, hereinspaziert, kommen Sie und staunen Sie – nur bei uns sehen Sie Goliath, den Riesen, und Mini-Marie, die kleinste Frau der Welt!«, rief ein Clown mit grünen Haarbüscheln und roter Nase. Er stand mit seinen bootartigen Schuhen auf einer Holzkiste, seine Hose war so groß wie ein Zelt und hätte mühelos zwei Männern Platz geboten.

Jo verzichtete auf das Begaffen des Riesen und der Zwergin.

Über dem Eingang des nächsten Zeltes baumelte ein riesiges Auge. Eine »Reise um den Globus« versprach das Schild. Jo schlüpfte hinein. Im schummrigen Zelt drängten sich die Besucher vor den Guckgläsern. Auch Jo schaute sich einige der Panoramen und Dioramen an, die exotische Landschaften und Völker aus Afrika, Südamerika, China und Indien zeigten.

»Guck mal, der Mann ist ja nackt«, sagte ein kleines Mädchen zur Darstellung von Eingeborenen am Amazonas und kicherte.

Die idyllischen Naturszenen wurden überrannt von kolonialen Eroberern und eine heroische Schlacht aus den Türkenkriegen erwachte farbenprächtig zu ihrem Miniaturleben.

Ein Knirps mit Zahnlücken stimmte das Lied »Prinz Eugen, der edle Ritter« an.

Wieder im Freien kam sie an einem mannsgroßen braunen Tanzbären vorbei, der träge in einem winzigen Käfig hockte, auf einem Ast herumkaute und sie traurig aus verklebten Augen anschaute. Schließlich erreichte sie wieder das Riesenrad und reckte ihren Hals in alle Richtungen. Es war nun kurz vor vier und Breuer war nirgends zu sehen.

»Hab ich Sie endlich gefunden«, erhob sich plötzlich eine Männerstimme hinter ihr über das Jahrmarktgedudel.

Jos Herz machte einen Satz und sie fuhr herum. Ein Rosenstrauß vor einem Gesicht bewegte sich durch das Gedränge auf sie zu. Jos Lippen öffneten sich, bereit für ein verzeihendes Lächeln. Gerade wollte sie ihre Hände zum Empfang der Blumen heben, als sie das Gesicht des Mannes sah – ein Fremder.

»Grüß Gott, Mariandl«, rief der Rosenkavalier und überreichte einem hübschen Mädel direkt neben Jo die Blumen, die sich glücklich strahlend bei ihm einhakte.

Jo presste ihre Lippen zusammen. Wo zum Teufel blieb Breuer? Würde er sie sitzen lassen wie ein Mauerblümchen? Nein, ihm war sicherlich etwas Dringendes dazwischengekommen oder er war aufgehalten worden. Sie würde ihm noch ein wenig Zeit geben. Aber hier wartend herumzustehen war ihr doch zu würdelos.

Sie wandte sich in eine andere Richtung und folgte dem Weg außen entlang am Jahrmarktbereich, bis sie nach etwa hundert Schritten auf die von Breuer gepriesene Kastanienallee gelangte. Eine breite Allee erstreckte sich schnurgerade in unendliche Ferne vor ihr, auf beiden Seiten gesäumt von einer doppelten Reihe von Kastanienbäumen, die gerade in voller Blüte standen und ihren Duft über ihr ausbreiteten wie einen Schleier. In der Mitte der Allee fuhren Fiaker und Droschken, einige Herren in roten Reitanzügen zu Pferd waren auch unterwegs. Jo schlenderte auf dem Fußgängerweg die Allee entlang.

Bald öffnete sich zu beiden Seiten eine liebliche Auenlandschaft mit saftig grünem Gras und sogar einem Teich mit Schwänen und Enten. Auf der Allee flanierten Damen im Korsett und langen Kleidern mit Sonnenschirm am Arm ihres Begleiters. Sie wurde von drei jungen Frauen mit kurzem Haarschnitt und in Tenniskleidung überholt, die ausgelassen lachten.

Jo war gar nicht zum Lachen zumute. Irgendwann drehte sie um und ging zurück zum Riesenrad. Fünf Uhr. Breuer war seit zwei Stunden überfällig. Resigniert und ohne große Erwartung suchten ihre Augen den Platz zum zigsten Male ab. Breuer war nicht da. Sie kaufte sich eine Waffel mit viel Staubzucker und verschlang den süßen Trost mehr zornig als genussvoll.

Danach ging sie zum Praterstern und stieg in die Bim. Während sie auf ihrem Sitz durch die Straßen geschaukelt wurde, stieg Zorn in ihr auf. Sie hatte sich extra für ihn schön angezogen, hatte seit Tagen mit einem Flattern im Magen dem Treffen entgegengefiebert. Hatte sich vorgestellt, wie sie Seite an Seite in einer Kutsche saßen und er vielleicht ihre Hand in seine nehmen würde. Was für ein Unsinn! Ihre Enttäuschung war die gerechte Strafe für diese lächerlichen Hoffnungen. Sie musste endlich aufwachen! Jede Verwicklung mit Breuer war eine Gefahr für ihre Anstellung als Dirigent Osterkamp. Sie war nach Wien gekommen, um ihren Berufstraum zu verwirklichen – nicht, um ein Techtelmechtel mit einem Kollegen anzufangen. Schon gar nicht mit einem verheirateten Mann. Auch wenn Breuer sie wahrscheinlich gar nicht begehrte und seine Einladung rein kollegial gemeint war. So durfte kein Mann mit ihr umspringen! Das würde sie ihm nun ins Gesicht sagen. Sie wusste, wo er wohnte – er hatte es Dominic erzählt.

Als Jo wenig später durch die Löwelstraße am Volksgarten eilte, hatte sie das Gefühl, als würden die vielen Fenster mit ihren Spitzdächern aus den protzigen Fassaden der Palais höhnisch auf sie herabblicken. Sie fand den richtigen Hauseingang und sprang mit energischen Schritten die Treppen hinauf in den zweiten Stock. Sie hätte sich nicht gewundert, wenn ihre Füße Abdrücke in den Steinstufen hinterlassen hätten. Ihr Atem ging schnell und flach. Das verdammte Korsett zwängte sie ein. Nun stand sie vor einer weiß lackierten Holztür, Auge in Auge mit einem Löwenkopf aus Messing, aus dessen Maul ein Klopfreif hing. Sie schlug den Reif drei Mal gegen die Tür im selben Takt mit ihrem Herzschlag, der in ihren Ohren dröhnte.

Die Tür ging auf und Eduardo Breuer stand vor ihr. Der Mistkerl strahlte sie an.

»Oh, Sie sind es, das ist aber eine schöne Überraschung«, sagte er, trat einen Schritt zurück und dirigierte sie mit einer fließenden Armbewegung ins Innere.

Sie rauschte an ihm vorbei in einen schmalen Flur mit Dielenboden und hoher Stuckdecke. »Haben Sie vergessen, dass wir im Prater verabredet waren?«, spie sie ihm entgegen.

Er hob seine Hände in einer Geste der Entwaffnung. »Natürlich nicht! Verzeihen Sie, dass ich nicht gekommen bin«, sagte er melodiös mit seinem brasilianisch rollenden R.

Sie funkelte ihn an und war weit davon entfernt, ihm zu verzeihen.

»Ich hatte eine Verabredung mit meinem Agenten und dem Veranstalter meiner nächsten Europatournee und die Besprechung hat länger gedauert, als ich dachte. Ich hoffe, Sie haben nicht zu lange auf mich gewartet und sich auch ohne mich im Prater amüsiert.«

»Denken Sie, ich hätte ein Problem damit, mich alleine zu amüsieren?« Sie blickte ihn herausfordernd an. »Aber das konnte ich leider nicht, weil ich unseren Treffpunkt im Auge behalten und ständig nach Ihnen Ausschau gehalten habe.«

»Das tut mir leid …«

»Sie hätten einen Boten schicken können! Das ist eine Frage der Höflichkeit.«

»Ja, das war wirklich nicht galant von mir. Ich mache es wieder gut, versprochen.«

»Ihre Versprechungen sind nichts wert.« Sie versuchte, kühl und sachlich zu klingen, aber ihre Kehle war wie zugeschnürt und ihre Stimme ganz heiser und verriet ihm womöglich, wie verletzt sie war. »Ich werde mich nie wieder mit Ihnen verabreden! Servus und auf Nimmerwiedersehen!«

Jo stürmte auf die Tür zu, aber Breuer war schneller als sie und stellte sich ihr in den Weg. Sie prallte gegen ihn und plötzlich war sein Gesicht so nahe vor ihrem, dass sie seinen warmen Atem auf ihrem Mund spürte. Im nächsten Augenblick beugte er sich vor, legte seine Lippen über ihre und schlang seine Arme um sie. Ihr Körper schien in dieser Umarmung zu schmelzen und ihre Wut und ihren Willen aufzulösen.

Kapitel 15:
Intermezzo – von der Liebe zum Stehplatz

Marcel Prawy blickte auf die große Uhr über der Litfaßsäule vor dem Hotel Sacher. Schon nach 17 Uhr. Verflixt, heute war er spät dran. »Madama Butterfly« fing um 19 Uhr an. Sonst sicherte er sich seinen Platz in der Schlange vor der Stehplatz-Kassa immer mit zweieinhalb Stunden Vorlaufzeit. Aber sein Vater hatte darauf bestanden, dass er den Schulaufsatz über die Türkenkriege fertig schreiben musste. Allerdings konnte er sich diese elenden Herrscherdynastien und Feldherren mit ihren tausend Schlachten einfach nicht merken. Schade, dass Herr Oberstudienrat Roggendorf sich nicht davon beeindrucken ließ, dass Marcel sämtliche 55 Opern und andere Kompositionen von Giuseppe Verdi in chronologischer Reihenfolge aufsagen konnte. Oder dass er einen Stammbaum für alle Figuren aus Wagners »Ring« aufzeichnen konnte. Weil Roggendorf wie die Familie Prawy auch dem Ritterstand angehörte – seit 1918 offiziell nicht mehr, aber das kümmerte niemanden –, traf er Marcels Vater regelmäßig im Café Herrenhof. Dort trauerten die alten Herren mit ihren Habsburger Orden an der Brust bei *Kosakenkaffee* und *Mozart Mokka* den guten alten Zeiten nach und zitierten zum Abschied mit einer Träne im Augenwinkel: »Es war sehr schön, es hat mich sehr gefreut«, jenen Satz, den ihr geliebter Kaiser Franz Joseph nach jeder Feierlichkeit zu sagen pflegte. Bei diesen Herrenabenden hielt sein Geschichtslehrer den Vater immer auf dem Laufenden über Marcels mangelnde Geschichtskenntnisse. Hätte Verdi doch bloß eine Oper über die Türkenkriege komponiert, dann würde Marcel sich das ganze Trara sicherlich merken können. Nun bog er mit eiligen Schritten in die Arkaden an der Operngasse ein. Die Stehplatzschlange reichte schon bis zur Mitte des überdachten Ganges und er stellte sich hinten an. Die Wartenden lasen Zeitung oder plauderten miteinander. Endlich öffnete die Kassa und es ging im Gänsemarsch voran. Jeder hielt seinen Schilling in der Hand parat, sodass Geld und Karte zügig den Besitzer wechselten. Als Marcel an die Reihe kam, war das Parkett natürlich ausverkauft, diese 60 Plätze gingen immer zuerst weg.

»Galerie bitte«, verlangte Marcel. Mit dem begehrten Billett in der Hand eilte er die drei Stiegenläufe hinauf, immer zwei der flachen Steinstufen auf einmal nehmend. Diese Stiegen waren für das einfache Volk bestimmt. Die betuchten Besucher des Parketts und der Logen schritten in ihren feinen Roben und Anzügen die prachtvolle Marmorstiege mit dem grünen Teppichläufer hinauf, umgeben von den sieben Statuen der Künste, edlen Medaillonreliefs und von gülden eingefassten Spiegeln, in denen sie sich bewundern konnten. Marcel erreichte schnaufend die vierte Etage und war auf der Galerie. Er verlangsamte seinen Laufschritt zu einem zivilisierten Gehschritt, durchquerte den Flur, passierte den uniformierten Platzanweiser, der seine Karte kontrollierte, und trat ins Auditorium. Hier wölbte sich die Decke direkt über seinem Kopf, in der Mitte des Saals schwebte am Firmament der Lüster wie ein milder Vollmond. Die Sitzreihen der Galerie mit ihren roten Polsterstühlen fielen steil ab und ihm wurde beinahe schwindelig, wenn er in die Tiefe blickte. Ebenerdig mit den Eingängen waren die drei Ringe für die Stehenden hinter der Bestuhlung angebracht, jeweils abgetrennt durch ein Geländer mit einem schmalen Polster wie bei einem Betstuhl. Hier konnte man sich während der Vorstellung anlehnen – anders als unten im Stehparterre, wo man frei stand wie auf einem Tanzparkett. Marcel ging zielstrebig zu einer freien Stelle und wickelte seinen Schal an der Platznummer um die untere Metallstange des Geländers – keinesfalls um die obere Polsterung: »Sonst schaut es aus wie Wäscheleinen im Armenviertel«, hatte ihm einmal der Oberschließer erklärt – und solch ein Anblick sollte dem vornehmen Publikum im Parkett erspart bleiben. Nun hatte er seinen Stehplatz markiert, gerade so wie ein Wildwest-Siedler sein Territorium. Marcel hatte sogar erbitterte Kämpfe und Handgreiflichkeiten um das Anrecht auf eine Stehplatzparzelle miterlebt, wenn jemand es gewagt hatte, einen Schal zu entfernen.

Das Vorspiel war mit der Platzmarkierung abgeschlossen. Marcel suchte sich nun einen Sitzplatz im Schwindfoyer im ersten Rang, um seinen Beinen bis zur Vorstellung eine Erholungspause zu gönnen. Vorher holte er sich ein Kracherl beim Ausschank. Er liebte diesen Saal, der sich wie ein Kirchenschiff der Kunst ausstreckte, die hohe Decke mit ihren goldenen Dreiecken aus Holzschnitzarbeit und den farbenprächtigen Fresken von Moritz von Schwind dazwischen, die Szenen aus der »Zauberflöte« zeigten. Papageno mit seinen bunten Vogelfedern war Marcels Lieblingsfigur. Über den doppelflügeligen Türen auf die Loggia hinaus und gegenüber ins Stiegenhaus thronten die Marmorbüsten von Komponisten – Mozart, Haydn, Beethoven, Gluck, Schubert, Cherubini und einige mehr. Drei golden schimmernde Lüster mit einem Doppelkranz an Glühbirnen schwebten auf halber Höhe über den Köpfen der flanierenden Besucher, die Marcel von seinem roten Plüschsofa aus beobachtete. Alte Gräfinnen führten ihre Juwelen spazieren und neureiche Ehefrauen von Kriegsgewinnlern trugen tiefe Ausschnitte und lange Perlenketten.

»Ah, grüß Gott, ist der junge Herr Prawy heute auch wieder da«, hörte Marcel eine bekannte Stimme, und Herr Dietrich in seinem weißen Leinenanzug setzte sich neben ihn.

»Waren Sie letzten Mittwoch in der ›Walküre‹?«, fragte Herr Dietrich.

»Ja, die Jeritza lasse ich mir selten entgehen«, antwortete Marcel eifrig. »Und wenn Eduardo Breuer dirigiert, klingt Wagner immer ein bisschen italienisch, finde ich. Aber mir gefällt es.«

»Übrigens wird die heutige Vorstellung wieder im Radio übertragen«, bemerkte Herr Dietrich. »Es ist wirklich eine feine Sache, dass so auch Leute mit kleinem Geldbeutel und auf dem Lande in den Genuss dieser herrlichen Musik kommen können.«

Marcel nickte vehement. »Mein Onkel weiß vom Dirigenten Osterkamp, dass es in Berlin ein sogenanntes ›Theatrophon‹ gibt – damit wird der Ton aus dem Theater über die Telefonleitung verschickt. Jeder, der ein Telefon hat, braucht nur die Hörmuscheln abzuheben, und schon hört man klassische Musik.«

»Das sollten sie auch in Wien einführen.« Herr Dietrich schmunzelte.

Als der Foyer-Gong zum zweiten Mal ertönte, nahm Marcel seinen Stehplatz ein. Rechts von ihm stand ein schmaler

Student, zu seiner Linken erkannte er Frau Henriette – sie gehörte zu den Stammbesuchern. Unten im Parkett waren viele der feinen Herrschaften noch auf dem Weg zu ihrem Sitzplatz – die Champagner-Schlürfer kamen stets als Letzte herein. Marcel nahm einen seltsamen Geruch wahr. Das Odeur erinnerte ihn an einen Taubenschlag. Es stammte mit ziemlicher Sicherheit von Frau Henriette. Er lugte zur Seite. Ihre langen braun-grauen Haare hatte sie auf ihrem Kopf in einen strohigen Kranz gewickelt, der verteufelt wie ein Vogelnest ausschaute. Ob wohl Spatzen in ihren Haaren nisteten? Er steckte sich ein Pfefferminzbonbon in den Mund, um seine Nase zu betäuben.

Das Saallicht erlosch und das Raunen verstummte. Robert Heger erschien im Orchestergraben und nahm seinen Platz am Pult ein, was mit höflichem Applaus quittiert wurde.

Die Ouvertüre setzte ein, die munteren Streicher luden zur Hochzeitsvorbereitung ein und die Chordamen tippelten in ihren bunten Kimonos inmitten der exotischen Szenerie – ein japanisches Haus mit Schiebewänden auf einem Hügel mit Blick auf den Hafen von Nagasaki. Marcel fühlte sich sofort ins ferne Japan versetzt und konnte geradezu die Kirschblüten riechen – und den Taubenschlag in den Haaren von Frau Henriette.

Da war William Wernigk als schmieriger Heiratsvermittler Goro, der dem Seemann Pinkerton das Haus mit den Wänden aus Papier zeigte – zur Miete für 999 Jahre mit monatlichem Kündigungsrecht inklusive einer jungen Geisha als Braut. Alfred »Pikki« Piccaver machte in der weißen Marineuniform eine gute Figur, auch wenn er nur breitbeinig wie verwachsen mit dem Boden dastand. Er hob sein Whiskyglas mit imposanter Gebärde in die Höhe und schmetterte das »America forever« mit viel Glanz in der Stimme. Als Butterfly sich mit ihrem sphärischen Sopran aus der Ferne näherte wie ein Schmetterling, bekam Marcel eine Gänsehaut. In der Hochzeitsnacht verschmolzen die Stimmen von Tenor und Sopran zu purer Leidenschaft. »Vieni, vieni ... Sei mia! Ah! Vien!« – »Komm, Geliebte! Sei die Meine!«

Das Duett hätte so schön sein können, wenn sich nicht eine dritte Stimme eingemischt hätte – neben ihm zwitscherte Frau Henriette mit geschlossenen Augen und durchgedrücktem Rücken die Melodie mit. Marcel traute sich nicht, sie anzustoßen und um Ruhe zu bitten. Drei Köpfe in der Nähe drehten sich empört um und »Schhhhhht« wurde gezischelt, aber die »Vogel-Sängerin« ließ sich nicht beirren. Hoffentlich würde er nicht einmal auch so wunderlich werden, wenn er alt war.

Im zweiten Akt litt Marcel mit der verlassenen Butterfly. Mit »Un bel di, vedremo« – »Eines schönen Tages kehrt er zurück« hoffte sie auf die Rückkehr ihres Geliebten, der nicht wusste, dass sie ihm einen Sohn geboren hatte. Dann kam der Moment, in dem Butterfly dem Konsul ihr Kind präsentierte: »E questo? E questo? E questo egli potrà pure scordare?« – »Und das? Und das? Kann er das auch jemals vergessen?«

Die Paukenschläge vibrierten in Marcels Bauch. Das zierliche Kind auf der Bühne, das Butterfly in die Arme lief, war ein Mädchen aus der Ballettschule mit einer blonden Jungenperücke. Marcel wusste, dass für Kinderrollen meistens Mädchen ausgesucht wurden, weil sie sich geschickter auf der Bühne bewegten als Buben, die dauernd über ihre eigenen Füße stolperten und nie wussten, wo sie hinsollten.

Dann donnerten die Kanonen im Hafen und das Schiff *Abraham Lincoln* von Pinkerton lief ein. Das Drama nahm seinen Lauf. Butterfly musste erkennen, dass Pinkerton nie wieder mit ihr leben würde. Sie brachte das größte Opfer einer

Mutter: Sie gab ihr Kind auf, um ihm ein besseres Leben zu ermöglichen. Beim herzzerreißenden Abschied der todgeweihten Butterfly von ihrem Kind liefen Marcel die Tränen die Wangen hinunter.

Ach, in der Oper waren Liebe, Schmerz und Tod einfach wunderbar! Marcel schwebte glücklich nach Hause und verschwendete an diesem Abend keine Gedanken mehr auf Türkenkriege und Schulprüfungen.

Kapitel 16:
Vieni, vieni — komm, komm

Seine Lippen legten sich warm und weich auf ihren Mund, der sich willig öffnete. Sein Mund schmeckte nach Orangen und sie wollte am liebsten darin ertrinken. Ihre Hände badeten in seinen seidigen Locken. Sie spürte, wie seine Finger über ihren Rücken nach unten glitten, sich in ihre Pobacken gruben und ihr Becken drängend gegen seines anhoben. Dann wanderten seine Hände über ihre Hüften und ihre Brust hinauf, aber die steife Korsetthülle trotzte seiner Erforschung.

»Was hast du denn bloß für einen Panzer um deine Brust?«, raunte er und löste sein Gesicht von ihrem Hals. Sie blickte in seine azurblauen Augen, die amüsiert funkelten.

»Eine Dirigentenrüstung«, entgegnete sie trotzig.

Er lachte leise, nahm ihre Hand und zog sie hinter sich her. Sie folgte ihm auf Zehenspitzen, die Dielen knarrten unter ihren Schritten, und fand sich im Schlafzimmer wieder. Das große einladende Bett schwamm wie eine Insel inmitten dunkler Holzmöbel. Breuer schloss die Vorhänge und der Raum wurde in ein wohltuendes Dämmerlicht gehüllt. Er schlug die Bettdecke in einer schwungvollen Bewegung auf.

»Liegt sonst deine Frau in diesem Bett?«, fragte Johanna und verschränkte die Arme vor der Brust. Sie stand auf halber Strecke zwischen Bett und Tür und überlegte, ob sie nicht besser umkehren sollte. Er richtete sich auf und schaute sie ernst an.

»Meine Frau und ich teilen schon lange nicht mehr das Bett. Sie schläft im Zimmer nebenan, wenn sie hier ist.«

Dann kam er entschlossen auf sie zu und zog sie wieder in seine Arme. Unter Küssen schob er sie Richtung Bett und knöpfte ihr Hemd auf, wobei seine Hände vor Erregung leicht zitterten. Sein fordernder Mund auf ihrem löste eine zweite Sturmwelle in ihr aus, die diesmal bis in ihren Unterleib hinab anschwoll und ein sehnsuchtsvolles Ziehen in ihren intimsten Regionen auslöste. Sie warf ihre Bedenken über Bord und hastig streiften sie beide ihre Kleidung ab. Eduardo bettete sie sanft auf den Rücken. Ihr Körper war nur noch verhüllt durch Korsett und Höschen.

Sie spürte die Nähe seines Körpers, der wie Kohlen zu glühen schien. Seine Hand strich liebkosend die empfindliche Innenseite ihrer Oberschenkel entlang und kam ihrer weiblichen Mitte unaufhaltsam näher. Sie fühlte seinen heißen Atem in ihrem Ohr und erschauderte.

»Hast du vor deiner Goldkammer auch ein Panzerschloss?«, flüsterte er, während seine Finger forschend über ihre Schamlippen strichen und ihren Venushügel hinauf wanderten. Ihr Atem beschleunigte sich und ihre Hände vergruben sich in seinen wilden Locken. Sein Mund wanderte ihren Hals hinunter, sein Haar kitzelte dabei ihr Kinn, dann kam er zum Rand ihres Korsetts, das ihren Körper nach wie vor wie ein Panzer umgab. Ungeduldig zog er an den unzähligen Bändern, die vorne ihren Schnürleib zusammenhielten, aber statt die Schleifen zu lösen, machte er noch mehr Knoten hinein.

»Ich hole ein Messer«, schnaubte er.

Sie gluckste, schob seine Hände sanft beiseite und enthedderte geschickt das Wirrwarr. Die Schnüre gaben nach, die Panzerschale öffnete sich einen Spalt und er sprengte sie wie eine Muschel, zog ihr die letzte seidene Hülle vom Leib und legte ihre Brust frei. Wie ein Perlentaucher versenkte er seinen Kopf zwischen ihren Brüsten. Sie zitterte, als seine Zunge die Vorhöfe umkreiste und er mit seinem rauen Kinn über ihre aufgestellten Spitzen rieb und ihr ein Stöhnen tief aus dem Bauch über die Lippen trieb.

»Du bist schön«, murmelte er.

Diese Worte waren eine Liebkosung ihrer Seele, ausgehungert nach dem Gefühl, eine Frau sein zu dürfen. Seine Berührungen und sein Begehren öffneten eine Schleuse; ein reißender Strom des Verlangens flutete durch ihren Körper, in dem jedes Gefühl von Scham versank. Sie spürte die Kraft ihrer Weiblichkeit aufglühen wie Kohle unter dem Luftstrom. Johanna war gierig nach seiner Berührung und wollte ihn selbst berühren. Ihre Hände und ihr Mund gingen auf seinem Körper auf Wanderschaft. Seine Haut roch wunderbar herb wie Tannennadeln und schmeckte ein wenig salzig. Als ihre Hände sich liebkosend ineinander verschränkten, spürte sie seinen harten Ehering an ihren Fingerknochen reiben. Sie zog ihm den Goldring vom Finger und er ließ ihn wortlos zu Boden fallen. Sie wollte diesen Mann ganz für sich. Sie schlang die Arme um ihn und hätte ihn am liebsten nie wieder losgelassen. Sein fester Rücken gab ihren Händen Halt. Sie bettete ihr Gesicht an seiner weichen Brust. Doch dann übernahm die Abenteuerlust und sie ließ ihre Hände über seinen Körper wandern, hinunter bis zum Bauchnabel, tiefer bis zur Haargrenze. Er stöhnte und legte seine Hand auf ihre und führte sie hinab auf sein Glied, das samtig und fest in ihrer Hand pulsierte. Nun spürte sie seinen Körper ganz auf ihrem, Haut auf Haut, heiß und feucht, ihre Lippen gierig saugend und ihre Zungen in einem Tanz aus Geben und Nehmen. Seine Hände und sein Mund erforschten jeden Zentimeter ihres Körpers, ihre langen Beine, ihre Kniekehlen, die Rundungen ihres Pos, die Mulde ihres Bauchnabels, die Grübchen auf ihren Schultern. Seine Finger waren der Bogen und sie seine Geige, auf deren gespannten Saiten er auf und ab strich und ihr ungeahnte Töne entlockte.

»Du hast Haut wie Milch«, raunte er, als er sie liebkoste.

Johanna fand keine Worte mehr, sie war ganz und gar ins Spüren eingetaucht und in ihren Ohren pochte ihr Herzschlag immer heftiger; im selben Rhythmus hörte sie ein Keuchen. Verlangend glitt seine Hand zwischen ihre Schenkel und fand ihre empfindlichste Stelle, und sie stöhnte auf und öffnete sich ihm. Mit einer fließenden Bewegung drang er in sie ein und füllte sie aus wie ein Glockenklang, voll und mächtig und mit Schwingungen, die durch ihren ganzen Körper zogen in Wellen der Lust. Sie krallte ihre Finger in seine Schultern und biss sich auf die Unterlippe.

»Ich höre dich nicht«, flüsterte er, und sie öffnete ihren Mund.

Nie gehörte Seufzer drangen aus ihrer Kehle über die Lippen hinaus.

»Minha querida, minha amada« – »Meine Liebste, meine Geliebte«, hauchte er auf Portugiesisch in ihr Ohr. Er bewegte sich in ihr und brachte ihren Körper zum Klingen wie ein Orchester. Sie erbebte unter diesen rauschhaften Klangwellen, während er die Dynamik von weichem *Legato* zu schnellem *Staccato* wechselte und sie gemeinsam auf und ab schleuderten und immer tiefer gezogen wurden bis an den Rand der Sinnesüberflutung – dann trafen sich die Becken im perfekten Moment zur hellen Klangexplosion, die sie aus dem Sog erlöste und an Land schwemmte in den wohligen Nachklang.

So lagen sie erschöpft und umschlungen unter dem Laken. Eduardo streichelte sanft ihren Hals.

»Wie nennen sie dich zu Hause?«, fragte er.

»Johanna«, flüsterte sie. »Aber am liebsten mag ich es, wenn man mich ›Jo‹ ruft.«

»Jo«, wiederholte er. Aus seinem Mund klang es wie eine Liebkosung.

»So ein kurzer Name für so einen langen Leuchtturm«, sagte er neckend, und sie verpasste ihm einen spielerischen Tritt unter der Decke.

»Woher kommt eigentlich dein Hinken? Hattest du mal einen Unfall?«, wollte Jo wissen. Bisher hatte sie sich nie getraut, ihn das zu fragen. Aber nun, da ihre beiden Köpfe dicht an dicht auf demselben Kopfkissen lagen, wollte sie ein Geheimnis von ihm hören.

»Ich bin als Bub immer auf dem Fahrrad durch unsere Wälder gepresst«, erzählte Eduardo. »Es war das Rad von meinem Vater, viel zu groß für mich und schon mächtig verbogen, aber ich habe mich darauf gefühlt wie Don Quixote auf seiner Rosinante. Ich bin damit über Stock und Stein gesprungen. Der Wald war meine ›Insel der Träume‹, von der der Ritter in seiner Abschiedsarie in Massenets Oper singt. Hier habe ich die Musik der Bäume und Blätter gehört. An einem dieser Tage, ich war gerade vierzehn geworden, war der Boden glitschig vom Regen und eine Wurzel war im Weg. Ich habe mich in wilder Fahrt überschlagen und mir das Kreuzband gerissen und den Unterschenkel gebrochen. Ich musste wochenlang einen Gips tragen, danach blieb mein Knie steif. Das hat mich aber nicht davon abgehalten, weiterhin auf meiner Rosinante durch den Wald zu streifen.«

»Für mich war der Strand meine Insel der Träume«, wisperte Jo. »Da habe ich meine Musik aus Wellen und Wind gehört.«

Eduardo lächelte und streichelte ihre Ohrmuschel. »Hast du auch Hunger? Lass uns in die Küche gehen und was essen«, schlug er nach einer Weile vor, und sie nickte. Er zog einen Pyjama an und gab ihr seinen Morgenmantel.

So saßen sie am Küchentisch bei Brot und allerlei Aufstrichen. Eduardo kochte brasilianischen Mate-Tee und sie probierte zum ersten Mal dieses Aufgussgetränk aus feinen grünen Blättern in dem kürbisförmigen Kalebasse-Trinkgefäß.

»Man trinkt den Tee durch die Bombilla.« Er hielt ihr das metallene Trinkröhrchen hin, das sie sofort an einen Taktstock denken ließ.

Sie nahm ihn entgegen und dirigierte spielerisch einige Takte – *tada tadaaa, tada tadaaa*.

»Ah, Beethovens fünfte Symphonie«, sagte er, lachte und küsste sie. »Meine Meisterdirigentin«, schmeichelte er und knabberte an ihrem Ohrläppchen.

Der Abend verflog wie im Rausch und ließ sie die Zeit vergessen. Eduardo erzählte ihr von der Teeplantage seiner Großeltern und seinen Jungenstreichen und brachte sie immer wieder zum Lachen.

Als von draußen eine Kirchturmuhr zehn Mal schlug, stand sie auf. »Ich muss zurück in die Pension. Wenn ich über Nacht wegbleibe, ist mein Ruf als tugendhafte Mieterin ruiniert.«

Eduardo winkte ab.

»Doch!«, beharrte Johanna. »Der Hauswirtin in meinem Haus entgeht nichts. Sie ist eine Sittenwächterin.«

Sie wollte zur Tür hinaus, doch Eduardo fing sie ein und drückte sie fest an sich.

»Du bleibst heute Nacht bei mir«, raunte er in ihr Ohr, und seine Lippen wanderten über ihre Wangen zu ihrem Mund. Einige atemlose Minuten später war sie überzeugt.

Als sie an seiner Brust wieder im Bett lag – sie trug einen Schlafanzug von ihm, obwohl er diese Bekleidung für völlig überflüssig hielt –, fragte Johanna, was sie unbedingt wissen musste: »Wann hast du zum ersten Mal gemerkt, dass ich kein Mann bin? Ist das so offensichtlich?«

»Der Gedanke kam mir zuerst, als ich dich zum ersten Mal ohne Schnurrbart gesehen habe«, sagte er nach kurzem Überlegen. »Deine zarte Haut im Gesicht verrät dich. Aber schon vorher habe ich immer so ein seltsames Gefühl gehabt, wenn wir beisammen waren. Irgendwie habe ich mich angezogen gefühlt und wollte dich berühren. Das muss ein Instinkt sein, der Körper spürt schneller, als der Kopf denken kann.«

Eduardo ließ seine Lippen wieder über ihre Wangen wandern und ein wohliges Kribbeln breitete sich aus.

»Dann ist mir auch wieder eingefallen, wie du mir am Tag des Vorspielens in die Arme gerannt bist und von der Damentoilette kamst.«

»Ja, das war wirklich ein Fauxpas.« Johanna schmunzelte.

»Außerdem verhältst du dich nicht sehr männlich. Vor allem nicht gegenüber Heger. Der lässt dich dauernd wie einen Laufburschen springen. Eigentlich bist du viel zu stolz dafür. Ich habe mich immer gewundert, warum du so vor ihm in Deckung gehst. Jeder Mann hätte ihn längst zum Kräftemessen herausgefordert – vor allem, wenn man ihn musikalisch übertrumpfen kann.«

Johanna hob den Kopf. »Findest du, ich kann besser dirigieren als Heger? Sag es mir ganz ehrlich.«

»Du hast eine besondere Gabe. Du holst ganz neue Klänge aus der Partitur und dem Orchester heraus. Du hast eine musikalische Vision. Heger ist im Vergleich zu dir nur ein Taktschläger.«

Johanna strahlte vor Freude. Einige Küsse später wurde sie wieder ernster. »Meinst du, meine Verkleidung ist trotzdem gut genug, um das Bild von Johann Osterkamp in den Augen des Direktors, der anderen Kollegen und vor dem Publikum aufrechtzuerhalten?«, wollte sie wissen.

»Ach, ich denke, die Leute sehen das, was sie erwarten zu sehen. Wenn man davon überzeugt ist, einen jungen Mann vor sich zu haben, dann sieht man ihn auch. Die Kleidung hilft ungemein. Aber an deinem männlichen Gebaren musst du noch arbeiten. Zum Beispiel solltest du Eifersuchtsszenen im Angesicht weiblicher Konkurrenz aus deinem Repertoire streichen.« Eduardo schnappte spielerisch nach ihrem Ohr.

»Ha, dann muss der Herr Dirigent auch aufhören, seinen Assistenten wie bestellt und nicht abgeholt sitzen zu lassen und stattdessen mit vollbusigen Primadonnen anzubandeln.«

»Versprochen«, sagte er. »Und den Ausflug in den Prater holen wir an unserem nächsten freien Nachmittag nach. Du ziehst dir ein Kleid an – damit sich der Kutscher nicht wundert, wenn ich dich im Fiaker unter den Kastanien küsse.«

Im hellen Mondlicht liebten sie sich ein zweites Mal. Weniger hungrig, dafür umso genüsslicher. Sie hatte das Gefühl, sie wäre die einzige Frau auf der Welt, die einzige, die sein Begehren entfachen und stillen konnte. Johanna hatte sich noch nie so kraftvoll als Frau gefühlt.

Kapitel 17:
La donna è mobile – Die Frau ist launenhaft

Wien, 16. Mai 1926

Jo löste sich aus der Wärme seiner Umarmung und schlug die Bettdecke zurück. Eduardo drehte sich um, vergrub seinen Kopf im Kissen und schlief weiter. Auf Zehenspitzen sammelte sie ihre Kleider auf und ging ins Bad. Dort legte sie widerstrebend ihr Korsett an – ihre aufgeweckten Brüste schrien auf gegen diese niederdrückende Behandlung. Sie schnaubte ärgerlich. Das fühlte sich völlig falsch an. Aber es musste sein.

Leise zog sie die Wohnungstür hinter sich ins Schloss und gelangte, ohne Aufmerksamkeit zu erregen, über Treppe und Flur ins Freie. Es war kurz nach sieben Uhr und die Frühlingssonne lugte zwischen Wolken hervor. Im Volksgarten waren einige Gärtner an der Arbeit, sonst sah sie kaum Menschen auf den Straßen. Sie eilte durch die Gassen zum Franziskanerplatz. Das Orellische Haus lag noch im Schatten wie im Schlaf und sie hoffte, unbemerkt hineinschleichen zu können. Da hatte sie ihre Rechnung jedoch ohne Frau Dabjanszki gemacht. Sobald Jo in den Hausflur trat, öffnete sich die Tür der Hauswirtin.

»Na, kommt das Täubchen auch endlich in den Schlag zurück?«, fragte die Pensionsmutter.

Jo nickte flüchtig, ließ ihr großes Schultertuch um ihren Körper flattern, um ihre Männerhose zu verdecken, und wollte weiterhuschen.

»Nicht so schnell«, rief Frau Dabjanszki und baute sich vor ihr auf, die Hände in die runden Hüften gestemmt. »Ich habe die halbe Nacht nicht geschlafen – wegen Ihnen, Fräulein Osterkamp! Schließlich bin ich verantwortlich für meine Pensionsgäste. Ich wollte schon die Polizei verständigen. In Wien passieren auch Verbrechen. Nicht gerade in unserer Gegend, aber man weiß ja nie. Also: Wo waren Sie die ganze Nacht?«

»Entschuldigen Sie, ich wollte Sie wirklich nicht beunruhigen. Aber ich denke nicht, dass ich mich bei Ihnen abmelden muss, wenn ich mal länger ausgehe«, sagte Jo in ruhigem Ton. Die Hauswirtin spitzte ihren Mund, sodass sich viele kleine Falten darum bildeten. Wollte sie ihr ins Gesicht spucken?

»Ich habe bis spät in der Notenbibliothek in der Oper gearbeitet. Dann war es schon Mitternacht und ich wollte nicht mehr auf die Straße, also habe ich dort auf einem Kanapee übernachtet.«

Diese Erklärung hatte Jo sich auf dem Weg hierher zurechtgelegt. Die Augen von Frau Dabjanszki verengten sich und Jo schaute sie an, ohne zu blinzeln. Daraufhin stieß die Hauswirtin wütend Luft zwischen ihren missbilligend gestülpten Lippen aus. »Das hier ist ein anständiges Haus, nur damit Sie es wissen«, knurrte sie und schlurfte zurück in ihre Wohnung.

Jo eilte hoch in ihre Dachkammer. Sie holte ihre Toilettenartikel und machte sich im Bad frisch. Als sie ihren Körper mit dem lauwarmen Wasser abwusch, dachte sie an

Eduardos Küsse auf ihrer Haut, die nun weggespült wurden. Er würde ihre Haut mit neuen Küssen bedecken. Vielleicht schon heute Nacht. Aber wie sollte das weitergehen? Würde sie so lange heimlich zu ihm schleichen, bis seine Ehefrau zurückkäme? So leicht wie sein Ehering ließ sich die Ehe selbst nicht abstreifen.

Um zehn Uhr hatte Jo Orchesterprobe für »Don Giovanni«. Sie liebte die Leichtigkeit von Mozarts Musik, ihre Spielräume zur freien Gestaltung. An diesem Vormittag fiel es ihr allerdings schwer, sich zu konzentrieren. Gegen elf Uhr kam der Direktor in den Probenraum.

»Herr Osterkamp, wenn Sie mögen, können Sie um vierzehn Uhr dem Vorsingen beiwohnen. Ein junger polnischer Tenor stellt sich uns vor«, sagte Schalk, der im taubengrauen Nadelstreifenanzug mit dunkelblauem Einstecktuch königlich-elegant aussah. Dass er Jo zum Vorsingen dazu bat, war ein Achtungsbeweis, denn er schien auf die Meinung von Johann Osterkamp Wert zu legen.

»Ja, sehr gerne«, bestätigte Jo.

Nach einem Imbiss in der Kantine fand sie sich um Viertel vor zwei im Großen Salon im ersten Stock ein. Der Raum befand sich neben dem Büro des Direktors, das nicht wie andere Verwaltungsbüros in den unscheinbaren Räumlichkeiten hinter der Bühne lag, sondern im Herzen des Opernhauses gegenüber dem prächtigen Stiegenhaus. Hier residierten die Direktoren und hielten ihre Audienzen mit dem Personal, den Mäzenen und einflussreichen Wiener Kulturpolitikern ab. Im Großen Salon fanden die musikalischen Besprechungen und das Vorsingen unter weinroter Decke statt. Der Direktor und andere Mitentscheider nahmen in ebenso weinroten Sesseln Platz. Levi Weinberger, der Repetitor und Probenkoordinator, kam hereingestampft. Seine Augen waren wie immer von seinen

Schlupflidern verhangen. Er ließ sich auf den Klavierschemel beim Fenster fallen und eine säuerliche Bierfahne drang ihr in die Nase. Kurz darauf erschienen Schalk und Heger und setzten sich mit Blick auf das Klavier. Der Direktor thronte in der Mitte.

»Und, was halten Sie von einer Frau am Dirigentenpult?«, fragte der Direktor in den Raum hinein, und Jos Herz setzte einen Schlag aus und begann dann zu rasen. Hatte Eduardo sie etwa verraten? Wie kam Schalk plötzlich darauf?

»Das war eine einzige Katastrophe«, ließ sich Heger vernehmen.

Jo blickte aufgeschreckt zu ihm hinüber.

»Dass die Berliner Philharmoniker sich für so etwas hergeben!« Schalk schüttelte den Kopf.

Jo atmete auf. Offenbar ging es nicht um sie. Aber von wem redeten die Herren?

»Nun ja, es ist kein Geheimnis, dass der Ehemann von dieser Lise Maria Mayer das Berliner Philharmonische Orchester für dieses Konzert aus eigener Tasche bezahlen musste«, sagte Heger.

»Und diese Frau will eine Komponistin sein?«, fragte Schalk ungläubig.

»Ja, offenbar eine Schülerin von Gustav Mahler. Sie ist sogar in Wien ansässig. Aber in den hiesigen musikalischen Zirkeln ist sie eine Unbekannte.«

»Und was für eine Komposition wurde aufgeführt?«

»Eine Symphonie mit dem Titel ›Kokain‹«, antwortete Heger und schnaubte. »Vielleicht aus ihren eigenen Erfahrungen aus den Wiener Nachtclubs.«

»Hat man den Einfluss von Mahler gehört?«, wollte der Direktor wissen.

»Keine Spur! Diese sogenannte Musik war eine Zumutung für die Ohren! Völlig matt und schwunglos. Von Harmonielehre scheint die Dame noch nie etwas gehört zu haben. Das könnte jeder Musikstudent im ersten Semester Komposition besser. Und erst das Dirigat. Eine Frau im Abendkleid hinter dem Pult ist allein schon ein Anblick zum Abgewöhnen. Sie hat ihren Taktstock geschwenkt wie einen Kochlöffel und dabei aufreizend mit ihrem Hinterteil gewackelt. Sie gehört eher ins Bodenwieser-Tanzstudio als aufs Orchesterparkett«, ätzte Heger und lachte höhnisch. Auch Schalk grinste.

»Aber das war nicht der größte Skandal«, fuhr Heger fort, der seine Geschichte offensichtlich genoss. »Direkt vor dem Konzertbeginn kam es zum Tumult unter den Zuschauern und die Hälfte ist wütend hinausgestürmt. Die Herrschaften wurden nämlich unter Vorspiegelung falscher Tatsachen ins Konzert gelockt.«

Nun war auch Weinberger am Klavier aufgewacht und schaute neugierig herüber. Der Direktor zupfte an seinem Spitzbart und war ganz Ohr.

»Der Kartenvorverkauf für das Konzert von Frau Mayer lief derart schlecht – wer will wohl die Komposition einer Unbekannten hören? –, dass ihr Ehemann in der Berliner Zeitung eine Annonce geschaltet hatte: ›*Wohlhabende Witwe sucht neuen Gatten …*‹ – so in der Art – und interessierte Bewerber sollten sich für ein erstes Treffen in das besagte ›Kokain‹-Konzert begeben. In Berlin scheint es vor heiratswilligen Männern mit kleinem Geldbeutel nur so zu wimmeln, denn der Andrang auf das Konzert war auf einmal riesig. Aber am Abend selbst ist der Schwindel aufgeflogen und die getäuschten Heiratskandidaten sind schimpfend abgezogen.«

Der Direktor und Heger lachten schallend.

»Das hat sicherlich ein großes Loch in die Geldbörse des Ehegatten gerissen«, meinte Schalk und wischte sich eine Lachträne aus dem Augenwinkel. »Wenn er jetzt auch noch die Presse bestechen muss, damit sie das Konzert nicht verreißen …«

»Ehefrauen mit ihren Kaprizen und Kapriolen sind schon ein ziemlich kostspieliger Spaß«, sagte Heger.

In diesem Moment kam die Sekretärin von Schalk in den Salon, gefolgt von einem jugendlich wirkenden Mann mit kurzem braunem Haar. In seinem dunkelblauen Sakko auf weißer Hose sah er ein wenig aus wie ein Matrose auf Landgang. In seinem Schlepptau spazierte Eduardo Breuer herein, nun ja, ein wenig hinkend, aber trotzdem mit Nonchalance und Schwung.

Jo senkte den Blick. Ein Luftzug und ein Schatten streiften über ihr Gesicht und dann saß er links neben ihr. Der Duft von Zitronenrasierwasser mit seiner persönlichen Note strömte zu ihr herüber. In ihrem Nacken begann es zu prickeln.

Der Tenor gab erst dem Direktor, danach Jo und Breuer und zuletzt Heger die Hand und stellte sich als Jan Kiepura vor.

»Hatten Sie eine gute Anreise aus Warschau, Herr Kiepura?«, erkundigte sich der Direktor höflich, und der Tenor bejahte mit einem strahlenden Lachen.

»Was wollen Sie uns denn heute präsentieren?«

»Ich möchte ›La donna è mobile‹ – ›Die Frau ist launenhaft‹ aus ›Rigoletto‹ singen und außerdem ›Recondita armonia‹ – ›Verborgene Harmonie‹ aus ›Tosca‹«, sagte Kiepura mit charmantem polnischem Akzent.

Schalk nickte und der Tenor verständigte sich mit seinem Klavierbegleiter.

»Er ist erst vierundzwanzig Jahre alt«, raunte Schalk seinen Beisitzern zu. »Mal hören, ob er sein Instrument schon beherrscht.«

Kurz darauf legte der Tenor los, ganz der Genuss liebende und arrogante Herzog, der die Launenhaftigkeit der Frauen besang, mit einer hell schillernden und betörenden Stimme. Die schwungvolle Arie beendete er mit einem mühelosen hohen C.

»Eine unverschämte Stimme!«, rief Schalk und sprang aus seinem Sessel auf.

Der Tenor lächelte siegessicher. »Wollen Sie noch ein hohes C? Können Sie haben«, bot Kiepura an und schoss gleich drei dieser Spitzentöne hintereinander in die Luft wie Pfeile, die auf jede Entfernung trafen. Er legte mit der Arie aus »Tosca« nach und zeigte verführerische Stimmfarben ganz passend zum Maler Mario.

Während alle dem Tenor lauschten, ließ Eduardo auf der Sessellehne seinen Arm dicht neben Jos sinken, und dann spürte sie, wie er mit seinem kleinen Finger heimlich ihre Hand streichelte. Sie musste schmunzeln, zog aber ihre Hand weg. Wenn das der Direktor sähe …

»Vielen Dank, Herr Kiepura, wir haben einen guten Eindruck gewonnen. Wenn Sie in meinem Büro warten möchten. Ich bespreche mich nun mit den Herren Kollegen«, verkündete der Direktor.

Der Tenor verließ den Salon.

»Was meinen Sie?«, fragte Schalk an seine Beisitzer gerichtet.

»Viel jugendlicher Leichtsinn in der Stimme«, urteilte Breuer.

»Vielleicht muss man seinen Übermut noch ein bisserl in geregelte Bahnen lenken. Aber ein enormes Organ hat er«, fand Heger.

»Eine außergewöhnlich schöne Stimme«, lobte Jo, als Schalk sie ansah.

»Diese Stimme müssen wir uns sichern. Außerdem ist er ein gut aussehender Knabe. Mit ihm bekommen wir das Haus bis auf den letzten Platz gefüllt«, sagte der Direktor zufrieden.

»Wir können ihn auf jeden Fall in der ›Tosca‹ einsetzen«, überlegte Heger.

»Ich könnte ihn mir auch gut als Calaf in ›Turandot‹ vorstellen. Für unsere Oktober-Serie«, schlug Breuer vor.

Der Direktor nickte. »Nun, dann werde ich den jungen Polen gleich mal einen Saisonvertrag unterschreiben lassen.«

Am Nachmittag vergrub sich Jo in der Notenbibliothek im Dachgeschoss des Opernhauses. Heger hatte sie beauftragt, nach Raritäten von Monteverdi für einen Barock-Konzertabend zu suchen. Hier oben standen Metallregale aufgereiht wie Soldaten, vollgestopft mit Noten, die niemals das Tageslicht erblickten, niemals erklangen, außer jemand erlöste sie aus ihrem Archiv aus Staub und Stille. Die Barockmusik war unter der Dachschräge untergebracht, sodass Jo in die Knie gehen musste, wenn sie dort die prall gefüllten Pappmappen aus dem Regal zog. Sie musste jedes Mal niesen vom Staub. Sie setzte sich mit den Papierbündeln an den Holztisch mit knarrendem Stuhl ohne Polsterung. Sie blätterte und las in den Noten, summte einige Sequenzen vor sich hin, während ihre linke Hand durch die Luft glitt wie ein Schmetterling und die Artikulation formte. Aber heute wollte die Musik in ihrem Kopf nicht richtig erklingen. Unentwegt schob sich das Bild von Eduardo dazwischen; sie hörte sein zärtliches Raunen in ihrem Ohr und meinte, den warmen Hauch seiner Berührungen zu spüren. Sie schüttelte einige Male den Kopf und ihr Herz hüpfte wie zum Protest. »Nein, es darf nicht sein«, beharrte ihr Verstand. Eduardo war verheiratet und Johanna stand höchstens die Rolle der heimlichen Geliebten zu. Auch wenn er ihr Liebesworte zugeflüstert hatte, wäre sie töricht, an wahre Liebe zu glauben. Er würde sich bestimmt nicht scheiden lassen, um frei für sie zu sein und sie vielleicht sogar zu heiraten. Wieder schüttelte sie ihren Kopf. Heiraten war auch gar nicht ihr Ziel. Denn als Ehefrau müsste sie ihren Beruf als Dirigent aufgeben. Das wollte sie auf keinen Fall!

Nach vielleicht zwei Stunden hatte sie einen kleinen Notenstapel zusammengestellt, den sie Heger als Vorschlag hinunterbringen wollte.

Da hörte sie unregelmäßige Schritte auf der Holztreppe, die nach oben führte. Erwartungsvoll drehte sie den Kopf zur Tür.

Eduardo trat ein und es wurde ein bisschen heller im Raum.

»Hier steckst du also«, sagte er schmunzelnd und näherte sich ihr. »Ich dachte schon, dich hätte der Erdboden verschluckt.« Er gab ihr einen Kuss auf den Nacken.

Sie stand ruckartig auf. »Ich arbeite«, ermahnte sie ihn, sammelte die Notenmappen zusammen und schleppte sie zurück an ihren angestammten Platz im Dachwinkel. Als sie zum Tisch zurückkehrte, hatte sich Eduardo an die Kante gelehnt und die Arme vor der Brust verschränkt. Sein Gesicht hatte sich verdüstert.

»Was ist los? Ich wollte dich eigentlich fragen, ob wir gemeinsam zu Abend essen ...«

»Wo denn? Im Kaffeehaus oder bei dir im Bett?«, fragte sie und sah ihn herausfordernd an.

»Wo du willst.«

Sie musste niesen. »Verdammter Staub hier oben«, schimpfte sie und marschierte zur Tür, verpasste dem Lichtschalter einen Stüber, die Dachkammer versank in Dunkelheit, obwohl Eduardo noch mittendrin stand. Sie stieg die Treppe hinunter, er kam ihr eilig nach. Sie gelangten in den Flur des Obergeschosses, durch die Fenster fielen die orangefarbenen Strahlen der Abendsonne. Von hier gingen die Türen in den Kostümfundus und die Schneiderei ab. Dort rumorte es von fleißigen Arbeitern.

Eduardo hielt sie am Arm fest und drehte sie zu sich herum.

Sie blickte ihm trotzig in die Augen.

»Bist ganz eingestaubt da oben, mein süßer grünäugiger Drache«, flüsterte er und rieb ihr sanft mit dem Daumen über die Wange. Dann beugte er sich vor und sie spürte seine Lippen auf ihren.

»Lass das«, zischte sie und schob ihn auf Armeslänge weg. »Wenn uns jemand sieht, fliege ich auf.«

»Ach, hier ist doch niemand«, winkte er ab. »Und wenn schon, vielleicht denken die Leute ja, ich sei auf hübsche junge Männer umgeschwenkt.« Er zwinkerte ihr zu und seine Zähne blitzten auf.

»Das ist nicht lustig. Du hast nichts zu verlieren. Aber ich habe alles zu verlieren. Alles, wofür ich jahrelang gearbeitet habe!«

Eduardos Gesicht wurde ernst. »Meinst du nicht, du könntest deine Maskerade endlich fallen lassen? Du hast doch längst bewiesen, dass du es draufhast. Es sollte keinen Unterschied machen, ob du ein Mann oder eine Frau bist«, sagte er und schaute sie eindringlich an.

»Das tut es aber! Du hast nicht gehört, wie sich der Direktor und Heger vorhin über eine gewisse Frau Mayer mokiert haben, die vor ein paar Tagen mit den Berliner Philharmonikern ein Konzert gegeben hat. Nur Männer können nach ihrer Überzeugung richtig Musik machen. Was Schalk heute noch am Dirigat von *Herrn* Osterkamp als innovativ lobt, würde er bei *Fräulein* Osterkamp morgen als laienhaft herabwürdigen.«

»Ich weiß nicht. Vielleicht solltest du dem Direktor mehr zutrauen. Irgendwann kommt der Zeitpunkt, an dem du dein wahres Gesicht zeigen musst. Oder stellst du dir etwa vor, du könntest diese alberne Maskerade ewig aufrechterhalten? Willst du das?«, fragte er gepresst.

»Mir bleibt nichts anderes übrig! Du hast keine Ahnung, wie das ist, wenn einem die Tür vor der Nase zugeschlagen wird, nur weil man eine Frau ist. Deine naiven Ratschläge kannst du dir sparen.« Sie bebte vor Zorn.

Er blickte zur Seite und seufzte. »Und was stellst du dir für uns vor?«, wollte er gedämpft wissen.

»Es gibt kein ›uns‹. Du bist verheiratet und ich bin *Herr* Johann Osterkamp. Ich werde meine gute Anstellung jedenfalls nicht riskieren, damit du eine heimliche Bettgespielin haben kannst.«

»Es geht nicht nur um mich, sondern genauso um dich. Du belügst dich selbst, wenn du so tust, als hätte dir die letzte Nacht nichts bedeutet«, sagte er leise.

»Die letzte Nacht war etwas Besonderes«, flüsterte sie. »Aber sie war ein Einakter. Es wird keine weiteren Akte geben.« Das Gewicht der Worte drückte auf ihre Stimme, die ganz erstickt klang.

Eduardo schaute sie aus seinen ozeanischen Augen an, und am liebsten hätte sie sich in ihnen versenkt bis auf den Grund. Sie riss ihren Blick fort und starrte auf ihre Hände, die sich um die staubigen Notenblätter verkrampft hatten.

»La donna è mobile.« Eduardo lachte bitter. Damit verließ er sie.

Johanna drehte sich zum hundertsten Mal von einer Seite auf die andere und trat das Bettlaken mit den Füßen weg, setzte sich auf und trank einen Schluck Wasser. Sie hielt sich das kühle Glas an die heiße Wange. Sie könnte in diesem Moment in seinen Armen liegen, seine Lippen auf ihrem Körper spüren, seinen Atem und sein lustvolles Seufzen in ihren Ohren hören. *Minha querida – minha amada.*

»Schluss damit«, befahl sie sich. Es war richtig gewesen, dass sie der Affäre einen Riegel vorgeschoben hatte. Leidenschaft war etwas Flüchtiges. Sobald Eduardo genug von ihr gekostet hatte, würde er sie fallen lassen – in ein paar Wochen, in ein paar Monaten. Und sie würde wie ein welkes Herbstblatt in einer Pfütze liegen und sich nach dem Sommer sehnen, bis der Schnee sie gnädig zudeckte und jedes Gefühl einfror. Die Musik war ihre Bestimmung. *Sie* war die große Liebe ihres Lebens. Sie wollte als Dirigentin mit den besten Musikern an den besten Häusern der Welt spielen, nicht als Musiklehrerin oder als

Hausmütterchen in einem Kämmerlein enden – oder schlimmer noch, als Mätresse von Wohlwollen und Willkür eines Mannes abhängig sein.

Am nächsten Morgen beim Frühstück saß Johanna unbeteiligt in der Küche dabei, während Tessa und Martha fröhlich schwatzten und sich an diesem Montag auf neue Ware im Rothberger und neue Begegnungen freuten.

»Heute kommt wieder der Vertreter von Chanel aus Paris und präsentiert die neuesten Düfte. Chanel No. 5 ist bei uns ein echter Verkaufsschlager. Bin gespannt, was er diesmal mitbringt«, frohlockte Tessa.

»Monsieur Delon macht den Franzosen alle Ehre. Was ihm an gutem Aussehen fehlt, macht er durch Charme wieder wett.«

»Er hat wirklich eine sehr ausgeprägte Nase.« Martha hielt sich eine Salzstange vor ihre eigene Nase, sodass sie aussah wie Pinocchio.

Tessa lachte lauthals.

»Vielleicht hilft ihm seine große Nase beim Riechen der Düfte«, vermutete Dana.

»Ihr wisst doch, was man über Männer mit großen Nasen sagt«, raunte Tessa, und Martha grinste.

»Was denn?«, fragte Dana, ganz die Unschuld vom Lande.

»Sie sind gute Liebhaber«, half ihr Martha mit gesenkter Stimme auf die Sprünge, und Tessa gluckste.

Johanna kaute ohne Appetit an einer Butterbrezel und spülte sie mit großen Schlucken Milch herunter. Sie dachte an die bevorstehende Probe. Die »Zauberflöte« stand auf dem Programm. Heute brauchte sie den Zauber der Musik ganz besonders.

Kapitel 18:
Bienenstich

Wien, 29. Mai 1926

»Friedrich, lauf nicht so weit voraus«, rief Dana ihrem Schützling hinterher, der mit seinem Ball auf die Wiese rannte, sobald sie im Stadtpark waren. Seine Schwester Constanze in einem hübschen Kleid und mit Sonnenhut ging artig neben ihrem Kindermädchen. Dana hatte Johanna den Kindern als ihre Freundin und Mitbewohnerin vorgestellt. Sie hatte dabei tunlichst verschwiegen, dass diese sich seit Monaten jeden Morgen im Hausflur der Familie umkleidete. Wobei der schelmische Bube das sicherlich spannend gefunden hätte.

»Ein Spaziergang wird dich aufmuntern, du hast in letzter Zeit nur noch Trübsal geblasen«, sagte Dana zu Johanna, die schnell ihr Kinn hob.

Sie wollte sich nicht anmerken lassen, dass sie ständig an Eduardo denken musste und der unvernünftige Teil in ihr bereute, dass sie ihn zurückgewiesen hatte. Heute vor zwei Wochen war sie in seine Wohnung gestürmt und in seine Arme gesunken. Seit ihrem Trennungsgespräch hatte sie ihn nur noch im Vorübergehen gesehen, und gestern war er zu einer mehrwöchigen Tournee aufgebrochen. Vorher war er mit seiner Ehefrau Amanda im Arm ins Opernhaus hereingeschneit, um einige Noten aus seinem Büro zu holen. Im Flur hatte sich eine Gruppe von Kollegen für einen Abschiedsplausch versammelt und Johanna in ihrem Dirigentenanzug hatte sich am Rande dazugestellt und stumm alles beobachtet. Eduardo war bester Laune gewesen.

»Für eine zünftige Einkehr im Hofbräuhaus in München habe ich meine Lederhosen eingepackt«, hatte er lachend erzählt. »Und meine Amanda zieht ein Dirndl an, das steht ihr prächtig.«

Johanna war nicht entgangen, wie Eduardos Hand auf dem Rücken seiner Frau bei diesen Worten ein wenig tiefer geglitten war und ihren weiblich gerundeten Po getätschelt hatte. Von wegen, kaltes Ehebett! Die schöne Brasilianerin hatte verheißungsvoll dazu gelächelt.

»Amanda hat für die Zugabe im Konzert sogar ein bisschen Jodeln geübt«, pries er seine Frau weiter an. Die Sopranistin und ihr Dirigent würden sich auf der Tournee sicher nicht nur musikalisch vereinigen. Johanna stellte sich immer wieder vor, wie das Paar sich leidenschaftlich in den Hotelbetten wälzte, als wären sie auf ihrer zweiten Hochzeitsreise. Eduardo war gegangen, ohne sich von Johanna zu verabschieden. Sie schien ihm noch weniger zu bedeuten, als sie gedacht hatte. Das war eigentlich die Bestätigung, dass sie ihm nicht nachtrauern musste. Warum nur fühlte sich ihr Herz wie zerquetscht in ihrer Brust an?

»Schieß!«, kreischte Friedl, der den Ball zu Dana gekickt hatte, die nun beherzt zutrat und den Ball in hohem Bogen zurückspielte, dabei rutschte ihr der Pumps vom Fuß und flog einige Meter mit. Friedl warf sich vor Lachen auf den Rücken und strampelte wie ein Käfer.

»Doch nicht so!«, japste der Vierjährige. Seine Schwester, die schon in die fünfte Klasse des Lyzeums ging, grinste und ihre Füße scharrten, aber sie schien sich an die Manieren für Mädchen aus gutem Hause zu erinnern und ließ sich nicht zum Fußballspielen verleiten. Dana holte sich ihren Schuh vom Rasen zurück und sie folgten dem geschwungenen Weg an der Rückseite des Kursalons entlang. Durch die geöffneten Fenster drangen Walzerklänge und Gelächter. Junge Leute amüsierten sich hier beim Tanztee. Der Kies hinter ihnen knirschte; sie wurden von zwei Jünglingen in schicken Anzügen überholt, die zum Tanzparkett eilten und zweifellos auf eine Frühlingsromanze hofften. Am Türchen zum Kurgarten stand wieder die Blumenverkäuferin mit Bauchladen, die Johanna schon öfters gesehen hatte. Die alte Frau trug stets ein sauberes schwarzes Baumwollkleid. Sie hatte tiefe Furchen im Gesicht und knorrige Hände. Sie hielt sich kerzengerade, als wollte sie so ihre Armut verbergen. Gerade bot sie den Tanzherren kleine Sträuße für den Kotillon an und die Jünglinge griffen zu.

»Hat dir Martha erzählt, dass sie sich morgen mit Erich in seinem Tarock-Club trifft?«, plauderte Dana. Johanna schüttelte den Kopf.

»Wir haben in der Schule auch mal mit Tarock-Karten gespielt«, meldete sich Constanze zu Wort. »Zwanzigerrufen und Königrufen. Das hat Spaß gemacht.«

»Gehst du gerne auf die Schwarzwaldschule?«, wollte Johanna wissen, die von Dana einiges von der Schwarzwaldschule gehört hatte.

»Ja! Wir machen viel schönere Sachen als meine Freundinnen auf dem Wiedner Gymnasium.«

»Bei euch sind Kunst und Musik wichtig, oder?«, erkundigte sich Johanna.

»Constanze macht immer Sport auf dem Dach von der Schule«, rief ihr Bruder, der mit seinem Ball angeflitzt kam.

»Ja, Friedl ist ganz neidisch.« Das Mädchen kicherte.

»Ich kann meinen Fußball bis zu euch aufs Dach schießen«, behauptete er.

Zur Antwort schoss seine Schwester den Ball in Richtung Ententeich und Friedl rannte krakeelend hinterher.

»Letztens hatten wir Projektwoche«, erzählte Constanze mit leuchtenden Augen. »Da ging es die ganze Woche nur um Afrika. In Geografie haben wir Landschaften und Bodenschätze kennengelernt. In Biologie drehte es sich um afrikanische Tiere wie Giraffen und Elefanten und was sie fressen. In Deutsch haben wir Legenden und Sagen auswendig gelernt. In Musik und Sport haben wir auf Bongos getrommelt und dazu getanzt und gesungen, wie es die Eingeborenen tun. Am Ende der Woche haben wir eine Vorführung gemacht und die ganze Schule hat zugeschaut, natürlich auch unsere Direktorin, Frau Doktor Schwarzwald. Sie hat uns alle sehr gelobt.«

Friedl stürmte wieder mit seinem Ball vorbei und spielte seine große Schwester an, die nun doch ihre Zurückhaltung vergaß und sich mit ihm ein Dribbling um den Ball lieferte.

Platsch. Der Ball landete im Ententeich und schwamm obenauf. Zwei Schwäne drehten ihre langen Hälse zu dem neuen Schwimmer.

Friedl balancierte am Ufer und seine Sandalen standen bereits im Wasser.

»Nein, nicht ins Wasser, Friedrich«, ermahnte ihn Dana und fasste ihn zur Sicherheit am Arm.

»Wir brauchen ein Ruder oder einen Ast, um das Wasser in Wellen zu bringen«, entwarf Constanze sofort einen Plan. »Dann treibt die Strömung den Ball ans Ufer.«

Friedl rannte prompt zum nächsten Baum und zerrte an den Ästen. Dana half ihm und brach zwei tief hängende Zweige ab. Die Geschwister machten sich gleich daran, mit den Ästen über die Wasseroberfläche zu fegen, um den Ball zum Ufer zurückzutreiben. Friedl wäre in seinem Eifer vornüber ins Wasser geplatscht, wenn Dana ihn nicht an den Trägern seiner Latzhose festgehalten hätte.

Sie hatte die Kinder auf ihre sanfte Art gut im Griff, fand Johanna.

Das Manöver gelang tatsächlich und Constanze fischte den Ball freudestrahlend aus dem Uferschilf. Friedl riss den geretteten Ball sofort an sich und drückte ihn Dana stolz an die Brust.

»Du machst mich ja ganz nass.« Lachend wuschelte sie dem Buben durchs Haar. »Wir sind doch nicht auf der Donauwiese.«

»Auf die Donauwiese dürfen wir nicht«, sagte Constanze. »Unser Vater sagt, da treibt sich nur Gesindel herum.«

»Ach was«, meinte Dana und winkte ab. »Wir müssen im Sommer unbedingt mal auf die Donauwiese gehen, Johanna. Das ist ein großes Wiesengelände in Floridsdorf, einige Male im Jahr wird es überschwemmt. Ich war dort schon im Winter eislaufen und im Sommer baden. Kinder lassen da Drachen steigen und spielen Fußball. Es ist ein wahrer Abenteuerspielplatz.«

»Ich komme mit«, johlte Friedl und stürmte den Ball kickend davon, Constanze ihm hinterher.

»Du bist wirklich sehr lieb und geduldig mit den Kindern«, lobte Johanna die Freundin. »Die Götzels können froh sein, dass sie dich haben.«

»Ach, das kann doch jeder«, meinte Dana bescheiden. »Aber ich habe mich immer gerne um Kinder gekümmert. Früher schon um meine vier jüngeren Geschwister.«

»Das ist gar nicht selbstverständlich«, beharrte Johanna. »Ich habe zum Beispiel gar keinen Draht zu Kindern.«

»Dir fehlt nur die Übung«, beschwichtigte Dana und rannte im nächsten Moment los, um Friedl vom Sockel des güldenen Johann Strauss zu holen, an dem er gerade hochklettern wollte.

Als die Kinder sich ausgetobt hatten, setzten sie sich auf eine schattige Bank am Teich. Dana holte Plätzchen aus ihrer Tasche, die im Eiltempo in den Mündern verschwanden. Sie band gerade eine neue Schleife an den Zopf von Constanze, als Friedl unvermittelt anfing zu schreien und sich strampelnd auf dem Boden rollte.

»Was hast du?«, fragte Dana erschrocken und kniete sich neben den Jungen, der mit Händen und Füßen um sich schlug und ganz rot im Gesicht wurde.

»O Gott, was hat er nur?«, keuchte sie und warf Johanna einen Hilfe suchenden Blick zu.

Johanna erstarrte und spitzte ihre Ohren. Da war ein leises Summen, das konstant unter den Schreien des Buben erklang. Jetzt erkannte sie, was es war. »Eine Biene«, rief sie, hockte sich nun auch auf den Boden neben den Jungen und öffnete schnell den Verschluss der Latzhose, zog sie herunter und sein Hemd hoch. Tatsächlich, da brummte eine panische Biene am Rücken des Kindes, die nun den Weg ins Freie fand und summend verschwand.

»Die Biene ist weg. Alles ist gut«, versuchte Dana, den weinenden Friedl zu beruhigen. Sie zog das Kind in ihre Arme und betastete hektisch seinen bloßen Rücken.

Johanna sah, dass sich auf seinem Schulterblatt eine rote Schwellung erhob.

»Er hat einen Stich«, stellte sie fest. »Wir müssen schauen, ob wir das Gift herausbekommen.«

Ihre Finger fanden den schmalen Stachel und zogen ihn geschickt aus der Haut des Jungen. Dann legte sie entschlossen ihren Mund auf den Einstich und begann, daran zu saugen. Sie schmeckte etwas Bitteres und spuckte aus. Sie wiederholte das Saugen, bis es nach Blut schmeckte. Sie spuckte noch mal aus. Auf ihrer Zunge brannte es.

»Ich glaube, das Gift ist draußen«, sagte sie ein wenig atemlos.

»Das hast du gut gemacht, Johanna«, flüsterte Dana, die vor Aufregung rote Flecken auf den Wangen hatte. »Jetzt vielleicht noch kühlen …«

Constanze lief zum Teich und kehrte mit einem nassen Taschentuch zurück, das sie Friedl auf den Bienenstich legten. Der Junge hatte seine Stirn an Danas Hals gepresst und sich seinen Daumen in den Mund gesteckt. Sie streichelte beständig über seinen Kopf.

»Alles wieder in Ordnung, mein Kleiner. Die böse Biene ist weg. Tut dir der Stich weh?«

Der Junge schüttelte stumm seinen Kopf. Einige Minuten später hatte sich Friedl von seinem Schrecken erholt und mampfte wieder einen Keks.

»Hoffentlich bekomme ich keinen Ärger mit der Mutter«, raunte Dana Johanna zu.

»Aber du kannst doch nichts dafür. Im Freien gibt es eben Bienen.«

»Gott sei Dank hast du so schnell reagiert«, sagte sie und drückte Johannas Hand. Dann blies sie zum Aufbruch und sie spazierten Richtung Ausgang. Friedl ging an Danas Hand und Constanze trug den Ball unter dem Arm.

Auf dem Weg brach Johanna der Schweiß am Rücken aus, obwohl es gar nicht heiß war. Sie fühlte sich seltsam taumelnd beim Gehen, als würde der Boden unter ihren Füßen wanken und schwanken wie Bohlen auf dem Wasser. Endlich kamen sie vor dem Haus der Familie Götzel am Graben an. Dana schob die schwere Flügeltür zum Hausflur auf und die Kinder drängten hinein.

»Kann ich vielleicht mit hineinkommen und einen Schluck Wasser trinken?«, bat Johanna. Ihre Kehle fühlte sich wie ausgetrocknet an.

»Du bist ganz blass«, sagte Dana besorgt. Im nächsten Moment rauschte es in Johannas Ohren und die Welt verschwamm vor ihren Augen.

»Mir ist schwindelig«, hauchte sie und stützte sich auf Dana, die ihr sofort ihre Schulter bot und den Arm um Johannas Taille legte. Halb auf Dana hängend schleppte sie sich zum Aufzug am Ende des Flures.

»Was hat sie denn?«, krakeelte Friedl.

»Ist es deiner Freundin nicht wohl?«, rief Constanze.

»Geht die Treppen hinauf«, wies Dana die Kinder an und zog Johanna in die Kabine, schob das Gitter vor und drückte auf den Knopf. Mit einem Ruck und von elektrischem Surren begleitet bewegte der Fahrstuhl sich in die Höhe. Johanna lehnte ihre Stirn gegen die polierte Holzverkleidung der Kabine. Ihre Knie zitterten und ihr Magen hob sich gefährlich, ihre Kehle brannte vor Säure. Ihr war heiß und kalt zugleich, Schweißperlen rannen zwischen ihren Brüsten herab. Die Stimmen der Kinder hallten im Treppenhaus, während sie mit dem Aufzug um die Wette nach oben rannten. In der Beletage angekommen führte Dana sie zur Wohnungstür hinein, Johanna sank auf die Knie und spürte im nächsten Moment kalte Fliesen an ihrer Wange.

Eine sanfte Hand hob ihren Kopf und bettete ihn auf ein weiches Kissen. Jemand legte auch ihre Beine auf Kissen. Sie tauchte in Dunkelheit ein, fühlte sich wie unter Wasser, alles klang dumpf und sie wurde von Wellen auf und ab getragen.

»Johanna, hörst du mich?«, klang eine Stimme von weit weg.

Irgendwann tauchte sie langsam wieder auf. Etwas Nasses lief ihre Schläfen hinab. Sie blinzelte und sah das milchweiße Gesicht mit den kornblauen Augen von Constanze über sich, die ihr ein feuchtes Taschentuch auf die Stirn gelegt hatte. Friedl steckte ihr einen Keks zwischen die Lippen, den sie aber wegschob. Eine neue Welle von Schwindel und Übelkeit schwappte über sie hinweg. Sie schloss die Augen.

»Gottgütiger, was ist denn geschehen? Braucht das Fräulein einen Arzt?«, klang eine unbekannte Frauenstimme an ihr Ohr.

»Guck mal, Mutti, mich hat eine Biene gestochen«, rief Friedl. »Und Johanna hat das Gift aus meinem Rücken rausgesaugt.«

Dana erzählte der Mutter, was im Park geschehen war, und versicherte ihr eilfertig, dass es Friedrich gut gehe und dass Johanna ihm geholfen habe. Sie sprach ganz schnell und hoch und klang wie ein verängstigtes Kind.

Warum nur musste Johanna ihre Freundin mit ihrem Schwächeanfall vor deren Herrschaft in Verlegenheit bringen?

»Sie hat bestimmt eine Bienenvergiftung«, meldete sich Constanze ganz wissenschaftlich zu Wort.

»Wird schon wieder besser«, hauchte Johanna, blinzelte und versuchte angestrengt zu lächeln. Über ihr stand Frau Götzel – eine zierliche Gestalt in einem seidigen Kleid in Grün und Rot. Ihr Gesicht war fein geschnitten und ihr erdbeerblondes Haar hochgesteckt, an Hals und Ohren funkelten Edelsteine. Sie erinnerte Johanna an die Pik-Dame aus dem Kartenspiel mit französischem Blatt.

»Schaffen Sie das alleine, Dana? Ich muss wieder zurück zu meiner Teegesellschaft im Salon«, sagte Frau Götzel mit einer Sanftheit in der Stimme, die Gehorsam gewohnt war. »Constanze und Friedrich, ihr geht euch waschen und wartet artig im Kinderzimmer auf Dana.«

In diesem Moment schwappten Luft und Licht über Johannas Gesicht, als die Wohnungstür geöffnet wurde, Schritte über die Fliesen tappten und ein Paar polierter Lederschuhe neben ihrem Kopf auftauchte. Ihr Blick wanderte nach oben. Ein maßgeschneiderter Anzug in Marineblau, über dem weißen Hemdkragen ein kurzer, dicker Hals, auf dem ein runder

Kopf mit einem kräftigen Kinn wie bei einem Nussknacker saß. Schimmerndes Gold hüpfte vor Johannas Augen – mit Krawattennadel, Manschettenknöpfen und Siegelring trug er seinen Wohlstand zur Schau.

»Hallihallo, wen haben wir denn hier? Teestunde auf dem Fußboden?«, klang eine dröhnende Männerstimme in jovialem Ton durch den Flur.

Dana beeilte sich, die Situation zu erklären.

Frau Götzel schnitt ihr das Wort ab. »Die junge Dame ist eine Bekannte unseres Kindermädchens und hatte einen kleinen Schwächeanfall. Damit musst du dich nicht abgeben, mein lieber Alois. Ich habe den Anzug für deine Abendgesellschaft schon herauslegen lassen. Du kannst dich gleich umkleiden gehen. Außer, du möchtest mit meinen Gästen im Salon einen Sherry einnehmen.«

»Trinkt euren *Five o'clock tea* mal ohne mich, Larissa«, erwiderte er und zog seine wulstigen Lippen in ein abfälliges Lächeln. »Wenn ihr Ladys mit Goldgäbelchen im Kuchen pickt und euch mit parfümierten Spitzentaschentüchlein den Hals tupft, da stört ein zünftiges Mannsbild nur.«

»Vati, mich hat im Park eine Biene gestochen«, verkündete Friedl wieder seine Heldengeschichte und streckte seine Arme dem Vater entgegen.

Der machte eine abwinkende Handbewegung und Friedl ließ enttäuscht die Arme sinken.

»Entschuldigen Sie, ich wollte nicht in Ihr Heim einfallen. Mir geht es schon besser und ich werde gleich gehen.« Johanna versuchte, ihrer Stimme Kraft zu verleihen, während sie abwechselnd die Dame und den Herrn des Hauses aus ihrer liegenden Position anblickte.

»Sie sind natürlich in unserem Hause willkommen, Fräulein«, tönte das Familienoberhaupt. »Wir werden dafür sorgen, dass Sie wieder auf die schönen Beine kommen.«

Der Blick des Mannes glitt über ihre Beine und Johanna wurde sich schlagartig bewusst, dass ihr Kleid an ihren ausgestreckten und auf dem Kissen hochgelagerten Beinen bis über die Knie hochgerutscht war. Sie fühlte sich wie auf dem Präsentierteller. Hastig winkelte sie ihre Unterschenkel an, rollte sich auf die Seite und setzte sich mit Willenskraft auf, sodass der Rock ihre bloßen Beine verdeckte.

Dana reichte ihr stützend die Hand.

»Eine kleine Stärkung wird Ihnen guttun, mein Fräulein«, posaunte Herr Götzel. Wie aufs Stichwort tauchte eine rundliche Frau in Schürze auf und reichte ihr ein Glas mit Limonade, das Johanna dankbar annahm und sich mit kleinen Schlucken erfrischte.

»Ich sehe, Kindermädchen und Köchin haben die Lage im Griff«, sagte Frau Götzel spitz und nickte ihrem Gatten zu, er solle ihr in den Salon folgen und das Personal sich selbst überlassen.

»Wo wohnen Sie denn, mein Fräulein?«, erkundigte sich Alois Götzel, der sich von seiner Gattin nicht weglocken ließ.

»Im Orellischen Haus am Franziskanerplatz, so wie ich auch«, beeilte sich Dana zu sagen.

»Ich bestelle Ihrer Freundin ein Autotaxi. Das versteht sich doch von selbst. Nicht, dass sie auf dem Heimweg noch mal in Ohnmacht fällt.«

Johanna nickte.

Frau Götzel spitzte ihre Lippen, offensichtlich verärgert über die Einmischung ihres Gatten in diese lästige Dienstbotenangelegenheit, und rauschte in den Salon zu ihrem Damenkränzchen.

Herr Götzel walzte in ein anderes Zimmer und man hörte ihn, wie er lautstark am Telefon ein Autotaxi bestellte.

Johanna stand mit unsicheren Beinen auf und setzte sich auf das Polsterbänkchen bei der Garderobe. Sie kam sich seltsam leicht vor, aber das Schwirren in ihrem Kopf hatte zum Glück nachgelassen und der Boden fühlte sich wieder fest unter ihren Füßen an. Die beiden Kinder standen nach wie vor dabei und betrachteten sie teilnahmsvoll.

»Willst du meine Modelleisenbahn anschauen?«, fragte Friedl unternehmungslustig und grinste sie mit seinen Milchzähnchen an.

»Das nächste Mal«, versprach Johanna und strich dem niedlichen Buben über das Haar.

»Dann kannst du in meine Puppenstube kommen, wir trinken zusammen Tee und essen Bienenstich – aber der ist nicht giftig«, sagte Constanze.

Johanna nickte und lächelte.

»Das Autotaxi ist gleich da«, rief Herr Götzel durch den Flur. »Kinder, ab in eure Zimmer. Wir sehen uns beim Abendessen.«

Er stand nun vor Johanna, die sich ebenfalls erhob, und nickte Dana gebieterisch zu, die offenbar mit den Kindern das Feld räumen sollte.

»Ich bringe Sie noch nach unten, mein Fräulein«, sagte er.

»Bis heute Abend«, flüsterte Dana ihr zu und nahm die Kinder an den Händen.

Herr Götzel fasste Johanna am Ellbogen und führte sie hinaus und in den Aufzug.

»Sehr freundlich von Ihnen«, murmelte Johanna.

Herr Götzel stand im Aufzug dicht neben ihr, sie konnte sein Rasierwasser riechen und ihn durch seine Nase schnaufen hören.

»Sind Sie bei den Pfadfindern? Sind selbst ein flottes Bienchen, was?«, sagte er, und seine Stimme dröhnte viel zu laut in ihr linkes Ohr. Seine feuchten Lippen waren dicht vor ihren Augen, und wenn er sprach, blitzten seine kleinen, breiten Zähne auf – sie passten zu seinem Nussknacker-Kiefer.

Plötzlich schwappte wieder eine Welle von Schwindel über sie und sie lehnte sich von ihm weg gegen die Aufzugwand.

»Holla, nicht schlappmachen«, dröhnte der Nussknacker, und im nächsten Moment spürte sie seinen festen Griff an ihrem Oberarm, direkt unter der Achsel.

Seine harten Knöchel und Außenseiten der Finger drückten sich in die Weichheit ihrer linken Brust und eine zweite Hand fasste auf ihre rechte Hüfte und presste ihren Oberleib an seinen Bauch. Bestimmt nur ein Versehen. Trotzdem – diese Berührungen waren ihr zuwider. Erschrocken riss sie ihre Augen auf und wand sich aus diesem Griff. Unter anderen Umständen hätte sie dem Kerl deutlich gesagt, er solle seine Pfoten von ihrem Körper nehmen. Aber Herr Götzel war Danas Arbeitgeber und sie wollte ihrer Freundin keine zusätzlichen Schwierigkeiten machen. Vielleicht wollte er wirklich nur hilfreich sein. Hätte sie bloß ihr Korsett angehabt. Dieser Panzer schützte sie vor solch unerwünschten Berührungen. Wenn sie in ihrem Herrenaufzug unterwegs war, behandelten die Leute sie mit mehr Ehrerbietung.

Zum Glück setzte der Aufzug nun im Parterre auf und sie riss das Gitter auf und rettete sich mit einem großen Schritt aus der Enge der Kabine ins Freie. Von draußen tönte das Horn eines Autos, sie stürmte durch den breiten Flur und durch die Flügeltür hinaus auf die Straße. Der Chauffeur mit dunkelblauer Schirmmütze hielt ihr die Tür auf. Sie stieg mit zitternden Knien ein und ließ sich auf die muffige Rückbank sinken.

»Bringen Sie das Fräulein zum Franziskanerplatz«, wies ihr *Wohltäter* den Chauffeur an und drückte ihm einige Geldscheine in die Hand. Johanna presste ihre Lippen zusammen und blickte stur geradeaus. Einen untertänigsten Dank würde er von ihr nicht bekommen.

Kapitel 19:
Liebe geht doch durch den Magen

Wien, 26. Juni 1926

»Grüß Gott, Onkel Willi«, sagte Marcel und stellte ein Marmeladenglas auf die Durchreiche zur Portierloge.

»Was bringst du mir da Gutes mit?«, fragte sein Onkel und hob das Glas neugierig vor seine Augen, um die Aufschrift besser lesen zu können.

»Das ist für deine Mittagsjausen zum Schnabulieren – ein *Intermezzo* mit der Leibspeise von unserem Lieblingskomponisten«, antwortete Marcel.

»Ah, Hetschepetsch-Marmelade – Hagebuttenmark!«, rief Willi und leckte sich die Lippen.

»Ich war im Belvedere spazieren, da war es nur natürlich, dass ich dem Strauss-Schlössl auch einen Besuch abgestattet habe.« Marcel hob in gespielter Unschuld seine Hände.

»Gut, dass wir heute Samstag haben, sonst würde dein Herr Vater dir wieder die Ohren lang ziehen, du kleiner Streuner.

Ich hoffe, du hast die Lateinvokabeln schon fleißig gelernt. Deine Matura im nächsten Frühling bekommst du nicht vom Stehplatz aus«, mahnte der Onkel streng, aber Marcel wusste, dass er es nicht so meinte.

»Ach, Onkel Willi, das ist a gmahde Wiesn – meine Prüfungen bestehe ich mit links«, antwortete Marcel leichthin.

In diesem Moment trat die hohe, schlanke Gestalt von Osterkamp durch die Pforte ein. »Grüß Gott miteinander«, sagte der junge Dirigent, und ein Lächeln huschte über sein blasses Gesicht.

Marcel hatte schon öfters versucht, irgendwie mit dem jungen Mann ins Gespräch zu kommen, aber er schien es stets eilig zu haben. Wenn Osterkamp am Pult stand, wanderten seine Blicke immer wieder zu der gazellenhaften Gestalt des Dirigenten, der mit seinen fließenden Armbewegungen wie ein Tänzer wirkte. Besonders wenn er Mozart gab, war Marcel völlig hingerissen. Unter Osterkamps Dirigat klangen die wohlbekannten Musikstücke so differenziert und überraschend. Er war nur elf Jahre älter als Marcel, eigentlich hätten sie Freunde werden können. Aber Osterkamp schien unnahbar zu sein. Selbst im Vorübergehen hatte er eine stolze Ausstrahlung, ein bisschen sphärisch, wie aus einer anderen Welt – mit seinen hohen Wangenknochen, den funkelnden grünen Augen und der geraden Nase hatten seine Züge etwas Edles, wie eine Statue von Michelangelo, aber um den Mund herum auch etwas Weiches und sehr Menschliches. Ihn umgab jedenfalls genug Mysterium, um Marcels Jagdinstinkt zu wecken. Zwei Autogramme hatte er bereits. Gerade positionierte er sich vor der Flurtür, um den jungen Dirigenten in seinem Durchmarsch aufzuhalten.

»Grüß Gott, Herr Osterkamp«, sprach Marcel ihn an. »Wann dirigieren Sie endlich mal eine Oper von Richard Strauss?«

Osterkamp blieb stehen und blickte Marcel ernst an. »Im Dezember steht die ›Elektra‹ auf dem Spielplan. Könnte sein, dass ich das Stück dirigieren werde. Aber vielleicht möchte Maestro Strauss das auch selbst übernehmen.«

Marcel blieb der Mund offen stehen.

»Richard Strauss kehrt an die Wiener Oper zurück?«, rief er, und seine Stimme überschlug sich. Verdammt, eigentlich hatte er seinen Stimmbruch doch schon hinter sich. »Darauf hoffen mein Onkel und ich – und unzählige andere Strauss-Verehrer – seit dem Tag seiner Demission vor zwei Jahren. Sind Sie sicher? Haben Sie diese Informationen vom Direktor persönlich?«

Osterkamp schien über diesen Ausbruch erschrocken und machte einen kleinen Schritt zurück.

»Vielleicht ist es besser, auf eine offizielle Verlautbarung zu warten«, antwortete er ausweichend.

Die Freude trieb Marcel das Blut in die Wangen. Endlich wieder Strauss am Pult! Der Ziegenbart Schalk hatte den Meister vertrieben und dessen Platz mit seinem langweiligen Schnecken-Dirigat eingenommen.

»Mein Neffe hat mir sogar die Lieblingsmarmelade von Maestro Strauss mitgebracht«, meldete sich Onkel Willi zu Wort. »Denn die Liebe zum Komponisten geht auch durch den Magen.«

Sein Onkel hielt dem jungen Dirigenten das Marmeladenglas hin wie einen Pokal.

»Das Komponieren geht vielleicht ebenso durch den Magen«, meinte Osterkamp. »Beethoven hat darauf geschworen, extra starken Kaffee zu trinken: sechzig Bohnen pro Tasse, per Hand abgezählt. Und aus Mozarts Briefen geht hervor, dass er eine Schwäche für Leberknödel hatte.«

Marcel nickte eifrig. Das würde er daheim in seinem Notizbüchlein vermerken. Er sammelte solche Anekdoten und Details wie andere Jungs aus seiner Schule Murmeln oder Zinnsoldaten.

»Haben Sie Maestro Strauss mal kennengelernt?«, wollte Marcel wissen.

Osterkamp schüttelte den Kopf.

»Der Maestro lebt in der Jacquingasse nahe dem Belvedere«, gab Marcel stolz sein Wissen preis. »Er hat den Baugrund für sein Haus von der Stadt Wien zur Pacht bekommen, der Pachtzins besteht in der Partitur vom ›Rosenkavalier‹, die nun in der Österreichischen Nationalbibliothek liegt. Ich finde ja, für diese Partitur hätten sie Strauss mindestens das ganze Schloss Schönbrunn schenken müssen«, sagte Marcel inbrünstig.

Osterkamp schmunzelte und nickte. »Jetzt muss ich aber zur Probe.«.

»Proben Sie für ›Don Giovanni‹?«, fragte Marcel. »Darf ich zuschauen?« Marcel hoffte, seine verehrte Elisabeth Schumann aus der Nähe zu sehen, die die Zerlina sang.

»Ich habe nichts dagegen«, erwiderte der Dirigent, und Marcel betrachtete das als Einladung und folgte ihm auf dem Fuße ins Innere des magischen Musiktempels.

Der Probenraum im zweiten Stock erinnerte Marcel an eine Turnhalle, nur dass es nicht nach Medizinbällen und verschwitzten Turnmatten roch. Der Raum war hoch und karg, die Fensterscheiben waren mit einer milchig-undurchsichtigen Folie beklebt, damit niemand hineinschauen konnte. Auf dem Holzparkett sah man viele aufgeklebte bunte Linien und Markierungen, die das Bühnenbild abbildeten. In der Mitte stand ein langer Tapeziertisch, der die Festtafel von Don Giovanni darstellen sollte, zu der ihm der Geist des von ihm erschlagenen Komturs erscheint. Die Szenerie des Bühnenbilds wurde im Probenraum mit vereinfacht gefertigten Requisiten und minimalistischen Kostümen nachgestellt. Statt eines prächtigen Sessels gab es einen Holzstuhl, anstelle eines gebackenen Fasans und Silberbestecks auf der Speisetafel lagen dort eine gerupfte Gans aus Gummi und Holzlöffel. Die Sänger trugen ihre Straßenkleidung, darüber einzelne Elemente ihres Kostüms. Bariton Hans Duhan, der Don Giovanni sang, hatte immerhin Schnallenschuhe mit hohen Absätzen an, allerdings nicht die weißen Strümpfe und Kniehosen, die eigentlich zu seinem Kostüm gehörten, dazu eine Überjacke mit langen Rockschößen im Stil des 18. Jahrhunderts, jedoch nicht aus Samt und mit Stickereien und goldenen Knöpfen verziert, sondern aus einfarbiger Baumwolle. Bei seinem Diener Leporello, dargestellt von Karl Norbert, war es ähnlich. Die Damen trugen einfache weiße Reifröcke. Die reizende Elisabeth saß auf einem der Stühle an der Seitenwand und wartete auf ihren Einsatz. Marcel ließ sich zwei Stühle weiter nieder und nickte ihr zu. Sie erkannte ihren Verehrer und schenkte ihm ein bezauberndes Lächeln, vertiefte sich dann aber wieder in ihre Partitur. In der Mitte des Raums, an der Längsseite bei den Fenstern, war ein Podest aufgebaut, auf dem der Dirigent mit seinem Pult thronte. Eine Stufe tiefer daneben saß der *Maestro suggeritore*, wie sie hier den Souffleur nannten, der als verlängerter Arm des Dirigenten die ersten Worte einer jeden Zeile für den Sänger einflüsterte. Dann gab es noch einen Platz für den Regisseur der Wiederaufnahme. Der Dirigent war Gott, der Regisseur Jesus Christus, sein eingeborener Sohn, und der Souffleur der Heilige Geist. Von dieser Dreifaltigkeit der Herren wurde also die Probe geleitet. Wie bei Mozart-Stücken üblich, spielte der Dirigent auch das Cembalo, das für die Rezitative – die gesprochenen Texte der Sänger – als Begleitung unerlässlich war. An diesem Vormittag übernahm Johann Osterkamp die Rolle des Dirigenten für die Sängerprobe, während Kapellmeister Heger das Orchester im Auditorium leitete.

Sie probten zuerst die berühmte Katalog-Arie von Leporello, in der er der liebestollen Donna Elvira die Liste der Eroberungen seines Herrn Giovanni vorliest, um sie von ihrer Schwärmerei zu kurieren. Osterkamp war mit dem Bariton nicht zufrieden und leitete ihn an, anstelle seines *Staccato* mehr dynamische Bögen zu singen. Danach probten sie die Hochzeitsgesellschaft und Marcel konnte *seine* Zerlina bewundern. Er seufzte, als Elisabeth Schumanns liebliche Stimme im Duett »Là ci darem la mano« – »Reich mir die Hand, mein Leben« mit dem Bariton erklang. Die Schöne wickelte sich beim Singen kokett eine Haarsträhne um den Finger. Was hätte Marcel dafür gegeben, dieses seidige Haar auch einmal berühren zu dürfen.

In der Mittagspause ging Marcel mit den Sängern in die Kantine und plauderte ein bisschen mit ihnen. Nur Osterkamp war nirgends zu sehen.

»Ich finde es schrecklich fad, mit diesen Requisiten aus Holz und Kunststoff zu proben«, murrte Leporello, schlürfte seine *Kleine Schale Gold* und wischte sich den Milchschaum von der Oberlippe. »Ich nehme eine Heiße mit«, sagte er und wickelte sein angebissenes Würstchen in eine Serviette. »Dann habe ich wenigstens was zwischen den Zähnen, wenn ich so tun muss, als würde ich den Fasan kauen.«

Don Giovanni lachte und klopfte seinem Kollegen auf den Rücken.

Am Nachmittag übernahm Heger den Dirigentenstuhl und schwenkte seinen Taktstock. Osterkamp blieb am Cembalo. Sie probten die letzte Szene der Oper: Don Giovanni ließ sich einen Fasan als Festmahl schmecken, obwohl der Tod auf der Türschwelle stand. Leporello war in dieser Szene als komischer Gegenpart gefragt, der sich heimlich eine Keule vom Fasan stibitzte und das dann mit vollem Mund gegenüber seinem Padrone abstritt. Man merkte, wie viel übermütigen Spaß

Mozart beim Komponieren gehabt hatte, insbesondere bei seinem augenzwinkernden Eigenzitat: Es erklang nämlich eine bekannte Melodie aus seiner früheren Oper »Die Hochzeit des Figaro«. Marcel freute sich diebisch auf diese Passage. Endlich kamen sie in der Probe dorthin. Der Leporello-Bariton schlich sich ans Büfett – den Tapeziertisch, wo er seine Burenwurst neben die ungenießbare Gummigans gelegt hatte –, schnappte sich seine Beute und biss herzhaft hinein. Marcel hörte die Pelle knacken und konnte das Würstchenaroma bis zu seinem Platz hin riechen. Osterkamp spielte auf dem Cembalo die »Figaro«-Klänge. Leporello sang schmatzend seine Zeilen. Der Regisseur nickte zufrieden, aber Osterkamp unterbrach den Durchlauf und gab Leporello wieder musikalische Hinweise.

»Also, noch mal!«, forderte Heger ein wenig ungeduldig.

»Geht es auch ohne die Wurst? Die riecht wirklich sehr streng«, sagte Osterkamp und presste seine Lippen zusammen. Er sah irgendwie ein bisschen gelb um die Nase herum aus, fand Marcel.

»Ich brauche das fürs Gefühl«, beharrte Leporello.

Und so wiederholten sie die Szene und Leporello ulkte ausgiebig mit seiner Burenwurst herum. Osterkamp sagte keinen Ton mehr und starrte nur noch auf die Noten vor sich, was Marcel schade fand. Unter Hegers Aufsicht fiel Leporello wieder in seinen monotonen Gesangsstil zurück, aber Osterkamp mischte sich nicht ein. Die Stirn des jungen Dirigenten glänzte, und er wischte sich mehrfach das Gesicht mit einem Taschentuch. Dann kam Donna Elvira zum Einsatz, eine altgediente Sopranistin, die ihren Pudel immer mit zur Probe brachte. Das schwarz gelockte Hündchen saß für gewöhnlich auf ihrem Schoß, aber als sie nun dran war, bewachte es ihren Sessel.

Donna Elvira stürmte das Speisezimmer von Don Giovanni und flehte ihn zu seiner Seelenrettung an, sich von seinem sündigen Leben zu verabschieden, was dieser spöttisch von sich wies.

In diesem Moment sprang der Pudel vom Sessel, schnappte sich die Wurst von Leporello und kroch geschwind unter das Cembalo, wo er schmatzend begann, seine Beute zu verschlingen. Allgemeines Gelächter brach aus. Nur einer lachte nicht mit: Osterkamp hielt sich die Hand vor den Mund, sprang auf und stürmte Richtung Tür – um sich dort in ein Behältnis zu übergeben!

Der junge Mann war in die Knie gesunken und hatte seine Stirn an die Wand gelehnt. Die Probenden waren verstummt und starrten erstaunt hinüber, der Pudel bellte und seine Herrin schimpfte mit ihm.

»Geht es Ihnen nicht gut, Herr Osterkamp?«, rief Heger überflüssigerweise durch den Raum.

Marcel war schnell auf den Beinen und flitzte hinüber. »Kann ich etwas für Sie tun?«, fragte er und hockte sich neben Osterkamp. Der sah kreidebleich im Gesicht aus, seine Haut glänzte vor Schweiß und seine Hände zitterten. Er hatte die Augen geschlossen und schluckte heftig, wahrscheinlich, um weitere Magenausbrüche zu verhindern.

»Soll ich Ihnen ins WC helfen?«, bot Marcel an.

Nun waren auch Heger und der Souffleur angerückt.

»Ja, das ist eine gute Idee«, meinte Heger.

Marcel griff dem Dirigenten unter den Arm, auf der anderen Seite tat der Souffleur das Gleiche, und sie halfen ihm beim Aufstehen.

»Geht schon«, murmelte dieser benommen.

Sie führten ihn hinaus in den Flur und einige Türen weiter ins WC. Osterkamp stützte sich auf die Waschschüssel, spritzte sich kaltes Wasser ins Gesicht und spülte sich den Mund aus.

»Sind Sie krank?«, erkundigte sich der Souffleur besorgt.

»Nein«, flüsterte Osterkamp. »Mir ist nur von diesem Wurstgeruch schlecht geworden.«

Wie aufs Stichwort kam Leporello herein. Er trug das mit Erbrochenem gefüllte Behältnis und hielt es auf Armeslänge von sich weg. Es war ein Regenschirmständer, wie Marcel nun erkannte. Leporello spülte das Behältnis aus. Er war sich seiner Mitschuld offenbar bewusst.

»Sie sind aber empfindlich, junger Mann«, tönte Leporello und verschwand wieder.

Kapellmeister Heger steckte den Kopf zur Tür herein. »Geht es wieder?«, wollte er wissen.

Osterkamp nickte mit hängendem Kopf. »Machen Sie nur weiter. Ich komme in ein paar Minuten wieder dazu«, sagte er schwach.

Also gingen sie alle hinaus.

Die Probe ging weiter. Das Corpus Delicti war inzwischen vom Pudel verschlungen worden. Obwohl Elisabeth Schumann nun wieder im Einsatz war, konnte Marcel ihren Liebreiz nicht genießen. Wo blieb Osterkamp nur so lange? Als eine Viertelstunde verstrichen war, schlich er sich aus dem Probenraum und ging auf die Toilette, um nach dem Dirigenten zu sehen.

O je, unter der Schwingtür der Klosettkabine ragten zwei ausgestreckte Hosenbeine hervor wie bei einer umgestürzten Schaufensterpuppe. Marcel sprang zur Kabine, schob die Tür auf – da lag der arme Osterkamp mit dem Gesicht auf den blanken Fliesen direkt neben der Kloschüssel, in der Erbrochenes schwamm – die Augen geschlossen.

Marcel kniete sich dazu und berührte vorsichtig die feuchte Stirn des hilflosen jungen Mannes. Sie fühlte sich einigermaßen kühl an. Er atmete ruhig, aber seine Lippen waren ganz bleich. Marcel zog sein Jackett aus und faltete es vierfach zusammen, fasste vorsichtig unter die weiche Wange des Bewusstlosen, hob den Kopf an und schob die Jacke als Kissen darunter. Dann tränkte er ein Handtuch mit kaltem Wasser und tupfte damit über Stirn und Nacken des Liegenden. Ein leises Murren drang aus seinem Mund, es klang ein bisschen wie ein Kätzchen. Marcel legte seine Hand auf dessen Schulter und schüttelte ihn ganz sanft. Wieder ein Murren. Es dauerte eine Weile, dann kam wieder mehr Leben in die Gestalt, seine Hand fuhr zum Gesicht, die Beine wurden angezogen, schließlich öffneten sich unsicher die Augenlider.

»Sie sind ohnmächtig geworden«, sagte Marcel. »Ganz ruhig, das wird schon wieder.«

Er klopfte Osterkamp beruhigend auf den Rücken. Er wusste nicht so recht, was er sonst tun sollte.

Osterkamp seufzte tief und versuchte mühsam, sich aufzurappeln. Es gelang ihm, sich hinzusetzen, an die Innenwand der Kabine gelehnt. Plötzlich nestelte er hektisch an seinem Halstuch herum. Vielleicht musste er schon wieder würgen. Aber dann beruhigte er sich.

»Vielleicht sollten Sie lieber nach Hause fahren und sich ins Bett legen«, schlug Marcel vor.

Osterkamp nickte, zog die Knie an und legte das Gesicht in seine Hände. Er hatte ziemlich hübsche Hände, fast wie ein Mädchen, nur größer.

»Mir ist auf einmal schwindelig geworden«, murmelte Osterkamp fast entschuldigend. »Aber ich glaube, es geht mir nun besser.«

»Hallo?«, hallte eine Stimme im Bad, und Schritte kamen heran. Das lange Gesicht von Heger schaute von oben auf sie herab.

»Oh, immer noch unpässlich«, stellte er fest.

»Ich habe Herrn Osterkamp bewusstlos gefunden«, beeilte sich Marcel zu erklären. »Er sollte, glaube ich, nach Hause, um sich auszukurieren.«

»Das scheint mir das Beste zu sein«, bekräftigte Heger. »Wir sind mit der Probe sowieso fertig. Ich kann Sie mit meinem Auto nach Hause fahren.«

Osterkamp nickte matt.

Kapitel 20:
In den Brunnen gefallen

Wien, 27. Juni 1926

Johanna wischte sich den Mund ab und ließ sich wieder ins Kissen fallen. Wann hörte diese Übelkeit endlich auf? Den Metalleimer neben ihrem Bett hatte sie heute schon drei Mal benutzen müssen – und es war noch nicht einmal Mittag. Es klopfte an der Tür und Dana steckte ihren Kopf herein. Johanna winkte matt mit der Hand, sie möge eintreten.

»Immer noch nicht besser?«, fragte ihre Freundin mitleidig und stellte eine Kanne mit frisch aufgebrühtem Kamillentee sowie einen Teller Zwieback auf den Nachttisch, öffnete das Fenster und verschwand mit dem Not-Eimer, um ihn unten im Bad auszuwaschen. Bald war sie wieder in Johannas Dachkammer.

»Soll ich einen Arzt rufen? Das geht jetzt immerhin drei Tage so«, sorgte sich Dana und setzte sich auf die Bettkante.

Mit ihrem pausbäckigen Gesicht schaute sie dermaßen freundlich und nichts ahnend drein, dass Johanna ein schlechtes Gewissen bekam. Wenn Dana wüsste, welche unselige Vermutung in Johannas Kopf kreiste wie ein Greifvogel, wäre sie dann immer noch so hilfsbereit?

Zum hundertsten Mal zählte sie stumm die Indizien auf, die es gab: Sie hatte seit der Nacht mit Eduardo ihre Periode nicht mehr gehabt. Seit sie in Wien lebte, war ihre Menstruation Monat für Monat kürzer und schwächer geworden und ihr Zyklus hatte sich verlängert. Es war, als wäre ihr Körper in einen Winterschlaf gefallen als Reaktion auf das Verstecken ihrer Weiblichkeit. Aber seit einigen Tagen spürte sie ein ungewohntes Ziehen in ihren Brüsten, die sich von innen wie aufgeblasen und von außen wie gehäutet anfühlten. Seit ihrem ersten Schwindelanfall im Stadtpark am Tag des Bienenstichs hatten sich diese in den letzten Wochen gehäuft – auch wenn es manchmal nur kurze Momente von Schwindel gewesen waren und sie nicht jedes Mal umgekippt war wie auf der Operntoilette. Und seit drei Tagen kotzte sie sich die Seele aus dem Leib. Sie war wahrscheinlich schwanger. »Guter Hoffnung« nannte man das schmalzig im Volksmund. Aber Hoffnung war das Letzte, was sie dabei empfand.

»Ab morgen brauche ich eine Krankschreibung«, murmelte sie.

»Ich bestelle den alten Hofrat her«, schlug Dana vor. »Der ist zwar eigentlich im Ruhestand, aber er macht Hausbesuche und hat mir schon bei meiner Ohrenentzündung und der Grippe gut geholfen. Er ist immer noch zugelassen und darf Krankschreibungen ausstellen. Ich gebe das Schreiben dann morgen für dich an der Opernpforte ab.«

Dana war wirklich eine treue Seele.

»Ja, ruf bitte den Hofrat. Aber ich denke nicht, dass er etwas gegen meinen Zustand tun kann«, flüsterte Johanna.

Dana sah sie mit ihren Rehaugen an.

Johanna gab sich einen Ruck. Sie musste Klarheit haben und den Tatsachen ins Auge sehen – und sie brauchte unbedingt eine Verbündete.

»Ich glaube, ich bin schwanger«, sagte sie leise, aber deutlich.

Der Schock auf Danas Gesicht blieb aus. Sie nickte nur. »Glaubst du, der Mann wird dir helfen?«, fragte sie.

»Wobei?«, fragte Johanna, und ihre Stimme zitterte.

»Je nachdem, was du tun willst.«

Die Worte hingen wie Blei in der Luft. Was wollte sie denn tun? Sie könnte das Ungeborene abtreiben oder ein uneheliches Kind zur Welt bringen. Das waren die nackten Fakten. Eine Welle von Übelkeit erfasste sie und sie würgte Magenschleim heraus. Ihre Kehle brannte. Sie wischte sich die Tränen aus den Augenwinkeln. Sie wollte Dana nicht sagen, dass der Erzeuger verheiratet war. Geld genug, um das Ungeborene loszuwerden, hatte sie selbst. Aber um ein Kind großzuziehen – dafür besaß sie nicht genügend Geld. Und ob Eduardo Breuer ihr Unterhalt zahlen würde? Sie hatte ihn seit Wochen nicht mehr gesehen, er war auf Tournee. Seine Zärtlichkeiten kamen ihr weit weg vor, wie aus einer anderen Welt.

»Ich muss erst einmal herauszufinden, ob ich wirklich schwanger bin. Vielleicht kommt die Übelkeit vom verdorbenen Fisch oder vom Omelett.«

Diese Erklärung hatte sie der Hauswirtin aufgetischt, als diese sie mit dem Kopf über der Kloschüssel erwischt hatte. Johanna glaubte selbst nicht daran.

»Wann hattest du denn zuletzt deine Monatsblutung?«, wollte Dana wissen.

Johanna deutete schwach auf ihren Terminkalender auf dem Tisch, den Dana ihr reichte. Sie schlug das dicke Buch auf, jede Tagesseite war beschriftet mit Johannas schwungvoller Handschrift, dort standen die Musikstücke und Probentermine. Probe – Auftritt – Probe – Probe – Auftritt. Das war der Takt ihres Lebens gewesen in den letzten sieben Monaten in Wien. Nun war dieser Rhythmus jäh unterbrochen – vom Herzschlag eines neuen Lebens? Unsinn, das war wirklich zu sentimental. Ein Embryo hatte noch kein Herz und keine Seele. Oder? Johanna fand die Seite, auf der sie mit grünem Buntstift »15 Uhr: Prater – Eduardo Breuer« eingetragen hatte, am Samstag, den 15. Mai 1926. Sie blätterte zurück.

»Vor sieben Wochen war das letzte Mal«, murmelte sie.

»Das spricht dafür, dass du schwanger bist«, sagte Dana. »Aber jetzt ist es noch zu früh, da kann der Arzt noch nichts am Bauch fühlen. In zwei bis drei Monaten werden die Anzeichen eindeutig sein.«

»Wenn ich warte, bis ich einen dicken Bauch bekomme, ist eh schon alles entschieden«, rief Johanna und setzte sich zornig auf, wurde aber sofort von einer Schwindelwelle erfasst und ließ sich wieder ins Kissen fallen.

»Wir können ein paar Tests mit Hausmitteln machen«, schlug Dana vor. »Weißt du, ich habe zwei ältere Schwestern und sieben Cousinen in Bulgarien. Da habe ich einige Schwangerschaften miterlebt. Manchmal ist es auch falscher Alarm.«

»Was sind das für Tests?«

»Meine Großmutter schwört auf die Knoblauchprobe. Du steckst dir am Abend eine Knoblauchzehe in die Scheide. Wenn du am nächsten Morgen einen knoblauchfreien Atem hast, dann bist du schwanger. Denn wenn sich ein Ungeborenes in deinem Bauch eingenistet hat, dann blockiert es den Durchfluss.«

Dana lächelte so stolz über dieses Frauengeheimnis, als hätte sie gerade den Stein von Rosetta entschlüsselt.

»Ich weiß nicht«, sagte Johanna zögerlich. Sie wollte Dana nicht vor den Kopf stoßen, aber diese Knoblauchprobe schien ihr eine fragwürdige Bauernweisheit zu sein.

»Gibt es noch eine andere Probe?«

»Ja«, bestätigte Dana, und ihre Wangen waren ganz rosig vor Eifer. »Die Heilerin in unserem Dorf schwört auf eine Methode, die sie schon im alten Ägypten angewendet haben. Du musst morgens deinen ersten Urin in einem Stofftüchlein sammeln, dann einige Körner Weizen und Gerste dort einwickeln und in eine Schale mit Sand und Rosinen eingraben – in Ägypten haben sie Datteln genommen. Einige Tage lang musst du den Sand und das Tuch immer wieder mit deinem Morgenurin anfeuchten. Bist du schwanger, dann wird das Getreide keimen. Du kannst sogar erkennen, ob du einen Knaben oder ein Mädchen bekommen wirst: Wenn die Gerste wächst, wird es ein Knabe, wenn der Weizen wächst, wird es ein Mädchen.«

Dana nickte bekräftigend und schaute sie erwartungsvoll an.

»Das können wir machen«, stimmte Johanna zu.

Dana besorgte die Utensilien und in den nächsten drei Tagen bewässerte Johanna die Weizen- und Gerstenkörner mit ihrem Morgenurin.

Zwischenzeitlich kam der Hofrat zur Visite. Schwer keuchend vom langen Aufstieg humpelte er in ihre Kammer und Johanna bot ihm ihren Kamillentee an. Der Arzt trug einen imposanten Backenbart und ein Monokel über dem linken Auge. Sie schilderte ihm ihre Symptome. Er fühlte ihren Puls und schaute sich ihre herausgestreckte Zunge an.

»Haben Sie Blut im Erbrochenen oder im Stuhl?«
»Nein.«
»Haben Sie allgemein einen empfindlichen Magen?«
»Nein.«
Er drückte mit beiden Daumen auf ihrem Bauch herum.
»Tut das weh?«
»Nein.«

»Gibt es sonst irgendwelche Unregelmäßigkeiten? Frauenbeschwerden?«

»Nein«, log Johanna.

»Sind Sie verheiratet oder verlobt?«

»Nein.«

»Wer kümmert sich um Sie?«

»Ich – ähm – ich selbst. Ich meine, ich verdiene mein eigenes Geld. Meine Mitbewohnerin hilft mir, solange ich krank bin.«

Der Hofrat grummelte und notierte etwas auf seiner Patientenkarteikarte.

»Ich schreibe Sie für zehn Tage krank. Hier ist ein Rezept für Magentropfen gegen die Übelkeit. Die gibt es in jeder Apotheke. Wenn sich Ihr Zustand in einer Woche nicht gebessert hat, rufen Sie mich wieder. Regelmäßiges Trinken nicht vergessen. Leichte Kost essen. Haferschleim mit Milch und Honig.«

»Ja, danke, das mache ich«, hauchte Johanna. »Bitte bei der Krankschreibung nur ›J. Osterkamp‹ eintragen.«

Der Hofrat stellte ihr die Bescheinigung wie gewünscht aus und verabschiedete sich. Bevor er hinausging, verneigte er sich noch vor dem Bildnis von Kaiser Franz Joseph.

Nach drei Tagen sprossen Keimlinge aus den Körnern. Weizen und Gerste waren aufgegangen. Dana betrachtete die grünen Hälmchen nachdenklich.

»Vielleicht bekommst du Zwillinge«, überlegte sie.

Der Hauswirtin war die anhaltende Unpässlichkeit natürlich nicht entgangen. Am Montag polterte sie in Johannas Kammer und kassierte zuerst die Miete für den Juli. Ihr Habichtblick streifte durch das Zimmer und blieb auf der ägyptischen Gewächsschale unter der Fensterluke hängen. Ob ihre Nase den Uringeruch aufgespürt hatte?

»Was pflanzen Sie da an?« Die Hauswirtin hustete trocken, wie um ihr Missfallen zu zeigen.

»Bohnen«, murmelte Johanna. »Sollen gut für den Magen sein.«

»Ich habe eine gute Spürnase.« Frau Dabjanszki tippte sich mit dem Zeigefinger auf ihre kräftige Nase. »Hier ist was faul.«

Johanna zog den Morgenmantel fester um ihren Körper und ließ sich auf die Bettkante sinken. Sie schwieg und starrte auf den Boden.

»Ich hab's doch gleich gewusst – als Sie vor sechs Wochen nachts weggeblieben sind. Mit einem Mann haben Sie sich herumgetrieben – jawohl! Ich habe den Knutschfleck gesehen. Und jetzt haben Sie die Quittung für Ihre lockeren Sitten erhalten. Aber eines sage ich Ihnen: Das hier ist kein Obdach für ledige Mütter.«

Johanna hob die Schultern. »Sie irren sich«, presste sie hervor.

»Vom Dirigenten, was?«, krakeelte die Hauswirtin.

Johanna zuckte zusammen. Woher konnte sie das wissen?

»Der Sie vor ein paar Tagen nach Hause gebracht hat und dem Sie um den Hals gehangen sind?«

Oh, sie meinte Kapellmeister Heger. Johanna war erleichtert, auch wenn es eigentlich keinen Unterschied machte, wen die Hauswirtin als ihren Liebhaber im Verdacht hatte. An Heger hatte sie die letzten Tage gar nicht mehr gedacht. Obwohl sie sich am Tag ihres Schwächeanfalls bei der Probe gewundert hatte, dass Heger so zuvorkommend gewesen war. Er hatte angeboten, sie nach Hause zu fahren und sie über die langen Flure und vielen Treppen durchs Opernhaus bis zur Pforte begleitet. Auf dem Weg war ihr wieder schwindelig geworden und Heger hatte ihren rechten Arm um seine Schultern gelegt und sie wie einen Sandsack geschleppt. Ihr Kopf war dabei auf seine Brust gesunken; sie hatte den Pfeifengeruch auf seiner Leinenweste gerochen. Unter anderen Umständen wäre ihr diese körperliche Nähe unangenehm aufgestoßen, aber mit rauschenden Ohren und tanzenden Sternen vor den Augen war ihr das alles herzlich egal gewesen. Die Autofahrt hatte zum Glück nur kurz gedauert und beim Aussteigen hatte Heger sie wieder stützen müssen. Am Eingang zur Pension war sie nur mit einem schwach gemurmelten »Danke« im Hausflur verschwunden. Aber der Hauswirtin an ihrem Beobachtungsposten am Fenster war der Mann, der Johanna scheinbar in vertrauter Umarmung heimgebracht hatte, offenbar nicht entgangen.

»Das war nur mein Vorgesetzter am Opernhaus. Ich bin seine Sekretärin. Sonst nichts«, erklärte Johanna mit Anstrengung.

»Diese feinen Herren meinen immer, sie könnten aus der Sekretärin ihr Gspusi machen«, wetterte Frau Dabjanszki und stampfte hinaus.

Johanna streckte sich im Bett aus und zog sich die Decke bis unters Kinn.

Sie war gerade eingenickt, da polterte die Hauswirtin zum zweiten Mal herein.

»Hier, da gehen Sie mal schön hin. Ansonsten packen Sie Ihre Siebensachen zusammen und suchen sich eine andere Bleibe«, keifte sie und hielt Jo einen Zettel unter die Nase, auf dem ein Name und eine Adresse standen.

»Wer ist das?«

»Das ist eine Engelmacherin.«

Die Hauswirtin ging hinaus. Eine *Engelmacherin* – ein heiteres Wort für eine todernste Sache.

Am nächsten Tag fühlte Johanna sich ein wenig besser. Die Magentropfen halfen gegen die Übelkeit und der Schwindel ließ gegen Mittag nach. Sie zog sich an und ging vorsichtig die Treppen hinunter. Sie fühlte sich kraftlos, zwang sich aber, einen Fuß vor den anderen zu setzen. Draußen war es inzwischen

Sommer geworden. Die Pflastersteine strahlten die Wärme der Julisonne ab wie ein Backofen. Sie zog den Damenhut tief in die Stirn und wankte durch die Gassen zur Kärntner Straße. Nur noch ein paar Schritte und sie rettete sich in einen dunklen, kühlen Laden. Hier roch es wunderbar nach Büchern. Mithilfe der Antiquarin fand sie ein Buch mit dem Inhalt, den sie suchte. Mit dem in braunes Papier eingeschlagenen Wälzer unterm Arm schaffte sie es zurück zur Pension. In der Küche sank sie auf die schmale Holzbank und wäre fast heruntergefallen, wenn Dana nicht dazugekommen wäre.

»Du bist blass wie ein Gespenst. Was tust du bloß – alleine Einkäufe machen? Was ist das?«, fragte sie und nahm das Buch vom Boden. Sie wickelte es aus dem Papier und las: »Handbuch für Hebammen«.

Martha kam in die Küche und Dana verbarg das verräterische Buch schnell wieder.

»Bist du immer noch krank?«, fragte Martha teilnahmsvoll. »Das muss ein ganz und gar verdorbenes Essen gewesen sein. Ich habe dir frischen Magentee aus der Apotheke mitgebracht.«

Als Johanna mit Danas Hilfe wieder oben in der Kammer im Bett lag, blätterten sie gemeinsam durch das Buch. Sie schauten sich die großen Zeichnungen ganz genau an, die die Entwicklungsstadien der befruchteten Eizelle über den Embryo zum Fötus bis zum geburtsreifen Kind im Mutterleib zeigten.

»So sieht der Embryo nach sechs Wochen aus«, flüsterte Johanna und tippte auf die Zeichnung. Das Wesen hatte einen großen Kopf mit dunklen Augen, daran schloss sich eine Wirbelsäule an, die einen Bogen bildete bis zum Steiß, kleine Beinchen und Ärmchen waren auch bereits vorhanden.

»Ein bisschen wie ein Fisch«, fand Dana. »Mit den großen Augen.«

»Es ist so groß wie eine Erdnuss«, las Johanna vor.

In dieser Nacht konnte sie keinen Schlaf finden. Es war ein Fehler gewesen, sich dieses Buch zu besorgen. Die Bilder vom werdenden Kind griffen ihr ans Herz, aber sie durfte darüber den Verstand nicht verlieren und musste ihre Situation vernünftig analysieren. Angenommen, sie behielte das Kind – was sollte dann werden? Sie würde ihre Anstellung an der Oper verlieren, müsste Wien verlassen. Sie könnte zurück zu ihren Eltern nach Wangerooge ziehen. Was für eine Schmach, mit einem Bastard im Bauch heimzukehren. Ihre Eltern würden sie nicht abweisen, aber sie wäre für immer in deren Augen verbrannt und gescheitert an ihren wahnwitzigen Plänen.

»Hättest du bloß auf mich gehört und den Friedrich geheiratet«, würde ihre Mutter ihr für alle Zeit vorhalten.

Ihr Vater würde nichts sagen, aber die Enttäuschung würde sich in seinem Gesicht abzeichnen. Jedoch mit ihren Eltern unter einem Dach zu leben, als Versagerin und Bettlerin, das könnte sie nicht aushalten. Vielleicht gäbe es in Wilhelmshaven eine Stelle als Musiklehrerin? Allerdings konnte sie unmöglich einen Beruf ausüben und gleichzeitig alleine ein Kind versorgen. An ihre Eltern wollte sie diese Verantwortung nicht abschieben. Was war eigentlich mit Eduardo Breuer? War er als Vater nicht genauso verantwortlich? Aber auf Eduardo war kein Verlass. Er war impulsiv und folgte ausschließlich seinen Launen. So, wie er sie nach der »Walküre« im Weinkeller hatte sitzen lassen und im Prater versetzt hatte.

Oder sollte sie das Kind bei fremden Leuten in Pflege geben oder zur Adoption überlassen? Vielleicht wäre es das Beste für das Kind, in einer wohlsituierten Familie aufzuwachsen, bei einer Frau, die sich sehnlichst ein Kind wünschte.

Aber wie sollte sie ihre Schwangerschaft und die Geburt vor den Leuten an der Oper verbergen? In wenigen Monaten würde ihr Bauch sie verraten. Ihr Jahresvertrag lief zum Jahresende aus. Sie könnte dann irgendwo untertauchen, das Kind bekommen und weggeben und schließlich im Frühling nach Wien zurückkehren in der Hoffnung, vom Operndirektor wieder engagiert zu werden. Ach, das war alles so unsicher und qualvoll. Es gab einen viel leichteren Weg. Morgen würde sie zu dieser Frau gehen und alle ihre Probleme wären gelöst.

Es war bereits Mittag, als Johanna sich kräftig genug fühlte, die Pension zu verlassen. Sie trug ein fliederfarbenes Frühlingskleid, das Martha für sie im Rothberger ausgesucht hatte, und flache Sandalen. Ohne das Korsett fühlte sie sich seltsam nackt und ungeschützt. Nur ihre empfindlichen Brüste waren dankbar, nicht platt gedrückt zu werden. Die Straßenbahn brachte sie zum Margaretengürtel. Die Vorstadt Margareten im 5. Gemeindebezirk war ihr fremd. Die Fassaden der Häuser waren einfach verputzt, in Grau oder Beige, vom Stuck und Schmuck des 1. Bezirks war man hier weit entfernt. Hier wohnten die Arbeiter. Johanna stieg aus und ging auf wackeligen Beinen auf den grauen Gebäudekomplex mit unzähligen kleinen Fenstern zu, der die gesamte Biegung des Gürtels säumte. Eine Toreinfahrt mit der Überschrift »Metzleinstaler Hof« führte in einen Innenhof. Das mehrstimmige Geschrei von Kindern drang in ihre Ohren. Auf dem Rasenstück in der Mitte spielten kleine Jungs mit staubigen Beinen und blutigen Krusten auf den Knien Fußball, einige Mädchen mit Zöpfen sprangen Seil und malten Hüpfkästchen auf den Asphalt. Drei dicke Frauen in blauen Schürzen saßen auf Gartenstühlen und bewachten die Kinderschar. In der schattigen Ecke hängten junge Mädchen gräuliche Bettlaken über Wäscheleinen. Johanna fand das Stiegenhaus und schleppte sich hinauf. Im zweiten Stock roch es streng nach Kohlsuppe und Zwiebeln. Ihr Magen hob und senkte sich, sie schluckte mehrmals und konnte ihren Würgereiz unter Kontrolle bringen.

Sie schellte an der Tür mit dem Namen »Balog«. Drinnen hörte sie dumpfe Schritte hinter der Tür und das Klirren einer Kette, die zurückgelegt wurde. Die Tür öffnete sich einen Spalt und das schmale Gesicht einer Frau lugte misstrauisch heraus.

»Hallo, ich suche Frau Balog in einer dringlichen Angelegenheit«, sagte Johanna, und ihre Stimme hallte von den gekachelten Wänden des Flures wider. »Frau Dabjanszki von der Pension Anna am Franziskanerplatz hat mir Ihre Adresse gegeben.«

Die Frau brummte und öffnete die Tür, sodass Johanna eintreten konnte. In ausgetretenen Pantoffeln schlurfte die Frau in die Küche und zeigte auf einen Holzstuhl für ihre Kundin. Johanna setzte sich und starrte Frau Balog an. Diese sah überhaupt nicht so aus, wie Johanna sich die Kräuterfrau in ihren unruhigen Nächten vorgestellt hatte. Sie hatte Visionen gehabt von einer Frau mit wildem Haar in dunklem Gewand, halb in Nebel eingehüllt – so, wie solche mystischen Gestalten immer auf der Opernbühne dargestellt waren. Johanna hatte die unheimliche Musik von Verdi aus der Oper »Ein Maskenball« im Ohr und sah die Szene vor sich, in der die verzweifelte Amelia in den finstern Wald schleicht, um sich von der Wahrsagerin und Magierin Ulrica ein Kraut geben zu lassen, das ihre verbotene Liebe zum König Gustavo auslöschen sollte. Gäbe es doch wirklich ein solches Kraut, das den Herzschmerz und die Schuldgefühle betäubte, wünschte sich Johanna. Aber ihr blieb nur das Kraut gegen die Frucht ihrer Liebe, das sie sich heute geben lassen wollte. Doch statt im nebligen Wald befand sie sich in einer miefigen Küche. Die Frau, die ihr mit hängenden Schultern und hängenden Mundwinkeln gegenübersaß, hatte mit der Kräutermagierin aus der Opernwelt nichts gemein. Diese gewöhnliche Frau im geblümten Kittelkleid mit einem dünnen Haarzopf sollte also die Macht über Leben und Tod von Johannas ungeborenem Kind haben.

Sie räusperte sich. »Sind Sie die Engelmacherin?«, fragte sie. Das Wort schmeckte ihr bitter auf der Zunge. Aber es wäre sinnlos, lange um den heißen Brei herumzureden.

Die Augen der Frau wurden ganz schmal und sie schnaubte, was Johanna als »Ja« deutete.

»Sie sind also in anderen Umständen und wollen die Sache beenden?«, schnarrte Frau Balog.

Johanna nickte.

»Wievielte Woche?«

»Siebte.«

»Entweder ein Trank oder eine Nadel.«

Eine Nadel wollte Johanna auf keinen Fall. Sie hatte schreckliche Geschichten gehört von irgendwelchen Pfuschern, die den armen *Patientinnen* mit Stricknadeln im Innern herumstocherten, sodass sie daran verbluteten oder an Folgeentzündungen starben.

»Was für ein Trank?«

»Sie nehmen das Öl der Polei-Minze ein. Am besten abends vor dem Schlafengehen. Das führt innerhalb weniger Stunden zu Muskelbewegungen im Mutterleib. Dadurch wird die Leibesfrucht abgestoßen und ausgeschwemmt. Eine Blutung gehört dazu. Die hört aber von alleine wieder auf.«

»Wie sicher ist das? Ich meine, ist das Öl für mich gefährlich? Ist es giftig, wenn ich zu viel nehme?«, hakte Johanna nach.

»Zu viel ist giftig. Aber ich gebe Ihnen die richtige Dosis. Wenn der Abort nicht innerhalb von ein bis zwei Tagen erfolgreich ist, dann nehmen Sie eine weitere Dosis ein«, erklärte die Frau. Sie stand auf und holte ein braunes Glasfläschchen aus ihrem Küchenschrank und stellte es vor Johanna auf den Tisch. Das Fläschchen war bis zum Hals mit einer öligen Flüssigkeit gefüllt. Eine Beschriftung gab es nicht.

»Das ist der Trunk. Einhundert Schilling für eine Dosis.«

»Das Geld ist kein Problem«, sagte Johanna leise. Ihre Hände fuhren in die Rocktasche und umklammerten die eingerollten Geldscheine. Sie zog ihre Hand leer wieder heraus.

»Woher haben Sie das Polei-Minze-Öl?«, wollte Johanna wissen.

»Mein Vater führt eine Apotheke in Budakalász. Von dort bekomme ich die puren Substanzen. Ich mische sie dann hier in der richtigen Zusammensetzung.«

»Sie sind ausgebildete Apothekerin?«

»Ich bin schon als Mädchen meinem Vater im Apothekenlabor zur Hand gegangen. Ich weiß alles, was man wissen muss. Arbeiten tue ich als Krankenschwester.«

Johanna starrte auf den Küchentisch. Das blau-weiß karierte Tischtuch flimmerte vor ihren Augen. Ein grüner Spinatfleck zeugte vom letzten Mittagessen.

»Ist schon eine Ihrer Abnehmerinnen an der Behandlung gestorben? Kann ich vielleicht mit einer Frau sprechen, die diese Methode ausprobiert hat?«, bat Johanna.

»Ich kenne die Namen meiner Kundinnen nicht«, erklärte die Frau barsch. »Entweder Sie wollen Ihre Schwangerschaft beenden oder nicht. Wenn Sie lieber zu einem Arzt gehen möchten, dann machen Sie das. Der hilft Ihnen aber nicht weiter, sondern zeigt Sie bei der Polizei an. Also, was soll es sein?«

»Dann nehme ich ein Fläschchen«, entschied Johanna mit gesenktem Kopf. Sie wickelten das Geschäft ab.

Wenig später eilte Johanna durch den Innenhof, als wäre der Teufel hinter ihr her. Dabei waren es nur die Schreie der Kinder.

Am Abend kauerte Johanna auf der Bettkante, das braune Fläschchen in der Hand. Sie drehte die Verschlusskappe ab und schnupperte daran. Die Flüssigkeit roch nach Minze, aber es war noch eine beißende Bitterkeit dabei. Ein Schluck und alle ihre Sorgen wären vorbei. Aber was, wenn sie schreckliche Krämpfe und heftige Blutungen erleiden würde? Warum sollte sie ihr Leben und ihre Gesundheit in die Hände dieser fremden Frau im Blumenkittel geben? Vielleicht war diese Frau eine bösartige Giftmischerin. Oder nur eine dreiste Scharlatanin.

Aber angenommen, das Öl tat seine Wirkung. Sie würde ihr ungeborenes Kind töten – das mittlerweile einen Kopf und Augen hatte. Das Bild aus dem Hebammenbuch ließ sie nicht los. Hatte der Embryo bereits eine Seele? Wünschte das Wesen sich, leben zu dürfen? Wie das Kind wohl ausschauen würde, wenn sie es bekäme? Vielleicht hätte es die blauen Augen seines Vaters und die langen Beine seiner Mutter geerbt? Vielleicht würde es Mozart mögen? Johannas Augen brannten plötzlich und warme Tränen liefen ihr die Wangen hinab. Ein Schluchzen schüttelte sie und sie schlang die Arme um ihren Oberkörper. Niemand sonst hielt sie fest.

Kapitel 21:
Nie sollst du mich befragen

Wien, 8. Juli 1926

»Wie geht es Ihnen, Herr Osterkamp?«, fragte Kapellmeister Heger, als Jo in sein Arbeitszimmer trat. »Sie sehen immer noch ein bisschen blass um die Nase aus.«

»Danke, schon besser«, antwortete Jo und ging näher an den Schreibtisch heran. Sollte sie sich nochmals bei ihm bedanken, dass er sie am Tag ihres Zusammenbruchs nach Hause gebracht hatte? Doch während sie noch zögerte, war der passende Moment dafür verstrichen.

»Diese Noten müssen zurück in die Bibliothek«, sagte Heger näselnd und deutete auf einen Aktenturm an der Kante seines Schreibtischs. »Und hier ist eine Liste von Rechercheaufträgen für Sie. Es ist ganz schön viel liegen geblieben in den zwei Wochen, die Sie weg waren.«

War das seine Art zu sagen, dass ihre Arbeit wertvoll für ihn war?

»Ich kümmere mich so schnell wie möglich darum«, versicherte sie ihm.

In diesem Augenblick klopfte es an der Tür und Eduardo Breuer trat ein. »Grüß Gott, die Herren«, sagte er und warf Jo nur einen flüchtigen Seitenblick zu, aber seine blauen Augen schillerten im Sonnenlicht und seine Stimme resonierte tief in ihrem Bauch. Sie hatte ihn seit bald zwei Monaten nicht mehr gesehen; sein plötzliches Erscheinen traf sie wie ein Keulenschlag. Sie schwankte bedenklich und brauchte dringend einen Halt. Der Notenturm auf Hegers Schreibtisch war ihr am nächsten und sie stützte sich mit der Hand daran ab. Der Turm geriet ins Wanken – und krachte der Länge nach zu Boden. Notenblätter flatterten aus den Pappmappen und breiteten sich wie Fächer über den ganzen Fußboden aus.

Heger erhob sich aus seinem Sessel und schaute kopfschüttelnd erst auf das Notenschlamassel und dann auf seinen ungeschickten Assistenten.

»Verzeihung. Mein Kreislauf. Das war keine Absicht. Der Turm stand schon wackelig«, stotterte sie und ärgerte sich im nächsten Moment über ihre Unterwürfigkeit. Der verdammte Breuer war an allem schuld. Sollte er doch die Noten aufsammeln. Jo hob trotzig ihr Kinn und Heger schien zu erkennen, dass Jo nicht gewillt oder zu geschwächt war, die Aufräumarbeiten zu übernehmen.

»Ich kann die Sekretärinnen bitten, das aufzuheben«, lenkte Heger unerwartet ein. Dann sagte er zu Breuer gewandt: »Was gibt es, Herr Kollege?«

»Der Disponent sucht einen kurzfristigen Einspringer für die ›Lohengrin‹-Sitzprobe«, erklärte Breuer. »Der Kollege Furtwängler leidet nämlich unter akuten Rückenbeschwerden und will einen Arzt aufsuchen, damit er hoffentlich heute Abend wieder einsatzfähig ist. Sind Sie bereit, die Probe zu übernehmen, Herr Osterkamp?«

Breuer und Heger schauten sie beide erwartungsvoll an. Jo stockte der Atem. Maestro Furtwängler war hier? Wenn sie ihm über den Weg lief, dann würde er womöglich seine langjährige Sekretärin aus Berlin wiedererkennen und sie auffliegen lassen.

»Sicher«, krächzte Jo mit trockener Kehle. »Ich hole meinen Dirigentenstab und in fünfzehn Minuten kann die Probe weitergehen.«

Als Jo mit schweißnassen Händen den Orchestergraben betrat, war Furtwängler zum Glück schon weg. Die Partitur lag noch auf dem Pult und sie nahm den Faden wieder auf, wo dieser ihn fallen gelassen hatte.

»Gute Probe«, hörte sie die Stimme von Schalk über sich, als sie das Notenbuch am Ende der Probe zuklappte. »Leisten Sie mir doch in der Kantine Gesellschaft.«

Der Direktor hatte die Angewohnheit, wie ein Geist durch das Haus zu spuken und überall unangekündigt zur Kontrolle aufzutauchen. Obwohl sie eigentlich erschöpft war und sich am liebsten hingelegt hätte, konnte sie diese Einladung nicht ausschlagen.

Kurz darauf saß sie mit dem Direktor beim Essen. Ihr war erneut übel. Die Magentropfen aus der Apotheke milderten zwar das Erbrechen, aber mit Appetit zu essen war immer noch unmöglich. Schalk vertilgte schmatzend eine Hühnerbrust und sprach von dieser und jener Stelle im »Lohengrin« und Jo starrte auf die Fettaugen in ihrer Suppe, als sie ein Stuhlbein neben sich über den Boden schrammen hörte.

Eduardo nahm neben ihr Platz. Warum bloß suchte er ständig ihre Nähe?

Auch Lotte Lehmann, die im »Lohengrin« die Elsa sang, gesellte sich zu ihnen. Mit ihren kinnlangen schwarzen Locken, den mattblauen Augen und gut gepolsterten Schultern, die aus einem blumigen Sommerkleid mit loser Taille herauslugten, wirkte sie wie das Mädchen von nebenan – im Gegensatz zu ihrer Konkurrentin Maria Jeritza, die stets eine geheimnisvolle Erotik ausstrahlte.

»Letztens hat unser Kater Moritz einen Spatz im Garten erwischt und mir das halb tote Ding in der Küche vor die Füße gelegt«, erzählte die Sopranistin lachend während des Essens. »Der Vogel hat noch mit einem Flügel geflattert. Und Moritz hat mich treuherzig angeschaut und gemaunzt, damit ich ihn loben soll.«

Jo schluckte hart. Die dunklen Augenbrauen der Lehmann hüpften auf und ab und verschwammen vor ihren Augen. Sie stützte ihre Stirn in die Hand und befahl sich, tief ein- und auszuatmen. In ihren Ohren rauschte es. Hoffentlich kippte sie nicht gleich vom Hocker. Langsam wurde es wieder besser.

»Ich muss noch Noten für Herrn Heger ablegen«, sagte sie im Aufstehen und ließ ihre Suppe unberührt auf dem Tisch stehen. Sie war schon im Flur, als sie Schritte von hinten hörte und sich eine warme Hand auf ihre Schulter legte.

»Was ist los mit dir?«, fragte Eduardo. »Du bist totenbleich. Heger meinte, du seist krank gewesen?«

Jo zuckte mit den Schultern.

»Du solltest dich besser richtig auskurieren, bevor du wieder arbeiten kommst.«

Sie schnaubte. Das könnte nur noch sieben bis acht Monate dauern. Aber das würde sie ihm auf keinen Fall auf die Nase binden.

»Danke für die guten Ratschläge, aber ich habe wirklich zu tun«, erwiderte sie schnippisch und wollte sich an ihm vorbeidrängen, aber sie lief gegen seine warme Brust und musste den Impuls niederkämpfen, ihre Wange daran zu betten.

»Johanna«, flüsterte er und hob mit seinem Finger ihr Kinn an. »Sag mir, was los ist!«

Sie schlug seine Hand beiseite.

»Nie sollst du mich befragen!«, zischte sie mit Lohengrins Worten und drängelte sich energisch an ihm vorbei. Er ließ sie ziehen.

Am Nachmittag fühlte sie sich so erschöpft, dass sie Heger bat, eher nach Hause gehen zu können. In ihrer Dachkammer streckte sie sich im Bett aus und wollte für den Rest des Tages nicht wieder aufstehen.

Ein energisches Klopfen ließ sie aufschrecken. Es war mittlerweile dämmrig im Zimmer. Die Hauswirtin kam herein und schlurfte fünf Schritte bis zu ihrem Bett.

»Hier, ein Bote vom Opernhaus hat das eben gebracht. Für einen HERRN Osterkamp«, sagte sie, und ihr Habichtblick streifte durch das Zimmer.

»Hier müsste dringend mal wieder geputzt werden. Nur weil man *unpässlich* ist, muss man nicht im Schmutz leben.«

Jo nickte matt und nahm den Brief entgegen.

»Waren Sie bei der Frau, die ich Ihnen empfohlen habe?«, fragte die Hauswirtin scharf.

»Ja. Alles erledigt«, sagte Jo.

»Dann sind Sie sicher bald wieder auf den Beinen. Was soll man sich monatelang mit einem Verreckerle herumschlagen, wenn man die Umstände frühzeitig beenden kann«, grummelte Frau Dabjanszki beim Hinausschlurfen.

Jo erschauderte.

Als sie wieder alleine war, öffnete sie mit zittrigen Fingern das Kuvert. Vielleicht ihre Kündigung? Sie las die handschriftliche Notiz auf dem Briefpapier des Opernhauses.

> Einspringer heute Abend für »Lohengrin« erforderlich. Herr Furtwängler erkrankt. Bitte um tel. Rückmeldung bis 17 Uhr, ob Sie zur Verfügung stehen.

Eine Wagneroper zu dirigieren war die höchste Weihe für Dirigenten. Weil Furtwängler angekündigt war, würden sicherlich auch einige internationale Presseleute im Publikum sein. Aber sie fühlte sich so matt und schläfrig. »Steh auf!«, befahl sie sich. Sie würde ihre Kraft schon finden, wenn sie erst vor dem Orchester stand.

Im Morgenmantel tappte sie die vier Stiegenläufe hinab und tätigte den Anruf von dem einzigen Telefonapparat des Hauses – neben der Küche hing der Apparat an der Wand, daneben stand ein Hocker. Das ganze Haus hörte mit, wenn jemand das Telefon benutzte. Jo fasste sich kurz: Ja, sie würde am heutigen Abend einspringen.

Als Jo um 18:31 Uhr den Graben betrat, spürte sie sofort die Spannung in der Luft wie flirrende Elektrizität. Die Zuschauer waren eben mit der Ansage von der Indisposition von Wilhelm Furtwängler enttäuscht worden. Nun wollten sie entschädigt werden, entweder durch eine Glanzleistung oder durch einen Durchhänger, der ihnen das Recht für lautstarke Buhrufe und wütendes Zischen und Trampeln geben würde. Sie bot ihnen allen die Stirn. Auch wenn sie das nicht aufrecht stehend tun konnte. Sie hatte zuvor die Abendspielleitung gebeten, ihr einen Sitzhocker auf das Dirigentenpodium zu stellen – sie konnte nicht riskieren, mitten in der Oper ohnmächtig zu werden. Diese Hilfe war vor allem bei alten Dirigenten verbreitet – ein Zeichen von Schwäche. Oder von besonderer Würde, aber nur, wenn man schon grau und faltig und mindestens 80 Jahre alt war.

Sie hob ihren Dirigentenstab und ließ das Vorspiel mit seinen sphärischen Streicherklängen anschwellen. Es stellte die Aura des Grals dar, die Sehnsucht der Menschen nach einem Trunk, der ihnen Erlösung und ewiges Leben schenkte. Sie spürte die opiatische Wirkung der Musik, die ihre Zuhörer in einen Zustand der Trance und der Schmerzlosigkeit versetzen konnte. Sie musste an den Trunk in ihrem Nachtschrank denken – den in der braunen Flasche –, der sie von all ihren Sorgen befreien sollte.

Die Philharmoniker waren so aufmerksam wie noch nie zuvor. Jo verzichtete auf ihre üblichen weit ausgreifenden Armbewegungen und die wiegenden Bewegungen ihres Körpers. Sie lenkte all ihre Energie in die Spitzen ihrer Finger, und die Musiker schienen an jedem Wimpernschlag zu hängen. Sie wollte ihnen jenen Wagner-Klang entlocken, den sie in unzähligen Proben von Furtwängler in Berlin studiert hatte. Er ließ das Orchester *zittern*: Die einzelnen Instrumente und Stimmen setzten in Bruchteilen zeitversetzt ein und bildeten einen flirrenden Klangteppich, der ständig changierte wie ein impressionistisches Gemälde, dessen Wirklichkeit intensiver war, als ein bloßes Abbild der Realität. Furtwängler erreichte diesen Effekt des *Zitterns* durch seinen eigentümlichen Stil des Dirigierens: Er wackelte unausgesetzt mit dem Kopf wie eine Ente – sein langer Hals verstärkte diesen Eindruck. Gleichzeitig wackelte auch sein Taktstock auf und nieder – aber in einer zeitlichen Verzögerung. So gab er mit Kopf und Stock divergierende Signale, die von den Musikern unterschiedlich umgesetzt wurden. Jo hatte schon einige Orchesterspieler über diese Ungenauigkeit klagen hören, aber wer öfters unter Furtwängler spielte, der begriff, dass er mit seiner Technik genau diesen flirrenden Klang erzeugen wollte.

Jo wollte auf keinen Fall eine Imitatorin seines Stils sein. Davon gab es schon einige. Sie hatte in Berlin junge Kollegen erlebt, die das Furtwängler-Kopfwackeln vor dem Spiegel übten. Den *Entenstil* der schlechten Imitatoren konnte man sofort erkennen. Das war einfach nur peinlich. Nein, Jo wollte diesen Furtwängler-Klang in seiner Vielschichtigkeit. Sie gab die doppelten und zeitversetzten Einsätze mit ihren Blicken, dem vorgezogenen Einatmen beim Auftakt und dem verzögerten Hochschnellen des Stabes aus dem Handgelenk. Es gelang ihr auf beinahe magische Art und Weise. Sie wurde hineingesaugt in den Wagner-Klang und verschmolz mit dem Orchester. Als der Vorhang fiel, brach tosender Beifall los. Das Publikum feierte die Solisten, und als Jo für den Orchesterapplaus von Lotte Lehmann auf die Bühne geholt wurde, fühlte sie sich, als ginge sie unter Wasser. Meinten die Leute wirklich sie mit diesem frenetischen Jubel?

Später in der Garderobe kamen einige Gratulanten vorbei, ihr wurde kräftig auf die Schulter geklopft.

»Nicht schlecht für einen Einspringer«, meinte Heger mit einem säuerlichen Lächeln.

»Ein neuer Furtwängler«, verkündete ein Mann mit Block und Bleistift, wahrscheinlich ein Journalist.

»Wagner liegt Ihnen, Herr Osterkamp«, sagte der Direktor.

»Da braucht man kein Opium«, rief ihr jemand vom Flur aus zu.

An der Pforte blickte ihr Willi Wandler erwartungsvoll entgegen. Er hatte immer einige freundliche Worte für die Akteure des Abends, schließlich lauschte er jeder Vorstellung aufmerksam in seinem Haus-Radio.

»Bravo, Herr Osterkamp. Das war wirklich ein Ohrenschmaus. Sie haben Wagner ganz im Furtwängler-Stil klingen lassen. Man merkt, dass Sie bei ihm in die Lehre gegangen sind.«

Jo nickte dem Portier dankend zu und war schon vor der Tür. Erst an der kühlen Nachtluft klärten sich ihre Gedanken und plötzlich blieb sie stehen. Wie kam der Portier darauf, dass sie bei Furtwängler gelernt habe? Wie ein Blitz traf sie die Erkenntnis: Johanna Osterkamp hatte sich am ersten Tag des Vorspielens gegenüber dem Portier gebrüstet, die Assistentin von Furtwängler gewesen zu sein. Aber der Torwächter schien ihr Geheimnis zu bewahren.

Als Jo später in ihrem schmalen Bett lag, fand sie keine Ruhe. Ihre Zukunft als Dirigent an der Wiener Oper stand auf dünnem Eis, das ständig neue Risse zu bekommen schien. Es knirschte und knackte. Irgendwann würde das Eis brechen und sie würde ins kalte Nass stürzen. Mit oder ohne Kind. Mit Kind würde sie ganz sicher untergehen. Der Trunk in der braunen Glasflasche stand in ihrem Nachtschrank bereit. Jeden Abend stellte sie sich selbst auf die Probe. Aber ein innerer Widerstand hinderte sie jedes Mal daran, das Gift zu trinken. Sie wartete sehnsüchtig auf eine rettende Leiter, die ihr jemand über das Eis schob. Wer jedoch sollte dieser Jemand sein?

Kapitel 22:
Im Salon von Frau Doktor Schwarzwald

Wien, 14. Juli 1926

»Kommen Sie doch am Mittwochabend meinen Salon besuchen«, hatte die Dame am Bühnenausgang zu Jo gesagt. »Bei mir sind viele Künstler und Literaten zu Gast, Sie werden sich bestimmt wohlfühlen und interessante Gesprächspartner finden.«

Die rundliche Dame mit dem einnehmenden Lachen hatte Jo ihre Visitenkarte gereicht. »Eugenie Schwarzwald« war dort in silbernen Lettern eingeprägt und die Adresse in der Josefstädter Straße 68 im 8. Gemeindebezirk.

»Wer war diese Dame? Hat sie etwas mit der Schwarzwaldschule zu tun?«, fragte Jo den Portier.

»O ja, das war Frau Doktor«, antwortete Willi Wandler beflissen. »Sie ist die Leiterin der Schwarzwaldschule, ein Mädchenlyzeum, das über dem Café Herrenhof untergebracht ist. Viele ihrer Schülerinnen sind inzwischen bekannte Größen in Wien als Schriftstellerinnen oder Schauspielerinnen.«

Jo spürte ein aufgeregtes Kribbeln in sich aufsteigen. Von Frau Schwarzwald als Leiterin der fortschrittlichen Mädchenschule hatte sie schon von Danas Constanze gehört. Diesen Salon wollte sie unbedingt besuchen, um dort mit gebildeten und modernen Frauen zusammenzukommen.

Am Mittwochabend stieg Jo kurz nach Sonnenuntergang aus dem Autotaxi und stand ratlos vor dem schmucklosen Bürgerhaus Nummer 68 mit der abgeblätterten Farbe und den dunklen Fensterhöhlen in der Josefstädter Straße. Sie hielt die Visitenkarte fest umklammert wie einen magischen Schlüssel in eine andere Welt, ging zur Haustür und las die Namen auf den Schildern aus Messing. »Schwarzwald« stand nicht darauf. Da hörte sie fröhliches Gelächter und hohe Absätze über das Pflaster des Bürgersteigs klacken. Zwei junge Frauen in fließenden Gewändern bis zum Knie ohne Korsett mit Bob-Frisuren und Zigarette im Mund bogen mit ihren Tänzerinnenbeinen in eine dunkle Toreinfahrt ein. Jo eilte ihnen nach. Der Tunnel unter dem Vorderhaus hindurch führte in einen engen Innenhof. Versteckt in einer Mauer, die mit wilden Brombeerranken und Efeu überwuchert war, entdeckte sie ein Gartentürchen, das gerade quietschend ins Schloss zurückfiel. Dort waren die beiden mondänen Damen bestimmt hineingegangen. Jo drückte das Türchen auf. Vor ihr lag ein geschlängelter Weg, der von flackernden Windlichtern auf beiden Seiten eingefasst war und sie zwischen duftenden Blumen und Büschen, in denen die Grillen zirpten, zu einem prächtigen Gartenhaus führte. Mit seinen weißen Säulen und großen Fenstern sah es wie die Orangerie eines Palastes aus. Die Eingangstür aus grün lackiertem Holz war nur angelehnt.

Jo trat in einen breiten Flur. An der linken Wand hingen Hirschgeweihe, an denen einige der Besucher ihre Hüte aufgehängt hatten. Darunter befanden sich zwei Polstersessel, die über und über mit Sommermänteln und Capes bedeckt waren. Am Ende des Flures öffnete sich ein Türbogen eingerahmt von zwei roten Samtvorhängen wie zu einer Theaterbühne.

»Johann Osterkamp, was für eine schöne Überraschung!«, klang eine wohltönende Stimme an ihr Ohr. Durch den Bogen kam Lotte Lehmann auf sie zu. Die Sopranistin hatte ihre dunklen Haare mit einem bunten Turban umwickelt und ihre blassblauen Augen mit Kajalstift dramatisch ummalt. Ihr kurvenreicher Oberkörper wurde von einer türkisfarbenen Tunika locker umhüllt, dazu trug sie eine orientalische Pumphose mit goldenen Bündchen unter den Knien und goldene Reifen um ihre Fußgelenke. Ihre Füße steckten in leichten Sandalen und um ihre großen Zehen schimmerten goldene Ringe. Sie sah aus wie eine persische Prinzessin aus Tausendundeiner Nacht.

»Kommen Sie doch an unseren Tisch«, sagte die Lehmann und zeigte ihre kleinen weißen Zähne.

Jo folgte ihr in den Salon. Dieser Raum war hoch und fünfeckig wie ein Turmzimmer; ein Lüster mit buntem Muranoglas hing im Zentrum und warf einen Lichtkegel auf die Mitte des Raums, wo das Parkett frei war wie eine Tanzfläche. Rundherum standen an den Wänden viele kleine Tische, die alle mit Gästen besetzt waren, die angeregt miteinander sprachen. Im Raum schwirrten die Stimmen wie Nachtfalter um das Licht, es summte und brummte vor Lebendigkeit. Ein Ruhepol war der mächtige Marmorkamin, der im Juli natürlich nicht brannte. Darüber hing ein großer Spiegel, ebenso wie zwischen den Fenstern – so bekam man den Eindruck, der Raum wäre doppelt so groß. Die

Wände waren mit einem Tapetenstoff bespannt, der eine exotische Pflanzen- und Tierwelt zeigte, und in einer Ecke breitete eine tropische Grünpflanze ihre Fächerblätter über den Köpfen der Gäste aus. Man war halb im Urwald und halb in einem Schlösschen.

Lotte Lehmann ging auf ein Tischchen bei den bodentiefen Fenstern zu und zog einen freien Stuhl vom Nebentisch für Jo heran. So saß sie nun dicht an dicht um das runde Tischchen zwischen zwei jungen Frauen. Lotte nahm auf einem Bänkchen an der Wand Platz, das mit dicken Kissen ausgelegt war. Der Fünfte in der Runde war ein Mann mittleren Alters mit hoher Stirn und schmalen Lippen, die sich in beständiger Ironie nach unten kräuselten, während er zurückgelehnt seine Umgebung als distanzierter Beobachter musterte.

»Darf ich vorstellen: Johann Osterkamp, seines Zeichens Dirigent am Wiener Opernthoater«, stellte Lotte sie der Tischrunde vor. »Das ist Dorothy Tiffany Burlingham aus New York.«

Die Amerikanerin mit langem Hals und schwarzem Pagenschnitt rechts von ihr sagte: »How do you do?«, und musterte Jo neugierig. »May I call you Jo?«

Sie nickte. Es war hier wohl üblich, sich beim Vornamen zu nennen, aber zu siezen, solange man sich noch nicht besser kannte.

»Das ist Karin Michaëlis, sie ist eine Schriftstellerin aus Dänemark. Und gegenüber sitzt Lajos Hatvany, er stammt aus Budapest und ist Schriftsteller und Literaturkritiker.«

»Ich war letzte Woche im ›Lohengrin‹, als Sie dirigiert haben. Das war sehr beeindruckend«, sagte die Dänin und lächelte Jo aus ihrem runden Gesicht freundlich an.

»Ein Jammer nur, dass die Reimkünste von Richard Wagner so unterirdisch sind. Eine Wagneroper genießt man am besten, wenn man kein Deutsch versteht«, meldete sich der Literaturkritiker zu Wort.

»You are so bad – Sie haben eine böse Zunge, Lajos.« Dorothy lachte und klopfte dem Kritiker mit ihrem Fächer ermahnend auf das Knie.

»Aber die Musik ist einfach überirdisch. Und erst die Stimme von unserer Lotte«, schwärmte Karin mit ihrem dänischen Akzent. Jo musste sofort an Muscheln und Dünen denken. Am Hafen von Wangerooge hörte man öfters Seeleute aus Dänemark und Skandinavien.

»Darf ich Ihnen Tee einschenken?«, fragte Lotte und griff nach dem runden Metalltopf mit Ausgussschnabel, der in der Mitte des Tisches stand. »Das ist indischer Tee mit Gewürzen. Sehr belebend. Dazu ein bisschen Milch und Honig. Von den Häppchen bedienen Sie sich einfach selbst.«

Jo nickte. Neben der schlichten Teekanne stand eine filigrane Etagere mit drei Porzellantellern, die mit belegten Schnitten und Küchlein bestückt war. Sie nahm sich ein Gurkenschnittchen mit Radieschen in Blütenform.

»Milk first.« Dorothy goss einen Schuss Milch in die zarte Porzellantasse. Dann füllte ein roter Teestrahl die Tasse, der mit Milch vermischt rosé schimmerte und nach Zimt und Nelken duftete. Die Dänin zog einen Apothekerkasten aus Holz unter dem Tisch hervor, in dem eine Sammlung kleiner Fläschchen aufgereiht war, die abenteuerlich klirrten.

»Noch einen Schuss Likör oder Schnaps dazu?« Karin zwinkerte ihr zu.

»Unsere Gastgeberin Genia verwöhnt uns in jeder Hinsicht, nur Alkohol ist für sie tabu. Auch das Rauchen haben wir ihr nicht angewöhnen können.«

Jo hob ablehnend ihre Handfläche.

»Sind Sie auch abstinent?«, wollte Lotte wissen. »Sie wirken immer so durch und durch tugendhaft und konzentriert.«

»Man darf sich beim Dirigieren nicht ablenken lassen«, antwortete Jo ein wenig defensiv. Wenn die Damen wüssten, wie es mit ihrer Tugendhaftigkeit in Wahrheit bestellt war.

Ein Raunen ging durch den Raum und Jo suchte den Auslöser der freudigen Erregung. Die Gastgeberin Eugenie Schwarzwald war im Türbogen erschienen. Sie machte eine Runde an allen Tischen vorbei und begrüßte die Neuankömmlinge – die meisten bekamen Küsse auf die Wangen.

»Oh, welche Freude, Sie hier zu sehen, Maestro Johann«, sagte die Gastgeberin und tätschelte Jo mit ihrer rundlichen Hand die Schulter.

»Ich sehe, Sie sind gut versorgt. Nachher komme ich an Ihren Tisch, dann können wir in Ruhe plaudern.«

Genia Schwarzwald nahm in einer Nische neben dem Kamin Platz und man hörte das Schaben von Stuhlbeinen über Parkett, als alle Gäste sich ihr zuwendeten. Ein Dienstmädchen brachte einen Wäschekorb voll mit bunten Päckchen herein und stellte ihn zu Genias Füßen. An ihrer Seite nahm eine Frau mit modischem Kurzhaarschnitt Platz.

»Das ist Maria«, raunte Lotte Jo zu. »Sie lebt mit Hermann und Genia schon seit einigen Jahren zusammen. Sie führen sozusagen eine Ehe zu dritt und sind sehr glücklich damit.«

»Meine lieben Freunde«, ergriff ihre Gastgeberin das Wort. »Ich habe mir erlaubt, einige Kleinigkeiten für Sie und euch zusammenzustellen. Wie eine gute Freundin kürzlich zu mir gesagt hat: ›Schenken heißt, einem anderen etwas geben, was man am liebsten selbst behalten möchte.‹ In diesem Sinne habe ich hübsche und nützliche Gaben für jeden ganz nach meinem eigenen Geschmack ausgesucht – in der Hoffnung, dass sie beim Empfänger auch auf Gefallen stoßen. Mal schauen«, sie beugte sich vor und hob das erste Geschenk aus dem Korb. Sie schüttelte das längliche Päckchen an ihrem Ohr und lächelte verschmitzt.

»Das ist für meine liebe Lotte«, sagte sie und reichte das Geschenk an Maria, die es an den Tisch der Empfängerin brachte.

Lotte packte ihr Geschenk aus. Es war eine lange Halskette aus bunten Glasperlen. Sie legte sich die Kette sofort um den Hals.

»Persian princess«, bemerkte Dorothy.

Der Schmuck passte tatsächlich perfekt zum persischen Kleidungsstil von Lotte.

Während der Geschenkübergabe betrachtete Jo die Gastgeberin, die mit ihren über fünfzig Jahren offensichtlich mit voller Zufriedenheit in der Mitte ihres Lebens stand. Dunkle Locken umkränzten ihre Stirn, ansonsten war ihr Haar kurz geschnitten und reichte gerade über ihre Ohren. In ihrem runden Gesicht mit den slawischen Wangenknochen bildeten ihre dichten schwarzen Augenbrauen einen horizontalen Akzent, darunter funkelten ihre braunen Augen. Ihr kräftiges Kinn zeugte von Entschlossenheit und ihr Mund war unablässig in Bewegung. Sie trug kein Korsett, sondern einen locker fallenden Kittel aus Baumwolle mit Goldfäden über einer weißen Tunika zu einer Hose. Sie hatte einen voluminösen Busen und einen runden Bauch vom guten Essen. Jo fühlte sich an ihr kuscheliges Elefäntle aus Kindertagen erinnert – Genia wirkte wie eine Trösterin auf sie.

Plötzlich nahm Jo aus dem Augenwinkel eine Bewegung im Türbogen wahr – eine Gestalt mit blauen Augen und haselnussbraunen Locken. Was machte *er* bloß hier?

Lotte schwenkte ihren Arm und winkte ihn herbei. »Hier ist noch Platz«, formte ihr Mund.

Jo rührte in ihrem Tee und drehte dem Neuankömmling den Rücken zu.

»Guten Abend zusammen«, grüßte Eduardo Breuer, und seine Stimme klang wie Honig, dabei hatte sie sich solche Süßigkeiten doch strengstens verboten. Er legte seine Hand auf die Rückenlehne ihres Stuhls – und dann strich der unverschämte Kerl mit seinem Daumen über ihr Schulterblatt, viel zu lange, als dass es ein Versehen hätte sein können. Die Wärme seiner Finger drang durch den Stoff bis auf ihre Haut, ein köstlicher Schauder jagte ihre Wirbelsäule hinab und sie erzitterte. Damit er nicht auf falsche Gedanken käme, schüttelte sie sich energisch, und seine Hand hob sich von ihrer Schulter.

Eduardo holte sich einen Stuhl und quetschte sich zu ihnen an den Tisch. Er schenkte sich Tee ein und die Dänin gab ihm einen Schuss Rum aus ihrem Apothekenköfferchen dazu.

Jo wollte sich gerade von diesem Tisch verabschieden, als plötzlich ihr Name fiel und ihr ein Geschenk überreicht wurde. Sie nickte der Gastgeberin dankend zu. Es schien üblich zu sein, die Präsente sofort zu öffnen. In ihrem fand sie ein wunderschönes seidenes Einstecktuch mit japanischen Motiven – Kirschblüten und Schriftzeichen – und sie musste an Madame Butterfly denken.

»Das kann man sicher auch als Halstuch verwenden«, sagte Eduardo und gab ihr unter dem Tisch einen Stups mit seinem Fuß.

Sie warf ihm einen grollenden Blick zu.

Er grinste. Sein Lächeln und seine Berührungen lösten eine warme Flut in ihrem Innern aus. Die Art, wie er sie mit ihrem Geheimnis aufzog und sie heimlich gestreichelt hatte, hatte so viel Vertrautheit, dass ihr die gemeinsamen Stunden in seinem Bett wieder ganz gegenwärtig waren. Seine leidenschaftlichen Küsse, seine gehauchten Liebesworte und die kleinen Geheimnisse, die er mit ihr geteilt hatte. Sie waren sich so nahe gewesen. Jetzt saß er wieder dicht bei ihr und doch trennten sie die Umstände. Sie ertappte sich dabei, wie ihre Augen unentwegt zu ihm huschten und seine schönen Gesichtszüge aufsogen. Sie konnte sich nicht von ihm losreißen, auch wenn es klüger gewesen wäre.

Weitere Geschenke wurden verteilt. Dorothy bekam einen Füllfederhalter mit Goldfeder.

»Warum nennen Sie unsere Gastgeberin ›Frau Doktor‹?«, fragte Jo in die Runde. »In welchem Fach hat sie denn promoviert?«

»Sie hat Germanistik in Zürich studiert«, erzählte Karin. »Als sie 1894 ihr Studium begonnen hat, war das die einzige Universität in Europa, wo man als Frau studieren konnte. Genia hat das verschlackte Fahrwasser der Patriarchen sofort aufgewirbelt und einen Studentinnenverein gegründet. Als Vorsitzende ist sie regelmäßig zum Rektor gegangen und hat sich im Namen der Studentinnen der Romanistikvorlesung darüber beklagt, dass der alte Professor stur wie in den letzten vierzig Jahren das Auditorium mit ›Meine Herren‹ angesprochen hat, obwohl unter den einhundertfünfzig Herren auch drei Damen saßen.«

»Yes, that is quite a pickle – das ist eine Zwickmühle, wenn man wie ein Mann behandelt werden will, aber trotzdem als Lady tituliert sein möchte«, sagte Dorothy und schüttete sich einen Brandy in die Kehle.

»Auf Genias Schwarzwaldschule geht es ganz anders zu«, wusste Karin. »Dort können die Mädchen ihre Talente und Fähigkeiten entfalten und ihnen wird beigebracht, dass sie dieselben Chancen und Rechte einfordern sollen wie die Jungs.«

»Das finde ich richtig«, sagte Jo. »Auf meinem Gymnasium in Wilhelmshaven war man weit von solch einer fortschrittlichen Sichtweise entfernt. In meiner Klasse hat nur ein einziges Mädchen das Abitur gemacht.«

Sie verschwieg natürlich, dass sie selbst dieses Mädchen gewesen war.

»Die anderen Mädchen sind nach der neunten oder zehnten Klasse abgegangen, haben noch einen Kochkurs gemacht und sich dann einen Ehemann gesucht.«

»Ich finde es toll, wenn eine Frau gut kochen kann«, mischte sich Eduardo ein und nahm sich ein Gebäckstück. »Backen auch. Das sind echte weibliche Tugenden.«

Jo ballte ihre rechte Hand unter dem Tisch zu einer Faust.

»Jetzt wollen Sie uns aber necken, was, Eduardo?«, sagte Lotte lachend und zwinkerte dem Störenfried zu.

»Oh, er meint das sicher ernst. Wie steht es denn um die Kochkünste Ihrer Ehefrau?«, fragte Jo und schaute ihn herausfordernd an.

»Na ja, zum Glück gibt es Frauen, die mehr als ein Talent besitzen«, parierte er und lächelte süffisant.

»Das will ich meinen, wir Sängerinnen müssen doch zusammenhalten«, sagte Lotte fröhlich. »Ich übe beim Kochen immer meine Tonleitern und studiere meine Partien ein. Mein Mann sagt, meine Gerichte schmecken nach Puccini. Letztens hat er mir einen Hirsch von der Jagd mitgebracht – ich habe das Fleisch *à la Verismo* zubereitet – blutig.«

»Ah, wenn im Dezember Ihre Turandot wie Rehragout klingt, dann weiß ich, warum«, scherzte Eduardo. Die beiden grinsten sich an und auch Jo musste schmunzeln.

»Die Schülerinnen der Schwarzwaldschule gehen regelmäßig ins Theater und in die Oper«, warf Karin ein. »Das gehört alles zur Bildung dazu. Nicht nur der Geist, auch Seele, Körper und Persönlichkeit der Mädchen sollen herangebildet werden.«

»Unterrichtet man einen Mann, wird nur er klüger. Unterrichtet man jedoch eine Frau, gibt sie das Gelernte an ihre Kinder weiter und eine ganze Generation wird klüger«, kam es von Dorothy. »Das soll der Amerikaner Brigham Young gesagt haben. Als Mutter von vier Kindern kann ich das nur bestätigen.«

In der Tischrunde wurde genickt.

»›Die Bildung ist der Glücklichen Schmuck und der Unglücklichen Zuflucht.‹ Demokrit«, meldete sich der ungarische Literaturkritiker zu Wort, ein Mundwinkel zog sich hoch in ein halbes Lächeln. Der andere sank noch tiefer und machte deutlich, dass für ihn offensichtlich die Ironie Schmuck und Zuflucht war.

»Bildung und Schulwissen sind nicht dasselbe«, trug Eduardo bei. »Meine brasilianische Oma hat immer zu mir gesagt: ›Der Kopf funktioniert wie ein Sieb: Was man in der Schule gelernt hat, rutscht irgendwann durch und ist vergessen. Was aber hängen bleibt, das ist die Bildung.‹«

Die anderen Damen am Tisch waren augenscheinlich amüsiert. Ein Schlagabtausch gelehriger Worte schien hier eine Art Sport zu sein.

»Die Schwarzwaldschule ist jedenfalls die erste Adresse für Mädchenbildung in Wien«, nahm Karin den Faden wieder auf.

»Rightly so«, bekräftigte Dorothy.

»Wenn ich eine Tochter hätte, würde ich sie dorthin schicken«, sagte Lotte. »Aber ich habe drei halbwüchsige Söhne, die mein Mann mit in die Ehe gebracht hat. Die sind wahrlich keine Musterschüler. Sie sind ganz verrückt nach allen Ballsportarten. Zum Elternsprechtag muss ich jedes Mal Pralinen mitbringen, um ihre Lehrer zu besänftigen.« Lotte lachte und schien sehr zufrieden mit ihrer Rasselbande zu sein.

»Werden manche von den Schwarzwald-Schülerinnen auch Musikerinnen?«, wollte Jo wissen. »Vielleicht spielt eine von ihnen eines Tages bei unseren Wiener Philharmonikern mit.«

»Da fließen eher die Flüsse aufwärts«, prustete Lotte. Jo starrte sie voller Enttäuschung an. Die Sopranistin schien die antiquierten Regeln des Herrenclubs nicht infrage zu stellen.

Karin schien Jos Blick zu verstehen und lächelte ihr aufmunternd zu.

»Elsie Altmann-Loos ist eine Schwarzwälderin – sie ist Operettensängerin. Sie ist heute Abend auch hier.« Die Dänin zeigte auf einen Tisch in der Nähe der Tür.

»Johann hätte wohl gerne ein paar Frauen im Orchester, was?«, knüpfte Eduardo an Jos Gedanken an. »Gleich und gleich gesellt sich gern.«

Jo versetzte ihm unter dem Tisch einen Tritt ans Schienbein. Eduardo biss sich auf die Lippe, grinste aber weiter.

»Warum sollte eine Frau nicht genauso gut ein Instrument beherrschen wie ein Mann?« Jo schaute herausfordernd in die Runde und ihr Blick blieb an Lotte hängen.

»Wahrscheinlich spricht nichts dagegen«, meinte diese unsicher.

»Sie sind doch als Sängerin Ihren Bühnenpartnern ebenbürtig. Ein Tenor singt nicht besser als ein Sopran«, beharrte Jo.

»Aber der Tenor bekommt mehr Geld und mehr Applaus«, erwiderte Lotte mit einem schiefen Lächeln. »So ist die Welt nun einmal. Außerdem steht es in der Partitur, dass eine Oper Sängerinnen braucht«, fuhr sie fort. »Beim Orchester steht es nicht dabei. Ich kann mir auch nicht vorstellen, dass die Herren Philharmoniker eine Frau in ihren Reihen dulden würden.«

»Ich habe in meinem Studium in Berlin einige sehr gute Musikerinnen kennengelernt«, platzte es aus Jo heraus. »Eine davon könnte problemlos die erste Geige bei den Wiener Philharmonikern spielen.«

»Nie und nimmer«, widersprach Lotte leichthin, und Lachgrübchen zeichneten sich auf ihren runden Wangen ab. »Die Geiger würden der Dame niemals folgen. Die Herren Musiker lassen sich nicht von einer Frau anführen. Und wahrscheinlich haben sie recht damit.«

Jo krampfte ihre Hände ineinander. Der Zorn brannte heiß in ihren Venen. Wenn diese Leute wüssten, dass die Herren Philharmoniker seit Monaten einer Frau am Pult folgten – und das mit großem musikalischem Erfolg –, dann würden sie ihre Vorurteile wohl über Bord werfen. Oder nicht? Und dass selbst Lotte Lehmann ihren Geschlechtsgenossinnen so wenig zutraute, ärgerte sie am meisten.

»Trinken Sie noch einen Tee, bevor Sie die Revolution ausrufen«, sagte Eduardo und schob ihr die Tasse hin wie einem Kleinkind, das man mit einer Süßigkeit ablenken konnte.

Jo stand abrupt auf, murmelte eine Entschuldigung und floh aus dem Salon.

Sie fand das Badezimmer und betupfte sich das Gesicht mit kaltem Wasser. Zurück im Flur schaute sie sich um. Die Geschenkzeremonie im Salon schien vorbei zu sein, einige Gäste kamen heraus und verteilten sich auf andere Räume. Sie folgte einigen und fand sich in einer Bibliothek wieder. Zwei Herren hatten sich auf die Trittleitern gesetzt, mit Weingläsern in den Händen und einer Tageszeitung zwischen ihnen – über einen Artikel daraus schienen sie angeregt zu diskutieren.

»Vielleicht ginge es besser, wenn die Menschen Maulkörbe und die Hunde Gesetze bekämen, wenn die Menschen an der Leine und die Hunde an der Religion geführt würden. Die Hundswut könnte in gleichem Maße abnehmen wie die Politik«, philosophierte einer der Männer. Er hatte schwarze Haarspitzen in seine Stirn gekämmt wie Napoleon, riesige Augen hinter einer Brille und tiefe Falten um seinen breiten Mund, als wäre er vom Elend der Welt geplagt.

»Gut gesagt, mein lieber Karl, das schreit nach einem Artikel in deiner ›Fackel‹«, pflichtete sein Gesprächspartner ihm bei.

Als Nächstes landete Jo versehentlich in der Küche. Hier stand eine dicke Köchin am Herd und rührte in einem riesigen Topf. Eintopf, eindeutig.

»Ich habe einen Bärenhunger«, sagte die gerade eingetroffene Frau mit dem schmalen und energischen Gesicht. Sie trug gestreifte Matrosenhosen und eine kurzärmelige Bluse und setzte sich rittlings auf einen der Holzstühle, die Arme lässig auf die Lehne gestützt. Sie ließ sich von der Köchin einen Teller auffüllen und schnitt sich selbst eine dicke Scheibe Brot ab.

»Möchten Sie auch?«, fragte die Köchin, und Jo nickte.

»Eine kleine Kelle, bitte.«

Mit ihrem Teller nahm sie am Küchentisch Platz, dessen hölzerne Tischplatte voller Rillen und Kerben war, als hätte er schon Jahrzehnte lang in einer Schenke gedient.

»Anna Freud – und bevor Sie fragen: Ja, ich bin verwandt mit dem Meister der Psychoanalyse«, stellte sich ihre Sitznachbarin vor und streckte ihr die Hand hin. Ein fester Griff für so eine schmale Person. Auch Jo stellte sich vor.

»Sie sind zum ersten Mal hier«, meinte Anna. »Und Sie suchen Unterstützung.«

»Sind Sie hellseherisch begabt?«, fragte Jo erstaunt.

»Nein, nur Analytikerin. Entschuldigen Sie, Berufskrankheit. Ich sehe in jedem Menschen einen potenziellen Patienten.«

»Ist Sigmund Freud Ihr Vater?«, wollte Jo wissen.

»Ja, ich bin seine Tochter, Assistentin, Sekretärin, Krankenschwester, Lektorin, Patientin – suchen Sie sich was aus.«

Die Küchentür ging auf und Dorothy kam hereingesegelt.

»My darling«, rief sie und gab Anna einen schmatzenden Kuss. »Du bist finally hier. Wir haben dich an unserem Tisch schon vermisst.«

»Ich konnte erst nach der gemeinschaftlichen Supervision echappieren«, sagte Anna augenrollend, und dann zu Jo: »Jeden

Mittwochabend hält mein Vater eine Gesprächsrunde mit Kollegen in unserer Bibliothek ab.«

»Sind Sie also auch Psychoanalytikerin«, merkte Jo an.

»Ja, in der Tat.«

»Ich finde das alles unheimlich spannend. Manchmal denke ich, ich würde mich auch gerne analysieren lassen«, gab Jo zu.

»Das sollten Sie. Es gibt keine größeren Geheimnisse auf der Welt als unsere verborgenen Ängste, Wünsche, Sehnsüchte und Träume.«

»Vielleicht könnte ich mal zu Ihnen kommen«, überlegte Jo. Die unverblümte Art der jungen Frau weckte ihr Vertrauen.

»Ich habe mich auf die Analyse von Kindern spezialisiert«, sagte Anna. »Dorothy hat ihre Kinder in meine Behandlung gegeben. Ich wende die Psychosomatik an, also eine Krankheitslehre, die Psyche und Körper als Einheit betrachtet. Hat ein Kind zum Beispiel einen Hautausschlag, dann kann die Ursache seelischer Natur sein. Lindert man das seelische Leid, verschwindet auch das körperliche Symptom. Wenn Sie eine kompetente Analytikerin suchen, kann ich Ihnen meine Kollegin Eva Rosenfeld empfehlen. Wir machen bald eine Praxis zusammen auf.«

Jo spürte den geschulten Blick der Analytikerin auf ihrem Gesicht. Sie hatte das Gefühl, diese Frau könnte mühelos hinter ihre Maskerade blicken. Sie verschränkte die Arme vor der Brust.

»Die meisten Leute wollen nicht zur Schülerin, wenn sie stattdessen zum Meister gehen können«, wusste Anna. »Und eine Frau als Analytiker ist ihnen sowieso suspekt. Aber Sie – sind auf der Seite der Frauen, nicht wahr?«

Jo schnappte nach Luft und nickte. »Ich denke, eine Frau kann in jedem Beruf genauso gut sein wie ein Mann«, sagte sie. »Vielleicht sogar besser, weil sie mehr kämpfen und härter dafür arbeiten musste, an der gleichen Stelle anzukommen.«

»Well said!«, rief Dorothy und klopfte auf den Tisch, so wie es an der Universität üblich ist, um seinem Professor Respekt zu zollen.

Sie löffelten eine Weile schweigend ihren Eintopf.

»Ist die Psychoanalyse von Kindern sehr viel anders als von Erwachsenen?«, wollte Jo wissen.

»Schon. Kinder sind noch viel mehr als Erwachsene mit ihren natürlichen Trieben und unbewussten Wünschen verbunden. Doch diese werden dem Heranwachsenden durch seine *Erziehung* ausgetrieben – die sogenannten guten Sitten und Moralvorstellungen etablieren den innerpsychischen Zensor, der beim Erwachsenen dafür sorgt, dass er seine wahren Sehnsüchte und Ängste verdrängt und nicht mehr erkennt. Das kann zu krankhaften und neurotischen Zuständen führen. Nur im Traumzustand kommen diese unterdrückten Triebe und die Tagesreste als latente Trauminhalte zum Vorschein. Das, woran man sich am Morgen erinnert, ist der manifeste Traum. Diesen versuchen wir Analytiker mithilfe der Traumdeutung zu entschlüsseln, ihn vom Unterbewusstsein ins Bewusstsein zu erheben. Mein Vater bezeichnet deshalb die Traumdeutung als *Via regia* – den Königsweg –, weil sie der Schlüssel zur Tür zum Unbewussten ist.«

Jo musste an die intensiven Träume denken, die sie in Wien verstärkt bekommen hatte, an die sie sich am Morgen in Fetzen und manchmal auch bildreich wie in einem Film erinnern konnte. Was die Freuds daraus wohl herausdeuten würden?

Die Küchentür schwang auf und einer der Herren aus der Bibliothek kam herein.

»Der Teufel ist ein Optimist, wenn er glaubt, dass er die Menschen schlechter machen kann«, verkündete der Mann mit der napoleonischen Gedächtnisfrisur und dem gramerfüllten Zug um den Mund.

»Oh, Karl, wenn du Hunger hast, scheint dir die Welt immer von Grunde auf böse.« Anna lachte und die Köchin füllte ihm einen Teller mit Eintopf.

Karl setzte sich zu ihnen an den Tisch und versenkte seinen Löffel in die dicke Suppe.

Zu seinem Schmatzen gesellten sich auf einmal lieblichere Klänge. Ein Piano und eine Sopranstimme klangen gedämpft durch die Wände.

»Ah, Lotte gibt einige Lieder zum Besten«, stellte Anna fest.

Jo zog es ins Musikzimmer, in dem sich viele verzückte Zuhörer eingefunden hatten. Lottes Stimme schwebte durch den Raum:

> Am Brunnen vor dem Tore
> Da steht ein Lindenbaum:
> Ich träumt' in seinem Schatten
> So manchen süßen Traum.

Ihr Körper wiegte sich wie ein Schlitten in sanfter Hügelfahrt, ihre Ketten und Armringe klirrten leise dazu wie gefrorener Schnee – passend zur »Winterreise« von Schubert. Aber wer griff da so schrecklich falsch in die Tasten? Jo bewegte sich einen Schritt zur Seite, um den Pianisten zu sehen, der von der Sängerin verdeckt war. Eduardo! Er schien ganz versunken in sein Spiel, warf ab und zu einen Blick in die Noten und auf die Sängerin. Nach dem Lied gab es Applaus und Eduardo nahm einen tiefen Zug von einer goldfarbenen Flüssigkeit aus dem Glas, das neben den Noten stand. Das war wohl kein Kräutertee, denn er schwankte bedenklich, als er beim Trinken seinen Kopf in den Nacken legte. Entweder war er ein lausiger Pianist – oder betrunken. Lotte raunte ihm etwas zu, er hantierte umständlich in den Noten, dann spielte er atonal an.

»»Ich träumte von bunten Blumen««, stimmte Lotte den »Frühlingstraum« an, ein weiteres Lied aus der »Winterreise«. Es verstieß eklatant gegen Jos Geschmack, einzelne Lieder aus einem Zyklus wie lose Nummern einer Revue zu präsentieren. Aber hier war nicht der Ort für puristische Musikansichten. Den Gästen gefiel es und einige riefen der Sängerin ihre Wünsche zu. Bald ging man zu Liedern von Richard Strauss über.

»Unsere Lotte ist solch ein Schatz, sie lässt sich nicht lange bitten«, freute sich eine Dame mit Doppelkinn neben Jo. »Als vor einigen Wochen Maria Jeritza hier war, hat sie es trotz eindringlicher Bitten abgelehnt, für uns zu singen.«

»Ja, genau«, flüsterte eine andere Frau. »Die Jeritza hat sich damit entschuldigt, dass sie nur singen könne, wenn sie zuvor fünf Stunden lang nichts gegessen habe, sonst bekäme sie Sodbrennen beim Singen.«

»Dabei hatte die Jeritza hier keinen einzigen Happen gegessen«, empörte sich die rundliche Dame, »sondern sich den ganzen Abend über an ihrem Glas Ananassaft festgehalten – eine Diät für ihre schlanke Bühnenfigur.«

»Lotte Lehmann ist eine Frau, mit der man Pferde stehlen kann«, lobte Karl sie. »Mit Maria Jeritza geht man Pferde kaufen. Aber nur solche, die einen Stammbaum haben.«

Die Umstehenden nickten und applaudierten umso stürmischer für die bodenständige Lotte.

Lotte sang »Zueignung und Morgen« mit viel Wärme und Gefühl in der Stimme.

Das Spiel von Eduardo allerdings wurde von Minute zu Minute unsicherer. Selbst für ein ungeübtes Ohr musste hörbar sein, dass er sich in den Tönen vergriff und ständig Tempo und Dynamik wechselte – mal aufbrausend, dann wieder abschwellend bis schleppend –, was beim Liedgesang gar nicht passte. Lotte ließ sich davon nicht aus der Ruhe bringen.

Jo wurde es immer heißer und sie spürte, wie ein Rinnsal von Schweiß zwischen ihren flach gepressten schmerzenden Brüsten hinabrann. Sie zupfte an ihrem Halstuch, das ihr die Kehle zuzuschnüren schien. Eduardo blamierte sich gerade gehörig und merkte es noch nicht einmal. Plötzlich wusste sie, was sie tun konnte, um diese Peinlichkeit zu beenden.

In der nächsten Gesangspause schritt sie entschlossen zum Piano und setzte sich einfach neben Eduardo auf den Schemel und drängte ihn beiseite.

»Es wäre mir eine Ehre, wenn ich Sie auch einmal begleiten dürfte«, erklärte sie.

Lotte schaute sie erstaunt an, dann glitt ein dankbares Lächeln über ihr Gesicht und sie zwinkerte Jo zu.

Eduardo blieb neben ihr sitzen – der Mann verstand wirklich keinen Wink mit dem Zaunpfahl – und schmiegte sich auch noch an ihre Seite, sein Kopf lag fast auf ihrer Schulter. Sie presste ihm ihren spitzen Ellbogen in die Rippen, was aber nur einen Seufzer seinerseits hervorrief. Also begleitete sie Lotte bei zwei weiteren Strauss-Liedern. Ihre geübten Pianistinnenfinger flogen mühelos über die Tasten. Währenddessen zog die Hitze von Eduardos Körper in sie hinein, ebenso der unverkennbare Geruch nach Alkohol. Ihre Handinnenflächen wurden feucht und sogar ihre Fingerspitzen, die einige Male von den schmalen schwarzen Tasten abrutschten und die Halbtöne atemlos klingen ließen. An diesem Abend würde sie für ihr Spiel sicher keinen Preis gewinnen, aber für eine solide Liedbegleitung reichte es. Endlich beendete Lotte ihr Salonkonzert. Der Raum leerte sich.

»Ich rufe Ihnen ein Autotaxi«, entschied Jo und stand brüsk auf.

Eduardo kippte fast zur Seite, erwischte sie aber mit seiner Hand an der Hüfte und versuchte, sie wieder zu sich heranzuziehen. »Aber nur, wenn du mit mir nach Hause kommst«, murmelte er mit schwerer Zunge.

»Ja, das mache ich«, versprach sie und ging ein Telefon suchen. Natürlich würde sie ihn vor seiner Haustür abliefern und keinesfalls in sein Bett begleiten.

Dorothy kam ihr zur Hilfe und tätigte den Anruf. »That's not the first time – das ist nicht das erste Mal.« Sie lachte.

Jo fragte sich, ob sie damit betrunkene Gäste im Allgemeinen oder Eduardo Breuer im Besonderen meinte.

Sie ging gerade durch den Flur Richtung Musikzimmer, als ihre Gastgeberin im Türbogen des Salons erschien und mit ausgebreiteten Armen auf sie zukam.

»Mein lieber Johann, ich hoffe, Sie verbringen einen angenehmen Abend. Ich habe noch gar keine Zeit für Sie gehabt. Wollen wir uns jetzt einmal zusammensetzen?«

»Vielen Dank«, erwiderte Jo. »Ich habe schon viele interessante Gespräche geführt und fühle mich geehrt, dass Sie mich zu Ihrer vorzüglichen Gesellschaft eingeladen haben. Aber ich habe eben ein Taxi bestellt und bin im Aufbruch begriffen. Sehr gerne würde ich Sie bald wieder besuchen und, wenn es möglich ist, in intimerem Rahmen in einer prekären Angelegenheit mit Ihnen sprechen.«

»Selbstverständlich«, sagte Genia und klopfte ihr versichernd auf den Arm. »Kommen Sie nächsten Montag oder Dienstag gegen zehn Uhr zu mir, da habe ich Zeit. Ich freue mich auf Ihren Besuch.«

Jo nickte ihr dankbar zu.

Als sie wieder ins Musikzimmer zurückkehrte, war Eduardo deutlich belebter. Er hatte eine Kaffeetasse in der Hand und scherzte mit den beiden Tänzerinnen, die ihm die Mappe mit freizügigen Fotos von sich zeigten. Eine von ihnen lag vertraulich an seine Schulter gelehnt und fuhr mit ihrem Zeigefinger über sein lockiges Brusthaar, das zwischen seinem halb aufgeknöpften Hemd hervorschaute. Er grinste deppert und seine Zähne blitzten auf. Dann flüsterte er der Tänzerin etwas ins Ohr und sie kicherte aufreizend.

»Das Taxi ist gleich vor der Tür. Die Nachtluft wird Ihren Kopf hoffentlich abkühlen«, sagte Jo harsch und kam sich wie eine Gouvernante vor. Warum kümmerte sie sich überhaupt um diesen Mistkerl? Sollte er sich doch vor allen Leuten lächerlich machen, das war doch nicht ihr Problem!

Breuer stand mit Mühe auf und schenkte auch ihr sein Don-Juan-Lächeln. »Meine süße Sittenwächterin«, murmelte er.

Sie legte ihm den Finger auf den Mund und zog ihn wütend hinter sich her.

Im Flur blieb er vor den Hirschgeweihen stehen und tat so, als würde er eine Flinte anlegen. »Peng!«, machte er. »Weidmannsheil – Weidmannsdank«, und er tippte sich mit der Hand an den Kopf zum Jägergruß.

»Volltreffer«, kommentierte Jo. »Hier geht es hinaus.« Sie zog die Haustür auf.

»Mein Hut.« Er holte einige Hüte von den Geweihen und hätte beinahe eines mit von der Wand gerissen. Jo kam ihm zur Hilfe und reckte sich nach seinem Hut. Plötzlich umarmte er sie von hinten und küsste ihren Hals. Seine Hände öffneten erstaunlich geschickt ihren obersten Hemdknopf und seine Finger streichelten die empfindliche Haut ihres Dekolletés. Unter anderen Umständen hätte sie seine Liebkosungen wahrscheinlich genossen, aber hier in der Öffentlichkeit fühlte sie sich bloßgestellt.

»Mein schö-scheunes Reh«, hauchte er heiser in ihr Ohr.

Sie boxte ihm mit ihrem Ellbogen in den weichen Bauch, wand sich aus seiner Umarmung und gab ihm eine schallende

Ohrfeige. Hektisch flogen ihre Blicke durch den Flur – hatte jemand sie gesehen?

Karl und noch jemand steckten ihre Köpfe aus der Bibliothek, offenbar durch das klatschende Geräusch aufmerksam geworden.

Jo machte am Absatz kehrt und rannte zur Tür hinaus. Auf dem Gartenweg knöpfte sie mit zitternden Händen ihr Hemd wieder zu. Im Tunnel blieb sie stehen und holte tief Luft, ließ die kühle Nachtluft über ihre heißen Wangen streichen. Sie lehnte sich an die Wand, als eine Welle von Schwindel über sie hinwegrollte. Dann hob sich ihr Magen und sie erbrach sich in den Rinnstein. Der Eintopf hatte sich optisch nicht sehr verändert.

Sie hörte Rufe wie »Macht's gut« und »Bis bald« und Lachen an der Haustür, knirschende Schritte auf dem Gartenweg und das Quietschen des Mauertörchens. Hastig tappte sie über das Kopfsteinpflaster zur Straße, die menschenleer vor ihr lag. Sie wollte niemandem mehr begegnen, also ging sie im dunklen Hauseingang in Deckung, als eine Gruppe von Gästen schwatzend aus der Einfahrt kam und in Richtung Straßenbahn verschwand. Bald leuchteten zwei Scheinwerfer in der Dunkelheit auf und um die Ecke bog das für Breuer bestellte Taxi. Da tauchten zwei Gestalten aus dem Tunnel auf – es war Eduardo, der seinen Arm um die Tänzerin gelegt hatte, halb auf sie gestützt, hutlos, lachend. Die Tänzerin winkte dem Taxi, das am Bordstein stehen blieb. Zwei schöne Beine stöckelten neben einem Hinkebein, stiegen in das Auto und verschwanden in der Nacht.

Kapitel 23:
Ein Traum ohne Freud

Wien, 15. Juli 1926

Johanna hatte dem Wind und den Wellen zu lange zugehört. Die Flut kam und sie stand mitten im Watt, ihre nackten Füße sanken in den schweren Sand ein. Sie drehte dem Meer den Rücken zu, schaute auf die Dünen und den Leuchtturm in seinem rot-weißen Ringelkleid. Ihr Elternhaus mit dem Reetdach sah ganz klein aus. Sie wollte heim. Aber jedes Mal, wenn sie ihren Fuß aus dem Schlick zog, schmatzte und gluckerte es, der Sand saugte sich an ihren kleinen Füßen fest, wollte sie nicht hergeben. Ihr Herz hämmerte, als sie mit aller Kraft ihre müden Beine bewegte. Sie sank erschöpft auf die Knie und warf einen ängstlichen Blick über die Schulter. Das Wasser kam Welle für Welle näher, schleichend und unaufhaltsam.

Ihr Vater hatte ihr verboten, so weit hinaus ins Watt zu gehen.

»Papaaa«, schrie sie mit brennender Lunge von der salzigen Luft, »Paaapaaaaaa!«

Aber ihr Vater kam ihr nicht zur Hilfe. Ringsherum füllten sich die Priele mit Wasser. Die Flut würde sie ins offene Meer ziehen, wo es keine Rettung gab. Sie versuchte, ein Bein aus dem Schlick herauszuwinden, um kriechend zu entkommen, aber es gelang ihr nicht. Je mehr sie kämpfte, umso tiefer sank sie ein. Bald würde ihr Gesicht in den Schlick sinken, Mund und Nase würden sich füllen. Da wurden plötzlich Klänge in ihrem Kopf lebendig: Mozarts »Türkischer Marsch«. Die Töne tanzten und kribbelten in ihren Beinen wie tausend Ameisen. Sie spürte, wie Energie in ihre Glieder zurückkehrte. Das Rauschen der nahenden Flut wurde leiser und Mozarts tanzende Melodie füllte ihren Kopf völlig aus. Sie erhob sich aus dem Sand, schwebte – aber ihr Körper lag noch dort unten, eingegraben und eingesaugt. Nein, es war gar nicht ihr Körper – sondern der dicke glänzende Leib einer Robbe, die sich wand. Etwas Blutiges kam aus dem hinteren Ende der Robbe heraus. Die Robbe stieß heisere Rufe aus, ein bellendes Röhren, ein Schmerzensgeheul. Der Auswurf bewegte sich auch – es war ein Robbenjunges. Es stützte sich auf seine Flossen – Johanna konnte das Gesicht des Tieres plötzlich ganz nahe sehen –, es hatte große dunkle Augen und eine Schnauze wie ein Hund, aber mit langen Barthaaren. Das Robbenbaby bellte japsend. Die Robbenmutter stupste es mit ihrer Schnauze wie in einem Kuss. Dann kam die Flut. Mit einer gewaltigen Welle überspülte sie das Robbenpaar und riss es mit sich fort. Die dunklen Umrisse der Tiere verschwanden unter den Schaumkronen.

Als die Welle abgeebbt war, hatte sie plötzlich wieder festen Boden unter den Füßen. Sie hörte Klaviermusik und kraxelte durch die Dünen, folgte den Klängen. In einer Mulde fand sie ein schwarzes Piano mit geöffnetem Flügel – wie bei einem Vogel, der sich gleich in die Lüfte erheben würde. Ein einsamer Spieler saß auf dem Schemel, im Frack und mit wehenden grauen Locken und einem grauen Bart. Sie erkannte Eduardo als alten Mann. Sie selbst war nun auch kein Kind mehr. Sie war nur mit einem Korsett bekleidet und auch ihre Füße waren eingeschnürt wie bei den chinesischen Frauen. Bei jedem ihrer kleinen Trippelschritte drohte sie zu stürzen. Der Pianist war barfuß und jedes Mal, wenn er die Pedale des Pianos heruntertrat, bohrten sich die spitzen Nägel, mit denen die Pedale beschlagen waren, in seine Fußsohlen. Seine Füße bluteten, aber er schien es nicht zu bemerken.

Eduardo spielte ein Lied aus der »Winterreise«. Der Gesang dazu kam wie von selbst aus ihrem eigenen Mund.

> Gefrorne Tropfen fallen von meinen Wangen ab
> Ob es mir denn entgangen, dass ich geweinet hab?

Dann wechselte die Melodie zum Lied der Krähe und sie sang:

> Eine Krähe war mit mir aus der Stadt gezogen,
> Ist bis heute für und für um mein Haupt geflogen.

Ihre Augen füllten sich mit Tränen und die Landschaft wurde weiß, nur der Flügel blieb schwarz – er bewegte sich, der Flügel begann zu flattern, er verwandelte sich in eine Krähe und stieg in den weißen Himmel empor und verschwand in einer Wolke.

Johanna fuhr auf. Sie starrte in das Dämmerlicht des Morgens. Ihr Nachthemd klebte an ihrem schweißnassen Rücken. Auch ihre Wangen waren nass. Sie hatte im Traum geweint. Mit wackligen Beinen stand sie auf. Ihr Körper war unversehrt und gehorchte ihr. Sie holte ein Nachthemd aus dem Schrank, streifte das nasse ab und zog das frische über. Am liebsten hätte sie auch den Traum abgestreift. Aber sobald sie wieder im Bett lag, zogen die Bilder des Traumes unerbittlich an ihr vorbei. Was Anna Freud wohl aus diesem Traum herausanalysieren würde? Jo befühlte sachte ihren Unterleib.

Ganz in der Tiefe spürte sie eine runde Verhärtung, vielleicht so groß wie eine Pflaume. War das die Fruchtblase, in der ihr Kind heranwuchs?

Als die ersten Sonnenstrahlen durch das Fenster fielen, stand Johanna auf und holte das braune Fläschchen mit dem Trunk der Engelmacherin aus dem Schrank. Sie ging hinunter ins Bad und stand vor dem Waschbecken. Dort stand ein Trinkglas bereit. Sie öffnete die Verschlusskappe der Flasche – und goss die farblose Flüssigkeit in den Ausguss. Sie atmete tief durch.

Kapitel 24:
Spaziergang mit den lebenden Toten

Wien, 18. Juli 1926

Marcel umarmte seinen Onkel Willi und sie spazierten an diesem sonnigen Sonntagmorgen durch den Haupteingang des Zentralfriedhofs. Andere Leute gingen in den Prater, aber sie mochten das weitläufige Gelände des Friedhofs mehr als jede andere Parkanlage der Stadt. Hier standen nicht nur Bäume, in denen Singvögel zwitscherten, sondern Eichhörnchen flitzten die Stämme hinauf und in der Abenddämmerung hatten sie schon Rehe zwischen den Grabsteinen umherstreifen sehen. Was diesen Ort so besonders machte, war die Gegenwart ihrer geliebten Komponisten. Der Geist der Musik und ihrer Schöpfer schwebte zwischen den Baumwipfeln.

»Lass uns zuerst unsern Franzl und Johann senior und junior besuchen gehen«, schlug der Onkel gut gelaunt vor.

Sie spazierten die breite Allee auf die Karl-Borromäus-Kirche mit ihrer grünen Rundkuppel zu und bogen dann in Richtung der Ehrengräber ab.

»Ich kann es noch gar nicht fassen, dass Richard Strauss wirklich ans Operntheater zurückkehrt. Und dann auch noch mit ›Elektra‹. Das wird ein Fest!«, sprudelte es aus Marcel heraus. Zwei Tage zuvor war der gedruckte Spielplan für die nächste Saison erschienen und Marcel war gleich nach der Schule zur Opernkassa gestürzt und hatte sich ein Exemplar gesichert.

Sie kamen am Denkmal für Mozart vorbei und blieben andächtig stehen – auch wenn die sterblichen Überreste des Musikgenies gar nicht hier begraben lagen. Auf einem Sockel saß eine weibliche Bronzefigur, gestützt auf einen Stapel von Partituren mit gesenktem Kopf und traurigem Gesicht – Marcel fand, sie wirkte wie eine Pietà. In direkter Nachbarschaft eingerahmt von hohen Tannen reckte sich das Ehrenmal für Beethoven in die Höhe, eine spitz zulaufende Pyramide aus weißem Stein. Auch diesem nickten Marcel und Willi in alter Freundschaft zu. Beide Denkmäler waren wie gewöhnlich mit frischen Blumen geschmückt. Sie flanierten weiter und passierten bald das eiserne Schild mit der Aufschrift »Komponisten«. In dieser Sektion lagen wirklich die Gebeine der Verstorbenen.

Während Marcel mit seinem Onkel den Spielplan im Detail besprach, kamen sie an den Gräbern von Johann Strauss – Vater und Sohn – vorbei. Marcels Blick strich über die Buchstaben und Rillen im Grabstein wie über das vertraute faltige Gesicht eines Großvaters. Bei Franz Schuberts letzter Ruhestätte blieben sie stehen und diskutierten mal wieder, wie das letzte Lied der »Winterreise« zu interpretieren sei. Marcel beharrte wie immer darauf, dass der Wanderer mit dem Leiermann in ein neues Leben aufbrach. Aber sein Onkel sah im Leiermann den Tod.

»Das *Forte* in der letzten Zeile ist so voller Lebenskraft«, wandte Marcel ein. »Genauso wie zwei Lieder davor im ›Muth‹. So jemand bringt sich nicht kurze Zeit später um.«

Sie stritten noch eine Weile genussvoll darüber.

»Dein Musiklehrer muss wirklich ein Depp sein, dass er dir nie eine Eins gibt. Wo du so gut interpretieren kannst.« Willi schüttelte ungläubig den Kopf.

»Der ist halt ein alter Grantler. Seit dem Untergang vom Habsburgerreich ist er ganz arg verstimmt. Am liebsten würde er in jeder Schulstunde den Radetzkymarsch spielen«, sagte Marcel achselzuckend.

Sie statteten dem Grab von Brahms noch einen Besuch ab und lenkten ihre Schritte dann in den neueren Teil des Friedhofs. Dort wurde gerade ein frisches Grab ausgehoben. Vom Totengräber sah man nur den Kopf aus der Grube hervorlugen, ein gegerbtes Gesicht mit Zigarette im Mundwinkel. Im Rhythmus seiner Schaufelwürfe landete lehmige braune Erde auf einem Haufen.

»Der Maulwurf ist wieder bei der Arbeit«, flüsterte Marcel. Daneben lagen zwei neue Gräber noch ohne Stein und mit den frischen Kränzen der Trauerzeremonie bedeckt.

Marcel verschlang mit seinen Augen die Spruchbänder, wie andere Jungs in seiner Klasse vielleicht Abenteuerhefte lasen.

»Dieser hier war ein Frauenheld«, mutmaßte Marcel. »Traudel, Ingeborg, Sieglinde, Ottilie, Dorothea.«

»Er hatte bestimmt auch seinen Leporello, der für ihn ein Register über seine Eroberungen geführt hat«, spielte Willi das Spiel mit.

Rhythmische Hufschläge auf dem Pflaster ließen Marcel aufblicken. Der Leichenwagen passierte sie, allerdings ohne Fracht, aber die zwei Rappen mit ihrem glänzenden Fell und den geflochtenen Mähnen und Schweifen waren ein prachtvoller Anblick.

»Wenn ich einmal diese Welt verlasse, dann wünsche ich mir eine Trauerprozession zu Giuseppe Verdis ›Requiem‹«, sagte Marcel. In der Tora-Schule musste er jüdische Gebete auswendig lernen und kannte die Trauerriten der Chewra Kadischa. Aber für ihn war Verdis Musik die beste Begleitung in das ewige Leben. Dass der Komponist katholisch gewesen war, störte ihn nicht im Geringsten. »Und ein Vierspänner mit Rappen soll meinen Sarg ziehen inmitten von einem Meer aus weißen Blüten«, seufzte Marcel, für den der verklärte Tod noch in weiter Ferne lag.

»Ich weiß schon.« Sein Onkel schmunzelte. »Du bekommst eine schöne Leich.«

Da weckte etwas anderes Marcels Aufmerksamkeit: Auf dem Weg bei den Bäumen spazierte ein Paar mit gesenkten Köpfen, die Frau hatte sich beim Mann eingehakt, er hinkte mit einem Bein und seine schulterlangen Haarwellen schimmerten in der Sonne.

»Ist das nicht Eduardo Breuer, der dort mit der Dame geht?«, wisperte Marcel. Willi drehte sich in die angezeigte Richtung, seine Augenbrauen zogen sich zusammen und er nickte.

»Lass uns ihnen nachgehen«, schlug Marcel voller Entdeckungseifer vor.

»Nein, dies ist kein Ort für Autogramme und neugierige Blicke. Lass dem Paar seine private Trauerzeit«, bremste sein Onkel ihn ernst.

Marcel stutzte. Aber in seinem Kopf malte er sich sofort verschiedene Szenarien aus. »Meinst du, sie besuchen hier einen Angehörigen? Vielleicht sind sie nur zum Spazieren hier wie wir?«

»Das glaube ich nicht«, grummelte Willi und zog ihn am Ärmel in die andere Richtung.

Dass sein Onkel ihn abhalten wollte, entfachte seine Neugier aber erst recht. »Wer war denn die Dame an seinem Arm? Seine Ehefrau?«

Sein Onkel bejahte. Marcel wusste, dass sie Sopranistin war und in Graz ein festes Engagement hatte.

»Sie ist auch Brasilianerin, nicht wahr?«, hakte er nach. »Schade, dass sie in Wien noch nie gesungen hat. Wie sie es wohl fände, unter dem Taktstock ihres Mannes zu singen?«

»Das hat sie schon. Breuer gastiert auch manchmal am Opernhaus Graz. Das ist gar nicht so selten, dass Sängerinnen mit Dirigenten verheiratet sind. Genauso Schauspielerinnen mit ihren Regisseuren. Offensichtlich ein Berufsrisiko.«

Marcel merkte sofort, dass sein Onkel ihn mit scherzhaften Reden von seiner Spur abbringen wollte. Er lenkte seine Schritte zu dem Abschnitt, in den das Ehepaar Breuer verschwunden war, und reckte seinen Hals. Ja, dort in der vierten Reihe standen sie vor einem Grab, knieten nieder und zündeten eine Kerze an. Die Frau steckte frische Blumen in eine Vase.

»Nun hast du genug gesehen«, sagte Willi streng und hielt ihn am Arm zurück.

Jetzt erst bemerkte Marcel, was an diesem Teil des Friedhofs anders war: Die Gräber waren viel kürzer und die Steine kleiner. Auf den meisten waren Engelskulpturen zu sehen.

»Ist das der Teil des Friedhofs mit den Kindergräbern?«, flüsterte Marcel.

Der Onkel nickte. Marcel schluckte und schämte sich ein wenig für seine Schnüffelei. Trotzdem wurde sein Blick magnetisch von dem Dirigenten und seiner Frau angezogen, die sich nun wieder erhoben hatten und mit gefalteten Händen ein stummes Gebet zu sprechen schienen. Ihre Gesichter sahen sich im Ausdruck der Trauer ähnlich.

Marcel wendete sich ab, nun plötzlich in Sorge, auf dem Kiesboden Geräusche zu verursachen und Breuer auf sich aufmerksam zu machen. Schleichend suchte er das Weite, sein Onkel hinter ihm.

Bald verabschiedeten sie sich am Haupteingang mit einer herzlichen Umarmung. Onkel Willi hatte ab 14 Uhr wieder Dienst an der Pforte. Als dieser außer Sichtweite war, haderte Marcel einen Moment lang mit sich, aber dann gewann seine Neugierde die Oberhand. Er eilte zurück auf den Friedhof und fand das Grab mit den frischen Blumen und der brennenden roten Kerze. Wenig später ging er in Gedanken versunken nach Hause. Nun würde er, wenn Eduardo Breuer dirigierte, auf die Traurigkeit in der Musik lauschen und auf ihren Trost.

Kapitel 25:
Pflaumenkuchen und Pflegefamilie

Wien, 19. Juli 1926

»Nach einer Gesichtsmassage fühle ich mich jedes Mal wie neugeboren«, seufzte Genia Schwarzwald und setzte sich im chinesischen Korbsessel auf, der in die Mitte des Salons gerückt worden war, wo das morgendliche Sonnenlicht ihn in Wärme und Licht eintauchte.

Die Kosmetikerin lächelte zufrieden und klopfte zum Schluss ihrer Behandlung Rosenwasser auf die runden Wangen der Salonière.

»Das ist Margot Schneider«, hatte Genia Jo die hübsche junge Frau vorgestellt. »Sie ist unser Hausgast und Mädchen für alles. Gerade hat sie ihre Ausbildung zur Kosmetikerin abgeschlossen und alle meine Freundinnen wollen sich nur noch von ihren sanften Händen verwöhnen lassen.«

Im Raum duftete es nach den blumigen Essenzen der Cremes, die in Tiegeln auf einem Beistelltisch aufgereiht waren.

Ihre Gastgeberin hatte Jo in einem Sessel gegenüber von ihrem Korbstuhl platziert und sie mit indischem Tee und einem Stück Zwetschkenfleck mit Schlagobers versorgt.

Nun kam die dicke Köchin Midi herein und setzte sich auf einen Stuhl zur Rechten ihrer Herrin, einen Schreibblock und Bleistift in der Hand.

Während Margot die Hände von Genia eincremte und massierte, wanderten deren Augen munter durch den Raum, während sie mit der Köchin zusammen den Speiseplan für diese Woche zusammenstellte.

»Mittwoch zu Mittag Powidltascherl, die mag Hermann so gerne. Am Abend dann Zwiebelrostbraten. Am Donnerstag zu Mittag Palatschinken auf Wiener Art und am Abend ein Erdäpfelgulasch. Und besorgen Sie bitte wieder einen großen Teller Gebäckvariationen von Demel für meine Teerunde am Freitag.«

Jo wäre unter anderen Umständen das Wasser im Mund zusammengelaufen, besonders die Wiener Mehlspeisen hatte sie in den ersten Monaten sehr zu schätzen gelernt, aber ihr Magen war nach wie vor morgens empfindlich, sodass sie sich an ihren Tee hielt. Genia befragte Jo nach deren Essensvorlieben und plauderte über andere Belanglosigkeiten, aber dann schickte sie Margot und die Köchin endlich aus dem Zimmer.

»Worin kann ich Ihnen denn behilflich sein?«, fragte Genia, die mit ihren rosigen Wangen und dem Lockenkranz über der Stirn ein bisschen wie eine Heilige aussah.

»Nun, ich habe eine Freundin, die sich in einer schwierigen Lage befindet. Sie erwartet ein Kind, das Anfang Februar zur Welt kommen wird. Da sie nicht verheiratet ist und für ihren Lebensunterhalt selbst aufkommen muss, wird es äußerst schwierig für sie sein, ihr Kind selbst zu versorgen. Deshalb sucht sie nach einer guten Pflegefamilie. Sie verfügt auch über finanzielle Mittel, um für den Unterhalt für das Kind aufzukommen. Eine Adoption wäre eventuell eine weitere Option.«

Jo hatte sich diese Worte in den letzten Tagen ganz genau zurechtgelegt. Nun wartete sie gespannt auf die Reaktion. Der Gesichtsausdruck von Genia blieb freundlich. Zum Glück sah sie keine Zeichen von moralischer Entrüstung oder Abwehr. Ihre Augen, die zuvor auf Jo geruht hatten, tanzten nun durch den Raum, man konnte förmlich sehen, wie ihre Gedanken sich bewegten.

»Aha. Solche Situationen sind mir nicht fremd. Wissen Sie, ich habe in den letzten Jahren einiges für das Wohl von Kindern getan. Ich habe Erholungsheime für Kinder auf dem Land gegründet. Aber das sind keine Waisenhäuser. Auch eine Pension für junge Frauen in der Ausbildung habe ich ins Leben gerufen – ironischerweise in einem Gebäude, das früher mal ein Bordell beherbergt hat. Mir schwebt schon seit Längerem ein Mutter-Kind-Haus für ledige Mütter vor – eine Art Wohngemeinschaft, in der die Kinder von allen Müttern gemeinsam versorgt werden und sie dabei trotzdem noch arbeiten gehen können. Aber bisher ist das leider nur eine Idee geblieben.«

Jo nickte. Wenn es solch ein Haus gäbe, würde sie dort sofort einziehen.

»Aber so, wie Sie die Situation der werdenden Mutter beschreiben, ist eine Pflegefamilie wahrscheinlich die beste Lösung.« Genia nickte vor sich hin und schien nachzudenken. »Eine Frage hätte ich noch: Sind Sie mit dem Kind, um das es geht, verwandt?«

Die flinken Augen von Genia wanderten über Jos Gesicht, als machten sie eine Bestandsaufnahme. Jo fühlte, wie das Blut in ihrem Hals pochte. Hatte die Menschenkennerin sie durchschaut? Oder dachte sie, dass der junge Dirigent Johann der Vater des Kindes war?

»Ja. Das kann man so sagen.«

Jo spürte, wie ihre Ohren heiß wurden.

»Ich werde Ihnen helfen«, sagte Genia mit Entschlossenheit. Jos Augen wurden feucht und sie presste ihre Lippen zusammen, um sich nicht – noch mehr – zu verraten.

»Ich muss mich umhören, wer als Pflegefamilie infrage kommen könnte. Sobald ich etwas Konkretes vorschlagen kann, melde ich mich wieder bei Ihnen.«

Jo wäre der gütigen Dame am liebsten um den Hals gefallen. Stattdessen murmelte sie mit gepresster Stimme: »Danke. Danke vielmals!«

Als sie das Haus von Genia Schwarzwald verließ, spürte sie zum ersten Mal, seit sie von ihrer Schwangerschaft wusste, ein Gefühl von Zuversicht.

Kapitel 26:
Abschied vor der Sommerpause – das Tempo macht die Musik

Wien, 21. Juli 1926

»Herr Breuer möchte, dass Sie heute Vormittag bei seiner Probe assistieren«, sagte Heger und hatte wieder sein Essiggurkengesicht aufgesetzt. »Am Nachmittag kümmern Sie sich dann um die Noten. Vor der Sommerpause soll dieser Ballawatsch verschwinden. Räumen Sie alles wieder sorgfältig in der Bibliothek ein.«

Jo nickte mit schicksalsergebenem Blick auf den schiefen Notenturm auf Hegers Schreibtisch. Am Abend wurde Korngolds »Die tote Stadt« als letzte Vorstellung vor der Sommerpause gespielt. Das bedeutete drei Wochen Orchesterferien. Jo war froh um diese Auszeit. Ihr Körper war zurzeit wie ein Papierdrache im Wind, der jeden Moment abstürzen konnte. Hoffentlich würde sie sich bald stärker fühlen, wenn ihr Körper sich besser an die Schwangerschaft gewöhnt hatte. Mitte August begannen die Proben wieder, damit die neue Spielzeit Anfang September in vollem Glanz eröffnet werden konnte. Wobei es für ehrgeizige Dirigenten keine wirkliche Sommerpause gab. Die großen Namen wurden für die Salzburger Sommerfestspiele im August gebucht – wie Wilhelm Furtwängler und Richard Strauss. Robert Heger gehörte nicht zu dieser Elite – er war der zuverlässige Taktstock-Soldat in Wien, ein Lokalmatador. Eduardo Breuer hingegen hatte einige Sommerengagements, wie sie im Kalender des hauseigenen Magazins »Opernring« gelesen hatte – bei den Sommerfestspielen in Bregenz und in München.

Jo machte sich auf den Weg ins Auditorium. Gleich würde sie Eduardo wiedersehen – seit dem Mittwochabend vor einer Woche im Salon von Genia Schwarzwald und seinen trunkenen Ausfallserscheinungen war sie ihm nicht mehr über den Weg gelaufen. Ob ihm sein Verhalten wohl peinlich war? Würde er darauf zu sprechen kommen? Er ahnte sicher nicht, dass Jo seinen schamlosen Abgang mit der Tänzerin beobachtet hatte. Grund genug, ihm eine Eifersuchtsszene zu machen. Aber Jo ermahnte sich, dass sie keinerlei Ansprüche auf Eduardo hatte und er ihr nie seine Treue versprochen hatte. Nein, sie würde sich nichts anmerken lassen, sondern ganz professionell und kühl ihre Arbeit erledigen.

Als Jo das Auditorium betrat, schwollen die opulenten Klänge von Korngolds Musik an. Breuer probte gerade die Sequenz im zweiten Akt, in der Marietta und ihre Tanzkollegen herumalberten und sich nach Venedig träumten. Jo ging in der ersten Reihe am Geländer des Orchestergrabens entlang und blieb kurz vor dem Dirigentenpult stehen. Eduardo bemerkte die Bewegung aus seinem Augenwinkel. Er unterbrach das Spiel und schaute zu ihr hoch. Seine Augen glitzerten im Licht und waren undurchdringlich wie die Oberfläche eines Sees an einem windstillen Sonnentag.

»Gehen Sie hinten im Parkett umher und hören, ob der Klang ausgewogen ist«, wies er sie kühl an.

Sie tat, wie ihr geheißen. Am Ende der Probe gab er ihr ein Zeichen, dass sie im Parkett auf ihn warten solle, während das Orchester schon zur Pause in die Kantine verschwand.

Sie suchte sich einen Stuhl dicht bei der nächsten Tür – mit kurzem Fluchtweg.

Eduardo kam herein, die Partitur in der Hand, sein Gesichtsausdruck ganz geschäftsmäßig. Er setzte sich neben sie, legte die Partitur zwischen sie wie ein Bollwerk und lehnte sich in die Ecke des Sitzes, so weit weg von ihr wie möglich. Vorbei waren die Zeiten, als sie ihre Köpfe vertraulich zusammengesteckt hatten, sodass sie seinen Duft hatte einatmen können und manchmal eine seiner Haarlocken wie eine Liebkosung über ihre Wange gestrichen war. Umso besser! Er schien endlich zu begreifen, was sich gehörte. Sie gab ihm ihre Kommentare und er machte sich Notizen – als wären sie Fremde.

»Gut. Das war hilfreich«, bedankte er sich abschließend und erhob sich.

Jo blieb sitzen, ihre Arme flach auf die Armlehnen gelegt, als wären sie dort festgeklebt. Er konnte nicht an ihr vorbei, ohne über ihre ausgestreckten Beine zu steigen. Sie starrte trotzig geradeaus.

Er setzte sich wieder. Ihr Schweigen hing bleischwer in der Luft. Plötzlich spürte sie eine Berührung auf ihrem Unterarm, die wie ein Feuerstrahl durch den Stoff des Hemdes auf ihre Haut drang.

»Du hast ja recht, ich muss mich bei dir entschuldigen«, sagte er sanft.

Sie stülpte ihre Lippen nach vorn, in einem Ausdruck, der ein ironisches Lächeln darstellen sollte.

»Kann der Herr sich überhaupt noch an den Abend erinnern, oder ist alles im Alkoholnebel verschwunden?«, fragte sie spöttisch.

»So viel hatte ich gar nicht getrunken«, verteidigte er sich. »Ich vertrage es nur nicht.«

»Wenn es dir egal ist, dich peinlich aufzuführen, dann ist das deine Angelegenheit. Von mir aus kannst du auch jede Nacht eine andere Tänzerin in dein Bett schleppen und ihr portugiesische Liebesschwüre ins Ohr hauchen.« Jo biss sich auf die Zunge. Jetzt dachte er bestimmt, sie wäre eifersüchtig.

Eduardo zog seine Augenbrauen in die Höhe, als amüsierte er sich über sie.

»Aber wenn du mich in der Öffentlichkeit betatschst und abküsst und deshalb jeder Depp erkennen kann, dass ich eine Frau bin, dann kann das für mich fatale Konsequenzen haben. Das weißt du genau. Du hast mir versprochen, mein Geheimnis zu bewahren.« Sie funkelte ihn zornig an.

Er senkte den Blick.

»Es tut mir leid. Ich habe mich hinreißen lassen. Hast du noch nie versucht, deinen Kummer zu ertränken?«, fragte er, und kurz schimmerten seine blauen Augen unter seinen Wimpern hervor, als er ihr einen befangenen Blick zuwarf. Sprach er etwa von Liebeskummer? Jo verschlug es die Sprache und sie schüttelte ungläubig ihren Kopf.

»Verstehe, du hast eine eiserne Disziplin. Aber ich habe meine Gefühle nicht so gut unter Kontrolle wie du.«

Den letzten Satz hatte er geflüstert wie ein Geständnis. Seine Worte waren wie ein Glockenschlag, der ihren ganzen Körper vibrieren ließ. Sie schluckte den Kloß in ihrem Hals herunter. Sie durfte jetzt nicht schwach werden.

»Man muss seine Gefühle beherrschen, sonst beherrschen sie einen«, entgegnete sie gepresst und stand stocksteif auf.

»Willst du wirklich so leben?«, rief er aufspringend. Im nächsten Moment machte er ruckartig einen Schritt zurück, als hätte er sich selbst am Zügel gerissen. In seinem Gesicht flackerte etwas wie Schmerz und Zerrissenheit auf. Er schob sich an ihr vorbei, ohne sie zu berühren, und hinkte zur Tür hinaus.

Kapitel 27:
Umzug und neue Unabhängigkeit

Wien, 1. September 1926

»Der Unschuldige lebt in Frieden, der auf Abwegen muss ständig damit rechnen, erwischt zu werden«, tönte die Hauswirtin, als Johanna und Dana mit Koffern beladen an deren Kabuff vorbeikamen.

»Baba, Frau Dabjanszki«, erwiderte Dana höflich.

Jo ignorierte die Moralpredigerin. Diese hatte den Grund für ihren Auszug wahrscheinlich erraten. Für Johanna war es klar, dass sie damit nur dem Rausschmiss zuvorkam. Für eine ledige Mutter war kein Platz in diesem Haus, das hatte die Hauswirtin bereits überdeutlich gemacht. Johanna war erleichtert, dass sie Dana hatte überreden können, mit ihr zusammen eine Wohnung zu mieten.

»Bin ich froh, dass wir die Dabjanszki mit ihrer ständigen Schnüffelei und Gängelei los sind«, stieß Johanna im Taxi aus.

»Ja, die werde ich bestimmt nicht vermissen«, pflichtete ihr Dana bei.

Nach einer kurzen Fahrt über den Ring hielt das Taxi vor dem unscheinbaren Haus in der Karlsgasse. Die Fassade war einfach verputzt und mutete im Vergleich zu den prunkvollen Häusern im Historismus, die das Viertel prägten, eher ärmlich an. Das schlichte Äußere war wahrscheinlich auch der Grund, dass die Wohnungen nicht ganz so teuer waren, die auch von der Innenausstattung alles andere als luxuriös wirkten. Johanna hatte am Schwarzen Brett vor der Kantine im Opernhaus die Anzeige von zwei Orchestermusikern entdeckt, die Nachmieter für ihre Zwei-Zimmer-Wohnung suchten. Die Wohnung lag in einer Seitengasse bei der barocken Karlskirche, nur wenige Hundert Meter vom Opernhaus entfernt. Sie stiegen aus, wobei der Taxler keine Anstalten machte, den jungen Damen mit ihrem Gepäck zu helfen. Johanna gab ihm trotzdem ein ordentliches Trinkgeld. Denn der echte Wiener gab selbst dann ein Trinkgeld, wenn ein Haar in der Suppe schwamm.

Sie schleppten ihren kleinen Hausstand die vier Etagen nach oben. Jos Habe hatte sich in Wien verdoppelt: Sie hatte einen Koffer für ihre Damengarderobe und einen neuen für ihre Herrenanzüge. Ihre Partituren steckten in einem dicken Lederranzen und ihren Teppich aus dem Dorotheum hatte sie sich unter den Arm geklemmt. Sie musste an jedem Absatz Rast machen, um zu Atem zu kommen. Eine Schwangere war wirklich kein Packesel.

Vor der Wohnungstür fischte Johanna schnaufend die Schlüssel aus ihrer Umhängetasche und sperrte auf. Den Mietvertrag hatte sie bereits vor zwei Wochen unterschrieben – als J. Osterkamp und in weiblicher Kleidung. Zum Glück stand auf ihrem Gehaltszettel, den sie als Nachweis eines regelmäßigen Einkommens vorlegen musste, auch nur der Anfangsbuchstabe ihres Vornamens. Sie kamen in den langen schmalen Flur mit den dunklen Holzdielen und Jo fühlte sich sofort wohl. Rechts war ein Kämmerlein mit einem WC, daneben ging es in die helle Wohnküche, an die sich das Badezimmer mit Fenster anschloss. Es gab einen Gasherd und einen Gasboiler, der für das warme Leitungswasser sorgte und auch die Heizkörper speiste. Diese Art der Heizung war wesentlich komfortabler und auch kostengünstiger als der elende Ofen, der ständig mit Holz und Kohle gefüttert werden musste und Jo im Winter trotzdem erbärmlich in ihrer Dachkammer hatte frieren lassen.

Am Ende des Flures ging ein großes Zimmer ab, das von den Vormietern mit einer schmalen Trennwand und Vorhängen in zwei Schlafkammern unterteilt worden war. Den gemeinsamen Teil des Zimmers dominierte ein wandfüllender Kleiderschrank aus Eiche mit vier Türen und vielen Schubladen. Die Wohnung war vollständig möbliert. Alle Möbel waren aus Holz und solide gearbeitet. Sogar Bettzeug war vorhanden. Aber Jo hatte ihre eigene Daunendecke – eine lebensrettende Anschaffung aus dem Winter – und ihr Kopfkissen aus Schafwolle mitgebracht. Handtücher und Bettlaken hatte sie für die neue Wohnung auch besorgt. Vergnügt räumten sie ihre Kleidung in den Schrank ein. Johanna fühlte sich herrlich befreit, in ihrem neuen Heim nichts mehr verbergen zu müssen. Dieses ständige Versteckspiel in der Pension, ihre Männerkleidung zu kaschieren, das heimliche Umkleiden auf dem Weg zur Arbeit – das hatte sie in den letzten Monaten einiges an Kraft und Nerven gekostet.

Nachdem sie all ihre Habseligkeiten verstaut hatten, gingen sie in einem Lebensmittelladen zwei Straßen weiter so viele Vorräte einkaufen, wie sie tragen konnten.

»Zur Feier des Tages lade ich dich ins Kaffeehaus ein«, verkündete Johanna. »Magst du lieber ins Diglas oder ins Demel gehen?«

»Im Demel fühlt man sich immer so kaiserlich, lass uns dorthin gehen.« Dana strahlte.

Als sie gegen 14 Uhr in der k. u. k. Hofzuckerbäckerei Demel am Kohlmarkt eintrafen, war der Mittagsansturm vorbei, sodass sie im Gastraum einen schönen Tisch am Fenster bekamen. Beim Blick in die Tortenvitrinen lief Johanna das Wasser im Mund zusammen. Aber als Magenwärmer bestellten sie zuerst eine kleine Gemüsesuppe und danach geräucherte Forelle mit Erdäpfeln. Sie schmausten und schmiedeten Pläne für ihr neues Heim.

»Wir können auf dem Balkon Küchenkräuter anpflanzen«, schlug Dana vor. »Basilikum und Pfefferminze.«

»Und vielleicht sogar Tomaten im nächsten Frühling«, stimmte Johanna ein. Der Zahlmarkör in Uniform mit goldenen Knöpfen und einer blütenweißen Schürze trat an ihren Tisch.

»Was für einen Mokka darf Ihr gschamster Diener den gnädigen Frauen bringen? Hat sie sonst noch einen Wunsch?«

Johanna stutzte jedes Mal, wenn der Markör sie so in der dritten Person ansprach, aber das gehörte hier zum guten königlich-kaiserlichen Stil.

»Ich hätte gerne einen *Franziskaner*«, gab Johanna ihren Lieblingsmokka – eine Melange mit Schlagobers – zur Bestellung. Dana entschied sich für einen *Schwarzwälder Kaffee* mit Kirschen und Sahne im Einspännerglas.

»Lass uns die Torten in Augenschein nehmen«, sagte Johanna, und sie gingen zu den drei runden Glasvitrinen, die im Eingangsbereich ihre süße Pracht wie Kronjuwelen auf samtenen Kissen präsentierten. Die Dobostorte hatte einen goldenen Deckel aus Karamell und war innen fünffach geschichtet mit Biskuit und Schokoladenbuttercreme.

»Oh, die Russische Punschtorte sieht lecker aus.« Dana leckte sich die Lippen. Die Torte war eingehüllt in einen Mantel aus weißem Baiser mit dunklem Muster, wo die Zuckermasse mit dem Bunsenbrenner abgeflämmt worden war, grüne Pinienkerne und Blaubeeren sorgten für farbenfrohe Tupfer, dann kam eine Schicht Vanillecreme auf hellem Biskuit, worin wahrscheinlich der Rum schlummerte. Im unteren Bereich standen die etwas schlichteren Klassiker wie Demels Marmor-Gugelhupf und die Fächertorte aus Mürbteig mit Puderzuckerdeckel, in dessen Innern sich in farbigen Schichten Powidl, Äpfel, Walnüsse und Mohn auftaten. Das Meisterstück war in der dritten Vitrine zu bestaunen: eine vierstöckige Torte aus Schokoladenrührteig mit goldenen Reifen zwischen jedem Stockwerk, bestückt mit aufgeschnittenen Granatäpfeln und Brombeeren, und obenauf ein goldener Hirsch mit prächtigem Geweih – eine lustvolle Jagdszenerie. Johanna musste sofort an die Hirschgeweihe im Flur von Genia Schwarzwald denken und an Eduardos trunkene Küsse auf ihrem Hals.

In diesem Moment spürte sie einen Luftzug und eine Bewegung hinter sich, als neue Gäste eintraten. Sie warf ihnen nur einen flüchtigen Blick zu und erschrak: Es war Kapellmeister Heger. Er war in Begleitung seiner Frau, die einen Rollstuhl schob. Darin saß ein Junge in jugendlichem Alter mit verkümmerten Beinen. Wahrscheinlich hatte er Kinderlähmung gehabt. Der Oberkellner geleitete die Familie an einen Tisch.

»So toll die verzierten Torten auch aussehen – ich nehme die einfache Fächertorte. Eigentlich mag ich Apfelstrudel mit Vanillesoße am liebsten, aber der schmeckt bei meiner Mama am besten«, meinte Dana schwelgerisch.

»Ich nehme ein Stück Sachertorte«, murmelte Johanna automatisch. Sie gingen wieder zu ihrem Tisch zurück. Verdammt, Heger saß mit seiner Begleitung an einem Fenstertisch mit nur einem freien Tisch zwischen ihnen. Johanna hielte sich hinter Danas Rücken als Sichtschutz, aber sie überragte ihre Freundin dennoch. Zum Glück war Heger gerade in die Speisekarte vertieft, die er aufgeklappt hochhielt und dabei auch das Gesicht seines Sohnes im Rollstuhl verdeckte. Johanna hielt Dana am Handgelenk fest.

»Lass uns bitte die Plätze tauschen«, raunte sie und setzte sich schnell auf Danas Platz mit dem Rücken zu Heger. Dana schaute verblüfft, nahm aber brav den Platz von Johanna ein. Schon kam der Markör an ihren Tisch. »Haben die Damen sich für eine der Torten entschieden?«

Sie nickten und bestellten. Johanna hatte plötzlich keinen Appetit mehr. Was, wenn Heger in der großen, blonden Frau am anderen Tisch seinen Assistenten wiedererkennen würde? Sie trug ein hübsches Kleid und ihr Bubikopf war anders frisiert, als wenn sie ins Opernhaus ging – nicht mit strengem Seitenscheitel und geglättetem Haar, sondern locker fallend mit Mittelscheitel und Pony.

»Da drüben sitzt Kapellmeister Heger. Hoffentlich erkennt er mich nicht«, flüsterte sie Dana zu.

Diese schaute über Johannas Schulter zum Tisch von Heger. »Die sind mit sich beschäftigt«, raunte sie zurück.

Johanna aß mit Mühe zwei Gabeln von ihrer Sachertorte, während Dana ihre Fächertorte wie ein Eichhörnchen futterte. Der Kellner brachte den Hegers Mokka und Mehlspeisen. Im Kaffeehaus füllte Tellerklappern, Gemurmel und Gelächter der Gäste die Luft. Johanna lauschte angespannt, ob sich von hinten eine Gefahr näherte. Plötzlich schepperte es aus Hegers Richtung, etwas Metallenes schlug auf den Fliesenboden auf und kullerte heran. Direkt neben ihrem Schuh blieb ein runder Deckel liegen. Er gehörte offenbar zu einem Kupferkännchen, in dem gewöhnlich ein *Türkischer* serviert wurde.

»Pass doch auf, du Depp«, knurrte eine tiefe Stimme.

Dann vernahm sie das Kratzen von Stuhlbeinen auf dem Fußboden und hörte Schritte herannahen. Ein Schatten fiel über sie und sie erkannte den bekannten Pfeifengeruch. Heger ging vor ihr in die Knie, um den Deckel aufzuheben.

»Verzeihung, meine Dame. Der ungeschickte Bub hat das heruntergeworfen«, entschuldigte sich Heger und blickte kniend zu ihr auf.

Johanna hatte noch die Geistesgegenwart, sich die Serviette vor den Mund zu halten, aber ihre Augen starrten voller Schrecken in die des Kapellmeisters.

Der schlug seine Augen jedoch hastig nieder und erhob sich mit dem Objekt der Störung in der Hand. Offensichtlich schämte er sich für die Ungeschicklichkeit und Unvollkommenheit seines Sohnes, zu dem er sich nicht recht bekennen wollte.

Johanna nickte und murmelte etwas in ihre Serviette.

»Nicht schlimm. Das kann doch jedem passieren«, sagte Dana unbekümmert und nickte Sohn und Mutter am übernächsten Tisch zu.

Johannas hektischer Herzschlag beruhigte sich nur langsam wieder. Als Dana ihren Teller leer gefegt hatte, schob Johanna ihr ihren Teller hinüber und wenige Happen später war auch dieser blitzblank.

»Lass uns gehen«, flüsterte Johanna und zog beim Hinausgehen ihren Kopf ein wie eine Schildkröte, über der hungrige Raubvögel kreisten.

Kapitel 28:
Britischer Baron und blutige Turandot

Wien, 15. Oktober 1926

Johanna kuschelte sich in ihre Daunendecke und wollte sich noch nicht dem Tag entgegenstemmen. Dana war schon aufgestanden und der Duft von Kaffee drang aus der Küche. Sie ließ ihre Hand sanft über die Wölbung ihres Bauches streichen. Sie war nun im sechsten Monat schwanger und ihre Silhouette hatte sich sichtbar verändert. In den letzten drei Wochen war ihr Bauch wie ein kleiner Ballon angewachsen. Auch ihre Brüste hatten zugelegt und selbst ihre Wangen waren fülliger geworden. In den letzten sechs Wochen war die Übelkeit völlig verschwunden und hatte einem Bärenhunger Platz gemacht. Sie futterte und futterte, am liebsten sehr süß – jede Art von Schmarren und Palatschinken und natürlich Sachertorte – oder sehr salzig wie Erdnüsse und Oliven. Sie musste ihr Korsett sehr viel lockerer schnüren, konnte aber im Gesamtbild immer noch einen ebenmäßig flachen Oberkörper erzeugen. Falls jemand merkte, dass sie breiter geworden war, würde sie es auf die guten Wiener Mehlspeisen schieben.

Plötzlich hielt sie die Luft an und spürte in sich hinein – ja, da hatte sich etwas bewegt! Ein Flattern wie mit Schmetterlingsflügeln. Sie legte ihre Hand an die Stelle ihres Bauches, wo sie die Bewegung ihres Ungeborenen spürte.

»Kannst du schon strampeln?«, flüsterte sie, und Tränen füllten ihre Augen. Das war auch so eine Nebenwirkung der Schwangerschaft. Sie war ziemlich rührselig geworden und musste sich zu passenden und unpassenden Momenten Tränen aus den Augenwinkeln wischen.

So wie gestern, als sie wieder bei Genia Schwarzwald zu einem Vieraugengespräch zu Zwetschkenfleck und indischem Tee eingeladen gewesen war. Ihre Gastgeberin hatte ihr das erste Ergebnis ihres Umhörens nach einer geeigneten Pflegefamilie anvertraut. Eine – zunächst namenlos bleibende – Wienerin mittleren Alters war mit einem britischen Baron verheiratet, die Familie lebte auf ihrem herrschaftlichen Anwesen in Cornwall und kam zwei Mal im Jahr auf Verwandtenbesuch nach Wien. Sie hatten vier gemeinsame Töchter. Und das war der Knackpunkt: Nach dem englischen Erbrecht konnte ein Adelstitel mitsamt Besitz vom Vater nur an seinen Sohn vererbt werden. Das Ehepaar sah keine Chance, noch einen männlichen Erben zu bekommen, und trug sich mit dem Gedanken, einen Jungen zu adoptieren, der dann mit Erreichen der Volljährigkeit Titel und Landgüter erben sollte, mit lebenslangem Wohnrecht für seine Schwestern. Ohne männlichen Erben würden Titel und Landgut mit Wasserschloss an einen entfernten Neffen in Kanada gehen – und das wollten der Baron und die Baronin unbedingt verhindern.

»Wenn das Kind also ein Junge wird, könnte es ein sorgenfreies Leben führen, mit Volljährigkeit Baron werden und neben dem Landbesitz sogar einen Sitz im House of Lords bekommen. Etwas Besseres kann man sich für sein Kind doch nicht wünschen«, sagte Genia und nickte überaus zufrieden. Im ersten Augenblick überkam Jo eine tränenreiche Erleichterung. Es war ihre Horrorvision, dass ihr Kind nicht nur in Armut, sondern auch als Bastard von der Gesellschaft geächtet aufwachsen müsste. Sie wollte ihrem Kind alle Chancen auf ein gutes Leben bieten, auf Bildung und Entfaltung seiner Persönlichkeit. Genias Vorschlag klang wie im Märchen. Ihr Junge würde ein englischer Baron werden – ein *Lord* –, kein Oliver Twist. Er würde in Cornwall aufwachsen und seine Muttersprache wäre nicht die Sprache seiner echten Mutter.

»Das würde aber bedeuten, dass der Baron und die Baronin den Jungen adoptieren und ich, äh, ich meine die leibliche Mutter des Kindes, keinen Kontakt mehr zu ihm haben würde?«, wollte Jo wissen. Hoffentlich hatte Genia den Versprecher nicht bemerkt.

»Ja, das ist richtig. Aber Sie haben doch gesagt, dass die Mutter bereit ist, das Kind zu seinem Besten aufzugeben.«

»Ja, sicher«, bestätigte Jo hastig. Aber sie war sich gar nicht sicher.

»Und wenn es ein Mädchen wird?«

Genia hatte erst geschwiegen, bevor sie gesagt hatte: »Dann suchen wir weiter.«

Jo spürte noch immer im Bett ihrem unschuldigen kleinen Schmetterling nach. *Butterfly*. Es war das Schicksal der Mädchen, an der Welt zu zerbrechen. Was waren das für Leute, die sich einen Jungen zur Sicherung ihres Titels und Geldes zulegten? Ihnen ging es nicht darum, einem Kind in Not ein neues Zuhause zu bieten. Ein Mädchen würden sie verschmähen.

»Meine arme Kleine«, flüsterte sie, und nun rannen die Tränen wie Sturzbäche ihre Schläfen hinab in ihr Haar.

»Frühstück ist fertig«, rief Dana, und Jo hörte ihre Schritte über die Holzdielen herantappen. »Steh auf, du Schlafmütze.«

Heute Abend hatte Johann Osterkamp einen großen Einsatz. Es war die Doppelpremiere und Wiener Erstaufführung der »Turandot« – das musikalische und gesellschaftliche Ereignis des Herbstes, der ganz im Zeichen der italienischen Oper stand. Diese letzte Oper von Puccini hatte im Frühjahr unter Toscanini an der Mailänder Scala seine erfolgreiche Uraufführung gehabt und Schalk hatte das Stück schnellstmöglich nach Wien geholt. An zwei aufeinander folgenden Abenden wurde die Oper in unterschiedlichen Besetzungen gespielt. Gestern hatte bereits die erste Aufführung mit dem Direktor am Pult stattgefunden: mit Lotte Lehmann als Turandot, die eine ergreifende Prinzessin aus Eis gegeben hatte, und mit dem Tenor Leo Slezak als Rätsel lösendem Calaf, der zu seiner raumfüllenden Statur eine erstaunliche schlanke Stimme mitbrachte – ein chinesischer Tamino. Jo war natürlich dabei gewesen und hatte aus der Proszeniumsloge unter höchster Anspannung alles gleichzeitig verfolgt – das Dirigat, die Partitur, die Gesangslinien der Solisten und deren Spiel auf der Bühne, die Effekte des Bühnenbildes und die Reaktionen des Publikums. Sie war am Ende des Abends von diesem Sturm der Eindrücke ganz benommen nach Hause getaumelt und hatte erst nach zwei Uhr nachts einschlafen können. Sie wusste aber genau, was sie heute Abend musikalisch anders und besser machen wollte. Heute wurde die Titelpartie von der ungarischen Sopranistin Mária Németh verkörpert und der ungestüme Pole Jan Kiepura mit den mühelosen Spitzentönen durfte den Calaf geben. Es wurde in der deutschen Übersetzung gesungen, was Sopran und Tenor nicht ganz leicht von der Zunge ging, wie Jo aus den Proben wusste.

Es war eine große Ehre, dass der Direktor ihr die Leitung des zweiten Premierenabends übertragen hatte. Heger war ziemlich eingeschnappt gewesen, so übergangen worden zu sein. Jo durfte sich heute Abend auf keinen Fall eine Blöße geben.

Sie kleidete sich sorgfältig an. Beim Schnüren des Korsetts ließ sie sich ein bisschen mehr Luft zum Atmen als sonst. Weil es ein Premierenabend war, hatten Dirigent und Orchestermusiker im Frack zu erscheinen. Zum Glück wurde das Jackett offen getragen, denn die Knöpfe hätte sie angesichts ihrer gewachsenen Leibesfülle niemals zubekommen. Sie war vorgestern erst beim Haareschneiden gewesen – als Stammkunde musste sie dem alten Friseur nichts mehr erklären – und ihr Bubikopf sah jungenhaft aus mit dem kurz rasierten Haar im Nacken und über den Ohren.

Die Türen der Einzel- und Gruppengarderoben standen offen, der Geruch von Schminke und Puder sowie ein Klangteppich aus Gemurmel, Gesang und eilenden Schritten lag in der Luft. Die stählerne Stimme von Jan Kiepura klang hell und klar auf der Herrenseite – der Tenor sang sich in seiner Garderobe warm und klimperte dabei ziemlich dilettantisch auf dem Klavier herum. Wer solch eine Stimme hatte, der brauchte kein echtes Musikstudium. Es klopfte an ihrer Garderobentür.

»Alles in Ordnung bei Ihnen, Herr Osterkamp?«, wollte der Abendspielleiter wissen. Sie nickte.

»Dieses Mal wollten Sie keinen Hocker vor dem Pult, nicht wahr?«

»Nein, danke.«

Kaum war sie wieder alleine, klopfte es erneut. Der Direktor steckte seinen Kopf zur Tür herein.

»Zeigen Sie, was Sie können«, sagte Schalk. »Das Haus ist bis auf den letzten Platz ausverkauft und die internationale Presse sitzt mit gezückten Stiften drinnen. Also enttäuschen Sie mich nicht, Herr Osterkamp.«

»Sie können sich auf mich verlassen«, versicherte Jo im Brustton.

Der Vorhang hob sich und Jo eröffnete die Szene mit einem bombastischen Vierklangmotiv mit viel Blech und dann einem militärischen *Stakkato* für den Mandarin, der dem Volk das königliche Gebot der Turandot verkündete – musikalisch aufgebrochen von den Tonbögen des Xylofons, einem chinesischen Gongspiel und Oboe und Piccoloflöte. Jan Kiepuras strahlende Stimme als Tatarenprinz Calaf stach durch den dicken Chorklang wie ein Dolch und löste sofort beifälliges Rascheln und Raunen im Saal aus. Die Sopranistin Luise Helletsgruber als Sklavin Liù mit einer sehr filigranen Stimme hatte Mühe, sich durchzusetzen, und Jo bedeutete den Blechbläsern, leiser zu spielen, wenn sie sang. Jo hatte in den letzten Monaten ihren Stil verändert: Durch ihre Schwäche zu Beginn ihrer Schwangerschaft hatte sie sich angewöhnt, weniger mit den Armen zu gestikulieren und kleinere Bewegungen zu machen. Zu ihrem großen Erstaunen hatte das dazu geführt, dass die Musiker sie aufmerksamer beobachteten, um nichts zu verpassen. Sie verließ sich auch mehr auf ihre Mimik, gab Einsätze mit ihrem Einatmen und mit ihren Blicken. Im Laufe eines Konzerts achtete sie darauf, jeden Musiker mindestens einmal direkt anzublicken, um ihm zu zeigen, dass er wichtig war. Es war eine andere Form von Anerkennung als ihr früheres »Bitte« und »Danke«, das Heger so kritisiert hatte. Jetzt spürte sie die gebündelte Konzentration der Musiker auf sich ruhen und dirigierte mit ihren Fingerspitzen.

Die Prinzessin Turandot erschien auf ihrem Palastbalkon und Calaf wollte sich unbedingt den drei tödlichen Rätseln stellen, um die Eisprinzessin als Preis zu seinem Eheweib zu machen. Als Calaf zum Zeichen seines Eintritts in den Wettbewerb drei Mal den großen Gong anschlug, zogen die

Schallwellen als heftige Vibrationen durch Jos Rücken und sie hätte sich gekrümmt, wenn das Korsett sie nicht aufrecht gehalten hätte. Beim Szenenwechsel zum zweiten Akt spürte sie ein heftiges Ziehen in ihrem unteren Rücken wie bei einer starken Menstruation. Sie tupfte sich den Schweiß von Stirn und Oberlippe. Das grüne Licht an ihrem Pult blinkte, also war der Bühnenumbau abgeschlossen, sie hob den Taktstock und es ging weiter.

Das große Aufeinandertreffen von Turandot und Calaf fand auf einer gigantischen Treppe statt. Mit jedem Rätsel, das die Prinzessin stellte und das Calaf zu ihrem Schrecken und zum Erstaunen des stimmgewaltigen Volks löste, stieg Turandot eine Stufe hinab und Calaf eine Stufe hinauf, ihre Überlegenheit schwand Stufe für Stufe und nach dem dritten Rätsel waren sie ebenbürtig. Jo hatte diese Idee des Regisseurs Lothar Wallerstein am Vorabend bewundert. Lotte Lehmann hatte auch mit ihrem intensiven Spiel und weiblicher Ausstrahlung dazu beigetragen, dass es eine echte Liebesszene war. Jetzt konnte Jo sich kaum auf das Bühnengeschehen konzentrieren, denn das schmerzhafte Ziehen in ihrem Rücken und Unterleib wurde immer stärker. Jo versuchte, in ihren Bauch zu atmen und ihr Zwerchfell zu lockern, aber sie fühlte sich dadurch noch beklommener. Sie musste sich unbedingt auf die Musik fokussieren. Jetzt hob die Sopranistin zum ersten Rätsel an und Calaf fand die richtige Lösung: »Die Hoffnung!«

Das Einzige, was Jo in diesem Moment hoffte, war, dass die Oper endlich vorbei wäre. Sie fühlte sich schwindelig. Der Chor als blutrünstiges Volk gab volles *Forte*.

»Das Blut«, schmetterte Calaf die Lösung des zweiten Rätsels heraus.

In diesem Moment spürte Jo eine plötzliche Hitze in ihrem Schritt. Etwas Warmes zog langsam und klebrig die Innenseite ihres linken Oberschenkels hinab. Blut! Sie blutete! Oder was sonst? Sie musste weiterdirigieren. Turandot hob zum dritten Rätsel an. Die Stimme der Sopranistin gellte in Jos Ohren und sie machte unwillkürlich einen Schritt zurück, bis ihr Hinterkopf an die Rückwand des Grabens anstieß. Sie wagte einen schnellen Blick an ihrem Körper hinab. Auf der Innenseite ihres linken Hosenbeins zeichnete sich ein dunkler, feuchter Fleck ab. Sie spürte, wie in pulsierenden Wellen das warme Blut aus ihrem Innern hinausströmte. Großer Gott! Ging es ihrem Kind gut? Wie könnte sie das Blut zum Stoppen bringen? War es für jeden sichtbar? Schweiß lief ihr in die Augen und sie musste heftig blinzeln. Ihr rechter Arm vollführte das Auf und Ab des Taktes wie automatisch, mit der Linken blätterte sie die Seiten der Partitur um und wischte sich über das Gesicht. Nur noch 28 Takte bis zur Pause. Sie musste durchhalten. Der Direktor saß links in der Proszeniumsloge und hatte seine Augen und Ohren auf sie gerichtet. Jetzt bloß nicht schlappmachen. Von ein bisschen Blutverlust starb man nicht. Das war vielleicht eine Zwischenblutung. Sie würde nach der Vorstellung den Hofrat zu sich bestellen.

Der schrille Gesang der Solisten bohrte sich wie Nägel in ihr Trommelfell. Der Männerchor mit seinem Volumen drückte auf ihre Brust wie eine Steinplatte. Die Noten tanzten vor ihren Augen und verschwammen. Sie ließ den rechten Arm sinken und die Spitze des Dirigentenstabes nur noch symbolisch auf und nieder hüpfen. Bloß noch elf Takte. Dann der letzte.

Mit steifen Beinen stakste sie durch den Graben zur Eisentür und riss auf dem Weg ein Notenpult mit, das scheppernd zu Boden fiel. Überall waren Geräusche. Zu viele. Fast blind eilte sie die Treppen hoch, hier war es angenehm kühl. Der Flur zu den Garderoben lag noch verlassen da, sie war die Erste. Sie stürzte in ihre Garderobe und sank gegen die Tür. Sie presste eine Hand gegen ihren schmerzenden Unterleib und mit der anderen betastete sie die feuchte Stelle in ihrem Schritt. Ihr

Finger war hellrot. Sie verriegelte die Tür und zog sich die Hose herab. Ihre Unterhose war vollgesogen mit Blut und ein dünner, zähflüssiger Faden tropfte auf ihre Hand. Ihr Kind! Was war mit ihrem Kind? Sie musste sofort zu einem Arzt oder am besten ins Krankenhaus. Waren diese Muskelkrämpfe Wehen? O Gott, hatte sie eine Frühgeburt? Ihre Ohren wurden taub, als schwämme sie unter Wasser, und es flimmerte vor ihren Augen.

Sie fand sich am Boden liegend wieder. Der Schwindel war besser, aber ihr war auf einmal schrecklich kalt und ihre Zähne klapperten. Das Blut kam stoßweise in kleinen Wellen. Es war nicht viel. Sie kroch auf allen vieren zum Stuhl vor dem Schminktisch und zog sich hoch. Sie sah ihr Gesicht im Spiegel – kreideweiß mit riesigen dunklen Pupillen. Sie konnte auf keinen Fall weiterdirigieren. Aber wie könnte sie es aus dem Hause schaffen, ohne dass der Direktor oder sonst irgendjemand merkte, was wirklich los war? Wenn sie sich krankmeldete, würde Schalk hoffentlich für den dritten Akt einspringen. Sie zog die schwarze Leinenhose wieder hoch. Die Bügelfalte war an den Knien nicht mehr intakt und die dunklen Stellen am Hosenbein sichtbar, wenn man genau hinschaute. Sie zog ihren Mantel an. Der reichte bis zu den Knien und verdeckte die verräterischen Spuren. Sie schwitzte schrecklich. Wie eine Verdurstende trank sie zwei Gläser Wasser. Ihre Hände zitterten und sie verschüttete einiges davon auf ihrem Mantel. Es klopfte an der Tür.

»Wer ist da?«, fragte sie heiser.

»Der Direktor«, kam die dumpfe Antwort durch die Tür.

Jo warf noch einen Blick in den Spiegel. Ihre Haut glänzte vor Schweiß und sah seltsam wächsern aus. Aber Schalk sollte ruhig sehen, dass sie indisponiert war, sonst würde er sie nicht gehen lassen. Sie machte die Tür auf.

»Sind Sie krank?«, fragte er und musterte sie durch seine Brillengläser, sein Spitzbart ließ sein Gesicht sehr lang aussehen.

»Ja, tut mir leid, ich muss sofort nach Hause«, sagte Jo in einer Stimme, die fremd und hohl in ihren Ohren klang.

»Was fehlt Ihnen denn? Sollen wir einen Arzt rufen?«, fragte Schalk, und seine Stirn zog sich in Falten.

»Nein, danke, ich habe einen Hausarzt«, lehnte Jo ab und presste sich die Hand in den Rücken, um zu verhindern, dass sie sich vor Schmerzen nach vorne krümmte.

»Haben Sie Rückenschmerzen?«, erkundigte sich Schalk.

»Ja«, keuchte Jo. Das war noch nicht einmal gelogen. Furtwängler hatte seine Absage neulich auch mit Rückenschmerzen begründet. Das schien ein taugliches Leiden für einen Mann zu sein. »Vielleicht ist ein Nerv eingeklemmt oder die Muskeln spielen verrückt«, murmelte sie. »Wären Sie denn bereit, die Vorstellung zu Ende zu dirigieren?« Sie musste sich räuspern, weil ihre Stimme versagte.

»Ja, natürlich. Machen Sie sich keine Sorgen«, antwortete der Direktor und klopfte ihr aufmunternd auf die Schulter.

»Danke. Dann gehe ich jetzt.«

Sie nahm all ihre Kraft zusammen und bewegte sich mit geradem Rücken am Direktor vorbei, ihre Hände um die Knöpfe ihres schützenden Mantels geklammert.

Fast hätte sie den Weg bis zur Pforte geschafft, ohne dass sie jemand ansprach. Die meisten Musiker waren wie üblich auf Pilgerschaft zum Würstl-Stand an der Ecke gegenüber vom Bühneneingang.

»Geht es Ihnen nicht gut, Herr Osterkamp?«, fragte der Oboist, der ihren Weg kreuzte. Jo schüttelte ihren Kopf und versuchte, den Nachfrager abzuschütteln.

»Keine Sorge, der Direktor übernimmt«, brachte sie hervor, als sich drei Musiker besorgt um sie scharten. Sie drängte weiter und gelangte endlich zum Portiertresen, wo sie sich anlehnte. Die Musiker verschwanden ins Freie.

»Herr Osterkamp, was ist denn mit Ihnen los?«, fragte Willi Wandler alarmiert, den sonst nichts so leicht aus der Ruhe brachte.

»Rufen Sie einen Krankenwagen«, flüsterte sie und spürte, wie ihre Knie nachgaben. Sie klammerte sich am Tresen fest und konnte sich gerade noch aufrecht halten. Der Portier griff sofort zum Telefon und sie hörte ihn wie aus weiter Ferne sprechen. Sie wollte am liebsten raus an die frische Nachtluft, weg aus diesem Durchgangsraum. Sie vernahm Schritte hinter sich und spürte den Luftzug der Tür, die sich unentwegt öffnete und schloss. Bestimmt starrten alle Leute sie neugierig an. Plötzlich spürte sie einen warmen, festen Griff an ihrem Oberarm.

»Setzen Sie sich.« Wandler schob ihr etwas in die Kniekehlen, und sie ließ sich auf einen Stuhl sinken.

»Soll ich Ihnen Wasser bringen?«

Ihr Mund war trocken, aber sie wollte jetzt nichts zu sich nehmen. Sie sank vornüber, aber jemand hielt sie fest.

Dann waren auf einmal neue Männerstimmen um sie herum. Sie wurde flach auf eine Trage gelegt. Hände fühlten nach ihrem Puls. Ihre Augenlider wurden angehoben.

»Können Sie mich hören?«

»Wie heißen Sie?«

»Haben Sie Schmerzen?«

Sie formte Worte mit ihren Lippen, aber das war alles so anstrengend.

»Patient nicht ansprechbar.«

Hände machten sich an ihrem Mantel zu schaffen, wollten ihn aufknöpfen. Das durften sie nicht! Nicht hier in der Oper. Nein! Sie stieß die Hände weg und versuchte, den Mantel zuzuhalten.

»Bringen Sie die Frau doch erst einmal in den Krankenwagen«, drängte der Portier. Die Sanitäter murmelten. Sie wurde angehoben. Kalte Luft streifte ihr Gesicht. Dunkelheit und ein paar Sterne. Ruckeln und Stoßen. Sie wurde auf einen Wagen geschoben. Dann gehoben. Licht und der Geruch nach Metall. Blut?

»Ich blute«, brachte Jo hervor. Ihr Mantel wurde geöffnet, Hände tasteten auf ihrer Hose und ihrem Unterleib herum. Eine schmale Klinge funkelte im Licht. Jemand schnitt ihr Korsett auf. Ihr Bauch wölbte sich befreit hoch. Sie bekam wieder mehr Luft. Ihr Ärmel wurde hochgeschoben und sie spürte einen Einstich in ihrer Armbeuge.

»Die Patientin ist schwanger«, sagte einer. Endlich hatten sie es erkannt.

»Blutung vaginal, Verdacht auf Abortus.«

Nein, bitte nicht!

»Sie bekommen einen Tropf mit Kochsalzlösung«, sagte einer der Sanitäter und beugte sich über sie. Er roch nach Kaffee.

»Zum Rudolfspital«, sagte ein anderer, und das Fahrzeug setzte sich schwankend in Bewegung. Mit Sirene und Blaulicht.

Passierte das wirklich ihr? Man hatte sie auf der Trage festgeschnallt. Ein Sanitäter saß neben ihrem Kopf. Über ihr pendelte der Tropf an seiner Aufhängung hin und her. Sie schloss die Augen. Sie spürte immer noch, wie stoßweise Rinnsale von warmem Blut austraten. Warum tat niemand etwas dagegen?

Der Krankenwagen hielt, die Türen wurden aufgerissen, wieder viele Hände und Bewegung, sie wurde gehoben und geschoben.

»Notaufnahme, Patientin mit Blutungen und Kollaps. Holen Sie einen Gynäkologen.«

Dann lag sie auf einem Tisch unter einer hellen Lampe und viele Gesichter über weißen Kitteln und mit Mundschutz beugten sich über sie.

»Wie heißen Sie?«

»Wie alt sind Sie?«

»Im wievielten Monat sind Sie?«

Auf die letzte Frage hin strengte sie sich an und flüsterte: »Fünf – sechster.«

Einige Hände zurrten an ihr herum. Ihre Hose wurde rabiat aufgeschnitten und die Unterhose auch. Mantel und Frackjacke und Hemd wurden ihr von den Schultern gezogen. Sie lag nun völlig nackt unter der Lampe und fing an zu frieren. Ein weißes Laken wurde über ihre Beine und ihre Brust gelegt. Ihre mittlere Partie blieb frei.

»Ich bin der Gynäkologe«, erklärte ein Mann. Er betastete ihren Bauch und ihre Vagina und versuchte, dort hineinzuleuchten, was ziemlich wehtat.

»Wir versuchen, die Blutung zu stoppen, und Sie bekommen ein krampfstillendes Mittel. Wenn sich der Fötus noch nicht abgelöst hat, dann wird es nicht zum Abort kommen. Wir müssen abwarten.«

»Achtung, kalt«, kündigte eine Krankenschwester an. Ihr wurde ein Sack Eis auf den Unterleib gelegt – »damit sich die Blutgefäße zusammenziehen« – und ihre Beine wurden auf einem Kissen hoch gebettet. Die Krankenschwester wischte mit einem feuchten Tuch zwischen ihren Beinen und überall, wo sonst noch Blut an der Haut klebte.

»Sie bekommen noch einen zweiten Tropf mit einem Mittel gegen die Kontraktionen«, sagte die Frau und hantierte herum. Jo war schrecklich müde und schloss die Augen.

Jemand rüttelte an ihrer Schulter. Jo blinzelte ins Lampenlicht von der Decke, um sie herum waren helle Vorhänge, auf beiden Seiten schienen noch weitere Betten zu stehen, sie hörte Schnarchen und Murmeln.

»Sechs Uhr, wachen Sie auf. Visite«, sagte die Krankenschwester mit der weißen Haube. Die Frau prüfte die Stoffballen, die man ihr wie eine Art Windel zwischen die Beine gebunden hatte. Jo merkte nun, dass sie einen hellblauen

Krankenhauskittel um den Oberkörper trug, den ihr jemand angelegt haben musste, während sie geschlafen hatte. Ihre Füße waren eiskalt, trotz der Wolldecke, die über dem Bettlaken über ihr gelegen hatte. Die Eispackung auf ihrem Bauch war verschwunden.

»Die Blutung hat schon gegen zwei Uhr nachts aufgehört«, berichtete die Schwester.

Jo seufzte und spürte ein Brennen in ihren Augen. Ihr Kind – ihr Mädchen oder der kleine Lord – war also noch da. Oder? Die Schwester holte ein dickes Kissen unter dem Bett hervor und schob es Jo in den Rücken, sodass sie halb aufgerichtet lag. Ihr Blick fiel durch den Spalt im Vorhang in einen großen Saal mit vielen Betten und Vorhängen. Ihr Mund war wie ausgetrocknet und gleichzeitig spürte sie starken Harndrang.

»Darf ich aufstehen, um auf die Toilette zu gehen?«, fragte sie mit krächzender Stimme.

»Sie bekommen eine Bettpfanne«, erwiderte die Schwester. »Sie müssen mindestens einen Tag lang flach liegen.« Sie fühlte ihren Puls und steckte ihr ein Fieberthermometer unter die Zunge.

»Ich habe Durst«, lispelte Jo mit trockenen Lippen.

»Kein Fieber, und der Puls ist normal.«

Die Schwester reichte ihr einen Becher mit Deckel und Strohhalm. Gierig schluckte sie das Wasser. Dann durfte sie sich mithilfe der Schwester in der Bettpfanne erleichtern.

»Bevor der Doktor kommt, müssen wir Ihren Patientenbogen ausfüllen. Sie konnten uns bei der Einlieferung nichts sagen.«

Die Krankenschwester stampfte davon und kehrte kurz darauf mit einem Klemmbrett und einem Hocker zurück. Sie setzte sich ans Kopfende.

»Name, Geburtsdatum, Adresse.« Die Schwester stellte ihr noch unzählige weitere Fragen zu ihrer Krankheitshistorie.

»Im Aufnahmebogen steht, dass Sie im Opernthater abgeholt worden sind. Ein Herr Wandler hat angegeben, dass Sie dort angestellt und auch krankenversichert sind. Stimmt das?«

»Ja, das stimmt«, bestätigte Jo. Der Portier hatte ihr in der Not gut geholfen und würde sie bestimmt nicht verraten, das hatte sie im Gefühl. Aber die Krankenversicherung war vom Personalbüro für einen gewissen Herrn Johann Osterkamp abgeschlossen worden. Wenn die Versicherung nun eine Rechnung über eine Behandlung aus der Gynäkologie vorgelegt bekäme, dann würde es Rückfragen an ihren Arbeitgeber geben – und sie wäre aufgeflogen.

»Können Sie mir die Rechnung privat ausstellen? Ich übernehme die Kosten«, sagte Jo.

Die Schwester runzelte die Stirn. »Ich frage mal nach. Wir rechnen lieber mit der Versicherung ab, dann wird zuverlässig gezahlt.«

»Guten Morgen«, grüßte eine monotone Männerstimme, und der Vorhang wurde aufgezogen. Ein Arzt mit grauem Backenbart und goldener Brille kam an ihr Bett. Die Schwester erstattete ihm kurz Bericht. Der Arzt brummte dazu. Dann schlug er die Decke zurück und betastete ihren Unterleib.

»Sechster Monat, ja?«

»Am dritten Februar ist mein Geburtstermin«, sagte Jo fast beschwörend. Dieses Datum hatte sie mithilfe des Hebammenbuches ermittelt und rot in ihrem Kalender markiert. Hoffentlich überbrachte der Arzt ihr nicht gleich schlechte Nachrichten.

»Haben Sie sich in den letzten Tagen körperlich stark angestrengt oder sind Sie vielleicht gestürzt?«, wollte er wissen.

»Nein, eigentlich war alles ganz normal. Ich habe dann, äh, während der Arbeit gegen einundzwanzig Uhr auf einmal solch ein starkes Ziehen im Rücken bekommen und dann kam Blut.«

»Was arbeiten Sie denn?«, fragte der Arzt und runzelte die Stirn, während er in ihrer Patientenmappe herumblätterte. »Hier steht, dass Sie in einem Korsett und in Männerkleidung eingeliefert wurden.«

Jo spürte, wie ihr Herz zu trommeln begann. Bloß nicht aufregen, ermahnte sie sich. Das schadete ihrem Kind.

»Ich war auf der Bühne – in einer Hosenrolle. Ich arbeite als Statistin«, erklärte sie. Gut, dass ihr das so schnell eingefallen war.

»Solch ein Korsett während der Schwangerschaft zu tragen, ist nicht gesund, weder für Sie noch für den Fötus. Ihre Organe werden zusammengedrückt.«

Jo schlug die Augen nieder.

»War das Korsett denn schuld an der Blutung?«, wollte sie wissen.

»Das ist schwer zu sagen. Sie hatten Kontraktionen, sogenannte Frühwehen. Dafür gibt es viele Ursachen. Meistens ist der Auslöser eine große körperliche Anstrengung oder ein Trauma, zum Beispiel ein Sturz. Manchmal macht der Körper aber auch einfach, was er will.«

Der Arzt rieb sich die Augen unter seiner Brille. Er hatte wohl eine Nachtschicht hinter sich.

»Sie bleiben jedenfalls bis morgen früh hier und dann sehe ich wieder nach Ihnen. Wenn alles unauffällig bleibt, werden Sie entlassen. Ich empfehle aber trotzdem unbedingt Schonung in den nächsten Wochen. Und ihre Hosenrolle hängen Sie mal besser an den Nagel.«

Der Arzt stand auf und ging ohne Gruß davon.

»Gibt es jemanden, den wir verständigen sollen?«, erkundigte sich die Krankenschwester. »Ihren Ehemann vielleicht?«

Jo schluckte angestrengt. Sie hatte bei der Befragung vorhin angegeben, sie wäre verheiratet.

»Mein Mann ist zurzeit nicht in Wien – aus beruflichen Gründen«, sagte Jo. Dann fiel ihr plötzlich Dana an. Die hatte sich bestimmt große Sorgen gemacht, als Jo nach der Premiere nicht nach Hause gekommen war.

»Aber ich würde gerne eine Nachricht nach Hause schicken, bei mir wohnt eine – hm – Cousine, die sich bestimmt Sorgen um mich macht.«

»Ich kann dort für Sie anrufen«, bot die Schwester an. »Haben Sie einen Fernsprecher in Ihrem Wohnhaus?«

»Ja, die Hauswirtin passt auf das Fernsprechhäuschen auf.«

Jo nannte die Nummer des Anschlusses. Leider verfügten Dana und sie nicht über ein privates Telefon in der Wohnung, das war nur etwas für reiche Leute.

»Um sieben Uhr dreißig gibt es Frühstück«, sagte die Schwester und ging.

Jo ließ sich ins Kissen sinken, schloss die Augen und legte ihre Hände schützend auf ihren Bauch. Wie viele Lügen musste sie noch erzählen? Gott sei Dank war ihr Kind noch unversehrt. Aber wie lange noch? Was würde beim nächsten Mal passieren, wenn sie sich einschnürte und dirigierte? Wenn sie sich jetzt wochenlang krankschreiben ließ, dann würde der Direktor ihren Vertrag am Ende des Jahres sicher nicht verlängern.

Kapitel 29:
Unerwarteter Besuch – ein Dirigentenstab kehrt zu seiner Besitzerin zurück

Wien, 17. Oktober 1926

»Den Frack kann ich wegwerfen.« Johanna seufzte von ihrem Daunenbettlager aus, als Dana ihr die zerfetzte Hose hinhielt.

»Da ist nichts mehr zu retten«, meinte Dana. »Kreuz und quer haben sie den Stoff zerschnitten.«

Die Jacke war zwar noch intakt, aber die Rockschöße blutgetränkt.

»Das bekommt man mit Gallseife wieder sauber«, versicherte Dana.

»Nein, der Frack bringt Unglück. Ich will ihn nicht mehr tragen. Wirf ihn weg«, beharrte Johanna.

Dana zuckte mit den Achseln und steckte ihn in ein Sackerl.

Jetzt erst fiel Johanna auf, dass ihr Dirigentenstab fehlte. Er war ihr Instrument und sie nahm ihn gewöhnlich nach der

Arbeit mit nach Hause – zumal sie auch daheim öfters für sich alleine probte, wenn sie eine neue Partitur einstudierte. Hatte sie ihn in ihrer Garderobe vergessen? Oder gar am Pult liegen lassen, zusammen mit der »Turandot«-Partitur? Sie würde Dana bitten, nach dem vermissten Taktstock zu fragen, wenn sie die Krankschreibung im Personalbüro abgab. Johanna hatte vom Spitalarzt eine Krankschreibung für eine Woche bekommen – auf ihren Wunsch ohne Angabe zur medizinischen Abteilung.

Dana war wirklich ein Schatz. Sie hatte sie gestern Mittag in ihrer Pause sofort im Krankenhaus besucht, sie ganz fest gedrückt und ihr eine Apfelsine mitgebracht.

»Ich habe mir solche Sorgen um dich gemacht, als es nach Mitternacht wurde und du kamst und kamst nicht heim. Dann habe ich gedacht, vielleicht bist du auf einer rauschenden Premierenfeier. Aber nach zwei Uhr kam mir das komisch vor. Dann dachte ich zwischendurch, du wärst vielleicht bei dem Mann – du weißt schon – dem Kindesvater.«

Wer das war, hatte sie Dana immer noch nicht verraten.

Bei ihrer Entlassung aus dem Krankenhaus heute Morgen war Dana zur Stelle gewesen mit frischer Kleidung von daheim. Sie war im Taxi mitgefahren und hatte ständig zum Taxler gesagt, er solle doch vorsichtig fahren und nicht durch Schlaglöcher holpern. Dana hatte sich extra den Tag freigenommen, um sich um Johanna zu kümmern.

»Ich koche uns ein Gulasch«, verkündete sie. »Davon kommst du schnell wieder zu Kräften.«

»Mit einer Knolle Ingwer, bitte«, murmelte Johanna, und Dana grinste.

Johanna hatte sich ein Kissen in den Rücken gestopft und blätterte in der Partitur von »Peterchens Mondfahrt« in der Vertonung von Josef Achtélik. Im Dezember war eine spezielle Aufführung dieses Märchens für Kinder aus armen Verhältnissen geplant – rund 2300 Eintrittskarten waren an Schulen verteilt worden –, und Schalk hatte ihr die Leitung übertragen. Sie summte die Instrumentenstimmen vor sich hin und ließ den Bleistift durch die Luft tanzen. Dana klapperte in der Küche mit den Töpfen und es roch bereits appetitanregend nach Tomaten, Paprika und Zwiebeln, als es an der Wohnungstür schellte. Wer konnte das sein? Sie hatten bisher noch keinen Besuch bekommen.

Sie hörte Danas Holzpantinen über den Dielenboden im Flur klappern, dann rasselte die Türkette. Das Murmeln einer Männerstimme drang bis zu ihr. Die Tür wurde wieder geschlossen und Dana eilte mit schnellen Schritten ins Schlafzimmer.

»Da ist jemand, der dich besuchen will«, flüsterte sie. »Er heißt Breuer und sagt, er wäre ein Kollege von dir.«

»Oh«, hauchte Johanna. Ihr Kopf war plötzlich wie leer gefegt.

»Soll ich ihn zu dir lassen? Willst du dich vorher noch anziehen und zurechtmachen als Dirigent?«

Dana lief zum Schrank und holte das Männerkorsett hervor.

»Schon in Ordnung. Lass ihn nur herein«, murmelte Johanna und setzte sich gerade auf. Sie trug ein Nachthemd und einen Morgenmantel aus Wolle darüber. Ihr Haar sah bestimmt aus wie Stroh. Aber einen Schönheitswettbewerb wollte sie schließlich nicht gewinnen. Sie zog sich die Bettdecke über die Brust und fuhr sich nervös mit der Zunge über die Lippen.

Sie hörte Eduardos Schritte, dann tauchte er in der Öffnung zu ihrem abgetrennten Zimmerteil auf. Er sah verdammt ritterlich aus in seinem dunklen Mantel und mit den prächtigen Locken. Er blickte mit halb zusammengezogenen Brauen und einem Lächeln auf den Lippen zu ihr herab.

»Ich habe gehört, dass du krank bist, und wollte mal nach dir sehen. Deinen Dirigentenstab habe ich dir auch mitgebracht. Ohne den bist du doch fast ein Einarmiger«, sagte er und zwinkerte ihr zu. Er holte ihren Dirigentenstab aus seiner Manteltasche wie ein Zauberkünstler, der einen Blumenstrauß aus seinem Ärmel zog, und überreichte ihn ihr.

»Oh. Danke. Ja, den habe ich liegen gelassen.«

Sie drehte den Stab zwischen ihren Fingern und starrte auf die Partitur in ihrem Schoß.

»Geht es dir wieder besser? Du siehst ganz in Ordnung aus.«

Sie nickte.

»Ich habe dramatische Berichte von den Musikern gehört, wie du zusammengebrochen bist.«

»Ist meine Schwäche jetzt Klatschthema Nummer eins in der Kantine, oder was?«

Eduardo nickte mit einem schiefen Lächeln. »Na ja, du weißt, wie das ist. Die Leute reden gerne. Man macht sich Sorgen um dich. Was fehlte dir denn?«

»Das habe ich dem Direktor doch schon gesagt«, antwortete sie ausweichend.

»Rückenschmerzen«, sagte Eduardo zweifelnd.

»Genau.«

»Sie haben dich ins Krankenhaus gebracht. Mit Blaulicht und Sirene.«

»Ja.«

»Und wie haben sie dich dort behandelt?«

War das hier ein Kreuzverhör?

»Das geht dich wirklich nichts an! Du bist schließlich nicht mein Leibarzt.« Jetzt wäre die Gelegenheit, ihm zu sagen, dass er in einigen Monaten Vater werden würde. Aber das traf die Sache nicht. Er würde nicht die Vaterrolle übernehmen. Würde wahrscheinlich noch nicht einmal Unterhalt zahlen wollen, wenn sie ihn darum bat. Wie Männer üblicherweise in solchen Fällen reagierten, würde er seine Vaterschaft bestimmt anzweifeln und die Flucht ergreifen. Vor seiner Ehefrau müsste er seinen Fehltritt mit Folgen – falls er zugab, dafür verantwortlich zu sein – natürlich auch verheimlichen. Außerdem hätte sie das Ungeborene um ein Haar verloren. Er würde ihr vielleicht Vorwürfe machen. Die Sache war noch längst nicht ausgestanden. Wer konnte schon sagen, ob sie überhaupt ein lebendiges und gesundes Kind zur Welt bringen würde?

In diesem Moment spürt sie wieder das vertraute und wundersame Flattern in ihrem Bauch, als wollte sich das Ungeborene auch zu Wort melden. *Ich bin noch hier*, schien es ihr zu sagen.

»Irgendwas ist doch.« Eduardo trat zwei Schritte auf sie zu. »Ich sehe es in deinem Gesicht.«

Johanna fuhr sich mit der Hand über die Wange, als wollte sie ihren verräterischen Gesichtsausdruck verwischen.

»Ich mag es halt nicht, krank zu sein«, erklärte sie trotzig. »Es ist mir extrem unangenehm, dass ich ausgerechnet in der Premiere, die Schalk mir anvertraut hat, zusammenklappe und er für mich den Abend retten muss. Bestimmt hält er mich für unzuverlässig und wird es sich dreimal überlegen, ob er mir eine Vertragsverlängerung anbietet.«

»Hm«, machte Eduardo und strich sich über sein Kinn. »Ich glaube, der Direktor hält große Stücke auf seinen Johann Osterkamp. Jeder wird mal krank. Musiker sind eben keine Maschinen.«

»War er also nicht verstimmt oder böse auf mich, als du mit ihm gesprochen hast?«, wollte Johanna wissen.

»Schalk meinte: ›Zwei Dirigenten pro Vorstellung ist eine doppelte Doppelpremiere.‹ Auf seine typisch sarkastische Art. Aber es ist auch seine Spezialität, Talente zu entdecken und an sein Haus zu binden. Ich bin überzeugt davon, dass er dich für mindestens ein weiteres Jahr engagieren wird.«

Johanna nickte und drehte den Dirigentenstab in ihren Händen.

»Du studierst bereits die nächste Partitur ein?«, fragte er mit Blick auf die Noten in ihrem Schoß.

»Ja, für die Kindervorstellung im Dezember.«
»Wann kommst du wieder zur Arbeit?«
»Nächste Woche.«
»Du bist also noch krankgeschrieben? Wegen deines *Rückenleidens*?«
Der Mann ließ echt nicht locker.
»Ist die werte Frau Gemahlin immer noch in der Stadt? Was macht das Eheleben? Hast du ihr gesagt, dass du mich besuchen gehst?« Sie zog ihre Augenbrauen schnippisch in die Höhe. Ablenkung war die beste Verteidigung.
»Wie kommst du denn plötzlich darauf?«
»Du fragst mich doch auch die ganze Zeit aus. Nun übernehme ich mal das Verhör.«
Eduardo schnaubte halb lachend. »Ja, sie ist noch hier. Und ich brauche ihre Erlaubnis nicht, wenn ich einen Kollegen am Krankenbett besuche.«
Er setzte sich auf die Bettkante auf Höhe ihrer Hüfte. Sein Gesicht war auf einmal ganz nah und sie konnte den Zitronenduft seines Rasierwassers riechen.
»Darf ich mich zu dir setzen oder ist die Besuchszeit schon abgelaufen?«
»Ich habe vergessen, die Eieruhr zu stellen.«
Eduardo schmunzelte und sie musste ihre Augen von seinen Lippen losreißen.
»Aber sobald meine Mitbewohnerin mit dem Gulasch fertig ist, musst du gehen.«
»Da habe ich aber Glück, dass sie kein Schnellgericht kocht«, witzelte er, und sie spürte seine Blicke über ihr Gesicht streifen wie warme Sonnenstrahlen.
»Welche Partitur studierst du gerade ein?«, wollte sie wissen.
»Ich schaue mir momentan ›Die Frau ohne Schatten‹ an. Ich habe nächsten Februar ein Engagement für dieses Stück an der Metropolitan Opera in New York. Mein USA-Debüt. Ich

freue mich wahnsinnig darauf. Wenn es gut läuft, werde ich für die ganze Sommerspielzeit verpflichtet.«

Eduardo grinste wie eine Katze, der man einen Sahnetopf hingestellt hatte.

»Oh.«

So war das also. Der Herr machte sich aus dem Staub, reiste über den Atlantik, um seinen amerikanischen Traum zu leben. Goodbye and good luck. Es schien ihn nicht im Mindesten zu bekümmern, dass er Johanna dann lange Zeit nicht sehen würde. Sie spielte in seinen Lebensentscheidungen offensichtlich überhaupt keine Rolle. Eine unwichtige Liebelei einer Nacht. Schon vergessen.

»Dann brauchst du dir den dritten Februar 1927 gar nicht erst in deinen Kalender einzutragen«, sagte sie, und ihre Stimme klang, als hätte sie einen Frosch im Hals.

Eduardo hob erstaunt seine Augenbrauen. »Was ist denn am dritten Februar?«

»Das ist der Geburtstermin von deinem Kind. Aber deine Karriere geht natürlich vor.« Sie funkelte ihn an. Jetzt war es heraus. Ihr Herzschlag hämmerte in ihren Ohren.

Eduardos Pupillen zogen sich zusammen, als wäre er von einem Scheinwerfer geblendet worden. Er runzelte die Stirn und schluckte.

Johanna hielt das Schweigen nicht mehr aus. »Ich bin schwanger von dir, falls du es noch nicht verstanden hast. Ich habe vorgestern während der ›Turandot‹ eine Blutung bekommen und hätte unser Kind fast verloren. Deshalb war ich im Krankenhaus.«

Eduardo erhob sich wie in Trance vom Bett und trat einen Schritt zurück. Auf seinem Gesicht zeichnete sich Fassungslosigkeit ab. Und er war auf dem Rückzug. Gleich würde er bestimmt abstreiten, dass es von ihm sei.

»Und jetzt ... Was ist ... mit dem ... Kind?«, fragte er heiser.

Johanna schlug die Bettdecke zurück und öffnete ihren Morgenmantel. Unter dem Nachthemd zeichnete sich deutlich ihr gewölbter Bauch ab. »Es hat sich wieder beruhigt. Ich werde dieses Kind zur Welt bringen, wenn Gott es erlaubt. Wäre es dir lieber, ich hätte es verloren?«

Eduardo starrte sie nur an, sein Gesicht blass, auf seinem Hals hatten sich rote Flecken gebildet. Sein Mund kräuselte sich seltsam, als hätte er in eine Zitrone gebissen. Er schüttelte fast unmerklich den Kopf. Ob das eine Antwort auf ihre Frage war oder Ungläubigkeit, konnte sie nicht erkennen. Abrupt drehte er sich auf dem Absatz um und hastete schwer hinkend aus dem Zimmer. Sie hörte seine Schritte auf dem Dielenboden und im nächsten Moment fiel die Wohnungstür krachend ins Schloss.

Dana kam mit einer Suppenkelle in der Hand ins Zimmer. »Hat der Herr Breuer einen Geist gesehen?«, wunderte sie sich.

Johanna hielt sich die Hand vor den Mund. Sie hätte am liebsten geweint. Dana schaute sie aufmerksam an und plötzlich verstand sie.

»War das der Vater von deinem Kind?«, rief sie und setzte sich an Johannas Seite.

»Ja«, hauchte sie. »Aber er ist verheiratet. Du hast doch gesehen, wie er gerade hinausgerannt ist. Er will offensichtlich nichts mit seinem Kind zu tun haben.«

Ein Schluchzer drang aus ihrer Kehle.

Dana umfasste ihre Hand mit beiden Händen. »Bitte, beruhige dich«, sagte sie sanft. »Kommt Zeit, kommt Rat. Vielleicht muss er diese Nachricht erst einmal verdauen. Ein Mann hört schließlich nicht alle Tage, dass er Vater wird.«

Johanna nickte und drückte Danas Hand. Sie wünschte, sie könnte so gutgläubig sein wie ihre Freundin.

Kapitel 30:
Tauberflöte

Wien, 29. Oktober 1926

Gerade wollte Jo zum Bühneneingang hinein, als sie ein Motorenbrummen hörte, dessen Bass tief in ihren Magen hineinzog. Sie drehte sich um. Vor den Arkaden hielt ein Mercedes Cabriolet in Dunkelblau und Silber – wegen des Herbstwetters mit geschlossenem Verdeck –, auf der Motorhaube blitzten die Buchstaben »RT« in Silber. Noch bevor die Insassen ausstiegen, wusste Jo, wen sie vor sich hatte: Richard Tauber, den Tenor mit der goldenen Stimme, dem ganz Berlin zu Füßen lag und Wien wahrscheinlich auch. Die Fahrertür öffnete sich. Ein mittelgroßer Mann mit runden Wangen und teigigem Teint stieg aus, ein Monokel vor dem rechten Auge, elegant im Maßanzug – der über dem Bauch trotzdem zu spannen schien –, und Hut mit breiter Krempe. Er ging mit federnden Schritten um die Motorhaube und öffnete die Beifahrertür. Eine Dame mit platinblondem Haar und stark geschminktem Gesicht setzte ihre Beine graziös auf den Asphalt und ließ sich an der Hand von Tauber hinaushelfen – an ihrem Handgelenk funkelten Juwelen.

Jo erkannte Carlotta Vanconti, die Tauber erst im März dieses Jahres in Wien standesamtlich geheiratet und mit der er während der letzten Monate prunkvoll in Berlin residiert hatte. Die Zeitungen waren voll mit Bildern der Frischvermählten gewesen. Hinter Carlotta kletterte ein stämmiger Mann aus dem Wagen, der auf dem Rücksitz gesessen hatte und sich an der Rückenlehne des Vordersitzes vorbeiquetschen musste.

»Ich parke den Wagen, Richard«, sagte der Mann mit Kasernenhofstimme und übernahm die Autoschlüssel.

In diesem Augenblick fiel Jo ein, dass Richard Tauber an diesem Abend als Tamino in der »Zauberflöte« auf dem Besetzungszettel stand. Da würde heute die Stehplatzschlange besonders lang sein. Tauber hatte in den letzten Jahren regelmäßig Engagements am Wiener Operntheater, aber seit Jo hier arbeitete, sah sie ihn nun zum ersten Mal. Auch aus Berlin kannte sie ihn nur aus der Ferne – aus dem Zuschauerraum, von seinen vielen Schallplatten und natürlich aus den Zeitungskritiken und Boulevardblättern. War er wohl ein selbstverliebter und überschätzter Star oder ein seriöser Künstler? Sie würde es heute merken, wenn sie ihn hinter den Kulissen erlebte. Immerhin eine kleine Ablenkung von ihren Existenzsorgen. Das Ehepaar Tauber schritt auf den Bühneneingang zu und sofort stürzten sich zwei Passantinnen auf den Tenor.

»Herr Tauber, wie wunderbar, Sie zu sehen. Wir versuchen, Karten für die Vorstellung heute Abend zu bekommen. Dürfen wir um ein Autogramm bitten?«, sagte eine der Verehrerinnen, eine mollige Dame mittleren Alters, mit einem Backfisch am Arm. Das Mädchen lächelte verschämt. Entweder schwärmte sie auch für Tauber oder ihr war die Mutter peinlich. Tauber schenkte seiner Bewunderin ein strahlendes Lächeln und einige warme Worte und signierte bereitwillig eine Zeitschrift mit seinem Konterfei.

Carlotta stand in ihrem Hermelinmantel daneben und lächelte huldvoll. Der Wind wehte ihr Parfüm in Jos Nase – eine Überdosis Blumenwiese. Während der Star sich noch seinen Verehrerinnen widmete – drei weitere waren herangeeilt, als sie den Autogrammauflauf sahen –, trat Jo durch die Pforte ein.

»Guten Morgen, Herr Osterkamp«, begrüßte sie der Portier wie üblich mit seiner diskreten Freundlichkeit. Seit ihrem Zusammenbruch fühlte sie sich ihm gegenüber verlegen – vor allem, weil sie ihm ihre Dankbarkeit nicht richtig zeigen konnte.

»Richard Tauber und Gattin sind eben draußen im Mercedes Cabriolet vorgefahren«, sagte Jo.

»Ah, der Star des Abends. Der Operettenkönig kehrt zu seinen Opernwurzeln zurück.« Wandler lächelte verschmitzt. »Mein Neffe Marcel ist schon seit Wochen gespannt auf Taubers Tamino.«

Jo nickte freundlich und Wandler machte ein Häkchen auf seiner Anwesenheitsliste. Sie warf als Erstes einen Blick auf den Probenplan im Schaukasten hinter der Pforte. Weinberger hatte seit gestern ein paar Anpassungen vorgenommen. Anstelle der vorgesehenen Orchesterprobe für »La forza del destino« – »Die Macht des Schicksals« von Verdi war sie nun Heger als Assistent zugeteilt. Sie seufzte.

Kurz darauf meldete sie sich bei Heger zum Dienst. Der Kapellmeister saß Zeitung lesend an seinem Schreibtisch und paffte an seiner Pfeife.

»Ah, da sind Sie ja endlich. Ich will gleich mit dem Orchester ›Rigoletto‹ proben. Für unsere Verdi-Renaissance in diesem Herbst klingen die Philharmoniker noch nicht italienisch genug – das ist jedenfalls die Meinung dieser aufgeblasenen Musikkritiker«, knurrte Heger und tippte mit seinem Zeigefinger auf die Zeitung, als wollte er ein Loch dort hineinbohren.

Offenbar hatte ein Journalist Hegers Dirigat kritisiert.

»Diese jüdischen sogenannten Intellektuellen sind nichts als hochnäsige Grantler. Die Wiener Zeitungen sind durchsetzt mit diesen Parasiten und Presskötern«, näselte Heger.

»Am italienischen Stil arbeite ich gerne mit den Philharmonikern«, sagte Jo, ohne auf die Schimpftirade des Kapellmeisters einzugehen. »Ich hoffe, Weinberger setzt mir die heute gestrichene Probenzeit für ›Forza‹ wieder ein.«

»Ach, der Weinberger ist auch so ein Parasiten-Jud. Der Direktor hätte ihn schon vor Langem entlassen sollen.«

»Warum denn das?«, wollte Jo wissen und stemmte die Hände in die Hüften. »Er leistet doch gute Arbeit.«

»Pfff«, machte Heger und zog seine Mundwinkel hinab in einer Grimasse des Ekels.

»Wenn man die Leute nur entlassen würde, weil sie Juden sind, dann könnte man den Spielbetrieb gleich stilllegen. Und Mahler und Korngold müsste man auch aus dem Repertoire streichen – oder wie stellen Sie sich das vor?«, hielt Jo dagegen und schaute Heger angriffslustig an.

Der faltete die Zeitung zusammen und klopfte seine Pfeife darin aus. »So habe ich das nicht gemeint«, entgegnete er schmallippig. »Der Weinberger ist ein Trankler – das ist das Problem.«

Darauf fiel Jo keine Erwiderung mehr ein.

Der Vormittag verging nur schleppend. Jo saß bei der Probe von Heger dabei, eine zweite Partitur des »Rigoletto« auf dem Schoß und Ohren und Bleistift gespitzt.

Endlich war Mittagspause. Heger verzog sich in sein Büro und Jo ging mit den Musikern in die Kantine.

»Jetzt wollen wir uns was Leckeres hinter die Kulissen schieben«, sagte der Oboist Pomberger gut gelaunt.

Jo nahm mit ihm und einigen anderen an einem langen Tisch in der Mitte des Raumes Platz. Kaum saßen sie mit ihren

Speisen, da ging die Tür auf und Richard Tauber spazierte herein, neben ihm seine Gattin Carlotta und einen Schritt dahinter der Mann, der seinen Mercedes geparkt hatte.

Jo fragte Pomberger neben sich, wer denn der Dritte im Bunde sei.

»Das ist Max Tauber, der Neffe von Richard und sein Agent.«

Tauber hob grüßend die Hand in Richtung eines voll besetzten Tisches, an dem der erste Geiger saß. Am Kopfende von Jos Tisch waren noch vier Plätze frei, auf die er nun zusteuerte.

»Dürfen wir uns zu Ihnen setzen, meine Herren?«, fragte der Startenor mit wohlklingender Stimme und lächelte in die Runde.

Ein zustimmendes Gemurmel ertönte und die Taubers nahmen Platz.

Eine weitere Gestalt erschien im Eingang der Kantine: Eduardo. Jo schnappte nach Luft und ihr Herzschlag beschleunigte sich. Wie würde er sie behandeln, jetzt, da er von ihrer Schwangerschaft wusste?

Tauber winkte ihm zu. »Breuer, alter Halunke«, rief der Tenor, und die beiden begrüßten sich mit einer herzlichen Umarmung.

Eduardo hatte Richard im letzten Jahr auf seiner Tournee begleitet, also kannten sie sich gut.

»Und, sitzt Ihr Tamino-Kostüm noch?«, fragte Eduardo augenzwinkernd, und Richard klopfte sich auf seinen Bauch und machte mit der Hand eine flatternde Geste, die ausdrückte, dass es gerade noch so ging.

Nachdem sie sich Speisen und Getränke vom Ausgabetresen geholt hatten – Tauber hatte ein Wiener Schnitzel und Bratkartoffeln auf dem Teller und ein Seidl helles Bier dazu, Carlotta stocherte in einem Salat – nahm Eduardo das Gespräch wieder auf.

»Ich habe das Schmuckstück beim Einparken gesehen. Ist das der Nachfolger von Ihrem Pullman 1920?«

»Ja, mein neuer Silberpfeil hat einen Kompressor von 24/100 und einhundertvierzig PS, Baujahr 1925«, führte Richard mit blitzenden Augen aus. »Auf der Landstraße habe ich die Pferdchen so richtig springen lassen.«

»Der Mercedes ist eine feste Größe auf dem Ku'damm«, schaltete sich Agent Max ein. »Und leider auch ein Liebhaberobjekt für Richards Bewunderer – schon drei Mal mussten wir die silbernen Initialen ›RT‹ auf der Motorhaube ersetzen, weil sie von seinen glühenden Verehrerinnen abgebrochen worden waren.«

Richard lächelte nachsichtig und nahm einen tüchtigen Schluck Bier. »Zum Wohl«, prostete er der ganzen Tischrunde zu. »Alle Getränke gehen auf mich, also greifen Sie zu, meine lieben Herren Musiker!«

»Logieren Sie dieses Mal nicht im Hotel Bristol?«, wollte Eduardo wissen.

»Nein, da werden wir zu sehr von Richards Verehrerinnen belagert«, sagte Carlotta mit spitzem Mündchen und klimperte mit ihren stark getuschten Wimpern, unter denen große, helle Augen hervorblinkten, die einem das Gefühl gaben, geblendet zu werden.

»Ich habe die Villa Beer in der Wenzgasse im 13. Bezirk angemietet. Das ist ein ganz modernes Haus mit einer famosen Architektur, da haben wir mehr Platz und sind ganz für uns«, erzählte Richard.

»Ach, dieser Kasten mit den runden und eckigen Fenstern hat noch nicht einmal eine anständige Bar. Und erst die kleinen Badewannen!«, beschwerte sich Carlotta. »Aber für meinen Richard ist das ideal – er hat sowieso nur Tee in seinem Whiskyglas und bevorzugt die Dusche. Außerdem hat die

Villa fünf Schlafzimmer. Da braucht man einen Kompass, um einander nachts zu finden.«

Richard rieb sein Monokel energisch in einem Taschentuch und Jo hatte das Gefühl, ihm wären diese intimen Enthüllungen seiner Gattin ziemlich peinlich.

»Wir hatten vor Kurzem unsere ›Turandot‹-Doppelpremiere«, lenkte Eduardo das Gespräch wieder auf sicheres Terrain. »Ich habe gelesen, wie furios Sie im Juli die deutsche Erstaufführung an der Semperoper Dresden als Einspringer gerettet haben.«

Richard rieb sich sein Kinn mit Grübchen und zeigte seine ebenmäßigen Zähne. »Ja, das war ein Ding. Am Mittwoch habe ich den Eisenstein in der ›Fledermaus‹ gesungen und nach der Aufführung wartet Dirigent Fritz Busch in meiner Garderobe und bekniet mich: ›Der berühmte Curt Taucher ist erkrankt und wir haben keinen Calaf für unsere Premiere von ›Turandot‹ am Sonntag. Bitte, lieber Tauber, nur Sie können uns retten. Wir zahlen Ihnen außerdem viertausend Mark pro Abend, viertausend!‹ Auf das Geld kam es mir nicht an. Aber die Herausforderung, innerhalb von vier Tagen eine neue Partie zu lernen – die hat mich gekitzelt. Aber mit Schmackes jeht dit – wie der Berliner sagt.«

Carlotta nestelte an ihrer doppelreihigen Perlenkette und Jo war sich sicher, dass dieser Dame die hohen Gagen ihres Tenor-Gatten alles andere als egal waren.

»Wer hat den Calaf denn bei euch gesungen?«, wollte Richard wissen.

»Jan Kiepura, ein junger polnischer Tenor mit einer enormen Stimme. Er feuert die hohen Cs heraus wie eine Wurfmaschine auf dem Jahrmarkt. Ich stelle Sie mal einander vor«, antwortete Eduardo.

Richard legte Messer und Gabel nieder und erhob sich. Mit geschwellter Brust ließ er das Finale der Calaf-Arie »Nessun Dorma« – »Niemand schlafe« durch die Kantine erklingen:

> Jeder Stern erbleiche
> damit der Tag ersteh
> und mit ihm
> maheeeein Sieeeeeeeeeeeeeeg.

Er schmetterte den Spitzenton mit Bruststimme wie einen Speer spitz in die Höhe und hielt ihn dort kurz im *Forte*. Spontaner Applaus brach an allen Tischen aus.

Allerdings hatte Richard gar kein hohes C gesungen, sondern nur ein H, wie Jo mit ihrem absoluten Gehör sofort feststellte, aber der Ton klang so aufsehenerregend, dass alle Lauscher der Illusion des Spitzentons »mein« erlagen – den er auch nur aufblitzen ließ und sich dann in das tiefere »Sieg« rettete, das er dafür umso länger aushielt.

Jo wäre es nie eingefallen, den Tenor mit der Wahrheit zu beschämen, und so klatschte auch sie ihm Beifall.

Richard lächelte zufrieden und nahm wieder Platz.

Carlotta schüttelte tadelnd ihr platinblondes Haupt. »Richard, du musst doch deine Stimme schonen«, ermahnte sie ihn.

»Ja, meine Carlotta passt auf mich auf und schimpft immer mit mir, wenn ich zu viele Zugaben gebe.«

»Im ›Paganini‹ bringt Richard das Publikum jeden Abend erst zum Weinen und dann zum Toben«, prahlte sein Agent Max. »Da muss er sein ›Gern hab ich die Frau'n geküsst‹ bis zu fünf Mal wiederholen – vom Mittelgang aus, wo er die Damen im Publikum direkt ansingen kann. Jedes Mal fallen einige in Ohnmacht.«

Jo hatte von dem triumphalen Erfolg der Operette von Franz Lehár über den Violinvirtuosen Niccolò Paganini am Deutschen Künstlertheater in Berlin gelesen. Bei der Uraufführung im Oktober 1925 in Wien war das Stück bei Publikum und Kritik durchgefallen. Die Titelfigur war vom blonden deutschen Tenor Carl Clewing, einem bekannten Lohengrin, gesungen worden – diesem nordischen Hünen hatten die Leute den kleinen italienischen Geiger nicht abgenommen. So sahen alle Beteiligten der Deutschlandpremiere am 30. Januar 1926 ohne große Erwartungen entgegen. Aber Richard Tauber mit seiner goldenen Stimme riss das Ruder herum: Er verkörperte den tragischen Verlierer – den Künstler, der dem Geld und der Liebe schmerzhaft entsagen musste – so ergreifend, dass das Berliner Publikum ihm zu Füßen lag. Dieselben Leute, die sonst derbe Schenken, freche Kabarettsketche und frivole Singspiele und Revuen bevorzugten, erlagen dem sentimentalen Operettenkitsch von der Donau und zückten ihre Taschentücher. Mit Vera Schwarz an seiner Seite konnte Richard Tauber das Publikum verzaubern. Danach waren weitere 150 Vorstellungen vor ausverkauftem Haus gespielt worden. Ein Sensationserfolg dank Tauber, der sicherlich auch seine Kasse hatte klingeln lassen.

»Richard sollte für jede Zugabe eine Extragage bekommen«, meinte Carlotta und warf Max einen giftigen Blick aus ihren gleißend hellen Augen zu, der nach ihrer Auffassung offensichtlich die Verträge ihres Mannes nicht bestmöglich verhandelte.

»Ich bin nicht nur eine gute Kameradin und verständnisvolle Freundin meines Mannes«, fuhr Carlotta fort und genoss sichtlich, dass alle Blicke auf ihr ruhten. »Sondern auch Lehrerin und strengste Überwacherin. Kein Fehler darf durchgehen. Das ist das größte Geheimnis eines Künstlers: sich auf der Höhe seiner Qualität zu halten.«

Carlotta tätschelte den Kopf von Richard wie den eines gehorsamen Hundes. Dieser ließ es sich lächelnd gefallen.

Der Oboist beugte sich zu Jo hinüber. »Und das aus dem Mund einer zweitklassigen Soubrette«, raunte er ihr ins Ohr.

Jos und Eduardos Blicke kreuzten sich und sie las Amüsement in seinen Augen – es war ein seltener Moment der stummen Verständigung. Wütend schlug sie ihre Augen nieder. Es gab wirklich Wichtigeres, worüber sie sich verständigen müssten.

Am Nachmittag ging Jo zurück in ihre Wohnung in der Karlsgasse. Sie legte einen Umschlag auf den Küchentisch, wo Dana ihn sofort sehen musste, wenn sie heimkehrte. »Rendezvous mit Richard Tauber heute Abend« hatte sie mit schnörkeligen Buchstaben auf das Kuvert geschrieben, in dem sich eine Logenkarte für ihre Freundin befand.

Vor dem langen Abend im Graben wollte Jo sich eine Ruhepause gönnen und legte sich ins Bett. Ihre Hand strich zart über ihren gewölbten Bauch, so, als würde sie das Köpfchen ihres Kindes streicheln. Dem Kleinen war gerade gar nicht nach Mittagsschlaf zumute – er schlug ausgelassen Purzelbäume und strampelte mit seinen Füßchen von innen gegen ihre Bauchdecke, als wollte er mit seiner Mama spielen.

Im Nu war es Abend und in den Kulissen des Opernhauses flirrte die Energie wie Hitze in der Luft. Als sie in den Garderobenflur auf der Herrenseite kam, stolzierte Alfred Jerger in seinem Papageno-Kostüm mit bunten Vogelfedern an ihr vorbei und pfiff ein Liedchen vor sich hin. Sie steuerte als Erstes die Garderobe von Richard Tauber an – die Tür stand offen und der Tenor war schon im Kostüm und in lebhaftem Gespräch mit dem jungen Marcel Prawy. Der Neffe des Portiers schaffte es regelmäßig, sich hinter die Kulissen einzuschleichen, und führte sachkundige Gespräche mit den von ihm bewunderten Künstlern, die dem Schüler mit den vor Begeisterung leuchtenden Augen gerne ein wenig ihrer Zeit schenkten. Jo erinnerte sich an seine fürsorgliche Hilfe, als sie vor einigen Monaten ohnmächtig in der Herrentoilette gelegen hatte.

»Guten Abend, Herr Tauber, grüß Gott, Marcel«, sagte Jo und klopfte symbolisch dreifach an den hölzernen Türrahmen.

Der Junge in seinem etwas zu großen Anzug strahlte sie an. »Freue mich riesig, dass Sie heute Abend dirigieren, Herr Osterkamp. Bei Ihnen klingt Mozart immer wie ein Osterspaziergang.«

Jo lächelte.

Richard Tauber drückte Marcel zwei Glasfläschchen in die Hand. »Berliner Atemluft«, sagte er und zwinkerte mit seinem rechten Auge, das er vom Monokel befreit hatte.

»Odol Mundwasser!«, juchzte Marcel und hielt Jo stolz seine Geschenke unter die Nase.

»Ich habe einen Werbevertrag mit Odol und habe die Fläschchen kistenweise bei mir zu Hause herumstehen.« Richard lachte und zeigte seine »Zähne wie Perlen«, wie es in der Reklame des Mundwassers hieß.

»Aber vor dem Singen benutze ich es nicht, weil da auch Alkohol drinnen ist. Das ist nicht gut für die Stimmbänder.«

Marcel ließ sie alleine.

»Schade, dass wir keine Verständigungsprobe abhalten konnten«, sagte Jo. »Aber ich denke, wir werden uns trotzdem gut verstehen. Wie möchten Sie es denn mit dem Tempo in Ihren Arien halten?«

»Eher getragen«, antwortete Richard. »Ich koste die Töne gerne aus.«

Er sang ihr zur Demonstration die erste Strophe von »Dies Bildnis ist bezaubernd schön« vor. Er hatte die Angewohnheit, die Vokale sehr lang zu dehnen.

»Gut, ich richte mich ganz nach Ihnen«, versprach Jo. »Und wie ist es mit den Zugaben?«

»Ach, wenn das Publikum danach verlangt, gebe ich so viele Zugaben, bis alle glücklich sind«, sagte der Tenor mit den unerschöpflichen Stimmreserven.

Jos Blick fiel auf seinen Frisiertisch. Dort lag aufgeschlagen mit den Seiten nach unten ein Buch – Karl May, »Old Surehand«.

Richard folgte ihrem Blick.

»Ich liebe die Bücher von Karl May, seit ich ein kleiner Junge bin«, gestand er. »Ich habe immer einige Bände in meinem Koffer, egal, wohin ich reise.«

»Ja, Winnetou und Old Shatterhand waren auch die Helden meiner Jugend. Ich habe in den Dünen immer das Anschleichen auf allen vieren geübt«, erzählte Jo, und der 34-jährige Richard strahlte wie ein Bube vor dem Weihnachtsbaum.

»Kommen Sie aus dem Norden?«, wollte er wissen.

»Ich bin auf Wangerooge aufgewachsen.«

»Ah. Auf Sylt habe ich schon mal ein Konzert gegeben.«

»Richard«, rief eine voluminöse Stimme, und Lotte Lehmann rauschte in die Garderobe, im Kleid der Prinzessin Pamina und fertig geschminkt.

Die beiden umarmten sich herzlich.

»Lotte und ich haben schon oft miteinander gesungen«, sagte Richard zu Jo. »Da brauchen wir wirklich keine Probe mehr.«

Jo war gerade wieder in ihrer eigenen Garderobe, als sie ein zaghaftes Klopfen hörte. Sie machte auf und Dana stand vor ihr.

»Schön, dass du es geschafft hast«, rief Jo und zog ihren Gast freudig in die Garderobe.

Dana strahlte über das ganze Gesicht und hatte sich offensichtlich für diesen besonderen Anlass schön gemacht. Sie trug ein Charlestonkleid in einem Bronzeton mit Spitzenüberwurf und einem mondänen, tiefen Rückenausschnitt. Ihr Haar hatte sie kunstvoll hochgesteckt und sich ein Stirnband mit Strasssteinen umgebunden.

»Schick siehst du aus. Wie ein Filmstar«, sagte Jo, und ihre Freundin strahlte bei diesem Kompliment.

»Du aber auch in deinem Frack. Sehr männlich.« Dana betrachtete sie bewundernd von oben bis unten.

»Ich habe Richard Tauber vorhin schon in seiner Garderobe gesprochen. Er ist gut bei Stimme und bester Laune. Nach der Vorstellung stelle ich ihn dir vor.«

»Oh, du machst mich ganz aufgeregt«, frohlockte Dana und wippte von einem Fuß auf den anderen.

»Die ›Zauberflöte‹ ist eine wunderbare Oper, es gibt auch einiges zu lachen. Tauber singt den Prinzen Tamino«, pries Jo das Stück an. Für sie war ein Dasein ohne Musik, als müsste man sich von trockenem Brot ernähren. Die Klänge waren die Pralinen des Lebens. Die Oper war eine Confiserie und sie wollte Dana mit all diesen neuen Genüssen bekannt machen.

»Ich bin wirklich gespannt, dich endlich mal mit deinem Orchester zu erleben. Ist das dein Notenbuch?« Dana blätterte ehrfürchtig in der dicken Partitur, die aufgeschlagen auf dem Tisch lag. »So viele Noten. Ist das ein ganzes Lied?« Sie zeigte auf die erste Seite der Ouvertüre.

»Das sind nur die ersten sieben Takte. Jede der vierzehn Zeilen ist für eine andere Instrumentengruppe. Schau, es steht links vor jeder Zeile daneben. Zum Beispiel: Oboe, Fagotto, Violino I und II.«

»Und das musst du alles gleichzeitig lesen?«, staunte Dana. »Das ist doch unmöglich!«

»Ich studiere die Partitur auch vorher gründlich und kann sie eigentlich auswendig. Die Noten dienen mir nur noch als Spickzettel.«

»Das könnte ich nie!« Dana schaute die Freundin beinahe ehrfürchtig an.

»Dafür kannst du andere Dinge, die ich nicht kann. Viel Vergnügen in der Vorstellung. Tauber singt heute nur für dich«, sagte Jo mit einem Augenzwinkern zu Dana, die kurz darauf von einem Platzanweiser in Livree in die Proszeniumsloge geführt wurde.

Eine halbe Stunde später hob sich der Vorhang und Mozarts Musik entfaltete unter Jos Dirigentenstab ihre Zauberkraft. Aber der mächtigste Magier im Saal war Richard Tauber, dessen unvergleichliche Stimme alle Zuhörer in ihren Bann zog. Er war ein wahrer Farbenkünstler und präsentierte eine breite Palette von Stimmfarben in seiner betörenden Stimme. Im Vergleich zu der Trompetenstimme eines Jan Kiepura hatte Tauber eine Geigenstimme mit einer honigweichen Mittellage, die er gerne auf- und abschwellend einsetzte. Er war der Meister dieser »Messa di voce«-Effekte und der Tauber-Schnörkel, die gut kaschierten, dass die Höhen nicht seine Stärke waren.

Jo merkte, dass das B der letzte Ton war, der ihm mit Bruststimme im *Forte* gelang. Alles, was darüber lag, ließ er in der Kopfstimme im zarten Piano erklingen. Jo ließ das Orchester an diesen Stellen zu einem Flüstern abklingen, was die Zuhörer dazu brachte, sich vorzulehnen, um jeden seiner zarten Töne einzusaugen. Der Tenor beschenkte die Wiener mit einer Wiederholung der Bildnis-Arie und zum frenetischen Schlussapplaus gab er vor dem Vorhang a cappella sein Erfolgsstück »Gern hab ich die Frau'n geküsst« zum Besten – drei Mal. Es regnete Rosen von den Balkonen. Einige der Blumen schafften es nicht bis auf die Bühne und landeten im Orchestergraben – der Tubaspieler holte eine ganze Handvoll aus seinem Trichter und schenkte sie später seiner Freundin aus dem Chor. Eine Gratulantin hatte gut vorgesorgt und seilte ihren gigantischen Blumenstrauß an einer Kordel von der Galerie ab. Tauber schloss die Gabe beglückt in seine Arme und warf Kusshände zurück. Das Publikum war ganz und gar verzaubert. Nein, »vertaubert«.

Nach der Vorstellung wimmelte es auf der Herrenseite von Gratulanten. Auch wer nicht zum Star des Abends in die Garderobe vordringen konnte, genoss diese besondere Atmosphäre in dessen Lichtkegel und ließ sich von der Welle der gebündelten Begeisterung hochheben.

Jo hörte die jubilierenden Stimmen der Bewunderer, die sich über ihre Eindrücke des Abends austauschten.

»Sagenhaft – wunderbar – diese Stimme – herzerwärmend – haben Sie gesehen, wie er ...«

Der Sternenglanz, der die schlichten Flure durchstrahlte, kam gar nicht in erster Linie vom Star selbst. Es waren seine Enthusiasten, die wie Prismen sein Licht tausendfach vervielfachten und etwas Unsichtbares in ein prächtiges Farbenspektrum verwandelten.

Jo hatte sich zügig von ihrem Frack in einen Anzug mit Halstuch umgekleidet. Nun stand ihre Tür offen und einige Kollegen sowie deren Bekannte steckten ihre Köpfe herein, um ihr ein paar lobende Worte zuzurufen.

Bald erschien Dana in der Tür und Jo winkte sie zu sich herein.

»Wie hat es dir gefallen?«, fragte sie erwartungsvoll.

»Ich wusste gar nicht, wo ich zuerst hinschauen sollte«, sprudelte Dana mit rosigen Wangen los. »Es war überall so viel zu sehen – auf der Bühne die bunten Bühnenbilder, die Kostüme der Sänger, der Drache, die wilden Tiere. Und dann habe ich natürlich ganz oft zu dir geschaut, wie du dirigierst. Zuerst konnte ich gar nicht glauben, dass du das wirklich bist, weil du tatsächlich wie ein Mann aussiehst in dieser Aufmachung. Du hast so viel Energie und alle gehorchen dir. Es wirkt so, als würdest du tanzen. Elegant wie Fred Astaire. Und du hast ein total glückliches Strahlen auf deinem Gesicht.«

Jo freute sich über Danas Begeisterung.

»Und wie hat dir die Musik gefallen? Ich liebe es, Mozart zu dirigieren. Es ist wie ein Feuerwerk, eine Explosion von Farben, immer überraschend, man ist ganz im Moment.«

Dana nickte enthusiastisch.

»Mir stand der Mund offen bei den hohen Tönen der Königin der Nacht«, gestand sie. »Dass ein Mensch überhaupt solche Töne hervorbringen kann ... Und mir hat gefallen, dass der lustige Papageno zum Schluss eine Papagena bekommen hat, und wie die vielen kleinen Kinder mit den bunten Federn auf seinen Rücken gehopst sind.«

Jo schmunzelte. Es wunderte sie nicht, dass Dana besonders auf die Kinder ansprang.

Plötzlich wurde deren Gesicht jedoch ernst und sie beugte sich vor bis dicht an ihr Ohr.

»Weißt du, wer noch mit mir in der Loge gesessen hat: Herr Breuer mit einer Dame. Das Paar ist auch zu den Garderoben gegangen – vielleicht sind sie noch in der Nähe.«

Jo fuhr eine Hitzewelle den Hals hinauf. Sie huschte zur Tür und lugte in den Flur. Dort tummelten sich nach wie vor viele Leute. Ja, dort hinten stand Eduardo. Ihre Blicke trafen sich und er bahnte sich einen Weg auf sie zu. Sie zog ihren Kopf zurück und versuchte, sich zu sammeln.

»Glückwunsch zu einer gelungenen Vorstellung, Herr Kollege«, erklang seine melodiöse Stimme, als er im Türrahmen stand. Neben ihm tauchte seine Frau auf – sie trug ein bodenlanges figurbetontes Abendkleid aus dunkelblauem Samt, eine weiße Federboa über den Schultern und eine doppelreihige Perlenkette um den Hals. Sie sah königlich aus.

»Meine Frau Amanda haben Sie ja unlängst kennengelernt«, sagte er förmlich und mit ausweichendem Blick.

»Bravo, Herr Osterkamp, ein musikalischer Genuss.« Amanda blickte Jo reserviert aus ihren dunklen Augen an.

»Vielen Dank«, sagte Jo steif. »Ich wünsche noch einen schönen Abend. Sie entschuldigen mich.«

Sie zog Dana hinter sich her und steuerte die Garderobe von Tauber an. Der schüttelte seinem Dirigenten enthusiastisch die Hand.

»Sie haben mich auf Händen getragen«, bedankte er sich bei Jo. Sie stellte ihm Dana vor.

»Sie sind wirklich zum ersten Mal in der Oper gewesen?«, rief Tauber. »Ich hoffe, nicht zum letzten Mal!«

Dana stammelte vor Aufregung nur einige lobende Worte und Tauber unterschrieb ihr eine Autogrammkarte und gab ihr zum Abschied noch einen Handkuss.

Auf dem Heimweg gingen sie untergehakt und Dana schwärmte: »Richard Tauber hat ganz weiche Hände. So schmeichlerisch wie er singt, ist er bestimmt auch im Privatleben. Der Schönste ist er zwar nicht, aber er hat ein offenes Lachen und wirklich Zähne wie Perlen. Seine Autogrammkarte bekommt einen Ehrenplatz bei meinen Filmplakaten.«

Jo nickte und schmunzelte dazu.

Zurück in ihrer Wohnung in der Karlsgasse machte Jo sich sofort bettfertig und kuschelte sich bald unter die Daunen. Ein silberner Streifen Mondlicht lag wie ein beruhigender Finger über der Bettdecke, aber in ihrem Innern trommelte es und ihre Zehen tänzelten über das Holzbord am Fußende, als wollte sie Pirouetten drehen.

Endlich kam Dana im Nachthemd aus dem Bad, ihr gebürstetes Haar hing ihr wie ein Schleier über die Schultern und fiel bis auf die Hüften.

»Was glaubst du, warum ist Eduardo vorhin mit seiner Frau zu meiner Garderobe gekommen?«, flüsterte Jo und richtete sich im Bett auf.

Dana setzte sich am Fußende auf die Matratze und streckte ihre Beine neben Jos aus, die die wärmende Decke auch über deren Beine schlug.

»Er wollte dir etwas Nettes sagen«, raunte Dana. »Bestimmt tut es ihm leid, dass er das letzte Mal weggerannt ist.«

»Oder er wollte mir seine Frau vorführen. So in der Art: Schau her, ich bin verheiratet. Das wird nichts mit uns.«

»Hm«, machte Dana. »Das glaube ich nicht. Seine Frau konnte er wohl schlecht abschütteln. Er hat bestimmt nur wegen ihr so steif und förmlich mit dir gesprochen, so, als wärt ihr nur flüchtige Bekannte.«

»Wie findest du Amanda Breuer? Sie ist viel schöner als ich. Obwohl sie bestimmt zehn Jahre älter ist. Aber sie ist eine *echte* Frau mit ihren Kurven und ihrem Hüftschwung.«

»Ja, sie ist recht attraktiv. Aber du bist auch eine *echte* Frau!«, hob Dana empört ihre Stimme. »Wenn Eduardo dich nicht anziehend finden würde, hätte er sicher nicht mit dir geschlafen.«

»Ich weiß nicht. Bei Männern spielen manchmal die Hormone verrückt. Sie haben den Instinkt, sich fortzupflanzen. Das muss gar nichts mit Liebe zu tun haben.«

»Aber ich habe gesehen, wie Eduardo während der Vorstellung ganz oft zu dir in den Orchestergraben geschaut hat.«

»Wie findest du ihn eigentlich – so als Mann?«, wollte Jo wissen.

»Er sieht wirklich gut aus mit seinen blauen Augen und den dichten Locken«, sprudelte Dana los. »Wenn auch schon mit ein paar Silberfäden an den Schläfen und Koteletten. Und er hat irgendwie Ausstrahlung. Er hat Reife und ist nicht so ein kindischer Jungspund. Ich kann gut verstehen, dass du dich in ihn verliebt hast!«

Verliebt. Dieses Wort hatte Jo sich bisher streng verboten. Aber aus Danas Mund klang es unbestreitbar wahr.

Kapitel 31:
Sittenwächter am Werk

Wien, 1. November 1926

»Fristlose Kündigung des Mietverhältnisses«, las Johanna auf dem Papier, das ihr der Mann im Schafspelz unter die Nase hielt.

»Packen Sie sofort Ihre Sachen, in einer Stunde ist Schlüsselübergabe«, sagte der Mann, der sich ihr als Hausverwalter vorgestellt hatte. Er war klein und dick, in seinem runden Gesicht lagen zwei Schweinsäuglein, die bösartig funkelten. Hinter ihm standen zwei Hünen mit Schultern so breit wie Schränke. Sie glotzten gleichgültig vor sich hin und warteten auf den Befehl ihres Herrn. Es war offensichtlich, dass der Verwalter seine Forderung mit Gewalt durchsetzen lassen würde, wenn nötig.

»Aber wieso? Ich habe die Miete pünktlich gezahlt«, hielt Johanna dagegen und bemühte sich um einen ruhigen Tonfall, aber ihre Kehle war wie zugeschnürt. Jetzt war es passiert. Sie war ertappt worden. Wobei auch immer. In ihrem tiefsten Innern hatte sie die Katastrophe erwartet. Sie hatte nur noch nicht gewusst, aus welcher Richtung die Sturmflut kommen würde.

»Artikel fünf, Paragraf drei: Kündigungsrecht wegen unsittlichen Betragens«, bellte der Verwalter durch den ganzen Hausflur. Gegenüber ging eine Wohnungstür auf und eine neugierige Nase lugte durch den Türspalt. Dana tauchte im Morgenmantel auf und stand nun aufgeschreckt hinter ihr.

»Was soll das bitte schön für ein unsittliches Betragen sein?«, fragte Johanna herausfordernd. So leicht würde sie nicht einknicken. »Wir sind zwei berufstätige Frauen, die einer ehrbaren Arbeit nachgehen und zuverlässig unseren Lohn erhalten.«

»Sind Sie die Vertragspartei? J. Osterkamp?« Der Verwalter las ihren Namen aus dem Mietvertrag vor, als habe er etwas Fauliges im Mund.

Johanna nickte.

»Wir haben Kenntnis davon erhalten, dass ein gewisses lediges Fräulein Osterkamp in anderen Umständen ist. Die Hauswirtin hat einen Anruf aus der Gynäkologie vom Rudolfspital bekommen. Der Hausbesitzer duldet keine Frauen mit lasterhaften Sitten in diesem Zinshaus. Und Säuglingsgeschrei will hier auch niemand hören. Schon gar nicht das von einem Bastard.«

Jo fasste sich an die Wange, als hätte sie eben eine Backpfeife erhalten.

»Das ist doch kein Grund, uns aus der Wohnung zu werfen«, jammerte Dana hinter ihr.

»Reden Sie nicht lange rum, packen S' Ihre Sachen und haun Sie sich über die Häusa, aber hurtig«, schnauzte der Verwalter und trat zur Seite, um seine Bulldoggen auf sie zu hetzen.

»Aber wo sollen wir denn hin? Man kann doch nicht innerhalb von einem Tag ein neues Zimmer finden! Es gibt doch

Kündigungsfristen«, rief Dana und klammerte sich an die Türklinke.

»Das ist Ihr Problem. Dem Hausbesitzer ist das wurscht. Morgen ziehen neue anständige Mieter hier ein.«

Der Mann deutete mit zwei dicken Fingern in den Flur und die kräftigen Kerle stampften auf die Tür zu wie Dampfwalzen, in den Händen trugen sie Leinensäcke.

Johanna und Dana drückten sich an die Wand und sahen zu, wie die Möbelpacker bei ihnen einmarschierten.

»Wir packen unsere Sachen schon selbst«, sagte Johanna atemlos und huschte schnell an den Riesen vorbei ins Schlafzimmer, wobei sie Dana an der Hand hinter sich herzog. Schnell drückte sie die Schlafzimmertür ins Schloss. Diese Barriere würde die Rausschmeißer auch nicht aufhalten. Dana fing an zu schluchzen.

»Das können die doch nicht machen! Das ist nicht recht!«

»Es tut mir leid«, flüsterte Johanna und legte den Arm um Danas Schultern. »Wenn wir mehr Zeit hätten und einen Anwalt, könnten wir uns bestimmt wehren. Aber so ... Lass uns einfach packen und gehen, bevor die Kerle brutal werden. Wir finden sicher ein neues Dach über dem Kopf.« Johanna strich Dana tröstend über den Kopf und klopfte ihr auf den Rücken.

Diese nickte schließlich und zog sich schniefend an, während Johanna ihre Kleidung in die zwei Koffer packte, alles wild durcheinander, so wie es ihr in die zitternden Hände geriet. Zitternd mehr vor Zorn als vor Angst.

Aus der Küche hörte sie ein Scheppern der Töpfe und Rumoren.

Die Möbelpacker räumten wohl ihren Vorratsschrank aus und schmissen alles in die Leinensäcke. Dana packte nun auch in Windeseile alle ihre Habseligkeiten in die Koffer und Jo half ihr, ihren Quilt und die Filmposter von den Wänden abzunehmen. Zuletzt rollte Jo den Teppich, ihre Daunendecke und das Wollkopfkissen zusammen und steckte sie in den Seemannssack.

Es rumste an der Tür. Jo machte auf und einer der Riesen stand vor ihr, seine Statur füllte den ganzen Türrahmen aus.

»Sie können unsere Koffer hinuntertragen«, sagte Johanna und hob ihr Kinn trotzig in die Höhe, obwohl ihr eigentlich zum Heulen zumute war. Aber sie wollte wenigstens für Dana eine Stütze sein – dieses gutherzige und arglose Mädchen, das nur ihretwegen in diesen Schwierigkeiten war. Im Flur lagen zwei der Leinensäcke unförmig auf dem Boden.

Der Verwalter stand in der offenen Wohnungstür und überwachte alles.

»Wir haben noch Sachen im Bad«, bemerkte Johanna.

»Schon alles in den Säcken«, tönte einer der Kerle mit dem viereckigen Gesicht.

»Ich schaue trotzdem noch einmal nach«, beharrte Johanna. Sie lief durch die Küche ins Bad und sammelte noch einige Handtücher ein, die ihnen gehörten. Durch das Fenster fiel ihr Blick auf ihre Küchenkräuter auf dem Balkon, die Dana mit so viel Begeisterung gehegt und gepflegt hatte und die sich sehr schmackhaft in ihren Gerichten gemacht hatten. Sie hatten nur vier Hände und die Pflanzen ließen sich nicht gut transportieren. Sie mussten sie zurücklassen. Johanna presste ihre Lippen zusammen. Sie würden sich neues Basilikum anpflanzen. Das konnten ihnen diese Dreckskerle nicht nehmen.

»Fertig?«, knurrte der Verwalter.

Johanna stopfte die Handtücher in die Säcke und die Hünen schulterten alles und stampften ihnen voran die Treppen hinunter.

Vor der Wohnungstür hielt der Verwalter seine dicke Hand auf. »Zwei Paar Schlüssel«, verlangte er.

Johanna und Dana händigten ihm ihre Schlüssel aus und stiegen dann hinab. Irgendwer musste ein Taxi bestellt haben, denn die Möbelpacker luden ihre Habseligkeiten in den Kofferraum. Die Sittenwächter wollten wohl vermeiden, dass das rausgeworfene Gesindel mit Sack und Pack vor dem ach so ehrenwerten Zinshaus herumlungerte. Johanna stieg ohne einen Blick zurück ins Taxi und Dana setzte sich zu ihr auf die Rückbank.

»Wohin bloß?«, flüsterte Dana und blickte sie aus großen verängstigten Augen an.

Ja, wohin? Johannas Gedanken überschlugen sich. Eduardo. Nein! Der Drückeberger hatte seit dem Tag, als sie ihm von der Schwangerschaft erzählt hatte, kein privates Wort mehr mit ihr gewechselt. Zwei Mal waren sie sich auf den Fluren des Opernhauses begegnet und er hatte so getan, als ob er sie nicht kennen würde. Genia Schwarzwald? Sie war die Gastfreundschaft in Person, ließ immer gerne jemanden auf ihrem Sofa schlafen und fütterte jeden Hungrigen. Für ein paar Nächte würde sie den beiden Frauen sicherlich Asyl gewähren. Aber das war höchstens eine Übergangslösung. Sie könnten auch in ein einfaches Hotel ziehen für einen Monat, während sie auf Wohnungssuche waren. Aber das wäre bestimmt teuer – zu teuer. Johanna hatte eben erst die Krankenhausrechnung für Behandlung, Transport im Krankenwagen und Einsatz der Sanitäter beglichen. Fast eintausend Schilling. Ein ganzes Monatsgehalt war damit verbraucht und sie hatte nur wenig Geld gespart.

Dana tippte ihr auf die Schulter. »Ich glaube, meine Freundin Elvira wird uns bestimmt für ein paar Nächte aufnehmen. Ich habe mit ihr zusammen die Ausbildung zur Schneiderin gemacht. Sie arbeitet jetzt in der Kostümabteilung der Oper. Ihre Wohnung liegt im Grätzl beim Prater, nicht ganz so nah am Opernhaus, aber mit der Tram kommt man gut hin.«

»Na gut«, stimmte Johanna zu, die sich plötzlich wie ein Ballon fühlte, aus dem man die Luft herausgelassen hatte.

Dana nannte dem Taxler die Adresse.

Während der Fahrt blickte Johanna aus dem Fenster. Ihre einstige Sehnsuchtsstadt hing heute Morgen in grauem Nebeldunst, der Asphalt war hart und holprig, die Fassaden in ihrer steinernen Pracht abweisend. Wer einmal ausgeschlossen war aus dieser ehrbaren Welt, der stand vor den undurchdringlichen Mauern und konnte in der Gosse krepieren. War es wirklich eine gute Idee, bei jemandem aus dem Opernhaus Unterschlupf zu suchen? Für Dana war das kein Problem. Aber was wäre, wenn die Schneiderin in ihr den Dirigenten Osterkamp wiedererkennen würde? Johanna wollte diese Fremde nicht in ihr Geheimnis einweihen. Gerade die Damen aus der Masken- und Kostümabteilung waren die größten Klatschtanten am Opernhaus. Und sie kamen täglich beim Schminken, Frisieren und Ankleiden mit den Solisten und Choristen in Berührung – hier schwappte der Tratsch von einer Abteilung zur nächsten und machte schneller die Runde als eine Nachricht am Schwarzen Brett. Neben ihr schniefte Dana. Sie blickte zu ihrer Freundin herüber, die sich die Augen wischte.

»Das war so gemein, wie diese Kerle uns rausgeschmissen haben wie zwei Flittchen«, klagte sie.

»Ja. Tut mir leid, das ist alles meinetwegen«, sagte Johanna geknickt. »Ohne mich würdest du noch gemütlich in der Pension Anna wohnen.«

»Ach, so toll war das da nicht«, meinte Dana und lächelte schief.

»Wir finden wieder etwas Neues«, versprach Johanna, obwohl sie keine Ahnung hatte, wie sie das bewerkstelligen sollte. Sobald ihr Bauch unübersehbar war, würden ihre Probleme noch größer werden.

Das Taxi hielt vor einem unscheinbaren Haus in einer Reihe von dreistöckigen Wohnhäusern und Dana bat den Taxler zu warten. Sie sprang aus dem Wagen und verschwand im Flur. Endlose Minuten verstrichen, der Motor und der Gebührenzähler liefen weiter.

Endlich kehrte Dana zurück – mit einem Lächeln auf dem Gesicht.

»Elvira war da und hat gesagt, wir können mit unseren Sachen reinkommen«, verkündete sie.

»Das ist wirklich lieb, aber ich glaube, es ist besser, wenn ich in ein Hotel gehe«, antwortete Johanna.

Dana sah sie verständnislos an. »Warum?«

»Ich möchte von deiner Freundin aus der Oper nicht erkannt werden«, flüsterte Johanna. »Außerdem ist es bestimmt leichter für sie, nur einen Gast unterzubringen.«

»Für dich ist auch Platz«, beharrte Dana.

»Danke! Aber es ist besser so. Wir können uns gleich morgen im Kaffeehaus treffen. Ich kaufe eine Zeitung wegen der Wohnungsanzeigen und hänge ein Gesuch ans Schwarze Brett im Opernhaus.«

Dana nickte zögerlich. Sie stiegen aus und hoben gemeinsam Danas Koffer aus dem Kofferraum.

»Nimm du die Säcke mit unseren Küchensachen. Dann kannst du deiner Gastgeberin heute Abend wenigstens was in den Kochtopf tun«, schlug Johanna vor.

Dana trug die Sachen in den Hausflur und kam dann noch mal zu Johanna hinaus. »Pass gut auf dich auf.« Dana umarmte sie fest.

»Wohin soll es gehen, gnädige Frau?«, wollte der Taxler wissen. Sie gab dem Taxla die Adresse des Hotels in der Mahlerstraße, in dem sie bei ihrer Ankunft in Wien untergekommen war. Es war ein seltsames Gefühl, sich dort wieder einzumieten – als müsste sie von vorne anfangen.

Sie würde sich von diesem Tiefschlag nicht entmutigen lassen und ging an diesem Vormittag mit doppeltem Einsatz an die Arbeit. Im Hotelzimmer hatte Jo ihr Korsett und Männerkleidung angelegt. Die durchgeschnittenen Schnüre am Korsett hatte sie längst ersetzt. Seit ihrer Blutung band sie das Korsett nur noch sehr lose. Zum Glück war es Herbst und sie konnte ihre Figur – noch – in einem weiten Jackett über schwarzem Hemd und schwarzer Hose verbergen. Dass sie insgesamt fülliger geworden war, schien niemand verdächtig zu finden. Gerade sortierte sie Noten im Assistentenbüro, als Weinberger den Kopf zur Tür hereinsteckte.

»Der Direktor will Sie auf der Stelle sehen«, sagte er, aber seine herabhängenden Augenlider schienen die Dringlichkeit der Nachricht zu entkräften.

Sie nahm den Weg ins Vorderhaus. Als sie die prunkvollen Stiegen gesäumt von Spiegeln und Statuen hinaufschritt, rang sie nach Luft. Ihr Mund fühlte sich wie ausgetrocknet an. Heute war der Tag der schlechten Nachrichten. Was zum Teufel wollte der Direktor so Dringendes von ihr?

Als Jo in sein Büro eintrat wie zu einer Audienz, winkte Schalk sie heran. Sie nahm auf einem der zwei Polsterstühle vor seinem immensen Eichenschreibtisch Platz und wartete, dass er mit dem Durchblättern und Unterschreiben der Papiere in seiner Korrespondenzmappe fertig wurde.

Schließlich klappte er diese zu, strich sich seinen Spitzbart nach unten und rückte die Brille auf seiner Nase zurecht. »Herr Osterkamp, Sie wissen wohl, dass Ihr Vertrag zum 31. Dezember ausläuft.«

Jo nickte und schluckte hart. Darum ging es also. Er würde ihr nun eröffnen, dass sie Einsparungen machen mussten oder einen anderen suchen wollten. Ihre Tage an der Wiener Oper waren unwiderruflich gezählt.

»Ich habe mir bei einigen der von Ihnen geleiteten Vorstellungen einen Eindruck von Ihrem Dirigat gemacht und habe zusätzlich Kapellmeister Heger sowie Maestro Breuer nach ihren Einschätzungen zu Ihrer Arbeit befragt. Auch die Philharmoniker haben ihr Votum abgegeben. Kurz und gut: Wir sind alle äußerst zufrieden mit Ihnen.«

Jo trafen diese Worte wie ein Sandsack, so unerwartet kamen sie. Sie senkte hastig den Blick, damit Schalk nicht sehen konnte, dass ihr Tränen der Erleichterung in die Augen traten. Solch ein sentimentaler Ausbruch passte wirklich nicht zu einem professionellen Dirigenten. Aber kam nach dieser Vorrede nun die Absage? *Zu meinem großen Bedauern muss ich Ihnen jedoch mitteilen ...* Sie würden ihr ein gutes Zeugnis ausstellen und ihr weiterhin viel Glück und Erfolg auf ihrem Berufsweg wünschen.

»Ich habe mit der zuständigen Behörde verhandelt, dass eine Planstelle für einen zweiten Kapellmeister – unter Heger – für zwei Jahre eingerichtet wird. Diese Stelle möchte ich Ihnen hiermit anbieten. Der Zweijahresvertrag hat ähnliche Konditionen wie Ihr bisheriger Vertrag. Ihr monatliches Festgehalt wird auf eintausendzweihundert Schilling erhöht, zuzüglich der Beiträge in die Künstlersozialversicherung. Und es gibt eine Abendgage von einhundertfünfzig Schilling für jede Vorstellung, die Sie dirigieren. Ich denke, wir werden Sie zukünftig noch häufiger einsetzen als bisher.«

Jo konnte kaum glauben, was sie da hörte. Das war nicht nur ein sicherer Arbeitsplatz für die nächsten zwei Jahre, sondern gleichzeitig eine Beförderung. Ihre Strapazen waren also nicht vergebens gewesen. Jedes Festschnüren ihres Korsetts, jeder Schweißtropfen, jeder Blutstropfen wurde belohnt. Sie bekäme endlich, wovon sie so lange geträumt hatte. Nun gut, sie war noch lange nicht am Ziel ihrer Träume. Aber es war ein weiterer Schritt nach oben auf der Stiege in den Olymp der

Dirigenten. Sie hatte noch viel vor. An anderen berühmten Häusern und mit Orchestern debütieren – die Mailänder Scala, die Semperoper in Dresden, die Met in New York und nicht zuletzt die Berliner Philharmonie wollte sie erobern. Aber alles Schritt für Schritt. Fester Dirigent an der Wiener Oper zu werden war ein Meilenstein und ein Sprungbrett.

»Es freut mich, dass Sie mit meinen Leistungen zufrieden sind. Ich habe das Gefühl, dass ich hier mein musikalisches Zuhause gefunden habe. Der Austausch mit den hervorragenden Musikern und Dirigenten ist sehr bereichernd für mich. Ihr Angebot nehme ich natürlich an«, bedankte sich Jo.

Schalk lächelte und schob ihr den Vertrag in doppelter Ausführung über den Tisch. Während sie den Vertragstext durchlas, schossen ihr ungebetene Fragen durch den Kopf: Wie oft durfte sie sich krankmelden, bis es ein Kündigungsgrund war? Könnte sie zwei oder drei Monate Urlaub am Stück nehmen? All ihre hochtrabenden Pläne hatte sie ohne das Kind geschmiedet, das gerade mal wieder Saltos in ihrem Bauch schlug. Aber darüber würde sie sich in den nächsten Wochen Gedanken machen. Hauptsache, sie hatte erst einmal den Vertrag in der Tasche. Sie unterschrieb zweifach.

Das Telefon auf Schalks Schreibtisch schrillte und Jo zuckte unwillkürlich zusammen.

Schalk nahm ab. »Ah, die Herren sind da. Bitte hereinschicken«, sagte er zu seiner Sekretärin.

Die Tür ging auf und das lange Gesicht von Heger erschien, hinter seiner Schulter schimmerten die Haare von Breuer. Der Direktor verlagerte die Gesprächsrunde auf die gemütlichen Polstersessel vor dem Kamin und die Sekretärin brachte ihnen Kaffee und Gebäck herein. In diesem gelösteren Beisammensitzen fragte der Direktor jeden der Dirigenten nach seinen Wunschvorstellungen für die laufende und nächste Spielzeit, welche Opern und Konzerte sie gerne leiten würden.

Heger wollte am liebsten jedes Repertoire-Stück mindestens einmal dirigieren. Auch auf die Premieren war er erpicht.

Jo sprach sich ebenfalls für einen Querschnitt durch das deutsche, italienische und französische Repertoire aus.

Eduardo hielt sich auffallend zurück.

»Herr Breuer, Sie sagen kaum etwas. Sind Sie etwa ganz leidenschaftslos? Das passt gar nicht zu Ihnen«, wunderte sich Schalk.

»Ich dirigiere alles mit Leidenschaft, was Sie mir zuteilen. Aber wie Sie wissen, werde ich von Februar bis Ende April in New York an der Met mein Debüt mit drei verschiedenen Opern geben, und es ist noch nicht absehbar, wie viele Folgeengagements sich daraus entwickeln werden. Ich schlage vor, Sie behalten mich als Springer in der Hinterhand und setzen mich dann ein, wenn meine geschätzten Kollegen nicht verfügbar sind.«

»Herzlichen Glückwunsch zu Ihrem Amerikadebüt, Herr Kollege Breuer«, sagte Heger säuerlich.

»Ja, das ist wirklich eine großartige Erweiterung Ihres Profils«, meinte Schalk zufrieden.

Jo wusste, dass damit der Marktwert des Hausdirigenten Breuer und gleichzeitig auch das Renommee des Wiener Opernhauses steigen würde. Es war eine aberwitzige Idee, Eduardo würde seinen Karriereaufstieg wegen der anstehenden Geburt irgendeines Kindes, was angeblich seines war, aufgeben. Jo nahm einen Schluck vom lauwarmen Kräutertee und hatte einen bitteren Geschmack auf der Zunge, was nicht nur am Tee lag. Es klopfte und der Personaldisponent Hugo Ringwald kam herein.

»Entschuldigen Sie die Störung, Herr Direktor, aber soeben hat Karl Alwin Bescheid gegeben, dass er leider kurzfristig indisponiert ist und den heutigen ›Don Giovanni‹ nicht dirigieren kann. Wir müssen schnellstens einen Ersatz finden.«

»Da sind Sie hier am richtigen Ort«, antwortete der Direktor und deutete mit einer ausladenden Geste auf die drei aufgereihten Dirigenten wie ein König über sein Heer.

»Wer von Ihnen möchte einspringen, meine Herren?«

»Mir ist Mozart immer ein Vergnügen«, äußerte Jo am schnellsten.

Breuer warf ihr einen überraschten Blick zu und runzelte die Stirn.

»Ich bin bereit«, setzte Heger nach.

»Wenn zwei sich streiten, steht der Dritte zurück.« Eduardo zeigte seine Handflächen in einer Geste der Kapitulation.

Der Direktor schmunzelte.

»Herr Kollege Heger, Sie stehen schon morgen wieder auf dem Spielplan. Deshalb würde ich heute Herrn Osterkamp den Zuschlag erteilen. Zur Feier des unterschriebenen Vertrags«, sagte Schalk und nickte Jo zu.

»Vielen Dank.« Jo fing einen weiteren erstaunten Blick von Eduardo auf.

Es war kurz nach 16 Uhr. Jo wollte eine Ruhepause im Hotel einlegen vor dem anstrengenden Abend am Pult. Sie würde sich auf das fremde Bett legen, sich in ihre Daunendecke hüllen und für eine Stunde alle ihre Sorgen auf stumm schalten. War es ein Fehler gewesen, sich für das Dirigat zu melden? Schonung wäre wahrscheinlich gesünder für sie und das Ungeborene. Aber nach dem Rauswurf am Morgen musste sie sich beweisen, dass nichts und niemand sie kleinkriegen würde.

Sie bog gerade in den Kärntner Ring ein, als sie eilige Schritte hinter sich hörte: »Jo, warte doch mal.«

Es war Eduardo, der zu ihr aufschloss.

Sie marschierte ungebremst weiter.

»Hast du also die Vertragsverlängerung bekommen?«

Sie nickte.

»Wie stellst du dir das vor? Ich meine mit der Niederkunft. Und wer soll sich um das Neugeborene kümmern, während du Tag und Nacht arbeitest?«, fragte er atemlos.

»Hätte ich etwa den Vertrag ausschlagen«, sie sah ihn scharf von der Seite an, »und als mittellose ledige Mutter mit meinem kleinen Schreihals in ein Armenhaus einziehen sollen?«

»Nein, natürlich nicht. Also, so weit würde ich es nie kommen lassen«, sagte Eduardo und hielt sie am Arm fest, aber Jo riss sich los und stürmte weiter. Er hielt hinkend Schritt mit ihr.

»Spiel dich nicht so auf, als würdest du dich irgendwie für meine Probleme verantwortlich fühlen, nachdem du wie ein Gejagter hinausgestürmt bist, als ich dir mitgeteilt habe, dass ich von dir schwanger bin.«

»Tut mir leid. Ich war ...«

»Schockiert«, beendete Jo seinen Satz.

»Überrumpelt«, verbesserte Eduardo. Fünf Schritte lang schwieg er. »Aber wie stellst du dir das vor? Willst du etwa dirigieren, bis du Wehen bekommst? Womöglich zu früh? Du musst besser auf deine Gesundheit achten.«

»Auf deine Belehrungen kann ich verzichten«, schnaubte sie.

»Wo gehst du überhaupt hin?«, fragte er, als Jo in die Mahlerstraße einbog. »Die Karlsgasse ist in der anderen Richtung.«

»Da wohne ich seit heute Morgen nicht mehr«, presste Jo zwischen den Zähnen hervor.

»Warum?« Eduardo fasste sie mit beiden Händen an den Schultern und zwang sie zum Stehenbleiben.

»Der Hausverwalter stand plötzlich mit einer fristlosen Kündigung vor der Tür. Zwei hünenhafte Rausschmeißer hatte er auch dabei. Die haben Dana und mich mit unseren Habseligkeiten vor die Tür gesetzt wie schmutziges Gesindel.«

Eduardos Brauen zogen sich zusammen wie Gewitterwolken und sein Teint färbte sich rötlich vor Zorn.

»Das ist ja unerhört! Warum? Etwa, weil du schwanger bist?«

Ziemlich schnell von Begriff war der Herr. Jo nickte und presste ihre Lippen zusammen.

»Das tut mir leid«, bekundete er und zog sie plötzlich in seine Arme. Sie wehrte sich nicht und genoss für einen Augenblick das Gefühl von Wärme und Geborgenheit an seiner Brust. Seine Hand strich über ihren Rücken und seine weichen Locken kitzelten sie an der Wange.

»Hast du einen Platz zum Schlafen?«, raunte er in ihr Ohr.

»Hm. In einem Hotel da vorne.« Sie fühlte sich plötzlich wie ein Kind und wollte am liebsten hemmungslos losheulen und sich von ihm trösten lassen.

Aber stattdessen straffte sie ihren Rücken und löste sich von ihm. »So schnell zwingt mich niemand in die Knie«, erklärte sie und hob kämpferisch ihr Kinn. »Kost und Logis verdiene ich mir heute Abend«, sagte sie. »Aber jetzt muss ich mich mal eine Stunde hinlegen und neue Kräfte sammeln.«

»Ja, natürlich.« Eduardo ging schweigend neben ihr bis zum Eingang des Hotels. Er nahm ihre Hand. »Jo, lass uns morgen in Ruhe über alles sprechen. Ich habe mir nämlich einige Gedanken gemacht. Kannst du vormittags so gegen elf Uhr zu mir kommen?«

Er blickte sie so aufrichtig aus seinen seeblauen Augen an, dass sie sich plötzlich wie von diesem Wasser getragen fühlte und das bleischwere Gewicht ihres Körpers sie nicht mehr in die kalte, dunkle Tiefe zog.

»Ja«, flüsterte sie, und ein Lächeln flog über ihr Gesicht.

Kapitel 32:
Das Schicksal eines Kindes

Wien, 2. November 1926

»Ist deine Ehefrau auch hier?«, wollte Jo wissen, als Eduardo ihr die Wohnungstür aufmachte.

»Nein. Sie ist zurück nach Graz.«

Jo trat ein und folgte ihm den Flur entlang. Es war seltsam, wieder in seiner Wohnung zu sein, die ihr fremd war, obwohl sie Schlafzimmer und Küche im Liebestaumel kennengelernt hatte. Heute fühlte es sich wie ein Geschäftstermin an.

Eduardo blieb stehen und blickte sie fragend an, links öffnete sich eine Wohnstube zur Straße hin. Sie konnte ein Piano, Bücherregale und Sitzmöbel sehen, rechts ging es in die Küche. Sie deutete Richtung Küche. Da gab es Ofenwärme und es war weniger formell. Er zog den Holzstuhl mit der geraden, hohen Lehne zurück, auf dem sie in jener Nacht im Mai gesessen hatte, holte eine Kanne von der Anrichte und schenkte ihnen seinen brasilianischen Mate-Tee in die kürbisförmigen Trinkgefäße ein. Er nahm ihr gegenüber Platz und rührte mit dem Trinkhalm aus Metall in seinem Tee herum.

Auch Jo starrte auf die schwimmenden grünen Blätter im Aufguss, als könnte sie die Zukunft in ihnen lesen.

»Wie lief ›Don Giovanni‹ gestern?«, erkundigte sich Eduardo räuspernd.

»Gut.«

»Konntest du im Hotel einigermaßen schlafen?«

»Ja. Irgendwie.«

»Bereitet es dir nicht Schmerzen, wenn du deinen Bauch mit dem Korsett so einbinden musst?«, wagte er einen Vorstoß zum Anlass ihres Gesprächstermins.

»Nein. Ich binde nicht sehr fest zu«, gab Jo zurück.

»Aber bis zum Geburtstermin wird das sicher nicht gehen …«

»Hm«, machte sie und nahm einen vorsichtigen Schluck von dem grünen Tee. »Du bist dann doch sowieso in New York.« Sie schaute ihn herausfordernd an.

»Ich überlege, ob ich meine Amerika-Auftritte nicht besser in den Sommer verschiebe«, offenbarte Eduardo zu ihrer Überraschung. »Aber das hängt davon ab, was du von mir erwartest.«

»Ich erwarte gar nichts von dir.« Demonstrativ verschränkte sie die Arme vor der Brust.

»Solltest du aber«, sagte er sanft. »Wieso denkst du eigentlich so schlecht von mir? Ich trage für das Kind genauso die Verantwortung wie du.«

Würde er ihr gleich anbieten, Unterhalt zu zahlen? Wollte er sich mit Geld freikaufen? »Du willst dich also nicht rausreden, wie so manche Männer in deiner Lage? Du hast mich noch gar nicht gefragt, mit wie vielen anderen Männern ich noch im Bett war und ob es überhaupt sicher sei, dass *du* der Vater bist.«

»Wieso sollte ich solch einen Unsinn glauben? Die Nacht mit mir war bestimmt ein einmaliger Ausrutscher – hast mich ja auch am nächsten Tag gleich zum Teufel gejagt.«

Sie starrte trotzig in seine blauen Augen und fühlte, wie sie wieder darin zu versinken drohte. Sie riss ihren Blick los. Schöne Worte machen konnte er. Aber sie brauchte Taten von ihm. »Hast du deiner Frau schon von deinem Seitensprung erzählt?«, preschte sie voran.

»Nein. Noch nicht. Das werde ich aber.«

Eduardos Gesicht drückte keine Befangenheit aus. War ihm ein Ehestreit egal? Entweder waren sie sich gleichgültig geworden und lebten nur noch in einer Zweckgemeinschaft, oder ihre Liebe war so groß, dass sein Betrug ihre Ehe nicht zerstören konnte. Jo wurde nicht schlau aus seinem Verhalten.

»Gehst du eigentlich öfters fremd? Warst du mit der Tänzerin aus dem Salon von Frau Schwarzwald auch im Bett?« Gerade klang sie verdammt eifersüchtig, aber das war sie schließlich auch.

Ein Lächeln huschte über seine Züge. »Nein.«

Sie wollte ihm gerne glauben. Sie hing einen Moment lang der Wunschvorstellung nach, er wäre mit Herz und Seele in sie verliebt, würde sich tagsüber vor Sehnsucht nach ihr verzehren und nachts von ihr träumen. Er würde sich scheiden lassen, Jo um ihre Hand bitten und dann würden sie eine glückliche kleine Familie sein. Ihr süßes Kind würde mit Musik und Liebe aufwachsen. Und Jo würde weiterhin dirigieren.

»Was denkst du gerade?«, wollte er wissen.

»Ach, nichts«, murmelte sie und wischte sich mit der Hand über die Stirn. Das waren alles Hirngespinste.

»Bitte verrat mir endlich deine Pläne. Dann kann ich dir sagen, was ich dir anbieten möchte«, drängte er.

»Also gut!« Jo holte tief Luft. Sie erzählte ihm vom Angebot von Genia Schwarzwald.

»Du würdest deinen Sohn wirklich an Fremde auf Nimmerwiedersehen weggeben? Hast du denn gar keine Muttergefühle?«

»Ich wäre eine schlechte und egoistische Mutter, wenn ich meinem Kind eine rosige Zukunft versagen würde. Besser, es lebt bei Fremden, als dass ich es in Lumpen großziehe und erleben muss, wie es als Bastard verspottet und von der guten Gesellschaft ausgestoßen wird«, gab sie mit fester Stimme zurück. »Du hast leicht reden von deiner sicheren Warte aus. Du hast überhaupt keine Ahnung, was ich durchgemacht habe, seit ich schwanger bin.«

Eduardo hob beschwichtigend seine Hand, aber Jo war nicht mehr zu stoppen.

»Die Hauswirtin in meiner ersten Pension hat mich zu einer Engelmacherin geschickt, um das kümmerliche Leben von dem ›Vereckerle‹ so schnell wie möglich zu beenden.«

Jo sah, wie es in Eduardos Gesicht zuckte, als hätte er eine Ohrfeige kassiert.

»Ich bin sogar hingegangen und habe der Kräuterfrau ein Gift abgekauft. Ich habe es aber später weggeschüttet. Hältst du mich jetzt für eine Kindsmörderin, weil ich eine Abtreibung in Betracht gezogen habe?« Ihr schossen Tränen vor Zorn und Angst in die Augen.

»Du musst dich nicht verteidigen, Jo.« Eduardo wollte ihre Hand ergreifen, aber sie zog sie zurück, wischte sich mit dem Ärmel die Augen und verschränkte die Finger in ihrem Schoß. »Ich mache dir doch gar keine Vorwürfe. Das ist alles sehr schwer für dich. Das verstehe ich«, sagte er beruhigend und lehnte sich vor.

Jos Brustkorb hob und senkte sich heftig, aber dann legte sich allmählich der Sturm, der in ihr getobt hatte.

»Jetzt werde ich dir etwas erzählen«, sagte Eduardo.

Sein Gesicht nahm einen sehr ernsten Ausdruck an und sie spürte, dass er sich überwinden musste.

»Es gibt einen Grund, warum meine Frau und ich uns in den letzten Jahren so voneinander entfernt haben.«

Er schwieg und drehte an seinem Trinkgefäß.

»Wir hatten ein Kind. Einen wunderbaren kleinen Jungen. Er hieß Christian. Er war solch ein fröhlicher Bub. Auf seinen kleinen Beinchen war er ständig unterwegs, um die Welt zu erkunden.«

Ein wehmütiges Lächeln zog über Eduardos Gesicht, das abrupt erlosch.

»Er ist kurz vor seinem dritten Geburtstag gestorben – an der Ruhr. Wir haben tagelang um sein Leben gekämpft, aber der Tod hat gewonnen.«

Eduardos Stimme war bei diesen Worten stetig leiser und gepresster geworden und sie konnte den Schmerz auf seinem Gesicht sehen. Jo fühlte sich plötzlich, als würde ein Mühlstein über ihr Herz rollen. Verdammt, was war sie egozentrisch gewesen! Hatte ihn hemmungslos beschimpft und verletzt in der Hoffnung, ihm einen Liebesbeweis abzuringen. Aber er trug bereits eine tiefe Wunde. Kein Wunder, dass er die Flucht ergriffen hatte, als sie ihm eröffnet hatte, dass er wieder Vater werden würde. Sie hatte die ganze Zeit ausschließlich an sich gedacht. Hatte mit den Gedanken über den Verlust ihres Kindes gerungen. Aber wie musste es wohl für Eduardo sein, wenn sie sein ungeborenes Kind »Verreckerle« nannte – auch wenn es die bösen Worte einer Dritten waren. Sie schämte sich in diesem Moment zutiefst.

»Das tut mir so leid«, flüsterte sie. Jetzt hätte sie gerne seine Hand berührt, sie traute sich jedoch nicht.

Er nickte und fuhr sich mit der Hand über die Augenbrauen. »Das war vor drei Jahren. Eigentlich hätten wir uns gegenseitig trösten müssen. Aber irgendwie haben wir es nicht geschafft und uns immer weiter voneinander entfernt. Ich habe mir gewünscht, dass wir wieder versuchen, ein Kind zu bekommen, auch wenn ein zweites Kind niemals unseren Christian hätte ersetzen können. Aber Amanda wollte erst mal eine Pause von der Mutterschaft.«

Er seufzte und es wurde still in der Küche. Das Ticken einer Uhr über dem Herd war das einzige Geräusch.

»Ich habe mir immer eine große Familie gewünscht«, fuhr Eduardo leise fort. »Ich bin so gerne Vater. Es war schwierig für uns, auf unser erstes Kind haben wir einige Jahre warten müssen. Ich hatte mich damit abgefunden, dass ich nie wieder einen Sohn oder eine Tochter haben würde. Dabei kann ich mir nichts Schöneres vorstellen, als mein Kind wachsen zu sehen und ihm alles zu geben, damit es glücklich wird. Und dann erzählst du mir plötzlich, dass du mein Kind erwartest ...«

»Wenn ich das alles gewusst hätte ... Es tut mir leid, dass ich so hässliche Dinge zu dir gesagt habe.«

»Schon gut.« Eduardo blickte ihr direkt in die Augen. Er hatte ihr verziehen. »Du verstehst bestimmt, dass ich nur das Beste für dich und unser Kind wünsche. Ich will nicht, dass du es an irgendwelche Leute weggibst.« Seine Stimme klang nun fest und entschlossen. »Ich möchte, dass unser Kind bei mir lebt, und ich möchte es großziehen.«

Das war seine Lösung?

»Und ich?«, flüsterte sie.

»Du sollst natürlich auch eine Rolle dabei spielen. Möchtest du dein Kind nicht aufwachsen sehen?«

»Doch. Ja, natürlich!« Jo schlug die Augen nieder.

»Aber du willst das Dirigieren nicht aufgeben, stimmt's?«

»Ja, das stimmt.«

»Was würdest du davon halten, wenn unser Kind bei meiner Frau und mir aufwächst? Nach allem, was sie und ich durchgemacht haben, bin ich es Amanda schuldig, unserer Ehe eine Zukunft zu geben. Die drei Jahre mit unserem Christian waren unsere glücklichsten.«

Seine Worte trafen sie wie ein Schlag. Er wollte sich also nicht von seiner Frau scheiden lassen. Für Jo war kein Platz an seiner Seite. Sie wäre nur die Bruthenne. Ob sie ihr Kind wenigstens besuchen dürfte? Sie schluckte hart.

»Glaubst du wirklich, deine Frau würde mein Baby bei sich aufnehmen? Die Frucht eines außerehelichen Abenteuers ihres Ehemannes? Sie muss das Kind doch hassen.«

»Nein, so ist sie nicht«, widersprach Eduardo. »Amanda wird verstehen, dass ich mein unverhofftes zweites Kind zu mir nehmen möchte. Ich bin mir sicher, dass sie sich gut um das Kind kümmern wird. Schon mir zuliebe. Aber ich hoffe, dass Amanda auch die Freude an der Mutterschaft wiederentdecken wird und dass mit dem Kind neues Leben in unsere Ehe kommt. Und um das Kind musst du dir keine Sorgen machen: Niemand anders wird so gut für es sorgen wie ich, sein Vater.«

Er schien den Widerstand auf Jos Gesicht zu erkennen.

»Du kannst dein Kind natürlich immer besuchen. Wir könnten hier alle in Wien leben. Das ist doch viel besser, als wenn dein Kind in England oder sonst wo aufwächst.«

»Oder bei mir?«, flüsterte sie.

»Ich dachte, du willst das Kind nicht bei dir behalten.« Er runzelte verwirrt die Stirn.

»Ach, ich weiß nicht ...«

»Du hattest vorhin natürlich recht. Ein uneheliches Kind hat schwer an diesem Makel zu tragen. Du möchtest doch bestimmt, dass unser Kind eine gute Schule besucht und später mal einen Beruf ergreift. Oder auch eine gute Partie machen kann, wenn es ein Mädchen wird.«

»Wenn wir eine Tochter bekommen, dann soll sie einen Beruf ausüben dürfen, wenn sie das möchte. Sie soll nicht in die Ehe verschachert werden«, rief Jo und blitzte Eduardo zornig an.

»Ja, natürlich. Aber wenn unsere Tochter mit freier Gattenwahl heiraten möchte, dann darf sie nicht gesellschaftlich geächtet sein.«

Jo nickte widerstrebend.

»Deshalb ist es wichtig, dass unser Kind offiziell meinen Namen trägt und der Welt als Kind von mir und meiner Frau vorgestellt wird.«

Verdammt, damit hatte er recht.

»Ja, das ist wohl das Beste für das Kind«, stimmte sie zaghaft zu. Sie war ihm dankbar, dass er ihrem Kind seinen Namen und damit alle gesellschaftliche Ehrbarkeit gab. Und seiner Frau müsste sie auch dankbar sein, wenn sie bei dieser Maskerade mitspielte.

»Soll ich meine Frau also fragen, ob sie einverstanden ist, dass wir unser Kind als Ehepaar aufnehmen?«

Jo schloss die Augen und holte tief Luft.

»Ja. Zum Wohle unseres Kindes.«

Zum Abschied nahm er sie fest in seine Arme und flüsterte ihr ins Ohr: »Alles wird gut.«

Sie wollte ihm so gerne glauben. Eduardo hatte ihr mehr angeboten, als sie erwartet hatte. Sie war nicht mehr alleine mit dieser schweren Last. Sie war erleichtert. Aber warum fühlte sich ihr Herz trotzdem schwer an?

Kapitel 33:
Die Rückkehr des Meisters – Ovationen und Hagebuttenmarmelade für Richard Strauss

Wien, 7. Dezember 1926

»Zahlt heute wer fürs Klatschen?«, raunte ihm ein sommersprossiger Junge mit schief getretenen Schuhen ins Ohr, als Marcel vor dem Plakat mit der Abendbesetzung unter den Arkaden stand.

Heute war der Tag der Tage: Richard Strauss kehrte als Dirigent ans Opherntheater zurück und gab seine »Elektra«. Marcel fieberte diesem Ereignis seit Monaten entgegen, er hatte sogar zwei Gläser Hetschepetsch-Marmelade für sein Idol besorgt, die er ihm nach der Vorstellung überreichen wollte.

»Naaa, für Maestro Strauss applaudieren die Leute ganz von alleine«, sagte Marcel und streckte seine Brust vor wie dessen persönliche Leibgarde.

Der arbeitslose Claqueur rieb sich enttäuscht die Nase. Marcel kannte diese Bande von Herumtreibern, die sich von ängstlichen Sängern engagieren ließen, um im Saal lautstark für sie Stimmung zu machen oder einen Konkurrenten niederzuzischen und niederzupfeifen. Sogar Tenorissimo Richard Tauber fürchtete das Wiener Galeriepublikum, und Marcel hatte selbst miterlebt, wie dessen Agent Max bei Taubers Debüt mit den willigen Claqueuren in der Stehplatzschlange verhandelt hatte, aber die verlangte Entlohnung war dem Agenten zu hoch gewesen und so hatte er der Sache seinen Lauf gelassen – was Tauber auch ohne Klatschsoldaten ein Bad im Publikumsjubel beschert hatte.

Marcel hatte sich noch nie für seinen Applaus bezahlen lassen und würde es auch nie tun – er jubelte und buhte allein aus Überzeugung!

Heute musste Marcel sich nicht in der Stehplatzschlange die Füße platt stehen. Onkel Willi hatte ihm eine Karte in der Proszeniumsloge besorgt. In seinem neuen Anzug, den seine Eltern ihm zum Geburtstag geschenkt hatten, schlenderte Marcel wie ein Dandy zum Bühneneingang hinein und warf seinem Onkel ein generöses Lächeln zu. Seine Lässigkeit wich schnell der Aufregung, als er seinen Platz in der Loge in zweiter Reihe einnahm. Vor ihm saß der Herr des Hauses persönlich: Franz Schalk. Den Polsterstuhl daneben besetzte Eduardo Breuer, unverkennbar mit seiner Lockenpracht.

Marcel thronte auf seinem Hocker wie ein Jäger im Hochsitz – mit bestem Ausblick, aber selbst im Schatten der tiefen Loge verborgen. Der Direktor war in ein Gespräch mit Breuer vertieft und Marcel spitzte seine Ohren.

»… Heger beschwert sich, dass einiges an Notenarbeit liegen geblieben ist. Aber ich konnte Osterkamp seinen Wunsch auf Urlaub schlecht abschlagen. Wenn der Vater wegen einer gebrochenen Hüfte das Bett wochenlang hüten muss, ist es verständlich, dass Osterkamp junior heimkehrt, um die Mutter im Kaufmannsladen zu unterstützen.«

»Ja, wenn die Pflichten eines Sohnes rufen.« Breuer nickte teilnahmsvoll. »Einige Orchesterproben übernehme ich gerne als Einspringer für den Assistenten, aber seine Notenarbeit muss Heger schon selbst bewerkstelligen.«

»Ich will Sie auch nicht über die Maße beanspruchen«, lenkte Schalk ein. »Schließlich haben Sie ebenfalls familiäre Pflichten. Wie geht es Ihrer Frau?«

»Den Umständen entsprechend gut. Danke der Nachfrage. Ich werde am Donnerstag wieder nach Graz fahren und nach ihr sehen.«

Das Saallicht wurde gedimmt und das Tuscheln nahm zu, jeder schien seinen Kopf zu recken und alle Augen waren auf den Lichtkegel des Scheinwerfers gerichtet, der eine schmale Schneise in die Dunkelheit des Orchestergrabens schlug. Im nächsten Augenblick öffnete sich die rechte Seitentür und Marcel beobachtete, wie das weißhaarige Haupt des Meisters scheinbar körperlos zum Pult schwebte. Ein Sturm an Ovationen brauste auf. Im Parkett erhoben sich die meisten Zuschauer und Marcel bemerkte, dass auch auf den Rängen viele Leute dem *verlorenen Sohn* stehend applaudierten.

Ein Schatten schob sich vor Marcels Sichtfeld und er musste blinzeln, bis er glaubte, was er da sah: Franz Schalk hatte sich ebenfalls erhoben und klatschte für Richard Strauss, seinen Kodirektor, den er selbst vertrieben hatte. Das kam einem Kniefall gleich. Die Ovationen hielten über viele Minuten an.

Strauss drehte sich vom Podest aus ins Auditorium um, breitete beide Arme in einer segnenden Umarmung wie Flügel aus. Ein zufriedenes Lächeln spielte um seinen Mund, die Augen hatte er geschlossen. Dann wurde es irgendwann leise, das Raunen und Rascheln verstummte, das Publikum hielt den Atem an, bereit, sich von der Magie der Musik in eine andere Welt tragen zu lassen.

Die Strauss-Klänge erfüllten den Raum und drangen Marcel durch die Haut bis in sein Innerstes. Seine Augen hingen den ganzen Abend über an dem genialen Komponisten am Pult. Strauss war ein Minimalist beim Dirigieren. Er saß auf einem gepolsterten Stuhl und hatte über weite Passagen der Oper seine Augen geschlossen. Es sah aus, als schliefe er. Aber die Musiker waren hellwach – wie elektrisiert saßen sie wie Schulbuben vor ihrem Meister und warteten auf die kleinste Regung. Sein kurzer Dirigentenstab hob und senkte sich nur hin und wieder. Wenn Strauss bloß mit seinem Knie zuckte, gaben sie einen dynamischen Akzent, ein einziger Blick von ihm trieb den avisierten Musiker zur Höchstleistung an. Von solch einer Aura konnte jeder andere Dirigent wohl nur träumen. Wen störte es da, dass das Orchester nicht perfekt spielte? Breuer hatte die »Elektra«-Partitur auf dem Schoß liegen und kritzelte dann und wann mit einem Bleistift dort etwas hinein.

In der Pause hörte Marcel den Austausch zwischen den beiden Dirigenten.

»Na, haben Sie die kleinen Holperer und Stolperer des Orchesters in der Partitur notiert?«, fragte Schalk.

»Nein, nur die guten Stellen«, entgegnete Breuer. »Ich bin schließlich nicht der Assistent von Maestro Strauss.«

»Also, ich habe mindestens ein Dutzend falscher Töne von den Sängern gehört«, beharrte Schalk.

Was für ein neidischer Geselle! Marcel würde sich das mit der Vergebung noch mal gründlich überlegen.

»Das gehört zu Strauss einfach dazu«, kommentierte Breuer lachend. »Welchem Sänger verrutscht nicht mal die Intonation im magischen Sog der Musik.«

Breuer hatte recht. Die Musik von Strauss war ein Rausch der Sinne und keine Buchhalterei der Noten. Schalk war einfach zu stümperhaft, um das zu begreifen.

Als der Vorhang nach dem letzten Ton fiel, sprangen die Zuschauer im Saal auf und applaudierten frenetisch. Das Jubelritual dauerte beinahe eine ganze Stunde an. Es gab 62 Vorhänge für Strauss und sein Ensemble. In dieser Nacht würden sicherlich wieder die Hausgeister auf der Rückseite des Eisernen Vorhangs ihre Zeichen hinterlassen: Es war nämlich eine geheimnisvolle Sitte an der Wiener Oper, dass besonders umjubelte Vorstellungen mit Namen, Datum, Anzahl der Vorhänge und Minutenzahl der Ovationen in das Eisen eingeritzt wurden. Niemand wusste genau, wer diese Chronisten waren. Marcel glaubte, es waren die Bühnenarbeiter. Oft schon hatte er die Inschriften auf dem Vorhang studiert und war mit seinen Fingern die Kerben entlanggefahren – sie waren der Versuch, die Magie des Augenblicks für die Ewigkeit zu bannen.

Nach der Vorstellung drängte Marcel sich mit anderen Gratulanten in die Garderobe des Maestros. Strauss hatte seinen Frack gegen einen seidigen Morgenrock getauscht. Er saß in einem Samtsessel und schenkte jedem Besucher sein Lächeln. Er tätschelte Gertrude Kappel, seiner Elektra des Abends, großväterlich die Wange und hatte nur lobende Worte für sämtliche Sänger – auch wenn sie nicht alle Töne so notentreu gesungen hatten, wie sie in der Partitur standen.

Als Marcel endlich zum Meister vordringen konnte und ihm die Marmeladengläser mit einer Verbeugung überreichte, schaute Strauss mit seinen hellblauen Augen erstaunt auf das

Geschenk, dann lachte er und klopfte ihm herzhaft auf den Rücken.

»Ha – meine Lieblingsmarmelade. Das ist mal was anderes als Blumen. Sie sind wohl ein ganz besonderer Opernliebhaber, was, junger Mann?«

Marcel nickte und konnte seinem Mund nicht befehlen, das Grinsen abzustellen. Er hätte seinem Abgott am liebsten im Detail auseinandergesetzt, was ihm alles heute Abend aufgefallen war, aber seine Zunge hatte sich verknotet. Sein Blick fiel auf eine Postkarte, die im Rahmen des Spiegels am Frisiertisch steckte. Darauf stand in elegant geschwungenen Lettern: »Toi, toi, toi, mein alter Esel!«

Strauss hatte Marcels Blick registriert und kicherte. »Von meiner Frau. Ich verrate Ihnen ein Geheimnis, mein junger Freund …« Strauss winkte Marcel dichter zu sich heran.

Er ging in die Knie und hielt sein Ohr gespannt vor den Mund seines Idols.

»Wenn deine Ehefrau dich als ›Frosch‹ und ›Esel‹ tituliert, dann weißt du, dass es wahre Liebe ist.«

Marcel nickte ernsthaft. Er würde diesen Abend und die persönliche Begegnung mit Richard Strauss bis an sein Lebensende in seiner Erinnerung bewahren wie einen Schatz.

Kapitel 34:
Bin bezahlt und gekauft – gehegt und gefüttert

Graz, 11. Januar 1927

»Essen Sie die Suppe auf, das Ungeborene braucht alle Kraft, die es kriegen kann.« Amanda Breuer schob den halb vollen Teller mit Hühnchen in Gemüsesuppe mit Graupen dichter zu Johanna. Es war die zweite Portion, die Amanda ihr aufgetan hatte – schließlich müsse Johanna nun für zwei essen.

»Ich bin satt«, lehnte Johanna ab und stand vom Küchentisch auf. »Ich will draußen ein bisschen Sonne abbekommen.«

»Aber nicht unter einer Wäscheleine hindurchgehen«, mahnte Amanda.

Sonst würde sich die Nabelschnur um den Hals des Ungeborenen wickeln, behauptete die Brasilianerin. Für eine Katholikin war sie ziemlich abergläubisch, fand Johanna.

Im Flur zog sie den Mantel an, den Eduardo ihr aus Wien nach Graz mitgebracht hatte. Er war tannengrün mit silbernen

Verzierungen und mit Schafwolle gefüttert – hierin fand ihr kugelrunder Bauch genügend Platz.

»Den Mantel hat zuletzt Falstaff getragen«, hatte Eduardo mit einem Augenzwinkern gesagt. Johanna hatte lachen müssen. Sie war zwar lange nicht so genusssüchtig wie Shakespeares und Verdis dicker Lebemann, aber vom Bauchumfang konnte sie sicher mit diesem mithalten.

Ob Eduardo das ausladende Kleidungsstück wirklich aus dem Kostümfundus besorgt hatte, blieb sein Geheimnis. Es gab kaum noch Kleidungsstücke, die ihr passten. Aber sie brauchte ohnehin nur wenige – eine Montur für draußen und eine für drinnen. Ihr Korsett hatte Urlaub. Stattdessen trug sie ein kurzes Mieder, das ihre angeschwollenen Brüste stützte, die nur darauf warteten, sich mit Muttermilch zu füllen. Ihr Haar war in den letzten Wochen über ihre Ohren gewachsen, sie scheitelte und wachste es nicht mehr streng, sondern ließ es in natürlichen Wellen herabfallen. Ganz weich war ihr Haar von der Schwangerschaft geworden. Ebenso ihr Gesicht – ihre hohen Wangenknochen und die gerade Nase wurden abgemildert durch ihre runden Wangen. Wenn Schalk oder Heger sie jetzt sähen, würden sie niemals glauben, dass diese überaus weibliche Gestalt und der zugeknöpfte Dirigent Osterkamp ein und dieselbe Person waren.

Johanna ging nicht mehr unter Leute, sondern verbrachte die Tage des Wartens in der Wohnung von Amanda. Seit ihrer Ankunft in Graz Anfang Dezember hatte Eduardos Ehefrau ihr jeden Tag drei Mahlzeiten auf den Tisch gestellt. Sie aßen zusammen und tauschten sich über das Nötigste aus. Über alles andere schwiegen sie. Sie schwiegen über den Mann, dessen Bett sie beide geteilt hatten. Sie schwiegen über die Eifersucht, die wie ein ständiger Ton in der Luft lag – unsichtbar, aber für Johannas feine Ohren deutlich hörbar.

Amanda neidete ihr, dass ihr Körper mühelos etwas vollbrachte und Eduardo das Geschenk des Kindes dankbar annehmen würde, was die Ehefrau offenbar nicht mehr geben wollte. Und Jo neidete Amanda, dass diese alles das bekäme, was Jo verwehrt bleiben würde: die Rolle der Mutter und Ehefrau. Sie hätten sicherlich Gemeinsamkeiten finden können, sie waren schließlich beide Musikerinnen. Amanda allerdings wollte keine Freundschaft mit *der Geliebten* ihres Mannes schließen. Der Wunsch nach Distanz beruhte auf Gegenseitigkeit. Sie begegneten sich höflich, aber keinesfalls herzlich.

Amanda sorgte dafür, dass Johanna gesund blieb und hoffentlich ein gesundes Kind zur Welt bringen würde. Ein Kind, das Amanda und Eduardo neues Familienglück bescheren sollte.

Eduardo hatte alles getan, um die Geburt seines Kindes in geregelte Bahnen zu lenken. Er hatte das Zimmer im Hotel in der Mahlerstraße bezahlt, das Jo den November über bewohnt hatte. Es war seine Idee gewesen, den Direktor um einen unbezahlten Urlaub zu bitten, um ihren verunglückten Vater bis zu dessen Genesung in seinem Geschäft zu ersetzen. Diese Geschichte war glaubwürdig und hatte bei Schalk Verständnis geweckt, auch wenn er nur ungern auf seinen fleißigen Assistenten verzichten wollte. Aber Eduardo hatte dem Direktor zur gleichen Zeit mitgeteilt, dass er sein Amerika-Engagement auf den Sommer verschoben habe und in Wien jederzeit zur Verfügung stehe, also auch die Aufgaben des fehlenden Assistenten übernehmen könne – seine Frau erwarte nämlich ein Kind, und da wolle er natürlich in der Nähe bleiben. Also hatte Schalk den Urlaub für Osterkamp bewilligt, dem werdenden Vater gratuliert und ihm gleich den Terminkalender gefüllt. Alles war wie am Schnürchen gelaufen. Anfang Dezember hatte Eduardo Johanna im Zug auf der Reise nach Graz begleitet und ihre zwei Koffer getragen. In Wien konnte sie selbstverständlich nicht bleiben, denn alle Welt sollte glauben, sie wäre nach Wangerooge abgereist. In der Wohnung von Amanda in Graz bezog sie das zweite Schlafzimmer und verließ die Wohnung nur zu Spaziergängen, meist im Dämmerlicht. Niemand schien sich über den rundlichen und scheuen Hausgast zu wundern.

Sie sei eine Verwandte, erklärte Amanda jedem, der fragte. Die Sängerin hatte seit Johannas Ankunft alle ihre Vorstellungen wegen Indisposition abgesagt, da sie ein Kind erwarte, was diskret im Umfeld der Breuers verkündet worden war.

So lebten sie beide zurückgezogen in der Wohnung, die echte und die vermeintliche werdende Mutter. Ein Dienstmädchen erledigte die Einkäufe.

Wenn es dunkel geworden war, gingen sie manchmal zusammen spazieren, dick eingepackt in Schals und Mützen, sodass niemand erkennen konnte, zu welchem Gesicht der Bauch gehörte.

Johanna fühlte sich zuweilen wie die Färbersfrau in »Die Frau ohne Schatten«, die der unfruchtbaren Kaiserin ihren »Schatten« – ihre Gebärfähigkeit – abtreten sollte. Die Textzeilen von Hugo von Hofmannsthal schwirrten Johanna im Kopf herum, zumal sie die Partitur studierte, um die Zeit sinnvoll zu nutzen.

> Bin bezahlt und gekauft, es zu wissen,
> und gehalten im Haus
> und gehegt und gefüttert.

Durchs Fenster sah sie draußen den Schnee in der Sonne funkeln und die weiß umhüllten Dächer und Baumwipfel glitzerten lockend. Sie musste aus dieser Eingeschlossenheit der Wohnung hinaus. Sie wickelte sich den Schal um den Hals, setzte ihre Pelzmütze auf und steckte sich den Brief von Dana in die Manteltasche.

»Wollen Sie alleine ausgehen?«, fragte Amanda von der Küchentür aus, ihr rundes Gesicht reglos und ihre Stimme flach.

Johanna hatte noch nie eine Gefühlsregung auf ihrem Gesicht entdecken können. Manchmal wirkte die Brasilianerin wie unter einer Betäubung. Diese absolute Ebenmäßigkeit machte Johanna auf Dauer wütend. Gelegentlich hätte sie diese Frau am liebsten an den Schultern geschüttelt, um sie aus dieser Lethargie zu wecken. Jo hätte sich wohler gefühlt, wenn Amanda sie einmal richtig angekeift hätte.

»Ja«, antwortete Johanna und wartete auf einen Widerspruch, der nicht kam. Sie setzte sich auf die Holztruhe, steckte ihre Füße in die flachen Winterstiefel und beugte sich ächzend seitlich, da ihr Bauch im Weg war.

Amanda kam herbei, kniete sich vor Jo auf den Boden und band wortlos die Schnürung der Stiefel für sie zu. Wie für ein Kind. Würde sie sich auch auf diese aufmerksame, aber gefühlsarme Art um ihr Kind kümmern?

»Danke«, murmelte Johanna und eilte hinaus.

Die eisige Januarluft strich über ihre Wangen und ließ ihre Nasenspitze schnell rot werden, aber sie stapfte langsam und unverdrossen auf dem knirschenden Schnee in Richtung Schlossberg. Einige Krähen krächzten in den kahlen Bäumen. Sie nahm die Steinbrücke über die gluckernde Mur und stiefelte die schmalen Gassen hinauf bis zum Grazer Uhrenturm auf dem Schlossberg. Außer Atem blieb sie vor diesem viereckigen Stumpf stehen. Trotz seiner Höhe von 28 Metern wirkte er zwergenhaft wegen seiner Dicke – für Johanna sah er wie ein versunkener Turm aus, dessen Spitze sich gerade so über Wasser hielt. Er war der Leuchtturm von Graz. Auf allen vier Seiten des Turms war ein Ziffernblatt von fünf Metern Durchmesser angebracht. Die Sonne brachte auf der Südseite die goldenen Zeiger zum Leuchten.

»Hallo, dicker Jakob«, rief sie dem Turm zu. Sie besuchte ihn fast jeden Tag wie einen alten Freund. Der einzige, den sie in Graz hatte. Zwar war ihr Kollege Dominic auch in dieser Stadt gelandet – dank Eduardos Empfehlung war er am Opernhaus Graz engagiert worden –, aber als Schwangere konnte Johanna sich ihrem Freund aus den frühen Wien-Tagen natürlich nicht zeigen. So blieb ihr nur Jakob, der sie mit seinem mächtigen Glockengeläut grüßte, welches ihren ganzen Körper mit seinen Schwingungen durchzog und das Kind in ihrem Bauch strampeln ließ. Sie setzte sich auf eine Bank mit Blick auf den Turm und über die Dächer der Stadt und holte Danas Brief aus der Manteltasche, um die freundlichen Worte erneut zu lesen.

Liebe Johanna,
ich war heute wieder mit Constanze und Friedl im Stadtpark. Der Teich ist zugefroren und die Kinder sind darauf Schlittschuh gelaufen. Friedl war so ungestüm, dass er zweimal auf seinem Po gelandet, aber sofort wieder lachend aufgestanden ist. Dann haben wir noch einen Schneemann gebaut, direkt neben dem goldenen Johann Strauss, den du so magst. Schade, dass du nicht dabei warst.

Ich kann gut verstehen, dass du dich mit Amanda nicht wohlfühlst. Es muss komisch für euch beide sein – keine weiß so recht, wen Eduardo eigentlich lieber hat. Aber ich bin froh, dass du nicht alleine bist und dass Amanda dir wenigstens jeden Tag etwas zu essen kocht.

Martha und Tessa fragen oft, wie es dir geht und wann du nach Wien zurückkommst. Sie denken ja, du seist in Wangerooge bei deinen Eltern. Wir drei waren letzten Samstag wieder im Lichtspielhaus und haben uns einen Film mit Charlie Chaplin angeschaut. Wir haben sehr gelacht.

Tessa trifft sich jedes Wochenende mit einem neuen Kavalier. Die Dabjanszki schmäht sie immer, wenn sie erst nach Mitternacht oder am nächsten Morgen in die Pension zurückkommt. Du kennst das ja. Bin ich froh, dass ich nicht mehr dort wohne. Bei meiner Freundin Elvira fühle ich mich wohl, aber es ist ein bisschen eng in ihrer Wohnung. Tessa, Martha und ich haben uns überlegt, dass wir uns am liebsten zusammen eine Wohnung nehmen wollen – natürlich mit vier Schlafzimmern, damit du auch dabei sein kannst. Was hältst du davon?

Ich hoffe, dir und deinem Ungeborenen geht es gut und dass mit der Geburt alles gut ablaufen wird.

Ich vermisse dich und hoffe, dass wir uns bald wiedersehen.

Deine Dana

Jo lächelte und strich mit dem Zeigefinger über das Briefpapier, in dessen Ecke Dana ein buntes Paradiesvögelchen aus Wollfäden gestickt hatte. Wie gerne hätte sie ihre Freundin hier an ihrer Seite gehabt.

Als sie zurück in die Wohnung kam, sah sie sofort Eduardos Mantel an der Garderobe hängen und ihr Herzschlag wechselte von *Andantino* zu *Presto*. Sie schälte sich aus ihrer Winterkleidung und schon hörte sie seine warme Stimme.

»Ah, unsere Winterkugel ist zurück«, sagte er schmunzelnd, und Johanna musste auch lächeln.

»Schau mal, was ich dir mitgebracht habe!« Eduardo reichte ihr ein duftendes Papiertütchen und eine kleine Pappschachtel. »Gebrannte Mandeln aus dem Prater und handverlesene kandierte Veilchenblütenblätter von Demel.«

Sie freute sich immer wie ein Kind, wenn er ihr Leckereien aus Wien mitbrachte. Im Gegensatz zur Fütterung durch Amanda hatte sie bei ihm nicht das Gefühl, dass er seine *Zuchtkuh* mästete, sondern dass seine Aufmerksamkeiten von Herzen kamen.

Sie gingen in die Wohnstube und ließen sich in den Sitzmöbeln um den Kamin nieder – Eduardo in der Mitte, zu jeder Seite eine Frau. Amanda saß bereits auf ihrem Stammplatz in einem Lehnsessel und strickte an Sachen für das Kind. Sie war ziemlich geschickt darin und hatte mittlerweile unzählige Jäckchen, Mützchen, Söckchen und Strampelanzüge hergestellt. Johanna musste zugeben, dass Amanda das wirklich schön machte. Offenbar war das ihre Art, Fürsorge zu zeigen.

Johanna brannte darauf, von Eduardo Neuigkeiten aus dem Opernhaus zu hören. Sie verfolgte in der Zeitung die Kritiken zu den Vorstellungen und kannte den Spielplan in- und auswendig. Sie vermisste es, nicht mehr aktiver Teil dieses Karussells zu sein. Aber bald würde sie wieder einsteigen in diese musikalischen Runden und das dramatische Auf und Ab im Rhythmus ihres Taktschlags erleben.

»Wie war der Liederabend von Maria Jeritza?«, wollte Johanna wissen. »Und wie fandest du Helmut Hendricks?«

Eduardo wusste, dass Jo sich bei Hendricks während des Studiums in Berlin eine Weile als Notenwender etwas Geld dazuverdient und von diesem glänzenden Pianisten einiges gelernt hatte.

»Maria Jeritza hat ein sehr anspruchsvolles Programm mit Liedern von Schubert, Liszt und Strauss gegeben. Das Publikum hing an ihren Lippen.«

»Diese Lieder singt doch jede Sopranistin, die etwas auf sich hält«, bemerkte Amanda, ohne aufzublicken.

»Ich fand die Klavierbegleitung von Hendricks wirklich erste Sahne«, fuhr Eduardo fort, ohne den Einwurf seiner Frau zu kommentieren. »Er ist sehr sensibel auf die Sängerin eingegangen und hat auch, wenn nötig, gute musikalische Kontrapunkte gesetzt.«

Johanna nickte eifrig. »Ja, Hendricks ist der Beste, den ich kennengelernt habe. Und dabei ein sehr bescheidener Mann. Aber er hat auch seinen Pianistenstolz und mag es nicht, wie ein Laufbursche behandelt zu werden.«

Eduardo grinste. »Oh, da war er bei Madame Jeritza genau an der richtigen Adresse – für einen kleinen Kampf der Eitelkeiten.«

Johanna lehnte sich gespannt vor und hing an Eduardos Lippen.

»Sie hat die Töne immer extra lange ausgehalten und so sein Nachspiel übertönt.«

»Ich halte meine Töne auch so lange aus, wie mein Atem reicht und es die Partitur verlangt. Das Klavier muss sich unterordnen«, schaltete sich Amanda wieder ein.

»Na ja, Hendricks hat sich jedenfalls darüber geärgert – ich habe es an seinem Stirnrunzeln gesehen«, verriet Eduardo. »Dann beim Verbeugen ist sie ohne ihren Klavierbegleiter auf und ab gegangen und hat alleine im Applaus gebadet. Aber als die Zugaben anstanden, hat sie ihn plötzlich mit einem Fingerzeig hinter die Bühne geschickt, er solle die Noten holen. Das hat er genau einmal mitgemacht. Bei der zweiten Zugabe zeigte sie ihm wieder, er solle die Noten holen, wie man einen Hund zum Apportieren schickt – er hat jedoch nur gelächelt und auf die Blätter vor seiner Nase gezeigt – er hatte vorsorglich schon alle Zugaben mitgebracht. Das war echt ein Brüller.«

»Da hat sich Hendricks aber eine gute Revanche überlegt«, rief Johanna lachend.

»Você vai me dar uma nova bola de lã? O verde«, sagte Amanda, die meistens demonstrativ auf Portugiesisch mit ihrem Mann sprach, wohl um Johanna auszuschließen. Einige Wörter konnte sie trotzdem verstehen, wenn sie dem Italienischen ähnlich waren. Sie vermutete, es ging um die grüne – »verde« – Wolle, denn Amanda wies mit dem Finger auf den Korb mit den Wollknäueln in der Zimmerecke. Bei dieser Geste fühlte Johanna sich an Maria Jeritza mit ihrem Apportierkommando erinnert.

Eduardo hob seine Augenbrauen und zögerte kurz, erhob sich jedoch und brachte seiner Frau die grüne Wolle.

Während Eduardo sich mit Johanna unterhielt, saß Amanda stets mit reglosem Gesicht dabei und passte scharf auf, dass sie beide sich nicht zu gut amüsierten. Trotzdem waren es die besten Stunden in Graz, wenn Eduardo anwesend war. Dann fühlte Johanna sich nicht mehr wie im Hausarrest. Er sprach in einem vertraulichen, geradezu liebevollen Ton mit ihr. Nur verstohlene Küsse auf ihren Hals und Mund gab es natürlich keine mehr. Auch wenn sie zuletzt seine Zärtlichkeiten vehement abgewehrt hatte, sehnte sie sich heimlich danach. Aber diese Zeiten waren wohl für immer vorbei.

An diesem Abend kochte Amanda eines von Eduardos Lieblingsgerichten: brasilianische Empanadas. Das waren Blätterteigtaschen gefüllt mit Hackfleisch, Oliven und Rosinen, dazu gab es eine scharfe Paprika-Tomatensoße.

Johannas norddeutscher Gaumen brannte und sie sortierte die Rosinen aus.

Eduardo aber genoss das Mahl und gab seiner Frau einen anerkennenden Klaps auf ihren runden Po, als sie ihm einen zweiten Teller auftat. »Meine Meisterköchin«, lobte er sie.

Amanda lächelte triumphierend in Johannas Richtung.

Nachts schlief Eduardo im Bett seiner Frau – was für das Ehepaar wohl eine erneute Annäherung bedeutete –, Wand an Wand mit Johanna im Nebenzimmer. Obwohl sie es sich eigentlich verbot, lauschte sie doch in die Stille, ob von drüben irgendwelche Geräusche von Liebenden zu hören waren. Aber entweder war das Ehepaar sehr leise mit seinen Zärtlichkeiten, oder es fanden keine statt. Ob Eduardo sich heimlich wünschte, Johanna wäre die Frau in seinem Bett? In so mancher Mondnacht träumte sie davon, in seinen Armen zu liegen. Aber im kalten Morgenlicht wurden ihre süßen Träume von salzigen Tränen weggewaschen.

Kapitel 35:
O namenloser Schmerz – O namenlose Freude

Graz, 2. Februar 1927

Zuerst klopfte der Schmerz sachte an, dann fiel er krachend mit der Tür ins Haus. Johanna krümmte sich mit jeder neuen Wehe im Bett und zählte zwischen zusammengebissenen Zähnen von zehn rückwärts.

Amanda lief anfangs geschäftig zwischen Küche und Geburtszimmer hin und her und holte allerlei Zeug herbei. Abgekochte Laken und Handtücher, Waschlappen und warmes Wasser waren sicherlich sinnvoll.

Dann hielt sie Johanna auf einmal einen geflochtenen Kranz aus grünen Zweigen unter die Nase. Er duftete würzig.

»Das ist Rosmarin«, sagte Amanda und legte ihr den Kranz auf das Haar. Die nadelförmigen Blätter piksten Johanna in die Stirn.

»Das fühlt sich wie eine Dornenkrone an«, protestierte sie.

Amanda lächelte und nickte. »Rosmarin ist eine Pflanze aus dem Paradies. Sie soll die Gebärende an die Erbsünde erinnern.«

Johanna stöhnte, als die nächste Wehe sie packte. »Die Schmerzen sind Erinnerung genug«, keuchte sie und zog sich den Kranz vom Kopf. Amanda hängte ihn über den Bettpfosten am Kopfende. Um den Bettpfosten am Fußende schlang sie einen Rosenkranz und murmelte ein Ave-Maria auf Portugiesisch.

Ob die Heilige Jungfrau wohl die Sünden von Eva tilgen konnte?

Nach einer Weile lief Amanda wieder hinaus und kehrte mit einem blitzenden Fleischermesser zurück.

Johanna setzte sich erschrocken auf.

Amanda legte das Messer unter das Bett. »Das Messer zerschneidet den Schmerz«, verkündete sie.

Was für ein Unsinn! Johannas Atem kam stoßweise, als eine weitere Wehe durch ihren Rücken zog.

Amanda tupfte ihr mit einem feuchten Waschlappen die Stirn ab.

Johanna hätte ihr das lauwarme Ding am liebsten aus der Hand gerissen und an die Wand gepfeffert.

»Diese Schmerzen haben vor Ihnen bereits Millionen von Frauen durchgestanden. Nicht zuletzt unsere Jungfrau Maria. Sie schaffen das auch«, sagte Amanda mit gelassener Miene und tauchte den Waschlappen in die Porzellanschüssel mit dem Blumenmuster.

Johanna war es verdammt egal, wie viele Frauen wie viele Kinder aus sich herausgepresst hatten. Doch bevor sie eine erboste Antwort geben konnte, zog der allzu vertraute Schmerz erneut wie ein glühendes Band durch ihren Rücken und Unterleib und ein warmer Schwall ergoss sich zwischen ihren Beinen ins Laken.

»Die Fruchtblase ist geplatzt«, stellte Amanda fest und stopfte raue Handtücher zwischen Johannas Beine.

»Wann kommt endlich die Hebamme?«, keuchte Johanna und fuhr sich mit der Zunge über ihre spröden Lippen.

»Sie wissen doch, dass ich Frau Aigner schon vor zwei Stunden angerufen habe. Sie kommt, sobald sie kann. Sicher hat sie in dieser Nacht mehr als eine Entbindung zu betreuen.«

»Ich habe Durst«, krächzte Johanna, und Amanda reichte ihr ein Glas mit gesüßtem Fencheltee. Johanna hob die Tasse mit zitternden Händen an ihren Mund und trank gierig daraus. Eine weitere Wehe ließ sie sich krümmen; sie verschüttete den Tee auf ihr Nachthemd. Amanda nahm ihr die Tasse aus der Hand.

Johanna lag nun seit über vier Stunden in den Wehen und es schien überhaupt nicht voranzugehen. Sie war den Schmerzwellen hilflos ausgeliefert, konnte nichts tun, außer sie zu ertragen. Da half auch das Rosmarinöl nicht, das Amanda in einer erhitzten Holzschale verdampfen ließ. Das war nicht der Duft des Paradieses, sondern der herbe Geruch der Hölle.

»Wie lange … dauert das noch?«, flüsterte Johanna.

»Bestimmt noch einige Stunden«, erwiderte Amanda ungerührt. »Das ist beim ersten Kind normal. Der Muttermund muss sich langsam öffnen. Erst wenn er sich auf zehn Zentimeter Durchmesser gedehnt hat, passt der Kopf des Kindes hindurch. Die Hebamme wird das genau vermessen, wenn sie da ist.«

»Aber die Wehen kommen jetzt schon alle paar Minuten«, keuchte Johanna. Sie hatte in ihrem Hebammenbuch darüber gelesen. Je dichter die Wehen aufeinanderfolgten, umso näher rückte die Geburt. Ob sie schon Presswehen hatte? Was, wenn das Kind käme, bevor die Hebamme da war? Die Sopranistin spielte sich zwar als Kennerin auf, aber konnte sie auch eine Nabelschnur fachgerecht durchtrennen? Johanna versuchte, an etwas anderes zu denken. Alle ihre Sinne waren allerdings auf ihren Körper und diese entsetzlichen Schmerzen gerichtet. Ihre Bauchdecke war zum Bersten gespannt. Sie betastete ihren

Bauch. Es schien ihr so, als hätte sich das Kind tiefer in ihr Becken abgesenkt. Sein Köpfchen musste sich nun seinen Weg durch den engen Geburtskanal bahnen. Für Johanna fühlte es sich an, als würde sich ein Ziegelstein durch ein Nadelöhr pressen wollen. Der Geburtsvorgang sollte angeblich etwas ganz Natürliches sein. Aber hieran fühlte sich rein gar nichts natürlich an. Ihr Körper wurde gemartert und geschunden. Wieder fuhr der Schmerz wie ein gleißender Blitz in ihren Körper, zog über die Nervenbahnen in alle Glieder, in ihre Fingerspitzen und bis in ihre Kopfhaut – zehn, neun, acht, sieben … drei, zwei … die Welle flachte ab. Es war, als würden Tausende Ameisen über ihre Haut laufen. Sie bekam eine Gänsehaut und schüttelte sich heftig.

»Musik. Radio«, stöhnte sie.

Amanda seufzte, beugte sich den extravaganten Wünschen und schleppte den Radioapparat aus der Wohnstube herbei. Amanda suchte einen Sender und Klaviergeklimper erfüllte den Raum.

Es klang nach Chopin. Johanna versuchte angestrengt, auf die Musik zu lauschen, die Tonfolge in eine Melodie zusammenzusetzen, aber ihre Ohren sperrten sich gegen diese seichte Ablenkung. Sie hörte nur das Trommeln ihres Herzschlags als dumpfes Echo und einen spitzen Schrei, als die nächste Wehe ihren Körper zu zerfetzen schien.

»Bald können Sie pressen, Johanna«, sagte die Hebamme irgendwann in der Nacht – vor dem Fenster hing der Mond im schwarzen Himmel und blickte milde auf sie herab. Die weißhaarige Frau roch nach Alkohol und Eukalyptus – der Alkohol stammte von der Handdesinfektion und der Eukalyptus von der Salbe, die sie Jo unter die Nase geschmiert hatte. Frau Aigner trug einen weißen Kittel über ihrer drahtigen Gestalt. Ihr zerknittertes Gesicht mit wachen braunen Äuglein schwebte über Johanna und sie klammerte sich daran fest – auch wenn sie keinen Trost daraus empfing, aber wenigstens Zuversicht.

Die Hebamme tastete ihren Bauch ab und stocherte mit einem kühlen Metalllöffel in Jos Schmerzzentrum herum. »Der Muttermund ist offen. Jetzt pressen«, befahl sie.

Endlich konnte sie etwas tun. Johanna fühlte sich geradezu euphorisch. Sie presste und ein heftiger Schmerz explodierte in ihrem Mittelpunkt, als der Kopf des Kindes sich durch ihren Muttermund schob. Johanna verlor beinahe die Besinnung. Der Schweiß lief ihr in Strömen von der Stirn die Schläfen hinab und das Nachthemd klebte nass an ihrem Rücken. Ihre Hände krampften sich in das zerwühlte Bettlaken.

»So ist es gut«, lobte die Hebamme und tätschelte Johanna die Hand.

Sie griff nach der Hand der Frau, die sich wie ein verschrumpelter Apfel anfühlte, aber die Hebamme schüttelte sie ab.

»Nicht anfassen«, mahnte sie und rieb ihre Hände wieder mit Alkohol ein.

Amanda saß auf der rechten Bettseite auf Höhe von Johannas Unterleib, betrachtete das Geschehen ruhig und assistierte der Hebamme, wenn nötig.

Fast hätte Johanna die Hand nach ihr ausgestreckt für ein bisschen Beistand und Trost, besann sich aber rechtzeitig und ballte ihre Hand zur Faust. Wäre Eduardo doch hier! Er würde bestimmt ihre Hand halten, ihr über die Wange streicheln und sie anlächeln.

»Ich sehe den Kopf«, rief die Hebamme. »Jetzt strengen Sie sich noch einige Male richtig an, dann ist das Kind da.«

Johanna presste mit ihrer ganzen Muskelkraft nach unten, bis ihre Lungen brannten, sie kniff ihre Augen zusammen und alles wurde rot.

»Nicht knurren! Atmen Sie in den Bauch«, feuerte die Hebamme sie an.

Johanna holte tief Luft. Noch einmal sammelte sie all ihre schwindende Kraft. Sie hatte das Gefühl, ihr Unterleib müsste jeden Moment zerreißen. Ihr wurde schwindelig, alles schwamm und schwankte. Der Druck ließ plötzlich nach. Sie spürte, wie der feste Leib des Kindes aus ihr herausglitt, begleitet von einem schmatzenden Geräusch und einem Schwall klebrig-warmer Flüssigkeit. Sie ließ ihren Kopf rückwärts ins Kissen fallen und entspannte ihren gemarterten Rücken einen Moment lang. Sie sog Luft in ihre Lungen wie eine Ertrinkende und Sterne tanzten vor ihren geschlossenen Lidern.

Dann hörte sie es – das seltsamste und überraschendste Geräusch, was sie je vernommen hatte: ein Quäken, erst leise, dann immer kräftiger – die Stimme ihres Kindes! Sie hob den Kopf und riss ihre Augen auf.

Die Hebamme hielt den Körper des Neugeborenen mit einem festen Griff um die Fußgelenke in die Höhe, der krebsrote Leib war mit gelblicher Schmiere und Blut überzogen und aus dem runden Bäuchlein hing eine gräuliche Nabelschnur, die scheinbar noch ins Innere von ihr selbst führte. Das Gesichtchen des Kindes sah kopfüber seltsam aus – im Zentrum war das dunkle Rund des Mündchens, das in lebenshungrigem Geschrei weit aufgesperrt war, darunter ein Stupsnäschen und noch tiefer zwei faltige Striche – die zusammengekniffenen Augen – dann eine glatte Stirn, abgerundet durch die Kopfschale, mit einem hellbraunen Haarflaum.

»Es ist ein Mädchen«, verkündete die Hebamme.

Johannas Blick huschte auf dem zarten Körper nach oben und fand die Stelle zwischen den Beinen, die das Geschlecht des Kindes offenbarte. Ein Mädchen. Ihr Mädchen. Hoffentlich würde ihre Kleine es leichter im Leben haben als sie selbst.

Die Hebamme griff mit einer geübten Bewegung unter die Schultern des Neugeborenen, brachte es in eine horizontale Lage und beförderte es in einem Schwung auf Johannas Brustkorb. Dort lag das Würmchen nun auf seinem Bauch – warm und mit dem ganzen Gewicht seines kleinen Lebens, das Köpfchen ruhte zwischen ihren Brüsten. Johanna legte instinktiv ihre Hände um den Kopf und den winzigen Po und Hüften, an denen zwei angewinkelte Beinchen hingen, die noch so zart und nutzlos waren wie die Flügel eines Kükens. Sie umfasste die winzigen, weichen Füßchen, die ganz in ihren Handhöhlen verschwanden. Die Fußballen fühlten sich runzelig und trocken an, sie sahen ein bisschen bläulich aus. Einer der Füße stand in einem unnatürlichen Winkel nach außen und wirkte wie ein abgeknickter Grashalm.

»Zehn Finger, zehn Zehen. Alles in Ordnung«, stellte die Hebamme fest. »Das rechte Füßchen steht ein bisschen ab, es war wohl im Bauch eingeklemmt. Aber die Sehnen des Kindes sind noch so weich, das wächst sich in ein paar Wochen von ganz alleine aus.«

Die Hebamme machte sich an der Nabelschnur zu schaffen, band sie nahe am Bauch der Kleinen ab und machte dahinter einen kräftigen Schnitt mit einer Schere, die Amanda vorher in Wasser abgekocht hatte.

Die Schreie des Neugeborenen wurden durch sein Luftholen unterbrochen und zu einzelnen quäkenden Rufen.

Die Hebamme wusch die Kleine mit einem warmen Waschlappen, rubbelte sanft über die Haut und tupfte im Gesicht die Spuren aus dem Geburtskanal weg.

Johanna nahm kaum wahr, wie in einer Welle die Nachgeburt aus ihrem Körper gestoßen wurde. Alle ihre Sinne waren auf dieses wundersame Wesen in ihren Armen gerichtet. Die zarten roten Lippen öffneten und schlossen sich. Sie sah die Zunge und den schrumpeligen Gaumen, die winzigen

Nasenlöcher, diese wunderschönen Öhrchen in einem harmonischen Muschelschwung. Aber der Mund forderte am meisten Aufmerksamkeit, schmatzend und suchend, das Stimmchen hoch und kräftig.

»Geben Sie ihr die Brust«, sagte die Hebamme, stopfte ein Kissen in Johannas Rücken und half ihr, das Nachthemd aufzuknöpfen.

So, als hätte Johanna das schon seit eh und je gemacht, legte sie ihre Tochter an ihre linke Brust, das suchende Mündchen fand die Brustwarze und begann sofort, gierig zu saugen. Sie fühlte, wie die Milch durch die Drüsen hinausströmte, es kitzelte wohlig. Es war ein wunderbares Gefühl, verstärkt durch das zufriedene Schnaufen ihrer Kleinen, die mit ihrer Zunge rhythmisch vor und zurück stieß und gleichzeitig mit ihren winzigen Fäustchen gegen ihre Brust klopfte. Ein nie da gewesenes Gefühl stieg in ihr auf und rauschte durch ihr ganzes Sein: So war alles richtig. Ein Klang von perfekter Harmonie vibrierte in ihrem Brustkorb, wie eine ganze Symphonie auf einen einzigen Akkord verdichtet. Diese Harmonie sagte ihr, dass es ihre Bestimmung war, für dieses wunderbare Kind zu sorgen. Nur sie konnte ihm geben, was es brauchte – und sie würde ihm alles geben, was sie hatte. Die Kleine war so unglaublich hilflos, sie musste sie vor der Kälte der Welt beschützen. Johanna stopfte die weiche Decke dichter um ihre Tochter und senkte ihren Kopf, bis ihre Lippen auf dem zarten Flaum des Köpfchens lagen. Sie sog den einzigartigen Duft des Kindes ein und ließ ihren Atem wärmend auf das Haupt ihrer Tochter strömen.

Sie gab ihr Kind nur ungern aus den Armen, aber die Hebamme ließ sich nicht von ihrer Routine abbringen. Nach dem ersten Stillen hatte sie die Kleine gemessen und gewogen – sie war 49

Zentimeter lang und 2.750 Gramm schwer –, in eine Windel und einen Strampelanzug gepackt und in die bereitstehende Wiege gelegt.

Auch Johanna hatte sie gewaschen und ihr ein frisches Nachthemd angezogen und ebenfalls mit einer Art Windel für die Nachblutungen versorgt.

Amanda hatte Frau Aigner geholfen, die vollgesogene Bettwäsche und das undurchlässige Segeltuch, das sie zum Schutz der Matratze aufgelegt hatten, abzuziehen und das Bett frisch zu beziehen, während sie den erschöpften Körper von Johanna erst auf die eine, dann auf die andere Seite rollten.

Sie kam sich vor wie eine gestrandete Robbe. Der Morgen dämmerte schon, als Johanna einen Teller Brühe und Brot vorgesetzt bekam.

»Sie müssen sich stärken, bevor Sie schlafen«, ordnete die Hebamme an. Sie verabschiedete sich, morgen würde sie zur Nachkontrolle wiederkommen.

Johanna löffelte die salzige Brühe und ließ dabei Amanda nicht aus den Augen, die auf einem Schaukelstuhl am Fenster saß und den in Decken eingewickelten Säugling auf ihrem Arm wiegte. Amandas Gesicht sah im fahlen Morgenlicht wie das einer Puppe aus, aber ein bisher unbekanntes Lächeln spielte um ihren Mund.

In Johannas Brust zog sich etwas schmerzhaft zusammen. Sie beeilte sich, alles aufzuessen.

»Ich nehme die Kleine jetzt wieder«, sagte sie heiser und streckte ihre Arme nach dem Kind aus.

Amanda zögerte einen Moment, dann brachte sie ihr das Bündel wortlos. Die Kleine grummelte, aber sobald sie die weiche Brust ihrer Mutter an der Wange spürte, fing das Mündchen an zu schmatzen, und schon saugte sie wieder – erst ungestüm, dann zufrieden.

»Ich werde in den nächsten Tagen eine Amme suchen, damit Sie bald wieder nach Wien zurückkehren können«, beschloss Amanda.

Johanna wäre ihr am liebsten an die Gurgel gesprungen, wenn sie die Kraft dafür gehabt hätte.

»Haben Sie Eduardo bereits verständigt?«, wollte Johanna wissen.

»Ich habe ihn gestern Abend angerufen, als die Wehen eingesetzt haben. Er musste noch eine Vorstellung dirigieren und wollte heute früh gleich den ersten Zug nehmen.«

Johanna spürte eine angenehme Wärme auf ihrem Kopf und tauchte rasant aus den Tiefen ihres traumlosen Schlafes an die Oberfläche. Sie wusste, dass Eduardo da war, bevor sie ins Tageslicht blinzelte.

»Hast du dich ein wenig erholt? Wie geht es dir? Ich wollte dich nicht wecken«, sagte seine sanfte melodische Stimme, und sein Daumen streichelte über ihre Stirn. Johanna hob ihre schweren Lider und schwamm in seinen blauen Augen. Als Nächstes erblickte sie seine Lippen, die in einem strahlenden Lächeln geöffnet waren. Er hielt seine Tochter im Arm.

»Sie ist wunderschön!«, sagte er. »Das hast du toll gemacht! Ich danke dir!«

Er beugte sich vor und gab ihr einen liebevollen Kuss auf die Stirn, dann wanderten seine Lippen ihre Schläfe hinab und er vergrub sein Gesicht in ihrem Haar. Johanna schmiegte ihr Gesicht an seinen Hals, sog seinen vertrauten Duft ein und spürte seinen Herzschlag, der im gleichen Takt mit ihrem schlug. Sie schlang ihre Arme um ihn und ihr gemeinsames Kind und wünschte sich, dieser innige Moment der Geborgenheit würde für immer währen. Doch da riss das Geräusch von Amandas Schritten auf dem Flur sie aus ihrer Dreisamkeit und Eduardo löste sich wie ertappt von ihr. Er räusperte sich und schaute wieder auf das Kind in seinen Armen.

»Die Kleine hat deinen Mund geerbt«, flüsterte er und senkte sein Gesicht hinab, um seiner Tochter einen sanften Kuss auf ihr Köpfchen zu geben. Eine wohlige Wärme breitete sich in Johannas Brust aus. Eduardo würde ihrem kleinen Mädchen alle Liebe und Zuwendung schenken, die sie brauchte. Dafür war sie bereit, selbst auf seine Liebe zu verzichten. Sie wollte damit zufrieden sein, dass sie beide gemeinsam ihr Kind liebten. Johanna richtete sich vorsichtig im Bett auf, Eduardo schob ihr ein zweites Kissen in den Rücken und setzte sich neben sie. Beide betrachteten sie das friedliche Gesichtchen ihres Töchterchens. In den letzten Stunden war die Hautrötung von der Geburtsanstrengung abgeklungen. Jetzt sah sie noch viel hübscher aus. Das Näschen stand vorwitzig hervor und zeigte schon den Ansatz eines Nasenrückens – irgendwie charaktervoll. Ihre Stirn war ebenmäßig gerundet – wie bei Eduardo, nicht so flach wie bei Johanna. Die Kleine seufzte und kurz öffneten sich ihre kleinen Fäuste. Johanna steckte ihren Zeigefinger dazwischen und spürte den festen Griff ihrer Tochter.

»Sieh mal, diese winzigen perfekten Fingernägel«, wisperte sie.

Eduardo bestaunte mit ihr zusammen jedes Detail ihres wundersamen Kindes.

»Hast du eine Idee, wie wir sie nennen wollen?«, fragte er schließlich.

»Ja«, sagte sie prompt. »Leonore.«

»Wie die Leonore in ›Fidelio‹?«, fragte Eduardo schmunzelnd.

»Ja. Sie ist bestimmt eine Kämpferin, die einen geliebten Menschen aus dem dunkelsten Verlies retten würde.«

Eduardo nickte und gab ihrer Tochter einen Kuss auf die Stirn. »Leonore«, wiederholte er andächtig, und das Wort klang wie eine Liebkosung.

Die nächsten Tage und Wochen vergingen im selben wohligen Rhythmus von Schlafen, Stillen und Staunen. Johanna erholte sich gut von der Niederkunft, konnte bald aufstehen und in der Wohnung umhergehen. In der zweiten Woche war sie munter genug für kurze Spaziergänge mit dem Kinderwagen, in dem ihr kleiner Schatz unter einem Berg von Federkissen lag. Eduardo war so oft wie möglich da, musste zwischendurch aber immer für einige Tage nach Wien zurückfahren. Er war ganz berauscht vom Vaterglück und wurde nicht müde, seine Tochter im Arm zu wiegen, ihr Melodien vorzusummen – natürlich auch »O namenlose Freude« aus »Fidelio« – und ihre Nasenspitze mit seinen Locken zu kitzeln.

Amanda hielt sich wie ein Schatten an Johannas Seite. Sie nahm ihr die Kleine ab, wenn Johanna sich wusch oder aß, und half ihr beim Wickeln und Baden der Kleinen. Aber Johanna behielt ihre Tochter so viel wie möglich bei sich. Schließlich war sie diejenige, die den Säugling ernährte und wärmte und schützte. Und liebte. In Johanna hatte sich eine Schleuse geöffnet und ihr Inneres mit einem gleißenden Licht geflutet, das jedes andere Gefühl verblassen ließ. Mit jedem Tag, der verstrich, wuchs die Verbindung zwischen ihr und der kleinen Leonore, die ein Teil von ihr war und doch solch ein einzigartiges Persönchen.

»Wann ist denn Ihr Urlaub vorbei?«, erkundigte sich Amanda in der dritten Februarwoche. »Haben Sie Direktor Schalk nicht angekündigt, dass Sie ab dem ersten März wieder arbeiten werden?«

»Ja, so war der Plan«, murmelte Johanna, während sie der kleinen Leonore einen Strampelanzug überstreifte. Ihr Töchterchen hatte in den letzten 15 Tagen schon einige Hundert Gramm zugelegt und niedlichen Säuglingsspeck an ihren Beinchen und Ärmchen angesetzt. Auch der abgewinkelte Fuß hatte sich, wie von der Hebamme vorausgesagt, in eine normale Position zurückgedreht.

»Ich habe eine Amme gefunden. Sie können also bald abstillen«, sagte Amanda mit klirrender Stimme. »Außerdem wollen mein Mann und ich die Kleine Anfang März in Wien taufen lassen und alle unsere Freunde einladen – damit geben wir unseren Familienzuwachs offiziell bekannt.«

Johanna nickte. Ihr war, als hätte sie eine kalte Hand im Nacken gepackt.

Kapitel 36:
America forever

Wien, 27. Februar 1927

»Du kannst so lange hier wohnen bleiben, wie du möchtest«, sagte Eduardo und führte Johanna in das zweite Schlafzimmer seiner Wiener Wohnung. Amanda hatte die Wiege im Eheschlafzimmer aufgestellt, damit auch keine Missverständnisse aufkämen, zu wem das Kind gehörte. Sie lag nachts neben Eduardo in eben jenem Bett, indem sich Johanna und Eduardo neun Monate zuvor in wilder Leidenschaft gewälzt und das Kind gezeugt hatten, das Amanda nun für sich beanspruchte.

Im Arbeitszimmer baute Eduardo einen Wickeltisch auf und die Amme aus Graz bekam dort ein einfaches Lager. Ida war ein Bauernmädchen mit runden Wangen und prallen Brüsten – ihr eigenes Kind war schon zwei oder drei Jahre alt, aber sie hatte die lukrative Nachfrage nach ihren Ammendiensten durch betuchte Städter der Feldarbeit vorgezogen und ließ ihren Milchfluss deshalb nicht wieder versiegen. Sie konnte wohl kaum lesen und schreiben und sprach in einem steirischen Dialekt, den Johanna so gut wie gar nicht verstand.

Am Frühstückstisch sagte sie breit strahlend mit ihrem Pferdegebiss in die Runde: »Natürla, Kaffee! Kaffee! Onders gerts neama. Nit amol da Himel wa meh gouz, ohni Kaffee! – A guadi Milchsuppn!«

Als Amanda ihr verbieten wollte, Kaffee zu trinken – das sei nicht gut für die Muttermilch –, riss Ida ihre Augen auf und gab einen Sturzbach in Mundart von sich, bis sie sich auf eine sehr helle Melange einigten.

Als die Amme Leonore zum ersten Mal an ihre Brust anlegte, zierte sich die Kleine zuerst, sie rieb ihre Nase an der fremd riechenden Brustwarze und quengelte ungehalten, aber dann schien der Hunger zu überwiegen.

Als Leonore bald schmatzend zu saugen begann, fuhr der Neid wie ein heißer Dolch in Jos Herz. Als Mutter war sie offensichtlich nicht unersetzlich. Aber Leonore musste trinken und wachsen. Johanna konnte die Kleine schlecht mit ins Opernhaus nehmen. Und zurückkehren musste sie. Es wäre unvernünftig, ihren Wiedereinstieg noch länger hinauszuzögern – die Geduld von Direktor Schalk war begrenzt.

Sobald Johanna zurück in Wien war, hatte sie Dana Bescheid gegeben, die mit ihrem Besuch nicht lange auf sich warten ließ.

»Du siehst aber hübsch aus«, sagte Dana zur Begrüßung und drückte Johanna an sich. »Das ist bestimmt das Mutterglück.«

Amanda reichte Dana kühl die Hand und überließ ihnen die Wohnstube. Johanna führte ihre Freundin zu dem Körbchen, in dem Leonore lag, nahm ihr Töchterchen auf den Arm und zeigte sie stolz.

»Oh, ist die Kleine entzückend!«, rief Dana, beugte sich über das winzige Gesichtchen und strich der Kleinen sacht über das Händchen. Sie setzten sich auf die Couch und Dana bestaunte das Kind.

»Leonore ist ein schöner Name für ein schönes Kind. Schau, wie sie mit dem Mündchen schmatzt. Gerade blinzelt sie ein bisschen. Hat sie blaue Augen? Das Köpfchen hat eine schöne runde Form. Manche Säuglinge bekommen am Hinterkopf eine Platte, wenn sie ständig auf dem Rücken liegen.« Sie strich der Kleinen über den Kopf. »Die Haare sind ganz flauschig. Die Ohrmuscheln sind perfekt geformt. Sie sieht dir total ähnlich«, fand Dana.

»Manchmal denke ich das auch.« Johanna lächelte. »Die Stirnform hat sie auf jeden Fall von Eduardo geerbt.«

»Musikalisch ist die Kleine bestimmt, das bekommt sie von Mutter und Vater mit«, spekulierte Dana.

»Da bin ich mir sicher.« Johanna schmunzelte. »Sie hat schon in meinem Bauch ganz viel Mozart gehört.«

»Ich habe dir und deinem Töchterchen natürlich auch ein Geschenk mitgebracht.« Dana zog zwei bunt eingepackte Päckchen aus ihrer Tasche.

»Zuerst für die Mutter.« Sie reichte Johanna ein schweres Päckchen.

Während sie das Geschenk auspackte, wiegte Dana die schlummernde Leonore auf ihrem Arm. Im ersten Geschenk kam eine rosa Dose von Manner zum Vorschein.

»Keine Sorge, da sind nicht die Haselnussschnitten drinnen, die du nicht magst«, erklärte Dana und zwinkerte ihr zu. »Die Füllung für die Dose habe ich selbst gebacken.«

Johanna hob den Deckel und entdeckte mehrere Lagen pudriger Vanillekipferl. Sie schob sich gleich ein Kipferl in den Mund. »Lecker!« Nur schwer konnte sie ein Schmatzen unterdrücken. »Danke.«

Das zweite Geschenk war weich und in Seidenpapier eingewickelt. Darin fand Johanna einen mintgrünen Strampelanzug mit dazu passendem Mützchen. Auf dem Bauch waren in Dunkelrot zwei Paar Noten aufgenäht, die mit Notenhälsen miteinander verbunden waren und fröhlich durch die Luft zu tanzen schienen.

»Ich habe die Sachen selbst genäht«, erklärte Dana stolz.

»Oh, ist das süß. So schöne Farben! Und mit Noten für unser Musikmädchen«, rief Johanna und umarmte Dana begeistert. Sie legte den Strampelanzug zur Anprobe über die schlafende Leonore.

»Tessa meinte, als sie mich beim Nähen überrascht hat, die roten Kugeln würden wie Kirschen mit Stiel aussehen«, erzählte Dana.

Johanna lachte. »Könnte man auch denken. Ich finde, es sind eindeutig Noten.« Sie wurde schlagartig ernst. »Hast du Tessa verraten, für wessen Kind du genäht hast?«

»Nein, natürlich nicht!«, beruhigte sie Dana. »Ich habe behauptet, es sei ein Geschenk für eine Bekannte aus der Opernschneiderei. Wann willst du eigentlich wieder ans Opernhaus zurück?«

»Der Direktor erwartet meine Rückkehr zum ersten März. Eigentlich freue ich mich, endlich wieder zu dirigieren. Ich habe das vermisst.«

»Und ab dann wird sich Amanda alleine um deine Tochter kümmern?«

Johannas Gesicht verdüsterte sich. »Alleine bestimmt nicht! Eine Amme hat sie schon besorgt, damit Leonore nicht mehr von mir abhängig ist. Im Moment stille ich sie noch mehrmals am Tag. Wie viel Zeit Amanda selbst mit der Kleinen verbringen will, weiß ich nicht. Sie hat bald wieder Gesangsauftritte am Opernhaus Graz.«

»Aber du wirst sicher nicht in dieser Wohnung mit dem Ehepaar Breuer wohnen bleiben, oder?«

»Pfff. Amanda würde mich lieber heute als morgen vor die Tür setzen. Aber Eduardo versteht, dass ich mich nicht so schnell von meiner Kleinen trennen kann.«

»Zieh doch mit Martha, Tessa und mir zusammen«, sagte Dana eindringlich. »Wir wollen übermorgen eine große Wohnung besichtigen. Die Wohnung liegt in der Universitätsstraße beim Schottentor, also nah am Graben und Opernring, von dort aus können wir alle zu Fuß zur Arbeit gehen. Das Haus ist wirklich schön, bin gestern von außen vorbeigegangen. Die Wiener nennen es Hosenträgerhaus, weil es zwischen den Fenstern sechs Streifen mit blumigen Stuckverzierungen hat, die wie bestickte Hosenträger ausschauen.« Dana blickte sie erwartungsvoll an.

»Ich weiß nicht«, murmelte Johanna und senkte den Blick. »Eigentlich will ich hier nicht weg. Ich will Leonore jeden Tag sehen.«

»Wach auf, Johanna! Eduardo hat eine Ehefrau. Bei dreien ist einer zu viel. Wenn sie das Kind als ihres annehmen sollen, musst du zurücktreten.«

»Aber ich will Leonore nicht aufgeben«, brach es mit einem heftigen Schluchzer aus Johanna hervor. Tränen strömten ihre Wangen herab.

Dana legte ihr den Arm um die bebenden Schultern. »Das ist schwer«, flüsterte sie sanft. »Aber du musst realistisch sein. Alleine kannst du die Kleine nicht großziehen. Wovon willst du leben?«

Johanna wischte sich mit dem Ärmel Augen und Nase und holte tief Luft. Sie versuchte mühsam, sich wieder unter Kontrolle zu bringen. Dana hatte recht. Sie musste an die Zukunft ihrer Tochter denken. Als spürte sie den inneren Aufruhr ihrer Mutter, erwachte Leonore und stieß mit ihrem zarten Stimmchen ihre Hungerrufe aus. Jo nahm die Kleine und legte sie an ihre Brust. Sofort gluckste und schmatzte ihr Kind zufrieden. Aber in den kommenden Jahren würde ihre

Tochter mehr brauchen als nur Nahrung und Fürsorge: Bildung und einen gesicherten Platz in der Gesellschaft. Dafür benötigte sie ihren Vater und seinen ehrbaren Namen. Johanna durfte ihr nicht im Weg stehen.

»Na gut, ich werde mit euch kommen, um die Wohnung zu besichtigen«, lenkte Johanna ein.

»Du wohnst dann auch nicht weit von hier. Du kannst deine Tochter doch trotzdem regelmäßig besuchen«, versuchte Dana, sie aufzumuntern. »Sieh es so: Leonore hat nicht nur zwei Eltern, die sie lieben, sondern gleich drei. Damit hat sie mehr als die meisten anderen Kinder. Sie ist ein Glückskind.«

Am Morgen des letzten Februartages legte Jo ihr Korsett wieder an. Obwohl sie es nur locker schnürte, hatte sie das Gefühl, gleich ersticken zu müssen. Wie hatte sie diese Beklemmung über ein Jahr lang Tag für Tag ausgehalten? Ihre Brüste schmerzten und kleine Milchtropfen drangen aus ihren Brustwarzen. Sie blickte prüfend in den Spiegel. Ihre Wangen waren nach wie vor fülliger als früher, eigentlich hatte sie am ganzen Körper noch Schwangerschaftspolster. Aber das fiel unter dem Herrenanzug nicht so sehr auf. Ihr Haar fiel ihr inzwischen fast bis auf die Schultern – viel zu weiblich.

Auf dem Weg zur Wohnungstür steckte sie den Kopf in die Wohnstube.

»Ich gehe zum Friseur«, erklärte sie.

Amanda schob gerade die Taufeinladungen in Kuverts und blickte nur flüchtig auf.

Eduardo saß auf einem Sessel und hielt die schlafende Leonore im Arm, während er raschelnd in der Zeitung blätterte. »Oh. Warte mal.«

Jo trat nun ganz in den Türrahmen.

»Du hast wieder deinen Herrenanzug an«, stellte er das Offensichtliche fest und runzelte seine Stirn.

»Meinst du nicht, du könntest Schalk mit deiner wahren Identität überraschen? Willst du dich wirklich in dein Männerkorsett zurückzwängen?«

»Lass sie doch«, zischte Amanda dazwischen.

»Habe ich eine Wahl?«, fragte Jo. »Das ist der Preis dafür, dass ich als Dirigent arbeiten kann. Daran hat sich nichts geändert. Schalk ist ohnehin vergrätzt wegen meiner langen Abwesenheit, ich muss nun erst einmal beweisen, dass ich sein Vertrauen wert bin – und dass ich dem Opernhaus einen Mehrwert bringe. Schließlich sind sie drei Monate lang gut ohne mich ausgekommen. Wenn ich plötzlich als Frau hereinspaziert komme, wird Schalk mich sofort feuern und sich einen der vielen anderen Anwärter auf die Stelle herauspicken.«

»Hm«, machte Eduardo mit umwölkter Stirn.

»Wenn ich jetzt aufgebe, waren alle meine bisherigen Anstrengungen umsonst«, beharrte Jo.

»Wie du meinst«, murmelte er.

Jo stampfte hinaus und unterdrückte den Impuls, die Tür hinter sich zuzuknallen. Es war schließlich nicht Eduardos Schuld, dass die Welt so war, wie sie war.

Als Jo zwei Stunden später mit frisch geschnittenem Bubikopf in die Wohnstube trat, war Eduardo nicht mehr da. Auf seinem Platz saß die Amme und hielt Leonore auf dem Schoß.

»Oh, Herr Osterkamp«, sagte Amanda mit Blick auf Jos kurzen Haarschnitt. »Die Philharmoniker warten bestimmt ungeduldig auf die Rückkehr ihres Dirigenten.«

»Ich stille sie jetzt«, sagte Jo und riss der Amme die Kleine aus den Armen. »Bevor meine Brüste platzen.«

In ihrem Schlafzimmer warf sie das Jackett in die Ecke und befreite sich mit fahrigen Fingern aus dem Korsett. Sie fuhr sich zornig mit den Fingern über ihren ausrasierten Nacken und die feinen Stoppeln piksten sie wie Nadeln. Erst als Leonore glucksend an ihrer Brust saugte, fiel der Druck von ihr ab und sie konnte endlich wieder frei atmen.

Der Tag der Taufe war gekommen. An diesem zweiten Sonntag im März war die Karlskirche bis auf den letzten Platz gefüllt. In den ersten Reihen rechts und links vom Mittelgang befanden sich die geladenen Taufgäste – Freunde, Kollegen und Bekannte des Ehepaars Breuer. Jo fiel in die Kategorie »Kollegen«. Sie saß in derselben Reihe wie Lotte Lehmann, die in einer Pelzstola und einem mit Perlen bestickten Stirnband sehr mondän aussah und Jo bei der Ankunft herzlich begrüßt hatte.

»Herr Osterkamp«, rief sie und reichte ihre Hand zum Handkuss. »Wie schön, Sie endlich wiederzusehen. Ich habe im Probenplan gelesen, dass wir nächste Woche gemeinsam mit den Proben für ›Carmen‹ beginnen werden. Ich freue mich schon darauf. Geht es Ihrem Herrn Vater wieder besser?«

»Ja, danke, viel besser. Ich sehe der ›Carmen‹ auch mit viel Freude entgegen. Sie bieten als Micaëla bestimmt einen glanzvollen Kontrapunkt.«

Tatsächlich freute sich Jo darauf, diese feurige Oper von Bizet mit den Philharmonikern und den Primadonnen Maria Jeritza und Lotte Lehmann einzustudieren. Das Aufeinandertreffen der beiden Rivalinnen als Carmen und als Micaëla würde mit Sicherheit für elektrisierende Spannung sorgen und beide Sängerinnen würden um die Gunst des Publikums buhlen.

Trotzdem lag Jo heute ein Mühlstein auf der Brust. Neben ihr saß Dana, die zwar von den Breuers nicht eingeladen worden war, aber die Jo zu ihrer seelischen Unterstützung hergebeten hatte. Da Dana bereits am Abend der »Tauberflöte« Jos Begleiterin gewesen war, hatte sie offenbar bei den Kollegen im Opernhaus für Tuschelei gesorgt. Der erste Oboist Pomberger hatte sie vor der Kirche mit einem Augenzwinkern gefragt, ob die hübsche junge

Dame ihre Verlobte sei. Dieser absurde Gedanke hatte Jo glatt die Sprache verschlagen und sie hatte den Oboisten nur mit offenem Mund angestarrt. Manchmal vergaß sie, dass die anderen nicht bloß einen Dirigenten in Johann Osterkamp sahen, sondern auch einen virilen Jüngling, der einem Mädel durchaus den Kopf verdrehen konnte. Eigentlich sollte sie froh sein, dass ihre Maskerade so überzeugend wirkte. Doch am heutigen Tag der Taufe ihres Kindes fühlte sich ihre Männerrolle besonders falsch an.

Als Jo gerade ihren Platz auf der Kirchenbank in der zweiten Reihe eingenommen hatte – so nah wie möglich am Taufbecken und hinter Eduardo und Leonore –, hörte sie plötzlich ein vertrautes dunkles Lachen hinter sich.

Sie drehte sich um und Genia Schwarzwald segelte mit ausgebreiteten Armen auf sie zu und drückte sie an ihren mächtigen Busen.

»Osterkamp, wie schön, Sie wohlauf zu sehen!«, rief Genia, »Wir haben Sie in meinem Salon vermisst.«

Genia setzte sich auf die andere Seite von Jo und blätterte im Programm für die Taufe.

»Ah, es gibt Musik. Jedes Kind sollte mit Musik in der Welt willkommen geheißen werden. Ein Mädchen ist es also geworden. Da wird sich der Herr Papa aber gefreut haben.«

Sie klopfte Eduardo auf die Schulter, der sich mit strahlendem Lachen zu ihr umdrehte und Genia stolz seine Tochter präsentierte, die schlafend in seinen Armen lag – in ein weißes Taufkleid mit filigran gestickten brasilianischen Blüten im Saum gehüllt, das Amanda ausgesucht hatte.

»So ein bezauberndes Gesichtchen hat das Putzerl«, schwärmte Genia. »Ich hoffe, wenn sie groß genug ist, schicken Sie Ihre Tochter auf meine Schule.«

Eduardo nickte und zwinkerte der Schulleiterin zu.

Die Glocken läuteten und der Taufgottesdienst nahm seinen feierlichen Lauf. Der Liturgie folgend eröffnete der Priester die Zeremonie mit einem Gebet, dann folgten Gesänge der Gemeinde mit dem Kirchenchor, eine Bibellesung, die Predigt und Fürbitten.

Jo konnte sich nicht darauf konzentrieren, ihre Blicke suchten unentwegt ihr Kind, aber über die Schulter von Eduardo konnte sie die Kleine nicht sehen, ohne sich vorzubeugen.

Dann war endlich der Moment der Taufe gekommen. Die Eltern und Taufpaten traten auf das Podest um das Taufbecken herum. Eduardo übergab den Täufling der Patentante. Jo kannte keinen der Paten. Die Patin war eine Freundin von Amanda aus Graz und der Pate ein Wiener Musikerfreund von Eduardo. Diese fremden Menschen waren dazu bestimmt, im Falle des Todes der Eltern die Sorge für das Kind zu übernehmen. Jo würde in diesem Fall leer ausgehen, denn sie hatte keine Rechte – ihre biologische Mutterschaft war nirgendwo verbürgt. Heute würde Leonore ins Kirchenregister eingetragen werden: als Tochter von Eduardo und Amanda Breuer. Der Pate hielt die Taufkerze in der Hand, die nun vom Priester mit dem ewigen Licht von Bethlehem entzündet wurde.

Die Eltern und Paten sprachen gemeinsam das Glaubensbekenntnis. Danach erteilte der Priester der Mutter das Wort, damit sie den Bibelvers für den Täufling verlesen solle.

Amanda trug einen Vers aus einem Brief des Apostels Paulus an Timotheus aus Kapitel 1, Vers 7 vor, auf den Jo, Amanda und Eduardo sich nach langen Diskussionen geeinigt hatten.

> Denn Gott hat uns nicht einen Geist der Verzagtheit gegeben, sondern den Geist der Kraft, der Liebe und der Besonnenheit.

»Auf welchen Namen soll dieses Kind Gottes getauft werden?«, fragte der Priester.

»Leonore Vida«, antwortete die Patin.

Wie bitte? Ein zweiter Vorname? Niemand hatte Jo diesbezüglich eingeweiht oder gar nach ihrem Einverständnis gefragt. »Vida« bedeutete »Leben«, wenn sie sich nicht irrte. Der Name war in Ordnung. Trotzdem typisch Amanda, dass sie Jo übergangen hatte.

»Ich taufe dich auf den Namen Leonore Vida«, sagte der Priester salbungsvoll und benetzte den Kopf des Täuflings dreimal mit dem gesegneten Wasser. Leonore wurde angesichts dieser unerwarteten Nässe hellwach und setzte zu einem kraftvollen Protestgeschrei an. Als Jo die vertraute Stimme ihrer Tochter hörte, füllten sich ihre Augen mit Tränen und sie spürte, wie auch einige Milchtropfen aus ihren Brüsten rannen. Sie wäre am liebsten nach vorne gestürmt und hätte ihrem Schatz tausend Küsse gegeben. Stattdessen hielt diese fremde Taufpatin die Kleine in ihren Armen und Amanda stand mit selbstgefälligem Mutterstolz daneben. Jo hätte dort vorne stehen sollen! Sie knetete ihre Hände im Schoß. Eine weiche Hand legte sich darüber.

»Ich kann mir denken, dass es eine schmerzliche Entscheidung für Sie war«, flüsterte Genia Schwarzwald ihr ins Ohr.

Jos Augenlider flatterten vor Überraschung und sie suchte den Blick ihrer Trösterin. Sie erkannte Mitgefühl darin und fühlte sich ein wenig davon gewärmt.

»Sie haben das Richtige getan«, sagte Genia leise und nickte ihr aufmunternd zu.

Ja! Jo durfte sich nicht von Sehnsucht überwältigen lassen. Sie musste für ihre Tochter stark sein. Heute wurde Leonore ehrenvoll in die Gesellschaft aufgenommen. Wenn Jo aber als ledige Mutter mit ihrem Bastard um die Segnung Gottes gebeten hätte, wäre sie vom Priester fortgejagt worden. Alle diese frömmelnden und wohlwollenden Gesichter, die heute auf das Mädchen im reinen Taufkleid blickten, würden sich abwenden, falls sie von ihrer wahren Herkunft erfahren würden.

Am darauffolgenden Sonntag schien die Sonne ungewöhnlich hell. Jo freute sich an den Schneeglöckchen, die aus dem Rasen des Volksgartens sprossen.

Amanda schob den Kinderwagen und heimste alle Grüße und bewundernden Blicke für die Kleine für sich ein.

Jo schlich mit zehn Schritten Abstand wie eine Diebin hinter ihr her.

Plötzlich blieb Amanda stehen und drehte sich nach ihrer Verfolgerin um. »Eduardo möchte etwas mit Ihnen besprechen. Gehen Sie schon mal zurück, ich drehe noch eine Runde mit dem Kinderwagen.«

Jo gehorchte widerwillig.

Als sie in die Wohnung kam und Eduardos ernstes Gesicht sah, senkte sich die bleischwere Gewissheit auf ihr Gemüt herab, dass er ihr schlechte Nachrichten überbringen würde.

Er bat sie in die Küche und setzte sich ihr gegenüber. An diesem Tisch hatten sie schon einmal über die Zukunft ihres Kindes gesprochen.

»Ich hatte dir doch erzählt, dass der Direktor der Met im Januar in Wien war und in einigen meiner Vorstellungen gesessen hat«, setzte Eduardo zur Ouvertüre an.

Jo nickte.

»Agora – nun, er war von meinem Dirigat äußerst angetan und hat mir vor einigen Tagen einen Dreijahresvertrag zugeschickt.«

Jo versuchte zu schlucken. Ihre Kehle fühlte sich sandig an. Ihre Gedanken überschlugen sich. Wenn Eduardo zusagte, würde er nach New York ziehen. Das hieße …

»Du willst Leonore mitnehmen?«, krächzte sie.

Er schlug die Augen nieder.

Das war Antwort genug. Ihr wurde heiß und der Boden schwankte unter ihren Füßen. »Hast du schon unterschrieben?«

»Nein, noch nicht. Aber ich möchte.«

Jo stützte ihre Stirn in die Hand und starrte die fleckigen Fliesen über dem Herd an.

»Hör zu, ich denke, es ist das Beste, wenn wir erst einmal Abstand voneinander nehmen«, sprudelte Eduardo hervor. »Für uns alle. Amanda und ich können keine Ehe führen, wenn du im Zimmer nebenan schläfst. Und Amanda und du, ihr könnt nicht ständig um das Kind konkurrieren – das tut euch beiden weh und wird auch die Kleine zermürben, wenn sie einmal alt genug ist, davon etwas mitzubekommen.«

»Das sind gar nicht deine Worte«, fauchte Jo ihn an. »Deine Frau kann mich nicht ausstehen und verlangt von dir, dass du mich in die Wüste schickst. Sie will alles für sich haben. Dich. Und nun auch mein Kind.«

»*Unser* Kind«, betonte Eduardo streng. »Aber du musst auch Amanda verstehen. Du kannst nicht von ihr erwarten, dass sie ihren Ehemann mit einer anderen Frau teilt.«

»Dich kann sie meinetwegen haben, du mieser Verräter«, schluchzte Jo und wischte sich wütend über die Augen. »Aber meine Tochter bekommt sie nicht. *Ich* bin ihre Mutter, ich habe sie in meinem Körper wachsen lassen und unter Schmerzen zur Welt gebracht!«

»Ich weiß«, seufzte Eduardo und hob beschwichtigend seine Hände. »Aber wir haben gemeinsam entschieden, dass unser Kind bei mir und meiner Frau aufwachsen wird. Für dich stand fest, dass deine Karriere als Dirigent an erster Stelle steht.«

»Das war vorher«, presste Jo hervor.

»Es hat sich nichts an deiner Situation geändert«, sagte Eduardo eisern.

»Aber du hast mir versprochen, dass ich mein Kind regelmäßig besuchen kann«, fuhr Jo auf und blickte unverwandt in seine Augen, die kalt wie ein Gebirgssee waren.

»Wir bleiben nicht auf ewig in Amerika. Drei Jahre gehen schnell vorbei, wenn man gut beschäftigt ist. Du wirst dich in die Musik stürzen. Und natürlich wirst du Leonore wiedersehen.«

Jo starrte ihn an. Sie erkannte ihn nicht wieder. »Dann bin ich eine Fremde für meine Tochter«, flüsterte sie, und die unterdrückten Schluchzer schnürten ihr die Kehle zu.

»Du und Leonore könnt euch dann neu kennenlernen. Aber eines muss dir klar sein: Leonore braucht eine richtige Mutter – eine, die jeden Tag für sie da ist. Diese Mutter wird Amanda sein. Du tust deinem Kind nur weh, wenn auch du an ihr zerrst. Denk mal an das Gleichnis von Salomon und den beiden Müttern. Die falsche Mutter hat das Kind an sich gerissen und die wahre Mutter hat es aus Liebe losgelassen.«

Jo wälzte diese steinernen Gedanken den Rest des Tages und die ganze Nacht in ihrem Kopf und in ihrem Herzen, bis sie sich völlig platt und zermürbt fühlte. In einem hatte Eduardo recht: Wahre Mutterliebe hieß, das Wohl ihres Kindes vor ihr eigenes zu stellen. In ihrem Fall bedeutete das den Verzicht.

Am nächsten Morgen stimmte sie zu. Eduardo unterschrieb den Vertrag. Amanda lächelte triumphierend. Leonore schrie aus vollem Halse, als wüsste sie, um was es ging.

»Wir reisen in einer Woche ab«, verkündete Eduardo.

»Versprich mir, dass du mit unserer Tochter auch Deutsch sprechen wirst. Damit sie mich versteht, wenn ich sie wiedersehe.«

»Ich verspreche es dir. Prometido.«

Kapitel 37:
Mephisto klatscht den Takt im Mai

Wien, 21. Mai 1927

Im Prater roch es nach Waldknoblauch. Jo stakste ohne Ziel unter den Ahornbäumen auf den weiten Wiesen umher, die die Kastanienallee säumten. Hier wuchs der Bärlauch wild zwischen den Wurzeln der Bäume und verströmte sein strenges Aroma. Es roch wie in der Küche ihrer Mutter – freitags, wenn sie den eingelegten Fisch im Backofen grillte. Ihre Eltern wussten nicht, dass sie Großeltern geworden waren. Ob sie ihre Enkeltochter je zu Gesicht bekommen würden? Wie ging es ihrer kleinen Leonore in Amerika? Eduardo hatte ihr im März gleich nach ihrer Ankunft in Manhattan ein Telegramm gesendet: Die Überfahrt sei gut verlaufen, die Kleine wohlauf, die Amme versorge sie gut.

Den Tag zuvor hatte Jo einen Brief von Eduardo erhalten. Sie kannte seine geschwungene Handschrift von den

Notenkorrekturen. Er schrieb kurz und sachlich. Leonore gehe es prächtig, sie wachse und gedeihe.

Rhythmischer Hufschlag drang an Jos Ohr und ihr Blick streifte zur Allee. Dort fuhr ein Fiaker entlang, von einem Rappen mit seidig glänzendem Fell gezogen, in der Kutsche saßen ein gut gekleideter Herr und eine Dame mit rosa Sonnenschirm. Eduardo hatte ihr vor einem Jahr auch versprochen, mit ihr eine Fiakerfahrt unter den Kastanien zu machen. Es war nicht sein erstes Versprechen, das er gebrochen hatte.

Sie hätte gut daran getan, seine Wohnung am Volksgarten zu verlassen und stattdessen mit Dana und den anderen in das Hosenträgerhaus zu ziehen. Aber der plötzliche Abschied hatte sie in eine Schockstarre versetzt und sie hatte willenlos den Mietvertrag unterschrieben, den Eduardo ihr vorgelegt hatte.

»Damit du gut versorgt bist«, hatte er gesagt.

Die Wohnung gehörte ihm und er hätte für die Zeit seiner Abwesenheit in Amerika ohnehin einen Mieter gesucht.

»Wenn du hier wohnst, habe ich ein gutes Gefühl«, hatte er beharrt, als Jo sich zunächst geziert hatte. Im Vertrag stand nur ein symbolischer Mietzins von zehn Schilling. Immerhin hatte Jo so viel Stolz gehabt, dort eine Null dranzuhängen. Sie wollte nicht von ihm ausgehalten werden. Oder versuchte Eduardo damit, seine Schuld zu begleichen, dass er ihr das Kind wegnahm? Dafür gab es keinen Preis!

Nun wohnte sie in dieser Wohnung mit den vielen leeren Zimmern. Aus jeder Ritze strömten Erinnerungen. An ihre Liebesnacht mit Eduardo. An die Tage mit Leonore. Die Tür zum Eheschlafzimmer hatte Amanda bei deren Abreise zugesperrt. Als ob Jo sich je wieder in dieses Bett gelegt hätte! Sie schlief in dem zweiten Schlafzimmer auf einem schmalen Bett. Das brasilianische Kruzifix von Amanda hatte sie ersetzt mit einem Foto von der Taufe: Eduardo hielt Leonore im Arm, Jos Hand lag zart auf dem Schopf und beide blickten liebevoll auf ihre Tochter. Aber jedes Mal, wenn sie das Bild ansah, lastete es ihr derartig auf der Brust, dass sie es nicht mehr ertragen konnte. Also wanderte das Bild in ihre Nachttischschublade. Nur an manchen Abenden holte sie es hervor und betrachtete es kurz – so, wie man seinen Finger durch eine Flamme schnellen lässt.

In der Küche standen die Mate-Becher von Eduardo im Schrank wie stumme Diener, die auf die Rückkehr ihres Herrn warteten. In der Wohnstube saß Jo manchmal auf Eduardos grünem Sessel mit einer Partitur auf dem Schoß und starrte ins Leere. Sie hätte auch auf dem Klavier spielen können. Aber sie spürte kein Verlangen danach. Die Musik in ihr war verstummt.

Am Samstag zuvor hatte sie sich von Dana ins Burg Kino mitschleppen lassen. Tessa und Martha waren natürlich auch mit von der Partie gewesen. Obwohl Martha sich immer noch regelmäßig mit Erich traf, wollte Tessa nichts davon hören, dass sie ihn dazu einlud.

»Wir haben mehr Spaß, wenn wir Mädels unter uns sind. Sobald ein Mann dabei ist, vergrault er außerdem die anderen Nachtschwärmer«, fand Tessa und blinzelte kokett unter ihren schweren schwarzen Wimpern hervor.

Sie schauten sich wieder einen Film mit Douglas Fairbanks in Technicolor an, der als Pirat mit entblößter Brust und muskulösen Oberarmen allerlei Abenteuer bestand.

Der Film rauschte an Jo vorbei – sie schaffte es einfach nicht, sich für diese Belanglosigkeiten auf der Leinwand zu interessieren. Nicht einmal das Schrumm-Schrumm des Filmorchesters konnte sie aufregen. Als der Film vorbei war, wollte sie sofort nach Hause. Die unbeschwerte Fröhlichkeit der anderen jungen Frauen ließ sie sich nur trauriger und verlassener fühlen. Dana verzichtete ebenfalls auf eine Fortsetzung der

Vergnügung in der Bar oder in einem Tanzlokal. Schweigend spazierten sie untergehakt zurück.

Dana brachte sie bis zur Haustür. »Du musst versuchen, wieder die Alte zu werden«, hatte sie besorgt gesagt und Jo über die Wange gestrichen.

Aber Jo konnte nicht so tun, als wäre sie nie Mutter geworden. Das wäre, als würde man von einem Schmetterling verlangen, er solle sich wieder in eine Raupe zurückverwandeln.

In den Baumwipfeln der Kastanien der Prater-Allee zwitscherte es mehrstimmig. Jo hob den Kopf und entdeckte ein Vogelnest. Ein Kohlmeisen-Elternpaar flog hin und her und brachte seinem hungrig piepsenden Nachwuchs unermüdlich Futter.

»Hallo, Herr Osterkamp«, rief eine jungenhafte Stimme aus einiger Entfernung. Laufschritte knirschten auf dem Schotter. Eine kompakte Gestalt näherte sich ihr. Es war Marcel, der Neffe des Portiers.

»Machen Sie auch eine Promenade?«, japste der Junge und lüftete kurz seine Schülermütze. Er strahlte sie an. »Ich habe Sie vor drei Abenden im ›Boris Godunow‹ in der Loge mit Lotte Lehmann sitzen sehen«, sprudelte Marcel los. »Wie fanden Sie Fjodor Schaljapin? Meinen Sie, er ist seine Rekordabendgage von einundzwanzigtausend Schilling wert?«

Der junge Opernenthusiast wusste mal wieder bestens Bescheid. Tatsächlich hatte der russische Bass für seine drei Gastauftritte die bislang höchste Gage in der Geschichte der Wiener Oper abkassiert – es war das Tuschelthema Nummer eins in der Kantine.

»Ich fand ihn als Boris sehr beeindruckend, besonders die große Arie, wenn er Angstvisionen hat und seinen Verstand verliert – das war unglaublich packend interpretiert«, antwortete Jo.

»Mir stand auch der Mund offen«, pflichtete Marcel ihr bei, dann senkte er vertraulich die Stimme. »Aber neben mir im Stehparkett stand ein älterer Herr, der Russisch spricht, und der hat behauptet, Schaljapin habe seinen Text improvisiert und ›Scheiß auf die Wiener Oper‹ gesungen.« Marcel guckte sie verschmitzt an.

»Ich habe läuten hören, dass er sich bei den Proben mit dem Direktor gestritten habe«, warf Jo ihm noch einen Brocken hin.

»Ach?« Der Junge riss neugierig seine Augen auf.

»Aber mehr weiß ich nicht.«

»Heute Abend gehe ich natürlich auch in die ›Margarethe‹«, kündigte Marcel an. »Als Mephisto ist der Russe mit seinem finsteren Bass bestimmt sehr Ehrfurcht einflößend.«

»Ich werde ebenfalls da sein.« Jo zwinkerte dem Jungen zu.

»Dirigieren Sie etwa? Ich dachte, Karl Alwin steht in der Ankündigung.«

»Ich springe kurzfristig ein.«

Sie erzählte dem Burschen lieber nicht, dass Alwins Gattin, die Sopranistin Elisabeth Schumann, im Personalbüro angerufen und die Absage ihres Mannes mit dessen nervlicher Belastung begründet hatte. Als Jude bekam er seit Monaten hässliche anonyme Schmähbriefe in seinen Hausbriefkasten geworfen.

»Das is a Brüller. Ich mag es besonders, wenn Sie dirigieren, Herr Osterkamp.« Marcel lachte. »Außerdem gibt es nach der Vorstellung bestimmt wieder einen Mulatschak vor dem Bühneneingang, weil alle ein Stück von dem russischen Riesen abbekommen wollen.«

Am Abend stand Jo am Pult; im prall gefüllten Auditorium knisterte die Spannung des Publikums. Hunderte von Enthusiasten hatten die letzte Nacht sogar vor der Kassa kampiert, um noch an Karten zu gelangen – die dreimal so teuer waren wie sonst. Schließlich musste man die exorbitante Gage des russischen Stars wieder einspielen. Sie hatte keine Gelegenheit zur Probe mit den Solisten gehabt, ebenso wenig mit dem Chor, der viele Einsätze hatte. Mit den Philharmonikern hatte sie bei den Wiederaufnahmeproben einige Passagen von Gounods »Margarethe« durchgespielt, aber trotzdem waren alle Beteiligten keineswegs aufeinander eingestimmt.

Jetzt kam es darauf an, dass Jo mit ihrem Dirigentenstab alle diese Fäden und Farben zu einem harmonischen Klangteppich verwob. Sie hob den Stab, die Anspannung kribbelte über ihre Haut, sie holte tief Luft und ließ die Musik fließen. Das Orchester folgte ihr ziemlich gut, auch wenn sie immer wieder einzelne Instrumentengruppen bremsen musste – dazu genügten ein Blick und ein Fingerzeig. Worauf Jo überhaupt nicht eingestellt war, war die Naturgewalt der Bassstimme von Fjodor Schaljapin. Der Russe hatte eine hünenhafte Gestalt, die seinem dunkel gefärbten Stimmorgan einen mächtigen Resonanzraum gab. Er war der Herr im Haus. Sein Französisch klang ziemlich russisch, aber als Mephisto war er derart furchteinflößend, dass diese sprachlichen Nuancen in den Hintergrund traten. Der Tenor Paul Marion als Faust und die Sopranistin Margit Angerer als Margarethe – beide Gäste am Haus – gingen neben der Wucht des Basses sängerisch und darstellerisch beinahe unter. Jo versuchte, der lyrischen Stimme des Tenors gerecht zu werden, indem sie das Orchester bei seiner Parade-Arie »Salut, demeure chaste et pure« im *Piano* spielen ließ und auch das Tempo drosselte, da der Sänger es offenbar liebte, die Töne lang auszusingen.

Mit dem Bass eckte Jo allerdings schon im zweiten Akt an, als er beim Volksfest das »Rondo vom Goldenen Kalb« schmetterte. Hier beschleunigte und verlangsamte der Sänger phasenweise wie bei einer Achterbahnfahrt und war ständig vor oder hinter dem Orchester. Jo weigerte sich aber, ihm mit dem

Tempo hinterherzuhecheln. Sie schlug den Takt vehement mit dem rechten Arm, als würde sie mit einem Schwert ein Kalb zerteilen. Mephisto warf ihr Blicke zu, die die Hölle gefrieren lassen könnten.

Im großen Finale im fünften Akt, als Faust und Mephisto die wahnsinnige Margarethe aus ihrem Verlies befreien wollten, fiel das Terzett der Sänger vom Tempo und der Dynamik her völlig auseinander.

Plötzlich stampfte der hünenhafte Bass nach vorne zur Rampe, stellte sich breitbeinig auf den Souffleurkasten und fing an, heftig in die Hände zu klatschen, um dem Orchester seinen Takt anzuzeigen – fast doppelt so schnell, wie Jo ihn von ihrem Pult aus angab.

Sie richtete sich zu ihrer vollen Größe auf und nahm gebieterisch mit dem ersten Geiger Blickkontakt auf, der starrte jedoch irritiert zu dem Klatscher an der Rampe; andere Musiker fingen ebenfalls an, dem *Dirigat* des Basses zu folgen.

Jo knirschte mit den Zähnen und passte ihr Tempo den Handschlägen des Russen an, damit das Orchester nicht völlig durcheinandergeriet. Während der Chor Margarethe erlösend in den Himmel trug, klatschte Mephisto mit gebleckten Zähnen am Bühnenrand, bis der Vorhang fiel. Das Publikum tobte. Jo wischte sich den Schweiß von der Stirn und verließ auf steifen Beinen den Graben. Als die Sopranistin den Dirigenten auf die Bühne holte, mischten sich Buh-Böen unter die Bravorufe. Es war die erste Publikumsschelte in Wien für Jo.

In der Garderobe zog sie sich rasch um. Zwei Türen weiter dröhnte die Stimme des Basses. Er ließ die Korken knallen und war von Gratulanten umringt. Später würden seine Bewunderer noch vor dem Bühnenausgang sein Auto umstellen und sich daran festklammern.

An Jos Tür klopfte es zaghaft. Anna Freud und Dorothy kamen herein.

»Machen Sie sich nichts draus, dear Mr. Osterkamp«, munterte Dorothy sie auf. »In New York sagt man: ›If you don't set the tone for the day, the devil will set it for you.‹ – ›Wenn du nicht den Ton des Tages angibst, tut der Teufel das für dich.‹«

»Sie haben sehr schön dirigiert«, bekräftigte Anna und tätschelte Jos Arm. »Aber Sie sind ganz dünn geworden. Geht es Ihnen nicht gut?«

Bevor Jo sich in dieser Nacht ins Bett legte, kamen ihr wieder die Worte der Therapeutin in den Sinn. Sie raffte das Nachthemd bis zu ihrem Hals hoch und betrachtete ihren nackten Körper im Dämmerlicht im langen Spiegel des Kleiderschrankes. Sie war wirklich dünn geworden. Ihre Rippen zeichneten dunkle Schatten auf ihren Torso und die Hüftknochen stachen hervor. Ihr ganzer Schwangerschaftsspeck war verschwunden. Seltsam, das hatte sie gar nicht bemerkt. Dass ihre Brüste sich wieder zurückgebildet hatten, war ja zu erwarten gewesen. Nach zwei Wochen schmerzhaften Ausstreichens der Milch hatte ihr Körper verstanden, dass es keine Nachfrage mehr gab. Sie aß fast jeden Mittag in der Kantine, weil alle anderen es auch taten. Wenn sie am Abend keine Vorstellung dirigierte, saß sie im grünen Sessel – mit Noten oder einem Buch auf dem Schoß – und starrte auf die Seiten und die Zeit verrann. Sollte sie etwas essen? Allein die Anforderung, sich zu entscheiden, was sie aus der Speisekammer holen sollte, lähmte sie. Also ließ sie es oft bleiben. Sie hatte sowieso keinen Appetit. Selbst Danas wiederholte Einladungen ins Kaffeehaus schlug sie aus. Ihr war weder nach Gesellschaft noch nach Genuss zumute.
Am nächsten Tag spotteten die Kritiker in den Zeitungen über diesen jetzt schon legendären Abend: »Es war eine öffentliche Generalprobe, bestenfalls, Aufführung kann man so etwas doch wohl nicht nennen.«

Jo wünschte sich, sie könnte Ärger empfinden. Aber sie fühlte nichts, als sie diese Zeilen las.

Am Nachmittag hatte sie frei und machte einen Spaziergang im Volksgarten. Die Sonne wärmte ihre Wangen und sie ließ ihre Augen über die Blumenrabatten streifen. Stiefmütterchen in Weiß, Gelb und Lila erstreckten sich in langen Reihen wie eine kleine Armee. Auf ihrer Stammbank neben dem Strauch mit den Tränenden Herzen ließ sie sich nieder und lauschte auf das Summen der Bienen und das Plätschern des Brunnens. Doch in diese friedlichen Klänge mischte sich plötzlich ein hektisches Rascheln und Piepen – die jammervollen Laute hörten sich fast wie die Schreie eines Säuglings an. Jo war sofort alarmiert und forschte nach der Ursache. Sie entdeckte eine Bewegung unter der Hortensie mit den lila Blüten. Ein Tier schien dort Futter zu suchen. Seine Rufe klangen verzweifelt. Jo kniete sich vor den Strauch und senkte ihren Kopf zum Boden. Sie schaute auf eine feuchte schwarze Nase, zwei funkelnde Äuglein und einen stacheligen braun-weißen Körper: Es war ein kleiner Igel. Er wuselte zwischen den Zweigen umher, schnüffelte fiepsend am Boden – er wirkte konfus und verlassen. Er war noch ein Säugling. Von dem Muttertier war weit und breit keine Spur. Jo blieb einige Minuten dort hocken und beobachtete das hilflose Tier. Behutsam streckte sie ihre Hand nach ihm aus und es ließ sich ohne Gegenwehr von ihr aufnehmen. Das Igelchen war gerade mal so groß wie ihr Handteller. Es wog kaum mehr als eine Feder. Wahrscheinlich war das Kleine bereits halb verhungert. Es kugelte sich in ihrer Hand zusammen und streckte ihr seine zwei Vorderpfötchen entgegen. Sie legte die andere Hand schützend über das Tierchen. Seine feuchte Nase schnüffelte an ihren Fingern und seine raue Zunge leckte daran. Seine Stacheln fühlten sich unerwartet weich an. Sie trug den Igel nach Hause.

In der Wohnung bettete sie den Winzling in einen Pappkarton und bereitete ihm ein Lager aus zerrissenen

Zeitungsschnipseln – die hämische Kritik zu »Margarethe« war auch dabei –, unter die sich der Igel verkroch wie unter einem Laubhaufen. Sie stellte ihm eine Schale frisches Wasser hin, die der Knirps gierig schlürfte. Was ein kleiner Igel wohl fraß? Auf Wangerooge gab es eine Nachbarin, die im Winter öfters hilfsbedürftige Igel bei sich aufnahm. Als Kind hatte sie die Igelfrau manchmal besucht. Jetzt fiel es ihr wieder ein: Katzenfutter und Eigelb war die richtige Kraftnahrung. Jo eilte los und besorgte diese Kost.

Die halbe Nacht saß sie im Lehnsessel, fütterte und wärmte das Igelchen. Es schnaufte und schmatzte zufrieden.

Auch in den nächsten Tagen und Wochen kümmerte sie sich um ihren Findel-Igel, der bald an Gewicht zulegte und ihr auf Schritt und Tritt in der Wohnung hinterherlief. Wenn sie auf dem Klavier sanft Beethovens Sonaten spielte, rollte er sich auf seinem Blätterbett ein, schnupperte mit seiner Nase im Takt und stieß hin und wieder melodische Pfiffe aus.

»Du scheinst mir ein musikalischer Igel zu sein«, murmelte sie. »Mein kleiner Ludwig.«

Ihre Finger tanzten über die Tasten und endlich lächelte sie wieder.

Kapitel 38:
An Silvester stiehlt der Jazz den Wienern ihre Klassik

Wien, 31. Dezember 1927

»Ich werde heute Abend nicht dirigieren«, verkündete Robert Heger und verschränkte seine Arme demonstrativ vor der Brust. »Gleichgültig, wie populär diese Jazz-Oper anderswo gewesen ist, ich verbrenne mir nicht meine Finger daran.«

»›Jonny spielt auf‹ war in Leipzig und auch in anderen deutschen Städten in diesem Jahr ein sensationeller Kassenerfolg«, betonte der Direktor. »Und unser Wiener Publikum wird uns den Schritt in die Moderne sicher danken.«

Jo wunderte sich über diese Worte von Schalk, der ihr vor einigen Tagen bei der Probe zugeraunt hatte, dass er diese Tanzlokalmusik mit den unsäglichen Einflüssen aus den Südstaaten Amerikas zum Ohrenverstopfen finde. Aber der Direktor hatte wohl mehr die Bilanzen seines Opernhauses im Blick als seine eigenen Geschmacksnerven und deshalb das Erfolgsstück von Ernst Krenek auf den Spielplan gesetzt.

»Haben Sie schon diese Flugblätter der NSDAP gesehen?«, echauffierte sich Heger und schob ein bedrucktes Blatt über den Schreibtisch.

Mit Abscheu betrachtete Jo die fetten Hakenkreuze auf dem Briefkopf, die die Worte »Wiener und Wienerinnen!« einrahmten.

»Ach, das ist pure Stimmungsmache dieser pöbelnden Partei, die suchen doch ständig ein Thema, auf das sie sich stürzen können«, wehrte Schalk ab.

Heger nahm das Flugblatt in die Hand und las daraus vor. »Hier steht: ›Unsere Staatsoper, die erste Kunst- und Bildungsstätte der Welt, der Stolz aller Wiener …‹«

»So weit, so gut«, brummte Schalk.

»… ist einer frechen jüdischen Besudelung zum Opfer gefallen. Das Schandwerk eines tschechischen Halbjuden, ›Jonny spielt auf‹, in welchem Gott und Heimat, Moral und Kultur brutal zertreten werden sollen, wurde der Staatsoper aufgezwungen.‹«

»So ein Unsinn!«, knurrte der Direktor.

»In diesem Stil geht es noch weiter. Dann wird zu einer Protestkundgebung am nächsten Freitag aufgerufen, Juden haben keinen Zutritt, ›in welcher über die Wahrheit der jüdischen Verseuchung unseres Kulturlebens und über die der Staatsoper angetane Schmach gesprochen werden soll‹.«

»Ich lasse mir von diesen Stammtischschreiern nicht das Programm meines Hauses vorschreiben oder schlechtreden«, beharrte Schalk.

»Ich finde auch, dass man den Rufen dieser Radikalen nicht zu viel Gewicht beimessen sollte«, schaltete sich Jo ein. »Selbst wenn die Nationalsozialisten sich lautstark äußern und so tun, als würden sie für eine breite Mehrheit sprechen.«

»Dieses ganze Geschrei über die ›Verseuchung der Kultur‹ durch die Juden ist nicht neu«, wusste Schalk. »Schließlich spielen wir auch Stücke von Mahler und vielen anderen jüdischen Komponisten.«

»Es würde mich nicht wundern, wenn die NSDAP heute Abend Unruhestifter in den Saal einschleust«, warnte Heger.

»Das wäre jedenfalls kein Novum. Buhrufe bringen unsere Philharmoniker nicht aus der Ruhe«, wiegelte Schalk ab.

»Wenn der Herr Kollege Heger solche Bedenken hat, bin ich gerne bereit, die heutige Vorstellung zu dirigieren«, bot Jo an und setzte sich kerzengerade auf. »Schließlich habe ich bei allen Proben assistiert und kenne die Partitur genau.«

Schalk nickte ihr wohlwollend zu. »Nun, Herr Kapellmeister Heger, es ist Ihre Entscheidung. Von mir aus übergebe ich die Leitung für unsere Silvesterpremiere unserem geschätzten Maestro Osterkamp.«

Jo beobachtete, wie das linke Auge von Heger zuckte. Er wollte sich aus der Verantwortung herauswinden, aber gleichzeitig schmeckte es ihm gar nicht, auf das Prestige einer Premiere zu verzichten.

»Also, ganz so gewichtig sind meine Bedenken nicht«, ruderte Heger zurück. »Natürlich werde ich die Vorstellung heute Abend dirigieren. Nach dem Debakel von ›Margarethe‹ vor einigen Monaten will ich unseren unerfahrenen Assistenten nicht wieder dem Spott der Presse aussetzen.«

Jo warf Heger einen überraschten Seitenblick zu. Einen solchen Schlag unter die Gürtellinie hätte sie Heger nicht zugetraut. Seine Häme schien auch dem Direktor zu missfallen, jedenfalls zog er seine Augenbrauen zusammen.

»Nun ja, es gibt nur einen Fjodor Schaljapin und sein Klatsch-Kommando bleibt sicherlich einmalig«, meinte Schalk begütigend. Damit war die Besprechung beendet und Heger ging mit einem fragwürdigen Sieg davon.

Um 19:30 Uhr hob sich der Vorhang für den heiß erwarteten Silvesterabend. Jo saß wie gewohnt in der Proszeniumsloge, natürlich war der Direktor anwesend, dem Anlass angemessen in feinem Zwirn und mit Fliege. Auch Jo hatte sich ihren besten Anzug angezogen. Als ihr Blick durch das Auditorium streifte, funkelten aus jeder Loge die Juwelen und Diamanten der feinen Damen. Dirigent Heger und die Philharmoniker trugen selbstverständlich Frack.

Im Raum lag eine aufgeladene Spannung wie vor einem Gewitter. Sie würde sich in Begeisterung oder in Schmähung entladen. Das Stück nahm seinen Lauf. Der Bariton Alfred Jerger gab den Titelhelden Jonny mit schwarz geschminktem Gesicht. Seine Figur war ein amerikanischer Jazzband-Kapellmeister, der einem europäischen Virtuosen die Geige stahl – was symbolhaft den Machtkampf um die Musikweltherrschaft zwischen Amerika und Europa darstellen sollte. Aber noch hatte der Jazz die klassische Musik nicht verdrängt – in Wien schon gar nicht. Der Regisseur Wallenstein bombardierte das Publikum mit allem, was die moderne Zeit aufzubieten hatte: Ein Eisenbahnzug aus Lichtern ratterte vorbei, sogar ein echtes Auto fuhr auf die Bühne, ein Radioapparat spielte und es wurde telefoniert. Und damit die Zuschauer sich wirklich angesichts dieser Technikflut die Augen rieben, blendete ein riesiger Scheinwerfer ihre staunenden Gesichter. Musikalisch waren die Anleihen an den Jazz nur oberflächlich. Es war eher lockere Tanzmusik und der Komponist hatte sich genüsslich aus Melodien der Opernliteratur bedient.

Jo erkannte eine Notenfolge aus der selten gespielten Oper »Ariadne und Blaubart« von Paul Dukas wieder. Und als in der Arie von Jonny »Jetzt ist die Geige mein« unverkennbar »Wie eiskalt ist dies Händchen«, die Melodie aus Puccinis »La Bohème«, erklang, brach das Publikum in Begeisterung aus. Die Menschen liebten offenbar, was sie wiedererkannten, dachte Jo.

In der Pause ging Jo ins Schwindfoyer, um sich einen Gespritzten an der Bar zu holen.

Beim Anstehen hörte sie eine näselnde Männerstimme hinter sich sagen: »Unerhört, was man sich heutzutage bieten lassen muss. Ein Schwarzer auf der Bühne!«

Jo drehte sich zu dem Sprecher um – ein hagerer Herr mit einer sehr schmalen Nase – und fragte herausfordernd: »Waren Sie schon mal in ›Otello‹?«

Einige der Umstehenden murmelten zustimmend, der Schmäher allerdings zog einzig seine Nase hoch.

»Well said«, mischte sich eine kesse Stimme ein, und Dorothy Tiffany Burlingham tauchte aus dem Gedränge auf, an ihrer Hand hielt sie Anna Freud. Die beiden luden Jo in die Loge von Genia Schwarzwald ein.

Genia begrüßte Jo herzlich. Sie trug eines ihrer weiten Kittelkleider ohne Korsett, war aber zum feierlichen Anlass mit einer silbrigen Schärpe und allerlei Broschen sowie Anhängern geschmückt und erinnerte Jo an einen Weihnachtsbaum.

»Wie gefällt Ihnen das Stück?«, wollte Jo wissen.

»Die Musik von Krenek hat nicht die Quirligkeit von Mozart und nicht die Sogkraft von Wagner«, befand Genia.

»Mir hat das rhythmische Flüstern der Sänger gefallen und die jazzigen Posaunen«, sagte Anna.

»Und einige Melodien to sing along gibt es.« Dorothy lachte.

»Ja, Krenek hat hier und da von Puccini abgekupfert«, stimmte Jo zu.

»Aber Jazz ist es nicht«, fand Dorothy. »In New Orleans spielen sie ganz anders.«

»Es ist eher Swing«, meinte Jo.

»Wo wir gerade von Amerika sprechen – wie geht es eigentlich Eduardo Breuer in New York? Und was macht die kleine Leonore?«, fragte Genia an Jo gerichtet.

»Der Familie Breuer geht es gut. Eduardo bekommt gute Kritiken«, murmelte Jo, und Genia sah sie mit erwartungsvoll gehobenen Augenbrauen an. »Jedenfalls habe ich zufällig einige Reviews zu seinen Konzerten in der New York Times gelesen.«

Jo verschwieg, dass sie sich diese Zeitung jeden Samstag am Bahnhof kaufte und den Kulturteil nach Eduardos Namen absuchte. Außerdem las sie die Zeitung, um besser Englisch zu lernen. Sie wollte auch nach New York, das stand fest.

»Das wundert mich nicht, keiner dirigiert so feurig wie unser Eduardo Breuer«, sagte Genia und nickte zufrieden. »Und das Putzerl? Sie wird doch bald schon ein Jahr alt, nicht wahr?«

»Sie scheint sich gut zu entwickeln«, antwortete Jo gepresst und hoffte, dass gleich der Pausengong das Ende dieser Befragung einläuten würde. Der Gedanke an die Fotografie von Leonore, die Eduardo ihr zu Weihnachten geschickt hatte, schnürte ihr die Kehle zu. Mit zitternden Händen nahm sie einen Schluck von ihrer Weißweinschorle. Die Fotografie zeigte Leonore in Windeln und Unterhemd mit niedlich speckigen Ärmchen, wie sie in Richtung der Kamera krabbelte. Das wunderschöne Gesicht strahlte von einem Lachen, das Mündchen formte ein O und die Zungenspitze lugte keck im Mundwinkel hervor. Im Unterkiefer blitzten zwei kleine Zähnchen. Ihre Augen waren groß und hell – das Bild war in Schwarz-Weiß, sodass Jo nicht erkennen konnte, ob Leonore die blauen Augen von Eduardo oder ihre grünen geerbt hatte. Bald würde sie ihre ersten Wörter formen und ihre ersten Schritte tun, ohne ihre Mutter zu vermissen. Das war auch gut so, ermahnte sich Jo. Sie war glücklich, dass Leonore gesund und dass Eduardo ihr ein liebevoller Vater war. Ob die Kleine wohl »Mama« zu Amanda sagen würde?

»... schon mal in Italien gewesen?«, klang die Stimme von Dorothy an ihr Ohr.

»Ich? Nein.«

»Anna und ich haben im Sommer eine Rundfahrt in meinem Ford an den See in Oberitalien gemacht. Der Gardasee ist herrlich, wenn auch schrecklich kalt zum Baden. Das liegt am Schmelzwasser aus dem Gebirge.«

Jo nickte höflich. So freundlich die Frauen auch zu ihr waren, in ihrer Männerrolle fühlte sie sich wie ein Fremdkörper unter ihnen. Deshalb lehnte sie auch Genias Einladung in ihren Salon für die anschließende Silvesterfeier ab.

Der zweite Teil der Vorstellung rauschte an ihr vorbei. Als der Vorhang endlich fiel, zeigte das Wiener Publikum sich begeistert, einige Buhrufe gingen im Jubel unter.

Den Jahreswechsel erlebte Johanna alleine. Ihren niedlichen Mitbewohner, das Igelkind Ludwig, hatte sie im Spätsommer im Volksgarten in die Freiheit entlassen. Dank ihrer Pflege war er ein kräftiges Bürschchen geworden und war im Freien sofort mit seinen kurzen Beinchen unter den Sträuchern umhergekrabbelt und hatte sich Futter gesucht. Ihr war der Abschied schwergefallen. Fürsorglich stellte sie ihrem Igel regelmäßig eine Schale mit Futter unter die Hortensie, wo sie ihn als verlassenes Jungtier gefunden hatte. Zu ihrer Freude tauchte Ludwig regelmäßig dort auf und sie konnte sehen, dass es dem Igel gut ging. Inzwischen lag er wohl im Winterschlaf.

Als Glockengeläut und Feuerwerk das neue Jahr 1928 begrüßten, stand sie am Fenster ihres Schlafzimmers und blickte auf den Mond, der halb hinter Wolken verborgen lag. Es war etwas Tröstliches daran, dass derselbe Mond auch über Manhattan für Leonore und Eduardo leuchtete.

Kapitel 39:
Lebensschule im Sturm
Wien, 21. Januar 1928

Johanna saß an diesem Abend im grünen Ohrensessel beim Kamin mit einer Partitur auf dem Schoß und einem gespitzten Bleistift in der Hand, summte die Melodiestimme und machte sich Notizen.

Plötzlich klopfte es an der Wohnungstür, erst zaghaft, dann drei Mal mit hämmernder Dringlichkeit. Sie sprang auf und öffnete. Vor ihr stand Dana mit tränenüberströmtem Gesicht.

»Was ist denn passiert?«, fragte Johanna besorgt und zog ihre Freundin herein.

»Frau Götzel hat mir eben gekündigt und mich aus dem Haus ge-ge-geworfen«, schluchzte Dana, und Johanna nahm sie in den Arm.

»Aber warum bloß?«

»Sie meinte, ich würde – würde – mich un-unsittlich betragen – ihren Mann ver-ver-führen«, brachte sie stockend hervor.

»Was für ein Unsinn! Wie kommt sie denn darauf?«, rief Johanna empört. Sie dirigierte Dana in die Wohnstube auf die

Couch, setzte sich neben sie und strich ihr beruhigend über den Rücken.

»Jetzt erzähl mir einmal alles in Ruhe.«

Dana schnäuzte sich und holte tief Luft. »Ich war mit Friedl und Constanze im Kinderzimmer. Das Ehepaar Götzel ist heute zu einer Abendgesellschaft eingeladen und ich sollte den Kindern Abendbrot machen und sie zu Bett bringen. Frau Götzel war in ihrem Boudoir, um sich anzukleiden und zurechtzumachen. Herr Götzel kam in seinem feinen Abendzwirn ins Kinderzimmer und Constanze hat ihm ihre Schulaufgaben gezeigt. Friedl hatte sich aus Stühlen und einer großen Decke und Kissen ein Zelt gebaut. Das wollte er seinem Vater vorführen. ›Komm auch ins Zelt, Dana‹, hat Friedl von drinnen gerufen. Also bin ich auf Hände und Knie gegangen, um zu ihm hineinzukrabbeln. Da habe ich plötzlich einen Klaps auf meinem Po gespürt. Ich war schon halb unter der Zeltdecke, habe mich umgeschaut, weil ich nicht sicher war, wer das war. Da stand der feine Herr über mir und hat mich angegrinst und dann noch mal mit seiner Hand meinen Po getätschelt und gesagt: ›Immer brav hinein, Haserl.‹«

»Was für eine Unverschämtheit!«, stieß Johanna hervor.

»Ich bin dann schnell ganz ins Zelt gekrochen und habe meinen Po in Sicherheit gebracht. Friedl hat drinnen nichts mitbekommen und wollte mit mir spielen. Im nächsten Moment habe ich die Stimme meiner Dienstherrin gehört und sofort gedacht: Hoffentlich hat sie nichts gesehen. Mit gellender Stimme hat sie die Kinder zum Händewaschen ins Bad geschickt. Ich bin hinter Friedl aus dem Zelt gekrochen und wusste gar nicht, wo ich hinschauen sollte. Herr Götzel ist mit seinen Kindern hinausgegangen und Frau Götzel stand in ihrer glitzernden Abendrobe vor mir und hat mich angeschaut wie ein verdorbenes Stück Fleisch. Da wusste ich: Sie hatte es gesehen.«

»Aber das war alleine die Schuld von ihrem Mann! Du bist doch das Opfer«, schimpfte Johanna.

Dana nickte unsicher. »Frau Götzel hat dann mit ihrer feinen Stimme gesagt, sie wolle mich sprechen, und hat mich in ihr Boudoir geführt. Ich dachte, jetzt würde sie sich für das schlechte Betragen ihres Gatten entschuldigen, aber nichts da! Stattdessen hat sie gesagt: ›Ich bin sehr enttäuscht von Ihnen, Dana. Solche Koketterie kann ich in meinem Haus nicht dulden. Ich kann Sie nicht weiter beschäftigen. Morgen erhalten Sie die Kündigung noch schriftlich.‹ Ich habe sofort meinen Mantel genommen und bin gegangen.«

»Du hast dir nichts vorzuwerfen«, versicherte Johanna mit Nachdruck. »Diese Leute haben Geld, aber keine Moral. Sei froh, dass du nicht mehr für sie arbeiten musst.«

»Aber die Kinder … Was werden sie denken, wenn ich morgen nicht wiederkomme?«, flüsterte Dana. »Ich werde sie arg vermissen – vor allem Friedl, er ist noch so klein und anhänglich.«

»Die Kinder werden dich bestimmt ebenfalls vermissen, so lieb wie du immer zu ihnen warst. Aber ihre ehrlosen Eltern haben es für sie verdorben. Jetzt muss ich dir etwas über Herrn Götzel erzählen. Er war auch zu mir zudringlich. Das scheint bei ihm eine Gewohnheit zu sein.«

Dana blickte sie erstaunt an und Johanna berichtete ihr von dessen Zudringlichkeit im Aufzug an jenem Tag des Bienenstichs, als sie im Haus der Familie ohnmächtig geworden war.

»Oh«, hauchte Dana. »Das hättest du mir seinerzeit wirklich sagen können. Irgendwie bin ich auch schuld. Du warst so hilflos und ich hätte dich selbst heimbringen müssen.«

»Nein, das war nicht deine Schuld«, rief Johanna. »Dieser Mann ist der einzig Verantwortliche! Wie er uns ›Bienchen‹ und ›Haserl‹ nennt – er hat keinen Respekt vor Frauen und bildet sich ein, er könnte einfach zugreifen, wenn er eine Frau reizvoll findet.«

Sie sprachen noch eine Weile darüber und schließlich ging Dana mit getrockneten Tränen nach Hause.

Am nächsten Abend klopfte sie wieder an Jos Tür.

»Schau dir das bloß an – die Kündigung vom gnädigen Herrn und meine halbe Lohntüte«, rief Dana, als sie hereinfegte. Johanna sah sie lieber wütend als traurig.

»Wegen der fristlosen Kündigung zahlen sie mir nur den Lohn bis gestern. Zehn Tage haben sie mir vom Januar abgezogen. Dabei habe ich noch zwanzig Urlaubstage für dieses Jahr«, schnaubte sie.

»Das ist wohl der Gipfel der Unverschämtheit«, echauffierte sich auch Johanna. »Sie sollten dir nicht nur deinen vollen Lohn zahlen, sondern zusätzlich eine Entschädigung, damit du den feinen Herrn nicht wegen Belästigung anzeigst.«

Dana ließ sich in der Wohnstube auf die Couch fallen und drehte an den Enden ihrer Zöpfe, während Johanna das Kündigungsschreiben las.

»Du solltest zu einem Advokaten gehen und den restlichen Lohn nachfordern«, sagte Johanna.

»Ach, da kostet mich der Advokat fast genauso viel wie der Lohn, den ich verlangen kann.«

»Dann setze ich ein Schreiben für dich auf«, entschied Johanna. »Ich weiß, wie man so etwas formuliert. Meine Mitbewohnerin in Berlin hatte auch solche Lohnstreitigkeiten. Und ich unterschreibe den Brief ganz förmlich mit *Magister* Osterkamp. Dann denken die Götzels, der Brief käme von einem Advokaten.«

»Ist das nicht verboten, mit einem falschen Titel zu unterschreiben?«

»Aber ich habe doch einen Magister! In Musik. Aber das kann man ja weglassen.«

Dana schmunzelte und nickte.

»Wir können es versuchen.«

Sie gingen in die Küche und aßen zusammen Abendbrot.

»Hast du schon überlegt, was für eine neue Stelle du suchen willst? Wieder als Kindermädchen? Oder etwas als Schneiderin?«, wollte Johanna wissen.

»Ich weiß nicht. Am Samstag kaufe ich eine Zeitung mit Stellenanzeigen. Als Schneiderin würde ich wahrscheinlich schnell eine neue Arbeit finden. Eigentlich kümmere ich mich lieber um Kinder. Aber ohne Referenz von den Götzels wird das schwierig.« Dana rührte niedergeschlagen in ihrem Kakao.

»Ich habe eine Idee.« Johanna verschluckte sich vor Eifer fast an ihrem Kräutertee. »Wir gehen zu Genia Schwarzwald. Vielleicht hat sie einen Posten für dich an ihrer Schule. Du hast mir doch schon oft erzählt, wie du Constanze bei ihren Handarbeiten für das Textile Gestalten geholfen hast. Vielleicht kannst du dort als Lehrerin arbeiten. Dann kannst du mit Kindern zusammen sein und gleichzeitig auch nähen.«

»Das ist eine tolle Idee«, rief Dana und klatschte begeistert in die Hände.

Johanna rief am nächsten Tag bei Genia Schwarzwald an und erzählte ihr von ihrer Freundin mit Textil- und Erziehungserfahrung, die eine neue Stelle suchte. Genia war wie immer bereit, eine hilfsbedürftige junge Frau unter ihre Fittiche zu nehmen, und lud sie beide zu einem Schulbesuch am nächsten Montag ein.

In der Nacht davor heulte der Nordwind um das Haus und rüttelte an den Fenstern wie ein zorniger Troll. Das mürbe Holz der Fensterrahmen ächzte und flüsterte. Jo lauschte in die Dunkelheit, die von geheimnisvollen Stimmen erfüllt zu sein schien. Sie kannte die Stimme des Sturmes von Wangerooge, wo sie als Kind in ihrem Einzelbett so manche Nacht auf die

Huftritte des sagenhaften Schimmelreiters gehorcht hatte. Welche Gespenster wohl in Wien ihr Unwesen trieben? Sie wusste es nicht. Wien war nicht ihre Heimat. Der Sturm peitschte die Äste der Kastanie im Hinterhof in monotonem Rhythmus gegen die Hauswand und der Wind pfiff eisig durch die Ritzen. Sie wünschte, sie könnte sich jetzt an den warmen Körper von Eduardo schmiegen. Oder wenigstens von Bett zu Bett warme Worte mit Dana tauschen – wie in ihrer kurzen Zweisamkeit in der Karlsgasse. Warum hatte sie eigentlich die Einsamkeit gewählt, wo sie doch gar nicht dafür geschaffen war?

Als Jo und Dana am nächsten Morgen dick eingepackt über den Kohlmarkt stapften, schien die Stadt wie in Watte gepackt – das übliche Rattern von Rädern über Asphalt und Kopfsteinpflaster war zu einem geheimnisvollen Knirschen und Knistern gedämpft. Selbst das Bimmeln der Straßenbahn, das sonst zur geschäftigen Geräuschkulisse von Wien gehörte, war an diesem Morgen verstummt – die Gleise waren vereist und die rot-weißen Waggons standen still und leer wie im Winterschlaf. Die kleine Armee von Straßenfegern kam mit ihren Besen und Karren gar nicht hinterher, sodass die meisten Straßen immer noch von einer dicken weißen Schicht überdeckt waren. Dunkelblaue Reifenspuren der Autos und Fiaker durchbrachen die Schneedecke und Fußspuren der wenigen Menschen, die sich in diese unwirtliche Kälte hinausgewagt hatten.

Jo war froh, dass sie über ihren langen Unterhosen noch eine Nadelstreifenhose aus fein gewebter Schurwolle und eine imposante Pelzmütze auf dem Kopf trug, die sie in Eduardos Schrank gefunden hatte und die im Innern wunderbar nach seinem Haar duftete. Die Mütze wärmte ihre Stirn und ihre Ohren. Sie kam sich vor wie ein Goldsucher in Alaska, es fehlten nur noch die Schlittenhunde. Ihre Hände steckten in einem Pelzmuff und sie sprang geradezu ausgelassen über die Schneeverwehungen, die sich an allen Ecken auftürmten.

Dana hingegen bibberte sichtlich in ihrem Rock, Filzmantel und Fäustlingen.

Als sie an den Fenstern des Café Herrenhof vorbeigingen, blickte Dana sehnsüchtig auf die dampfenden Mokkatassen der Frühstücksgäste an den Tischen. Sie schlugen den Weg zur Rückseite des Gebäudes ein und kamen auf den Pausenhof der Schwarzwaldschule. Wie zur Begrüßung lugte in diesem Moment die Sonne scheu hinter den Wolken hervor. Die Schulglocke hatte gerade zur großen Pause um 10 Uhr geläutet. Der Innenhof wurde geflutet von jungen Mädchen in Mänteln und Wollmützen, die sich lachend und plaudernd in Grüppchen zusammenfanden und in ihre Brote bissen, Schneebälle warfen und sich von der klirrenden Kälte nicht im Geringsten die gute Laune verderben ließen.

»Dana, was machst du denn hier?«, rief eine helle Stimme, als sie gerade die breiten Stufen zum Hauptfoyer hinaufstiegen. Constanze stand in einem grauen Mantel und einer Mütze mit Wollzöpfen und Bommeln vor ihnen. Ihre langen Beine in weißen Wollstrümpfen in roten Stiefeletten ließen sie ein bisschen wie einen Storch aussehen.

Das Mädchen war seit dem vorletzten Mai in die Höhe geschossen und reichte Dana nun bis an die Schulter. Jo trat in ihrem Herrenaufzug einen Schritt beiseite und hoffte, Constanze werde den jungen Mann in der Pelzmütze nicht allzu genau betrachten und Ähnlichkeiten mit Danas Freundin feststellen, die sie am Tag des Bienenstichs im Stadtpark kennengelernt hatte.

»Ich besuche eure Direktorin«, sagte Dana.

»Warum willst du nicht mehr unser Kindermädchen sein?«, fragte das Mädchen herausfordernd. Ihre ganze Aufmerksamkeit war auf Dana gerichtet.

Diese warf Jo nun einen unbehaglichen Blick zu.

»Ich habe dich und Friedl wirklich lieb und war gerne euer Kindermädchen. Aber eure Eltern wollen nun jemand anderen einstellen.«

»Aber warum?«, beharrte Constanze, und ihre kornblumenblauen Augen schauten Dana forschend ins Gesicht.

»Das musst du deine Mutter fragen«, antwortete Dana.

Constanze zog einen Flunsch. Sie wusste offenbar, dass die Erwachsenen ihr etwas verheimlichten und sie nicht dahinterkommen würde.

Dana strich ihr zum Abschied über den Kopf und sie traten ins Foyer ein. Hier gab es keinerlei Prunk, alles war schlicht und funktional. Vom Kronleuchter hingen an Kordeln Hunderte von bunten Papierschnitten mit Wintermotiven wie Schneemann, Tannenbaum, Schlitten und Eisstern, die in der Zugluft sachte tanzten.

Jo lächelte. Hier schwebten Kreativität und Lebendigkeit anstelle von starrem Zierrat.

Im ersten Stock kamen sie auf dem Weg zum Büro der Schulleiterin an einigen Klassenräumen vorbei. Die hellblau lackierten Holztüren standen offen und es roch nach Kreide und muffigen Schwämmen. Jo fühlte sich sofort an ihre eigene Schulzeit erinnert. Sie klopfte an die Tür von Frau Dr. Eugenie Schwarzwald.

Aus ihrem Büro klang eine Männerstimme, dann näherten sich dumpfe Schritte der Tür.

»Grüß Gott, meine Lieben«, sagte Genia Schwarzwald und reichte Jo und Dana die Hand. »Ich hoffe, Sie sind in dem Schneegestöber da draußen nicht zu Eiszapfen geworden.«

»Grüß Gott, Genia. Das ist meine Freundin Dana Babadova, von der ich Ihnen erzählt habe«, stellte Jo Dana vor.

Genia lächelte kurz, doch ihr Gesicht verriet Anspannung. »Sie müssen entschuldigen, aber ich habe unerwartet Besuch bekommen«, sagte sie, trat einen Schritt zurück und machte eine einladende Handbewegung in ihr Büro.

»Das ist Herr Ministerialrat Lampl vom Bundesministerium für Unterricht, der heute Vormittag meine Schule inspizieren will«, stellte die Direktorin den knochigen Mann vor, der sich vom Besucherstuhl vor dem Schreibtisch erhoben hatte und mit vorgewölbter Brust wie ein Gockel auf sie zuschritt. Seine Haut spannte über dem Gesicht und sein langes Kinn sowie die herabgezogenen Mundwinkel verliehen ihm den Ausdruck eines Miesepeters. Er trug eine runde Nickelbrille, die er ständig auf seiner Himmelfahrtsnase hochschob, sodass die Gläser von seinen Fingerabdrücken ganz verschmiert waren.

»Das ist Johann Osterkamp, Dirigent am Opernthreater. Vielleicht hatten Sie schon das Vergnügen, ihn am Pult zu erleben. Seine Begleiterin ist Fräulein Babadova, eine Erzieherin«, stellte Genia sie einander vor.

»Habe d' Ehre«, sagte der Ministerialrat näselnd und reichte erst Dana und dann Jo seine Spinnenfinger.

»Der Herr Ministerialrat arbeitet zurzeit an den neuen Lehrplänen, die ab 1928 gelten sollen, und prüft, ob wir mit unserem pädagogischen Konzept damit konform gehen«, erklärte Genia, und Jo meinte, einen sarkastischen Unterton herauszuhören.

»Zu viel der Ehre, gnädigste Frau Schwarzwald. Aber in der Tat bin ich dafür zuständig, dass sämtliche Schulen in unserer Republik dem hohen Standard der Lehre genügen, um die bestmögliche Bildung unserer heranwachsenden Eliten von morgen zu gewährleisten. Wobei ein Mädchenlyzeum selbstverständlich nicht darauf ausgerichtet ist, akademische Karrieren vorzubereiten«, dozierte Herr Lampl und hob seinen langen Zeigefinger wie einen Lehrerstock. Genia runzelte ihre Stirn.

»Verehrter Herr Ministerialrat, ich denke, wir sind uns einig, dass die Bildung der Mädchen in meinem Lyzeum dem gleichen Anspruch und Lehrplan folgt wie ein Gymnasium für Jungen. Schließlich ermöglicht die Schwarzwaldschule schon seit sechzehn Jahren begabten Mädchen den Erwerb der Matura.«

Der Ministerialrat blinzelte und schob sich energisch seine Brille hoch. »Das wird mein Ministerium nun im Zuge der Lehrplanreform unter die Lupe nehmen müssen«, erwiderte er mit gespitzten Lippen. »Schlussendlich geht es im Prinzip darum, die Matura nicht inflationär zu vergeben. Wenn die Mädchen auf Ihrem Lyzeum die Matura für Singen, Tanzen und Basteln bekommen und andererseits die Jungen auf dem Gymnasium ihre Prüfungen in Altgriechisch, Latein, Mathematik und Physik ablegen müssen ... – Sie werden zugeben müssen, Gnädigste, dabei entsteht ergo ein geradezu unerträgliches Ungleichgewicht.«

Der Nörgler holte ein zerknittertes Baumwolltaschentuch aus seinem Ärmel und schnäuzte sich lautstark die Nase.

Genia presste zornig ihre Lippen zusammen und Jo fing ihren Blick aus den dunklen Augen auf, die wie Kohlen zu brennen schienen.

»Frau *Doktor* Schwarzwald«, sprang sie ihrer Freundin bei – sie wusste, dass die österreichischen Behörden sich hartnäckig weigerten, Genias Doktortitel aus der Schweiz anzuerkennen. »Erst kürzlich hat mir Frau Baronin Maria Jeritza von der exzellenten Qualität des Unterrichts an diesem Lyzeum berichtet«, und zum Ministerialrat gewandt, »auch hatte ich kürzlich das Vergnügen, im Salon von Frau Doktor eine Absolventin der Schwarzwaldschule kennenzulernen: Frau Doktor Emilie Wellesz, die – wie Sie sicher wissen, mein Herr – inzwischen eine anerkannte Kunsthistorikerin ist.«

Der Ministerialrat machte eine angedeutete Verbeugung vor der »Frau Doktor«. Nachdem Jo den kleinkarierten Beamten derartig mit Rang und Titeln bombardiert hatte, beugte er sich notgedrungen vor Respekt.

Genia zwinkerte Jo dankbar zu. »Ich schlage vor, ich geleite Sie nun alle durch die Schule«, sagte Genia mit beherrschter Höflichkeit. »Dabei werde ich Ihnen gerne erläutern, dass unsere Schülerinnen weit mehr lernen als Singen, Tanzen und Basteln.«

Genia führte die kleine Gruppe an. Inzwischen war die Pause vorüber und die Schülerinnen zurück in ihren Klassen. Durch die Glasfenster in den Türen konnten sie bei ihrem Rundgang in die Klassenzimmer blicken.

»Hier haben wir unsere jüngsten Schülerinnen in der fünften Klasse«, erläuterte die Direktorin. »Sie haben Mathematikunterricht. Wie Sie unschwer erkennen können, lernen die Mädchen gerade euklidische Geometrie: den Satz des Pythagoras.«

»In der Tat«, grummelte Herr Lampl, der seine Himmelfahrtsnase an die Türscheibe gedrückt hatte und die Kreidezeichnung eines rechtwinkligen Dreiecks mit den Quadraten an den Katheten und der Hypotenuse zur Illustration der Formel $a^2 + b^2 = c^2$ an der Tafel in Augenschein nahm. Eine Schülerin stand mit der Lehrerin an der Tafel und löste eben eine Aufgabe.

»Das ist eine ungewöhnliche Sitzordnung«, monierte der Ministerialrat. »Warum stehen die Tische nicht in Reihen mit Blick auf die Tafel, sondern in solchen Gruppen im Raum verteilt? Einige der Schülerinnen haben ihren Rücken zur Tafel. Wie sollen sie so alles mitbekommen?«

»Diese Sitzordnung beruht auf unserem pädagogischen Konzept, das die Schülerinnen zu gutem Sozialverhalten animiert, sie helfen sich gegenseitig und lernen voneinander«, erklärte Genia mit Überzeugung in der Stimme. »Außerdem wollen wir die hierarchische Ordnung von Lehrern und Schülern aufbrechen. Nach der Reformpädagogik von Maria Montessori, die wir hier anwenden, zählt nicht nur die reine Wissensvermittlung, sondern die Lehrerinnen sind die Freundinnen und Verbündeten der Schülerinnen. So können sie mit Vertrauen und Freude lernen – und ohne Angst, denn jegliche Art von körperlicher Züchtigung ist an meiner Schule verboten.«

»Ja, das kann ich bestätigen«, meldete sich nun Dana zu Wort. »Ich war bis vor Kurzem Erzieherin einer Schülerin, die hier in die siebte Klasse geht, und mir ist aufgefallen, wie gut sie lernt, weil sie keine Angst vor Tadelstrichen und Bestrafungen haben muss. Das Mädchen strengt sich an, um ein Lob von ihrer Lehrerin zu erhalten, die für sie wie eine Freundin ist.«

»Das ist die seltsamste Sache, die ich je gehört habe!«, rief der Ministerialrat und schob sich wieder die Brille dicht vor seine Maulwurfaugen. »Ein Lehrer muss Respektsperson sein und schlussendlich im Prinzip wie ein General, der seine Truppe in die Schlacht führt. Sonst gibt es Chaos. Blankes Chaos.« Lampl hob seinen langen Zeigefinger und seine Mundwinkel formten ein umgekehrtes U.

»Aber Sie sehen doch, wie besonnen diese Schülerinnen arbeiten«, hielt ihm Genia entgegen.

In diesem Moment gab die Lehrerin ihren Schülerinnen ein Zeichen. Sofort ging eine Bewegung durch die Klasse, einige kramten nach Heften und Stiften, andere standen vom Tisch auf und gingen in die hintere Ecke des Klassenzimmers, wo hinter einem offenen Bücherregal bunte Sitzsäcke lagen. Einige Mädchen holten sich Bücher und machten es sich in dem Kissenlagern bequem.

»Was machen sie denn jetzt? Wird da schlussendlich etwa geschlafen?«, empörte sich Herr Lampl, und sein Mund klappte auf und zu.

»Das ist eine Freiarbeitsphase. Jede Schülerin entscheidet frei, welche Aufgabe sie wo und wie löst«, erklärte Genia, was Lampl mit vehementem Kopfschütteln quittierte.

»Und diese Grünpflanzen – der Klassenraum sieht ergo im Prinzip eher wie ein Gewächshaus denn wie ein Schulzimmer aus«, bemängelte der Ministerialrat.

»Wir haben in allen Klassenzimmern Grünpflanzen. Studien haben erwiesen, dass eine solche natürliche Atmosphäre die Stimmung hebt und für das Lernen förderlich ist. Außerdem sind die Schülerinnen für die Pflege der Pflanzen zuständig, genauso wie für die Tiere in unserer kleinen Menagerie: Wir haben dort Fische, eine sehr alte und weise Schildkröte und zwei Meerschweinchen. Die Mädchen lernen dadurch, Verantwortung und Fürsorge für anderes Leben zu übernehmen. Das mag zwar nicht im Lernplan stehen, ist aber unbestreitbar eine wichtige soziale Kompetenz.«

»Oho, eine Menagerie? Es sollte mich ergo im Prinzip nicht wundern, dass Sie hier einen Kleinzoo führen«, stichelte der Ministerialrat und trat ans Fenster, um sich trompetend die Nase zu schnäuzen.

»Schade, dass wir keine Löwen in unserem *Kleinzoo* haben«, raunte Genia Jo ins Ohr. »Sonst hätte ich heute einen schönen Knochen für sie.«

Jo biss sich auf die Lippen, um nicht laut loszuprusten. Der Ministerialrat holte ein schwarzes Büchlein aus seiner Jacketttasche und machte sich einige Notizen.

Sie setzten den Rundgang fort und Genia zeigte ihnen weitere Klassenräume und den Werkraum mit einer Vielzahl von beeindruckenden Bildern und Plastiken der Schülerinnen. Im

Musikraum probten gerade einige Schülerinnen ein Menuett von Mozart auf Geigen.

Jo hätte ihnen gerne länger zugehört, aber Genia führte sie weiter in eine Turnhalle, in der eine Klasse einen Folkloretanz einstudierte – die Mädchen hatten bunte Tücher als Röcke und Schärpen angelegt und einen Kreis gebildet. Sie hielten ihre Arme und Hände abgewinkelt in die Höhe und drehten ihre Handgelenke im Takt der Musik.

Lampl nahm seine Brille ab und rieb sich die Augen, als befürchtete er eine Halluzination.

»Die Mädchen üben einen indischen Folkloretanz ein. Das ist Teil unserer Projektwoche, die sich mit der indischen Kultur befasst«, erläuterte Genia.

»Das sieht primitiv und unanständig aus«, empörte er sich. »Diese jungen Mädchen sollten im Prinzip besser Walzer und Foxtrott lernen, so wie es sich ergo für Debütantinnen gehört!«

»Diese Tänze können die Mädchen längst«, erwiderte Genia kühl. »Wir haben noch eine Sportanlage oben auf dem Flachdach des Nebengebäudes, wo die Schülerinnen bei besserem Wetter Tennis und andere Ballsportarten spielen.«

»Tennis ist auch so eine Modeerscheinung, völlig ungeeignet für Frauen«, proklamierte der Ministerialrat und erhob seine Himmelfahrtsnase noch einige Grade höher in die Luft. »Finden Sie nicht auch, Herr Dirigent?«

Er blickte Jo selbstzufrieden an und schien sich sicher zu sein, von seinem Geschlechtsgenossen Rückendeckung zu erhalten.

»Ganz und gar nicht«, widersprach Jo, und Lampl schnappte nach Luft. »Zu einem beweglichen Geist gehört auch ein beweglicher Körper, deshalb ist es doch passend, wenn Frauen Sport treiben.«

Die Direktorin beendete den Rundgang vor ihrem Büro und verabschiedete den Ministerialrat mit der Zusage, ihm den

Lehrplan und alle Nachweise über die Einhaltung der schulbehördlichen Vorschriften schriftlich zu überstellen.

»Das wird meine Behörde schlussendlich im Prinzip alles überprüfen müssen«, sagte der Ministerialrat und blinzelte durch seine fettigen Brillengläser.

»Das kann ich nur begrüßen. Andere Schulen können sich von unserem pädagogischen Konzept noch einiges abschauen.« Genia hob stolz ihr Kinn.

»Ergo servus«, summte Jo dem gockelnden Beamten zum Abschied leise hinterher.

Dana schmunzelte.

»Was für ein Korinthenkacker! Jetzt brauche ich erst einmal einen Hopfen-Baldrian-Tee zur Gemütsbesänftigung«, schnaubte Genia. »Und wir gönnen uns ein paar Leckerbissen von Demel«, fügte sie mit einem Augenzwinkern hinzu.

Sie ließen sich in einer behaglichen Sitzgruppe im Büro nieder und Genias Sekretärin versorgte sie mit Tee und Gebäck.

»Nun erzählen Sie mal ein bisserl von sich«, forderte Genia Dana mit einem aufmunternden Nicken auf.

Dana berichtete von ihrer Ausbildung zur Textil- und Modenäherin in Wien und ihren Aufgaben als Kindermädchen bei der Familie Götzel. Ihre Augen leuchteten, als sie von den Kindern sprach.

»Ja, Constanze ist wirklich eine aufgeweckte und talentierte Schülerin«, bestätigte Genia. »Aber warum wollen Sie nicht länger für die Familie Götzel tätig sein?«

Dana blickte tief in ihre Teetasse und Jo bemerkte, wie sich ihre Wangen vor Scham röteten.

»Die Arbeitsatmosphäre war nicht länger tragbar für Dana«, kam Jo ihrer Freundin zur Hilfe. »Was einzig und alleine am ungebührlichen Verhalten von Herrn Götzel lag. Auch wenn die Hausherrin diesen unverschämten Übergriff ihres Gatten sofort Dana in die Schuhe geschoben hat.«

Genias Gesicht wurde ernst und sie nickte. »Ja, solche Geschichten habe ich schon oft gehört. Diese Herren behaupten immer, die Frau habe ihn zu seinem Fehltritt verführt.«

»Also, es ist wirklich nichts Schlimmes passiert«, fügte Dana eilig hinzu. »Ich meine, ich war nicht im Bett ... Herr Götzel hat mich einmal kurz angefasst, wo es sich nicht gehört ...«

Dana war knallrot im Gesicht geworden.

»Sie müssen sich wirklich nicht schämen, Dana«, beruhigte Genia sie sanft. »Ich verstehe das vollkommen. Sie sind nach meinem Eindruck eine ehrliche und ehrbare junge Frau.«

Dana nickte erleichtert.

»Außerdem helfe ich auch Frauen, die durch ihr eigenes Tun in eine missliche Lage geraten sind. Menschen machen nun einmal Fehler.«

Jetzt merkte Jo, wie ihre eigenen Wangen heiß wurden. Ihr war sehr wohl bewusst, dass Genia von ihrem unehelichen Kind wusste und sie dennoch mit so viel Freundlichkeit und Respekt behandelte.

»Nur dass einem Mann sein *Kavaliersdelikt* gewöhnlich verziehen wird«, fuhr Genia fort, »während die Gesellschaft die Frau ächtet. Ich bin jedoch der Ansicht, dass wir Frauen zusammenhalten und uns gegenseitig die Hand reichen müssen.«

»Wenn mehr Frauen so denken und handeln würden wie Sie, dann gäbe es weniger Leid«, murmelte Jo und blickte auf Genias füllige Hände, die geöffnet auf deren Schoß lagen.

»So, nun lassen Sie uns überlegen, wie ich Sie an meiner Schule einsetzen kann«, sagte Genia mit Schwung in der Stimme.

Dana hob erfreut ihren Kopf.

»Mit Ihrer Ausbildung zur Textil- und Modenäherin könnte ich Sie gut im Fach Textiles Gestalten als Lehrkraft einsetzen. Das einzige Problem ist, dass die Schulbehörde sich in der Vergangenheit schon öfters quergestellt hat, wenn ich

Lehrer eingestellt habe, die zwar fachliche Expertise mitbrachten, aber keine pädagogische Ausbildung hatten. So hatte ich den wunderbaren Oskar Kokoschka für einige Jahre als Lehrer für Malen und Zeichnen beschäftigt, aber die Schulbehörde meinte: ›Genies sind im Lehrplan nicht vorgesehen‹, sodass wir die Zusammenarbeit leider unter diesem Druck beenden mussten.«

Genia seufzte und schenkte ihren Gästen Tee nach.

»Mich interessieren nicht die Referenzen, die mir jemand auf dem Papier vorweisen kann, sondern ich schaue, wie sich jemand in der Unterrichtspraxis bewährt. Dazu braucht man nicht zwingend eine pädagogische Ausbildung«, fuhr sie kämpferisch fort. »Schauen Sie mich an: Ich leite seit über fünfundzwanzig Jahren diese Schule, obwohl ich nie eine Lehramtsprüfung gemacht habe. Ich habe mich selbst in moderner Pädagogik weitergebildet. Aber natürlich legt mir das Bundesministerium für Unterricht so viele Steine in den Weg, wie sie nur können. Diese Ministerialräte ›zu Fuß‹ in den unteren Rängen – wie Herr Lampl – oder die höheren ›zu Pferde‹ sind die Feinde des Fortschritts! Jahrelang musste ich einen meiner studierten Mathematiklehrer pro forma zum Direktor ernennen und ich selbst wurde nur als kaufmännische Leiterin anerkannt. Aber inzwischen haben sie mich als Direktorin akzeptiert. Steter Tropfen höhlt den Stein.«

»Ich würde sehr gerne Textiles Gestalten unterrichten«, sagte Dana eifrig. »Aber ich will Ihnen keine zusätzlichen Schwierigkeiten mit der Schulbehörde bereiten.«

»Ach, das lassen Sie mal meine Sorge sein«, meinte Genia und zwinkerte Dana zu. »Wir werden Sie im Arbeitsvertrag als fachliche Beraterin eintragen und Sie werden die jeweiligen Klassen gemeinsam mit einer unserer Kunstlehrerinnen führen. Allerdings kann ich Ihnen zum jetzigen Zeitpunkt nur eine halbe Stelle anbieten, also zwanzig Stunden pro Woche.«

»Das wäre wunderbar«, bedankte sich Dana strahlend. Genia reichte ihr die Hand darauf.

Am darauffolgenden Montag sollte Danas erster Arbeitstag an der Schwarzwaldschule sein. Sie hatte Johanna überredet, sie am Samstag ins Rothberger zu begleiten, um sich einige »Lehrerinnen-Kleider« zu kaufen.

»Dank dem Brief von *Magister* Osterkamp ist meine Lohntüte von Frau Götzel doch noch vollgemacht worden. Von diesem Geld gönne ich mir ein festliches Shopping«, hatte Dana verkündet.

Johanna fand zwar, dass Martha hierfür die beste Beraterin war, willigte aber dennoch ein.

Als sie am Vormittag mit Dana vor dem Haupteingang zusammentraf, fiel ihr die Kinnlade herunter, als Dana mit großer Geste ihren Hut lüpfte: Sie präsentierte einen Bob und schaute sie schelmisch an.

»Was hältst du von meiner neuen Frisur, du kleiner Karpfen?«, fragte Dana lachend, und Johanna klappte ihren Mund wieder zu.

»Das kurze Haar steht dir ausgezeichnet – du siehst aus wie eine Frau von Welt«, staunte Johanna. Natürlich gingen sie als Erstes zu Tessa in die Kosmetikabteilung, denn die Freundin hatte Dana schon lange bearbeitet, sie solle sich doch endlich ihre Landmädchenzöpfe abschneiden. Tessa ließ ihre schweren Wimpern dramatisch aufflattern.

»Nun bist du eine echte Diva, Darling!«, rief sie.

Gerade war wieder Monsieur Delon von Chanel aus Paris in Tessas Reich der Düfte. Der kleine Herr mit der großen Nase trat hinzu und verneigte sich galant vor Dana.

»Bravo, Mademoiselle, Sie haben den cheveux á la garçonne wie eine echte Pariserin«, schmeichelte er, und Dana schüttelte selbstbewusst ihren Bob.

Am nächsten Tag bekam Johanna wieder einen Brief von Eduardo aus New York. Mit zitternden Fingern riss sie das dicke Kuvert auf und entfaltete das Papier. Ihr Herz schlug heftig, als sie das Foto entdeckte, und sie sog jedes Detail mit den Augen auf. Ihre entzückende, fast zweijährige Leonore stand vor einem Weihnachtsbaum, ihr Gesichtchen strahlte vor Freude und sie hielt ein Kuscheltier im Arm. Johanna erkannte das ausgestopfte Stoff-Eselchen, das sie ihrer Tochter als Weihnachtsgeschenk über den Atlantik geschickt hatte. Leonores helle Haare waren wieder ein bisschen länger geworden und lockten sich ein wenig um Stirn und Ohren. Das Mädchen trug ein kurzes Kleid, darunter lugten ihre pummeligen Beinchen in einer weißen Strumpfhose hervor. Johanna lächelte. Die Kleine sah so hübsch und lieb und lebendig aus – selbst auf dem kleinen Foto! Wie gerne wäre Johanna am Weihnachtstag dabei gewesen und hätte die Freude und das Staunen von Leonore über den glitzernden Baum und die Geschenke selbst miterlebt. Sie hätte ihre runden Wangen küssen und durch ihr seidiges Haar streicheln können. Sie seufzte schwer und nahm Eduardos Brief zur Hand. Er beschrieb ihr ausführlich, wie sie das Weihnachtsfest gefeiert und was für niedliche Sätze Leonore von sich gegeben hatte.

»Leonore ist eine inbrünstige Sängerin, wenn auch nicht immer tonsicher. Dabei kann sie mit einigen Fantasiewörtern ein erstaunliches Repertoire von zehn Weihnachtsliedern zum Besten geben«, schrieb er. »Wenn sie singt, leuchtet ihr ganzes Gesicht, und sie erinnert mich so sehr an dich, dass ich sie umso mehr liebe.«

Als Johanna diese Zeilen las, stockte ihr der Atem. Ihr Herz tat einen Sprung. Wie meinte er das? Liebte er Johannas Musikalität in seiner Tochter? Oder war es Johanna selbst, für die er diese Liebe empfand? Ja, er hatte ihr im Rausch der Leidenschaft einmal Liebesworte gesagt. Aber sie hatte nie glauben wollen, dass er tiefe Liebe für sie als Mensch – mit allem, was sie war – empfinden könnte. Schließlich hatte er an der Ehe mit Amanda festgehalten. Das führte Johanna sich unaufhörlich vor Augen, wenn ihre Gedanken zu Eduardo schweiften. Seine Briefe der letzten zwei Jahre aus Amerika waren fürsorglich und freundlich gewesen, aber sie galten Johanna als Mutter seiner geliebten Tochter – nicht ihr als Frau. Oder täuschte sie sich? Eduardo war ihr dankbar, dass sie ihm ein wunderbares Kind geschenkt hatte. Er fragte sie in jedem Brief, wie es ihr ging, und sie antwortete ihm ausweichend, indem sie von der Partitur schrieb, die sie gerade studierte, und so wechselten sie meistens einige Worte über die Musik oder ein Konzerterlebnis. Aber hauptsächlich ging es in ihrem Austausch um ihre Tochter. Amanda kam in seinen Briefen so gut wie nie vor, und wenn, dann nur ganz sachlich. Im neuesten Brief stand lediglich: »Amanda hat für unser Mitternachtsmenü einen Truthahn mit Weihnachtsreis und zum Nachtisch einen Pavê gemacht. Dieser Schichtkuchen mit viel Schokolade hat Leonore natürlich am besten geschmeckt, danach war ihr ganzes Gesichtchen verschmiert.«

Johanna konnte bloß spekulieren, wie es um das Eheleben der beiden bestellt war.

Immer wieder las sie mit brennenden Augen seine Worte: »Sie erinnert mich so sehr an dich, dass ich sie umso mehr liebe«, die in ihren Ohren und in ihrem Herzen nach Sehnsucht klangen. Aber vielleicht hörte sie nur ihre eigene Sehnsucht, die immer lauter wurde – nach Leonore und nach Eduardo.

Kapitel 40:
Paradies und Vertreibung

Wien, 18. April 1929

An diesem Vormittag hatte sie wieder Orchesterprobe. Am Abend stand »Aida« auf dem Spielplan als Teil der Verdi-Renaissance des Hauses. Obwohl Hugo Reichenberger die Vorstellung dirigieren würde, sollte Jo einige Passagen aufpolieren, insbesondere den Einsatz der Aida-Trompeten. Die Philharmoniker waren nicht gerade motiviert, das spürte Jo sofort – sie tuschelten, scharrten mit den Füßen und schauten nicht besonders konzentriert auf ihren Dirigenten. Jo kannte die Musiker gut genug, um zu wissen, dass Feinarbeit heute nur auf Widerstand stoßen würde. Also ließ sie das Orchester ohne viele Unterbrechungen spielen und verließ sich darauf, dass die Musiker am Abend mehr Engagement zeigen würden.

»Mittagspause«, verkündete Jo kurz vor 13 Uhr, und die Philharmoniker stürmten zum Futterfassen. Sie machte sich noch einige Notizen in der Partitur, als sie einen Luftzug im Nacken spürte und das Quietschen der Türangeln hörte.

»Celeste Aida«, sang eine seidige Stimme. »Zauberndes Wesen von Blumen und Licht, du bist die Königin meiner Gedanken.«

Eduardo! Dort stand er leibhaftig in der Tür mit seinen funkelnden blauen Augen und einem verschmitzten Lächeln. Jo stürmte auf ihn zu und schlang ihre Arme um seinen Hals. Bevor sie einen Gedanken fassen konnte, hatten ihre Lippen schon die seinen gefunden. Sein Mund war warm und erwiderte ihren hungrigen Kuss erst sanft, dann stürmisch. Atemlos lockerte sie ihre Umarmung, aber Eduardo hielt sie weiterhin eng an sich gedrückt. Die Hitze seines Körpers schien sie zu verbrennen, sie wollte sich dennoch um nichts in der Welt von ihm lösen.

»Lass uns schnell nach Hause gehen«, flüsterte er heiser und nahm ihr Gesicht in beide Hände, seine Daumen streichelten ihre Wange. »Ich muss heute Abend schon wieder abreisen.«

»Bist du alleine hier?«, brachte sie mühsam hervor. Ihr steckte ein dicker Kloß im Hals.

»Ja. Leonore ist in New York. Ihr geht es gut.«

Eduardos Augen saugten ihre Gesichtszüge ein wie ein Verdurstender. Seine Lippen folgten der Spur seines Blicks und Jo versank wieder ganz in dieser schwülen Hitze seiner Umarmung. Ihr Wiedersehen war noch schöner als in den Wunschvorstellungen, die sie sich immer wieder verboten hatte. Aber in diesem Moment war Eduardo wirklich da und zeigte ihr seine Liebe. Was sonst hätte ihn hergeführt? Das Zuschlagen einer Tür riss beide aus diesem Taumel. Eduardo lächelte schief und knöpfte seinen Mantel zu.

»Lass uns gehen«, sagte er drängend.

Jo nickte, eilte auf zittrigen Beinen zum Pult und nahm die Partitur unter den Arm.

Der Flur vor dem Probenraum lag verlassen da, nur der Geruch von Pfeifenrauch hing schwer in der Luft. Es roch nach

Heger. Auf dem Weg zur Pforte kam ihnen glücklicherweise niemand entgegen, alle schienen in der Kantine zu sein.

Sie gingen mit langen Schritten auf dem kürzesten Weg zur Wohnung. Jo widerstand dem Impuls, seine Hand zu ergreifen oder sich bei ihm einzuhaken.

»Wo kommst du her?«, wollte sie wissen.

»Ich hatte in den letzten Wochen eine Konzerttournee mit Jan Kiepura, der für den erkrankten Richard Tauber eingesprungen ist. Wir haben in Ungarn und Böhmen gastiert, zum Schluss in Prag. Eigentlich war Wien auf meiner Reise nicht vorgesehen. Aber ich musste ständig an dich denken. Ich habe gestern nach der letzten Vorstellung kurzerhand den Nachtzug nach Wien genommen und bin um zehn Uhr heute Morgen angekommen. Ich war eben daheim und habe mich frisch gemacht und dann bin ich ins Opernhaus, um dich zu suchen.«

»Und du musst wirklich heute Abend schon wieder abreisen?«

»Ja, leider. Ich muss morgen in Hamburg ein Linienschiff über den Atlantik erreichen. Mit einem Flugzeug der Deutschen Lufthansa werde ich noch rechtzeitig von Wien nach Hamburg kommen. Ich würde gerne länger hierbleiben, aber in zehn Tagen dirigiere ich bereits wieder eine Vorstellung an der Met.«

Jo senkte den Kopf.

»Aber ich wollte auf keinen Fall zurück nach Amerika, ohne dich gesehen zu haben«, sagte er und drückte kurz ihre Hand.

»Ich lese in New York immer das Neue Wiener Journal und lasse mir auch das hiesige Opernmagazin zusenden. Ich freue mich, dass du so viele Triumphe feiern konntest. Sogar in Paris warst du mit den Philharmonikern zu einem umjubelten Gastspiel.«

Jo spürte ein Brennen in den Augen. Wenn er wüsste, wie hohl sich diese gloriosen Erfolge anfühlten.

Zurück in der Wohnung brachten sie die Backwaren in die Küche, die sie auf dem Weg bei Demel gekauft hatten. Die Tür zum großen Schlafzimmer war aufgeschlossen und sie sah Eduardos Koffer neben dem Bett stehen. Sie würde ihn nur für wenige Stunden für sich haben.

»Wir könnten eine Gemüsesuppe zu Mittag machen«, schlug Eduardo vor und warf einen Blick in die Speisekammer.

»In der Speisekammer herrscht leider Ebbe«, sagte sie entschuldigend. »Aber einige Kartoffeln, Karotten, Kohlrabi und Bohnen müssten noch da sein. Küchenkräuter gibt es erntefrisch von der Fensterbank.«

Eduardo holte die Zutaten aus der Speisekammer und breitete sie auf der Anrichte aus. Johanna lehnte sich an die Spüle und war auf einmal verlegen. Sollte sie nun erst einmal den Herd aufdrehen und die Leidenschaft von vorhin erkalten lassen?

»Eigentlich habe ich zuerst auf etwas anderes Appetit«, murmelte sie und spürte, wie sie rot wurde. Sie blickte angestrengt auf den Boden.

»So?« Sie hörte das Lächeln in seiner Stimme. Seine Füße kamen auf sie zu und dann stand er ganz dicht vor ihr, ohne sie zu berühren. Das Blut pulsierte heftig in ihrem Hals. Sie spürte seinen warmen Atem auf ihren Augenlidern. Sie hob ihren Kopf und ihre Lippen fanden sich in einem Kuss, der wie ein kleiner Schneeball anrollte, ins Tal kullerte und sich zu einer gewaltigen Lawine zusammenballte – eine Naturgewalt, die man nicht mehr aufhalten konnte.

Sie landeten im Schlafzimmer im großen Bett und zogen sich ungeduldig die Kleider vom Leib. Johanna löste die Schnüre ihres Korsetts, so schnell sie konnte, und schleuderte das Mieder in die Ecke. Eduardo nahm ihren Körper in Besitz wie ein Spieler sein Instrument, das er lange nicht gespielt hatte. Doch seine geübten Hände fanden schnell zur Vertrautheit zurück, die jene besondere Musik hervorlockte. Johanna ließ sich ganz in diesen Taumel aus Begehren und Erfüllung fallen.

Danach lag sie träge in seinen Armen, ihre Wange in sein weiches Brusthaar gebettet und vom gleichmäßigen Rhythmus seines Atems eingelullt. Irgendwann meldeten sich dann doch knurrende Mägen und sie gingen in ihren Morgenmänteln in die Küche und machten sich über die Tortenstücke her. Danach schnipselten sie einvernehmlich Gemüse in den Suppentopf.

»Erzähl mir von Leonore«, bat sie.

Eduardos Gesicht leuchtete, als er ihr von allen kleinen und großen Kunststücken ihrer gemeinsamen Tochter erzählte. Sie konnte mit ihren zwei Jahren schon flink laufen und ziemlich gut sprechen.

»Wenn sie Musik hört, bekommt sie einen ganz andächtigen und irgendwie genießerischen Gesichtsausdruck. Dann sieht sie dir total ähnlich«, sagte Eduardo und lächelte versonnen. Johanna musste sofort wieder an seine ähnlichen Worte im Brief vom Januar denken, die sie so berührt und aufgewühlt hatten.

»Sie hat zu Weihnachten ein Glockenspiel bekommen. Darauf spielt sie ganz begeistert. Sie hat ein Ohr für Harmonien, das merkt man schon.«

Die kleine Leonore wurde vor ihrem inneren Auge lebendig, während Eduardo von ihr sprach. Die Fotografien, die er ihr regelmäßig schickte, waren nur ein starrer Ersatz für das quirlige Kind – sie sehnte sich so sehr danach, dieses kleine Persönchen in Bewegung zu sehen, ihre Stimme zu hören, ihren kleinen, warmen Körper zu spüren. Sie kämpfte diese Welle der Sehnsucht nieder, bevor sie sie in die Tiefe hinabriss. Ihr lag auf den Lippen, Eduardo zu fragen, wann er mit Leonore nach Wien zurückkehren würde, damit sie ihr Kind endlich wieder in die Arme schließen könnte. Aber sie traute sich nicht. Sie wollte den zarten Schleier nicht zerreißen, der sich um sie und Eduardo gelegt hatte und sie vor der beißenden Wirklichkeit schützte.

Während die Suppe auf dem Herd köchelte, erzählte Eduardo von seinem Orchester in New York.

»Die haben eine ganz andere Mentalität als die Wiener Philharmoniker. Sie sind wie ein Hotdog: Man sieht sofort, was man bekommt, es ist unkompliziert und sättigend, aber nicht sehr raffiniert. Die Wiener Musiker sind wie eine französische Pastete, man weiß nie, was drinnen steckt, und muss die Aromen langsam entdecken und freilegen.«

Sie aßen die Suppe mit Semmeln.

Johanna gab sich Mühe, die besten Anekdoten aus ihrem Dirigentenleben aufzutischen.

Eduardo lachte herzhaft, als sie ihm den denkwürdigen Mephisto-Abend schilderte.

»Von dem Klatsch-Kommando des russischen Starbassisten habe ich gelesen.«

»Wirklich? Das hast du in New York mitbekommen? Na ja, mein Vater sagt immer: ›Dat Woord geiht wieder as de Mann.‹ Die Kunde von Ruhm oder Schmach reist schneller als die Füße.«

»Mach dir nichts aus der Kritik – das hätte jedem Dirigenten passieren können.« Eduardo streichelte über ihre Wange.

»Bei Richard Strauss hätte sich das Seine Majestät Schaljapin bestimmt nicht getraut«, meinte Johanna.

Als es dämmrig in der Küche wurde, zog Eduardo sie auf seinen Schoß und sie hörten auf zu sprechen. Johanna spürte an seinen Küssen, dass der Abschied nun eingeläutet war. Er zog sie wieder ins Schlafzimmer und sie liebten sich noch einmal ganz langsam, als müsste sich jeder die Topografie und Wärme des anderen Körpers für einsame Nächte einprägen und speichern.

Gegen 19 Uhr gab Eduardo ihr einen letzten Kuss und sie schaute aus dem Fenster zu, wie er in ein Taxi einstieg. Das Gefährt verschwand im Abenddunst. Johanna legte sich wieder ins Bett und vergrub ihr Gesicht im Kopfkissen, das noch nach ihm roch. Im nächsten Moment liefen die Tränen wie Sturzbäche ihre Wangen hinab. Musste sie nun ein ganzes Jahr ausharren und frieren, bis sie ihn vielleicht wiedersah? Warum hatte sie ihn nicht das gefragt, was ihr auf den Lippen brannte? Hatte er sich wirklich nach ihr gesehnt oder war er nur aus Pflichtgefühl nach Wien gekommen und hatte sich dann von seinen Trieben mitreißen lassen, als Johanna sich ihm an den Hals geworfen hatte? Jetzt, wo er weg war, quälten sie die Zweifel. Wie war der Stand seiner Ehe? Jeden Gedanken an Amanda hatte sie hastig verscheucht, um die Illusion von sich und Eduardo als Liebespaar nicht zu zerstören. Eduardo hatte seine Ehefrau mit keinem Wort erwähnt, auch nicht, als er von Leonore sprach. Nur aus Rücksicht auf Jos eifersüchtige Muttergefühle?

Irgendwann musste sie eingeschlafen sein. Als sie die Augen wieder öffnete, drang das Morgenrot ins Zimmer. Sie hatte fast zehn Stunden am Stück geschlafen – das war schon lange nicht mehr vorgekommen. Trotz aller Ungewissheit fühlte sie sich nach wie vor wohlig aufgeladen mit innerer Wärme und summte eine melancholische Melodie vor sich hin, während sie sich ein Bad einlaufen ließ.

Wie eine Traumwandlerin ging sie über den Flur im Opernhaus und steuerte auf ihr Büro zu. Mit Mühe riss sie ihre Gedanken von Eduardo los und besann sich auf ihr heutiges Arbeitsprogramm. Um 10 Uhr war eine Besprechung beim Direktor zur Planung des Stockholmgastspiels angesetzt, um 11 Uhr dann Klavierprobe mit Regie und Souffleur mit einigen neuen Solisten für »Don Juan«.

Heger erschien im Türrahmen – er hatte scheinbar darauf gelauert, sie abzufangen – und winkte sie in sein Büro. Er setzte sich hinter seinen Schreibtisch und deutete mit säuerlicher Miene auf einen Stapel Partituren.

»Diese Noten sollten Sie eigentlich gestern Nachmittag durchgehen, um eine Auswahl für das Barockkonzert zu treffen«, sagte der Kapellmeister. »Aber offenbar hatten Sie mit dem Besuch von Herrn Breuer alle Hände voll zu tun.«

»Das stimmt«, gab Jo trotzig zu. Sie musste sich nicht vor ihm rechtfertigen. Sein beflissener Assistent war sie schon lange nicht mehr.

»Es wird dem Direktor sicherlich nicht egal sein, welches Arbeitsethos Sie an den Tag legen. Besonders, wo er Sie nach Schweden schickt als Repräsentant unseres Opernhauses.«

»Ich habe den Direktor am Pult noch nie enttäuscht, soweit ich weiß«, entgegnete Jo spitz.

»Ich rede nicht von Ihren Fähigkeiten als Dirigent. Als Führungspersönlichkeit eines Orchesters muss man auch moralische Integrität mitbringen.«

Heger zog seine Augenbrauen in die Höhe, legte die Fingerspitzen aneinander und spitzte seine Lippen wie ein Sommelier, der von einem sauren Wein gekostet hatte.

»Sie scheinen ein ziemlich inniges Verhältnis zu unserem werten Kollegen Breuer zu haben«, zischelte er und fixierte sie mit seinen Mausaugen.

Ihr Geruchssinn gestern hatte sie nicht getäuscht. Heger musste ihren Kuss beobachtet haben! Jo schoss das Blut in den Kopf. Sie senkte hastig den Blick. Nein, sie durfte keine Schwäche zeigen. Zackig hob sie ihr Kinn.

»Das ist Privatsache«, sagte sie fest und funkelte Heger an.

»Sie sehen heute irgendwie anders aus«, bemerkte der Kapellmeister und ließ seinen Blick unverhohlen über ihren Körper streifen. Jo runzelte die Stirn und starrte zurück.

»Hoffentlich verkühlen Sie sich nicht das Hälschen ohne Ihr Tuch«, sagte Heger schließlich.

Verdammt, sie hatte heute Morgen völlig vergessen, ihr Halstuch anzulegen. Vielleicht war das auch gut so. Sie hatte es satt, sich zu verbergen. Das Zusammensein mit Eduardo hatte sich so wunderbar natürlich und befreiend angefühlt, dass sie die Enge des Korsetts und ihrer Hosenrolle heute als beinahe unerträglich empfand.

»Ich habe gleich eine Besprechung mit dem Direktor«, erklärte Jo kämpferisch. »Um unser Gastspiel in Stockholm durchzugehen«, rieb sie noch ein wenig Salz in Hegers Wunde. »Wenn Sie mich nun entschuldigen würden.«

Jo machte auf dem Absatz kehrt und schritt hinaus.

Am nächsten Vormittag hatte sie Orchesterprobe im Auditorium mit Beethovens fünfter Symphonie. Sie musste dabei wieder an Eduardo denken und wie sie sich den berühmten Einstieg in dieses Stück als stummes Ratespiel vordirigiert hatten, nachdem sie zum ersten Mal miteinander geschlafen hatten. Aber heute war der Wurm drinnen. Sie spürte eine Unruhe im Orchester. Die Musiker schauten irgendwie konfus umher, warfen ihr an den falschen Stellen Blicke zu und guckten weg, wenn sie ihnen wichtige Signale gab.

»Ein bisschen mehr Konzentration, wenn ich bitten darf«, ermahnte sie die Philharmoniker nach einer Stunde, was mit einem Füßescharren quittiert wurde.

Als sie die Musiker in die Mittagspause entließ, blieb der erste Oboist zurück. Pomberger war nicht nur der Tonangeber für den Kammerton, sondern auch der Orchestervorstand. Bei Tisch gab er gerne Witze zum Besten, die von tölpelhaften Jägern handelten; er selbst war passionierter Weidmann. Er blieb neben dem Pult stehen wie ein Schulbub und schien nach Worten zu suchen.

»Was war denn heute los?«, fragte Jo.

Der Oboist zögerte. »Einige der Kollegen machen sich so ihre Gedanken …«

»Worüber denn?«

»Über Sie.«

Jo trat unwillkürlich einen kleinen Schritt zurück. In ihrem Kopf drehten sich die Gedanken wie in einem Karussell. Hatte Heger seine Beobachtungen etwa direkt weitergetratscht? Pomberger zupfte sich an seinem Hemdkragen und Jo spürte, wie sein Blick ihren Hals abtastete. Auch heute hatte sie auf ihr Halstuch verzichtet.

»Es sind nicht alle Jäger, die Hörnlein führen«, orakelte der Oboist, nickte und ging hinaus.

Jo ließ sich auf einen der Stühle sinken. Hielten die Musiker ihren Dirigenten nun für einen Mann, der Männer liebte, oder war ihnen aufgegangen, dass er in Wirklichkeit eine Frau war?

Die Tür zum Probensaal mit dem Guckfenster öffnete sich wieder und Schalks Sekretärin erschien.

»Sie möchten bitte ins Büro vom Direktor kommen, Herr Osterkamp. Sofort, wenn es beliebt.«

Kurz darauf saß Jo in dem niedrigen Polsterstuhl vor dem mächtigen Schreibtisch des Direktors, der über ihr thronte. Sein schmales Gesicht mit dem Spitzbart war ernst, fast gramerfüllt. Er blickte sie wortlos durch seine Brillengläser an.

»Wissen Sie, ich betrachte dieses Haus und seine Mitarbeiter als eine große Familie. Und es gibt ein wichtiges Grundprinzip, das alle Mitglieder zusammenhält. Können Sie sich denken, welches das ist?«, fragte Schalk wie ein Schulmeister.

»Die Liebe zur Musik«, antwortete Jo und schaute Schalk direkt in die Augen.

»Auch. Aber ich meinte das Vertrauen. Und die Ehrlichkeit.«

Jo zuckte mit den Wimpern, hielt aber seinem inquisitorischen Blick stand.

»Mir ist etwas zu Ohren gekommen, was mich daran zweifeln lässt, ob Sie diese Qualitäten hochhalten.«

Jos Finger in ihrem Schoß verschränkten sich krampfhaft ineinander. Sie befahl sich, ruhig zu atmen und abzuwarten. Ihr Blick hing am Spitzbart des Direktors, der sehr ordentlich gekämmt war. Der Spitzbart wackelte, als er weitersprach.

»Stimmt es, dass Sie eine, hm, besondere Beziehung zu Ihrem Kollegen Eduardo Breuer unterhalten?«

»Wir sind befreundet«, bestätigte Jo, und ihre Stimme klang seltsam kehlig.

»Man hat mir berichtet, dass es sich wohl eher um eine intime Beziehung handele«, beharrte Schalk.

»Wer hat das denn berichtet?«, schoss Jo zurück, aber es war nur eine Platzpatrone.

»Das tut nichts zur Sache.« Schalk wischte ihren Einwand mit der Hand weg wie eine Fliege.

»Mein Privatleben hat nichts mit meiner Arbeit als Dirigent zu tun.«

»Da irren Sie sich. Wenn Sie in Ihrem Arbeitsvertrag falsche Angaben machen, hat das sehr wohl Auswirkungen auf Ihr Arbeitsverhältnis. Auch ein gewisser Ruf eines Dirigenten fällt letztlich auf unser Haus zurück.«

»Ich habe aber keinen schlechten Ruf!« Der aufsteigende Zorn verlieh Jo neuen Elan.

»Aber sobald bekannt wird, dass Sie *anders* sind, als die Leute die ganze Zeit über gedacht haben, dann wird es für uns alle peinlich.«

»Was meinen Sie mit *anders*?« Jo war es leid, noch länger um den heißen Brei herumzureden.

»Also gut, dann werde ich wohl ganz deutlich werden müssen«, sagte der Direktor und räusperte sich, zupfte an seinem Bart und rückte seine Brille zurecht.

»In Ihrem Arbeitsvertrag steht der Name ›Johann Osterkamp‹. Ist das Ihr richtiger Name?«

Der Zeitpunkt war gekommen! Endlich hatte das Versteckspiel ein Ende.

»Mein Geburtsname lautet Johanna«, schoss es aus ihrem Mund. Es war ihr, als würde sich eine Zentnerlast von ihren Schultern heben.

Der Direktor stieß die Luft aus, die er angehalten hatte, und sortierte hektisch seine Papiere. Sie war sich nicht sicher, ob er nicht auch erleichtert war. Wenigstens kein schwuler Mann in seiner Truppe.

»Aha. Wie die Jungfrau von Orléans.«

»Genau. Jene Johanna hat auch ein Heer von Männern angeführt. Siegreich. Bis sie auf dem Scheiterhaufen verbrannt wurde. Wollen Sie das Gleiche mit mir tun?«

Schalk schüttelte seinen Kopf, als wollte er dieses Bild verscheuchen. Zögerlich musterte er ihr Gesicht und ihren Oberkörper, als würde er sie zum ersten Mal anschauen. Sogleich überkam ihn scheinbar Verlegenheit und er blätterte wieder in seinen Papieren.

»Ich muss Ihnen leider mitteilen, dass wir nun ein gewaltiges Problem haben«, sagte er fast zerstreut.

»Warum?«

»Weil ich jetzt schon Beschwerden von einigen der Musiker erhalten habe. Sie wollen sich nicht von einer Frau dirigieren lassen.«

Das Wort »Frau« sprach er aus, als hätte er den Mund voller Glassplitter.

»Aber warum? Ich dirigiere diese Musiker nun schon seit über drei Jahren mit großem Erfolg.«

»Das gehört sich eben nicht. Das ist gegen die Tradition der Wiener Philharmoniker«, beharrte der Direktor. »Außerdem haben Sie mit dieser hinterhältigen Täuschung das Vertrauen von mir und den Musikern verspielt«, nahm Schalk neuen Schwung auf. Er klopfte mit seiner Faust auf den Tisch und seine Stimme bekam einen endgültigen Klang. »Genau das habe ich Ihnen eingangs gesagt. Vertrauen und Ehrlichkeit sind unverzichtbar. Sie haben uns über drei Jahre eine Farce vorgespielt. Damit ist das Arbeitsverhältnis zerrüttet.«

»Sie haben mich aber zu dieser Farce gezwungen«, brauste Jo auf und schnellte aus ihrem Stuhl empor. »Am Tag des Vorspielens im November vor drei Jahren wollte ich mich mit meinen Referenzen als Johanna Osterkamp anmelden. Aber Ihr geschätzter Kapellmeister Heger hat mich abblitzen lassen – vor die Tür gesetzt hat er mich –, bevor ich überhaupt eine Chance bekommen hatte, Ihnen vorzuspielen. Ich wollte Ihnen allen beweisen, was ich als Dirigent kann. Dazu musste ich meine Weiblichkeit vor Ihnen verbergen. Sie Herren mit Ihren Vorurteilen sind schuld an dieser unglücklichen Situation, nicht ich!«

Der Direktor nahm sich die Brille von der Nase, rieb mit den Fingern seine Nasenwurzel, als hätte er Schmerzen. Nervös setzte er die Brille wieder auf.

»Das ist bedauerlich. Wirklich bedauerlich.«

Schalk schwieg und im Raum hörte man eine Weile nichts außer dem Verkehrsrauschen von der Ringstraße und dem Bimmeln der Straßenbahn. Jo stand immer noch vor seinem Schreibtisch. Ihre Beine zitterten vor Aufregung. Schließlich seufzte der Direktor. Er fischte ein Blatt Papier aus seiner Korrespondenzmappe und schob es auf ihre Seite des Schreibtisches.

»Das ist ein Aufhebungsvertrag mit sofortiger Wirkung. Es tut mir leid, aber unter diesen Umständen ist es uns nicht möglich, Sie weiter an unserem Haus zu beschäftigen.«

Jo stand wie erstarrt da.

»Wenn Sie heute unterschreiben, dann können wir uns in Frieden trennen und ich werde über diese unselige Angelegenheit Stillschweigen bewahren. Ich weiß, dass Sie für die Sommerfestspiele und für das nächste Jahr bereits andere Engagements in Salzburg und Dresden unterschrieben haben. Wie Sie das Vertragliche mit diesen Häusern regeln, geht mich nichts an.«

Jo schluckte hart. Das war eine versteckte Drohung. Wenn sie sich in Wien sträubte, würde Schalk die Kunde von ihrem falschen Namen an die anderen Operndirektoren weitertragen und dann würde sie diese Engagements wahrscheinlich auch verlieren.

»Wir wollen doch wirklich einen Skandal vermeiden«, sagte Schalk beinahe großväterlich.

Jo schnaubte. Sie griff nach dem Füllfederhalter und setzte ihre Unterschrift auf das Papier, das unter dem Federdruck beinah zerriss. Schalk reichte ihr einen Durchschlag.

»Sie können gleich ins Personalbüro gehen und sich Ihr restliches Gehalt auszahlen lassen.«

Jos Hände krampften sich zusammen und ihre Fingernägel gruben sich in ihre Handflächen. Sie sollte offenbar augenblicklich das Haus verlassen. Wie eine Aussätzige. Sie würde noch ihren Dirigentenstab aus dem Büro holen – das Einzige in diesen heiligen Hallen, worauf sie einen Anspruch hatte. Ob sich wohl irgendjemand von ihr verabschieden wollte? Es würde ganz sicher keine Zeremonie geben. Keine Blumen, keine Dankesworte. Nur einen Tritt, der sie wie einen geprügelten Hund vor die Tür setzte.

»Ich wünsche Ihnen alles Gute für Ihre berufliche Zukunft.« Schalk lächelte beinahe bedauernd. Er erhob sich und hielt ihr seine Hand hin.

»Sie werden noch einiges von mir hören. Die Wiener Philharmoniker sind nur ein Orchester von vielen«, sagte Jo, straffte ihre Schultern und steckte ihre Hände in die

Hosentaschen. Dann drehte sie sich um und ging ohne einen Blick zurück.

In der Wohnung packte Johanna all ihre Habseligkeiten in die zwei Koffer. Es gab nur einen Ort, an dem sie sein wollte. Sie hatte keine Zeit, sich von ihren Freundinnen aus dem Schwarzwald-Salon zu verabschieden. Einzig Dana suchte sie auf und erzählte ihr atemlos, was geschehen war.

»Das ist ja unerhört«, schimpfte Dana. »Der Direktor kann dich nicht einfach hinauswerfen, bloß weil du eine Frau bist! Du musst dich dagegen wehren.«

Johanna schüttelte sachte den Kopf.

Dana legte ihr beide Hände auf die Schultern und blickte eindringlich zu ihr hoch.

»Für mich hast du doch sofort gekämpft, als die Götzels mich so ungerecht behandelt haben«, fuhr sie fort. »Warum tust du für dich selbst nicht dasselbe? Suche dir einen Advokaten. Du hast doch Rechte!«

»Eigentlich bin ich froh, dass es in Wien aus für mich ist«, flüsterte Johanna, und ihre Lippen zitterten. »Jetzt kann ich endlich zu Leonore. Und Eduardo.«

»Oh«, hauchte Dana. »Das ist natürlich etwas anderes.«

»Glaubst du, Eduardo wird mich überhaupt haben wollen? Er war vorgestern auf der Durchreise in Wien für einige Stunden da. Wir haben uns geküsst«, gestand sie und schlug verlegen die Augen nieder. »Und wir waren im Bett miteinander. Aber er ist immer noch mit Amanda verheiratet und bald wieder bei ihr in New York.«

»Ich weiß nicht, was das zu bedeuten hat. Das fragst du ihn am besten selbst«, murmelte Dana und klopfte Johanna sanft auf den Rücken wie einem Kind, das beruhigt werden wollte.

»Ich möchte Leonore endlich wieder in meinen Armen halten. Auch wenn sie sich nicht an mich erinnern kann«, flüsterte

Johanna, und ihre Kehle war so eng, dass sie kaum noch Luft kriegte. »Ich habe keine Wahl, verstehst du?«

Dana nickte. Sie umarmte Johanna und drückte sie fest an sich. »Dann ist es das Beste, du gehst zu ihnen. Ich hoffe, du wirst glücklich.«

Johanna seufzte und sog frische Luft tief in ihre Lungen ein. Sie konnte endlich wieder frei atmen. Da fiel ihr der kleine Igel ein.

»Gehst du auch manchmal in den Volksgarten und bringst meinem kleinen Ludwig ein paar Leckerbissen? Du weißt schon, er kommt in der Abenddämmerung immer noch unter die Hortensie.«

Dana versprach es ihr.

Danach hastete Johanna zur Postsparkasse am Ring und löste eine größere Barsumme und Reiseschecks ein. Ein Gefühl drängender Eile trieb sie zum Bahnhof. Sie kaufte eine Fahrkarte für den Nachtzug nach Hamburg und erreichte die Hafenstadt am frühen Morgen nach einer schlaflosen Nacht auf der schmalen Pritsche in einem Viererabteil, in der sich das Gespräch zwischen ihr und Schalk in ihrem Kopf in endlosen Wiederholungen abspulte und sich schließlich mit angsterfüllten Visionen vermischte, auch an ihrem neuen Zielort abgewiesen zu werden.

Sie hatte Glück und ergatterte eine Passage in der dritten Klasse auf dem Royal Mail Ship *Berengaria* der Cunard-Linie mit dem Ziel New York, Amerika. Auf dem Hafengelände musste Johanna eine Gesundheitskontrolle über sich ergehen lassen und einen ganzen Stapel von Formularen für ihre Einreise in die USA ausfüllen. Das Schiff legte um zwölf Uhr mittags vom Hamburger Hafen ab und dampfte mit seinen drei rauchenden Schornsteinen auf der Elbe der Nordsee entgegen. Nun musste sie sich nur noch sieben Tage gedulden, bis sie ihre Leonore endlich wiedersehen würde. Endlose Tage, Stunden und Minuten, die sie alle zählte.

Kapitel 41:
Nichts für kleine Mädchen

New York, 28. April 1929

Die Freiheitsstatue reckte sich verheißungsvoll in den grauen Morgenhimmel, als die *Berengaria* auf Ellis Island anlegte. Nach stundenlangem Schlangestehen, Gesundheits- und Papierkontrollen konnte Johanna um die späte Mittagszeit endlich auf die Fähre, die sie zum Anleger an der Südspitze von Manhattan brachte. Dort bestieg sie ein Yellow Cab und nannte Eduardos Adresse, die sie von seinen Briefen auswendig kannte: 227 Sullivan Street. Während der Überfahrt hatte sie sich nicht nur in amerikanischer Konversation mit anderen Passagieren geübt, sondern auch den Stadtplan von Manhattan gründlich studiert. Familie Breuer wohnte in Greenwich Village nahe dem Washington Square Park. Das gelbe Taxi fuhr den schnurgeraden Broadway hinauf Richtung Norden. Auf beiden Seiten ragten die Wolkenkratzer in die Höhe und tauchten die Straße in ihren Schatten. Kein Wunder, dass man von Straßenschluchten sprach. Johanna hatte sich viele Postkarten von Manhattan angesehen, aber das Erlebnis vor Ort war um ein Vielfaches beeindruckender. Gleich zu Beginn der Fahrt fuhren sie durch den Finanzdistrikt. Sie konnte einen Blick in die nach rechts abgehende schmale Wall Street erhaschen. Dort stach ein helles Gebäude mit antiken Säulen und Dreiecksgiebel heraus, an dem drei amerikanische Flaggen flatterten – es war offenbar der Tempel des Geldes: die New Yorker Börse. Auf dem Broadway brummten in einem unaufhörlichen Strom die Automobile in beide Richtungen wie gepanzerte Ameisen. Es wurde lebhaft gehupt und auch ihr Taxifahrer schimpfte über die anderen Fahrer. Er schlug oft und gerne mit der Hand auf sein Lenkrad, gab heftig Gas, nur um einige Meter weiter erneut in die Eisen zu treten. Von diesem entsetzlichen Geruckel wurde Jo ganz schlecht. Im Radio lief eine Musik, die ihr völlig neu war. Eine raue warme Männerstimme erklang zur Trompete – Louis Armstrong, wie der Moderator ihr zum Schluss verriet. Dann sang jemand namens Bing Crosby mit schmeichelnder Stimme: »Let's do it, let's fall in love«. Das Lied klang so unbeschwert wie das geschäftige Summen von Hummeln an einem Sommertag, die von Blüte zu Blüte flogen und sich am Nektar satt saugten. Johanna wollte am liebsten mit ihnen fliegen, aber sie war eingesperrt in dieser rollenden Blechbüchse. Ihre Fingerspitzen kribbelten, als würden Hunderte von Hummelbeinen darüberkrabbeln.

Nervös blickte sie auf ihre Armbanduhr. Es war kurz vor 15 Uhr. Hoffentlich würde Eduardo ihr die Tür öffnen. Würde sie Freude oder Reue in seinem Gesicht lesen, wenn er sie so schnell und unerwartet wiedersah? Wenn Eduardo sie wirklich liebte, dann müsste er sich nun zwischen ihr und seiner Ehefrau entscheiden. Würde er ihr die Mutterrolle zugestehen, nach der sie sich so sehnte? Oder war Johanna doch nur eine Gelegenheitsgeliebte für ihn? Sie musste es endlich herausfinden. Amanda würde bestimmt alles andere als froh sein, dass Johanna, die sie in weiter Ferne auf dem anderen Kontinent wähnte, nun aus heiterem Himmel wieder in ihr Familienleben hereinplatzte. Konnte sie ihr vielleicht sogar verweigern, ihre Tochter zu sehen?

Nun bog das Taxi nach links in die West 3rd Street. Hier änderte sich die Stimmung sofort. Es wurde leiser. Die vierstöckigen Wohnhäuser standen hier in einer langen Reihe Seite an Seite, ihre Fassaden in einer Farbpalette aus Beige, Braun, Ocker und Rot gestrichen. Die Fassaden wurden geeint durch die Feuerleitern aus Metall in Form von vorgebauten Balkonen mit diagonalen Verbindungsleitern. Das war also das *Dorf*. Noch einmal nach rechts abbiegen, dann erhaschte Johanna einen Blick auf das Straßenschild – ja, das war die Sullivan Street. Ihr Herz klopfte, als wollte es ihren Brustkorb sprengen.

Das Taxi hielt vor einem Gebäude mit weinrotem Anstrich und einem Feinkostladen mit bunter Auslage im schmalen Schaufenster im Erdgeschoss. Der Cab Driver hob ihre Koffer aus dem Wagen. Johanna reichte ihm einige Dollarnoten, die sie auf dem Schiff eingetauscht hatte, und bekam Klingelgeld zurück.

»Have a good day, Madam«, sagte der Cabby und tippte sich mit dem Finger an seine Schirmmütze.

Nun stand Johanna alleine auf dem Bordstein und fühlte sich ganz wackelig auf ihren Pumps mit den Zwei-Zentimeter-Absätzen. Sie hatte sich an Bord der *Berengaria* eine Damenausstattung in einer Boutique gekauft. Unter ihrem Trenchcoat trug sie ein modernes Kleid aus hellgrüner Seide mit tiefem Gürtel ohne Korsett. Das Oberteil besaß eine Knopfleiste und einen runden Halsausschnitt mit einem weißen Matrosenkragen mit Spitzenbesatz. Passend zu dem Kleid hatte sie ihren grünen Topfhut mit Schleife herausgesucht. Ihre langen Beine waren umhüllt von beigefarbenen Strümpfen aus Kunstseide. Sie fühlte sich geradezu nackt in dieser lockeren Kleidung, in der sie die Luft an ihren Beinen spürte und ihre

Brust, befreit vom Korsett, ungeschützt war. Ihren Bubikopf hatte sie wie gewohnt auf einer Seite gescheitelt, eine Frisur, die auch junge Frauen immer öfter trugen. Hastig flog ihr Blick über die Namen an der Haustür. Die Wohnung der Breuers lag offenbar in der obersten Etage. Johanna drückte die Eingangstür auf und gelangte in einen kurzen Flur, an dessen Ende eine Holzstiege steil in die Höhe ging. Sie stellte ihre Koffer neben die Treppe und machte sich an den Aufstieg. Außer Atem und mit zitternden Knien stand sie schließlich auf dem vierten Absatz vor der dunklen Holztür der Breuers. Sie atmete einige Male tief durch, dann betätigte sie die Drehklingel.

Im Innern schellte es kurz und metallisch wie bei einer Fahrradklingel. Sie hörte das Knarren von Schritten im Flur, die Tür öffnete sich – und Amanda stand vor ihr.

»Oh«, stieß die Sopranistin hervor, und ihr Mund blieb in diesem O offen. In ihren Augen stand Abwehr geschrieben.

»Hallo«, grüßte Johanna und räusperte sich. »Darf ich hereinkommen?«

»Ja, natürlich.« Die Brasilianerin trat langsam und offenbar widerwillig zur Seite.

»Eduardo«, rief sie mit durchdringendem Sopranton in die Wohnung hinein. »Wir haben Besuch.«

Johanna ging in den schmalen Flur, es roch leicht nach Mittagessen – Tomaten und Chili. Ihr Blick richtete sich auf den Türrahmen am Ende des Flurs, wo es heller wurde. Sie erwartete das Trappeln kleiner Füße. Stattdessen kamen große Füße in ihr Blickfeld. Eduardos Silhouette tauchte dunkel im Gegenlicht auf. Seine Gesichtszüge konnte sie nur unklar erkennen.

»Jo!«, rief er aus. Es klang mehr nach Schreck als nach Freude. Aber vielleicht riss er sich nur zusammen, weil seine Ehefrau danebenstand. Er eilte auf sie zu. »Du bist es wirklich!«

Er starrte sie an wie einen Geist. Er dachte wohl nicht daran, ihr die Hand zu geben oder sie gar zu umarmen. »Wie bist du so schnell hierhergekommen? Ich bin selbst erst seit vorgestern zurück aus Wien«, staunte er.

»Du warst in Wien?«, fragte Amanda und sah ihren Mann bohrend an. »Davon hast du mir gar nichts erzählt.«

»Ich bin mit dem Schiff gekommen. So wie du«, sagte Johanna an Eduardo gerichtet. Sie hatte wirklich keine Geduld für Höflichkeitsgeplänkel über ihre Reise.

»Wo ist Leonore? Ich habe den weiten Weg zurückgelegt, um meine Tochter zu sehen.«

»Das Kind hält seinen Mittagsschlaf. Wir werden es jetzt nicht aufwecken«, antwortete Amanda patzig.

»Jetzt komm erst einmal herein«, lud Eduardo sie ein, der sich ein bisschen gefangen zu haben schien. »Wo ist dein Gepäck?«

»Unten im Flur.«

»Ich hole deine Sachen hoch.«

»Lass nur, wenn Fräulein Osterkamp in ein Hotel geht, kann sie ihr Gepäck unten wieder aufnehmen.«

»Sie bleibt heute Nacht erst einmal bei uns. Dann sehen wir weiter«, entschied Eduardo.

Amanda presste ihre Lippen aufeinander.

»Wir haben eine Kammer neben der Küche für ein Dienstmädchen, die steht leer. Oder du kannst bei Leonore schlafen. Neben ihrem Bett liegt eine Matratze für unser Kindermädchen, das manchmal kommt.«

»Ja, gerne«, bestätigte Johanna hastig und lächelte Eduardo dankbar an.

»Wollen wir in die Wohnstube gehen? Solche Dinge sollte man nicht im Flur besprechen«, meinte Amanda und ging voran.

Johanna blieb zurück, um ihren Mantel auszuziehen.

Eduardo nahm ihn ihr ab und hängte ihn an einen Kleiderhaken.

Dort hing auch ein winziges rotes Mäntelchen. Johanna strich zärtlich mit ihrer Hand darüber.

»Die Kleine wacht bestimmt gleich auf«, wisperte Eduardo ihr zu. Er stand dicht bei ihr und sein Blick glitt an ihrem Körper hinab und wieder hinauf.

»Im Kleid habe ich dich noch nie gesehen«, murmelte er.

»Dafür aber vor wenigen Tagen noch ohne Kleidung«, flüsterte sie und warf ihm einen trotzigen Blick zu.

Er schmunzelte.

»Das solltest du mal deiner Frau erzählen!«

Eduardos Gesicht wurde ernst und er nickte.

»Ich bin froh, dass du gekommen bist«, raunte er in ihr Ohr, und seine warme Hand drückte kurz die ihre. Dann trat er einen Schritt zurück. »Geh schon mal vor.« Er wies in Richtung Wohnstube. »Ich bin gleich wieder bei dir.«

Er lief zur Wohnungstür hinaus, um ihre Koffer zu holen.

In der Wohnstube saß Amanda bereits auf einem geblümten Sofa und deutete auf einen Einzelsessel für Johanna. Sie schenkte dem ungebetenen Gast ein Glas Wasser aus einer Karaffe ein. Amanda hatte sich in den letzten zwei Jahren kaum verändert. Sie trug ihr dunkles Haar in einem Knoten im Nacken. Ihr Gesicht war rund und ausdruckslos, wie Johanna es kannte. Um die Augen herum vielleicht ein paar Fältchen mehr – aber für eine Frau von Ende dreißig hatte sie noch sehr glatte Haut. Sie trug ein modernes Hemdkleid mit tiefer Taille, was ihre rundlichen Hüften unvorteilhaft betonte. Aber zum Ausgleich hatte sie eine pralle Oberweite. Sie sah insgesamt attraktiv aus, musste Johanna zugeben. Mit ihren weiblichen Kurven war sie das komplette Gegenteil zu ihr selbst. Was Eduardo wohl an Johanna anziehend fand, wenn er ursprünglich solch ein brasilianisches Vollweib zur Frau genommen hatte, fragte sie sich zum zigsten Male.

»Haben Sie an der Wiener Oper Urlaub genommen?«, erkundigte sich Amanda.

»Nein. Ich bin rausgeworfen worden. Ich kann so lange in New York bleiben, wie ich will«, erklärte Johanna.

Amanda zupfte einen unsichtbaren Fussel von ihrem Kleid. »In den USA brauchen Sie ein Arbeitsvisum, wenn Sie länger als drei Wochen bleiben wollen. Sie haben sicher nur ein Touristenvisum«, stellte ihre Gastgeberin fest.

»Was hast du gesagt?«, rief Eduardo, der ins Zimmer gestürmt kam. »Du bist rausgeworfen worden?«

»Ja. Schalk hat meinen Vertrag aufgehoben.«

»Warum, zum Teufel?«, verlangte Eduardo zu wissen.

»Weil er herausbekommen hat, dass ich eine Frau bin.«

Eduardo starrte sie an. In schneller Abfolge flackerten Erstaunen, Zorn und Schuldbewusstsein über sein Gesicht.

»Wie hat er es herausbekommen?«

Johanna senkte ihren Blick. Vor Amanda wollte sie nicht eingestehen, dass Eduardo und sie beim Küssen beobachtet worden waren.

»Ach, das ist jetzt egal. Robert Heger hat etwas gesehen und es gleich weitergetratscht. Angeblich gab es auch Widerstand im Orchester gegen mich – sie wollten sich auf keinen Fall von einer Frau führen lassen.«

Eduardo ließ sich auf das Sofa neben seiner Frau fallen. Er schüttelte ungläubig seinen Kopf.

»Das ist ungerecht«, presste er zwischen seinen Zähnen hervor und richtete sich mit einem Ruck auf. »Du musst dich dagegen wehren! Du solltest zu einem Anwalt gehen. Das ist nicht rechtens. Vertrag ist Vertrag.«

»Die Sache ist für mich abgehakt«, lehnte Johanna kühl ab. »Ich werde mir hier in New York Arbeit suchen. Vielleicht sind die Direktoren und Musiker in der Neuen Welt aufgeschlossener gegenüber einer Dirigentin.«

»Oder Sie versuchen es in Deutschland«, warf Amanda ein. »Bei den Berliner Philharmonikern haben wohl schon Frauen dirigiert.«

»Vielen Dank für den Ratschlag. Aber ich bleibe hier. Ich möchte ab sofort in der Nähe meiner Tochter sein.« Johanna funkelte Amanda an.

»Leonore ist aber *unsere* Tochter. Das Kind kennt Sie außerdem gar nicht«, bemerkte Amanda mit eiserner Miene.

»Sie ist mein Fleisch und Blut. *Ich* bin ihre Mutter und sie wird mich wiedererkennen. Sie können es mir nicht verbieten«, schoss es über Johannas Lippen, und ihr ganzer Körper bebte vor Anspannung.

»Du darfst Leonore ja sehen«, lenkte Eduardo besänftigend ein.

In diesem Moment hörte Johanna ein helles Stimmchen durch die Wand. Sie sprang auf.

»Wir gehen die Kleine mal aus ihrem Bettchen holen«, beschloss Eduardo und warf seiner Frau einen strengen Blick zu, während er Johanna am Ellbogen fasste und sie sanft Richtung Tür dirigierte.

Als er die zweite Tür vom Flur in ein halb dunkles Zimmer öffnete, drängte Johanna sich ungeduldig hinter seinem Rücken vorbei und machte drei große Schritte in den Raum. Ihr Blick flog zu der kleinen Gestalt, die sich in ihrem Schlafsack aufgerichtet mit beiden Händchen an den Gitterstäben ihres Bettes festhielt und ihr mit erwartungsvollen Augen entgegenblickte. Johannas Beine gaben nach und sie sank in die Knie und schaute ihr kleines Wundermädchen an. Sonnenlicht ergoss sich in den Raum, während Eduardo die Vorhänge zurückzog. Die feinen Haare ihrer Tochter schimmerten golden. Ihre Augen waren groß und grau mit Tupfern von Grün und Blau. Sie waren von langen dunklen Wimpern umkränzt.

»Nore acorde«, drang es aus dem runden Mündchen der Kleinen, ihr Stimmchen klang wie eine Mischung aus Flöte und Frosch.

»Leonore ist wach«, wiederholte Eduardo die Worte seiner Tochter und ging zu ihrem Bettchen; die Kleine streckte ihm ihre pummeligen Ärmchen entgegen und strahlte mit kleinen weißen Zähnen. Eduardo nahm sie auf den Arm und setzte sich mit ihr auf den Teppich neben Johanna.

»Schau mal, wir haben Besuch. Das ist Johanna aus Wien. Sie ist auch ein Dirigent – wie dein Papa«, erklärte er. »Kannst du Hallo sagen?«

»Hallo«, quakte Leonore und lächelte verschämt.

Johannas Augen füllten sich mit heißen Tränen. Sie brachte kein Wort heraus. Sie streckte vorsichtig ihre Hand aus und fuhr mit ihrem Finger über den weichen Handrücken ihrer Tochter, dann über die vollen Bäckchen. Ihr Kind blickte sie neugierig an.

Ihr Gesichtchen war so wunderschön. Die roten Lippen geschwungen und glänzend vor Spucke, die Nasenspitze ein bisschen platt wie bei einem Kätzchen und ihr Nasenrücken recht ausgeprägt für ein Kleinkind. Sie erkannte die Züge des Neugeborenen wieder, nur inzwischen mehr ausgeformt. Leonore patschte mit ihrem Händchen auffordernd auf die Hand ihres Vaters und strampelte unternehmungslustig mit den Beinen in ihrem Schlafsack.

»Bist schon ganz munter, was?«, sagte Eduardo mit einem zärtlichen, warmen Singsang, der bestimmt ausschließlich für seine Tochter reserviert war. Er knöpfte den Schlafsack auf und sofort schoss ein nacktes Füßchen an die Luft.

»Oh, ein leckeres Füßchen«, alberte Eduardo und schnappte mit seinem Mund danach. Die Kleine legte sich in seinen Armen auf den Rücken und streckte ihm frech ihren Fuß ins Gesicht, seine Bartstoppeln am Kinn kitzelten an ihrer Fußsohle und er schnappte abermals mit dem Mund nach dem Füßchen; dabei gluckste und kicherte die Kleine mit kehligen Lauten, die so ansteckend unbeschwert waren, dass Johanna auch lachen musste. Der Knoten in ihrem Magen löste sich endlich.

»Du brauchst mal eine neue Windel«, stellte Eduardo fest.

Leonore rümpfte ihr Näschen und schüttelte den Kopf.

»Vielleicht will Johanna das machen?«

Er schaute sie fragend an. Sie nickte und lächelte.

Eduardo legte die Kleine auf den Wickeltisch, für den sie fast schon zu groß war, aber wenn sie ihre Beinchen in der typischen Säuglingshaltung einklappte und die Knie auf ihren Bauch zog, passte sie noch drauf. Sie ließ sich bereitwillig den Schlafsack ausziehen.

»Wir fangen schon an, sie auf das Töpfchen zu setzen, aber sie braucht die Windel noch«, sagte er. »Sie ist ja vor Kurzem erst zwei geworden, da hat sie noch ein bisserl Zeit, um trocken zu werden.«

Leonore streckte prompt ihre Händchen in die Höhe, in denen Daumen und Zeigefinger abgespreizt waren, um »zwei« zu zeigen.

»Fein«, sagte Johanna und strahlte die Kleine an. »Du bist ZWEI Jahre alt.«

Auch sie zeigte die zwei Finger mit ihrer Hand und hielt sie wie einen Vergrößerungsspiegel vor die Kinderhand.

Die Kleine lächelte stolz.

Eduardo trat zur Seite und Johanna machte sich behutsam daran, die Windel zu wechseln. Sie hatte es bei der Neugeborenen viele Male getan, fühlte sich jetzt aber ein wenig unsicher. Der Körper des Kleinkindes war ihr noch nicht vertraut. Sie betrachtete die weiche, helle Haut der Beine und der apfelrunden Pobacken. Zärtlich strich sie über den hochgewölbten Babybauch mit dem niedlichen Nabel, der einmal mit ihr verbunden gewesen war. Leonore ließ sie während der Windelprozedur nicht aus den Augen. Dabei brabbelte sie einige Worte – wohl auf Portugiesisch – und schien überhaupt ein keckes und mitteilsames Mädchen zu sein.

»Sie ist so süß«, flüsterte Johanna und strahlte Eduardo an. »Und sie hat ein liebes Stimmchen.«

»Sie kann schon ganz gut sprechen. Deutsch und Portugiesisch. Sie singt auch – mit einem Baby-Sopran.« Eduardo schmunzelte voller Vaterstolz.

»Du kannst nachher mal mit ihr aus dem Liederbuch mit den deutschen Kinderliedern singen.«

Als Leonore fertig gewickelt und mit Kleidchen sowie Strumpfhose angezogen war, nahm Johanna sie auf den Arm. Ihr kleiner Körper schmiegte sich an ihre Seite – deren Wärme und Gewicht verrieten ihr, dass es kein Traum war. Sie schmiegte ihr Gesicht in das feine Haar ihres Kindes und drückte einen Kuss darauf. Ein unverwechselbarer Duft ging von der Haut der Kleinen aus – sie saugte diesen Duft tief in sich ein und spürte, dass Leonore zu ihr gehörte.

»Willst du Johanna mal deine Spielsachen zeigen?«, schlug Eduardo vor. Die Kleine strampelte mit den Beinen und Johanna setzte sie auf den Boden. Hüpfend lief sie auf ihren kurzen Beinen mit durchgedrückten Knien in ihre Spielecke, wo ein Schafsfell und eine Sammlung von Stofftieren, Puppen und Figuren lagen. Sie setzte sich im Reitersitz in die Mitte ihres kleinen Reichs und Johanna kniete sich neben sie.

»Wo ist der Esel?«, fragte Eduardo.

Leonore griff zielsicher nach dem grauen Tier – Johanna hatte es ihrer Tochter zu Weihnachten geschickt. Sie ließ es durch die Luft reiten und schnalzte dabei mit der Zunge.

Johanna schmunzelte und streichelte dem Mädchen über den Kopf und tauschte mit Eduardo einen glücklichen Blick aus. »Wie heißt denn dein Esel?«

»Bethelheem«, verkündete Leonore. Dann sang sie mit klarer Stimme und beinahe tonsicher: »Ihr Kinderlein kommet, o kommet doch all, zur Krippe her kommet in Bethelheems Stall.«

Johanna lachte und hatte wieder Tränen in den Augen. »So toll kannst du singen, mein Schatz!«, flüsterte sie.

»Wir hatten an Weihnachten eine Krippe aufgebaut und der Esel hat das Jesuskind besucht. Ich habe einige Weihnachtslieder mit ihr geübt. ›Ihr Kinderlein kommet‹ mag sie besonders gerne«, erklärte Eduardo.

»Warte mal, ich habe doch ein Geschenk für dich mitgebracht«, fiel Johanna ein. Sie sprang auf, rannte in den Flur und wühlte in einem ihrer Koffer. Dann kehrte sie ins Kinderzimmer zurück und stellte die in hellblaues Krepppapier eingewickelte Überraschung vor ihre Tochter.

Die Kleine betastete die Gabe zuerst vorsichtig, doch bald riss sie das raschelnde Papier auf und zerfetzte es juchzend. Endlich kam der verborgene Inhalt zum Vorschein. Es war ein Karussell aus Holz mit Pferdchen und Kutschen, auf denen geschnitzte Kinderfiguren saßen. Johanna hatte es vor Kurzem in Wien in einem Schaufenster entdeckt und sofort gekauft – eigentlich als Geschenk für das nächste Weihnachtsfest.

»Pass gut auf«, sagte Johanna, drehte an dem Flügelknopf im Bodenteil und zog die Feder des Mechanismus auf. Das Karussell begann, sich zu drehen, und Mozarts »Kleine Nachtmusik« erklang aus dem Innern der Spieluhr. Leonore schaute mit offenem Mund auf das Wunderwerk. Als es schließlich nach vielen musikalischen Umdrehungen stumm stehen blieb, klatschte sie in die Hände.

»De novo«, rief sie.

»Noch mal«, wiederholte Eduardo lachend. »Das ist eines ihrer Lieblingswörter.«

Also ließen sie das Karussell noch unzählige Runden drehen und Leonore bestückte es mit weiteren Figuren aus ihrer Sammlung – ein dicker Troll, eine Fee, ein Pferd von einem Schachspiel und ein angebissener Pfefferkuchenmann durften mitreisen.

Amanda kam herein und sprach zu Eduardo auf Portugiesisch. Leonore wollte sie herbeiwinken und ihr das neue Spielzeug zeigen, aber sie ignorierte die Kleine.

»Heute Abend wollten Amanda und ich eigentlich zu einem Konzert von Rachmaninow«, erklärte Eduardo an Johanna gewandt. »Der Komponist sitzt selbst am Flügel – das ist jedes Mal beeindruckend. Wir haben das Kindermädchen bestellt, damit sie Leonore ins Bett bringt. Wenn es dir nichts ausmacht, kannst du dich heute Abend mit ihr zusammen um Leonore kümmern.«

»Ja, natürlich. Sehr gerne.« Johanna strahlte.

Sie nahmen zusammen ein frühes Abendessen ein. Leonore saß in einem Hochstuhl mit am Tisch und schien Hof zu halten. Eduardo fütterte seine kleine Prinzessin und sie forderte die Aufmerksamkeit ihres Papas ganz selbstverständlich ein. Sie schaute auch Johanna oft an und zeigte stolz ihre kleinen Kunststücke. Amanda hielt sich hingegen zurück. Nur in Ermahnungen war sie ganz groß – wenn die Kleine anfing, mit dem Essen zu spielen, rief sie das Kind zur Ordnung.

Johanna war verwundert, dass Leonore Eduardos Frau mit »Manda« ansprach, was zwar ähnlich wie »Mama« klang, aber doch die Abkürzung von deren Vornamen war.

»Will Amanda nicht, dass Leonore sie ›Mama‹ nennt?«, horchte Johanna Eduardo in einem unbeobachteten Moment aus.

»Ach, das liegt wohl daran, dass die Kleine mich Amanda ständig mit dem Vornamen anreden hört«, erklärte er. »Wir haben Leonore wiederholt die Mama-Anrede vorgesprochen. Aber sie ist manchmal ein richtiger Dickkopf und lässt sich nichts diktieren. Also haben wir ihr das selbst gewählte Wort gelassen.«

Johanna nickte erleichtert. Dieser Umgang mit der Namensfrage offenbarte ihr, dass Amanda keinen großen Wert auf ihre Mutterrolle legte, und ließ sie hoffen, dass diese das Mädchen ohne Kummer und möglichst kampflos abtreten würde. Vielleicht spürte Leonore sogar die Gefühlskälte ihrer Ziehmutter und verweigerte ihr deshalb die vertrauensvolle Anrede. Johanna würde ihr Kind von nun an Mutterwärme fühlen lassen. Sie konnte sich nichts Schöneres vorstellen, als eines Tages von ihrer Tochter aus freien Stücken »Mama« gerufen zu werden.

Um kurz vor 19 Uhr erschien das Kindermädchen. Es war eine zierliche Portugiesin namens Rebeca, wohl Mitte 50, die einen resoluten und gleichzeitig sanften Eindruck auf Johanna machte. Leonore begrüßte sie mit einem Schmatzer auf die Wange.

»Rebecas Bruder führt das beste portugiesische Restaurant von Manhattan, nur einige Straßen von uns entfernt, ein echtes Familienunternehmen«, erklärte Eduardo. »Wir gehen da regelmäßig essen. Rebeca arbeitet dort als Bedienung. Sie war immer so herzlich zu Leonore, deshalb habe ich sie gefragt, ob sie unser Kindermädchen werden möchte.«

»Cabelo de Anjo – Engelshaare«, rief Leonore und steckte sich ein Fingerchen in den Mund.

Eduardo lachte. »Genau, Leonore isst im Restaurant immer die süßen Fadennudeln, die wie Engelshaar schmecken«, sagte er zu seiner Tochter und zu Johanna. »Außerdem Tomatensuppe.

Davon bekommt sie jedes Mal einen niedlichen Clownsmund. Das musst du unbedingt mal sehen.«

Nachdem Eduardo und Amanda in festlicher Abendgarderobe gegangen waren, widmete sich Johanna ganz der kleinen Leonore, die sich über die Aufmerksamkeit ihres Besuchs offensichtlich freute. Sie übernahm wie selbstverständlich die Rolle der Gastgeberin und führte Johanna an der Hand ins Kinderzimmer. Sie holte ein Buch mit Bauernhoftieren hervor, setzte sich vertrauensvoll auf den Schoß ihrer neuen Spielgefährtin und übernahm auch gleich das Zepter im Vorlesen.

»Wo ist die Kuuuh?«, fragte sie mit ihrem Glockenstimmchen – ganz so, wie Eduardo sie bestimmt fragte, wenn er seiner Tochter das Buch vorlas.

Johanna zeigte artig mit ihrem Finger auf die braune Kuh im Buch.

»Und wie macht die Kuh?«

»Muuuh«, machte Johanna.

Die Kleine riss begeistert ihr Mündchen auf und fiel auch mit ins Muhen ein. So ging Leonore Hund, Katze, Schwein, Hahn und Esel mit ihr durch und war besonders begeistert von Johannas Schweinchengrunzen.

Später zeigte Leonore ihr im Bad ihre Zahnbürste und ließ sich von Johanna ihre süßen zehn Milchzähnchen putzen.

Rebeca saß meist still dabei und lächelte freundlich. Zwischendurch sprach Leonore einige Worte auf Portugiesisch mit ihrem Kindermädchen, das sie sehr zu mögen schien – sie wirkte mit ihr ausgelassener als mit ihrer strengen Adoptivmutter.

Gegen 20 Uhr war Bettzeit. Rebeca bereitete dem Kind ein Milchfläschchen zu und Johanna versorgte sie mit einer frischen Windel und zog ihr Nachthemd und Schlafsack an. Sie selbst machte sich ebenfalls bettfertig. Auch wenn sie auf dem Schiff ihren Schlafrhythmus schon schrittweise an die Zeitzone von New York angenähert hatte, war sie ziemlich müde, denn wenn es hier 20 Uhr war, dann war es in Wien schon zwei Uhr in der Nacht.

Sie legte sich auf die Matratze vor dem Gitterbett ihres Kindes.

»Magst du bei mir hier unten liegen, Leonore?«, fragte sie. Die Kleine fand das scheinbar ein Abenteuer wert und bettete ihren Kopf mit einem schelmischen Lächeln auf das große Kopfkissen von Johanna und rieb ihr Näschen vorwitzig an deren Wange. Johanna zog den kleinen Körper in ihre Arme und bedeckte sie mit Küssen und pustete in ihre Halsfalten, bis Leonore giggelte. Die Kleine kuschelte sich an sie und patschte einige Male mit ihrem Händchen auf Johannas Brust, wie sie es als Neugeborene beim Stillen immer getan hatte. Johanna hielt den Atem an, um diesen Moment nicht mit einer Bewegung zu stören. Ob die Kleine sich instinktiv an diese körperliche Verbindung zu ihrer Mutter erinnerte? Vielleicht war ihr der Geruch der mütterlichen Haut noch vertraut. Eine warme Welle von Glück breitete sich in ihrer Brust aus. Sie spürte, dass sie ihre Tochter in den zwei Jahren der Trennung nicht verloren hatte und deren kindliche Liebe vollends gewinnen konnte – wenn sie fortan in ihrer Nähe blieb und für sie sorgte.

Leonore griff sich ihre Milchflasche mit beiden Händen und nuckelte genüsslich daran.

Johanna zog die Decke über sie beide, streichelte ihrem Mädchen über den Bauch und sang ihr leise einige Schlaflieder vor: »Guten Abend, gute Nacht, mit Rosen bedacht«, »Schlaf, Kindlein, schlaf« und »Der Mond ist aufgegangen«. Als Leonore eingeschlafen war, lauschte sie den Atemzügen ihres Kindes und fühlte sich endlich angekommen.

Am nächsten Morgen war Johanna so erquickt und lebendig wie schon lange nicht mehr. Eduardo allerdings hatte Schatten unter den Augen und sah auch sonst ein bisschen zerknautscht im Gesicht aus.

»Wie war das Konzert? Hat Rachmaninow gut gespielt?«, erkundigte sich Johanna, als Eduardo und sie gerade alleine in der Küche waren.

»Der Abend war ein Desaster. Aber das lag nicht an Rachmaninow.«

»Habt ihr gestritten, Amanda und du?«

Eduardo nickte und zog einen Mundwinkel in einem missglückten Lächeln in die Höhe.

»Meinetwegen?«

»Ja.«

»Da gibt es auch einiges zu klären«, flüsterte Johanna und sah Eduardo forschend in die Augen. Sein Gesicht wurde ernst und er erwiderte ihren Blick mit einer Intensität, die sie schwindelig werden ließ. Sie hörte, wie er tief seufzte, und seine Lippen öffneten sich, um etwas zu sagen. In diesem Moment kam Amanda in die Küche gepoltert und sie fuhren wie ertappt auseinander.

Am Vormittag unternahmen sie alle zusammen einen Spaziergang in den Washington Square Park. Johanna stieg der Geruch von Würstchen und Senf in die Nase, als sie an einem Hotdog-Stand vorbeikamen. Sobald sie auf der Grünfläche waren, kletterte Leonore aus ihrem Kinderwagen und rannte auf ihren kurzen Beinen über die Wiese auf den gepflasterten Platz rund um einen flachen Brunnen zu. Dort war ein buntes Karussell aufgebaut, das zu Spielorgelmusik seine fröhlichen Runden drehte.

»Mitfahren, mitfahren«, kreischte Leonore, hüpfte aufgeregt vor ihrem Papa und streckte ihre Ärmchen in die Höhe.

Eduardo ging drei Chips beim Kassenhäuschen kaufen. Als das Karussell anhielt, stürmte das Mädchen sofort hin und kletterte auf den Drehteller. Hier gab es als Fahrfiguren weiße Pferdchen, Schmetterlinge und Enten, dann noch einige Fahrzeuge wie das New Yorker Yellow Cab und ein knallrotes Feuerwehrauto mit bunten Signallichtern, einer Bimmel und einem Lenkrad am Fahrersitz. Ein dicker Junge wurde dort gerade von seiner Mutter herausgehievt.

Leonore flitzte zum Feuerwehrauto.

Amanda eilte ihr nach.

Auch andere Kinder hatten es auf dieses Gefährt abgesehen – drei Jungs, die drei Köpfe größer waren als Leonore. Aber das Mädchen zischte wie der Blitz zwischen den Hindernissen hindurch und war als Erste bei ihrem Wunschauto. Sie reckte beide Arme nach der Fahrertür, war aber zu klein, um alleine einzusteigen. Eben sprang ein Junge mit dunklem Strubbelkopf in das Auto, machte sich auf dem Fahrersitz breit und hämmerte auf allen Knöpfen herum, sodass es blinkte und tutete. Leonore stimmte ein noch lauteres Protestgeheul an.

»Schrei nicht so!«, schimpfte Amanda und wollte die Kleine vom Feuerwehrauto wegziehen. »Das Feuerwehrauto ist sowieso nur was für Jungs. Komm, du kannst auf dem Schmetterling reiten.«

Johanna war inzwischen auch zur Stelle.

»Leonore möchte aber ins Feuerwehrauto«, fuhr sie Amanda an und schob diese wütend beiseite. Sie hob ihre Tochter hoch und sagte energisch zu dem Jungen im Fahrersitz: »This seat is for the girl. She was the first«, und zeigte in ihrem besten Dirigentenstil gebieterisch auf den Beifahrersitz.

Der Junge glotzte sie zuerst verdattert an, dann rutschte er grummelnd zur Seite.

Johanna hob Leonore auf den Fahrersitz, die über das ganze Gesicht strahlte und sofort das Lenkrad ergriff.

Eduardo kam dazu und gab der Kleinen den Chip in die Hand, der gleich darauf vom Kontrolleur von allen kleinen Fahrgästen eingesammelt wurde. Alle Eltern standen um das Karussell herum, das sich bimmelnd in Bewegung setzte.

Johanna wandte sich Amanda zu.

»Sagen Sie meiner Tochter nie wieder, was sie als Mädchen nicht darf. Wenn Leonore ein Feuerwehrmann werden will, dann kann sie das!«

Amanda schnappte wütend nach Luft.

»In dem Fall können Sie ihr ja gleich ein Jungenkostüm kaufen. Damit haben Sie schließlich auch so große Erfolge gehabt, nicht wahr?«

Die beißende Ironie perlte an Johanna ab. Sie sah nur das glückliche Gesicht ihrer Tochter am Steuer des knallroten Feuerwehrautos.

Als Leonore ihren Mittagsschlaf machte, bat Eduardo Johanna in die Wohnstube.

»Amanda ist ausgegangen. Wir müssen unbedingt besprechen, wie es nun mit uns weitergehen soll«, sagte er mit ernster Miene und setzte sich über Eck auf den Sessel. »Erzähl einmal genau, wie es dazu kam, dass Schalk deinen Vertrag aufgehoben hat«, bat er sie.

Johanna schilderte es ihm.

»Oh, dann war das auch meine Schuld. Wenn ich dich nicht besucht hätte und wir uns nicht geküsst hätten … Aber warum hast du so schnell den Aufhebungsvertrag unterschrieben? Ich verstehe nicht, warum du ohne jede Gegenwehr gegangen bist.«

»Ich denke, ich war erleichtert, dass die Wahrheit endlich heraus war. Dieses ständige Verstellen – auch wenn ich mich an das Korsett gewöhnt hatte –, ich habe mich gefühlt wie ein Schmetterling, der auf ewig in seinem Raupenpanzer eingesperrt ist. Ich weiß, es war mein großer Traum, als Dirigent die Musikwelt zu erobern. Und ein Stück weit habe ich das auch geschafft. Aber jetzt will ich es als Dirigentin schaffen. Schließlich habe ich über drei Jahre die Wiener Philharmoniker dirigiert. Diese Referenz muss mir doch einige Türen öffnen.«

Eduardo nickte bedächtig. »Du willst wirklich nicht nach Wien zurück?«

»Nein«, schnaubte sie. »Du wirst mich nicht dazu bringen, meine Tochter noch einmal zu verlassen! Egal, was Amanda dir eingeredet hat. Oder vielleicht war es seinerzeit in Wien auch dein Wille, mich ins Abseits zu drängen, damit du mit deiner Frau ungestört eure erstorbene Ehe wieder aufleben lassen konntet. Ich war eurem Familienglück im Weg.«

Johanna atmete heftig und saß auf der Kante des Sofas, bereit zum Aufstand, falls Eduardo sie mit seinen Worten in den Abgrund reißen wollte. Der hatte sich während ihres Wortfeuers kerzengerade aufgesetzt und blickte sie bestürzt an.

»Das sind ja ganz neue Töne. Du hast damals doch zugestimmt, dass wir Leonore nach New York mitnehmen ...«

»Weil ihr mir keine Wahl gelassen habt – friss oder stirb«, fiel sie ihm ins Wort. »Ich war zu schwach, um zu widersprechen, und ich hatte Angst, dass ich sonst alleine und mittellos mit dem Kind dastehen würde.«

Eduardo schüttelte den Kopf und senkte den Blick – ob aus Schuldbewusstsein, konnte sie nicht erkennen.

»Du wolltest deine Karriere am Opernhaus auf keinen Fall aufs Spiel setzen und dir war es recht, das Kind in gute Hände zu geben. So habe ich dich damals verstanden.«

Johanna knetete ihre Hände und schwieg.

»Auch von mir wolltest du nichts mehr wissen nach unserer Liebesnacht. Du hast mich glauben lassen, dass unser Zusammensein dir nichts bedeutet hat, ein Ausrutscher ohne echtes Gefühl. Du hast mich in die Wüste geschickt.«

Seine Stimme klang heiser und voller Schmerz. Plötzlich fühlte sie sich schuldig, dass sie ihn so verletzt hatte. Es stimmte: Sie hatte ihre wahren Gefühle vor ihm verborgen, ihre Liebe lange Zeit sogar vor sich selbst verleugnet. Aber sie hatte aus Unsicherheit und Sorge so gehandelt. Sie wollte sich verteidigen.

»Was hast du dir denn vorgestellt, was für eine Art von Verhältnis wir haben sollten? Du warst – und bist – verheiratet. Ich wollte nicht die heimliche Geliebte von dir werden und dabei meine Stellung als Dirigent aufs Spiel setzen.«

Eduardo rieb sich seine Stirn. »Du hast bekommen, was du haben wolltest: Erfolg als Dirigent. Ich habe es doch gespürt, mit welchem Ehrgeiz du dein Ziel verfolgt hast. Du wolltest jedes Opfer dafür bringen. Was ich dir zu bieten hatte, wäre dir niemals genug gewesen. Und die Mutterschaft für dein Kind hätte dir auch nicht genügt.«

»Was weißt du eigentlich von meinen Muttergefühlen?«, presste sie hervor. »Schon als ich schwanger war, habe ich für mein Kind gekämpft. Aber ich war nicht darauf vorbereitet, was für eine Gefühlswelle über mich schwappen würde, als meine wunderbare Tochter dann an meiner Brust lag. Du kannst dir nicht vorstellen, in was für ein dunkles Tal ich gestürzt bin, als ihr mir Leonore weggenommen habt. Ich wäre beinahe daran zugrunde gegangen. Nur die Musik hat dafür gesorgt, dass ich aus diesem Abgrund wieder herausklettern konnte. Aber selbst das Scheinwerferlicht und der Applaus für den Dirigenten haben mich nicht gewärmt. Mein Erfolg war ein goldener Anstrich – glänzend, kalt und starr. Ich habe mich jeden Tag nach Leonore gesehnt.«

»Das tut mir leid, Johanna«, murmelte Eduardo und legte kurz seine warme Hand auf ihre. »Ich wollte dir niemals wehtun. Ich dachte, es wäre so am besten für uns alle.«

Tränen schossen ihr in die Augen. Sie ließ sie ungehindert über ihre Wangen laufen.

»Das ist Ver-gangen-heit«, brachte sie schluchzend hervor. »Wichtig ist das Jetzt. Ich möchte bei Leonore sein. Jeden Tag. Ich will ihr eine gute Mutter sein.«

Eduardo seufzte. War das Zustimmung oder Sorge, weil sie das Unmögliche verlangte? Sie forschte in seinem Gesicht, aber alles war verschwommen.

»Hat das neue Kind eure Ehe gerettet?«, brachte sie mühsam hervor.

»Nein«, gestand er leise. Er seufzte wieder. »Amanda und ich haben uns noch weiter voneinander entfernt. Wir sind schon lange kein Liebespaar mehr. Und ein Elternpaar auch nicht wirklich. Ich kümmere mich hauptsächlich um Leonore. Amanda war diesen und letzten Winter für drei Monate in Brasilien. Sie hatte dort ein Gastengagement an der Oper von São Paulo. Und hat sich dort in eine Affäre mit ihrem Tenor-Kollegen gestürzt. Aber mir steht es nicht zu, mich darüber zu beschweren. Immerhin habe ich sie als Erster betrogen – und dabei sogar ein uneheliches Kind gezeugt.«

Warum war Eduardo immer noch mit dieser furchtbaren Frau zusammen? Er sah ihr forschend ins Gesicht und schien ihre Gedanken zu lesen.

»Du darfst nicht zu schlecht von Amanda denken. Sie ist eine echte Brasilianerin und kann die Kälte von New York nicht ertragen. Und die Kälte in unserer Ehe auch nicht.«

»Bist du deshalb mit mir ins Bett gegangen? Aus Frust über deine kalte Ehe? Oder habe ich bloß deine Entdeckungslust gereizt?«

»Ich habe mich vom ersten Augenblick an zu dir hingezogen gefühlt«, murmelte er. »Ich habe nicht verstanden, warum ich ständig den Impuls hatte, diesen stolzen Jüngling mit der zarten Haut zu berühren. Aber am Abend nach der ›Walküre‹, als du dich wie eine eifersüchtige Frau benommen hast, da ist es mir wie Schuppen von den Augen gefallen. Ab diesem Augenblick habe ich dich begehrt. Und ich habe mich in dich verliebt, als wir miteinander geschlafen haben – in dein Temperament und deine Leidenschaft, die du unter deiner beherrschten Fassade verbirgst. Und hier in New York habe ich ständig an dich denken müssen und mich nach dir verzehrt. Jedes Mal, wenn ich in das liebe Gesichtchen von Leonore geschaut habe, habe ich dich darin entdeckt.«

Seine Worte rauschten durch sie hindurch und sie versuchte vergeblich, sie festzuhalten. Zurück blieb ein Leuchten. Sie sank auf die Knie und griff blind nach seinen Händen, Armen, Schultern – fühlte seinen warmen Körper in einer Umarmung und endlich seine Lippen auf ihren. Sie sagte ihm alles in ihrem Kuss.

Kapitel 42:
Frauen stehen Schlange

New York, 20. Juli 1929

»Hast du die Zeitung hochgebracht?«, fragte Johanna und wäre fast vom Küchenstuhl gesprungen. Aber Leonore saß in ihrem Hochstuhl und sperrte ihr Mündchen hungrig auf. Johanna ließ einen Löffel Hirsebrei wie ein Flugzeug in den Mund ihrer Tochter fliegen, die zufrieden schmatzte.

Eduardo setzte sich zu ihnen an den Frühstückstisch und schlug die Samstagsausgabe der New York Times auf.

»Es müsste bei den Annoncen unter ›JOBS‹ stehen«, sagte Jo ungeduldig.

Eduardo schmunzelte und blätterte gemächlich. »Hier ist es.« Er tippte mit dem Zeigefinger auf eine dick eingerahmte Anzeige.

WOMAN MUSICIANS WANTED FOR
ALL FEMALE SYMPHONIC ORCHESTRA
under the direction of **Johanna Osterkamp**,

who has conducted the **Vienna Philharmonic** for three years.
AUDITION NEXT SATURDAY at 3 p.m. at the Manhattan School of Music.

Er las den Aufruf zum Vorspielen für Johannas Frauenorchester feierlich vor.

»Meinst du, es sieht wie eine Todesanzeige aus – mit diesem schwarzen Rahmen drumherum?«

Eduardo lachte schallend.

Leonore lachte mit ihrem Glockenstimmchen mit und patschte mit dem Löffel ausgelassen im Hirsebrei herum, dass es nur so spritzte.

»Nein«, meinte er. »Es fällt ins Auge – und so soll es sein.«

»Glaubst du, es kommen wirklich Musikerinnen zu dem Vorspielen? Und nicht nur Freizeitspielerinnen, sondern Frauen mit einer echten musikalischen Ausbildung?«

»Bestimmt«, sagte er und beugte sich vor, um ihr einen Kuss zu geben.

»Meinst du, ich muss den Anwärterinnen gleich zu Beginn sagen, dass sie nicht bezahlt werden, sondern nur einen Anteil der Gage bekommen – falls unser Orchester engagiert wird? Und außerdem müssen sie zunächst einen Beitrag für die Saalmiete und Noten entrichten. Die Anzeige unter ›Jobs‹ zu platzieren, war vielleicht irreführend. Bestimmt denken die Musikerinnen, sie könnten in meinem Orchester Geld verdienen.«

»Nun ja, zuerst geht es um die Ehre, nicht wahr?«, merkte Eduardo an. »Aber wenn du dein Frauenorchester zu hoher Qualität führst, folgen sicherlich Engagements, und dann kommt der Rubel schon ins Rollen.«

»Ich hoffe, das reine Frauenorchester erhält genügend Aufmerksamkeit beim Publikum und in der Presse, damit wir einige private Sponsoren an Land ziehen können.«

Den ersten Sponsor hatte Johanna in Eduardo gefunden, der die Hälfte der Saalmiete für das heutige Vorspielen beisteuerte. Im Übrigen ging das ganze ehrgeizige Unterfangen auf ihre eigenen Kosten. Sie war Feuer und Flamme für ihr neues Projekt. Sie war sich sicher, dass es außer ihr noch viele Musikerinnen gab, die von der Männerherrschaft kleingehalten und ausgeschlossen wurden – und die nur darauf warteten, ihre Korsetts zu sprengen.

Johannas Versuche, als Dirigentin an der Met und bei anderen Orchestern in New York engagiert zu werden, waren zwar auf höfliches Interesse gestoßen, aber die Direktoren ließen sie trotzdem im Ungewissen zappeln.

»Ich melde mich bei meinem nächsten Einsatz zur ›Tosca‹ einfach eine halbe Stunde vor Vorstellungsbeginn krank«, hatte Eduardo vorgeschlagen. »Und wenn sie dann händeringend nach einem Ersatzdirigenten suchen, sage ich, dass meine Kollegin zufällig im Zuschauerraum sei und einspringen könne – dann kommst du schon zu deinem Auftritt.«

Johanna fand diesen Plan zwar moralisch nicht ganz einwandfrei, aber völlig trickfrei schien es nicht zu funktionieren. Ihre Gastverträge für den August bei den Salzburger Festspielen und im nächsten Jahr an der Semperoper standen auch auf der Kippe. Sie hatte beide Direktoren angeschrieben und mitgeteilt, dass sich im Vertrag ein Tippfehler bei ihrem Namen befinde und der Vorname Johann um ein »a« zu ergänzen sei – eine reine Formalität, die sicherlich den Vertrag an sich nicht beeinträchtige. Bisher hatte sie keine Rückmeldungen bekommen.

Sehr erfreuliche Post hatte sie jedoch aus Wien erreicht. Johanna hatte ihre Abschiede brieflich nachgeholt und zuerst Genia Schwarzwald geschrieben. Sie hatte die Umstände ihrer überstürzten Abreise aus Wien geschildert, für deren großzügige

Freundschaft gedankt und Grüße aus ihrer neuen Heimat New York gesendet.

> Ich habe hier endlich mein privates Glück gefunden und hoffe auch auf einen musikalischen Neuanfang.

Genia hatte ihr herzlich zurückgeschrieben.

> Wir vermissen Sie hier alle sehr. Sobald Sie das nächste Mal wieder in Wien sind, kommen Sie unbedingt in meinen Salon. Ich wünsche Ihnen von Herzen alles Glück der Erde zusammen mit Ihrer Tochter und dem Mann an Ihrer Seite, den Sie lieben.

Dass Johanna mit Eduardo ohne Trauschein zusammenlebte, hatte sie in ihrem Brief gestanden. Eduardo war weiterhin mit Amanda verheiratet, die nach Brasilien zurückgekehrt war. Er wollte sich zwar von ihr scheiden lassen, aber Amanda zierte sich noch, weil sie nicht von der katholischen Kirche ausgeschlossen werden wollte und den gesellschaftlichen Makel fürchtete.

Manchmal musste man im Leben Kompromisse akzeptieren und zu kleinen Täuschungen greifen. So hatte Eduardo ihr auch eine permanente Aufenthaltsgenehmigung, die sogenannte *Greencard*, ermöglicht, indem er sie – auf dem Papier – als Kindermädchen für seine Tochter eingestellt hatte. Solange Johanna beruflich noch nicht als Dirigentin Fuß gefasst hatte, war das eine gute Lösung. Sie kümmerte sich schließlich auch rund um die Uhr um Leonore, also war es keine echte Lüge.

»Hier sind noch zwei Briefe an dich.« Eduardo schob ihr die Papiere hin. »Beide vom Wiener Operntheater abgeschickt.«

Johanna griff erstaunt danach und schlitzte die Kuverts mit dem Brotmesser auf.

Der erste Brief war vom Oboisten. Nach der Anrede mit »Gnädiger Maestro Osterkamp« – was ein Kompliment war und auch eine Vermeidung der weiblichen Form – dankte er ihr im Namen der Philharmoniker für die gute Zusammenarbeit der letzten drei Jahre und wünschte ihr alles Gute für ihre musikalische Zukunft.

Dass die Philharmoniker in dieser Zukunft wieder unter ihrer Leitung spielen würden, schrieb er nicht. Zum Abschluss hieß es:

> Wir jagen um des Schönen willen in der Jagd, nicht der Beute wegen. So ist es auch in der Musik.
>
> Mit Verehrung
> Ihr Jacob Pomberger

Der zweite Brief ließ sie auflachen, denn als Erstes fiel ihr Blick auf die Postkarte, die ein herrlich appetitanregendes Stück Sachertorte abbildete. Auf der Rückseite las sie, dass die Karte von Willi Wandler stammte. Sie hatte auch den Portier mit einer Abschiedsbotschaft bedacht. Seine tägliche Freundlichkeit und seine Hilfsbereitschaft an jenem blutigen Abend der »Turandot« hatte sie nicht vergessen. Für ihren Gruß hatte sie eine Postkarte mit Szenenbild einer »Turandot« von der Met ausgewählt und ihm neben ihren Dankesworten auch geschrieben, dass New York in kulinarischer Hinsicht ein ziemlicher Schock sei.

> Hier muss ich klebrige Donuts anstelle von Sachertorte essen und braune Plörre anstelle von Mokka trinken.

Im Kuvert fand sie neben der Postkarte einen seidigen Briefbogen, der mit blauer Tinte eng beschrieben war und von Marcel Prawy stammte – der von dem skandalumwitterten Rauswurf von Dirigent Osterkamp offensichtlich gehört hatte. Der junge Opernenthusiast schrieb:

> Gnädiges Fräulein und geschätzter Dirigent Osterkamp,
> wir vom Stehplatz vermissen Sie alle sehr – ich natürlich besonders, denn Sie sind mein zweitliebster Dirigent, gleich nach Richard Strauss. Bei der nächsten Gelegenheit möchte ich Sie wieder dirigieren hören. Dem Wunsch meines Vaters folgend habe ich ein Jus-Studium begonnen, aber in Wirklichkeit studiere ich die Oper. Spätestens, wenn ich mein Examen in der Tasche und genug Geld gespart habe, werde ich nach New York reisen und dann sehen und hören wir uns wieder.

Sie lächelte breit. Sie war sich sicher, dass sich ihre Wege eines Tages erneut kreuzen würden.

Auch mit Dana pflegte Johanna einen regelmäßigen Briefaustausch. In ihrem letzten Brief schrieb die Freundin:

> Alle Klassen der Schwarzwaldschule bereiten seit Wochen das große Musikspiel für das Sommerfest vor. Wir führen den »Karneval der Tiere« von Camille Saint-Saëns auf – mit Schulorchester und Schauspiel. Ich nähe und werke mit meinen Schülerinnen an den Tierkostümen: Wir brauchen Löwen, Hühner,

> Elefanten, Kängurus und Fische. Du kannst dir denken, dass wir sehr beschäftigt sind – es bereitet mir unglaublich viel Freude und meine Mädchen sind mit Feuereifer dabei. Constanze sehe ich fast jeden Tag. Das Mädchen ist mir immer noch sehr zugetan. Letztens hat sie mir ein buntes Bild mitgebracht, das Friedl für mich gemalt hat. Er scheint mich noch nicht vergessen zu haben, auch wenn die Familie inzwischen natürlich ein neues Kindermädchen eingestellt hat.
>
> Meine Abendbeschäftigung als Garderobiere am Opernhteater bringt mir ein gutes Zubrot ein und macht mir dazu auch Spaß. So langsam geht mir diese Musik ins Ohr, ich werde am Ende noch süchtig danach.

Auch an Martha und Tessa hatte Johanna geschrieben und ihnen einige Seiten mit Damenmode aus dem Katalog von Macy's beigelegt – das war das beste Kaufhaus von New York mit einem riesigen Warensortiment. Sie war mit Leonore in der Spielwarenabteilung gewesen und hatte ein Schaukelpferd für ihr abenteuerlustiges Mädchen ausgesucht.

Martha war begeistert gewesen:

> Diese Kleider sehen herrlich frech und nach Jazz aus – solche schrägen Kragenschnitte habe ich in Wien noch nie gesehen. Ich werde mir sofort zwei dieser Kleider bei Macy's bestellen – sie liefern sogar über den Atlantik.

Tessa schrieb:

> Du bist mir vielleicht ein Früchtchen. Da
> angelst du dir einen feschen Dirigenten und
> erzählst uns kein Sterbenswort davon. Schick
> unbedingt das nächste Mal ein Bild von dir
> und deinem schönen Hecht mit. Hältst du
> schon nach einem Brautkleid Ausschau?

Johanna runzelte die Stirn und musste gleichzeitig schmunzeln. Dana hatte ihren beiden Freundinnen wohl taktvoll verschwiegen, dass Johannas toller Fang noch mit einer anderen verheiratet war. Sie würde sich eher einen neuen Dirigentenfrack anziehen als ein Brautkleid. Was Tessa wohl sagen würde, wenn Johanna ihr anstelle eines Verlobungsbildes ihre heimliche uneheliche Tochter präsentierte? Sie beschloss, Tessa und Martha im nächsten Brief ein Familienfoto mit Leonore zu senden. Die Zeiten des Versteckens sollten endlich vorüber sein.

»Willst du mit zu Enrico kommen?«, fragte sie Leonore. »Mama muss schnell etwas für unser Mittagessen einkaufen.«

Die Kleine sprang auf und hüpfte über ihre Spielsachen zu Johanna in den Flur. Hand in Hand gingen sie die Treppen hinunter. Vor der Haustür mussten sie nur wenige Schritte bis zur Ladentür ihres Lieblingsgeschäfts machen – die italienischen Delikatessen von Enrico standen fast täglich auf ihrem Speiseplan –, vor allem, weil Johanna hier frisch zubereitete Pestos, Fleischbällchen, Ravioli und Nudelsalate kaufen konnte, was sehr praktisch war, wenn sie keine Zeit oder Lust zu aufwendigem Kochen hatte.

»Buongiorno, Signora Giovanna e Signorita Leonore! Come stai?«, begrüßte sie der kleine Enrico mit seiner dunklen Lockenpracht und grün-weiß-roter Schürze.

»Buongiorno, Enrico.« Lächelnd suchte Johanna einige Leckereien aus der Theke aus. »Tiramisu, prego«, bestellte sie den Nachtisch für heute Mittag.

Enrico redete wie ein Wasserfall, während er die Sachen für sie einpackte. Er war ein Fan der Brooklyn Dodgers und erzählte ihnen in seinem Mischmasch aus Italienisch und Amerikanisch die Highlights vom letzten Spiel seiner Baseballmannschaft. Dabei fiel ständig der Name von Coach Uncle Robbie und Enrico gestikulierte mit Händen und Füßen und spielte die Würfe nach.

Leonore schaute ihm dabei jedes Mal mit großen Augen und offenem Mund zu.

»Dodgers gooooo«, rief sie mit ihrem hellen Stimmchen und klatschte in die Hände.

Zur Belohnung schenkte Enrico ihr wie immer eine dicke Scheibe Panettone.

Zur Mittagszeit stand Johanna am Herd und führte den Kochlöffel mit Schwung durch die Töpfe. Eduardo hatte ihr diesen Holzlöffel mit einem Augenzwinkern geschenkt: Es war eine Spezialanfertigung mit einem kegelförmigen Korkgriff am oberen Ende wie bei einem Dirigentenstab. Sie versuchte sich an Tortilla, die er so gerne mochte. Aber die Kartoffeln klebten mit den Zwiebeln am Boden der Pfanne fest und es roch schon ganz verbrannt.

»Eduaaardo!«, schrie sie in den Flur.

Er rannte ins Zimmer und riss sofort das Fenster auf. Rasch stocherte er mit einer Gabel in dem missglückten Kartoffelfladen herum, der auf der Unterseite schon ganz schwarz war.

»Irgendwas ist schiefgelaufen«, jammerte Johanna.

Eduardo lachte und gab ihr einen Kuss auf den Hals. »Warum ist das so trocken? Hast du etwa die Eier vergessen?«

Johanna fiel die Kinnlade herunter, dann musste sie auch lachen. »Ja«, gab sie zu, »ich bin die schlechteste Köchin der Welt!« Sie reichte ihm den Kochlöffel.

»Bitte sehr, Herr Dirigent, dieser Stab gehört Ihnen.«

Zum Glück konnte Eduardo gut kochen, sonst hätten sie sich von Hotdogs und Tiramisu ernähren müssen.

Am nächsten Samstagnachmittag spazierten sie durch den Riverside Park. Leonore lief mit flinken Trippelschritten Händchen haltend zwischen ihnen. Die ausladenden Kirschbäume der Allee hatten ihre rosa Blüten längst abgeworfen und nicht mal mehr Blütenstaub in den Ritzen der Pflastersteine erinnerte an ihre betörende Pracht. Sie kamen am Mausoleum von General Ulysses S. Grant vorbei, dem US-Präsidenten, der im Bürgerkrieg gegen die Sklavenbesitzer der Südstaaten ausgezogen war. Auf den Stufen unter den weißen Säulen kehrte gerade ein schwarzer Arbeiter Zigarettenstummel und anderen Müll auf. Für die Nachkommen der Sklaven war es noch ein weiter Weg bis zur Gleichberechtigung, dachte Johanna und fühlte sich ihnen verbunden.

Sie nahmen Kurs auf die Manhattan School of Music. Diese private Musikschule lag am Rande des Parks in der Nähe der Columbia University auf der Upper East Side von Manhattan. Das Besondere an der Musikschule war, dass sie von einer Frau im Jahr 1917 gegründet worden war und seitdem von ihr geleitet wurde. Janet Daniels Schenck war eine Vollblutmusikerin, die in Europa und an der Columbia University studiert hatte und eine hervorragende Pianistin war. Ihre Mission war es, Musikunterricht für Mädchen und Jungen aller Nationalitäten zugänglich zu machen, vor allem den vielen Immigrantenkindern in der Stadt New York. Als Johanna von dieser mutigen Musikvermittlerin gehört hatte, hatte sie gewusst, dass sie eine Verbündete in ihr finden würde. Janet hatte sich sofort bereit erklärt, den größten Probensaal ihrer Musikschule für das zu gründende Frauenorchester kostengünstig zur Verfügung zu stellen. Heute war hier der Treffpunkt für die Musikerinnen, die hoffentlich Johannas Zeitungsaufruf gefolgt sein würden.

Das Gebäude der Musikschule kam in Sicht.

Johanna blieb stehen.

»Wie sehe ich aus?«, fragte sie. Sie trug einen locker sitzenden Hosenanzug für Damen in Marineblau und einen roten Topfhut.

»Wie eine Dirigentin«, antwortete Eduardo und zog sie in seine Arme.

»Was meinst du, Leonore?«

»Mama, du bist die Schaffnerin«, lispelte ihre Tochter und guckte voller Stolz zu ihr hoch.

Leonores aktuelles Lieblingsbuch handelte von einem Schaffner mit einer roten Mütze, der alle Züge dirigierte – »conductor« bedeutete auf Amerikanisch nämlich gleichzeitig Zugführer und Dirigent. Wenn die Kleine sie mit »Mama« ansprach, war das immer noch die schönste Musik in ihren Ohren. Sie kniete sich vor Leonore hin.

»So, jetzt gehe ich zum Frauenorchester. Bis später, mein Schatz.«

»Darf ich auch in deinem Orchester mitspielen?«, wollte Leonore wissen.

»Natürlich. Welches Instrument möchtest du denn spielen?«

»Die Trommel und die Triangel«, verkündete die Kleine ohne Zögern.

Johanna lachte, nickte und gab ihrer Tochter einen Kuss auf das Näschen.

Eduardo reichte ihr den Dirigentenstab, der inzwischen viele Höhen und Tiefen mit ihr geschwungen war.

Johanna schritt auf die Musikschule zu. Der Sommerwind trug ein vielstimmiges Summen, Raunen, Plappern, Glucksen und Giggeln in ihre Richtung. Als sie um die Ecke zum Haupteingang bog, blieb sie wie angewurzelt stehen und blinzelte. Vor ihr erstreckte sich eine lange Reihe aus mindestens hundert Frauen, jede von ihnen hielt ein Instrument im Arm: eckige Kästen für Blasinstrumente, runde Geigenkästen und Umhüllungen für größere Klangkörper. Sie sah gleich vier mannshohe Kontrabässe in ihrer kurvigen weiblichen Form. Johanna ging ihren Musikerinnen entgegen. All diese Frauen standen Schlange, um in ihrem Orchester zu spielen. Aber würden auch die Männer Schlange stehen, um sie spielen zu hören?

Nachwort:
Der Dirigent ist selbstverständlich ein Mann

Jedes Orchester braucht einen Dirigenten. So wie ein Schiff einen Kapitän benötigt, ein Zug einen Lokomotivführer und das Bienenvolk seine Königin. Landläufig stellt man sich unter einem Dirigenten einen Mann im Frack mit fliegenden Rockschößen vor, der vehement den Taktstock schwingt und sich zwischendurch mit einem weißen Taschentuch den Schweiß von der Stirn wischt. Vielleicht steht ihm sogar seine weiße Haarmähne wild zu Berge. Wer sich ein bisschen in der Klassikwelt auskennt, der hat sicherlich den großen Herbert von Karajan vor Augen, der wie ein majestätischer und absoluter Herrscher seine Musiker zu Höchstleistungen antrieb, sich dabei selbst gerne und oft von Kameras in Szene setzen ließ und heute noch als Verkörperung des musikalischen Genies und der charismatischen Führungsgestalt gilt.

Was macht den Mythos des Dirigenten aus? Der Dirigent ist der Übersetzer der Partitur, des musikalischen Vermächtnisses eines Komponisten, ähnlich einem Wissenden, der als Einziger die ihm von einer höheren Macht zugetragenen Worte verstehen und für die Zuhörer verständlich machen kann.

Jeder, der in einem Konzert war, hat eine Erinnerung an den Dirigenten. Aber können Sie sich daran erinnern, schon einmal eine Frau am Dirigentenpult gesehen zu haben? Wahrscheinlich nicht. Denn der Dirigent ist immer ein Mann. Das muss so sein, ist von der Natur gegeben, war von jeher so. Frauen können nicht dirigieren. Sie haben nicht den Überblick, können nicht führen – und wer würde ihnen wohl folgen wollen? Ein Dirigent muss eine Führungspersönlichkeit sein, eine natürliche Autorität ausstrahlen, die unterfüttert ist mit spürbarem musikalischem Verständnis und technischem Können. Ein Dirigent braucht gute Ohren und flinke Augen – er muss zig Zeilen der Partitur gleichzeitig lesen und dabei alle Musiker im Blick behalten. Eine Aufgabe, die dem Dirigenten größte Konzentration und Multitaskingfähigkeiten abverlangt. Außerdem muss der Dirigent körperlich fit sein, ausdauernd, energetisch, präzise, mitreißend – seine Körpersprache macht den Musikern die Musik sichtbar. Der Dirigent überträgt seine Klangvision in Zeichen und Gesten.

Warum sollte eine Frau das nicht auch können? Weil Frauen dafür geschaffen sind zu folgen, nicht zu führen. Das liegt in ihrer Natur. Frauen sind emotionale Wesen, überempfindlich, nervös, oftmals hysterisch. Frauen lassen sich schnell ablenken. Und sie selbst lenken die männlichen Musiker auch schnell ab. Weil ihre weiblichen Bewegungen und ihr Körpereinsatz zu viel Sex ausstrahlen.

Sie – meine Leserinnen – wollen protestieren? Genau mit diesen Argumenten war es Frauen jahrhundertelang verwehrt, sich als Dirigentinnen zu bewähren.

Im 19. Jahrhundert gab es vereinzelt Musikerinnen, die im Salon der Aristokratie ein Konzert leiten durften. So dirigierte

Sophie Charlotte, Preußens erste Königin, vom Cembalo aus italienische Opern. **Fanny Hensel**, die Schwester von Felix Mendelssohn Bartholdy, leitete die Sonntagsmusiken in Berlin – mehr gestattete ihre Familie nicht. In Deutschland schrieben Dirigentinnen an der Spitze der Berliner Philharmoniker Musikgeschichte: Am 5. November 1887 dirigierte die Engländerin **Mary Wurm** als Solistin ihres Klavierkonzerts und als »Concertgeberin«. Allerdings musste sie das Orchester mieten, um ihre Kompositionen öffentlich aufführen zu können.

Die 1920er-Jahre standen im Zeichen der weiblichen Emanzipation und Befreiung. So konnten sich in dieser Zeit einige Dirigentinnen mit den Berliner Philharmonikern präsentieren: **Eva Brunelli** leitete am 8. November 1923 als erste Frau bei den Berliner Philharmonikern ein abendfüllendes Programm. Ihr folgte 1924 die Engländerin **Ethel Leginska**. Im Jahr 1929 sorgte das »Kokain«-Symphoniekonzert unter der Leitung der Wiener Komponistin **Lise Maria Mayer** für einen Skandal. Diese aussagekräftige Begebenheit findet sich in meinem Roman wieder und wird dort von den männlichen Musikern geschichtsgetreu verspottet. Wobei ich das Konzert aus dramaturgischen Gründen in der Fiktion ins Jahr 1926 vorverlegt habe – man möge es mir nachsehen.

1930 traten gleich zwei Frauen mit den Berliner Philharmonikern auf: die Brasilianerin **Joanidia Sodré** und die in Rotterdam geborene, in Amerika aufgewachsene **Antonia Brico**. Beide Dirigentinnen hatten zuvor in Berlin Musik studiert. Antonia Brico leistete zudem in den USA Pionierarbeit: Im Jahr 1934 gründete sie die »New York Women's Symphony«, ein Frauenorchester, das bis 1939 bestand.

Wendet man den Blick nach Österreich, genauer genommen gen Musikmekka Wien, dann zeigt sich ein anderes Bild. In den 1920er-Jahren war es undenkbar, dass eine Frau die Wiener

Philharmoniker dirigierte. Das Orchester selbst bestand ebenfalls ausschließlich aus männlichen Musikern.

Man mag es kaum glauben, aber erst im Jahr **1993** durfte die erste Frau ans Pult der Wiener Staatsoper treten: Die Australierin **Simone Young** dirigierte die Oper »La Bohème« von Puccini.

Ein weiteres Flaggschiff der Wiener Musiklandschaft ist der Wiener Opernball. Erstmals im Jahr **2017** feierte eine Frau dort ihr Debüt: Die Italienerin **Speranza Scappucci** dirigierte die Eröffnung des weltberühmten Balls.

Das Jahr **2020** markierte einen weiteren (späten) Meilenstein in der Aufholjagd der Frauen mit Taktstock: Die Deutsche **Joana Mallwitz** dirigierte als erste Frau ein gesamtes Opernprogramm (»Cosí fan tutte« von Mozart) bei den Salzburger Festspielen.

Erst im Jahr **2021** sollte es der Ukrainerin **Oksana Lyniv** gelingen, als erste *Maestra* auf dem »Grünen Hügel« eine weitere Bastion männlicher Dirigentendominanz zu stürmen: Sie dirigierte den »Fliegenden Holländer«. In der 145-jährigen (seit 1876) Geschichte der Bayreuther Festspiele standen vor ihr 92 Maestros am Pult – die 93. ist nun endlich eine Frau.

Trotz der einzelnen weiblichen Lichtgestalten sind die Orchester dieser Welt weiterhin fest in männlicher Hand. Nicht nur im Zahlenverhältnis sind die Frauen in der Minderheit, sondern auch in den Machtpositionen. Es macht einen Unterschied, ob eine Dirigentin lediglich als Gast engagiert wird oder ob man ihr die Leitung eines Orchesters und eines Opernhauses überträgt.

Pionierarbeit geleistet haben hier **Simone Young** als Intendantin der Staatsoper Hamburg und Generalmusikdirektorin der Philharmoniker Hamburg (2005–2015) und **Joana Mallwitz** als jüngste Generalmusikdirektorin

Europas am Theater Erfurt (2014/2015) und als Generalmusikdirektorin am Staatstheater Nürnberg (ab 2018).

Dieser Roman ist eine Verneigung vor jeder Dirigentin – den Pionierinnen der Vergangenheit, den Pultheldinnen der Gegenwart und den Taktstockkünstlerinnen der Zukunft. Die Geschichte meiner Romanheldin Johanna Osterkamp führt 100 Jahre zurück in das Wien der 1920er-Jahre an die Wiener Oper: Heiliger Gral der europäischen klassischen Musik und Olymp der Primadonnen sowie Startenöre, der Sehnsuchtsort aller Musikliebhaber, der Wirkungsort der berühmtesten Komponisten jener Zeit wie Richard Strauss und Franz Lehár.

Die **Wiener Philharmoniker** waren und sind unangefochten eines der besten Orchester der Welt. Damals wie heute träumen Dirigenten davon, dieses Orchester der Extraklasse zu leiten. Aber für eine Dirigentin der 1920er-Jahre wäre das ein unerfüllbarer Traum geblieben – der jedoch in der Fiktion wahr werden kann.

Berlin, Dezember 2022

HISTORISCHE PERSÖNLICHKEITEN IN DIESEM ROMAN

Am Wiener Opernhaus

Richard Strauss (1864–1949) war ein deutscher Komponist der Spätromantik, der mit seinen 16 Opern, symphonischen Dichtungen und Liedern eine ganz neue Klangsprache schuf und den Weg in die musikalische Moderne ebnete. In vielen seiner Opern war Hugo von Hofmannsthal sein kongenialer Partner, der die Textbücher schrieb. Strauss prägte als Leiter der Wiener Oper von 1919–1924 (in Doppeldirektion mit Franz Schalk) die Wiener Aufführungslandschaft, wo er die meisten seiner Werke selbst dirigierte. Er ließ den Sängerinnen und Sängern viel Spielraum in der Interpretation seiner Komposition und schätzte sogar Ungenauigkeiten, die im Rausch des Moments entstanden und zur Intensität einer Rollendarstellung beitrugen.

Franz Schalk (1863–1931) war ein österreichischer Dirigent und Direktor der Wiener Staatsoper von 1918 bis 1929. Unter seiner Leitung erblühte das Opernhaus in der Zeit nach dem Ersten Weltkrieg zu neuer Pracht. Er setzte bei der Programmgestaltung auf populäre Stücke, um wieder mehr

Publikum ins Haus am Ring zu locken. Neben den beliebten Opern von Richard Strauss verhalf er auch dem im Krieg aussortierten italienischen Repertoire zu seiner Wiener Renaissance. Er gab ebenfalls einigen modernen Stücken (wie »Jonny spielt auf«) eine Bühne. Er war für sein langsames Dirigat und seinen sarkastischen Humor bekannt.

Robert Heger (1886–1978) war ein deutscher Dirigent, Komponist und Hochschullehrer. 1925 holte ihn Franz Schalk an die Wiener Oper, wo er acht Jahre als Kapellmeister wirkte. Gleichzeitig war er Konzertdirektor der Gesellschaft der Musikfreunde in Wien. 1937 trat er in die NSDAP ein und machte unter den Nationalsozialisten Karriere. 1944 wurde er von Hitler in die »Gottbegnadeten-Liste« der wichtigsten Dirigenten aufgenommen, was ihn vor einem Kriegseinsatz bewahrte. Robert Heger setzte seine Karriere nach dem Zweiten Weltkrieg unbeschadet fort.

Maria Jeritza (1887–1982) war eine tschechische Opernsängerin (Sopran). Ab 1912 feierte sie an der Wiener Oper als *Primadonna assoluta* jahrelang große Erfolge. Sie stach hervor mit ihrem intensiven Spiel und ihrer erotischen Ausstrahlung. Sie trat 1919 in der Uraufführung von »Die Frau ohne Schatten« in der Rolle der Kaiserin und in der Erstaufführung von »Die ägyptische Helena« auf – beides Opern von Richard Strauss. Parallel gab sie Gastspiele an allen großen europäischen Opernhäusern und gehörte von 1921 bis 1932 zum Ensemble der New Yorker Metropolitan Opera. Sie glänzte nicht nur auf der Bühne, sondern auch auf der Leinwand, wo sie in einer Filmoperette die Großfürstin Alexandra verkörperte (1933). Nach dem Zweiten Weltkrieg trug sie mit hohen Geldspenden zum Wiederaufbau der zerstörten Wiener Oper bei. Im Jahr 1996 wurde in

Wien-Donaustadt (22. Bezirk) der »Maria-Jeritza-Weg« nach ihr benannt.

Charlotte »Lotte« Lehmann (1888–1976) war eine deutsch-amerikanische Opernsängerin (Sopran). 1914 wurde die Preußin zum gefeierten Star der Wiener Oper – und zur größten Konkurrentin von Maria Jeritza. Während ihres langjährigen Engagements in Wien bis 1938 machte sie sich einen Namen als Wagner- und Strauss-Sängerin. 1926 wurde ihr der Titel »Österreichische Kammersängerin« verliehen, 1928 wurde sie zum Ehrenmitglied der Wiener Staatsoper ernannt. Internationale Gastengagements führten sie nach Salzburg, Paris, London, Buenos Aires, Chicago, San Francisco und New York City. Ihre Auftritte in Deutschland endeten abrupt ab 1933, da sie sich weigerte, den Forderungen des NS-Kunstbetriebs zu folgen. Nach dem Anschluss Österreichs an das Deutsche Reich emigrierte sie in die USA. Von 1938 bis 1951 wurde die Metropolitan Opera in New York zu ihrer neuen künstlerischen Heimat.

Richard Tauber (1891–1948) war ein österreichischer Opernsänger (Tenor). Von der Presse und der Werbung wurde ihm der Name »König des Belcanto« verliehen. Zwischen 1922 und 1925 machte sich Tauber einen Namen als brillanter Mozartsänger und verhalf der Operette zu nie da gewesener Popularität. Sein Freund Franz Lehár schrieb ihm in vielen seiner Operetten die Tenorpartien auf den Leib. Mit dem Ohrwurm »Dein ist mein ganzes Herz« aus der Operette »Das Land des Lächelns« (von Franz Lehár) wurde Tauber weltberühmt – nicht zuletzt dank der Verbreitung durch das neue Medium der Schallplatte. Auch die Filmwelt eroberte er im Sturm und trat singend zwischen 1925 und 1946 in 16 Filmen auf. Er war ein Frauenschwarm, hatte selbst aber wenig Glück in der Liebe. Er gehörte zu den Spitzenverdienern seiner Zeit, spendete großzügig für Bedürftige und war immer bereit, seine Fans mit Gesangszugaben zu beglücken.

Alfred Piccaver (1884–1958) war ein britisch-amerikanischer Opernsänger (Tenor). Seit 1912 war er zwei Jahrzehnte lang einer der beliebtesten Sänger an der Wiener Oper (vom Stammpublikum liebevoll »Pikki« genannt) und interpretierte dort alle großen Tenorpartien wie den Rodolfo, Cavaradossi, Canio, Radames, Florestan, Lenski und Walther. Er war auch bekannt dafür, häufiger wegen Indisposition abzusagen, da er sich seinem Publikum nur in bester stimmlicher Verfassung präsentieren wollte.

Jan Kiepura (1902–1966) war ein polnisch-amerikanischer Opernsänger (Tenor) und Schauspieler. Im Jahr 1926 holte Franz Schalk den blendend aussehenden Tenor erstmalig an die Wiener Oper. Mit seiner triumphalen Darbietung als Calaf in Giacomo Puccinis »Turandot« am 15. Oktober 1926 wurde er zum umschwärmten Liebling des Wiener Publikums. In den 1930er-Jahren galt er zusammen mit Richard Tauber und Joseph Schmidt als einer der »Drei Tenöre«. Seine Popularität verhalf ihm auch zu einer glänzenden Filmkarriere in Europa.

Marcel Prawy (1911–2003) war ein österreichischer Dramaturg, Opernkenner und Opernkritiker mit amerikanischer Staatsbürgerschaft. Er stammte aus einer jüdischen Familie, die in Zeiten der Monarchie dem Ritterstand angehörte. Schon als Schüler besuchte er unzählige Aufführungen an der Wiener Oper im legendären Stehparterre – dem Lieblingsplatz der Opernkenner und Enthusiasten – und knüpfte persönliche Bekanntschaften mit den dortigen Künstlern. In den

1930er-Jahren wurde er Privatsekretär des Tenors **Jan Kiepura** und konnte im Oktober 1938 mit Kiepura in die USA emigrieren. Auf diese Weise entkam er der Verfolgung durch das nationalsozialistische Regime. 1972 wurde Prawy Chefdramaturg der Wiener Staatsoper. In regelmäßigen Werkeinführungen in Funk und Fernsehen vermittelte er dem Publikum seine Liebe und sein Wissen zum Musiktheater auf humorvolle Weise.

Im Wiener Salon

Eugenie »Genia« Schwarzwald (1872–1940) war eine österreichische Pädagogin, die sich für Sozialreformen und Frauenrechte einsetzte und insbesondere als Pionierin in der Mädchenbildung bekannt ist. Sie übernahm im Jahr 1901 das Mädchenlyzeum am Franziskanerplatz 5, das sie ab 1911 als Mädchenrealgymnasium mit acht Klassen führte. Es war damit die erste Schule in Österreich, an der Mädchen die Matura (das Abitur) erwerben konnten. Die dortige Pädagogik war von Gewaltfreiheit, Förderung der Fantasie und Gestaltungskraft sowie der freien Entfaltung jedes Kindes geprägt. Insbesondere wurden die erzieherischen Grundsätze von Maria Montessori angewendet, mit der Genia in einem regen Gedankenaustausch stand.

In ihrem **Salon** in der Josefstädter Straße trafen sich bedeutende Intellektuelle und Künstler der 1920er-Jahre. Die Salonière, die von ihren Besuchern auch »Frau Doktor« genannt wurde, war eine charmante, tolerante und großzügige Gastgeberin, die sich darauf verstand, verschiedene Persönlichkeiten mit den unterschiedlichsten Ansichten zusammenzubringen.

Anna Freud (1895–1982) war eine österreichisch-britische Psychoanalytikerin und Tochter von Sigmund Freud. Schon von Kindesbeinen an weihte ihr Vater sie in die Welt der Psychoanalyse ein und zog sie zu seiner »rechten Hand« heran, was zu einer großen Abhängigkeit führte. Jedoch mit ihren Arbeiten zur psychoanalytischen Pädagogik und Kinderanalyse befreite sie sich aus dem Schatten ihres Vaters und machte sich einen eigenen Namen. Ihre Eigenständigkeit wuchs mit ihren fachlichen Kooperationen und Freundschaften mit Kolleginnen und Geistesschwestern. So gründete sie mit Eva Rosenfeld im Jahr 1927 eine progressive Schule. Von 1925–1979 lebte sie mit der New Yorker Millionenerbin Dorothy Tiffany Burlingham in einer alternativen Lebensgemeinschaft zusammen, in der sie deren vier Kinder aus erster Ehe gemeinsam großzogen und psychologisch analysierten.

Karl Kraus (1874–1936) war ein österreichischer Schriftsteller, Publizist, Dramatiker, Kritiker und Förderer junger Autoren. Zum Hauptwerk von Kraus gehören das Drama »Die letzten Tage der Menschheit« (1918) und die Zeitschrift »Die Fackel«, die er von 1899 bis 1936 herausgab. Darin hielt er der Gesellschaft mit seinen scharfzüngigen und satirischen Artikeln den Spiegel vor und war damit eine geschätzte und gefürchtete Figur in der Intellektuellenszene.

Die Musik in diesem Roman

Quellenangaben A–Z

In der folgenden alphabetischen Übersicht finden Sie Angaben zu den Musikstücken, aus denen die im Roman zitierten Lieder und Arien stammen.

Boris Godunow
ist ein »musikalisches Volksdrama« von Modest Mussorgski (1839–1881) nach Motiven des gleichnamigen Dramas von Puschkin. Die Oper wurde am 8. Februar 1874 im Mariinski-Theater in Sankt Petersburg uraufgeführt. Die historische Person Boris Godunow war russischer Zar von 1598 bis 1605.

Carmen
ist eine französische Oper von Georges Bizet (1838–1875). Das Libretto stammt aus der Feder von Henri Meilhac und Ludovic Halévy nach der gleichnamigen Novelle von Prosper Mérimée. Die Uraufführung fand am 3. März 1875 in der Opéra-Comique in Paris statt und provozierte einen Skandal, denn Carmen erzählt eine Geschichte von weiblicher Selbstbestimmung und

erotischer Befreiung. Inzwischen gehört die Oper mit ihren Ohrwürmern wie der »Habanera«, der »Blumenarie« und der Stierkampf-Marschmusik zu den beliebtesten und am meisten aufgeführten Werken weltweit.

Die Frau ohne Schatten
ist eine Oper von Richard Strauss (1864–1949). Im Mittelpunkt steht der unerfüllte Kinderwunsch der Kaiserin, die keinen Schatten hat. Um ein Kind empfangen zu können, will sie der Färbersfrau deren Schatten abkaufen. Das Werk wurde am 10. Oktober 1919 an der Wiener Staatsoper uraufgeführt.

Die Hochzeit des Figaro
ist eine Oper von Wolfgang Amadeus Mozart (1756–1791), Originaltitel »Le nozze di Figaro«, uraufgeführt am 1. Mai 1786 im Burgtheater Wien. Dem Liebespaar Figaro und Susanna, beide Diener, gelingt es mit einigen Schlichen, sich den lüsternen Begehrlichkeiten ihres Dienstherrn, des Grafen Almaviva, zu entziehen und endlich ihre Hochzeit zu feiern. Mozart kritisiert in seinem Werk humorvoll und frech die selbstsüchtigen Sitten der Adeligen seiner Zeit und lässt die »kleinen Leute« triumphieren.

Die tote Stadt
ist eine Oper von Erich Wolfgang Korngold (1897–1957) als Komponist und mit Texten von Paul Schott, einem Pseudonym, hinter dem sich Julius Korngold, dessen Vater, verbirgt. Das Libretto basiert auf dem Roman »Das tote Brügge« (»Bruges-la-morte«, 1892). Die Oper wurde am 4. Dezember 1920 gleichzeitig im Stadttheater Hamburg sowie im Stadttheater Köln uraufgeführt. Mit dem Thema der Trauerbewältigung greift die Oper zeitgenössische Erkenntnisse aus der Psychoanalyse auf: Der Maler Paul trauert um seine verstorbene Ehefrau

Marie und kann sie nicht loslassen. Als in Brügge die quirlige Tänzerin Marietta auftaucht, die seiner Marie wie aus dem Gesicht geschnitten ist, will er sie ummodeln und so seine Tote wieder zum Leben erwecken. Dieses Motiv der vorgetäuschten Wiederkehr der toten Frau setzte Alfred Hitchcock einige Jahre später in seinem Thriller »Vertigo« (1958) erneut in Szene.

Die Walküre
ist eine Oper von Richard Wagner (1813–1883), uraufgeführt am 26. Juni 1870 in München. Sie bildet als zweiter Teil einer Tetralogie zusammen mit den Opern »Das Rheingold«, »Siegfried« und »Götterdämmerung« das Gesamtwerk »Der Ring des Nibelungen«. Im Mittelpunkt der »Walküre« steht das Zwillingspaar Siegmund und Sieglinde, die in Liebe zueinander entbrennen und Sohn Siegfried hervorbringen.

Die Zauberflöte
ist eine Oper von Wolfgang Amadeus Mozart. Sie wurde 1791 im Freihaustheater in Wien uraufgeführt. Das Werk zählt zu den bekanntesten und am häufigsten inszenierten Opern weltweit. Sie ist durch ihre märchenhafte Handlung und fantastische Welt leicht zugänglich für ein junges Publikum, beinhaltet aber auch die Ideale der Freimaurer wie Freiheit, Brüderlichkeit und Humanität. Berühmte Arien daraus sind »Der Vogelfänger bin ich ja« (Papageno), »Dies Bildnis ist bezaubernd schön« (Tamino) und »Der Hölle Rache kocht in meinem Herzen« (Königin der Nacht).

Don Giovanni
oder »Der bestrafte Wüstling« ist eine Oper von Wolfgang Amadeus Mozart, Libretto von Lorenzo Da Ponte. Sie wurde am 29. Oktober 1787 im Ständetheater in Prag uraufgeführt. Die Geschichte basiert auf der Legende des Lebemannes

und Verführers Don Juan. Auch wenn der unverbesserliche Weiberheld am Ende der Oper in die Hölle fahren muss, feiert Mozart dessen Ausschweifungen jedoch mit musikalischer Spritzigkeit und einem launigen Augenzwinkern.

Falstaff
ist die letzte Oper von Giuseppe Verdi (1813–1901). Das Libretto stammt von Arrigo Boito und basiert auf William Shakespeares »Die lustigen Weiber von Windsor«. Die Uraufführung fand am 9. Februar 1893 im Teatro alla Scala in Mailand statt. Der Titelheld ist ein Bonvivant, der sich keinen Genuss entgehen lassen will.

Faust (Margarethe)
ist eine Oper von Charles Gounod (1818–1893). Das Libretto stammt von Jules Barbier und Michel Carré nach Goethes »Faust I«. Die Uraufführung fand am 19. März 1859 in Paris am Théâtre-Lyrique statt. Faust ist ein alter Gelehrter, der mit seinem Leben unzufrieden ist. Mit Mephisto schließt er einen teuflischen Pakt, der ihm die Jugend zurückgibt. Auf Freiersfüßen verführt Faust die unschuldige Margarethe, die einen hohen Preis dafür zahlen muss.

Fidelio
ist die einzige Oper von Ludwig van Beethoven (1770–1827), in der Urfassung unter dem Titel »Leonore oder Der Triumph der ehelichen Liebe« uraufgeführt am 20. November 1805 am Theater an der Wien in Wien. Die Oper zeigt, wie die mutige Gattin Leonore ihren aus politischen Gründen eingekerkerten Florestan aus seinen Fesseln befreit. Die Oper ist auch ein Plädoyer für Meinungsfreiheit und prangert staatliche Tyrannei an.

Hoffmanns Erzählungen
ist eine »Phantastische Oper in 5 Akten« von Jacques Offenbach (1819–1880), frz. Originaltitel: »Les contes d'Hoffmann«, uraufgeführt am 10. Februar 1881 in Paris. Im Zentrum steht der gebeutelte Poet Hoffmann, der sich rauschhaft an die Frauen erinnert, die er geliebt hat und an denen er gescheitert ist. In all seinen Enttäuschungen steht ihm jedoch die Muse stets zur Seite.

Jonny spielt auf
ist eine Oper von Ernst Krenek (1900–1991). Sie wurde am 10. Februar 1927 im Neuen Theater zu Leipzig uraufgeführt, hatte 421 Aufführungen in ihrer ersten Spielzeit, wurde auch weltweit ein Erfolg und zelebriert die Freiheit der Künste in den Goldenen Zwanzigern. Schon die ersten Aufführungen wurden von Unruhen gestört, die auf die frühe Nazibewegung zurückgingen. Schließlich wurde die Oper nach der Machtübernahme 1933 von den Nationalsozialisten verboten und als »entartete Musik« gebrandmarkt.

La Bohème
ist eine Oper von Giacomo Puccini (1858–1924). Das Libretto wurde von Luigi Illica und Giuseppe Giacosa nach dem Roman »Les scènes de la vie de bohème« von Henri Murger verfasst. Die Uraufführung fand 1896 im Teatro Regio in Turin unter Arturo Toscanini statt. Die Oper gilt als eine Vertreterin des »Verismo«: Es geht um Leben, Leiden und Lieben von gewöhnlichen Menschen – ein Dichter, ein Maler, ein Musiker, ein Philosoph sowie die Schneiderin Mimi und die Lebefrau Musetta. »La Bohème« ist eine der beliebtesten und am meisten gespielten Opern auf den Bühnen dieser Welt.

Lohengrin
ist eine romantische Oper über einen Gralsritter von Richard Wagner. Sie wurde am 28. August 1850 in Weimar uraufgeführt. Die Komposition gilt mit ihren teilweise süßen Melodien als das italienischste unter Wagners Werken. Man könnte meinen, er habe sich doch etwas vom gleichaltrigen Verdi abgeschaut, seinem größten Konkurrenten.

Madama Butterfly
ist eine Oper von Giacomo Puccini. Die Oper wurde am 17. Februar 1904 im Teatro alla Scala in Mailand uraufgeführt. Die Oper spielt bei Nagasaki um das Jahr 1900 und zeichnet das tragische Schicksal der jungen Geisha Butterfly nach, die sich in den amerikanischen Seemann Pinkerton verliebt und ihn nach japanischer Sitte heiratet. Nach kurzem Liebesspiel verlässt er sie und heiratet eine Amerikanerin. Butterfly bleibt mit seinem Kind zurück. Um diesem eine Zukunft in Amerika zu ermöglichen, übergibt sie ihr Kind dem Vater und nimmt sich selbst das Leben.

Otello
ist eine Oper von Giuseppe Verdi mit einem Libretto von Arrigo Boito, das eine Adaption des »Othello« von William Shakespeare darstellt. Die Oper wurde im Jahr 1887 am Mailänder Teatro alla Scala uraufgeführt. Der ehemalige Sklave Otello hat sich als Feldherr hochgearbeitet und seine große Liebe Desdemona geheiratet. Doch der neidische Jago flüstert ihm dämonisch ein, Desdemona sei ihrem Mann untreu. Rasende Eifersucht zersetzt Otellos Psyche und macht ihn letztlich zum Mörder.

Paganini
ist eine Operette von Franz Lehár (1870–1948) mit Texten von Paul Knepler und Bela Jenbach. Die Uraufführung fand am 30.

Oktober 1925 im Johann Strauß-Theater in Wien statt. »Gern hab ich die Frau'n geküsst«, lautet ein Schmachtstück hieraus, das von Tenor Richard Tauber berühmt gemacht worden ist.

Rigoletto

ist eine Oper von Giuseppe Verdi mit einem Libretto von Francesco Maria Piave und beruht auf dem Melodrama »Le roi s'amuse« von Victor Hugo (1832). Sie wurde 1851 am Teatro La Fenice in Venedig uraufgeführt. Eine berühmte Arie daraus ist: »La donna è mobile« – »Die Frau ist launenhaft«, die sogar heutzutage in der Werbung eingesetzt wird. In der Geschichte geht es um den buckligen Hofnarren Rigoletto, dessen schöne Tochter Gilda sein einziger Schatz ist. Damit sie nicht wie so viele Frauen des Hofes vom Grafen von Mantua verführt und verlassen wird, sperrt Rigoletto seine Tochter zu Hause ein. Aber indem er ihr die Liebe verbieten will, provoziert er gerade ihren Untergang.

Tosca

ist eine italienische Oper von Giacomo Puccini, uraufgeführt am 14. Januar 1900 im Teatro Costanzi in Rom. »E lucevan le stelle« – »Und es leuchteten die Sterne« ist eine berühmte Arie hieraus. Sie wird im 3. Akt vom Maler Mario Cavaradossi (Tenor) gesungen, als dieser kurz vor seiner Hinrichtung einen Abschiedsbrief an Tosca, seine Geliebte, schreiben darf. Ein weiteres Glanzstück bildet die Arie der Tosca (Sopran): »Vissi d'arte, vissi d'amore« – »Ich lebte für die Kunst, für die Liebe«, die sie in einem verzweifelten Gebet singt, als der lüsterne Polizeichef Scarpia sie erpresst.

Turandot

ist die letzte und unvollendete Oper von Giacomo Puccini. Das Libretto stammt aus der Feder von Giuseppe Adami und

Renato Simoni nach dem gleichnamigen Theaterstück (1762) von Carlo Gozzi. Die Geschichte spielt in Peking (China) und greift orientalische Märchenmotive auf. Nach dem Tod des Komponisten wurde die Oper von Franco Alfano nach den Skizzen und Aufzeichnungen Puccinis vollendet. Uraufgeführt wurde die Oper am 25. April 1926 am Mailänder Teatro alla Scala.

Wien, du Stadt meiner Träume
ist ein von Rudolf Sieczyński (1879–1952) im Jahr 1914 komponiertes Lied. Eine Zeile daraus lautet: »Wien, Wien, nur du allein sollst stets die Stadt meiner Träume sein!« Der Komponist liebte seine Geburtsstadt Wien über alles und schrieb zahlreiche Lieder, die ihr huldigen.

Winterreise
(op. 89, D 911) ist ein Liederzyklus, den Franz Schubert (1797–1828) im Herbst 1827, ein Jahr vor seinem Tod, komponierte. Der Zyklus besteht aus 24 Liedern für Singstimme und Klavier. Die Texte schrieb der deutsche Dichter Wilhelm Müller. Das lyrische Ich ist ein Wanderer, der geplagt von Liebeskummer und Einsamkeit durch eine Winterlandschaft stapft und allmählich seinen Lebensmut verliert.

49. Sinfonie (Haydn)
Joseph Haydn (1732–1809) komponierte die Sinfonie in f-Moll (Hoboken-Verzeichnis I:49) im Jahr 1768. Das Werk trägt den Titel »La passione« (ital. »Die Leidenschaft«). Die Komposition zeichnet sich durch ihre düstere Melancholie aus, besonders die Tonart f-Moll unterstreicht den klagenden und schmerzerfüllten Charakter der Musik.

Playlist zum Kennenlernen der Musik

Liebe Lesende,
damit Sie sich einen musikalischen Eindruck von den Musikstücken und Opern in diesem Roman machen können, habe ich für Sie eine Playlist zusammengestellt mit besonders schönen Interpretationen der wichtigsten Musikstücke, die in der Geschichte vorkommen:

https://www.ulrikearabella.de/playlist-zum-traeumen

Wenn Sie nach der Lektüre und den Klangproben neugierig geworden sind, selbst mal eine Opernaufführung zu besuchen, freue ich mich. Gerne können Sie mir schreiben, wie es Ihnen gefallen hat. Meine E-Mail-Adresse lautet: arabella-meran-autorin@gmx.de.

Wenn Sie nicht sicher sind, welche Oper für Sie die richtige zum Einstieg ist, gebe ich Ihnen gerne einige Empfehlungen per Mail.

KLEINES WIENERISCH-WÖRTERBUCH

In der Reihenfolge des Auftauchens im Roman

Baba	Auf Wiedersehen, tschüss
Powidltascherl	gefüllte Teigtaschen mit Powidl (Pflaumenmus) aus der österreichischen und böhmischen Küche
gschamster Diener	gehorsamster Diener
Mentscherl	Mädchen
frank	offen
a Hetz haben	eine lustige Zeit haben
Zund	Tipp, Rat
Gstaubten	helles Mischbrot
Gwandlaus	lästige Person
Macheloikes	Machenschaften
Gspusi	Liebesbeziehung, Affäre
Kracherl	Limonadengetränk
Bim	Straßenbahn

Ballawatsch	Durcheinander, Chaos
Rewaunsch	Rache, Revanche
sich in die Hapfn haun	ins Bett gehen, schlafen gehen
schnabulieren	mit Genuss essen
a gmahde Wiesn	eine leicht bewältigbare Aufgabe, wörtlich: gemähte Wiese
Mulatschak	exzessive Party
schöne Leich	prachtvolles Begräbnis
Zwetschkenfleck	Pflaumenkuchen
Powidl	Pflaumenmus
Trankler	Trinker, Alkoholiker
Hetschepetsch	Hagebutte
Taxler	Taxifahrer
sich über die Häusa haun	einen Abgang machen, verschwinden
ein Brüller	brillant
Putzerl	Kind, Säugling

Im Kaffeehaus

Traditionsreiche Kaffeehäuser in Wien – Empfehlungen der Autorin

Café Diglas
Wollzeile 10, 1010 Wien
https://wollzeile.diglas.at/
Dies ist mein persönliches Lieblingskaffeehaus gleich beim Stephansdom. Hier gibt es köstliche Mehlspeisen in traditionellem Ambiente.

Café Landtmann
Universitätsring 4, 1010 Wien
https://www.landtmann.at/
Dies ist das Lieblingscafé von Willi Wandler und Marcel Prawy. Das Kaffeehaus neben dem Burgtheater war in den 1920er-Jahren Treffpunkt der feinen Wiener Gesellschaft, der Künstler und Intellektuellen.

K. u. k. Hofzuckerbäcker Demel (seit 1786)
Kohlmarkt 14, 1010 Wien
https://www.demel.com/de/
Hier werden die Gäste noch wie zu Kaiserin Sisis Zeiten in der dritten Person angesprochen. Eine Zeitreise in die Monarchie mit Gaumengenüssen.

Rezept Sachertorte
Wenn Sie beim Lesen Appetit auf Sachertorte bekommen haben, empfehle ich Ihnen, diese nach dem Originalrezept selbst zu backen:
https://www.sacher.com/de/original-sacher-torte/rezept/

Danksagungen

Diesen Roman hätte ich ohne all die wunderbaren Musikerinnen und Musiker nicht schreiben können, die mich seit über 20 Jahren in unzähligen Opernvorstellungen und Konzerten mit ihren Stimmen, Instrumenten und ihrer emotionalen Ausdruckskraft so beglückt, beflügelt und berauscht haben. Danke, dass ihr mich derart inspiriert habt!

Um meine Hauptfigur, die Dirigentin Johanna, glaubwürdig und realitätsnah in ihrem Beruf darstellen zu können, habe ich im Oktober 2020 drei junge Absolventinnen der Universität der Künste Berlin interviewt, die dort ihren Masterabschluss im Dirigieren erworben haben. Ein herzliches Dankeschön geht an Liubov Nosova (*https://www.facebook.com/nosova.lv*), Magdalena Pawlisz, (*https://magdalenapawlisz.com/*) und an die Musikalische Assistentin des Generalmusikdirektors der Bochumer Symphoniker. Alle drei haben mir von ihrem jeweiligen musikalischen Werdegang berichtet und ihre vielfältigen Erfahrungen mit mir geteilt, was es an Musikalität, Handwerkszeug und Charakter braucht, um sich als junge Dirigentin vor einem Orchester zu behaupten.

Um in die Welt der Wiener Oper in den 1920er-Jahren einzutauchen, war ein Buch für mich von unschätzbarem Wert: Marcel Prawy, »Die Wiener Oper – Geschichte und Geschichten«, Wien 1969. In diesem höchst unterhaltsamen und detaillierten Werk mit vielen Abbildungen hat der Autor nicht nur die künstlerische Chronologie des Opernhauses aufgefächert, sondern auch seine ganz persönlichen Eindrücke zu den einzelnen Stars des Hauses festgehalten. Durch seine liebevollen und augenzwinkernden Beschreibungen sind für mich die Primadonnen Maria Jeritza und Lotte Lehmann sowie die Tenöre Alfred Piccaver, Jan Kiepura und Richard Tauber mit ihren Eigenarten auf der Bühne lebendig geworden. Sehr anschaulich beschreibt Prawy als Zeitgenosse auch die kleinen und großen Skandale auf der Bühne, wie beispielsweise die »Spuckaffäre« während der »Walküre« 1926 und den umjubelten Auftritt des russischen Bassisten Fjodor Iwanowitsch Schaljapin als Mephisto im Mai 1927, der mit seinem Klatsch-Kommando seinen Streit mit dem Dirigenten auf offener Bühne austrug. Diese legendären Ereignisse finden sich auch in meiner Geschichte wieder. Aus Dankbarkeit für diese Fülle an Information und Inspiration habe ich den Autor Marcel Prawy selbst in der Figur des jugendlichen Opernenthusiasten im Roman auftauchen lassen.

Dankbar bin ich auch für das **Online-Archiv der Wiener Staatsoper** (*https://archiv.wiener-staatsoper.at/*), in dem eine breite Auswahl von Spielplänen und Besetzungszetteln der Vergangenheit (seit 1869) einsehbar ist, sodass ich bei vielen Vorstellungen, die im Roman vorkommen, die historisch korrekten Sängerinnen und Sänger einsetzen konnte. Zugunsten der Dramaturgie habe ich mir hier und da eine Freiheit genommen hinsichtlich des Vorstellungstages und einzelner (fiktiver)

Besetzungen. Dabei habe ich mich jedoch eng am damaligen Repertoire und an überlieferten Ereignissen orientiert.

Vielen Dank an meine Freundin Janina, die mir in der Recherchephase das Buch von Heike Herrberg und Heidi Wagner »Wiener Melange – Frauen zwischen Salon und Kaffeehaus« empfohlen hat. Darin konnte ich vieles über die Salonkultur in Wien erfahren und habe mich für die faszinierende Eugenie »Genia« Schwarzwald als Figur für meinen Roman entschieden, weil sie mit ihrer Mädchenschule auch das Thema der Bildung einbringt. Bildung für Mädchen und Frauen war und ist die Voraussetzung für ihre geistige und gesellschaftliche Unabhängigkeit.

Ein großer Dank geht an **Dorit Günther** (@wortkosterin auf Instagram), die mir im Schreibprozess und in der Überarbeitung des Manuskripts in seinen vielen Entwicklungsstufen sehr geholfen hat, indem sie das Manuskript unzählige Male gelesen und mir aus ihrer Erfahrung als Journalistin und Literaturkennerin wertvolle Hinweise zur Ausgestaltung der Figuren (zum Beispiel das Ausbauen der besten Freundin Dana) und zum Feilen an der Sprache gegeben hat.

Dorit hat mir auch ein wunderbares Buch für meine Recherche geschenkt: Ludwig Hirschfeld »Wien – Der beliebteste Reiseführer der 1920er Jahre«, 1. Auflage 1927, Neuauflage 2020, Wien. In diesem historischen Reiseführer habe ich nicht nur den typischen Tonfall eines Wieners kennengelernt, sondern viele Details aus dem Alltag im Wien der 1920er-Jahre, die ich in den Roman eingebaut habe: Zu welchem Herrenausstatter schicke ich meine Dirigentin zum »Shopping« – ein Anglizismus, der erstaunlicherweise schon in dieser Zeit in aller Munde war und mit dem man seine Weltgewandtheit zeigte. Wie verhalten sich die echten Wiener in der Straßenbahn? Wie viel Trinkgeld bekommt der Zahlmarkör im Kaffeehaus?

Ich möchte dem gesamten Verlagsteam von Tinte & Feder von Amazon für ihre Unterstützung und ihr Engagement in allen Produktionsphasen danken. Den letzten Schliff hat meine Entwicklungslektorin **Ute Köhler** mit gutem Gespür für die Figuren und großer sprachlicher und historischer Detailgenauigkeit angebracht.

Danke auch an meine Agentin Nina Arrowsmith, die die Vertragsverhandlungen geführt hat und mir auch sonst in meinem Autorinnenleben zuverlässig zur Seite steht.

Eine dankerfüllte Umarmung geht an meine liebevolle **Familie**, die mich über die letzten Jahre in meinem Traum von der Schriftstellerei immer bestärkt und auf dem langen Weg bis zur Veröffentlichung ermutigend begleitet hat. Heute bin ich glücklich, mein Herzensprojekt mit ihnen teilen zu können.

Zu guter Letzt möchte ich Ihnen, meinen Leserinnen und Lesern, herzlich für Ihr Interesse an der Geschichte meiner Dirigentin danken. Gerne können Sie mir schreiben – per Mail an arabella-meran-autorin@gmx.de –, wie Ihnen der Roman gefallen hat. Ich freue mich über Rückmeldungen von Ihnen. Wenn Sie mehr über die Entstehung dieses Buches und über meine neuen Projekte erfahren möchten, finden Sie mich auf Instagram unter @arabella_meran_autorin und auf meinem Blog www.ulrikearabella.de.

Folge dem Autor/der Autorin auf Amazon

Wenn dir dieses Buch gefallen hat, folge Arabella Meran auf Amazon. Dann erhältst du eine Benachrichtigung, wenn der Autor/die Autorin sein/ihr nächstes Buch veröffentlicht. Um dem Autor/der Autorin zu folgen, gehe bitte folgendermaßen vor:

Desktop:

1) Suche auf Amazon.de oder in der Amazon App nach dem Namen des Autors/der Autorin.
2) Klicke auf den Namen des Autors/der Autorin, um auf die Autorenseite zu gelangen.
3) Klicke auf den »Folgen«-Button.

Smartphone und Tablet:

1) Suche auf Amazon.de oder in der Amazon App nach dem Namen des Autors/der Autorin.
2) Klicke auf einen Titel des Autors/der Autorin.
3) Klicke auf den Namen des Autors/der Autorin, um auf die Autorenseite zu gelangen.
4) Klicke auf den »Folgen«-Button.

Kindle eReader und Kindle App:

Wenn du dieses Buch auf einem Kindle eReader oder in der Kindle App liest, wird dir automatisch angeboten, dem Autor/der Autorin zu folgen, nachdem du die letzte Seite des Buches gelesen hast.